KB091085

瑣尾錄

쇄미록

권5·6 ──

정유일록 · 무술일록

쇄미록 5

──

오희문吳希文

일러두기

1. 이 책은 《쇄미록(瑣尾錄)》(보물 제1096호)을 저본(底本)으로 삼아 번역하고 교감·표점한 것이다. 한글 번역: 1~6권, 한문 표점본: 7~8권
2. 각 권의 앞부분에 관련 사진 자료와 오희문의 이동 경로, 관련 인물 설명 등을 편집했다. 각 권의 뒷부분에는 주요 인물들의 '인명록'을 두었다.
3. 이 책의 번역은 원문에 충실하게 함을 원칙으로 하되, 난해한 부분은 독자의 이해를 위해 의역했다.
4. 맞춤법과 띄어쓰기는 한글 맞춤법과 표준어 규정을 따르는 것을 원칙으로 했다.
5. 짧은 주석(10자 이내)의 경우에는 팔호 안에 넣었고, 긴 주석의 경우에는 각주로 두었다.
6. 한자는 필요한 경우에 병기했으며, 운문(韻文)의 경우에는 원문을 병기했다.
7. 원문이 누락된 부분은 '-원문 빠짐-'으로 표기했다.
8. 물명(物名)과 노비 이름은 한글 번역을 원칙으로 하되, 불분명한 경우에는 억지로 번역하지 않고 한자를 병기했다.

쇄미록 瑣尾錄

《쇄미록》은 오희문이 1591년(선조 24) 11월 27일부터 시작하여 1601년(선조 34) 2월 27일까지 쓴 일기이다. 모두 9년 3개월간의 일기가 7책 815장에 담겨 있다. 국사편찬위원회에서 1962년에 한국사료총서 제14집으로 간행하면서 널리 알려지게 되었고, 1991년에 보물 제1096호로 지정되었다. 해주 오씨 추탄공파 종중 소유로 현재 국립진주박물관에서 대여하여 전시하고 있다.

　《쇄미록》은 종래 정사(正史) 종류의 사료에서는 볼 수 없는 생생한 생활기록이 담겨 있는 자료라는 측면에서, 특히 전란 중의 일기라는 점에서 더욱 주목을 받아 왔다. 그 결과 이미 많은 학자들에 의해서 연구가 진행되었다. 사회경제사, 생활사 등 각 부문별 연구 성과는 물론이고, 주제별로도 봉제사(奉祭祀)·접빈객(接賓客)의 일상생활, 상업행위, 의약(醫藥) 생활, 음식 문화, 처가 부양, 사노비, 일본 인식, 꿈의 의미 등에 대한 연구가 이어지고 있다.

정유 · 무술년 오희문의 주요 이동 경로

《쇄미록》 권5 · 6

정유일록

* 주요 거주지: 강원도 평강현(平康縣)

◎ ─ 1월 24일: 진위의 최형록 집에 도착.

◎ ─ 1월 25일: 수원 율전(栗田)의 윤해 집에 도착.

◎ ─ 2월 1일~2월 8일: 율전에서 단아(端兒)의 상(喪)을 치르고 광주(廣州)의 토당(土塘)에
　　　매장하고, 한양에 가서 어머니를 뵘. 수원 → 광주 → 한양

◎ ─ 2월 9일~2월 13일: 한양에서 어머니를 모시고 평강(平康)으로 이동함. 한양 →
　　　양주(楊州) → 연천(漣川) → 평강

무술일록

* 주요 거주지: 강원도 평강현

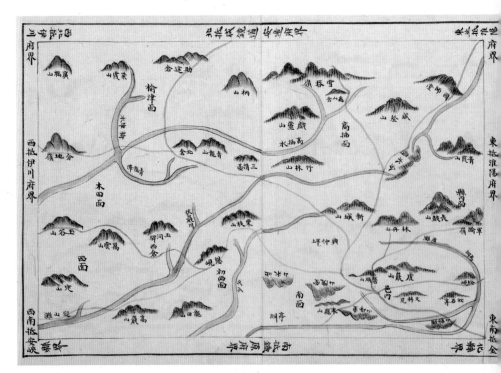

강원도 평강현의 그림식 지도 (서울대학교 규장각한국학연구원 소장 《관동읍지》 권3)

임진왜란 연표

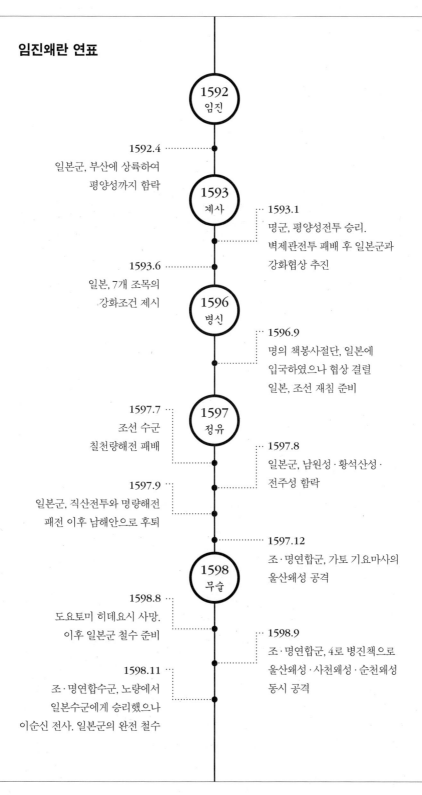

1592 임진

1592.4
일본군, 부산에 상륙하여
평양성까지 함락

1593 계사

1593.1
명군, 평양성전투 승리.
벽제관전투 패배 후 일본군과
강화협상 추진

1593.6
일본, 7개 조목의
강화조건 제시

1596 병신

1596.9
명의 책봉사절단, 일본에
입국하였으나 협상 결렬
일본, 조선 재침 준비

1597.7
조선 수군
칠천량해전 패배

1597 정유

1597.8
일본군, 남원성·황석산성·
전주성 함락

1597.9
일본군, 직산전투와 명량해전
패전 이후 남해안으로 후퇴

1597.12
조·명연합군, 가토 기요마사의
울산왜성 공격

1598 무술

1598.8
도요토미 히데요시 사망.
이후 일본군 철수 준비

1598.9
조·명연합군, 4로 병진책으로
울산왜성·사천왜성·순천왜성
동시 공격

1598.11
조·명연합수군, 노량에서
일본수군에게 승리했으나
이순신 전사. 일본군의 완전 철수

오희문의 가계도와 주요 등장인물

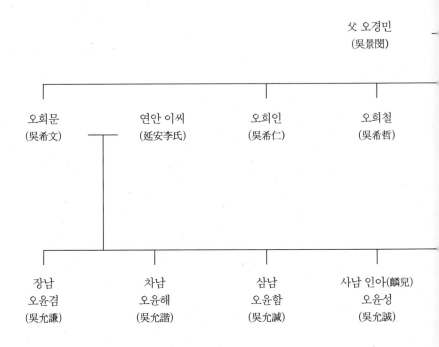

오희문(吳希文) 일록의 서술자. 왜란 이전까지 한양의 처가에 거주하였다. 노비의 신공(身貢)을 걷으러 장흥(長興)과 성주(星州)로 가는 길에 장수(長水)에서 왜란 소식을 들었으며, 이후 가족과 상봉하여 부여의 임천(林川)과 강원도 평강 등지에서 함께 피난 생활을 하였다.

오희문의 어머니 고성 남씨(固城南氏) 남인(南寅)의 딸. 왜란 당시 한양에 거주하다가 일가족과 함께 남쪽으로 피난하였다.

오희문의 아내 연안 이씨(延安李氏) 이정수(李廷秀)의 딸이다.

오윤겸(吳允謙) 오희문의 장남. 왜란 당시 광릉 참봉(光陵參奉)에 재직 중이었으며, 왜란이 일어나자 일가족과 함께 남행하여 오희문과 함께 피난 생활을 하였다. 왜란 중 평강 현감(平康縣監)에 임명되었고 정유년(1597) 3월 별시문과에 급제하였다.

오윤해(吳允諧) 오희문의 차남. 오희문의 아우 오희인(吳希仁)의 후사가 되었다. 왜란 당시 경기도 율전(栗田)에 거주하다가 피난하여 오희문과 합류하였다.

오윤함(吳允諴) 오희문의 삼남. 왜란 당시 황해도 해주(海州)에 거주하고 있었다.

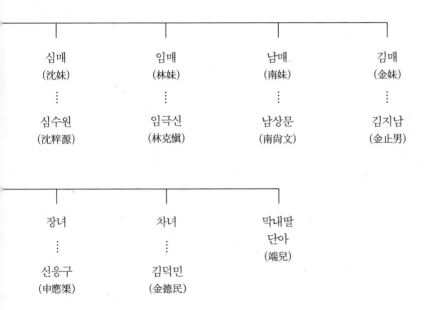

母 고성 남씨
(固城南氏)

심매 (沈妹)	임매 (林妹)	남매 (南妹)	김매 (金妹)
⋮	⋮	⋮	⋮
심수원 (沈粹源)	임극신 (林克愼)	남상문 (南尙文)	김지남 (金止男)

장녀	차녀	막내딸 단아 (端兒)
⋮	⋮	
신응구 (申應榘)	김덕민 (金德民)	

인아(麟兒) 오윤성(吳允誠). 오희문의 사남. 병신년(1596) 5월에 김경(金璥)의 딸과 혼인하였다.

충아(忠兒) 오윤해의 장남 오달승(吳達升)으로 추정된다.

큰딸 일가와 함께 피난 생활을 하다, 갑오년(1594) 8월에 신응구(申應榘)와 혼인하였다.

둘째 딸 일가와 함께 피난 생활을 하였으며, 왜란 이후 경자년(1600) 3월에 김덕민(金德民)과 혼인하였다.

단아(端兒) 오희문의 막내딸. 피난 기간 동안 내내 학질 등에 시달리다 정유년(1597) 2월에 병으로 사망하였다.

오희인(吳希仁) 오희문의 첫째 아우. 왜란 이전에 사망한 터라 거의 언급되지 않는다.

오희철(吳希哲) 오희문의 둘째 아우. 오희문과 함께 어머니를 모시고 피난 생활을 하였다.

심매(沈妹) 오희문의 첫째 여동생으로, 심수원(沈粹源)의 아내. 왜란 이전에 사망한 터라 거의 언급되지 않는다.

임매(林妹)　오희문의 둘째 여동생. 임극신(林克愼)의 아내. 왜란 당시 영암(靈巖) 구림촌(鳩林村)에 거주하고 있었다. 기해년(1599) 4월경에 병으로 사망하였다.

남매(南妹)　오희문의 셋째 여동생. 남상문(南尙文)의 아내. 왜란 당시 남편과 함께 강원도에 거주하고 있었으며, 주로 강원도와 황해도에서 피난 생활을 하였다.

김매(金妹)　오희문의 넷째 여동생. 김지남(金止男)의 아내. 왜란 당시 예산(禮山) 유제촌(柳堤村)에 거주하고 있었다. 갑오년(1594) 4월경에 돌림병에 걸려 사망하였다.

임극신(林克愼)　오희문의 둘째 매부. 기묘년(1579) 진사시에 입격한 바 있으나 그대로 영암에 거주하던 중 왜란을 겪었으며, 정유년(1597) 겨울을 전후하여 전라도로 침입한 왜군에게 피살된 것으로 추정된다.

남상문(南尙文)　오희문의 셋째 매부. 왜란 당시 고성 군수(高城郡守)에 재직 중이었다.

김지남(金止男)　오희문의 넷째 매부. 왜란 당시 예문관 검열에 재직 중이었다. 왜란이 일어나자 의병에 가담하여 활동하였으며, 환도 이후 갑오년(1594) 1월 한림(翰林)에 임명되었다.

신응구(申應榘)　오희문의 큰사위. 왜란 당시 함열 현감(咸悅縣監)에 재직 중이었다. 오희문의 피난 생활에 물심양면으로 많은 도움을 주었다.

김덕민(金德民)　오희문의 둘째 사위. 왜란 당시 충청도 보은(報恩)에 거주하였으나, 정유년에 피난 중 왜군에게 가족을 모두 잃고 홀로 살아남았다. 이후 오희문의 차녀와 혼인하였다.

이빈(李贇)　오희문의 처남이며, 왜란 당시 장수 현감(長水縣監)에 재직 중이었다. 왜란 이전부터 오희문과 친교가 깊었으나 임진년(1592) 11월에 사망하였다.

이귀(李貴)　오희문의 처사촌. 계사년(1593) 5월 장성 현감(長城縣監)에 임명되었으며, 오희문과 왕래하며 일가를 경제적으로 지원하였다.

김가기(金可幾)　오희문의 벗이며, 김덕민의 아버지, 즉 오희문의 사돈이다. 왜란 당시 금정 찰방(金井察訪)에 재직 중이었다. 갑오년(1594)에 이산 현감(尼山縣監)으로 옮겼으나, 정유재란 때 가족들과 함께 왜군에게 피살되었다.

임면(任免)　오희문의 동서로 이정수의 막내사위. 참봉을 지냈으며, 갑오년(1594) 1월에 병으로 사망하였다.

이지(李贄)　오희문의 처남으로 이빈의 아우. 갑오년(1594) 4월에 병으로 사망하였다.

심열(沈說)　오희문의 매부 심수원의 아들. 오희문 일가와 자주 왕래하였다.

소지(蘇騭)　임천에서 오희문의 거처를 마련해 주고 집안일을 거들어 준 인물이다.

허찬(許鑽)　오희문의 서얼 사촌누이가 낳은 조카. 피난 중에 아내에게 버림받아 떠돌다 오희문에게 도움을 받았으며, 이후 오희문의 집안일을 거들며 지냈다.

신벌(申橃)　신응구의 아버지. 왜란 당시 온양 군수에 재직 중이었다.

이분(李蕡)　오희문의 처사촌이다.

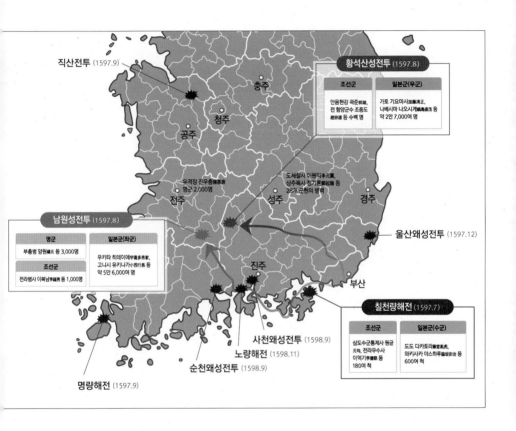

정유재란기 주요 전투

직산전투 (1597.9)

황석산성전투 (1597.8)

조선군	일본군(우군)
안음현감 곽준郭䞭, 전 함양군수 조종도趙宗道 등 수백 명	가토 기요마사加藤淸正, 나베시마 나오시게鍋島直茂 등 약 2만 7,000여 명

충주

청주

공주

유격장 진우충陳愚衷 명군 2,000명

도체찰사 이원익李元翼, 상주목사 정기룡鄭起龍 등 28개 군현의 병력

전주

성주

경주

남원성전투 (1597.8)

명군	일본군(좌군)
부총병 양원楊元 등 3,000명	우키타 히데이에宇喜多秀家, 고니시 유키나가小西行長 등 약 5만 6,000여 명
조선군	
전라병사 이복남李福男 등 1,000명	

울산왜성전투 (1597.12)

진주

부산

칠천량해전 (1597.7)

조선군	일본군(수군)
삼도수군통제사 원균元均, 전라우수사 이억기李億祺 등 180여 척	도도 다카토라藤堂高虎, 와키사카 야스하루脇坂安治 등 600여 척

사천왜성전투 (1598.9)

노량해전 (1598.11)

순천왜성전투 (1598.9)

명량해전 (1597.9)

연이은 패전으로 조·명연합군은 크게 동요하였으나, 1597년 9월 명나라 군이 충청도 직산에서 왜군을 저지하고, 이순신이 이끄는 조선 수군은 전라도 명량에서 왜의 수군을 상대로 승리를 거두었다. 이 두 전투 이후 왜군은 장기전을 고려하여 남해안 일대의 왜성으로 후퇴하였다. 왜성은 동쪽으로 울산왜성에서 서쪽으로 순천왜성까지 남해안을 따라 만들어졌다.

정왜기공도 병풍 征倭紀功圖屛 후반부 (국립중앙박물관 소장)

정유재란 당시 명나라 군이 왜군을 정벌한 공을 기념하여 제작한 병풍 그림 중 후반부이다. 이 그림에는 순천왜
성전투, 노량해전, 남해도 소탕작전 등 전투 장면, 종전 이후 한양으로 개선한 명나라 군 환영연회와 베이징(北
京) 자금성에서 명나라 황제에게 승첩을 보고하는 장면 등이 그려져 있다.

정왜기공도 병풍 세부

(위) 바다에서 순천왜성을 포위한 조·명연합군.
(아래) 노량해전에서 조·명연합군과 왜군이 싸우는 장면과 이후 남해도에서 남은 왜군을 소탕하는 명나라 군

소소승자총통 小小勝字銃筒

노기 弩機

석환 石丸

명량해전 때 사용한 것으로 추정되는 조선군의 무기(진도 명량 출토) (국립해양문화재연구소 소장)

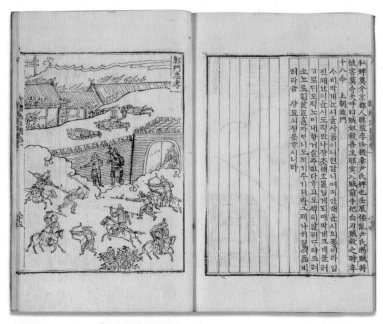

郭門忠孝

私婢莫介京都人縣監李珍機妻尹氏婢也壬辰倭亂賊將
拔害莫介大呼曰賊奴殺吾主耶奕人賊前手把向刃賊殺之時年
十八今 上朝㫌門

소비막개ᄂᆞᆫ셔울사ᄅᆞᆷ이니현감니진긔안해윤시의죵이라임
진왜난의윤시ᄅᆞᆯ도ᄌᆞᆨ만나쟝ᄎᆞ해ᄒᆞ려ᄒᆞ거ᄂᆞᆯᄆᆡ크게블러
ᄀᆞ로ᄃᆡ도ᄌᆞᆨ노미내항것을쥭고다ᄒᆞ고도ᄌᆞᆨ의알ᄑᆡᄂᆞᅡ가ᄃᆞ라드러
소노로칼ᄂᆞᆯ자바니도ᄌᆞᆨ이기리티ᄃᆞ라죽기ᄂᆞᆫᄯᅢ나히열여ᄃᆞᆲ비
라라곰 샹됴ᄋᆡ졍문ᄒᆞ시니라

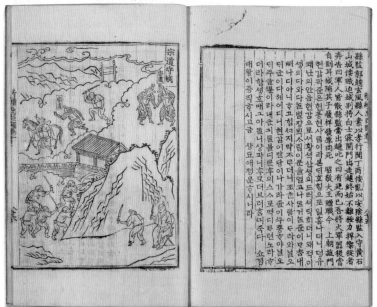

宗道守城

縣監郭趙玄孫以孝行聞丁酉倭亂以安陰縣監入守黃石
山城倭賊迫城別將白士霖開門出走終始不離格力捍禦從者
奔告曰軍人皆散縣監當出越此之日有起而巳吾將火軍器後當
自刻再拜階其子慶祥後慶出周死 昭敬大王贈職令
憲監守城賊以彊勢之力壞析城堞弓矢旣盡忠吿乃有 上朝㫌門
倭難之安吿縣監之以忠死亦死狀啓褒ᄒᆞ시니라

현감곽준현손이효ᄒᆡᆼ으로써들이더니뎡유왜난의
산셩을안음현감으로써황셕산셩에드러딕희더니
별쟝ᄇᆡᆨ사림이문을열고나가ᄃᆞ라ᄂᆞᆫ쳐러ᄀᆞ티더니
군인이다흐러디니현감이맛당이나가ᄀᆞᆯᄒᆞ고ᄇᆡ
여ᄂᆞᆯ다이러나리지아니ᄒᆞ고화긔ᄅᆞᆯ후에맛당
ᄃᆞ른ᄌᆞ식부ᄃᆞᆯ나거늘ᄉᆞᆯ오ᄃᆡ후로ᄇᆞ리오
드러함셩호매니소과너ᄃᆞ니상과너ᄃᆞᆯ흘여쥭다
대왕이증직ᄒᆞ시고 샹됴ᄋᆡ졍문ᄒᆞ시니라

동국신속삼강행실 東國新續三綱行實 (서울대학교 규장각한국학연구원 소장)

1617년에 편찬된 우리나라의 충신·효자·열녀의 행실을 기록한 책이다. 특히 임진왜란·정유재란 관련 인물이 다수 수록되어 있다.

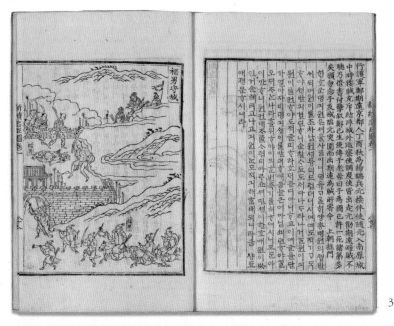

行護軍期遼京都人丁酉秋爲楊兵元接伴使隨元入南原城
中時倭賊充斥約諭城外調度使當出走元勸諭盡避賊不
聽乃修書付李寄敬鄭已生使傳于老母曰爲國已許一死諸第多
矣願汝勿念子及城陷元突圍而出期後爲賊所害第三
賢亞軍塔冬季事品이를사름하더니임도되와히양○秦병에서
처뮤처로워이뚀여조사냄돐아라돋들어시여에도포아
흐야선빈뭄면신소원으로불러마른야 도있는에어블는단
오더즌이가여의니조를소련드틀고너다다다다다란도됴론
가여애자허의가져됬됩되들블나라됩고이예블을단
원이물려블블블야도적도짐이허마님쥐젤리마넘됬아
도적이이성들위셔시동이미뷘묜부시예마에서시예
야나디라니성들이성이日십신이홍명양원○뉴도리몸늰
고슴혜허더고지즈즤워이노로저긔혼병되니라금
애졍문웅흐시니라

3

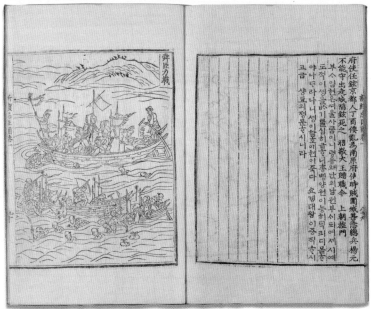

府使任鉉京都人丁酉倭亂爲南原府使時賊軍城甚急總兵楊元
不能守出走城陷鉉死之一昭敬大王蹈職令 上朝旌門
부사임현은서울사룸이니졍유왜난의남원부사시예
도적이성을핍살히원이성을바리고도망호니몸
야나디라니성이함락ᄒ여텬이죽다
古今 상표의졍문흐시니라
쇼졍대왕이즁직흐시

4

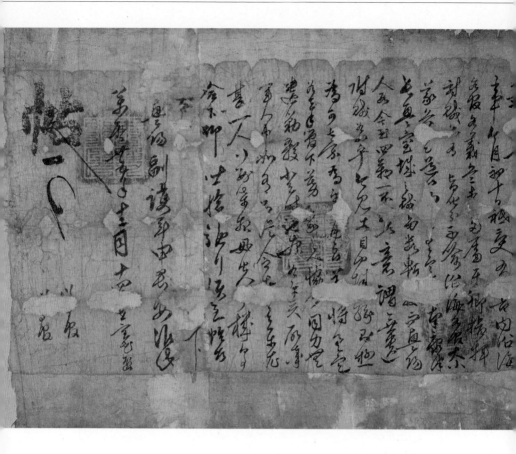

이충무공친필차정첩 (국립진주박물관 보관)

삼도수군통제사 이순신이 신군안(申君安, 1544~1598)을 의병장에 임명하는 문서이다. 1597년 12월 이순신으로부터 의병장으로 선정되었다는 첩지를 받은 신군안은 연해 지역 7개 읍을 중심으로 의병 활동을 계속하여 많은 전과를 올렸다. 이 첩자는 이순신 장군이 수군통제사로 재임하던 중 직접 써서 발급한 의병장 임명장으로서 현재 유일하게 남아 있다.

초량왜관도 草梁倭館圖 (국립중앙박물관 소장)

동래부 소속의 화원인 변박(卞璞)이 1783년에 그린 초량 왜관의 모습이다. 왜관은 조선시대 일본과의 교역을 위해 만든 곳으로 두 나라의 외교와 무역의 중심지였다.

마귀 초상 (국립진주박물관 보관)

정유재란 당시 참전했던 명나라 제독 마귀(麻貴, 1541~1612)의 초상이다. 마귀는 주로 경상좌도에서 왜군을 대적하여 두 차례의 울산왜성전투를 일선에서 지휘하였다.

정유일록 丁酉日錄

1597년 1월 1일 ~ 12월 30일

융희(隆熙) 3년(1909) 6월 일, 개국 518년 6월 모일에 황해도 해주군(海州郡) 월곡면(月谷面) 상림(桑林)에서 베껴 쓴 뒤에 부기(附記)했다.

정유일록(丁酉日錄) - 정월 일기는 앞 권에 부기했다*-

1월 큰달

◎ ─ 1월 1일

이시열(李時說)의 어머니가 자릿조반[早飯]*으로 떡국을 만들어 우리 일행 모두에게 주었다. 우리 집에서도 온반(溫飯)을 만들어 노비와 평강(平康)에서 온 사람들에게 각각 1사발씩 주었다. 또 술 1동이를 주었으니, 오늘은 큰 명절이기 때문이다.

어제 윤종(尹宗)이 모과 7개를 가져다주었는데, 앓는 딸이 맛보고 싶어 한다는 말을 들었기 때문이다. 또 나에게 내일 사람을 보내면 급하게 필요한 물자를 마땅히 구해 줄 것이라고 한다. 생원[生員, 오윤해(吳允諧)*]의 사내종 춘이(春已)가 들어왔다. 그대로 아산(牙山)에 머물고 있다.

....

* 　정월……부기했다: 〈정유일록〉의 정월 일기는 《쇄미록》 원본에는 권4에 따로 수록되어 있다. 본 번역서에서는 출간 시 임의로 권5에 합쳐서 편집했다.

* 　자릿조반[早飯]: 아침에 잠에서 깨어난 그 자리에서 먹는 죽이나 미음 따위의 간단한 식사이다.

* 　오윤해(吳允諧): 1562~1629. 오희문(吳希文)의 둘째 아들이다. 숙부 오희인(吳希仁, 1541~

◎ ─ 1월 2일

정서방댁[鄭書房宅, 정종경(鄭宗慶)의 아내]이 떡국을 마련해 아침을 대접해 주었다. 사람과 말을 윤종의 처소로 보냈더니, 윤종이 백미(白米) 2말, 말먹이 콩 4말, 감장(甘醬), 김치 등의 먹을거리를 구해 보내 주었다. 마초(馬草) 2동(同)과 모과 3개도 보냈으니, 깊이 감사하다.

오후에 윤우(尹宇)와 윤주(尹宙) 형제가 술과 안주를 가져와서 마셨다. 단아(端兒)*의 증세는 전에 비해 조금 덜하지만, 유독 두통이 그치지 않는단다. 온몸이 피곤해서 신음하는 소리가 입에서 끊이지를 않으며, 무언가를 먹고 싶은 생각이 전혀 없다고 한다. 깊은 걱정이 그치지 않는다. 오습독댁(吳習讀宅)이 술 1항아리를 보내왔으니, 깊이 감사하다.

◎ ─ 1월 3일

이시열의 어머니가 자릿조반으로 떡국을 만들어 보냈기에 처자식과 함께 먹었다. 단아의 병세를 보니 열흘이 지나기 전에는 떠나지 못하겠다. 그런데 양식과 반찬이 모두 떨어졌으니, 몹시 걱정스럽다. 부득이 갯지(介知)를 결성(結城)으로 보내 양식과 간장을 가져오게 했다. 춘이는 도로 율전(栗田)으로 보내고, 그편에 편지를 써서 평강[오윤겸(吳允謙)*]과 한양 집에 계신 어머니께 전하도록 했다. 또 대추와 패랭이를 광노(光奴)의 처소에 전해서 쌀로 바꾸도록 했는데, 이를 양식으로

....
　　1568)의 양아들로 들어갔다.
*　　단아(端兒): 오희문의 막내딸 숙단(淑端)이다. 피난 기간 내내 학질 등에 시달리다 1597년 2월 1일에 세상을 떠났다.
*　　오윤겸(吳允謙): 1559~1636. 오희문의 큰아들이다.

삼고자 해서이다.

아침에 부장(部將) 오철(吳轍)이 우리 부자(父子)를 청해 자릿조반과 아침밥을 대접해 주었다. 매일 자릿조반을 지어 하인들에게 주었는데, 오늘은 양식이 떨어져서 주지 못했다. 안타깝다. 며칠 전부터 차가운 날씨가 갑절이나 사나워지고 또 바람이 불어 괴로운 추위를 참을 수 없다. 그대로 아산에 머물고 있다.

◎ — 1월 4일

이시열의 어머니가 또 떡국과 아침밥을 만들어서 보냈다. 비록 타향에서 나그네가 되었지만, 이곳에 왔기 때문에 4일 동안 계속해서 자릿조반을 얻어먹고 있다. 단아의 증세는 어제와 같아 별로 쾌차할 조짐이 없다. 다만 죽과 미음을 비록 조금씩이나마 계속 마신다.

평강에서 온 사람들에게 말 1필에 콩 1말씩 나누어 주었고, 갯지가 거느리고 간 인마(人馬)에게는 그곳에서 콩 1말씩 나누어 주도록 일러 보냈다. 양식은 실어 온 뒤에 내줄 계획이다. 아산에 머물고 있다.

◎ — 1월 5일

덕년(德年)을 인아(麟兒)*의 처소로 돌려보내려고 했으나, 마침 말이 병이 나서 보내지 못했다. 낫기를 기다려서 내일 당장 보낼 작정이다.

단아의 증세는 별로 다르지 않고 아프다는 소리만 여전하다. 답답하다. 느지막해진 뒤에 전에 있던 증세가 다시 발작해서 두통이 더욱

....
* 　인아(麟兒): 오희문의 넷째 아들 오윤성(吳允誠, 1576~1652)이다.

심해졌다. 종일 눈을 감고 뜨지 않다가 날이 어두워졌을 때 마침 국수와 떡을 과식하더니 음식이 가슴에 얹혀 호흡까지 막혀 거의 구원하지 못할 지경에 이르렀다. 어찌할 바를 모르고 당황해하다가, 청심환(淸心丸)과 소합환(蘇合丸)을 어린아이 오줌[童便]*에 개어 서너 차례 먹이고 또 달걀노른자를 먹였다. 그래도 소생하지 못했는데, 손가락을 스스로 제 입에 집어넣고 네댓 차례에 걸쳐 거의 두어 사발을 토한 다음에 조금 덜해졌다. 그러지 않았더라면 위태로울 뻔했다. 그 뒤로는 밤새 곤하게 잤다. 그러나 청심환과 소합환을 다 써서 남은 게 없고 다시 구할 곳도 없다. 걱정스럽다.

오늘은 집사람의 생일이다. 정서방댁이 떡을 만들었고, 이시열은 행과(行果)*를 갖추어 우리 내외와 윤함(允誠)*을 아랫집으로 청해서 대접했다. 나머지는 노비들에게 내려 주었으니, 깊이 감사하다.

마침 김자흠(金自欽)의 부인이 평택(平澤)에서 들어왔고, 저녁에는 생원(오윤해)의 사내종 의수(義守)가 진위(振威)에서 들어왔다. 생원(오윤해)의 편지를 보니, 그저께 비로소 그의 처가에 도착했다고 한다. 보냈던 사내종에게 물었더니, 학질이 떨어져 나간 지 이제 2, 3일 되었다고 한다. 기쁜 일이다. 아산에 머물고 있다.

◎ ─ 1월 6일
단아의 증세는 어제에 비해 조금 나은 듯하다. 그러나 두통과 피로

....
* 어린아이 오줌[童便]: 두통, 학질, 해수(咳嗽) 등의 병에 쓰인다.
* 행과(行果): 명절이나 잔치 때 별도로 과일만 진설해 놓은 상이다. 별행과(別行果)라고도 한다.
* 윤함(允誠): 1570~1635. 오희문의 셋째 아들이다.

감은 여전하다고 하니, 근심이 크다. 덕년을 인아의 처소로 내려 보내 거기에서 남포(藍浦)*의 신함열(申咸悅)*의 집에 가서 소식과 담요를 전하도록 했다.

윤함의 종 옥지(玉只)가 안산(安山)에서 정월 초하루 제사를 지낸 뒤에 돌아왔다. 그가 어제는 진위의 생원(오윤해) 집에서 잤기에, 생원(오윤해)의 편지를 받아 가지고 와서 전했다. 편지를 보니, 변방 소식이 요새 몹시 좋지 못하니 속히 올라오라고 한다. 그러나 딸아이의 병이 이와 같아서 이곳에 체류하고 있으니, 몹시 걱정스럽다.

명나라 사신이 오늘 진위를 지나 수원부(水原府)로 들어가 잤는데, 옥지가 올 때 갈원(葛院)에 도착해서 직접 보았다고 한다. 아산에 머물고 있다.

◎ — 1월 7일

단아의 증세가 날마다 점점 심해진다. 배가 붓는 기운이 있어 호흡이 짧고 가빠서 정신이 희미해지고 가슴이 답답하다고 하기에, 또 어린아이 오줌에 달걀노른자를 타서 먹였다. 매우 안타깝다. 부장 오철의 집에서 만두와 주과(酒果)를 마련해 보냈는데, 앓던 딸아이가 만두 5개를 먹었다. 이 때문에 가슴이 막혀 구토를 한 뒤에 조금 안정되었다. 종일 바람이 세게 불고 눈이 뿌렸다.

....

* 남포(藍浦): 충청도 남포현이다.
* 신함열(申咸悅): 신응구(申應榘, 1553~1623). 오희문의 큰사위이다. 1594년 8월에 오희문의 큰딸과 혼인했다. 1593년 5월에 함열 현감으로 부임하여 1596년 윤4월에 체직될 때까지 재직했다.

◎ ─ 1월 8일

날이 흐리고 또 바람이 분다. 단아의 증세는 어제와 같다. 비록 음식이 있어도 배가 부풀고 숨이 가빠서 먹지 못하겠다고 한다. 처음에는 모레쯤 조금이라도 다시 낫기를 기다렸다가 떠나려고 했는데, 지금 병세를 보건대 점점 나아진다는 조짐이 전혀 없다. 이 때문에 억지로 떠날 수가 없으니, 어찌할 바를 모르겠다. 한갓 스스로 슬피 울 뿐이다.

오철의 아우 오륜(吳輪)이 소고기구이 2곶[串]과 술 한 사발을 보냈다. 마음이 몹시 근심스러워서 아침도 먹지 않았는데, 술 한 잔을 마시자 마음이 조금 가라앉았다. 시름을 없애는 데는 술만 한 것이 없다고 말할 만하다. 깊이 감사하다. 허찬(許鑽)에게 죽력(竹瀝)*을 구하도록 했는데, 불시에 필요하면 앓는 딸아이에게 쓰기 위해서이다.

저녁에 생원(오윤해)이 진위현에서 와서 보았다. 못 본 지 이제 일곱 달이나 되었는데, 오늘 만나니 온 집안 식구들이 모두 기뻐했다. 오부장(吳部長)의 누이 원서방댁(元書房宅)이 만두 한 소반을 차려 보내서 아이들과 함께 먹었다. 들으니, 명나라의 부사(副使)*가 가까운 시일에 또 한양에 간다고 한다. 아산에 머물고 있다.

....

* 죽력(竹瀝): 푸른 대쪽을 불에 구워서 받은 진액이다. 성질이 차가워 중풍, 열담(熱痰), 번갈(煩渴) 등을 치료하는 데 쓴다.
* 명나라의 부사(副使): 심유경(沈惟敬, ?~1600?). 명나라에서 상인 등으로 활동했다. 석성(石星)의 천거로 임시 유격장군의 칭호를 가지고 임진년(1592) 6월 조선에 나와 왜적의 실상을 정탐했다. 같은 해 9월 평양성에서 고니시 유키나가(小西行長)와 협상하여 50일 동안 휴전하기로 했다. 이를 계기로, 일본과의 강화협상을 전담하게 되었다. 하지만 명과 일본의 강화협상이 결렬되고 1597년 정유재란이 발발하자 명나라 장수 양원(楊元)에게 체포되어 중국으로 보내졌다. 이후 옥(獄)에 갇혔다가 3년 만에 죄를 논하여 처형되었다.

◎ — 1월 9일

윤우가 와서 보았다. 갯지가 결성에서 돌아왔다. 쌀 16말, 팥 3말, 콩 4말, 녹두 5되, 감장 1통, 굴 3사발을 가져왔다. 벼 2섬을 내어 찧었는데, 벼 2말은 오가는 동안 양식으로 썼고 2말은 굴 값으로 주었다고 한다.

단아의 증세는 대체로 어제와 같지만 조금 덜하다. 그러나 병의 왕래가 일정치 않아서 가슴이 답답하다고 하며 죽을 마시는 일도 드무니, 몹시 걱정이다. 모레 떠나려고 이시열의 집에 있는 옥교(屋轎)*를 빌려서 지붕을 씌우고 담요로 둘렀다. 단아의 어미에게 옥교에 함께 탄 다음 단아를 안아서 보호하게 하고, 말 2필에 멍에를 씌워서 끌고 갈 계획이다. 평강에서 온 사람들에게 양식으로 쓸 쌀 1말 5되와 두(豆) 6되를 나누어 주었다.

◎ — 1월 10일

생원(오윤해)이 먼저 진위로 돌아갔다. 향비(香婢)도 병 때문에 먼저 따라갔다. 김자흠의 부인이 말먹이 콩 2말을 보냈다.

단아의 병세는 갑절이나 더하다. 눈알을 쑤시는 듯한 통증이 더욱 심하고 두통도 몹시 심해 스스로 견디기 어려워하면서 슬픈 눈물을 그치지 않는다. 서글퍼서 차마 볼 수가 없으니, 안타까운 일이다. 내일 떠나려고 했지만 병세가 이와 같으니 떠날 수가 없다. 저간의 마음을 말로 다 할 수가 없으니, 한갓 스스로 슬피 울 뿐이다. 또 4명의 계집종이

....
* 옥교(屋轎): 출입하는 문과 창을 달아 작은 집처럼 만든 가마의 일종이다.

모두 학질을 앓아 아침저녁 밥 짓기도 제때에 하지 못하니, 더욱 걱정스럽다.

◎ ─ 1월 11일

논금이(論金伊)를 시켜 우선 짐 2바리를 진위의 생원(오윤해) 처소로 보냈더니 생원(오윤해)도 두 사내종과 말을 보냈기에, 중도에 만나 짐을 전하고 돌아왔다고 한다. 들어 보니, 여울이 단단하게 얼지 않아서 나중에 갈 때에는 당연히 길을 돌아서 가야 한다고 한다. 그래서 갈 길이 한 식경(食頃)쯤 멀어지는 셈이라고 한다. 걱정스럽다.

단아의 증세가 점점 더 위중해진다. 어제부터는 하루 종일 그리고 밤새도록 두통으로 몹시 괴로워하며 아프다는 소리를 끊임없이 한다. 참혹해서 차마 볼 수가 없다. 안타까워서 울지만 어찌하겠는가. 참담한 일이다. 아산에 머물고 있다.

◎ ─ 1월 12일

새벽부터 바람이 세게 불어 저녁까지 계속되었다. 단아의 증세는 어제와 같고 죽을 마시는 일도 드물다. 정신이 혼미하고 때로 횡설수설한다. 지금 그 병세를 보건대, 보름 전에는 도저히 떠날 수 없겠다. 양식과 반찬이 떨어져서 부득이 윤함의 사내종 옥지를 대흥(大興)으로 보내 양식과 콩을 가져오도록 했다. 사람과 말이 많은데 오래 머물러 있자니 마초도 귀해진다. 더욱 걱정스럽다.

저녁에 단아가 불시에 인사불성이 되어 말도 통하지 않는다. 청심환과 소합환에다 죽력을 탄 생강탕을 끓여 두 번 먹였더니 조금 안정되었다. 밤마다 또 이러해서 증세가 날로 더욱 위중해진다. 몹시 걱정스럽다.

◎ ─ 1월 13일

아침 식사 전에 단아의 증세가 다시 어제저녁과 같기에, 또 청심환을 물에 타 먹였더니 안정되었다. 그러나 정신이 혼미하고 말도 하기 어려워한다. 위급하기가 이 지경에 이르렀으니 어쩔 줄 몰라 한갓 슬피울 뿐이다. 청심환과 소합환도 떨어졌는데 다시 구할 곳이 없다. 더욱 안타깝다.

느지막해서부터 저녁에 이르기까지 인사불성이 되기를 네댓 차례했는데, 혹은 늦게 혹은 빨리 그치기도 한다. 새벽부터 비가 내리더니, 저녁에는 눈이 되어 종일 그치지 않는다. 만일 녹지 않았다면 거의 한 자나 쌓였으리라.

◎ ─ 1월 14일

단아가 지난밤부터 새벽까지 두통으로 괴로워하며 아픔을 호소한다. 참혹해서 차마 들을 수 없다. 느지막해진 뒤에 또 어제처럼 인사불성이 되기를 여러 번 한다. 미음도 조그만 숟가락으로 혹은 두세 숟가락 혹은 예닐곱 숟가락을 먹는데, 많아도 10여 숟가락을 넘지 않는다. 종일 먹는 것도 두세 번에 지나지 않으니, 이래서야 목숨을 오래 보존하겠는가. 안타까운 일이다.

또한 마초가 이미 떨어졌는데 달리 구할 곳이 없다. 아침 식사 뒤에 직접 대동(大洞)에 사는 생원 윤종의 집에 찾아갔더니, 윤종이 즉시 나와 보고 술과 음식을 대접했다. 사내종들에게도 저녁밥을 주었고, 또 쌀 12말, 마초 2동, 등유(燈油) 5홉, 모과 3개를 주었다. 깊이 감사하다. 마침 부장 오철도 왔는데, 돌아올 때도 함께 왔다.

오늘은 단아의 생일인데, 병 때문에 괴로워서 날짜도 모르고 있다. 슬프고 불쌍함을 이길 수 없다. 아산에 머물고 있다.

◎ ― 1월 15일

오늘은 속절(俗節, 정월대보름)*이다. 이시열의 어머니가 약밥을 만들어 보냈기에 처자식과 함께 먹었다. 오습독댁도 역시 한 사발을 보내 왔다.

단아는 지난밤에 크게 아프지 않았고, 또 어제처럼 인사불성이 되었을 때와는 같지 않았다. 미음을 서너 차례 마시니 몹시 기쁘다. 다만 병고가 드나듦이 일정하지 않아서 걱정스럽다.

오랫동안 이곳에 머물러 있자니 위아래가 모두 괴롭다. 양식과 반찬이 떨어졌는데 평강(오윤겸)은 아득히 먼 곳에 있으니, 반드시 이곳의 일을 알지 못하리라. 느지막해진 뒤에 편지를 써서 평강에서 온 관리를 시켜 보내고 이곳의 사정을 자세히 알려 -원문 빠짐- 행자(行資, 먼 길을 오가는 데 필요한 물품)를 구해 보내도록 했다.

옥지가 대흥에서 돌아왔다. 쌀 6말, 말먹이 콩 6말, 감장 3사발, 메주 5되를 얻어 왔다. 당분간 이것으로 지낼 수 있겠다.

....

*   속절(俗節): 세속에서 지내는 민속 명절이다. 정월 대보름, 삼월 삼짇날, 오월 단오, 유월 유두, 칠월 칠석, 추석, 중양절(重陽節), 섣달그믐 등이다.

저녁에 생원(오윤해)이 단아의 병이 중하다는 말을 듣고 진위에서 들어왔다. 그에게 들으니, 윤겸이 명나라 사신의 시차원(時差員)으로 한양에 와서 문안하는 사람을 진위로 보냈기에 그가 편지를 써서 주어 돌려보냈다고 한다. 평강(오윤겸)의 편지와 어머니의 편지를 가져와서 전하기에 펴 보니, 모두 잘 있다고 한다. 몹시 기쁘니 어찌 다 말로 하겠는가.

평강에서 보낸 물건은 베 1필, 날꿩 6마리, 말린 꿩 2마리, 꿀 2되, 소주 1병, 잣 1말, 말린 은어(銀魚) 5두름, 방어(魴魚) 1조(條)이다. 생원(오윤해)의 장모가 또 약밥 1상자를 보냈기에, 처자식과 함께 먹었다. 또 이웃에 사는 류수(柳璲)가 말먹이 콩 7되를 보내왔고, 이시열도 말먹이 콩 1말을 보내왔다. 꿩 1마리와 잣 5되를 이시열의 처소로 보냈다.

◎ ─ 1월 16일

단아의 증세는 어제와 같은데, 느지막해진 뒤에 또 인사불성이 되더니 잠시 뒤에 그쳤다. 어떤 사람이 가르쳐 주기를, 병자의 생기복덕일(生氣福德日)*을 가려서 글을 아는 중을 불러 깨끗한 쌀 3되로 밥을 지어 3개의 그릇에 담고 정화수 한 그릇에 백지 한 장으로 깃대 5개를 만들어 늘어놓고 징을 치고 경(經)을 외우며 빌면 자못 효험이 있다고 한다.

비록 이것이 허탄한 일인 줄 알지만 걱정스럽고 급박한 가운데 지나칠 수가 없어 사람을 시켜 중을 불러다가 물었더니, 내일이 생기복덕

....

* 생기복덕일(生氣福德日): 생기법(生氣法)으로 본 길일과 사람이 태어난 생년월일의 간지(干支)를 팔괘(八卦)로 나누어 뽑은 길한 일진(日辰)의 날을 뜻한다.

일이라고 한다. 이에 술수(術數)에 따라 즉시 준비해서 암자로 보내고 내일 새벽에 -원문 빠짐- 빌도록 했다. 물건을 가져가는 갯지 편에 등유 반 종지도 보냈다.

중의 이름은 인천(印天)이다. 호남 출신으로, 암자에 와서 살면서 자못 이러한 것을 일삼는다고 한다. 아산에 머물고 있다.

◎ ─ 1월 17일

생원(오윤해)이 진위로 돌아갔다. 또 평강(오윤겸)의 계집종 광덕(廣德)의 남편은 본래 -원문 빠짐- 에 산다. 그런데 광덕의 신공(身貢)*을 바치겠다며 그의 처소에서 편지를 가져왔다. 아침에 갯지에게 편지와 말을 가지고 그 집에 가 보도록 했더니, 백미 7말, 팥 3말, 말먹이 콩 5말, 마초 30여 뭇(束)을 받아 왔다. 당분간은 양식 걱정이 없겠다. 광덕의 남편은 무인(武人)인데, 이름은 오천운(吳天雲)이라고 한다.

단아의 증세는 조금 덜해서 어제와 같아 때로 미음을 마시지만, 유독 온몸이 피곤하다고 하며 버티지 못하는 듯 이리저리 뒹굴면서 편안하게 있지 못한다. 말을 하기가 어려운지 음식을 달라는 말도 하지 못한다. 이것이 걱정이다. 아산에 머물고 있다.

◎ ─ 1월 18일

갯지가 정산에 가서 앓고 있는 제 아비를 찾아뵌 뒤에 즉시 돌아온

....
* 　신공(身貢): 노비가 신역(身役) 대신에 바치던 공물(貢物)을 말한다. 공사노비를 막론하고 실
　 역(實役)하지 않을 경우에 공노비는 각 사(司)에, 사노비는 본주(本主)에게 바쳤다.

다고 한다. 그를 보내면서 하루만 머물고 곧장 돌아오라고 일렀다. 평강에서 온 사람들이 말먹이 콩이 떨어졌다고 하기에, 각각 1말씩 주면서 저장해 두고 먹이도록 했다.

단아는 꼭두새벽부터 전에 있던 증세가 다시 생겨나 눈[眼] 속에 지난날 보이던 빛이 보이고 이 때문에 머리가 아프다고 몹시 괴로워하면서 아프다는 소리를 잠시도 그치지 않는다. 참혹함을 차마 볼 수가 없다. 참담하다. 처음에는 오늘부터 나날이 차도가 있으리라고 여겼는데 이제 또 전에 있던 증세가 도지니, 대엿새 안으로는 필시 덜하지 않으리라. 몹시 안타깝다.

단아가 오후에 말이 통하지 않고 인사불성이 되어서 청심환을 죽력에 타서 먹였더니 한참 만에 도로 소생했다. -원문 빠짐- 원기가 점점 없어져서 두통뿐만 아니라 온몸이 모두 아파 견딜 수 없는 것 같다. 신음하는 소리가 입에서 끊이지를 않으니, 차마 들을 수가 없다. 어찌 이런 일이 있단 말인가. 어찌할 바를 몰라 그저 슬피 울 뿐이다.

◎ ― 1월 19일

단아의 증세는 어제처럼 심하지 않고 조금 차도가 있다. 하지만 온몸이 아프다며 신음하는 소리를 여전히 그치지 않는다. 먹으려는 생각이 조금도 없어서, 억지로 권한 뒤에야 겨우 물에 탄 죽을 조금 마실 뿐이다. 몹시 걱정스럽다.

저녁에 허찬을 인천이 거처하는 암자로 보내서 다시 한 번 독송을 행하도록 했다. 평강에서 보낸 관리가 약을 가지고 들어왔다. 편지를 보니, 아직 한양에 머물면서 전날 생원(오윤해)이 편지에 적어 보낸 단아의 병세를 양동지(楊同知)*에게 물었더니, 그가 말하기를 이는 담열(痰熱)이 간에 뭉쳐서 난 병일 뿐이니 먼저 사청환(瀉靑丸) 3알을 먹어 간(肝)의 열을 쏟아낸 뒤에 안신환(安神丸) 반 알씩을 상복(常服)해야 한다고 했단다. 그래서 평강(오윤겸)이 사청환 6알과 안신환 6알을 구해 보냈다. 또 청심환 2알과 소합환 3알을 다른 사람 편에 보내왔다. 그리고 베 1필을 보내면서 그것을 팔아 양식으로 삼도록 했다.

또 들으니, 평강에서 온 사람이 한양에 있을 때 갯지의 아비가 병으로 죽었다는 소식을 들었다면서 전하니, 필시 거짓은 아닐 것이다. 가련한 일이다. 갯지는 모레 돌아오기로 했는데, 만일 그 아비가 죽었다면 필시 여러 날 머물리라.

◎ ─ 1월 20일

답장을 써서 꼭두새벽에 평강에서 온 사람에게 보냈다. 이틀 걸려 오고 이틀 걸려 가니 -원문 빠짐- 멀어도 겨우 이틀 길밖에 되지 않는데, 병 때문에 오래도록 여기에 체류한다. 바라보면 -원문 빠짐- 마치 천 리나 떨어진 듯하니, 탄식한들 어찌하겠는가.

단아는 어젯밤부터 새벽까지 편안히 자고 아프다며 괴로워하는 소리를 하지 않았다. 그러나 그 뒤에 한쪽 머리가 조금 아프고 기운이 도로 편치 않다고 한다. 아침 식사 뒤에 사청환을 먹였으나, 음식 생각이

....
* 양동지(楊同知): 양예수(楊禮壽, ?~1597). 1565년 어의(御醫)를 지냈다. 1595년 동지중추부사가 되었으며, 이듬해 태의(太醫)로《동의보감(東醫寶鑑)》의 편찬에 참여했다. 선조(宣祖) 초에《의림촬요(醫林撮要)》를 저술했다. 임진왜란 때 의인왕후(懿仁王后)의 호종 의관이 되기도 했다.

없어 억지로 권해도 들지 않는다. -원문 빠짐- 오후에는 기운이 점점 나아져서 비로소 조밥 한 종지를 먹었다. 몹시 기쁘다.

허찬이 황랍(黃蠟)*을 가지고 장에 가서 팔아 깨로 바꾸었다. 황랍 5냥에 쌀 3말 5되를 받아 왔는데, 만일 깨가 없었다면 쌀로 바꿀 수 없었으리라. 김서방댁이 사람과 말을 빌려서 돌아갔다.

◎ ― 1월 21일

단아는 어젯밤에도 편안하게 잤다. 아침이 되자 기운이 비록 보통 때와는 다르지만 매우 아파하지는 않는다. 느지막해진 뒤에 밥을 먹고 싶어 하므로 즉시 잡곡밥을 지어 주었더니, 두 번이나 먹었으나 모두 한 종지에 그쳤다. 더 먹으려고 했으나 체할까 두려워서 말렸다. 때로는 일어나 앉기도 하니, 몹시 기뻐서 말로 다 할 수가 없다. 내일은 다시 증세를 보아 기운이 만일 점점 좋아지면 모레 떠날 계획이다.

어제 사청환 2알을 먹은 뒤에 설사를 별로 하지 않았고, 오늘 아침에 또 2알을 먹었는데도 설사를 하지 않았다. 다만 입이 말라서 마실 것만 생각할 뿐이다. 이 약의 효험을 알 수 없으니, 이 정도로 먹였는데도 설사를 하지 않는 것인가. 설사를 한 뒤에 안신환을 먹이려고 생각했는데, 사청환을 두 번이나 먹여도 설사를 하지 않는다. 저녁에 안신환 반 알을 갈아서 물에 개어 먹였다. 아산에 머물고 있다.

....

* 　황랍(黃蠟): 벌집을 만들기 위하여 꿀벌이 분비하는 물질이다.

단아는 밤에 자는 것이 어제와 같고 증세에 점점 차도를 보인다. 그러나 아직도 완쾌하지는 않았다. 불안한 증세가 늘 온몸에 있는데, 머리 한쪽이 때때로 조금씩 아프다고 한다. 식전에 안신환 반 알을 여섯 쪽으로 만들어 원미죽(元米粥)*에 섞어 먹였더니 아주 적은 양을 목구멍으로 넘겼다. 어느 쪽이 맞는지 알 수가 없어서 일부러 시험해 볼 따름이다.

아침 식사 뒤에 부장 오철이 와서 보았다. 오철이 나에게 이르기를, 오늘 친구들과 함께 개현사(開現寺)*에서 두부를 만들어 먹기로 했으니 함께 가서 이야기나 하는 것이 어떻겠느냐고 한다. 내가 말하기를, 내일 떠나야 하므로 행장(行裝)을 준비해야 하고 또 제공(諸公)들의 얼굴도 모르니 갈 수가 없다고 했다. 그러나 오철과 윤우 두 사람이 억지로 청하기를 그만두지 않아서, 느지막해진 뒤에 윤우와 함께 뒤미처 따라갔다.

절은 앞산에 있는데, 뒷면은 산허리로 이곳에서부터의 거리가 10여 리이다. 이 지역에 사는 품관(品官)* 10여 명이 각각 술병과 과일을 가지고 와서 단란하게 놀면서 제각각 모두 취하고 배를 불렸다. 저녁

....

* 원미죽(元米粥): 쌀을 갈아 싸라기로만 쑨 죽에 설탕과 약소주를 타고 얼음을 넣어 차게 식힌 음식이다. 소화가 잘 된다.
* 개현사(開現寺): 충청남도 아산의 연암산(燕巖山)에 있던 절이다.
* 품관(品官): 향직(鄕職)의 품계를 받은 벼슬아치이다. 주현(州縣)에 유향소(留鄕所)를 설치하고 고을에 사는 유력한 자를 좌수, 별감, 유사에 임명하여 수령을 보좌하며 풍속을 바로잡고 향리를 규찰하고 정령(政令)을 전달하며 민정(民情)을 대표하게 하던 유향품관(留鄕品官)이다.

무렵에는 또 연포(軟泡)*를 주었다. 저녁밥을 먹은 뒤에 먼저 돌아와 집에 이르니, 날이 이미 어두웠다.

내일 떠나려고 했는데 갯지가 오지 않는다. 게다가 사람과 말이 부족하고 또 비가 올 조짐이 있어 출발을 중지했다. 단아는 아침에 흰죽한 접시를 먹었고, 느지막해진 뒤에 잡곡밥을 두 번 먹었다. 그러나 배가 붓는 기운이 있어 음식을 조금만 먹어도 갑자기 배가 부르고 숨이 가빠서 일어나 앉았다가 도로 눕는다. 아침밥은 이시열의 어머니가 지어 주었고, 저녁밥은 이시열이 지어 주었다.

◎ — 1월 23일

새벽부터 눈이 내리더니, 아침에도 오히려 날이 흐리다. 눈이 녹았기에 길이 몹시 질다. 내일 가려면 반드시 자빠질 염려가 있겠다. 매우 걱정스럽다.

단아의 증세는 어제와 같고 -원문 빠짐- 증세는 아직 없어지지 않았다. 머리 한쪽도 때로 아프고 배가 부푸는 기운도 -원문 빠짐-. 그러나 큰 증세에는 절반쯤 차도가 있으니, 몹시 기뻐서 말로 다 할 수가 없다. 그러나 이때를 틈타서 돌아가려는데 -원문 빠짐- 말을 가지고 가서 아직 돌아오지 않아 출발을 하지 못했다. 몹시 걱정스럽다.

아침 식사 전에 안신환 -원문 빠짐- 먹은 뒤에 잡곡밥 한 접시를 물에 말아먹었고, 저녁에 또 먹었다. 아산에 머물고 있다.

....

*   연포(軟泡): 얇게 썬 두부 꼬치를 기름에 지진 다음 닭국에 넣어 끓인 음식이다.

◎ — 1월 24일

단아는 기운이 도로 편치 않다. 두통이 다시 생겼으나 그다지 심하지는 않다. -원문 빠짐- 밥을 먹고 해가 뜨자 출발했다. 중도에 이르러 들으니, 명나라 사신이 어제 -원문 빠짐- 에서 자고 오늘 진위로 들어가 점심을 먹은 뒤에 수원부에 들러 잔다고 한다.

들으니, -원문 빠짐- 여울의 얼음이 녹아, 물이 얕고 진흙이 없는 곳으로 걸어서 건널 수 있다고 한다. 이에 곧장 여울가로 가서 즉시 건너니, 물이 겨우 말의 배에 찰 뿐이다. 건너편 언덕에서 말에게 꼴을 먹이고 점심을 먹었다.

단아는 더 아픈 데가 별로 없지만, 때로 조금 아프고 가슴이 막혀 답답하다고 한다. 물만밥을 조금 먹은 뒤에 다시 떠나서 진위에 이르러 최참봉(崔參奉)의 집에서 잤다. 최경유(崔景綏)*는 현에 들어갔다가 저물 무렵에 돌아와서 조용히 이야기를 나누고 우리 일행 위아래의 저녁을 대접했다.

최경유에게 들으니, 적장 청정(淸正, 가토 기요마사)은 지난 13일에 이미 바다를 건너 양산(梁山) 땅에서 진법(陣法)을 연습하면서 병세(兵勢)를 자랑하고 있다고 한다. 전날에 들으니, 청정이 바다를 건널 때 통제사(統制使) 이순신(李舜臣)이 군사를 거느리고 급습해서 막아 육지에 오르지 못하게 했는데 이번에는 불시에 바다를 건너서 미처 수전(水戰)을 하지 못하고 이미 시기를 잃었다는 것이다. -원문 빠짐- 이 때문에 이

....
* 　최경유(崔景綏): 최형록(崔亨錄, ?~?). 자는 경유이다. 오윤해의 장인이다. 세마를 지냈으며, 승지에 증직되었다.

순신을 잡아 가두고 그 대신 원균(元均)이 통제사가 되었다고 한다.

또 들으니, 명나라 조정에서는 사신 양방형(楊邦衡)*에게 한양에 머물러 지키도록 하고 부사 심유경(沈惟敬)에게 도로 부산(釜山)으로 내려가 지키도록 했는데 그 기별이 어제 직산(稷山)에 도착했다고 한다. 그런데 부사가 말하기를, 거의 한양에 다다랐으니 -원문 빠짐- 한양에 들어가 국왕을 만나 일을 의논한 뒤 도로 내려온다고 했단다. 두 명나라 사신이 왕래하는 탓에 여러 고을에서는 -원문 빠짐- 이미 다 고갈되었는데 이제 또 내려온다고 하니, 또 -원문 빠짐- 받게 되었다고 한다. 길가의 백성 가운데 소와 말을 잃은 자도 몹시 많고 또 길에 쓰러져 죽은 자도 많다고 -원문 빠짐- 한다.

◎ ― 1월 25일

최경유가 위아래 일행의 아침을 대접하고 점심도 싸서 보냈다. 또 콩떡 1상자를 마련해 탁주 -원문 빠짐- 하인들을 먹이니, 폐가 적지 않다. 하나같이 미안하다.

단아의 증세는 -원문 빠짐- 변함없이 어제와 같기 때문에, 아침 식사 뒤에 출발했다. 진위현 앞을 지나 수원 땅 냇가에 이르러 말에게 먹이를 먹이고 점심을 먹었다. 곧장 떠나 수원부 앞에 이르니, 날이 이미 저물어 간다. 종들이 모두 들어가서 자려고 하는 것을 억지로 더 가게 하여 뒷들에 이르니, 해가 벌써 떨어졌다. 생원(오윤해)의 집까지는 반 식

---

* 양방형(楊方亨, ?~?). 을미년(1595) 4월에 흠차 책봉 일본부사(欽差冊封日本副使) 좌도독부 서도독첨사(左都督府署都督僉事)로 나와 같은 해 10월 부산 일본군의 진영에 들어갔다. 정사 이종성이 도망간 뒤 정사가 되어 병신년(1596)에 일본에 다녀왔다.

정(半息程, 15리)이나 남았는데 어두워서 길을 분별하지 못해 비탈길로 들어서니, 사람과 말이 모두 피곤했다. 간신히 도착해 집으로 들어가니, 밤이 2경(二更, 21~23시)이었다. 오늘은 말도 피곤하고 길이 미끄러운데다가 또 멀리 왔기에, 이토록 늦은 것이다.

그러나 단아가 더는 아프지 않으니 기쁜 일이다. 계집종 넷이 뒤에 처져 따라오지 못하기에 수원부 앞에 있는 집으로 들어가서 자고 내일 오도록 했다.

◎ — 1월 26일

그대로 율전 생원(오윤해)의 집에 머물렀다. 단아는 느지막해진 뒤에 또 눈 속의 붉은 빛이 전처럼 보이더니 -원문 빠짐- 이 때문에 기운이 도로 편치 않고 식사량도 갑자기 줄었다. 때로는 배도 아프고 가슴이 막혀 답답해 하며 -원문 빠짐- 또 발작하니 몹시 걱정스럽다. 그러나 전날처럼 심하지는 않다. 생원(오윤해)의 집에서 위아래 사람들의 아침밥과 저녁밥을 해서 주었다.

◎ — 1월 27일

그대로 율전에 머물고 있다. 단아의 증세는 비록 몹시 아파하지는 않지만 하루 종일 그리고 밤새도록 -원문 빠짐- 불안하다. 또 배가 붓는 증세가 있으며, 호흡이 가쁘다. 때로는 배도 아프고 -원문 빠짐- 아프다고 하니, 몹시 걱정스럽다.

어제 안손(安孫)을 사창(社倉)의 동면장(東面長) -원문 빠짐- 사는 곳으로 보냈다. 집사람이 편지를 보내서 와 주기를 간청했으나, 두 수씨(嫂

氏)는 연고가 있어서 오지 않았다. 이시윤(李時尹)*-원문 빠짐- 형제가 와서 보았는데, 같이 잤다. 그에게 들으니, 이시증(李時曾)*은 새달 초나흘에 -원문 빠짐-.

◎ ― 1월 28일

그대로 율전에 머물고 있다. 윤함에게 먼저 한양으로 들어가게 했다. 단아의 병세를 양동지에게 물어보기 위해서이다. 또 생원(오윤해)의 인마를 빌려 짐 1바리를 먼저 보냈다. 단아는 새벽부터 아픈 증세가 -원문 빠짐- 아침에도 여전하니 몹시 걱정스럽다. 내일 떠나려고 했지만 이 때문에 형세상 못 떠나게 되었다. 더욱 걱정스럽다. 이시윤 형제가 돌아갔다.

어제 아침부터 하인들이 가지고 온 양식을 꺼내 먹었다. 생원(오윤해)이 가난해서 준비하지 못했기 때문이다. 생원(오윤해)의 사내종 논동(論同)이 떡을 만들어 오고 말먹이 콩 2말과 벼 2말도 바쳤다. 천린(天麟)의 어머니가 떡을 만들어 보냈고 말먹이 콩 2말과 두(豆) 5되도 보냈다. 이웃에 사는 충의위(忠義衛)* 박용(朴容)이 어제 와서 보더니 말먹이 콩 2말을 보냈다.

....

* 이시윤(李時尹): 1561~?. 오희문의 처조카이다. 오희문의 처남인 이빈(李贇)의 아들이다. 1606년 진사시에 입격했고, 동몽교관을 지냈다.
* 이시증(李時曾): 1572~1666. 오희문의 처조카이다. 오희문의 처남인 이빈의 둘째 아들이다. 숙부 이지(李贄)의 후사가 되었다.
* 충의위(忠義衛): 조선시대의 중앙군인 오위(五衛)의 충좌위(忠佐衛)에 소속되었던 병종(兵種)이다. 개국(開國), 정사(定社), 좌명(佐命)의 3공신 자손들이 주로 소속되도록 만들어진, 특수층에 대한 일종의 우대제도였다.

생원(오윤해)의 사내종 산수(山守)와 희봉(希奉), 계집종 막덕(莫德)과 춘월(春月)이 각각 콩 1말씩을 바치니, 모두 10여 말이다. 콩은 -원문 빠짐- 있으나, 양식 쌀은 만일 여러 날 머물면 부족하겠다. 이웃에 사는 노향(盧香)이 삶은 콩 -원문 빠짐- 갖다 바쳤다. 저녁에 논동이 또 쌀 1말을 바치고 아침 식사도 자신이 준비해서 냈다. 후의에 감사하다.

갯지가 그저께 제 처를 데리고 왔는데, 그에게 들으니 아비 홍유량(洪有良)이 지난달에 병으로 죽었다고 한다. 슬픈 일이다. 이에 오늘 그의 처를 데리고 먼저 한양으로 가라고 보내면서 내일 즉시 돌아오도록 했다.

종일 눈이 내리고 또 흙비가 오더니, 때때로 비도 뿌렸다. 저녁에 춘이가 돌아왔다. 들으니, 윤함은 그저께 토당(土塘)*에 사는 사내종의 집에 갔다가 오늘 아침에 한양으로 들어갔다고 한다.

◎ ─ 1월 29일

그대로 율전에 머물고 있다. 지난밤에는 센 바람이 땅을 흔들어 지붕을 걷어 올리고 울타리를 뽑아내더니 -원문 빠짐- 비가 내렸다.

단아는 밤새 두통으로 매우 괴로워했는데, 아침에도 덜하지 않다. 몹시 걱정스럽다. 오후에는 조금 덜해서 물만밥을 먹었는데, 거의 한 접시였다. 때로는 말도 하니 몹시 -원문 빠짐- 한 듯했다. 초경(初更, 19~21시)

....

* 토당(土塘): 해주 오씨의 광주(廣州) 입향은 10세(世) 오계선(吳繼善) 대에 부인의 산소를 그곳에 두면서 시작되었다. 오계선의 아들 오옥정(吳玉貞) 대부터 광주 토당리(현재의 서울시 강남구 역삼동)에 선영을 마련하고 정착했다. 그의 아들들, 즉 12세 오경순(吳景醇)과 오경민(吳景閔), 13세 오희문과 오희인의 묘소는 경기도 용인시 처인구 모현면 오산로 61번길에 있다.

이 되자 다시 두통이 시작되어 밤새 멎지 않으니, 아프다는 소리가 -원
문 빠짐- 몹시 걱정스럽다.

아산에 있는 이시열의 집에서 28일을 머무는 동안에는 겨우 조금
덜했는데, 그곳을 떠나 여기에 와서 또 닷새를 머무는 동안 병세가 이
와 같다. 행자도 다 떨어져서 다시 얻을 길이 없다. 평강에서 온 사람과
말들도 모두 피곤해서 원망하는 말이 많다. 더욱 걱정스럽다. 평강에서
온 사람들에게 말먹이 콩 2말을 주고 말을 먹이도록 했다.

2월 작은달 -6일 춘분(春分), 19일 한식(寒食), 21일 청명(淸明) -

◎ — 2월 1일

단아는 지난밤 초경 뒤로 다시 두통이 생겨 아침까지 아프다고 난리이다. 전날에도 이와 같았으므로 대수롭지 않게 여겨 이른 아침을 먹고 수원 부사(水原府使)에게 가 보려고 했는데, 새벽 이후로 병세가 매우 심해졌다. 곧장 들어가 병세를 보니 인사불성이 되어 매우 위태롭고 괴로워한다. 생원(오윤해)이 앉아서 안고 내가 양손을 잡고 있는데, 잠시 뒤에 기증(氣證)*이 위로 올라오고 가래까지 끓어 말도 하지 못한다. 이에 죽력, 청소(淸蘇), 달걀노른자, 어린아이 오줌 등을 수없이 써 보았다. 하지만 약이 목구멍으로 넘어가지 않고 가래가 끓어서 소리가 나더니 끝내 내려가지 않고 콧구멍으로 도로 나온다. 결국 말 한마디도 못하고 사시(巳時, 9~11시)에 훌쩍 떠나 버렸다. 붙들고 통곡해 보지만 한

....

*   기증(氣證): 기의 흐름이 원활하지 못해서 생기는 증상이다.

없는 슬픔을 어찌하겠는가.

지난해 9월 스무날에 갑자기 이 병에 걸려 여러 달 고생하다가 이제 아주 떠나 버렸다. 마음이 더욱 지극히 애통하여 가슴과 창자가 찢어지는 듯하다. 평소에 용모가 단정하고 성품이 온화하고 바르며 총명함이 남달랐다. 나이는 어려도 사리의 경중과 옳고 그름을 알았으며 문장도 잘 지었다. 부모에게 효도하고 형제들과 우애 있게 지내는 것도 타고났다. 별것 아닌 옷이나 음식이라도 반드시 다른 사람에게 양보하여 입은 옷이 제 손위 형제의 것보다 조금이라도 좋으면 번번이 바꾸어 입었다.

타고난 품성이 이와 같아서 우리 내외가 매우 애지중지하며 항상 내 이불 속에서 재우다가 지난해부터 따로 재우기 시작했다. 내가 나갔다가 돌아오면 문득 먼저 나와서 맞으며 곧바로 띠를 풀고 옷을 벗기곤 했는데, 다시는 그렇게 할 수 없다. 애통해 한들 어찌하겠는가. 병세가 지극히 심했다지만 행여 낫기를 기대할 수 있었는데, 도중에 오래 체류하다가 이 지경에 이르러 끝내 살려 내지 못했다. 장수(長壽)와 요절(夭折)은 하늘에 달려 있어서 사람의 힘으로는 어쩔 수 없다. 하지만 가장 통탄스러운 점은 객지로 떠도느라 의술과 약물을 모두 쓰지 못하고 오직 하늘의 명(命)만 믿고 사람이 할 일을 다하지 못한 것이다. 더욱 몹시 애통하다. 마침 율전의 생원(오윤해) 집에 와 있었으니, 이것이 불행 중 한 가지 다행스러운 일이다.

저녁에 몸을 씻기고 염습(殮襲)을 했다. 정처 없이 떠도는 중에 의복도 마련할 수 없어서 다만 평소에 입던 옷 한 벌을 입혔다. 슬프다. 내 딸은 평소 가난한 집에 살면서 남들처럼 잘 입고 잘 먹고 마시지도 못했는데, 죽어서도 좋은 옷 한 벌을 구해 염해 주지 못했다. 죽을 때까지 지극한 한으로 남을 게다.

내관(內棺)은 마침 생원(오윤해)의 사내종 산돌[山石]의 집에 있었다. 빌려 쓴 다음 나중에 값을 쳐 줄 생각이다. 논동을 시켜 목수를 불러다가 관을 만들게 했다. 또 논금이를 한양으로 보내 윤함에게 부음을 전했다. 그편에 염하면서 쓸 물건을 가져오게 했다. 전날에 미리 보내 놓았기 때문이다.

이웃에 사는 충의위 박용 씨를 수원에 들여보내면서, 그편에 부사 류영건(柳永健)*에게 편지를 부쳐 상례(喪禮)에 쓸 물건을 구했다. 겨우 유지(油紙, 기름 먹인 종이) 2장과 백지(白紙) 1뭇, 송연(松煙)* 조금을 보내왔다.

그편에 이시윤의 아내가 오늘 애를 낳다가 죽어서 부사에게서 목수를 빌려 갔다는 말을 들었다. 슬프다. 슬하에 어린 딸들만 많이 두고 이렇게 죽으니 더욱 애처롭다. 시증이 장가가는 날이 초나흗날이라고 하는데, 형편상 치를 수 없을 것이다. 그 집의 일은 날로 점점 틀어져 수습할 길이 없다. 불쌍하다. 저녁에 갯지가 한양에서 돌아왔다. 도중에 논금이를 만나지 못했다고 한다. 분명 공교롭게 길이 어긋난 게다.

염습에 쓸 물건으로, 제 형이 흰 모시적삼 1벌, 초록색 치마와 저고리 1벌, 검푸른 색 장옷[長衣] 1벌, 홑치마 1벌, 유군(襦裙) 1벌, 반쯤 푸른 겹적삼 1벌을 마련했고, 소렴(小殮)*에는 제 어미가 유장의(襦長衣)

....

* 류영건(柳永健): 1535~1599. 괴산 군수, 수원 부사 등을 지냈다.
* 송연(松煙): 소나무를 태운 그을음으로, 아교를 섞어 먹을 만드는 재료이다.
* 소렴(小殮): 운명한 다음날 시신에 수의(壽衣)를 갈아입히고 이불로 싸는 것을 말한다.

1벌, 유저고리[襦赤古里] 2벌을 마련했으며, 제 셋째 오라비가 홑이불 1채를 마련했다.

◎ — 2월 2일

율전에 그대로 머물렀다. 목수가 형편없어서 관이 잘 맞지 않았다. 입관할 때까지 마치지 못할 형편이다. 답답하다. 하루 종일 애통해 한들 어쩌겠으며, 한없이 슬퍼한들 어찌하겠는가. 얼굴이 눈앞에 있는 듯 선하여 가슴과 창자가 찢어질 듯하니, 그저 통곡만 나온다.

이웃에 사는 김윤세(金允世)가 쌀 1말, 콩 1말을 부의(賻儀)로 보내왔다. 산돌도 백미 1말을 바쳤다. 가면서 먹을 양식이 거의 떨어졌는데 지금 2말의 쌀을 얻으니, 매우 감사하다. 저녁에 윤함이 약을 지어 달려왔지만 이미 소용없게 되었다. 더욱 몹시 애통하다. 저녁내 눈발이 날렸다.

◎ — 2월 3일

율전에 그대로 머물렀다. 아침을 먹기 전에 들어가 시신을 보고 어루만지며 슬퍼했다. 아무리 하루에 세 번 이와 같이 한들 이미 죽은 걸 어찌하겠는가. 슬퍼서 통곡했다. 어제부터 충아(忠兒)* 어미의 기운이 몹시 편치 않다. 분명 임신한 지 얼마 안 되었는데 이번에 큰 변을 당해서 놀랍고 애통하여 냉골에서 정신없이 돌아다니다가 찬 기운이 들어 그러하리라. 걱정스럽다.

....

* 충아(忠兒): 오윤해의 큰아들인 오달승(吳達升)으로 추정된다.

이른 아침에 수원 부사가 특별히 사람을 보내서 목수와 짚자리 4 닢을 보내왔다. 심지어 산성(山城)의 역에 딸린 목공까지 뽑아서 보냈고, 또 편지를 써서 안부를 묻기까지 했다. 후의에 매우 감사하다. 이 목수는 솜씨가 좋아서 관 짜는 일에 매우 익숙했다. 분명 흠이 없을 것이다. 기쁘다.

지난밤에 큰 눈이 내려 거의 반 자나 쌓였다. 길이 진창이 되어 매우 걱정스럽다. 포(布) 반 필을 팔아서 쌀 9말을 받아 왔다. 가는 동안 먹을 양식에 보태기 위해서이다. 저녁때 입관하고 빈소를 만드니 밤이 깊었다.

대렴(大殮)* 에 유금(襦衾) 1벌, 저고리를 찰색(察色)으로 물들인 장옷 1벌, 홑치마 1벌, 나의 ―원문 빠짐― 중치막* 1벌, 제 오라비 윤함의 자줏빛으로 반쯤 물들인 유철릭[襦天益]* 1벌을 썼다. 아이가 평소에 쓰던 조그만 종이상자에 실꾸리, 분첩, 은가락지 3개를 관 속 아래쪽에 넣어 주었다.

◎ ― 2월 4일

집사람과 둘째 딸을 데리고 먼저 출발했다. 윤함에게 율전에 남아

....

*　대렴(大殮): 소렴을 한 다음날에 입관을 위해 시신을 베로 감싸서 매듭을 짓는 것을 말한다.

*　중치막: 벼슬하지 아니한 선비가 소창옷 위에 덧입던 웃옷이다. 넓은 소매에 길이는 길고 앞은 두 자락, 뒤는 한 자락이며 옆은 무(웃옷의 양쪽 겨드랑이 아래에 대는 딴 폭)가 없이 터져 있다.

*　유철릭[襦天益]: 솜을 두어 만든 철릭이다. 철릭은 문사(文士)의 편복(便服)이나 연복(燕服)의 상의로 사용되었으며, 조복(朝服)의 중의(中衣)로도 사용되었다. 선조 대에 융복(戎服)으로 사용되다가 인조(仁祖) 대에 와서는 공복(公服)으로 사용되기도 했다.

서 오는 초엿샛날에 발인을 마치고 오도록 했다. 과천현(果川縣) 앞에
이르러 말을 먹이고 점심을 먹은 뒤에 또 떠나서 토당의 산소 앞 사내
종의 집에 도착했다. 날이 아직 저물지 않았다. 길이 질고 미끄러웠는
데 간신히 자빠지지 않았다. 매우 다행스럽다. 다만 시신을 두고 먼저
와서 애통하기 그지없다.

계집종 자근개(者斤介)가 저녁을 지어 주고 또 찰떡 1바구니를 올리
기에, 곧바로 하인들에게 나누어 주었다. 어제 율전에 있을 때 논동이
말먹이 콩 1말을 바쳤고 천린 어미도 2말을 보내왔다. 이웃에 사는 노
향도 흑태(黑太) 1말을 바쳤다. 생원(오윤해)이 콩 2말을 평강에서 온 사
람에게 나누어 주었다. 말먹이 콩이 떨어졌다는 말을 들었기 때문이다.
율전에 머물다가 여드레 만에 비로소 왔다.

◎ ─ 2월 5일

새벽부터 눈이 내리더니 아침까지도 그치지 않고 바람까지 세차게
불었다. 오늘 묏자리를 파고 떼도 뜨려고 했는데 날씨가 이러니 답답한
노릇이다. 느지막이 비로소 날이 갰다. 사내종들을 데리고 산에 올라가
조부모의 산소 위 산등성이 서쪽 자락 정남향의 자리에 묏자리를 잡았
다. 묏자리 터를 다듬고 무덤을 파기 시작하여 거의 절반을 팠다. 하지
만 하루 종일 바람이 거세고 때때로 눈발도 날려 사람들이 모두 추위
에 떨어 일을 끝내지 못할 지경이라, 일찍 그만두고 돌아와 토당의 산
소에 머물렀다. 여기에 묏자리를 잡아 두고 훗날 우리 내외도 들어가야
겠다.

◎ ─ 2월 6일

정손(鄭孫)의 소와 자근복(者斤卜)의 소를 빌린 다음 사내종 광진(光進)에게 네 사람을 데리고 가서 과천현 앞에서 발인 행렬을 맞게 했다. 오늘은 날이 갰지만 바람의 기세가 잦아들지 않아 날이 몹시 춥다. 매우 걱정스럽다.

새벽에 집사람이 꿈속에서 죽은 딸을 보았는데, 완연히 평소의 모습과 같았다고 한다. 집사람과 서로 마주보며 애통해 했다. 오늘이 발인이라 분명 떠도는 넋이 먼저 와서 꿈에 보였나 보다. 슬퍼서 통곡했다. 둘째 딸도 두 번이나 꿈에서 보았다고 한다.

이른 아침을 먹고 종들을 데리고 산에 올라 떼도 뜨고 무덤도 파서 일을 거의 마쳤다. 먼저 조부모와 선친, 죽전(竹前) 숙부의 산소에 고유(告由)*했는데, 떡과 채소, 두 가지 과일과 탁주만으로 지냈다. 제사를 지낸 뒤 일꾼들에게 음식을 나누어 주었다.

오후에 발인 행렬이 왔다. 먼저 무덤구덩이에서 제사를 지내고 곧 하관했다. 관을 어루만지면서 애통해 한들 어찌하겠는가. 흙을 반쯤 메웠을 때, 아이가 평소에 지니던 작은 거울 1개, 놋쇠 분합(粉合) 2개, 작은 가위 1개, 족 1개, 큰 빗 1개, 참빗 1개를 작은 동고리에 담아 구덩이 오른쪽에 묻었다. 쓰던 물건을 차마 못 보겠어서 같이 묻게 한 것이다.

언명(彦明)*이 부음을 듣고 달려왔고, 또 일을 봐 주었다. 평토(平土)*한 뒤에 바로 봉분을 만들었는데, 크지도 작지도 않고 몸에 딱 맞았다.

....

*   고유(告由): 중대한 일을 치른 뒤에 그 내용을 사당이나 신명(神明)에 고하는 것을 말한다.
*   언명(彦明): 오희철(吳希哲, 1556~1642). 자는 언명이다. 오희문의 남동생이다.
*   평토(平土): 관을 매장한 뒤에 흙을 쳐서 평평하게 하는 작업이다.

여러 사람이 힘을 써 주었기 때문에 날이 저물기 전에 일이 끝났다. 사면(四面)에 계체석(階砌石)*을 쌓고 떼를 다 입힌 다음 묘제(墓祭)를 지내고 애통하게 곡하고 나서 돌아왔다.

평소에 슬하를 떠나지 않았던 아이를 이제 산골짜기에 묻으니, 외로운 넋이 분명 컴컴한 무덤 속에서 슬피 울고 있겠지. 더욱 지극히 애통하다. 그래도 선산 아래에 장사 지냈으니, 불행 중 다행스러운 일이다.

자근복이 두(豆) 1말, 쌀 5되를 바쳤고, 복룡(福龍)도 백미 3되를 바쳤다.

◎ ─ 2월 7일

아침은 억룡(億龍)이 차렸다. 이곳에 와서 이틀을 머물렀다. 일찍 출발하여 배로 한강(漢江)을 건너 먼저 고성(高城) 누이*에게 가서 어머니와 누이를 보았다. 마침 고성은 번(番)에 들어가고 없었다. 종일 여기에 있으니, 누이의 집에서 저녁을 지어 주었다.

저물녘에 처자식들과 함께 광노의 집에 와서 잤다. 죽은 딸이 평소에 늘 한양을 다시 보고 싶어 했는데, 이제는 다시 볼 수 없다. 애통하기 그지없다.

◎ ─ 2월 8일

한양에 머물렀다. 밥을 먹고 고성 누이의 집으로 가서 어머니를 뵈

─────────

* 　계체석(階砌石): 무덤 앞에 편평하게 만들어 놓은 장대석이다.
* 　고성(高城) 누이: 오희문의 셋째 여동생이다. 고성은 오희문의 매부인 남상문(南尚文, 1520~1602)을 말한다. 남상문이 고성 군수를 지냈기 때문에 이와 같이 말한 것이다.

었다. 그길로 기성군(箕城君)*의 집을 방문했다. 기성군이 중병으로 나오지 못하여 나를 안방으로 맞았다. 마침 직장(直長) 허영(許鑮)*과 풍덕(豊德) 이중광(李重光)이 왔다. 작은 술자리를 마련하여 마시다가 파하고 광노의 집으로 돌아왔다. 신직장(申直長)*의 부인이 와서 집사람을 만났고, 신율(申慄)*도 찾아왔다. 직장댁은 그대로 잤다. 남첨지(南僉知)의 수씨도 와서 집사람을 보았다.

평강에서 사람이 왔다. 평강(오윤겸)의 편지를 보니, 잘 지낸단다. 오는 열하룻날에 임시 파견 관원으로 나간다고 하니, 아마도 못 볼 듯하다.

평강(오윤겸)이 보내온 물건은 백미 4말, 메조미쌀[造米]* 3말, 간장 2되, 꿀 2되, 청주 5병, 대구 2마리, 날노루 1마리, 은어 10두름, 말린 꿩 2마리, 배 3개, 날꿩 6마리, 방어 2조(條), 감장 5되, 녹두 5되, 약과와 빈사과[氷砂果]* 1바구니, 개암 5되이다. 먹을거리가 모두 떨어져서 답답하던 차에 이 물건들이 때마침 도착했다. 이것으로 일행이 먹을 수 있겠다.

날꿩 1마리는 신직장댁에게 주었고, 또 1마리는 고성 누이에게 보냈다. 은어 2두름과 말린 꿩 1마리는 생원(오윤해)에게 보냈고, 은어 2

* 기성군(箕城君): 이현(李俔, ?~?). 광평대군(廣平大君) 이여(李璵)의 6대손이다.
* 허영(許鑮): 1549~?. 인제 현감, 신창 현감 등을 지냈다.
* 신직장(申直長): 신순일(申純一, 1550~1626). 오희문의 장인 이정수(李廷秀)의 동생 이정현(李廷顯)의 사위이다.
* 신율(申慄): 1572~1613. 신순일의 아들이다. 승정원 주서, 봉산 군수를 지냈다.
* 메조미쌀[造米]: 왕겨만 벗기고 속겨는 벗기지 않은 쌀이다.
* 빈사과[氷砂果]: 강정을 만들 때 나온 부스러기를 기름에 지져 조청으로 버무려 뭉쳐서 네모지게 썰거나 틀에 넣어 네모지게 한 뒤 여러 가지 색깔로 물을 들인 유과이다.

두릅은 또 아우에게 주었다. 신직장댁이 와서 묵었기 때문에 나와 윤함은 광노 형의 집을 빌려서 잤다. 오늘 아침부터 광노의 집에서 우리 식구와 계집종들에게 아침저녁으로 밥을 차려 주었다. 날노루고기와 꿀은 광노에게 팔아 오도록 했다.

◎ — 2월 9일

이른 아침을 먹고 일행의 점심밥을 지어서 싸들고 길을 나섰다. 고성 누이의 집에 들러 어머니를 모시고 또 아우의 딸 선아(善兒)를 데리고 출발했다. 누이와 어머니가 작별할 때 슬퍼하면서 차마 이별하지 못했다. 사람의 마음이 왜 안 그렇겠는가. 만약 전란이 다시 일어난다면 누이는 평안도로 들어갈 것이라고 한다. 팔순의 노모를 다시 만날 수 있을지 어찌 장담하겠는가. 그 한없는 슬픔이 어떠하겠는가.

아우의 온 가족은 추후에 사내종과 말을 보내서 데려갈 생각이다. 아우가 교외까지 따라왔다가 돌아갔다. 누원(樓院)* 앞 냇가에 이르러 말을 먹이고 점심을 먹었다. 또 출발하여 양주(楊州) 관아를 지나 주의 경계인 천천리(泉川里)*에 이르러 잤다.

참봉 홍매(洪邁)도 한양에서 연천(漣川)의 농막으로 가던 중에 내가 여기에 있다는 말을 듣고 왔다. 만나서 한참 동안 이야기를 나누고 술 한 잔을 대접했다. 윤함과 같이 잤다.

....

* 누원(樓院): 조선시대에 양주에 속했던 지역으로, 다락원이라고도 한다. 철원, 원산 방면으로 가려면 동대문을 나와 보제원을 거쳐 수유리를 지나 다락원에 이르게 된다. 지금의 서울시 도봉구 도봉동 지역이다.
* 천천리(泉川里): 양주 치소(治所)의 북쪽에 위치한 마을이다.

오다가 길에서 평사(評事) 김흥국(金興國)*과 홍명남(洪明男)을 만났다. 말에서 내려 잠시 이야기를 나누고 작별했다. 김흥국은 온 가족을 데리고 평산(平山) 땅으로 간다고 한다.

◎ ─ 2월 10일

흰죽을 쑤어 어머니와 처자식들을 먹였다. 일찍 출발하여 양주 땅 가정자리(柯亭子里)*에 도착해서 아침을 먹었다. 홍참봉(洪參奉)도 같이 왔는데, 먼저 아침을 먹고 와서 보기에 술을 큰 잔으로 두 잔 대접했다. 그가 먼저 출발하면서 마침 빈 말을 끌고 가기에, 빌려서 옥춘(玉春)을 태워 보내고 뒤따라 출발했다. 배를 타고 대탄진(大灘津)*을 건너서 우음대리(于音代里)에 이르러 묵었으니, 또한 양주 땅이다. 주인집에서 좋은 김치 1사발을 보내왔기에 은어 1두름으로 갚았다.

◎ ─ 2월 11일

흰죽으로 자릿조반을 먹고 출발했다. 자못 비가 올 징후가 있으니 걱정스럽다. 연천현 앞 냇가에 이르러 말에게 꼴을 먹이고 아침을 먹었다. 오늘부터 소식(素食)*하던 것을 바꾸니, 비통한 마음이 더욱 지극하

....

* 김흥국(金興國): 1557~1623. 형조정랑, 영변·회양·양주 등의 수령을 지냈다.
* 가정자리(柯亭子里): 양주군 이담면(伊淡面)에 있는 마을이다. 지금의 경기도 동두천시 동두천동에 속한다.
* 대탄진(大灘津): 한탄나루라고도 한다. 대탄강(大灘江), 즉 지금의 한탄강(漢灘江)에 있으며 연천과 통하는데 겨울에는 다리를 놓는다.《국역 신증동국여지승람(新增東國輿地勝覽)》제11권 〈경기 양주목〉.
* 소식(素食): 죽음을 애통해 하여 밥을 먹을 적에 고기반찬을 먹지 않고 채소만 먹는 것을 말한다.

다. 비록 아침저녁에 먹을 밥으로 죽은 딸에게 제사를 지낸다지만, 조촐한 나그네 길에 미흡한 점이 많다. 형편이 그러하니 어찌하겠는가. 슬프구나, 내 딸이여! 어찌하여 먼저 떠나서 나를 한없이 슬프게 하는가.

또 출발했는데, 5리도 못 가서 비가 내렸다. 하는 수 없이 연천군 관아의 사내종 걸이(傑伊)의 집으로 서둘러 들어갔다. 일행에게 비를 막을 도구가 없어서 도중에 큰비를 만나면 흠뻑 젖을까 두려워서이다. 집에 들어간 지 얼마 안 되어 비가 그치고 해가 났다. 가지 않은 것이 심히 안타까웠지만, 날이 이미 저물어 그대로 묵었다. 집주인이 점심을 지어 내주고, 또 세 가지 좋은 김치를 주었다. 매우 고맙다. 방어 반 조(條)로 보상했다. 이로 인해 저녁 지을 쌀을 줄었다.

이 고을 현감이 사람을 보내서 안부를 묻고 첩(帖)으로 써서 윗전 두 사람 분의 식사와 말먹이 콩 5되, 마초를 내려 주었다. 그 덕에 저녁을 짓지 않았다. 현감이 또 중미(中米)* 1말을 보내왔다. 양식이 떨어졌다는 말을 들었기 때문이다. 홍매가 마침 일이 있어서 현에 왔다가 곧바로 와서 보고 돌아갔다.

◎ ― 2월 12일

흰죽으로 자릿조반을 먹고 출발했다. 중간쯤 와서 말에게 꼴을 먹이고 아침을 먹었다. 또 출발하여 철원부(鐵原府)에 와서 묵었다. 부사*가 들고 일행의 아침밥과 저녁밥을 첩으로 써서 내주었고 날꿩 1마

....

* 　중미(中米): 품질이 중간쯤 되는 쌀이다.
* 　부사: 윤선정(尹先正, 1558~?). 고부 군수, 위원 군수, 종성 부사 등을 지냈다. 언제 철원 부사에 임명되었는지는 알 수 없다. 뒤의 4월 17일 일기에 "철원 부사 윤선정"이라고 기록되

리도 보냈다. 윗전에게는 밥 지을 쌀 7되, 두(豆) 3되, 하인들에게는 좁쌀 1말 2되, 두(豆) 4되, 말먹이 콩 1말을 첩으로 써서 보내 주어 스스로 밥을 지어먹도록 했다.

천천(泉川)에서부터 길이 진창이고 몹시 험해서 자빠지고 빠지는 것을 겨우 면했다. 지금 마침 말이 자빠져서 집사람이 두 번이나 말에서 떨어졌지만 다치거나 옷을 버리지는 않았다. 저녁에 부(府)의 호장(戶長)*이 와서 날꿩 1마리를 올렸다. 겸관(兼官)의 가솔들이 여기에 왔기 때문이란다.

◎ ― 2월 13일

지난밤에 눈이 내리더니 아침에는 비 올 징후가 있었다. 묵은 곳에서 아침을 먹고 출발했다. 5리도 못 가서 어머니가 탄 말이 잘못하여 돌 틈에 빠져 자빠졌다. 갯지가 곧바로 어머니를 업고 나왔기 때문에 다치거나 옷을 버리지는 않았다. 말의 다리가 거의 부러질 뻔했는데, 있는 힘껏 구해서 가까스로 면하여 상한 데가 없었다. 매우 다행스럽다. 곧바로 다른 말로 갈아타고 궁예(弓裔)의 옛 대궐을 지나는데,* 대궐 터가 완연하고 어정(御井)도 길가에 있었다.

....

어 있다.

* 호장(戶長): 부호장(副戶長)과 더불어 호장 층을 형성해서 해당 고을의 모든 향리들이 수행하던 말단 실무행정을 총괄하던 아전이다. 수령의 유고 시에 그 역할을 대행하며 민호(民戶)를 총괄하고 관용공물의 조달을 주관했다. 특히 관노비는 호장이 관리했기 때문에 관노비의 재주(財主)로 등기되었다.

* 궁예(弓裔)의……지나는데: 궁예(?~918)는 신라 말의 혼란기에 후고구려를 세운 왕이다. 철원에서 개국하고 나중에 도읍을 개성으로 옮겼다.

먼저 관아에 사람을 보내 온 뜻을 전하고 현에 들어가니 날이 아직 저물지 않았다. 평강(오윤겸)이 영군 차원(領軍差員)으로 어제 이미 관찰사가 있는 원주(原州)로 떠났다. 도중에 지응(支應)*하도록 보낸 사람이 우리가 영평(永平)의 큰길로 돌아올 것이라고 생각했기 때문에 그곳에 와서 기다렸고, 평강(오윤겸)도 종일 머물면서 기다리다가 저녁이 되어 김화현(金化縣)으로 갔다고 한다. 먼저 보낸 사람이 잘못 전했기 때문에 서로 만나지 못한 것이다. 탄식한들 어찌하겠는가.

현에 이르자마자 신주(神主) 앞에 차례를 지냈다. 이어서 각각 다과를 내오고 저녁밥도 내왔다. 풍성하고 좋아 먹을 만했다. 비록 탕진되고 쇠잔한 고을이지만, 부유한 사삿집에서 준비하는 음식과는 크게 달랐다.

◎ ─ 2월 14일

관청에서 자릿조반과 과일을 차려 주고 잣죽을 사발 가득 각각 내왔다. 정오에 또 다과를 내오고 국수와 떡도 차려 주었다. 다 먹고 나서 곧장 데리고 온 종들에게 나누어 주었다. 죽은 딸이 이 고을을 보고 싶다고 늘 말했는데 이제는 볼 수 없으니, 여기에 도착한 뒤에 애통한 마음이 더욱 사무친다. 어머니께서 당(堂)에 계시기에 애통한 마음을 억누르며 곡하지는 못했지만, 한밤중의 고요함 속에 그 모습이 완연히 눈에 선하여 슬픈 눈물이 저절로 흐르고 가슴과 창자가 찢어질 듯한 때가 많다. 슬프다, 내 딸아! 어찌하여 나를 버리고 먼저 가서 나로 하여

....
* 　지응(支應): 공사(公事)로 인하여 지방에 나가는 관리에게 그 지방의 관아에서 먹을 것과 쓸 물건을 공급해 주던 일을 말한다. 지대(支待)라고도 한다.

금 이렇게 지극히 슬퍼하게 한단 말이냐. 애통하구나.

◎ ─ 2월 15일

평강(오윤겸)의 행차에 안부를 물으러 가는 사람 편에 편지를 부쳤다. 오늘도 흰죽으로 자릿조반을 차려 내왔다. 오늘부터는 어머니께만 올리고, 그 나머지에게는 아침저녁으로 차려 내오지 말라고 했다. 또 오늘 아침부터 밥 지을 쌀과 찬거리를 가지고 관아에 들어가서 스스로 지어먹게 하고 따로 차려 내오지 말라고 했다. 만약 평강(오윤겸)이 관아에 돌아올 때까지 머물러 기다린다면, 분명 시일이 오래 걸려서 적잖은 폐를 끼칠 것이기 때문이다. 다만 어머니께는 따로 차려 올리게 했다.

관아의 사내종 세만(世萬)이 한식에 쓸 제수(祭需)를 가지고 이른 아침에 한양으로 올라갔다. 편지를 써서 언명과 율전의 생원(오윤해)에게 보냈고, 다섯 신위(神位)에 올릴 제수로 밥을 지을 백미 1말, 떡을 찔 쌀 1말 5되, 찹쌀 3되, 면미(麵米)* 1말, 제주(祭酒) 5병, 잣 5되, 개암 5되, 말린 꿩 3마리, 노루고기 포 5조, 날꿩 3마리, 대구 3마리, 절인 방어 2조, 소 염통[牛心] 1부(部), 꿀 1되, 감장 3되, 간장 1되도 보냈다. 마침 마을 사람의 소가 산에서 나무를 지고 오다가 다리가 부러져 죽는 바람에 그 소의 양(臁) 반쪽과 염통을 관아로 들여와서 제수로 쓰라고 내게 주었기 때문에, 소 염통을 보낼 수 있었다. 다섯 신위는 조부모의 묘, 아버지의 묘, 죽전 숙부모의 묘, 풍덕(豊德) 아우의 묘, 죽은 딸의 묘이다. 비록 제수를 갖추지는 못했지만, 난리 뒤에 약식으로 지내는 제

....

* 면미(麵米): 밀가루와 메밀가루를 눌러서 쌀알처럼 만든 것을 말한다.

사에 어찌 꼭 풍성하게만 차릴 수 있겠는가.

판관(判官) 최응진(崔應震)이 이곳에 피난하여 우거하고 있다. 그는 한양에 있을 때 한동네에 살아서 서로 알고 지냈다. 내가 온 가족을 데리고 왔다는 말을 듣고 사람을 보내 안부를 묻고 제사떡 1바구니를 보내왔다. 곧장 답장을 써서 사례했다. 오늘은 보름이라 음식을 차려서 죽은 딸의 제사를 지냈다. 애통하기 그지없다.

◎ ─ 2월 16일

평강 관아에 머문 지 지금 벌써 사흘이 되었다. 윤겸이 멀리 나가 있어서 마을의 집으로 거처를 옮기고 싶지만 어디로 가야 할지 몰라 우선 여기에 머물고 있다. 우리 일행에게 제공하는 것이 너무 많아 마음이 몹시 불편하고 무료함도 심하다. 저녁에 한복(漢卜)이 왔다. 올 때 가슴이 아파서 뒤처졌다가 이제야 비로소 온 것이다.

◎ ─ 2월 17일

평강 관아에 머물러 있다. 종일 큰 눈이 내렸다. 만약 녹지 않는다면 거의 한 자 남짓 되겠다. 안 그래도 길이 진데, 또 이렇게 눈이 내려 배나 더 질어졌다. 사람과 말이 진창에 빠져서 다니기 어려우니, 세만이 제수를 지고 오늘 한양에 도착할는지 모르겠다. 매우 걱정스럽다. 낮에 관아에서 송편을 각각 한 그릇씩 주어 위아래 사람들이 함께 먹었다.

◎ — 2월 18일

윤함의 사내종 옥지가 율전으로 떠났다. 전에 오면서 아산에 이르렀을 때, 종마인(從馬人, 말에 딸린 사람)이 말을 판다고 하여 윤함의 어린 말과 바꾸고 옷감 베 1단(端)을 더 주었는데, 이제 와서 들으니 그의 말이 아니고 도둑질한 말이었다고 한다. 곧장 하리(下吏)를 불러 잡아 가두게 했다. 바꾸었던 어린 말이 마침 발을 절어 율전에 있는 생원(오윤해)의 사내종 집에서 임시로 기르게 했기 때문에, 지금 옥지를 보내서 도로 끌어오게 하려는 것이다. 종마인은 경시공(慶時恭)의 사내종이다. 주인에게서 도망쳐서 사는 곳이 일정치 않고 장사를 일로 삼았다. 이 말은 일전에 마전(麻田)* 사람의 말을 빌려 왔다가 돌려주지 않은 것이라고 한다. 그 사람에게 물었더니, 사내종이 또한 숨김없이 자복했다. 몹시 괘씸하다.

평강 관아에 머물렀다. 저녁에 어머니의 기운이 편치 않으시어 오한이 조금 있다가 도로 열이 나고 속머리가 조금 아프다가 새벽에 땀을 내고서야 조금 나아지셨다. 그저께도 이와 같이 아픈 증세가 조금 있었다. 분명 학질 증세이다. 입맛이 써서 드시는 양이 전보다 크게 줄었다. 매우 걱정스럽다.

◎ — 2월 19일

한식절(寒食節)이다. 관아에서 떡과 면(麵)을 준비하여 먼저 신주

....
* 마전(麻田): 당시 경기도 마전군으로, 동쪽으로 연천현 경계까지 19리, 남쪽으로 적성현 경계까지 7리, 서쪽으로 장단부 경계까지 17리, 북쪽으로 삭녕군 경계까지 21리, 한양과의 거리는 179리였다고 한다.《국역 신증동국여지승람》제13권〈경기도 마전군〉.

앞에 차례를 지내고 나서, 과일과 떡과 면을 내와서 위아래 사람들이 함께 먹었다. 어머니께서 어제 아프신 뒤로 조금 나아지기는 했지만, 기력이 쇠하여 여전히 털고 일어나지 못하시어 죽만 조금 올렸다. 몹시 걱정스럽다.

집사람도 그저께부터 조금 편치 않은 징후가 있더니, 오늘은 가슴이 막혀 답답하고 온몸의 고단함이 어제보다 더해서 식음을 전폐하고 있다. 또한 걱정스럽다. 이는 분명 여러 달의 여정 속에서 사랑하는 딸을 잃어 밤낮으로 하염없이 울며 지극히 마음을 써서 생긴 것이리라. 더욱 걱정스럽다.

◎ — 2월 20일

어제 어떤 중이 학질 귀신을 쫓을 수 있다는 소문을 들었다. 곧바로 불러서 쫓는 법을 써 보게 했는데 끝내 낫지 않았다. 어머니께서 오후에도 여전히 편찮으시다. 몹시 걱정스럽다. 저녁에 그 중이 와서 하는 말이, 한두 번 해서 물리칠 수 있는 것이 아니니 훗날 다시 이 방법을 써야 한다고 한다. 그래서 그에게 신경 써서 치료해 달라고 하고 만일 학질이 떨어지면 사례를 후하게 하겠다고 말해서 보냈다.

집사람은 오늘부터 편안해졌다. 예전만큼 먹고 마시지는 못하지만 자주 먹고 있으니, 이로부터 완전히 나을 것이다. 기쁘다. 근래 평강 관아에 오래 머무는 것은 윤겸이 부재중이고 아직 갈 곳을 결정하지 못했기 때문이다. 마음이 몹시 편치 않다.

이 현의 경주인(京主人)*이 어제저녁에 들어왔다. 지금 아우의 편지를 받아 보았는데, 잘 지낸다고 한다. 기쁘다. 다만 인아가 아직도 한양에 안 왔다고 한다. 무슨 이유로 한 달이 지나도록 안 오는지 모르겠다. 매우 걱정스럽다.

◎ ─ 2월 21일

현에 사는 품관 심사인(沈士仁)이 이름을 알리었기에 맞이했다. 한참 동안 이야기를 나누고 돌아갔다.

◎ ─ 2월 22일

평강(오윤겸)이 횡성(橫城)에 도착했다고 한다. 마침 안부를 물으러 간 사람이 뒤미처 도착하여 바로 답장을 써서 보내왔다. 편지를 보니, 내일 원주로 들어가서 거느리고 간 군사를 내어 주고 그길로 한양에 가서 과거를 본 뒤에 평강 관아로 돌아갈 것이니 다음 달 열흘 뒤쯤이 되겠다고 한다. 아들을 바로 보지 못해서만이 아니라, 이곳에 오래 머물러 있으려니 마음이 편치 않다.

오후에 세만이 돌아왔다. 아우의 편지를 보니, 잘 지내며 제수도 보낸 대로 잘 받았고 준비되는 대로 묘소에 제사를 지내겠다고 한다. 위로가 된다. 변방에 급보가 없어 과거는 물리지 않고 그대로 시행한다고 한다. 이 때문에 윤함이 모레 한양에 올라올 계획이고, 생원(오윤해)도 스무날 뒤에 온 가족을 데리고 율전에서 출발하여 짐 2바리를 먼저 광노의 집으로 실어 보냈다고 한다. 다만 자방[子方, 신응구(申應榘)]의

....

* 경주인(京主人): 지방 수령이 중앙과 지방 관청의 연락 사무를 맡기기 위해 한양에 파견한 향리나 아전이다. 경저리(京邸吏), 경저인(京邸人), 저인(邸人)이라고도 한다.

식구들과 인아의 소식을 듣지 못해 몹시 걱정스럽다.

용댁(龍宅)의 숙모가 부리는 계집종 끗개[㹈介]가 이 현의 사람에게 시집와서 사는데, 우리 식구들이 여기에 왔다는 말을 듣고 떡 1바구니를 마련해 찾아왔다. 현의 아전들이 청주 1동이, 탁주 1동이, 두 가지 떡 2접시, 국수 1그릇을 차려 올렸다. 분명 현감의 가족이 이곳에 와 있기 때문에 바치는 것일 게다. 물리치고 받지 않다가 또 마음이 편치 않아서 인정에 못 이겨 우선 받고 곧바로 안팎의 하인들에게 나누어 주었다.

어머니께서 오늘 학질을 앓을 차례라 먼저 왔던 중에게 쫓는 방법을 다시 써 보라고 했다. 이곳에서 여러 가지 방법으로 학질을 쫓아 다행히 떨어뜨릴 수 있었다. 매우 기쁘고 다행스럽다.

◎ ─ 2월 23일

윤함이 별시(別試)*에 응시하러 한양에 가겠다며 행장을 차리고, 또 명지(名紙, 과거시험에 쓰는 종이)를 마름질했다. 저녁때 현의 장무(掌務)*가 연포를 차려 올렸다. 어머니께도 7곳을 올렸다.

◎ ─ 2월 24일

윤함은 한양에 가서 과거를 치른 뒤에 그길로 해주로 간다고 한다. 죽은 딸이야 어쩔 수 없지만, 눈앞에 자식이 하나도 없는데 윤함마저도

....

* 별시(別試): 정규 과거 외에 임시로 시행된 과거시험이다.
* 장무(掌務): 관아의 장관 밑에서 직접 사무를 주관하는 우두머리 관원이다.

멀리 떠난다. 분명 소식을 들을 수 없을 것이기에, 이별의 슬픔을 이기지 못해 눈물이 하염없이 흐른다. 사는 것이 몹시 한스럽다. 토당의 사내종 성금이(成金伊)도 따라갔다. 집사람이 은어를 얻어 그곳 노비들에게 주면서 죽은 딸의 묘 앞에 화초를 심게 했다. 또 과일과 말린 꿩고기 2조각을 싸 보내서 묘 앞에 제사를 지내게 했다. 딸아이의 꽃다운 넋이 만약 그 사내종이 여기에서 갔다는 말을 듣는다면, 분명 기꺼이 맞으며 슬퍼할 것이다. 그러므로 하찮은 물품으로나마 제사를 지내서 끝없는 애통함을 표하는 것이다. 이러한 생각이 드니 더욱 몹시 슬프다.

◎ — 2월 25일

윤함이 데리고 간 하인이 도중에 되돌아와서 하는 말이, 어제 연천의 참봉 홍매의 집에서 묵고 일찍 떠나서 가사야(袈沙野)*까지 모시고 갔다가 돌아왔다고 한다.

저녁에 현감을 모시고 원주에 갔던 이 현의 아전이 돌아왔다. 그편에 윤겸의 편지를 보니, 지난 스무날에 인솔해 간 군대를 넘겨주고 스무이튿날에 한양으로 출발했는데, 영남(嶺南) 변방에 매우 다급한 급보가 있다는 말을 듣고 장계(狀啓)를 가지고 한양으로 올라오는 사람이 수없이 많다고 했다.

우리 온 가족이야 여기에 와 있지만, 인아와 자방(신응구)의 식구들은 아직도 한양에 들어가지 않았다. 그 까닭을 알 수 없으니, 몹시 걱

....

* 　가사야(袈沙野):《동여도(東輿圖)》를 참고해 보면, 평강에서 연천을 지나 한양으로 가는 길목에 가사평(加沙坪)이라는 곳이 있는데 이곳을 가리키는 것으로 추정된다.

정스러워 마음이 놓이지 않는다. 윤해의 집은 멀지 않아 근래에 반드시 올 것이니, 애타게 기다려진다. 둘째 딸은 어제부터 하루거리[間日瘧]*를 앓는다. 걱정이다. 바로 학질을 쫓는 중을 불러 밥을 먹이고 내일 쫓는 방법을 써 달라는 말을 하고 보냈다.

◎ — 2월 26일

지난 밤중에 이 현 관아의 계집종이 호랑이에게 물려가서 살려 달라고 호소하는 소리가 몹시 간절했으나, 마을 사람들이 두려워서 나가 보지 않았다. 물고 갈 때 관아의 뒤를 지나가서 사람들이 모두 들었는데도 끝내 구하지 못하여 굶주린 호랑이의 뱃속을 채워 주었다. 불쌍하다. 요새 고약한 호랑이가 성행하여 문과 울타리를 부수고 들어오기도 한단다. 몹시 걱정스럽다.

난아(鸞兒)는 오늘 한양에 들어갔어야 하는데, 어디쯤 이르렀는지 알 수 없다. 걱정스러운 마음을 잠시도 놓을 수가 없다. 현의 경주인이 내일 한양에 간다며 와서 작별했다. 그에게 편지를 전해 달라고 했다.

◎ — 2월 27일

지금 이 도(道) 관찰사의 회신 관문(關文)*을 보니, 적장 소서행장(小西行長, 고니시 유키나가)이 일본에 군대를 청하여 가등청정(加藤淸正)과 함께 좌우로 길을 나누어 올라온다고 한다. 몹시 걱정스럽다. 인아의 소식은 아직 듣지 못했고, 자방(신응구)의 가족들도 어디로 갔는지 듣지

....
* 하루거리[間日瘧]: 하루씩 걸러서 앓는 학질을 말한다.

못했다. 몹시 걱정스럽다. 장무가 낮에 절편을 만들어 내왔다.

◎ ─ 2월 28일

별시에 입장하는 날이다. 세 아이들이 이미 입장을 했는지 모르겠
다. 이렇게 어지러운 세상에 과거가 무슨 소용이겠는가. 하지만 평소에
바라던 일이어서 응시하도록 억지로 권했다. 합격하고 못하고는 하늘
에 달렸으니, 상관하지 않을 뿐이다. 변방의 소식이 근래 몹시 급하다
고 하는데, 과거는 잘 마쳤는지 멀어서 자세히 알 수가 없다.

평강(오윤겸)을 배종(陪從)하여 한양에 갔던 이 현의 하인이 한양
에서 스무엿샛날에 출발해서 오늘 저녁에 왔다. 평강(오윤겸)의 편지를
보니, 변방에는 급박한 소식이 없고 인아도 이미 율전의 생원(오윤해)
집에 도착하여 머물고 있으며 생원(오윤해)의 식구들과 함께 내달 초에
오겠다고 한다. 생원(오윤해)은 과거를 치르기 위해 스무엿샛날에 올라
왔다고 한다.

함열 현감의 식구들은 지난 보름에 떠났으니 오늘이나 내일쯤 한
양에 도착할 테고, 그길로 영변(寧邊)으로 갈 것이라고 한다. 영변의 판
관이 박동열(朴東說)*이기 때문이다. 두 집의 소식을 오랫동안 듣지 못
해서 몹시 답답하고 걱정스럽던 차에 이제 듣고 나니 만감이 교차한다.
함열 현감이 서쪽으로 가면 서로 소식이 끊겨 듣기 어려울 것이다. 만
약 다시 난리가 나기라도 한다면 생사도 기약하기 어려울 게다. 훗날

....

* 　관문(關文): 상급 관청에서 하급 관청으로 보내는 문서이다. 동급 관청끼리도 주고받을 수
　　있다.
* 　박동열(朴東說): 1564~1622. 신응구의 막내 매부이다. 황주 목사, 성균관 대사성 등을 지냈다.

다시 만나리라고 장담할 수 있을까. 죽은 사람은 그만이지만 산 사람도 이와 같으니, 비통한 마음을 스스로 가눌 수가 없다. 윤함은 스무엿샛 날에 이미 누원에 도착했단다. 아침을 먹고 현의 사람들이 나올 때 길에서 만났는데, 일찍 한양에 들어갔을 것이라고 한다.

이 현의 장고산(長鼓山)*에 사는 중 의현(義玄)이 찾아왔다. 난리를 피할 곳을 조용히 물었더니 하는 말이, 아무리 깊은 산이나 골짜기라도 흉적들이 들어가서 찾지 않는 곳이 없으니 무난하고 평탄한 곳에서 편안히 지내야지 험한 곳에 가서 머물면 안 되고 그때그때 변화를 보고 거처해야 한다고 한다. 또한 일리 있는 말이다. 저녁을 대접하고 같이 잤다.

◎ — 2월 29일

내일은 철원의 장날이라고 한다. 갯지에게 가죽 낭립(郎立) 15개를 가져다가 팔아오게 했다. 종일 무료하여 관아의 방에서 허찬이 화살 만드는 것을 보았다. 한양에 보낼 편지를 썼다. 현의 사람이 내일 가야 한다고 해서이다.

---

* 장고산(長鼓山): 평강현의 북쪽 14리쯤에 위치한 산이다. 《국역 신증동국여지승람》 제47권 〈강원도 평강현〉.

3월 큰달 -7일 곡우(穀雨), 22일 입하(立夏) -

◎ ― 3월 1일

아침에 관인(官人)이 한양에서 왔다. 윤해의 편지를 보니, 삼형제가 과거를 보려고 광노의 집에 모였다고 한다. 이어서 들으니, 인아가 지난 열아흐렛날에 율전에 와서 머물렀고 며칠 전에는 그의 처갓집 산소가 있는 금천(衿川)에 와서 머물렀는데 오늘내일 사이에 한양에 갔다가 바로 이곳으로 출발할 것이라고 한다. 그렇다면 오래지 않아 오겠다.

어제 이 현의 교생(校生) 강백령(姜百齡)이 와서 보고 술과 안주도 바쳤다. 같이 이야기를 나누면서 가지고 온 술을 두 잔씩 마시고 파했다. 백령은 윤겸에게 배우고 은혜도 많이 입고 있다고 한다.

◎ ― 3월 2일

현의 사람이 오늘 비로소 한양에 갔다. 하나의 신위에 지낼 제사 물품을 준비해 갔다. 윤겸의 명을 받아서이다. 올 때 제 죽은 누이의 묘소에 제사를 지내려는 것이다. 어제 장무가 노루 한 마리를 잡아서 관아에 들여왔다. 한양에 가는 사람에게 부탁하여 노루 다리 1짝을 아우에게 보내서 남매(南妹)*와 나누어 먹게 했다.

정(正) 홍인헌(洪仁憲)* 씨가 최판관(崔判官, 최응진)의 사내종이 오는 편에 편지를 보내서 매*를 구해 달라고 했다. 이곳 관아에 있던 매가 전날 날아가 버려서 늙은 매 한 마리만 남았는데, 때는 이미 늦었고 구할 길도 없다고 한다. 간절히 구해 보지만 어찌하겠는가. 둘째 딸이 지난달 스무날 뒤로 몸이 조금 편치 않았는데, 지금까지도 차도가 없다. 걱정스럽다.

◎ ─ 3월 3일

답청절(踏靑節)*이다. 관아에서 떡과 면, 세 가지 과일, 편육과 노루고기 구이 등의 음식을 마련하여 먼저 신주 앞에 제사를 지내고 다음으로 죽은 딸에게 제사를 지냈다. 애통한 마음이 더욱 지극하다. 제사를 지낸 뒤에 과일과 면과 떡을 소반에 담아 위아래 사람들이 함께 먹었다.

....

* 남매(南妹): 오희문의 셋째 여동생. 남상문의 부인이다.
* 홍인헌(洪仁憲): ?~?. 사헌부 장령, 강원도 관찰사 등을 지냈다.
* 매: 원문의 응련(鷹連)은 매를 뜻하는 말이다. 이익(李瀷)이 지은 《성호사설(星湖僿說)》 제5권 〈만물문(萬物門)〉에 "매라는 새는 하나가 혹 병들어 죽으면 뭇 매가 잇따라 죽어 한 시렁이 모두 비워지게 되는 까닭에 응련이라고 일컫는다."라고 하며 그 유래를 설명했다.
* 답청절(踏靑節): 음력 삼월 삼짇날이다. 이날에 새봄이 찾아옴을 기뻐하며 술과 음식을 장만해서 경치가 좋은 산이나 계곡을 찾아가 꽃놀이를 하고 새 풀을 밟아 봄을 즐긴다고 해서 붙여진 이름이다.

◎ — 3월 4일

현의 아전이 한양에 간다기에 편지를 써서 부쳤다. 중 의현이 찾아왔다. 아침저녁으로 밥을 대접하고 그와 함께 잤다. 저녁에 인아가 제처를 데리고 왔다. 간절한 기다림 끝에 오늘 갑자기 만나니, 기쁘고 위안이 됨을 어떻게 말로 다 할 수 있겠는가.

생원(오윤해)의 편지를 보니, 모두 무탈하고 제 형과 아우와 함께 머물면서 방문(榜文, 공고문)이 붙기를 기다리고 있는데 이소(二所)는 초이튿날에 나오고 일소(一所)는 초사흗날에 나온다고 한다.* 인아는 초이튿날에 출발해서 왔기 때문에 그 결과를 모른단다. 또 자방(신응구)의 식구들이 보낸 편지에 지난달 스무날 뒤에 떠났다고 했다는데 아직도 한양에 도착하지 못했단다. 무슨 이유로 이렇게 늦는가. 매우 염려스럽다. 이천(李蕆)*도 처자식을 데리고 인아와 함께 왔다. 이곳은 그의 처갓집 노비들이 사는 곳이라 난을 피해 임시로 거처하려고 하는데, 지금은 모두 죽었다고 한다. 만약 살아 있는 사람이 하나도 없으면 내일 이천(伊川)으로 간다고 한다.

인아가 데리고 오던 계집종 명월(明月)과 일비(一非)가 청양(靑陽)에 도착했을 때 도망쳤다고 한다. 괘씸한 것들이다. 막비(莫非)만 데리고 왔다. 허찬이 서면(西面)에 가서 우거할 집을 보고 돌아왔다. 그 집의

....

* 이소(二所)는……한다: 식년 소과(小科)나 문과의 회시(會試) 등 많은 응시자를 한양에 모아 시험을 치를 때 시험장을 일소(一所)와 이소 두 곳으로 정했는데, 일소는 예조(禮曹), 이소는 성균관(成均館)으로 정하는 것이 상례였다.《은대편고(銀臺便攷)》〈예방고(禮房攷) 식년문과 초시(式年文科初試)〉.

* 이천(李蕆): 1570~1653. 오희문의 처사촌이다. 오희문의 장인 이정수의 동생 이정현의 막내아들이다.

방은 2개뿐이고 종들이 거처할 곳과 마구간도 없다고 한다. 또 오고 갈 때의 길이 너무 험하고 큰 냇물을 일곱 군데나 건너야 하는데 비가 내리면 사람이 지나갈 수 없다고 한다. 걱정스럽다. 하지만 평강(오윤겸)이 관아로 돌아온 뒤에 헤아려 처리할 생각이다. 어떤 사람은 유진(楡津) 땅이 살 만하다고 하는데, 어느 곳이 좋을지 모르겠다.

◎ ― 3월 5일

허찬과 중 의현이 장고산의 절에 올라갔다. 볼일이 있었기 때문이다. 아침에 이천을 맞이하여 묵은 회포를 풀고 같이 아침을 먹었다. 근래 매가 늙어 꿩을 못 잡는 바람에 아침저녁으로 찬거리가 떨어졌다. 안타깝다. 이천의 부인을 관아 안으로 맞이하여 집사람과 이야기를 나누게 했다. 날이 어두워져서야 주인집으로 돌아갔다.

◎ ― 3월 6일

현의 호장 전운룡(全雲龍)이 한양에 갔다가 돌아왔다. 두 아들의 편지를 보니, 모두 잘 머물고 있고 초사흗날에 나온 방(榜, 합격자 명부)에 윤겸과 윤해 형제가 각각 논(論)으로 차상(次上)* 2등에 올랐는데 윤함은 홀로 제부(製賦)에서 낙방했다고 한다. 탄식한들 어찌하겠는가. 어제 벌써 황해도로 돌아갔다고 한다. 이제부터 그 아이의 소식을 듣기 어려울 게다. 안타까운 마음을 금치 못하겠다. 다만 내달 초에 상감께

....

* 차상(次上): 과거시험의 성적은 이상(二上), 이중(二中), 이하(二下), 삼상(三上), 삼중(三中), 삼하(三下), 차상, 차중(次中), 차하(次下)의 9등급으로 나누어 우열을 평가하고 삼하 이상을 급제로 했다.

서 문묘(文廟)에 납시어 알성(謁聖)*하신다니, 이때에는 꼭 한양에 올 것이라고 한다. 그때에는 아마도 볼 수 있을 것이다.

초열흘에는 강경(講經)*이 있고, 열닷새에는 전시(殿試)*를 본다고 한다. 강경에서 뽑히면 전시를 본 뒤에나 관아로 돌아올 테니 스무날쯤에나 오겠다. 이곳에 오래 머물면 마음이 편치 않을 뿐 아니라 농사도 분명 늦어질 게다. 더욱 걱정스럽다.

윤해의 논은 처음에는 삼중(三中)이었는데 뒤에 차상으로 바뀌었다고 한다. 일소의 논제(論題)는 "장자방(張子房)이 한 고조(漢高祖)를 잘 이용하다."*이고, 부제(賦題)는 "탁자를 쪼개다."*이다. 이소의 논제는 "공명(孔明)은 장수의 재질이 부족하다."*이고, 부제는 "비단 옷 입은 사

....
* 알성(謁聖): 임금이 문묘(文廟)에 참배하는 일을 말한다. 이때에 맞추어 과거를 시행하는데, 그 시기와 합격자의 정원은 정해지지 않았다.
* 강경(講經): 과거시험에서 경서(經書) 중의 어느 구절을 지정하여 배송(背誦)하고 뜻을 해석하는 것을 말한다.
* 전시(殿試): 복시(覆試)에서 선발된 사람에게 임금이 친히 치르게 하던 과거시험이다.
* 장자방(張子房)이……이용하다: 장자방은 한(漢)나라 고조(高祖)의 모사인 장량(張良)이다. 할아버지와 아버지가 연이어 한(韓)나라의 재상을 지냈다. 진(秦)나라가 한나라를 멸망시키자 유방(劉邦)의 모사가 되어 진나라를 멸망시키고 한나라를 세우는 데 일등공신이 되었다. 이후 장량이 "우리 집안은 대대로 한나라의 재상이었다. 한나라가 멸망하자 원수를 갚고자 했고 천하를 진동시켰다. 지금은 이 세 치 혀로 황제의 스승이 되었고 만호(萬戶)의 봉읍을 받고 지위는 열후(列侯)에 올랐으니, 나는 이미 매우 만족한다. 이제는 세상사를 모두 잊고 적송자(赤松子)의 뒤를 따라서 노닐고자 한다."라고 말하고 떠나갔다는 고사가 전한다. 이를 두고 고조가 장량을 잘 등용하여 천하를 얻은 것이 아니라 장량이 고조를 잘 이용하여 자신의 복수를 이루었다고 하기도 한다.《사기(史記)》권55〈유후세가(留侯世家)〉.
* 탁자를 쪼개다: 확고하게 결단을 내리는 것을 뜻한다. 오(吳)나라 손권(孫權)이 조조(曹操)와의 결전을 앞두고 신하들의 의견이 일치되지 않자 칼을 빼어 탁자를 쪼개며 "감히 또다시 조조를 맞아들이자고 말하는 장리(將吏)가 있으면 이 탁자처럼 될 것이다."라고 하고는 유비(劉備)와 연합해서 조조의 대군을 격파한 고사가 있다.《삼국지(三國志)》권47〈오지(吳志) 오주권전(吳主權傳)〉.

람을 전송하다."이다. 일소의 장원은 정홍익(鄭弘翼)*이고, 이소의 장원
은 신요(申橈)이다. 생원(오윤해)의 처남 최진운(崔振雲), 최정운(崔挺雲)
형제*도 명단에 들었다. 기쁜 일이다.

이른 아침에 이천을 불렀다. 함께 앉아 아침을 먹은 뒤에 그의 사
내종의 집으로 돌아갔다. 그의 사내종 2명이 살아 있었다고 한다. 이천
은 처음에 사내종의 집에 우거하려고 했다. 그런데 집에 비가 새고 누
추할 뿐만 아니라 사방이 적막하여 살기에 적합하지 않아서 이천으로
돌아가려고 한다. 그래서 우선 이곳에 머물고 있는 것이다.

◎ ― 3월 7일

아침에 관인이 한양에서 왔다. 두 아이의 편지를 보니, 다 무탈하
고 윤함은 초닷샛날에 황해도로 돌아갔다고 한다. 저녁에 현의 아전이
또 한양에서 와서 하는 말이, 강경하는 날이 앞당겨져 초여드렛날로 정
해졌고 전시도 앞당겨져 초열흘날로 정해졌다고 한다. 만약 강경에서
뽑힌다면 행여 과거 급제를 바랄 수 있으련만, 꼭 그렇게 되리라고 기
약할 수 있겠는가.

이천을 불러서 종일 이야기를 나누고 아침과 저녁도 같이 먹었다.

....

* 공명(孔明)은……부족하다: 공명은 제갈량(諸葛亮)의 자이다. 삼국시대 촉(蜀)나라의 승상이
  다. 촉한(蜀漢)의 유비를 도와 천하통일을 도모했으나 삼국정립(三國鼎立)의 형세에 그쳤고,
  후주(後主) 유선(劉禪)을 보좌하다가 9년 만에 죽었다.《삼국지》권35〈촉지(蜀志) 제갈량전
  (諸葛亮傳)〉에 제갈량을 평한 말이 있는데, "제갈량이 해마다 군대를 동원했으나 성공하지
  못했으니, 변화에 대응하는 장수의 재략은 그의 장점이 아니다."라고 했다.

* 정홍익(鄭弘翼): 1571~1626. 1597년 별시 문과에 급제했다. 사헌부 지평 등을 지냈다.

* 생원의……형제: 오윤해의 장인은 최형록이다. 그의 큰아들은 최진운(崔振雲, 1564~?)이고,
  동생은 최정운(崔挺雲, 1572~?)이다. 모두 이번 별시에는 급제하지 못했다.

또 들으니, 고약한 호랑이가 어젯밤에 산 뒤쪽 인가에 들어와서 자던 사람을 물어갔는데 또한 곧바로 구해 주지 못하고 아침에 가 보니 반은 먹혀 버렸더란다. 몹시 분통이 터진다. 고약한 짐승이 날뛰어 이처럼 사람을 해치는데도 이것을 잡아 없애지 못하여 사람들이 모두 두려움에 떨며 해가 지면 문을 굳게 닫고 나오지 않는다. 지난밤에는 비가 내렸는데, 아침에는 그치고 종일 바람이 세차게 불었다.

◎ ― 3월 8일

인아가 데리고 온 사내종 돌종(乭從)이 새벽에 도망갔다. 매우 괘씸하다. 올 때 벗어 둔 옷을 입고 새로 지은 홑겹 하의까지 입고서 말이다. 오래 머물게 하려고 했건만 현에 들어온 지 며칠 만에 달아나 버렸다. 더욱 통탄스럽다. 오는 도중에 두 계집종이 도망쳤고 사내종 하나가 지금 또 달아났으니, 이제 남은 건 계집종 하나뿐이다. 이천이 처자식들을 데리고 사흘을 머물다가 오늘 아침에 이천으로 떠났다.

오늘 진시(辰時, 7~9시)에 계집종 향춘(香春)이 딸을 낳았다. 어제부터 진통이 있었고 밤새 극심한 진통을 겪었는데도 낳지 못하기에, 방이 차고 사람이 많아서 그런가 하여 문밖의 흙집으로 내보내고 방에 따뜻하게 불을 지피게 했더니 곧바로 낳았다. 오늘도 저녁내 바람이 세차게 불었다.

◎ ― 3월 9일

아침에 현의 사람이 한양에 간다기에 편지를 써서 부치고, 또 두(豆) 3말을 아우에게 보냈다. 근래 분명 양식이 떨어졌을 것이므로 보태서 쓰게 하려는 것이다. 밥을 먹고 인아와 허찬과 함께 북면(北面) 목전(木田)의 최윤원(崔允元)의 집에 갔다. 가서 보니 초가집이기는 하지만 매우 넓어서 우리 온 가족이 다 살 수 있을 정도이다. 이웃집이 앞뒤로 10여 가구이고 현에서 겨우 2식정(60리)밖에 되지 않아서 우거하기에 매우 적합하다. 다만 집주인이 거처할 만한 곳이 없어서 매우 염려스럽다. 그러나 평강(오윤겸)이 관아로 돌아온 뒤에 거처를 결정할 생각이다.

최윤원이 점심을 내주었다. 좌수 권유년(權有年)도 와서 이야기를 나누었다. 이어서 청룡사(靑龍寺)를 찾았다. 골짜기 어귀에 들어서니 산 모양이 기괴하고 높아 즐길 만했다. 채좌수(蔡座首)와 근처의 교생 5, 6명도 와서 만났다. 권좌수와 그의 두 아들 호덕(好德)과 호의(好義)도 모여 모두 함께 잤다. 권좌수가 술을 가져왔다. 날이 어두워질 무렵에 각자 두 잔씩 마시고 파했다.

◎ ― 3월 10일

권좌수와 최윤원이 두부콩을 가져와서 연포를 만들어 배불리 먹고 헤어져 돌아왔다. 처음에는 폭포를 구경하려고 했는데, 비가 올 징후가 있어서 이내 돌아왔다. 올 때 허찬에게 최수영(崔壽永)의 집에 들어가 보게 했다. 그 집은 지붕이 기와인데다 최윤원의 집보다 훨씬 좋았다. 다만 집주인이 한양에 가서 집에 없고 사방에 이웃집이 하나도 없어서 너무 외롭고 적막한 점은 최윤원의 집만 못하다.

그 면(面)의 권농(勸農)*이 꿩 1마리를 가져다주었다. 어제 잡은 2마

....
* 　권농(勸農): 지방의 방(坊)이나 면(面)에 딸려서 농사를 장려하는 관리이다.

리도 같이 가지고 왔다. 어제 중도에 매를 풀어 놓았더니, 늙은 매는 3마리를, 보라매는 1마리를 잡아 왔다. 보라매는 장끼를 보고도 쫓지 않았다. 괘씸하다. 꿩 1마리는 연포 육수를 내는 데 썼다. 현에 도착하니 아직 날이 저물지 않았다. 현의 장무가 차와 국수를 내와서 관아 안의 사람들과 함께 먹었다.

◎ — 3월 11일

내일은 고조부의 제삿날이다. 장무에게 제수를 준비하게 했다. 마침 평강(오윤겸)이 부재중이라 소반에 면과 떡만 올리게 될 듯하다.

중흥사(中興寺)에 있는 중 덕혜(德惠)가 찾아왔다. 평강(오윤겸)이 소싯적에 중흥사에서 글을 읽으면서 그와 한방을 썼기 때문에 서로 잘 아는 사이이다. 지금 함경도로 돌아가면서 이 현을 지나기에 찾아왔는데, 만나지 못하게 되었다고 한다. 그 의도를 보건대 먹을거리를 얻으려는 듯한데, 마침 관아를 비웠으니 어찌하겠는가.

◎ — 3월 12일

새벽에 인아와 함께 제사를 지냈다. 면과 떡, 세 가지 과일, 밥과 국, 세 가지 탕뿐이었다. 아침부터 비가 내리더니 느지막이 비로소 그쳤다.

◎ — 3월 13일

지난밤 꿈에 평강(오윤겸)이 오는 것을 보았다. 완연히 평소의 모습인데, 다만 갓을 벗은 채 창문 앞에서 절을 했다. 무슨 조짐인지 모르겠다. 분명 과거에 급제해서 갓을 벗고 관모를 쓸 징조일 게다. 그렇지 않다면 오늘내일 사이에 관아에 돌아올 것이다. 요즈음 고뿔이 성행하여 위아래 사람들이 모두 앓는다. 인아 내외는 밤새 앓으며 끙끙대더니 아침까지도 일어나지 못했다. 염려스럽다.

시중드는 아이가 진달래꽃을 꺾어 와서 바쳤다. 가지마다 꽃이 만발하니, 연전에 임천군(林川郡)에 살던 때가 생각난다. 죽은 딸아이가 이 꽃가지를 꺾어서 물 담은 병에 꽂아 놓고 좋아했다. 지금 문득 보니 나도 모르게 눈물이 났다. 마음을 가눌 수가 없어서 종일 슬피 울었다. 너는 어찌 이리도 일찍 떠나가서 나로 하여금 사물을 볼 때마다 생각나서 한없이 마음 아프게 하느냐. 슬프고 또 슬프구나.

현의 아전이 한양에서 돌아왔다. 두 아들의 편지를 보니, 모두 잘 지내고 있고 지난 초열흘날에 두 책을 강경하여 모두 간단히 입격했다고 한다. 매우 기쁘다. 앞으로 매우 넘기 어려운 큰 과정이 있어 두 아들이 모두 급제하기를 바랄 수는 없다. 하지만 하나라도 급제한다면 이 또한 한집안의 경사스럽고 다행한 일이다.

이천안(李天安) 수씨*가 지난 초닷샛날에 별세했다고 한다. 애통함을 금할 수 없다. 이천이 이곳에 왔다가 이천으로 갔기 때문에 곧바로 사람을 보내서 소식을 알렸다. 돌아가신 수씨는 집사람의 숙모이다. 집사람과 평소에 각별하게 지내왔던 터라, 오늘 그 부음을 듣고 집사람이 더욱 애통해 한다.

....

* 이천안(李天安) 수씨: 천안 군수를 지낸 이정현의 부인으로 은진 송씨(恩津宋氏)를 말한다다. 슬하에 아들 이빈(李賓), 이분(李蕡), 이신(李蕡), 이천을 두었다.

두 아이가 강경에서 걸린 경서(經書)는 윤겸이 《시경(詩經)》의 〈제풍(齊風)·동방미명(東方未明)〉 편과 《논어(論語)》의 〈자위소진미우진선(子謂韶盡美又盡善)〉 장(章)*이고, 윤해가 《시경》의 〈정풍(鄭風)·야유만초(野有蔓草)〉 편과 《대학(大學)》 10장이었다고 한다.

문묘 알성이 다음 달 초여드렛날로 정해졌다고 한다. 만약 그러하다면 윤함이 그때에 분명 올라올 것이다. 다만 사내종과 말이 없고 마침 농사철이라 못 오지는 않을까 걱정이다.

◎ ─ 3월 14일

인아의 처가 밤새 아파하더니 저녁내 여전하다. 매우 답답하고 걱정스럽다. 이뿐만이 아니다. 관아 안에 고뿔이 성행하여 위아래 사람들이 모두 앓아누웠는데, 인아의 처는 더욱 심하게 아프다. 끝내 어쩌할지 모르겠다. 위로는 노모가 계시어 더욱 걱정스럽다.

이 현의 전 현감 황응성(黃應聖)*이 지금 보령 현감(保寧縣監)으로 있는데, 그의 아들 득온(得蘊)이 지나다가 이곳에 묵으면서 이름을 전했다. 아방(衙房)으로 맞이하여 술을 대접해서 보냈다. 예전에 임천군에 있을 때 한 번 만난 적이 있었기 때문이다. 좌수 권유년이 찾아왔다.

....

*   《논어(論語)》의……장(章): 《논어》〈팔일(八佾)〉에 "공자께서 소악(韶樂)을 평하기를 '지극히 아름답고 지극히 좋다.'라고 했고, 무악(武樂)을 평하기를 '지극히 아름답지만 지극히 좋지는 못하다.'라고 했다[子謂韶 盡美矣 又盡善也 謂武 盡美矣 未盡善也]."라고 한 장이다.
*   황응성(黃應聖): 1556~?. 충청도에서 이몽학(李夢鶴)의 난이 발생하자 보령 현감으로 있으면서 난을 진압하는 데 공을 세웠다.

◎ — 3월 15일

관인이 한양에 갔다. 평강(오윤겸)이 돌아오는 것을 맞이하기 위해서이다. 한복도 삯을 받고 같이 돌아갔기에 편지를 써서 부쳤다. 또 꿩 1마리를 구해서 남매에게 보냈다.

인아의 처는 밤새 아파하더니 더 심해지기만 한다. 답답하고 걱정스럽다. 이뿐만이 아니다. 관아의 계집종 막종(莫從)도 앓는다. 이제 닷새가 되었는데도 아직 차도가 없다. 분명 이유가 있을 것이다. 어떻게 해야 할지 몰라 어머니를 모시고 나가서 외부에 있는 방에 거처하시게 했다. 우선 며칠을 기다려 보다가 계속 이러면 관아를 떠나 사가(私家)로 피하시게 할 생각이다.

오늘은 전시를 치르는 날이다. 평강(오윤겸)이 전시가 끝나는 대로 내려올 테니, 열여드렛날에는 관아로 돌아올 것이다. 이를 기다려 처리할 생각이다. 걱정스러운 중에 이러한 병을 만났으니, 끝내 어찌 될지 모르겠다. 답답하고 걱정스럽기 그지없다.

◎ — 3월 16일

인아 처의 증상이 여전하다. 매우 답답하다. 그래서 덕노(德奴)를 보내서 말을 끌고 금천에 가서 계집종 은개(銀介)를 데려오게 했다. 환자 옆에서 시중들 사람이 없기 때문이다. 인아에게는 부솔(副率) 김창일(金昌一)*에게 편지를 보내서 그에게 약을 구해 보내게 했다. 김공(金

....

* 김창일(金昌一): 1548~1631. 김은(金隱)의 아들이다. 세자익위사 부솔, 안악 군수 등을 지냈다. 오윤성의 장인은 이충성(李忠誠)으로, 김은의 사위이다. 그러므로 김창일은 오윤성 처의 외삼촌이다.

公)은 인아 처의 외삼촌이다.

저녁에 생원(오윤해)의 사내종 춘이가 들어왔다. 신공을 거두는 일
로 안변(安邊)에 가는 길이다. 두 아이의 편지를 보니, 한양 집에 잘 머
물고 있고 열닷샛날의 전시가 끝나면 평강(오윤겸)은 그대로 파산[坡山,
파주(坡州)]에 가서 우계[牛溪, 성혼(成渾)]를 뵌 뒤에 관아로 돌아온다고
하고 생원(오윤해)은 율전으로 돌아가서 농사를 짓겠다고 한다.

요즈음 변방에는 긴급한 환란이 별달리 없다고 한다. 또 양포정(楊
布政)이 대군(大軍)을 이끌고 요사이 압록강을 건너 한양을 진압하려고
한단다.* 왜적은 결코 빨리 움직일 기미를 보이지 않는데, 양포정을 영
접할 접반관(接伴官) 장운익(張雲翼)*이 이미 현지로 나아갔고 지나는 길
에 영접할 영위사(迎慰使)도 모두 차출했다고 한다.

◎ ─ 3월 17일

인아 처의 증상은 여전한데, 전날처럼 크게 아파하지는 않는다. 다
만 가래가 매우 심하여 기침이 계속 나고 구역질이 그치지 않는다. 걱
정스럽다. 평강(오윤겸)의 막내딸 덕임(德任)이 지난 섣달그믐날에 태어
났는데, 용모가 단아하고 이제 겨우 몇 달 지났을 뿐인데도 얼굴을 알아
보고 옹알거리며 웃는다. 매우 사랑스럽다. 그런데 어제부터 고뿔 증상

....

* 　양포정(楊布政)이……한단다: 양포정은 양호(楊鎬)이다. 명나라의 고위 관료이다.《국역 선
　　조실록(宣祖實錄)》30년 3월 15일 기사에 의주 부윤이 올린 장계가 보이는데, 그 보고 내용에,
　　"포정 양호가 도어사(都御史)로 승진되어 요병(遼兵) 3천 7백 명을 거느리고 이달 6일경에 나
　　오려고 구련성(九連城)에 머물러 있으면서 남행하기 좋은 날을 기다리고 있다."라고 했다.
* 　장운익(張雲翼): 1561~1599. 임진왜란이 일어나자 선조를 호종했고, 정유재란 때에는 이조
　　판서로서 접반사(接伴使)가 되었다.

이 나타나기 시작하더니 전혀 젖을 빨지 못한다. 증세가 가볍지 않아 기침이 급하고 숨이 가쁘니 살려 내지 못할 듯하다. 답답하고 불쌍하다.

관아 안에 온통 고뿔이 유행해서 위아래 사람들이 모두 앓는다. 선아도 아프기 시작한 지 지금 벌써 사흘째이고, 어머니도 어제부터 앓으시어 천식과 가래가 심하고 기침이 멎지 않는다. 걱정스럽기 그지없다.

◎ ─ 3월 18일

어머니는 아침에 차도가 있고, 선아도 나아 가고 있다. 다만 기침은 여전하다. 인아의 처는 변함이 없다. 매우 답답하다. 평강(오윤겸)의 젖먹이가 어제 기절을 했다. 아직까지 숨은 붙어 있지만 이 또한 멎을 때를 기다리는 것이리라. 금방 숨이 넘어갈 듯하니, 가망이 없어 보인다. 보고 있자니 비참해서 견딜 수가 없다. 정오에 끝내 떠나 버렸다. 이 애통함을 어찌할 것인가. 곧바로 허찬에게 염습을 하게 했다. 아이의 아비가 오늘은 올 수 있을 텐데 오지 않았다. 무슨 이유인지 모르겠다.

◎ ─ 3월 19일

인아의 처가 전날처럼 아프지는 않지만 아직 쾌차하지 못하고 죽도 드문드문 먹는다. 답답하고 걱정스럽다. 죽은 아이를 관에 넣어 우선 빈방에 빈소를 차려 놓고 아이 아비가 돌아오기를 기다렸다.

현 앞의 들에 사는 노루가 여염집에 뛰어들었다가 동네 개에게 물려죽어 개 임자가 관아에 갖다 바쳤다. 곧바로 칼로 잘라서 구워 먹었다.

오후에 성균관(成均館) 사람 5명이 한양에서 달려왔다. 급제 방목(榜目, 합격자 명단)을 가지고 나팔을 불며 와서 알리는 말이, 그저께 저녁에 방목이 나왔는데 평강(오윤겸)이 급제했다고 한다. 방목을 보니, 조수인(趙守寅)*이 장원이고 윤겸은 일곱 번째로 이름을 올렸다. 온 집안의 기쁨을 이루 다 말할 수 있겠는가. 윤해가 낙방하여 안타까울 뿐이다. 하지만 한집에서 한 사람이 급제한 것만으로도 충분하다. 어찌 둘 다 급제하기를 바라겠는가. 이 사람 저 사람 전하기는 하는데 확실한지 모르겠다. 강경한 사람이 2백여 명인데, 뽑힌 사람은 19명뿐이라고 한다.

오씨(吳氏) 문중에 우리 5대조 이하로 급제한 사람이 없었는데, 이번에 우리 아들이 처음으로 이루어 냈다. 이제부터 뒤를 이어 나오기를 바랄 수 있을 것이다. 한 가문의 경사를 말로 어떻게 다 표현하겠는가. 더욱 한없이 기쁘다. 하늘에 계신 선친의 영령도 저승에서 분명 기뻐하실 것이다. 아, 슬픈 감회 또한 지극히 일었다. 무과(武科)는 초시(初試)의 방식을 따라 석차만 정했다고 한다.

저녁에 평강(오윤겸)이 관아에 돌아왔다. 이 현의 경주인도 와서 알리니, 이제야 그 사실이 믿긴다. 온 집안 식구들이 방 안에 둘러앉아 이야기를 나누다가 밤이 깊어 잠자리에 들었다. 난리 통에 급제한들 아무도 상관하지 않겠지만, 새벽까지 잠을 이루지 못했다. 이는 분명 지극히 기뻐서일 게다. 다만 급제한 뒤에는 음관(蔭官)과는 달라서 벼슬길에 오르면 분명 멀리 떨어져 지내야 하는 근심이 있을 것이니, 한없이 걱정이 앞선다. 그러나 한 몸을 이미 나라에 맡겼으면 평안할 때나

....

*   조수인(趙守寅): 1568~1600. 1597년 별시 문과에 장원으로 급제했다. 성균관 전적 등을 지냈다.

험난할 때나 한결같아야 하는 것은 곧 신하된 사람의 본분이니, 이제부터는 내 아들이 아닌 것이다. 아무리 탄식한들 어찌하겠는가.

◎ — 3월 20일

어머니께서 며칠 사이로 고뿔 증상이 매우 심해졌다. 오늘은 배가 더 아파서 진지도 못 드셨다. 매우 근심스럽고 답답하다. 저녁이 되어서야 땀을 내고 조금 나아지셨다. 인아의 처도 오후부터 땀을 흠뻑 흘리더니 나아 가는 기세가 있다. 이루 말할 수 없을 만큼 몹시 기쁘다. 관아에서 화전(花煎)을 올려서 먼저 신주 앞에 바치고 온 집안 식구들이 같이 먹었다.

◎ — 3월 21일

세만을 한양으로 보냈다. 창방(唱榜)*할 때 입을 검은 적삼을 사서 남매의 집에 보내 옷을 짓게 하기 위해서이다. 편지를 써서 부치고 날꿩 1마리를 구해서 누이에게 보냈다.

어머니의 기력이 점차 회복되고 있지만 속머리의 미미한 통증이 아직 완전히 사라지지 않았다. 걱정스럽기 그지없다. 인아의 처는 일어나 앉아서 먹고 싶은 생각이 조금 나는지 아침 일찍 흰죽 한 그릇을 먹었다. 매우 기쁘다.

느지막이 판관 최응진이 찾아왔다. 윤겸과 함께 모정(茅亭)으로 맞

....

* 창방(唱榜): 대과(大科)에 급제하거나 소과에 입격한 사람에게 홍패(紅牌) 또는 백패(白牌)를 주는 일을 말한다. 문무과(文武科)는 붉은 종이에 이름을 쓰고, 생원 진사는 흰 종이에 이름을 썼다. 방방(放榜)이라고도 한다.

이하여 조용히 이야기를 나누고 점심을 먹여 보냈다. 내일 냇가에서 매를 풀어 노루를 사냥하고 모여서 이야기를 나누기로 약속했다. 최응진은 한양에 있을 때 한동네에 살아서 안면이 있기도 하고 피난 와서 이고을에 우거하고 있어서 알았다.

성균관 사람들이 이틀을 머물며 평강(오윤겸)의 겹철릭[袷天益]과 흰 모시 행의(行衣)를 강제로 벗겨 갔다. 또 꿀 3되, 잣 1말, 베 5필, 양식으로 쓸 쌀 등을 주고 내일 돌아가게 했다. 나도 옷을 벗어 주고 싶었지만, 평강(오윤겸)의 옷 2벌을 벗겨 갔기에 모시옷은 내 것이라고 핑계를 대며 주지 않았다. 경축 잔치를 벌일 때 광대에게 벗어 줄 생각이다.

◎ ─ 3월 22일

어머니께서 아직도 쾌차하지 못했다. 근심스럽고 답답하다. 인아의 처는 아직 완쾌되지는 않았지만, 오늘부터는 먹고 싶은 마음이 생기는지 계속 죽을 먹는다. 매우 기쁘다. 나도 며칠 전부터 시령(時令)*을 앓는데, 오늘은 자못 심해져 속머리가 조금 아프다. 먹어도 음식이 달지 않고 콧물이 끊이지 않는다. 평강(오윤겸)도 이와 같다. 걱정스럽다.

◎ ─ 3월 23일

어머니의 기력이 여전히 좋지 않고 진지를 드시는 양도 크게 줄었다. 숨 가쁨과 가래가 매우 심하고 기침이 그치지 않는다. 참으로 답답

....
* 시령(時令): 때에 따라 유행하는 상한병(傷寒病)이나 전염성 질환이다. 시환(時患) 또는 시질(時疾)이라고도 한다.

하다. 나도 저녁내 머리가 아픈데, 어제보다 배는 심하다. 걱정스럽다.

두모포(豆毛浦)에 사는 어부 한복이 찾아왔다. 평강(오윤겸)과 동갑으로, 어린 시절에 강가 정자에서 글을 읽을 때 서로 친하게 지냈다. 지금 윤겸이 급제했다는 소식을 듣고 말린 생선 6마리를 가져온 것이다. 주어서 보낼 물건이 아무것도 없어서 평강(오윤겸)이 몹시 걱정했다.

◎ ─ 3월 24일

어머니의 기력이 조금씩 회복되었는데, 아직 쾌차하지는 못하셨다. 드시는 것을 몹시 싫어하시니, 걱정스럽고 답답하다. 나도 증세가 여전하고 속머리가 곱절이나 아프다. 답답하다. 저녁에 덕노가 은개를 데리고 왔다. 아우의 편지를 보니, 지금 잘 있는데 다만 시령이 크게 퍼져 신아(愼兒)와 계집아이 종이 막 아프다고 한다. 걱정스럽다. 남중소[南仲素, 남상문(南尙文)]도 편지를 보내서 축하했다.

◎ ─ 3월 25일

어머니의 기력이 나아지지 않고, 나도 통증이 더 심해졌다. 음식이 달지 않고 땀이 조금씩 끊이지 않고 난다. 답답하다. 안협 현감(安峽縣監) 류담(柳潭)*이 와서 문 앞에 말을 세운 채 신래(新來)*를 불러 대면서 평강(오윤겸)에게 강제로 재갈을 잡게 하는데, 평강(오윤겸)이 끝내 따

....

* 류담(柳潭): 1560~?. 형조정랑 등을 지냈다.
* 신래(新來): 과거에 급제한 뒤에 새로 벼슬에 임명되어 처음 관아에 종사하는 사람을 말한다. 고참 관원들은 이들의 건방진 버릇을 꺾고자 참기 어려운 모욕과 학대를 가했는데, 이를 신래침학(新來侵虐) 또는 신래 불림이라고 했다. 《국역 석담일기(石潭日記)》 권상 〈융경삼년 기사(隆慶三年己巳)〉.

르지 않았다. 그러자 웃으면서 들어와서 앉았고, 이어서 나에게 이름을 전했다. 나가서 만나려고 했지만 기운이 편치 않고 막 땀이 나기도 해서 나가 보지 않고 그대로 잤다.

◎ ― 3월 26일

어머니께서 이제는 날로 회복되시고 음식도 조금씩 드신다. 기쁘다. 나도 병이 나아 간다. 세만이 한양에서 돌아왔다. 평강(오윤겸)이 입을 흑단령(黑團領)*을 사려고 했는데, 값이 비싸서 사 오지 못하고 빈손으로 왔다. 아우와 누이의 편지를 보니, 잘 지낸다고 한다.

◎ ― 3월 27일

어머니의 기력이 회복되어 간다. 다만 진지를 드시기는 하는데 입맛이 써서 음식이 달지 않고 때로는 관자놀이에 미미한 통증이 있다고 하신다. 평강(오윤겸)이 오후에 한양에 갔다. 초이튿날이 창방이기 때문에 기일에 맞추어 가는 것이다. 허찬도 한복을 데리고 함께 갔다. 그의 외조모가 지난 정월에 별세했는데, 이제야 소식을 듣고 올라가는 것이다. 허찬의 외조모는 내 숙부의 후처인 용궁댁(龍宮宅)*이다. 난리 뒤에 동생 첨지(僉知) 이의(李艤)*를 따라 해미(海美) 땅에 임시로 거처했다. 이른 나이에 남편을 잃고 과부로 살면서 실명까지 하고 자녀도 없

....

* 흑단령(黑團領): 벼슬아치가 입던 검은 빛깔의 깃이 둥근 옷이다.
* 허찬의……용궁댁(龍宮宅)이다: 허찬의 외조모는 전의 이씨(全義李氏)이다. 용궁 현감을 지낸 이응성(李應誠)의 딸이다. 오경안(吳景顔)의 후처가 되었다.
* 이의(李艤): ?~?. 이응성의 둘째 아들이다. 청홍도 수군절도사, 첨지중추부사 등을 지냈다.

다. 인간 세상의 고초가 이보다 더할 수는 없다. 문중에 이 숙모만 계실 뿐이었는데 이제 별세했으니, 애통한 마음을 금치 못하겠다.

용궁 숙부의 정실부인에게는 자녀가 없고, 숙부의 계집종 첩이 1남 1녀를 두었을 뿐이다. 그런데 아들의 온 가족은 난리 초에 다 죽었고, 딸의 소생은 4남 2녀인데 다 병으로 죽고 오직 허찬 하나만 남았다. 안타깝다. 그 아들의 이름은 윤남(閏男)이다. 딸의 남편은 허탄(許坦)*이니, 곧 허찬의 아비이다. 계사년(1593, 선조 26) 여름에 진주성(晉州城)에서 운명했다. 허찬이 갈 때 편지를 주어서, 돌아올 때 남포(藍浦)의 신함열의 집에 들러 우리 집 위아래 사람들의 소식을 전하고 그간의 곡절을 알려 주라고 했다.

◎ ― 3월 28일

오늘은 어머니의 기력이 평상시와 같고, 나도 완쾌되었다. 기쁘다. 내일은 서면으로 가서 거처할 집을 보려고 한다. 소한(小漢)에게 매를 가지고 먼저 가서 중도에서 기다리게 했다. 온 집안의 위아래 사람들은 모두 우선 남아서 경축 잔치를 끝낸 뒤에 함께 가고, 나만 먼저 가서 밭을 얻어 갈고 씨를 뿌릴 생각이다. 덕노와 갯지가 안변으로 떠났다. 매매하여 반동(反同)*하기 위해서이다.

....

* 　허탄(許坦): ?~1593. 1593년 7월에 벌어진 2차 진주성 전투에서 아버지 허일(許鎰)과 함께 남강에 투신하여 순절했다.

* 　반동(反同): 물고기나 소금 또는 잡물을 나누어 주고 뒤에 이자를 계산하여 거두거나 베나 재화를 나누어 주었다가 뒤에 이윤을 취하는 행위이다. 일종의 이자놀이라고 할 수 있는데, 지방의 관리들이 지방 세입을 늘리거나 개인의 축재를 위한 수단으로 이용했다.

◎ ― 3월 29일

새벽부터 비가 내렸다. 오랫동안 가문 뒤라 비를 기다리는 마음이 간절했는데, 오늘 이렇게 단비가 내렸다. 종일 그치지 않고 한 보지락[一犁]*정도 흠뻑 내린다면, 삼농(三農)*의 기쁨을 이루 말할 수 없을 것이다. 비록 큰비는 아니지만 저녁내 비가 끊이지 않고 내려 밭을 흡족하게 적셔 주었다. 하지만 논에는 아직 부족하다. 다시 하루만 더 내려 준다면 거의 남묘(南畝)의 바람을 달래 줄 수 있을 것이다.*

◎ ― 3월 30일

아우에게 눈앞에서 부릴 노비들이 없어서 어머니께서 늘 걱정하셨다. 어머니의 뜻에 따라 광주(廣州) 선영 아래에 사는 사내종 성금(成金), 직산에 살고 있는 계집종 단춘(丹春), 한양에 사는 계집종 복이[福只]의 소생 복일(福一) 등 세 사람을 별도로 보내 주기로 했다. 평강(오윤겸)에게 노비 문기(文記)*를 작성하게 하여 내가 서명하고 또 남고성(南高城, 남상문)에게 고하여 서명하게 한 뒤에 아우에게 주었다. 이 문

....

* 보지락[一犁]: 비가 온 양을 나타내는 단위이다. 보습이 들어갈 만큼 빗물이 땅에 스며든 정도이다.

* 삼농(三農): 평야(平野)와 산간(山間), 택지(澤地)의 농민을 말한다. 일반적으로 농민을 가리킨다. 《주례(周禮)》〈태재(太宰)〉에 "삼농이 아홉 가지 곡식을 생산한다[三農生九穀]."라고 했는데, 정현(鄭玄)의 주에 "삼농은 평지와 산간과 택지의 농민이다."라고 했다.

* 남묘(南畝)의……것이다: 오랜 가뭄 끝에 비가 충분히 내려 농부의 마음을 달래 주기를 바란다는 뜻이다. 송(宋)나라 재상 한기(韓琦)의 시 〈비가 와서 기뻐하며[喜雨]〉에 "잠깐 내린 비로 삼농의 바람을 위로하고 채워 주었네[須臾慰滿三農望]."라고 한 데서 나왔다. 《안양집(安陽集)》권18 〈희우(喜雨)〉.

* 문기(文記): 소유권을 증명하는 문서이다. 문권(文券)이라고도 한다.

기를 전날 평강(오윤겸)이 한양에 갈 때 부쳐 보냈다.

아침을 먹고 출발해서 서면(西面) 정산탄(定山灘)*에 당도했다. 큰 냇물을 7개나 건넜다. 비가 내리기라도 한다면 갈 수가 없겠다. 우거할 집은 크고 방이 많아서 우리 집 온 가족이 살기에 넉넉하지만, 종들이 거처할 곳이 없다. 집주인은 김언보(金彦甫)와 민시중(閔時中) 두 사람이다. 이들은 동쪽과 서쪽으로 나누어 살았는데, 지금은 모두 타처에 나가서 살고 있다. 동네 사람들이 모두 와서 보았다. 서쪽 이웃에 사는 전업(全業)이라는 사람이 민물고기 한 사발을 올렸다.

....
* 정산탄(定山灘): 평강현 관아에서 서쪽으로 30리 떨어진 곳에 위치한 여울이다.

4월 큰달 − 7일 소만(小滿), 23일 망종(芒種) −

◎ — 4월 1일

아침 일찍 집주인 언보가 국수를 말아 내주었다. 이웃에 사는 전풍
(全豊)이 민물고기 50여 마리를 바쳤다. 전풍은 전업의 아들이다. 어젯
밤에 앞 여울에 어살*을 쳐서 잡은 것이라고 한다. 신선하고 팔팔하다.
그래서 큰놈 10마리를 골라서 관아에 보내고 나머지는 반은 포를 떠서
말려 자반을 만들려고 하는데, 빙어(氷魚)가 대부분이다. 그에게 술을
대접해서 보냈다.

낮에는 이 현의 후전리(朽田里)에 사는 전 별감 김린(金麟), 교생 허
충(許忠), 김애일(金愛日) 등이 찾아왔다. 세 사람과 함께 동쪽에 있는 큰

....

*   어살: 원문의 어전(漁箭)은 물고기를 잡기 위하여 물속에 싸리나 참대, 긴 나뭇가지 등을 빙
     둘러 꽂아둔 울인 어살을 말한다. 하천어전과 해양어전이 있는데, 여기에서처럼 냇가에 설
     치하는 하천어전은 원래의 하천에 돌로 방죽을 쌓고 그 일부분에 방죽 대신 통발을 설치하
     여 하천 상류에서 내려오는 물고기가 통발에 들어가도록 한다.

언덕을 걸어서 올라갔다. 한참 이야기를 나누고 있는데, 집주인 시중이 국수를 말아 대접했다.

언덕 위에는 7, 8명이 앉을 수 있었다. 큰 냇물이 굽이쳐 흐르고 깊은 여울은 언덕 밑에 못을 만들었다. 물의 깊이는 수 길[丈]이고, 언덕 높이는 10여 길 남짓이다. 언덕 북쪽의 암벽이 가로로 둘러 내려오다가 이곳에 와서 우뚝 솟아 이 언덕이 만들어졌다. 마치 누에머리가 반쯤 물속으로 들어가 있는 듯하고, 앞에는 큰 들판이 펼쳐져 있다. 참으로 절경이다.

언덕에 올라 아래를 내려다보면 정신이 아찔하여 언덕 가에 가까이 갈 수가 없다. 하지만 바람이 고요하고 물결이 잔잔하여 티 없이 맑으며, 햇빛이 비추는 곳은 물속이 들여다보여서 헤엄치는 물고기를 셀 수 있을 정도이다. 마침 물고기 떼가 무리지어 물속에서 뛰기에, 곧바로 시중드는 아이에게 그물을 쳐서 몰게 했다. 그물에 걸려 파득거리는 것이 마치 은빛 칼날이 번뜩이듯 한다. 매우 즐겁다. 60여 마리를 잡았고, 또 아이에게 낚시를 하게 하여 40여 마리를 낚았다. 다만 낚싯줄이 끊어져 바늘을 잃어버리는 바람에 다시 낚을 수가 없어 안타깝다. 큰놈을 골라 포를 떠서 말리고, 나머지 자잘한 것들은 탕을 끓여 술상에 더했다. 다만 술이 없어서 사람들과 함께 회를 친 물고기와 같이 마실 수 없는 것이 유감이다.

날이 저물어 각자 헤어졌다. 포를 떠서 말린 물고기를 간수하지 않았더니, 서쪽 이웃에 사는 강아지가 반은 물어가 버렸다. 몹시 괘씸하나 어찌하겠는가. 저녁에 매사냥을 나갔던 소한 등이 돌아왔다. 겨우 꿩 2마리를 잡아 왔다. 안타깝다.

◎ ─ 4월 2일

새벽부터 비가 세차게 내렸다. 무논[水畓]도 이로 인해 파종할 수 있을 게다. 매우 다행스럽다. 다만 오늘이 창방하는 날인데 비의 기세가 이와 같으니, 늦추어서 시행하지 않는다면 급제한 사람들의 옷이 분명 흠뻑 젖어 꼴이 말이 아닐 게다. 애석하다.

아침에 전풍이 쏘가리[錦鱗] 4마리, 빙어 6마리를 갖다 주었다. 앞여울에 어살을 쳐서 잡았다고 한다. 보답할 물건이 없어 매우 안타깝다. 마침 현으로 돌아가는 사람이 있어 큰놈 6마리를 골라서 관아 안으로 보냈다. 어제 포를 떠서 말린 물고기 40여 마리도 같이 보냈다. 느지막이 비가 비로소 그쳤다. 소한이 매를 팔뚝에 앉히고 앞산으로 꿩 사냥을 나갔다가 2마리를 잡아서 돌아왔다. 어제는 종일 사냥하여 2마리를 잡았는데 오늘은 잠깐 사이에 2마리를 잡았으니, 얻고 잃음이 많고 적음은 또한 운에 달렸나 보다.

◎ ─ 4월 3일

밥을 먹고 지팡이를 짚고 걷다가 냇가에 이르러 발을 담그고 다시 동쪽 언덕에 올랐다. 물고기가 노는 것을 내려다보면서 시중에게 그물을 치게 하여 30여 마리를 잡았다. 이웃에 사는 김억수(金億守)가 점심을 내주었다. 부석사(浮石寺)*의 중 법희(法熙)가 찾아와 돗자리 2닢을 바쳤다. 관아의 지시에 따른 것이다. 다만 길이와 폭이 모두 짧고 좁아 아

....
* 부석사(浮石寺): '평강 관아의 서쪽 40리에 있는 절이다. 고암산(高巖山)에 있다.《국역 여지도서(輿地圖書)》제16권 〈강원도 평강현〉.

쉽다.

김언신(金彦臣)이 현에서 돌아왔다. 편지를 보니, 집사람이 요 며칠 사이 기운이 편치 않다고 한다. 걱정스럽다. 그 나머지 온 관아 안 사람들은 모두 무탈하다고 한다.

오늘은 매사냥을 했지만 저녁이 다 되도록 1마리도 못 잡고 돌아왔다. 안타깝다. 꿩을 몰 때 냄새를 잘 맡는 개가 없었기 때문이다. 또 풀과 나무가 우거져서 여러 번 놓쳤다고 한다.

◎ ─ 4월 4일

언신에게 비로소 조밭을 갈게 했다. 다만 소가 몹시 지치고 잘 몰지도 못해서 반도 못 갈았다. 안타깝다. 오후에는 나도 가서 보고 돌아왔다. 무료하여 걸어서 동쪽 언덕에 나가서 시중드는 아이에게 그물을 쳐서 물고기를 잡게 했다. 잡은 양이 지극히 적지만, 저녁에 지지고 구워서 먹었다.

집주인 김언보가 점심밥을 지어 내왔다. 미안하다. 소한과 사견(土見) 등이 매를 가지고 북면에 갔다. 이곳은 풀과 나무가 먼저 우거졌는데 북면은 아직 무성하게 자라지 않았으므로, 요 며칠은 그곳에서 매사냥을 하려는 것이다.

◎ ─ 4월 5일

이웃에 사는 박언방(朴彦邦)이 현에 들어갔다가 돌아왔다. 딸아이의 편지를 보니, 제 어미의 병이 여전히 쾌차하지 않아서 음식을 먹어도 달지 않다고 한다. 걱정스럽다. 평강(오윤겸)의 편지도 한양에서 전해 왔다. 창방이 초아흐렛날로 늦추어졌다고 한다. 한양에 오래 머무는 것이 어려울 뿐 아니라 관아에 돌아온 뒤에 경축 잔치를 준비하는 일이 미흡할까 심히 걱정된다.

생원(오윤해)의 편지도 와서 읽어 보니, 모두 무탈하다고 한다. 듣자니, 초사흗날에 한양으로 온 북도(北道)의 정예병을 대상으로 특별히 무과를 시행하여 인재를 뽑았는데, 문과(文科)를 대거(對擧)*하기 때문에 그날 유생의 정시(庭試)*가 있어서 평강(오윤겸)이 사람과 말을 보내서 생원(오윤해)을 데려오라고 했단다. 아마도 지금 한양에 와 있을 것이다.

방자(房子)* 춘금이(春金伊)에게 말을 끌려 관아 안에 보내서 재를 실어 오게 했다. 그편에 한양으로 보낼 편지도 써서 부쳤다. 내일 한양에 가는 사람이 있다는 말을 들었기 때문이다. 또 들으니, 언명이 조만간에 보러 온다고 한다. 매우 기다려진다. 이곳은 비록 빈 밭을 얻는다고 해도 재가 없으면 많이 경작할 수 없다. 안타깝다.

전풍이 큰 민물고기 7마리를 가지고 와서 올렸다. 1마리는 쏘가리인데, 제법 크다. 부석사의 중이 찾아왔기에, 그에게 벽을 바르게 하고 보냈다. 느지막이 김린과 허충이 술병을 들고 찾아와서 같이 마셨다. 가까운 마을에 사는 박문자(朴文子)도 왔다가 돌아갔다. 전업, 김언보, 민시중 등은 매일 아침저녁으로 나를 찾는다. 모두 아주 가까운 이웃이

....

* 대거(對擧): 둘 이상의 과거를 상대적으로 시행하는 일을 말한다. 여기에서처럼 무과를 시행할 경우 문과도 아울러 시행하는 것이 이에 해당한다.
* 정시(庭試): 3년마다 정기적으로 시행하는 식년시 외에 임시로 시행하던 여러 별시 중의 하나이다.
* 방자(房子): 지방의 관청에서 심부름하는 남자 하인이다.

기 때문이다. 언보가 아침을 먹기 전에 술과 떡을 가져다주면서 제사를 지내고 남은 음식이라고 했다.

오늘 조보(朝報)*를 보니, 통제사 원균이 왜선(倭船) 2척을 포획하고 왜적 65명의 수급(首級)을 베었다고 한다. 참으로 기쁜 소식이다. 오늘 밭갈이를 다 끝내지 못했다. 모두 소가 지쳐서 일을 잘 못했기 때문이다. 한탄스럽다.

◎ ─ 4월 6일

북쪽 이웃에 사는 박막동(朴莫同)이라는 사람이 민물고기 30여 마리를 가져와서 바쳤다. 어살을 쳐서 잡았다고 한다. 곧장 술을 대접해서 보냈다. 아침에 큰놈은 구워 먹고 나머지는 포를 떠서 말렸다.

오후에 판관 최응진(崔應辰)*이 찾아왔다. 한참 이야기를 나누고 있는데, 마침 전업이 술과 안주를 차려 와서 대접했다. 최응진과 함께 먹고 또 물만밥을 대접했다. 이어서 함께 동쪽 언덕에 올라 조용히 경치를 구경하고 돌아와서 훗날의 모임을 기약했다.

전귀실(全貴實)이 찾아와서 무 1백여 개를 바쳤다. 심어서 무씨를 받아야겠다. 매우 기쁘다. 이 사람은 전업의 형이다. 고한필(高漢弼)도 찾아와서 메밀[木米] 1말을 바쳤다. 모두 늙어서 부역이 면제된 백성인데다가 5리 밖에 사는데도 내가 이곳에 왔다는 말을 듣고 찾아와 준 것

---

* 조보(朝報): 승정원에서 재결 사항을 기록하고 서사(書寫)하여 반포하던 관보(官報)이다. 왕명, 장주(章奏), 조정의 결정사항, 관리 임면, 지방관의 장계(狀啓) 등이 모두 포함되었다.
* 최응진(崔應辰): 앞의 2월 15일 기사에는 최응진(崔應震)으로 되어 있다. 자가 중운(仲雲)인 것으로 볼 때 최응진(崔應震)이 맞을 것 같으나 분명하지 않다.

이다. 줄 만한 물건도 없고 먹여 보낼 술도 없어서 갚을 방도가 없다. 안타깝다. 언신이 어제 갈던 밭을 다 갈고 옮겨서 언보의 밭도 조금 갈았다.

◎ — 4월 7일

재가 없어서 씨를 뿌리지 못했다. 언신이 재를 구하는 일로 나갔기 때문에 밭 가는 일을 멈추었다. 원적사(圓寂寺)*의 중이 돗자리 1닢과 일반 짚신[常芒鞋] 1켤레, 큰 과일[大果] 바구니 하나도 바쳤다. 수륙재(水陸齋)*를 지내고 남은 물건이라고 한다. 동쪽 이웃에 사는 박언방이 점심에 밥을 지어 내왔다.

요사이 고약한 호랑이가 날뛰어, 어제 아침에는 해가 뜬 뒤에 산 뒤쪽 인가 앞을 지나서 골짜기로 들어갔다가 해가 지지도 않았는데 또 앞 냇물을 지나갔다고 한다. 이뿐만이 아니다. 녹용을 채취하러 산에 다니는 사람이 와서 하는 말이, 매일 호랑이를 보는데 그저께는 한 골짜기에서 4마리가 같이 뛰어다녔다고 한다. 매우 두렵다.

저녁에 춘금이가 돌아왔다. 딸아이의 편지를 보니, 관아 안이 모두 무탈하고 제 어미도 나아 간다고 한다. 기쁘다. 관아의 계집종 매화(梅花)도 교대하고 왔다. 소주 1병, 가자미 1뭇을 바쳤다.

....

* 　원적사(圓寂寺): 강원도 평강군 만운산(萬雲山)에 위치한 절이다. 《국역 신증동국여지승람》 제47권 〈강원도 평강현〉.
* 　수륙재(水陸齋): 불교 법회(法會)의 하나이다. 승려들이 단(壇)을 설치하고 불경을 외우면서 예불하고 음식을 두루 보시하여 물과 육지에서 헤매는 일체 망령들을 제도한다.

◎ ― 4월 8일

먼저 왔던 관아의 계집종 평개(平介)가 교대하여 돌아갔다. 춘금이에게 무씨 90여 개를 심게 했다. 또 오이 구덩이를 60여 개 파서 파종하고 가지 씨도 같이 뿌렸다. 훗날 묘목을 옮겨 심을 것이다.

오후에 언신이 밭을 가는 곳에 나가 보고, 그길로 박문자의 집 뒤 언덕에 올랐다. 말에서 내려 땅에 앉아 한참 둘러보니, 언덕 아래에 긴 냇물이 띠처럼 빛을 내며 흘러간다. 경치가 아름답다고 할 만하다. 또 정자를 세울 만한 곳인데, 주민들이 우매하여 언덕 위 아름드리 푸른 소나무를 베어 널을 만들어 버렸다. 참으로 애석하다. 문자가 점심을 지어 대접했다.

돌아올 때 또 집 앞 냇가에 가 보았다. 절벽이 깎아지른 듯하여 높이가 1백여 길은 되겠다. 긴 냇물이 그 아래로 흘러들어 고인 물이 못을 이루었는데, 깊이를 헤아릴 수 없다. 누치[訥魚]와 쏘가리가 물속에 한데 모여 헤엄쳐 놀고 있다. 흰 모래사장을 이룬 물가에는 푸른 버들이 줄지어 서 있다. 참으로 경치가 빼어난 곳이다. 마침 바람이 세차게 불고 비가 올 징후가 있었기 때문에 말을 세워 잠시만 보고 돌아왔다. 훗날 다시 술을 가지고 가서 보려고 한다.

저녁에 고한필이 찾아와서 생황이(黃茸) 4송이를 바쳤다. 1송이의 크기가 대접만 했다. 기제(忌祭)* 때 쓰려고 꿰어서 말렸다. 봄여름 환절기에 아직도 황이가 나는지 또한 먹을 수 있는 것인지 한필에게 물었다. 한필이 하는 말이, 봄철 버섯은 느릅나무에서 나는데 의심의 여지

....

* 　기제(忌祭): 해마다 그 사람이 죽은 날에 지내는 제사이다.

없이 먹을 수 있으며 그 맛도 더욱 좋다고 한다. 소주 한 잔을 대접해 보냈다. 1송이로 탕을 끓여 먹었는데, 과연 맛이 매우 좋았다.

◎ ― 4월 9일

오늘은 창방하는 날이다. 마침 비가 내리지 않았다. 몹시 기쁘다. 아침을 먹기 전에 전업이 앞 여울에서 잡은 붕어 1마리를 가져와 올렸다. 그 크기가 반 자나 되고 아직도 살아서 펄펄 뛴다. 마침 춘금이가 누에 칠 계집종을 데려오기 위해 말을 끌고 현에 들어가려고 하여, 관아 안에 붕어를 보내서 어머니께 올리게 했다.

느지막이 소근전(所斤田)에 사는 전 주부(主簿) 김명세(金明世)와 전 별감 김린 등이 술과 안주를 가지고 찾아와서 한참 이야기를 나누며 함께 술을 마셨다. 이어 두 사람과 함께 걸어서 동쪽 누대에 올라 또 한 바탕 이야기를 나누다가 날이 저물어 파하고 돌아왔다.

◎ ― 4월 10일

언신이 와서 하는 말이, 어제 간 밭에 참깨를 심겠다고 한다. 바로 반 되를 주고 또 양식으로 쓸 쌀 6되를 주어 일하는 사람들을 먹이게 했다. 정병(正兵) 박춘(朴春)이 와서 보고 메밀 5되와 당귀(當歸) 1뭇을 바쳤다. 술이 없어서 대접도 못하고 보내니 안타깝다.

박귀필(朴貴弼)과 김언희(金彦希)도 와서 보고 당귀 3뭇을 바쳤다. 모두 집이 서면 10리 밖에 있고 박춘과 같은 마을에 사는데, 귀필은 지장(紙匠, 종이 만드는 기술자) 호주(戶主)라고 한다.

관아의 계집종 매화에게 동아[東苽] 종자를 심게 했다. 유월콩[六月

묘]도 심게 했다. 최판관이 준 것으로, 6월 초에 따서 먹는다고 한다.

김언보의 화처(花妻)*는 별좌 신종원(辛宗遠)의 계집종인데, 팥 4, 5
되를 가지고 와서 바쳤다. 내가 신종원과 같은 마을에서 친하게 지냈다
는 말을 듣고는 매일 와서 보는데, 오늘은 또 물건을 바쳤다. 저녁에 춘
금이가 누에 칠 계집종 강춘(江春)과 향춘 등을 데리고 왔다. 누에는 아
직 한 잠도 자지 않았는데,* 크고 작은 것이 5그릇이다.

◎ ─ 4월 11일

아침에 비가 쏟아졌다. 전풍이 크고 작은 민물고기 30여 마리를 가
져와서 바쳤다. 앞 여울에 어살을 쳐서 잡은 것이다. 소주 한 잔을 대
접해서 보냈다. 쏘가리 1마리를 골라 곧바로 구워 오라고 하여 먹었다.
맛이 참 좋았다. 안주 삼아 소주 한 잔을 마셨다. 전업도 말먹이 콩 1말
을 보내왔다. 박문자도 와서 보기에, 소주 한 잔을 대접해서 보냈다.

언신이 어제 갈던 밭을 오늘에야 다 갈았다. 두 밭은 사흘갈이밖에
안 되는데, 소가 지쳐 힘이 없어서 엿새 만에 겨우 마쳤지만 아직도 씨
를 뿌리지 못했다.

◎ ─ 4월 12일

박언방의 집 앞에 있는 밭을 빌려 언신에게 갈고 참깨를 심게 했

....
*   화처(花妻): 천인(賤人) 출신의 첩이다.
*   누에는……자지 않았는데: 누에는 네 번 허물을 벗는데, 한 번 허물을 벗을 동안을 잠이라고
      한다. 한 잠이 대략 5~6일 정도이다. 세 번째 잠을 잔 뒤 누에를 섶에 올리면 실을 뽑아내고,
      누에는 번데기가 된다.

다. 이 밭은 반나절갈이이다. 현의 사람이 말을 끌고 왔다. 내일 돌아가기 때문이다. 윤겸의 편지를 보니, 초나흗날에 창방하니 열이틀과 열사흘 사이에 현으로 돌아갈 것이라고 했다. 초아흐렛날 정시에 9명을 뽑았는데, 이호의(李好義)*가 장원을 했고 무과 장원은 박천생(朴天生)이라고 한다. 별시에서 먼저 뽑았지만 방방(放榜, 창방)이 뒤에 있기 때문에 별시를 후방(後榜)으로 삼는다고 한다. 홍명원(洪命元)*도 급제했다니 기쁘다.

판서(判書) 권징(權徵)* 영감의 하례 편지를 보니, 편지 내용에 같은 후예의 경사라고 했다. 멀리서 축하하는 편지를 보내 주니, 후하다고 할 만하다. 그는 나의 칠촌 집안어른으로, 젊어서부터 서로 가깝게 지냈다. 이웃에 사는 김억수가 녹두 4되를 가져다주어 종자로 쓰려고 한다. 기쁜 일이다. 언신이 어제 간 밭에 오늘에야 씨를 다 뿌렸다.

◎ — 4월 13일

전업이 민물고기를 큰놈으로 6마리를 가져와서 올렸다. 일찍 밥을 먹고 출발하여 소근전을 지나면서 김린을 불러 함께 부석사에 당도했다. 어제 김언보가 먼저 보낸 두부콩으로 연포를 해 먹으려는 것이다.

....

* 이호의(李好義): 1560~?. 1597년 모화관 정시 문과에 장원으로 급제했다. 형조 참판 등을 지냈다.
* 홍명원(洪命元): 1573~1623. 홍영필(洪永弼)의 아들이다. 1597년 증광시 문과에 급제했다. 의주 부윤 등을 지냈다. 아버지인 홍영필은 오희문과 한동네에 살았고 임천에서 임시로 거처할 때에도 교유가 있었다.
* 권징(權徵): 1538~1598. 경기도 관찰사, 병조판서, 공조판서 등을 지냈다. 이 당시는 정계에서 은퇴한 상태였다.

민시중도 따라왔다. 중이 먼저 국수를 내주었고, 조금 있다가 연포를 내주었다. 나는 20곶을 먹었다. 다 먹고 나서 절 뒤 고개를 넘어 곧바로 고개 꼭대기에 올라서 바라보았다. 동남쪽은 그 끝이 보이지 않았다. 말에서 내려 한참을 바라보고 돌아왔다. 현의 관아에 도착했는데, 아직 저녁이 되지 않았다.

저녁에 안협 현감 류담이 임시 파견 관원으로 영동(嶺東)에 가는 길에 이곳에 들러 잤다. 사람을 보내서 나의 안부를 묻기에 나도 가서 만났다. 마침 주부 이배달(李培達)*과 진사 안극인(安克仁)*도 왔다. 안협 현감과 함께 통천(通川)에 가려는 것이니, 모두 평강(오윤겸)과 동년우 (同年友)*이다. 안극인은 내가 함열에 있을 때 두어 번 만난 일이 있는데, 모두 안협으로 피난하여 거처하고 있다. 같이 조용히 이야기를 나누다가 날이 어두워져서야 돌아갔다.

◎ ─ 4월 14일

안협 현감과 안극인, 이배달 두 사람이 모두 떠나고 좌수 권유년이 왔다. 소주 한 대접을 대접하여 보냈다. 관아의 사내종 세만이 병들어 누운 지 지금 벌써 엿새째인데, 아픈 증세가 몹시 심하다. 매우 답답하고 걱정스럽다.

낮에 언명이 한양에서 왔다. 고대하던 끝에 지금 갑자기 만나니,

....

* 이배달(李培達): 1550~?. 1582년 생원시에 오윤겸과 함께 입격했다. 의금부 도사, 면천 군수 등을 지냈다.
* 안극인(安克仁): 1553~?. 1582년 진사시에 오윤겸과 함께 입격했다.
* 동년우(同年友): 같은 해에 사마시에 입격한 사람이다.

매우 기쁘고 위로가 된다. 그편에 들으니, 이번 알성시에서 8명을 뽑았는데 윤해가 거의 급제할 뻔했다고 한다. 하지만 연차로 뽑은 사람 수가 많아서 그가 지은 표문(表文)이 임시 차상이 되었다고 한다. 몹시 안타깝지만 이 또한 하늘의 뜻이니 어찌하겠는가. 한집안에서 연달아 과거에 급제하는 일은 류역(柳浹) 형제 외에 어찌 다시 있을 수 있겠는가.*
심열(沈說)*이 한양에 왔는데 돌아갈 때 들러 우리 어머니를 뵙는다고 하니, 만날 수 있겠다. 참으로 위로가 된다.

◎ ─ 4월 15일

세만은 여전이 아파 몹시 괴로워한다고 한다. 걱정스럽다. 향소(鄕所)*가 찾아왔고, 서면에 사는 교생 김애일도 찾아왔다. 집주인 김언보와 민시중도 찾아왔다.

저녁에 덕노가 서면 집에서 왔다. 전날 통천에서 산 소금을 이천 장에서 팔고 남은 소금은 서면 집 근처 사람 등에게 두고 돌아왔단다. 다만 소금 1말에 조 3말은 받을 수 있는데, 덕노가 2말 5되로 납입했다. 괘씸하다.

....

* 한집안에서……있겠는가: 류역(柳浹, 1567~?)은 1597년 별시 문과에 급제했다. 형인 류숙(柳潚)도 같은 해 정시 문과에 합격하여 형제가 연이어 급제했다.
* 심열(沈說): ?~?. 오희문의 매부인 심수원(沈粹源)의 아들로, 오희문의 생질이다. 양덕 현감 등을 지냈다.
* 향소(鄕所): 유향소(留鄕所)와 같은 말이다. 조선 초기에 악질 향리(鄕吏)를 규찰하고 향풍을 바로잡기 위해 지방의 품관(品官)들이 조직한 자치기구이다.

◎ — 4월 16일

느지막이 평강(오윤겸)이 왔다. 5리 길 밖에 장막을 치고 옷을 갈아입고서 꽃을 세우고 풍악을 울리며 왔다. 쇠퇴한 가문에 경사가 어떠하겠는가. 우리 문중에서 비로소 어사화(御賜花)를 보았으니, 이로부터는 급제하는 사람이 이어질 수 있을 것이다. 매우 다행한 일이다. 어머니께서는 희비가 교차하는지 눈물이 줄줄 흐르는 줄도 모르신다. 먼저 신주 앞에 차례를 지냈다.

또 들으니, 오극일(吳克一)도 이번 알성 무과에 뽑혔다고 한다. 더욱 기쁘고 다행스럽다. 극일은 제사를 모시는 종손이다. 비록 무과라고는 하지만 묘소 아래에 연이어 영예로운 제사를 지내게 되었으니, 어찌 다행스럽지 않겠는가.

정재인(呈才人, 춤추고 노래하는 사람)의 이름은 서순학(徐順鶴)으로 임피(臨陂)에 살고, 광대의 이름은 유복(劉福)으로 은진(恩津)에 산다. 곧바로 한바탕 놀게 하여 구경하고, 정포(正布) 2필, 흰 모시 중치막 1벌, 흰 무명 반 필, 베 반 필을 주었다. 처음 홍패(紅牌)*를 맞이할 때는 으레 이렇게 주기 때문이다. 마침 비가 내려서 일을 다 마치지 못하고 파했다.

◎ — 4월 17일

이른 아침에 평강(오윤겸)이 향교(鄕校)에 가서 공자(孔子)의 신위에

....
* 홍패(紅牌): 문·무과 급제자에게 내주던 증서이다. 붉은 바탕의 종이에 성적과 등급, 성명을 먹으로 적었다.

배알하고 돌아왔다. 오후에 놀이꾼을 시켜 놀게 했다. 구경하는 사람이 담처럼 에워쌌다. 생원(오윤해)의 사내종 춘이가 안변에서 신공을 거두어 돌아왔다.

스무하룻날에 잔치를 열려고 사람을 보내 손님을 초대했다. 손님은 판교(判校) 류공진(柳拱辰),[*] 회양 부사(淮陽府使) 민충남(閔忠男),[*] 금성현령(金城縣令) 김니(金柅),[*] 철원 부사(鐵原府使) 윤선정(尹先正), 은계 찰방(銀溪察訪) 김태좌(金台佐)[*]이다. 류판교(柳判校)는 안협에 와서 우거하고 있기 때문에 초대했다. 다만 초대한 손님이 다 올지는 모르겠다.

평강(오윤겸)의 서얼 처남인 이백(李栢)도 알성시에 뽑혔다고 한다. 언실(彦實)의 외아들인데, 적자(嫡子)가 없고 서출(庶出)만 있을 뿐이다. 비록 무과이지만 지금 다행히 급제했으니, 또한 위로가 된다.

◎ ─ 4월 18일

전 양덕 현감(陽德縣監) 심열이 왔다. 못 본 지 벌써 7년이 되었는데, 우연히 서로 만나니 매우 기쁘고 위로가 된다. 어머니의 방에서 함께 잤다. 종일 비가 내렸다.

◎ ─ 4월 19일

작은 대나무를 세워 놀이꾼에게 놀게 하다가 오후에 파했다. 심열

....
*   류공진(柳拱辰): 1547~1604. 남원 부사, 사섬시 정 등을 지냈다.
*   민충남(閔忠男): 1540~1605. 뒤에 민중남(閔中男)으로 개명했다. 안주와 중화의 수령을 지
     냈다.
*   김니(金柅): 1540~1621. 황해도 관찰사 등을 지냈다.
*   김태좌(金台佐): 1541~?. 안산 군수, 중화 부사 등을 지냈다.

이 미역 5동, 말린 붕어 9마리, 송어 1마리를 가져다주었다. 어머니께도 이와 같이 드리면서 절인 방어 1마리를 더 올렸다.

◎ ─ 4월 20일

판관 최응진이 찾아왔다. 모정에서 함께 이야기를 나누다가 물만밥을 대접해서 보냈다. 잔치를 치르고 남은 음식을 가지고 스무사흗날에 만나 이야기를 나누자고 약속했다. 내일 잔치를 해야 하므로 휘장과 제반 도구를 미리 진설하게 했다. 다만 기녀와 악공을 아직 구하지 못해 걱정스럽다.

평강(오윤겸)의 장모가 딸을 데리고 오늘 낮에 왔다. 윤겸이 관디[冠帶]를 갖추고 5리 밖에 나가서 맞았다. 저녁에 철원 부사가 먼저 도착했다.

◎ ─ 4월 21일

잔치를 베풀었다. 회양 부사 민충남 공이 와서 나도 나가 보았다. 은계 찰방 김태좌도 왔다. 금성 현령 차운로(車雲輅)*는 암행어사가 경내에 들어와서 못 왔고 류판교도 집에 제사가 있어 못 와서, 회양, 철원, 은계의 세 공만 참석했다. 철원 관아의 계집종 5명과 피리 부는 사람 1명을 불러왔다. 비록 노래하고 북 치는 것을 잘하지는 못했지만, 노래도 하고 북도 치면서 여럿이 피리를 부는 속에서 오히려 즐거움이

....

* 차운로(車雲輅): 1559~?. 전의 현감 등을 지냈다. 앞서 금성 현령을 김니라고 하고 지금 차운로라고 한 이유는 분명하지 않다. 둘 중에 하나는 오기인 듯하나, 기록에 보이지 않아 확인할 수 없다.

생겼다.

당진(唐津) 황수(黃琇)*가 철원 땅에 피난하여 거처하는데, 그 집에 노래를 잘하는 계집종이 있다고 하여 사람을 보내서 빌렸다. 느지막이 두 계집종을 보내왔다. 만일 이들이 아니었다면 모양새를 갖추지 못할 뻔했다.

놀이꾼들이 각자 온갖 재주를 보여 주었고, 선생들도 새로 급제한 사람을 희롱하여 얼굴에 온통 먹칠을 하기도 했으며, 아름다운 여인을 업게도 하고 땅에서 한 치[寸]를 뛰게 하기도 하면서 노래도 하고 춤도 추니 구경꾼들이 구름같이 모였다. 종일 술잔을 나누다 보니 내가 먼저 취했다.

회양 부사는 나의 칠촌 친척이므로, 안에 들어가서 어머니께 술잔을 올렸다. 찰방도 역시 발 밖에서 술잔을 올렸다. 나는 취해서 미처 술잔을 올리지도 못했는데 먼저 내청(內廳)의 행과상(行果床)를 거두었다. 아쉽다.

내청의 반과(盤果)*는 어머니와 평강(오윤겸)의 장모와 집사람 앞에 차렸는데, 약과는 높이 괴어 담았고 그 나머지는 다만 평평한 소반에 열다섯 가지 남짓 차렸으며 미수(味數)*는 팔미(八味)에 그쳤다. 구경꾼들에게는 탁주 4동이를 나눠 주고 마시게 했다. 마침 장성(長城) 이귀(李貴)*가 왔다. 언명과 심열과 함께 울타리 안에서 숨어서 구경하기에

....

* 황수(黃琇): ?~1617. 영춘 현감을 지냈다.
* 반과(盤果): 잔치나 제사를 지낸 뒤에 몫몫이 그릇에 담아 여러 군데에 돌라주는 음식이다.
* 미수(味數): 연회나 잔치 때에 아홉 번에 걸쳐 올리는 음식상이다. 다른 음식상은 한 번 올리는 것으로 그치는데 이 음식상은 아홉 번까지 올리며, 음식의 가짓수도 매번 달리했다. 미수상(味數床)의 준말이다.

행과상과 미수상(味數床)을 내어 대접했다.

저녁이 되기 전에 철원 부사가 먼저 일어나서 갔다. 나는 다시 민충남, 김태좌 두 사람과 술을 각각 석 잔씩 마시고 저녁이 되어 파하고 헤어졌다. 우리 문중에서 과거 급제 잔치를 이제야 비로소 보니, 기쁘고 다행스러운 마음이 어떻겠는가. 다만 죽은 딸이 여기에 없어서 때때로 생각이 나니, 지극한 기쁨 뒤에 도리어 비통한 마음이 생긴다. 몰래 슬픈 눈물을 닦아 보지만 견디기가 어렵다. 이 현의 백성 김환(金丸)이라는 사람도 무과에 급제했는데, 평강(오윤겸)과 동갑이다. 그 아비를 모시고 참석하니, 또한 영화롭다고 할 만하다.

난리를 겪은 뒤로 몇 안 되는 종들이 거의 다 흩어지고 죽어서, 장흥(長興)에 사는 사내종 천수(千壽)와 강진(康津)에 사는 사내종 사금(士今) 2명을 별도로 받았고 어머니께서도 계집종 복이와 그가 지난해에 낳은 계집아이 등 2명을 주었다. 평강(오윤겸)의 장모는 노비 총 17명, 연안(延安)에 있는 논 4섬지기[石落只], 광주의 정자터, 그 앞의 전답 두어 섬지기를 별도로 주었다.―복이의 딸 이름은 생수개(生守介)이다―

◎ ― 4월 22일

일찍 회양(淮陽, 민충남)의 숙소에 갔다. 김찰방(金察訪)도 왔다. 또 이장성(李長城, 이귀)을 불러 같이 이야기를 나누었다. 이어서 함께 자릿조반을 먹었다. 나는 이장성과 함께 먼저 물러나왔고, 윤겸이 혼자 두

....

*   이귀(李貴): 1557~1633. 오희문의 처사촌이다. 장성 현감, 군기시 판관, 김제 군수 등을 지냈다. 인조반정의 주역으로 정사공신(靖社功臣) 1등에 책록되었다.

공과 아침밥을 같이 먹은 뒤 작별하고 관아로 들어갔다.

또 옥여(玉汝, 이귀), 언명, 심열과 함께 모정에 모여 앉았다. 옥여가 기어이 돌아가려는 것을 억지로 붙잡았다. 이어 작은 술자리를 마련하고 놀이꾼들에게 놀게 하고 구경했다. 언명과 심열은 좋은 술을 각각 다섯 대접씩 마시고 심열은 한 대접을 더 마셔 흠뻑 취한 뒤에 파했다.

◎ ― 4월 23일

처음에는 최판관과 황당진(黃唐津, 황수)을 불러 옛이야기를 나누려고 했는데, 마침 암행어사가 온다는 기별이 들려 부르지 않았다. 아침을 먹은 뒤에 옥여가 먼저 돌아갔다. 나도 거처하고 있는 서면의 집으로 출발했다. 집을 수리하고 나서 오는 스무엿샛날에 처자식을 데려올 예정이기 때문이다. 올 때 술과 안주를 가지고 판관 최중운(崔仲雲, 최응진)에게 들러 한참 이야기를 나누었다. 주인집에서 나에게 물만밥을 대접했다.

오후에 비로소 집에 도착하니, 날이 아직 저물지 않았다. 이웃 사람들이 모두 와서 보았고, 전풍이 또 민물고기와 누치 1마리를 가져와서 탕을 끓여 먹었다.

◎ ― 4월 24일

언신에게 뒷간을 만들게 했다. 또 원적사의 중을 불러서 온돌을 바르게 했다. 박문자와 고한필이 찾아왔다. 한필이 꿩알 7개를 가져왔기에 삶아서 어머니께 드렸다. 두 계집종이 뽕잎을 따려고 한필의 집 근처에 갔는데 한필이 들어오라고 하여 술과 밥을 주었다고 한다.

김린이 왔기에 소주 두 잔을 대접해서 보냈다. 그에게 은계 찰방이 준 옥동역(玉洞驛)*에 소속된 계집종 중금(仲今)이 기상(記上)*한 밭의 소재를 물었는데, 열사흗날에 밭을 갈았다고 한다. 오는 가을에 10여 섬의 곡식을 수확할 수 있을 테니 기쁘다. 밭은 김린의 집 근처에 있다.

저녁에 전업의 사위 박언수(朴彦守)가 민물고기 60여 마리를 올렸다. 앞의 여울에서 낚시하여 잡은 것이다. 큰놈으로 골라 포를 떠서 소금에 절여 말리고 나머지는 탕을 끓여 먹었다. 또 전업이 말먹이 콩 5되를 가져왔다.

무쇠장이[水鐵匠] 조언희(趙彦希)가 솥 2개와 농기 2벌을 가져왔다. 관아의 명을 따른 것이다. 이웃에 사는 박언방이 꿀 2되를 바쳤고, 김억수는 말먹이 콩 5되를 올렸다.

◎ — 4월 25일

덕노가 말을 끌고 현에 갔다. 내일 집사람이 오려고 하기 때문이다. 아침에 채억복(蔡億福)이 어린 벌 1통을 갖다 바쳤다. 몹시 기쁘다. 곧바로 소주를 대접하고 보답할 물건이 없어서 패랭이 1개를 주었는데, 사양하고 받지 않았다. 억지로 떠미는데도 끝내 받지 않았다. 저녁에 정세당(鄭世當)이 민물고기 75마리를 가져와 바쳤다. 앞 냇물에서 낚시질해서 잡은 것이란다. 그는 곧 전업의 사위이다. 소주 한 잔을 대접

....

* 옥동역(玉洞驛): 평강현 관아에서 서쪽으로 40리 지점에 있는 역이다. 《국역 신증동국여지승람》 제47권 〈강원도 평강현〉.

* 기상(記上): 자기의 소유가 아닌 것을 자기의 소유물인 것처럼 기입하여 관청에 신고하는 행위이다.

하고 또 소금 1되를 주어 보냈다.

종일 비가 내리고 때때로 세차게 내리기도 했다. 비를 바라는 마음이 간절했는데, 이제야 내려 삼농이 흡족해 한다. 심어 놓은 태두(太豆)의 싹도 분명 잘 돋아날 것이니, 사람들이 모두 기뻐했다.

일찍이 김린을 통해 알게 된, 옥동역 소속 계집종 중금이 기상한 밭이 묵고 황폐해졌는데, 마침 찰방이 잔치에 참석했을 때 평강(오윤겸)이 그 밭을 받아서 갈아먹겠다는 뜻을 말하자 그가 즉시 패자(牌字)*를 써서 나에게 주면서 피난하여 거처하는 동안 갈아먹게 하겠다고 했다. 그래서 어제 기관(記官, 기록을 담당하는 아전) 김응경(金應瓊)을 데리고 와서 그에게 패자를 가져다가 삼장(三長)에게 전하여 추심을 일단 보류하도록 했다.

◎ ― 4월 26일

지난밤 비의 기세가 새벽까지 잦아들지 않고 아침까지도 날이 흐렸다. 집사람은 분명 오지 않을 것이다. 북쪽 이웃에 사는 박막동(朴莫同)이 쏘가리 3마리를 가져와서 바쳤다. 어살을 쳐서 잡은 것이라고 한다. 하나는 매우 커서 거의 한 자 남짓 된다. 몹시 기쁘다.

아우와 심열이 오늘 온다면 분명 같이 올 텐데, 비의 기세가 아직도 잦아들 줄 모르니 분명 오지 못할 것이다. 또 생선을 회 쳐서 먹으려는데 겨자도 없고 술도 없어 먹을 수 없다. 매우 안타깝다. 작은놈은 아

....

* 패자(牌字): 지위가 높은 기관이나 사람이 자신의 권위를 근거로 상대에게 어떤 사항에 대한 이행을 지시하거나 통보하는 성격의 문서이다.

침에 구워 먹었다. 가지고 온 할멈에게 소금 7홉을 주어 보냈다.

정세당이 쏘가리 중간치와 작은놈 2마리를 가져와서 올렸다. 고한근(高漢斤)이 수꿩 1마리를 가져와 바쳤다. 그는 한필의 아우이다. 술이 없어서 대접도 못하고 보내려니 안타깝다. 전풍이 중간치 되는 비단잉어 1마리를 오늘 또 가져와 바쳤다. 내일도 응당 평소처럼 바칠 것이다. 중간치와 작은놈 3마리는 포를 떠서 소금에 절여 말리고, 큰놈은 오후에 회를 쳐서 먹었다. 마침 향비가 겨자를 얻어 와서 곧바로 회를 치게 한 것이다. 다만 즐길 술이 없어서 목이 마르면 물을 마셨다. 우스운 일이다.

저녁에 언신이 탁주 1병을 올렸다. 김린이 싸리로 엮은 소쿠리[柵器] 하나를 보내왔다. 몹시 기쁘다. 말먹이 콩을 건져 내고 싶어도 못하고 있었는데, 김린이 분명 그 소식을 듣고 구해 보냈을 게다. 갯지와 소한이 말 3마리에 양식을 싣고 왔다. 집에서 보낸 편지를 보니, 그날 흐려서 오지 않았다고 한다. 백미 10말, 중미 20말, 전미(田米, 밭벼의 쌀) 5말, 소금 15말을 실어 왔다. 소금으로는 장을 담그게 했다.

◎ ― 4월 27일

날이 흐리고 가랑비가 내렸다. 그러나 모레가 선친의 기일이어서 비를 맞으며 길을 나서 현에 도착했다. 근래 내린 비로 인해 냇물이 불어서 분명 옷을 벗고 건너야 할 것이다. 그래서 굳이 위험한 산허리를 올라 다른 길로 왔다.

저녁에 진사 정몽열(鄭夢說)*이 안변에서 한양으로 돌아가는 길에 들렀다. 모정에 모여 회포를 풀다가 파했다. 이 현에 사는 무인 최수영이 이번 알성시에 급제하여 한양에서 비로소 와서 인사했다. 놀이꾼들을 보니, 전에 윤겸이 데리고 왔던 자들이다. 잔치가 끝난 뒤에 이곳에 그대로 머물다가 수영이 오기를 기다려서 또 따라갔는데, 수영은 집이 가난하여 사절했기 때문에 돌아온 것이다.

◎ ― 4월 28일

이 도(道)의 아사[亞使, 도사(都事)] 임정(林挺)*이 순행하다가 이르렀다. 그는 평강(오윤겸)과 동년우이다. 마침 집안에 기일이 있어 나가서 맞이하지 못했는데, 친히 모정에 와서 하는 수 없이 나가서 만났다. 이어서 스스로 활을 쏘다가 저녁에 객관(客館)으로 돌아갔다. 내일은 제사를 지내야 하므로 종일 아우와 함께 재계하고 모정에 제수를 진설하게 했다. 아문(衙門)* 안은 비좁아서 제사 지낼 곳이 없기 때문이다.

◎ ― 4월 29일

새벽에 아우와 두 아들, 심열 등과 함께 제사를 지냈는데, 고기반찬을 갖추어 올렸다. 광노와 놀이꾼들이 오늘에야 비로소 돌아갔다. 내일은 아우와 조카 심열도 한양으로 돌아갈 것이다. 그러므로 행장을 꾸리면서 단옷날 제수도 마련하여 아우가 가는 길에 부치려고 한다. 또 전미(田米) 3말, 두(豆) 2말을 주어 아우로 하여금 쓰게 할 것이다.

놀이꾼들이 여기 와서 얻은 베 12필, 태(太) 3섬, 두(豆) 2섬, 기장 3

....

* 정몽열(鄭夢說): 1545~?. 1579년 진사시에 입격했다.
* 임정(林挺): 1554~?. 한성부 우윤, 부안 현감 등을 지냈다.
* 아문(衙門): 관아의 출입문이라는 뜻이다. 관원들이 정무를 보는 곳을 통틀어 말하기도 한다.

섬 가운데 콩을 모두 베로 바꾼다고 한다. 홑옷 6벌, 저고리 2벌 중에 최수영이 홑옷 3벌, 김환이 1벌을 벗어 주었고, 나도 유철릭 1벌을 벗어 주었다.

◎ ― 4월 30일

아우와 심열이 출발하여 한양에 갈 때 갯지도 따라갔다. 잔치를 치른 뒤라 관아의 창고가 비어서 물자를 얻지 못하고 갔다. 메주[末醬] 4말, 소금 1말을 가지고 갔을 뿐이다. 평강(오윤겸)이 구해 준 것이다. 그러나 말 1마리에 짐도 싣고 타기도 해야 하니, 비록 물건을 얻었더라도 짐이 무거워 싣고 갈 수 없는 형편이었을 게다. 마침 심열의 짐을 싣는 말에 같이 짐을 싣고 갔다. 그렇지 않았다면 지니고 있는 물건도 가져가지 못할 뻔했다.

이들은 여기에서 반달을 머물다가 갑자기 돌아갔다. 아우야 오래지 않아 돌아오겠지만, 심열은 집이 멀어 훗날의 만남을 기약하기 어렵다. 서글픔을 금치 못하겠다. 어제 중간치 사슴 1마리를 포획하여 실어왔다.

5월 작은 달 -8일 하지(夏至), 23일 소서(小暑) -

◎ ― 5월 1일

새벽부터 비가 내려 종일 그치지 않았다. 언명은 분명 중도에 체류했을 게다. 단오가 머지 않았는데 만약 비가 그치지 않는다면 아마도 도착하지 못할 것이다. 내일 온 가족이 서면으로 가려고 하는데, 이 또한 장담할 수 없다.

관아에서 만든 쑥을 넣은 절편[靑切餠]과 수단(水丹)*으로 죽은 딸의 넋에 제사를 지내고 또 일가의 윗사람에게 올렸다. 이어 사슴고기를 구워 먹었다. 나는 그저께부터 입 안에 종기가 나서 먹고 마실 때마다 닿아 몹시 아프다. 걱정스럽다.

....

* 수단(水丹): 쌀가루나 밀가루를 반죽하여 경단같이 만들어서 삶은 뒤에 냉수에 헹구어 물기가 마르기 전에 꿀물에 넣고 잣을 띄운 음식이다.

◎ — 5월 2일

아침에도 여전히 흐리고 때때로 비가 내렸다. 온 가족이 이로 인해 떠나지 못하고 느지막이 나 혼자 먼저 돌아왔다. 오후에 비로소 비가 그쳐 말을 타고 달려서 서면의 집에 도착하니, 해가 서쪽 봉우리에 걸려 있었다. 올 때 종자 콩 1섬을 실어 왔다.

◎ — 5월 3일

덕노가 말을 끌고 현으로 돌아갔다. 내일 온 가족이 오려고 하기 때문이다. 전풍이 민물고기 10여 마리를 가져다주었다. 한 놈은 쏘가리인데, 조금 크다. 정세당이 40여 마리를 또 가져다주어 포를 떠서 소금에 절여 말렸다. 오후에 주부 김명세가 찾아와서 술 두 잔을 대접하여 보냈다. 부석사의 중 법희도 와서 보고 흰 가죽신 1켤레를 올렸다. 마침 술이 없어서 대접도 못하고 보냈다. 안타깝다.

어제 아침을 먹을 때 돌을 깨물어 왼쪽 어금니를 다쳐서 아프고 괴롭다. 오늘 아침을 먹을 때 또 어금니를 건드려서 흔들리고 반쪽이 깨져 버렸다. 바로 뽑아내니 조금 편안하다. 하지만 단단한 음식은 씹어먹을 수가 없다. 입 안에 난 종기도 아직 낫지 않아서 음식을 먹을 때마다 닿아서 아프니, 아무리 배고픔이 심해도 배불리 먹을 수가 없다. 매우 답답하다.

◎ — 5월 4일

집사람이 오늘은 오기로 했는데 오지 않았다. 분명 내일이 단옷날이기 때문에 하인들을 데리고 오면 제사를 그르칠까봐 우선 머무는 것일 게다. 이 마을에서 마중 나갔던 사람이 중도에서 그냥 돌아왔다.

춘금이에게 안팎 마당의 풀을 매게 하고 또 뒷간에 지붕을 얹게 했다. 입 안에 난 종기가 몹시 아파서 마음대로 먹고 마실 수가 없으니, 하루 종일 기운이 몹시 편치 않다. 김억수가 장독 1개를 가져다주었고, 전귀실은 막걸리 1대접, 집에서 기른 채소 2단을 가져다주었다.

◎ ─ 5월 5일

단옷날이다. 연전의 이날에는 함열에서 나와 웅포(熊浦)에서 배를 타고 물을 거슬러 올라와 곧바로 남당진(南塘津)*에 이르렀고, 좌우로 바라보면 남북 양쪽 언덕의 인가에서 곳곳마다 그네를 높이 매고 어른과 아이들이 모두 모여 놀았다. 지금 이 산골에서는 한 곳에서도 그네를 타지 않으니, 산중 사람들의 풍속이 순박하여 번화한 기상이 없다고 할 만하다. 이웃에 사는 전업, 김언보, 김억수 등이 술과 떡, 과일을 가져와서 계집종들에게 나누어 주었다.

지난해 단오에 임천군(林川郡)에 있었을 때 죽은 딸이 울타리 안의 복숭아나무 가지에 그네를 매고 언명의 두 아이들과 함께 놀던 일이 갑자기 생각났다. 나도 모르게 슬퍼져 눈물이 옷깃을 적신다. 슬프구나! 너는 어찌하여 먼저 떠나서 나로 하여금 물건을 볼 때마다 생각나게 하고 오래될수록 더욱 마음을 아프게 하느냐.

낮에 단잠을 자다가 막 깼는데, 문득 현의 아전 전의양(全義陽)이

....

* 남당진(南塘津): 임천과 함열 사이에 있는 나루이다. 일명 용연포(龍淵浦)라고도 한다. 임천군 남쪽 14리에 위치하는데, 고다진(古多津)의 아래쪽에 있다. 《국역 신증동국여지승람》 제17권 〈충청도 임천군〉.

편지를 가지고 이르렀다. 곧바로 윤겸의 편지를 뜯어 보았다. 명절이라 술과 떡과 찬거리를 마련해 보내왔기에 잘 받았다. 다만 입 안의 종기가 곪아 닿는 데마다 아파서 보기만 할 뿐 먹을 수가 없으니, 그림의 떡이나 다름이 없다. 한탄한들 어찌하겠는가. 곧바로 계집종들에게 나누어 주었고, 또 가지고 온 현의 아전에게 주면서 탁주 두 잔을 마시게 했다. 저녁에 박문자가 와서 보고 술 1장본과 말린 민물고기 10여 마리를 주었다. 마을 사람 대여섯 명도 함께 찾아와서, 모두에게 술 한 잔과 떡 조금씩을 먹여 보냈다.

◎ ― 5월 6일

북쪽 이웃에 사는 박막동이 큰 누치 1마리를 가져다주었다. 앞 여울에 어살을 쳐서 잡았다고 한다. 오늘 온 가족이 어머니를 모시고 오면 저녁 반찬으로 올릴 수 있겠다. 몹시 기쁘다. 곧장 술과 떡을 대접하여 보냈다.

저녁에 온 가족이 어머니를 모시고 무사히 도착했다. 평강(오윤겸)이 모시고 왔다. 날이 너무 더웠고 점심 이후로 여러 번 큰 냇물을 건넌데다 산길이 험해서 어머니의 체후(體候)에 번열(煩熱)*이 심했는데, 이곳에 도착하여 한동안 누워 계신 뒤에 조금 편안해지셨다. 어머니는 교자(轎子)를 타시고, 그 나머지는 모두 말에 짐을 싣고서 왔다. 김언보가 술 1동이, 떡 1바구니를 가져와 올렸다. 술 2동이를 내어 가마꾼과 모시고 온 관인들에게 나누어 주었다.

....

* 번열(煩熱): 몸에 열이 몹시 나고 가슴 속이 답답하여 괴로운 증상이다.

◎ — 5월 7일

이웃에 사는 민시중과 김억수가 각각 황태(黃太) 2말과 팥 2말을 가져다주었다. 모두 종자로 쓸 것이다. 몹시 기쁘다. 전업이 청주 1동이와 떡 1바구니, 안주 등을 가져다주었다. 아침을 먹고 박언방의 송정(松亭)에 나가 앉아 있는데, 전 주부 김명세, 전 별감 김린, 교생 허충, 김애일 등이 찾아와서 보았다. 전에 김린과 민시중이 나를 따라 부석사에 가서 그 절의 중 원민(元敏), 태현(太玄) 등과 내기 바둑을 두고 훗날 모이기로 기약했다. 그때 중들이 모두 졌기 때문에 청주 1동이를 가져왔다. 김린도 과일을 차려 왔고, 민시중도 탁주 1동이를 가져왔다. 나는 마침 입에 난 종기가 낫지 않아서 마시지 못했다. 두 김씨가 큰 그릇으로 마신 뒤 나머지를 아랫사람에게 나누어 주었다.

마을 사람들을 시켜 안협 사람에게서 그물을 구해다가 앞 못에서 누치를 몰게 했다. 헛수고만 했을 뿐 1마리도 못 잡았다. 탄식한들 무엇하겠는가. 물에 들어갔던 사람들에게 술을 대접하고 파했다. 평강(오윤겸)과 함께 활을 쏘다가 최판관에게 사람과 말을 보내서 맞이하여 종일 이야기를 나누고 점심을 대접하여 보냈다. 최판관은 마침 북촌(北村) 10리 밖 첩의 집에 와 있었다.

◎ — 5월 8일

윤겸이 일찍 밥을 먹고 현으로 돌아갔다. 옥동역의 역인(驛人) 진귀선(晉貴先)이 찾아와서 보았다. 그에게 역에 소속된 계집종 중금의 밭이 있는 곳과 묵은 곳을 개간했는지를 묻고 술과 떡을 대접해서 보냈다. 덕노와 방자, 이웃 사람 정세당 등이 말 2필을 끌고 가서 뽕잎을 한가득 따서 싣고 왔다.

◎ ─ 5월 9일

언신이 와서 하는 말이, 두전(豆田)은 이미 다 갈았고 오늘은 쉬었다가 내일 태전(太田)을 갈기 시작할 것이라고 한다. 두(豆) 종자는 15말이라 나흘갈이라고 했는데, 어찌 15말을 다 했겠는가. 분명 거짓으로 고하는 게다.

어제 큰 사슴 1마리를 잡았는데 녹용이 쓸 만하다고 한다. 기쁘다. 사냥을 한 지 반달이 되도록 잡지 못했는데, 전에 평강(오윤겸)이 여기에 왔을 때 앞으로 열흘 안에 잡지 못하면 영원성(鴒原城)*을 방비하는 벌을 주겠다고 엄하게 명하여 수일 안에 사슴을 잡아왔다. 역시 호령을 엄하게 하지 않으면 안 된다.

원적사의 중이 짚신 2켤레를 가져다주기에 술을 대접하여 보냈다. 장을 독 2개와 항아리 1개에 담갔다. 독 하나에는 콩 2말을 삶아서 먼저 넣은 뒤에 메주 12말과 소금 4말을 물에 타서 담갔다. 다른 독에는 비지(比之) 1동이 반을 먼저 넣은 뒤에 메주 13말과 소금 4말을 물에 타서 담갔다. 항아리에는 메주 6말과 소금 2말을 물에 타서 담갔다. 메주 10여 말이 남았는데, 독이 없고 소금도 부족해서 담그지 못했다. 소금과 독을 얻은 뒤에 다 담글 작정이다.

....
* 영원성(鴒原城): 강원도 원주의 치악산(雉岳山) 남쪽에 있는 산성이다.

◎ — 5월 10일

무료하여 인아와 어린 사내종 둘과 함께 천천히 냇가를 걷다가 한참 만에 돌아왔다. 저녁에 어제 한양에서 현의 아문에 도착한 붕아(鵬兒)*가 왔다. 그편에 온 편지를 보니, 모두 잘 있고 단오 제사도 무사히 지냈으며 생원(오윤해)도 와서 제사에 참석했다고 한다.

허찬이 남포에서 한양으로 돌아오면서 자방(신응구) 식구들의 편지를 받아 왔다. 편지를 보니, 다들 잘 있고 중아(重兒)*는 날로 점점 씩씩해진다고 한다. 말로 할 수 없을 만큼 위로가 된다. 딸의 편지에 애처로운 말이 많아서 다 읽기도 전에 나도 모르게 눈물이 흘렀다. 자방(신응구)의 큰딸이 지난 4월 초아흐렛날에 세상을 떠났다고 한다. 저 사람과 나의 마음이 어찌 다르겠는가. 애통함을 견디지 못하겠다.

이백(李栢)도 붕아와 함께 왔다. 평강(오윤겸)이 사슴고기를 보내와서 바로 처자식들과 함께 먹었다. 오랫동안 고기를 먹지 못한 터라 굽기도 하고 삶기도 해서 먹었다.

◎ — 5월 11일

딸이 죽은 지 백 일이다. 집사람이 무당을 불러 이웃집에서 신사(神事, 신에게 제사 지내는 의식)를 베풀게 하니, 징과 북을 치면서 행했

....

* 붕아(鵬兒): 오희철의 외아들 오윤형(吳允詗)으로 보인다.《해주오씨 대동보(海州吳氏大同譜)》권10.

* 중아(重兒): 신응구와 오희문의 딸은 1남 1녀를 두었다. 이로 볼 때 중아는 둘 사이의 아들 신량(申湸)으로 추정할 수 있다.《쇄미록》〈병신일록〉3월 5일 일기에 보이는 중진(重振)이 곧 신량의 아명(兒名)으로 보인다.《국역 청음집(淸陰集)》제32권〈승정원좌부승지신공응구묘갈명(承政院左副承旨申公應榘墓碣銘)〉.

다. 부질없는 일인 줄 잘 알면서도 애통함이 남아 사랑하는 마음이 사무쳐서 그러려니 하고 우선 허락하고 막지 않았다. 집사람도 친히 가서 무당의 말을 듣고 통곡하며 돌아왔다.

이 현의 품관과 교생 등 15명 남짓이 모여서 술자리를 베풀고 우리 부자를 불러 위로해 주었다. 이 면(面)의 품관은 김명세, 채세번(蔡世蕃), 김린이고, 교생은 임충성(任忠誠), 김애일, 허충, 권호고(權好古) 등이다. 먼저 소주 1병, 병아리 1마리, 국수 1채반, 찹쌀 1말, 생자라 1마리를 바쳤다. 북면의 품관은 채인언(蔡仁彦), 권유년, 최수영(崔秀英), 김충서(金忠恕)이고, 교생은 채숭환(蔡崇環), 권호덕(權好德), 이집(李楫) 등이다. 청주 2병, 백설기 1바구니, 국수 1채반, 닭 1마리, 말린 열목어[餘項魚] 1마리, 계란 10개를 바쳤다. 모두 이른 아침에 들여온 뒤에 동쪽 이웃 박언방의 송정에서 잔치를 열어 주었다. 조카 붕아도 참석했다. 나는 입에 난 종기가 아직 다 낫지 않은데다 또 안주가 좋지 않고 술맛도 시큼하여 마실 수가 없었다. 이는 모두 좁쌀로 빚었기 때문이다.

그러나 산골 인심이 순박하고 음식 또한 이와 같으니, 후하여 옛 풍속에 가깝다고 할 만하다. 저들이 모두 먼저 취해서 떠드는 소리가 정자에 가득했다. 노래를 하거나 일어나 춤도 추면서 술을 권했다. 날이 저물었고, 우리 부자는 조금 취하여 먼저 돌아왔다. 저들은 그대로 머물며 남은 술을 다 마시고 헤어졌다. 오늘부터 누에가 섶에 오르기 시작했다. 춘금이에게 섶을 베어 오게 했다.

◎ ― 5월 12일
무료하던 중에 중진(重振) 어미의 편지를 펼쳐 보며 죽은 딸을 추억했다. 나도 모르게 눈물이 흘러 옷깃을 적셨다. 세월이 나는 듯 흘러 백 일이 지났으니, 비통한 마음이 이에 이르러 더욱 지극하구나. 죽은 사람은 그렇다 치고, 살아 있는 사람도 천 리 밖에 있어서 소식을 듣기 어렵다. 하물며 보기를 바랄 수 있겠는가. 윤함이 해주로 간 지 지금 여러 달이 되었는데, 한 번도 소식을 듣지 못했다. 사람이 살면 얼마나 산다고 부자 형제가 같이 살지도 못하는가. 아무리 형편이 그래서라지만 그리운 마음을 절로 금할 수 없다. 훗날 서로 만나지도 못하고 죽을까 늘 염려된다.

◎ ─ 5월 13일

현의 관인이 제수를 가지고 왔다. 윤겸의 편지를 보니, 잘 있다고 한다. 백미 2말, 기장쌀 2말, 녹두 1말, 잣 1말, 개암 5되, 석이(石茸) 2말, 잡버섯[雜茸] 3되, 간장 3되, 감장 2말, 밀가루 1말, 사슴고기 포 20조, 순채(蓴菜)*4사발도 보내왔다. 다만 짐을 가지고 온 자가 도중에 물을 건널 때 말이 자빠지는 바람에 짐이 엎어져 모두 물에 젖었다. 안타깝다. 김백온(金伯蘊)*의 사내종이 현에 당도하여 관인과 함께 와서 인아의 처에게 백온의 편지를 전해 주었다. 인아 처의 동생 편지도 왔다.

◎ ─ 5월 14일

백온의 사내종이 관인과 함께 현으로 돌아갔다. 내일은 증조부의

....

* 　순채(蓴菜): 부규, 순나물이라고도 한다. 연못에서 자라지만, 예전에는 잎과 싹을 먹기 위해 논에서 재배하기도 했다.
* 　김백온(金伯蘊): 김경(金璥, 1550~?). 자는 백온이다. 1579년 생원시에 입격했다.

제삿날이다. 반찬을 차려 제사를 준비하도록 했는데, 기름이 없어서 약과를 만들지 못했다. 한탄한들 어찌하겠는가.

◎ ― 5월 15일

새벽에 인아와 함께 제사를 지냈다. 아침을 먹고 위아래 마을 사람들을 불러 술과 떡을 대접했다. 전풍이 크고 작은 크기의 민물고기 도합 10여 마리를 가져다주었다. 쏘가리와 빙어도 그 속에 있어 곧바로 구워서 어머니께 드렸다. 매우 기쁘다. 별도로 술과 떡을 대접했다.

북쪽 마을에 사는 박영호(朴英豪)가 장독 1개와 느타리버섯[眞茸] 4덩어리를 가져다주기에 술과 떡을 대접했다. 김린이 찾아와서 소주두 잔을 대접했다. 민시중이 앞 여울에서 낚시질을 하여 물고기 30여마리를 잡았는데, 인아도 따라가서 낚시질을 했다. 저녁에 서쪽 이웃에 사는 조인손(趙仁孫)이 앵두 1그릇을 가져다주었다. 새로운 음식이라 곧바로 신주에 올리고 소주 한 잔을 대접했다. 전에 계집종 셋과 방자에게 조밭을 매게 했는데 다 매지 못해서 오늘 다시 매기 시작했다.

◎ ― 5월 16일

네 사람을 시켜서 김억수의 집에 먼저 들어가 품을 팔도록 했다. 내일 모두 풀을 뽑게 할 것이기 때문이다. 아침에 김언보와 민시중이 앞서 인도하여 마을 사람들을 모아 집 뒷산 위에 모정을 짓고, 이어서 활 쏘는 곳도 수리했다. 정자에 올라 사방을 바라보니, 동남쪽은 너른 들판이고 서북쪽은 봉우리가 열을 지어 있었다. 가로질러 흐르는 긴 냇물이 내려와 모이니, 아무리 찌는 듯이 더운 때라도 시원하게 트여 막힌 곳이 없었다. 이 근처의 절경 중에 여기보다 나은 곳이 없다. 평강(오윤겸)이 이곳에 왔을 때에는 활을 쏘고 싶어도 적당한 곳이 없었다. 그래서 마을 사람들이 힘을 합하여 정자를 짓고 활 쏘는 곳도 수리한 것이다.

또 현의 일수(日守)*김담(金淡)이 편지를 가지고 와서 하는 말이, 어제 오는 길에 길가에 웅크리고 있는 호랑이 2마리를 만나서 어쩔 수 없이 다른 길로 돌아오다가 마침 날이 저물어 인가에서 자고 이제야 왔다고 한다. 평강(오윤겸)의 편지를 보니, 잘 지냈다고 한다. 다만 김담이 의지할 곳이 없어서 새 일수가 되기를 자원하여 춘금이 대신 여기에서 일하고 싶다고 해서 보냈다고 한다. 그러나 춘금이도 여기에 머물기를 원하여 가고 싶어 하지 않았다. 김담을 보니 춘금이보다 더 건장하여 밭도 갈 만하겠다. 그래서 춘금이를 교체하여 보내려고 한다. 하지만 밭을 매야 하는 때라 춘금이를 우선 남겨 두려고 한다. 도끼 1자루, 호미 5자루도 보내왔다.

들으니, 어제 북쪽부터 시작하여 현에 우박이 내려 큰 것은 오리알만 했다고 한다. 바람도 세차게 불어서 나무가 뽑히고 넘어져 삼과 보리 태반이 상했고, 상추[萵菜]도 소금에 절인 것처럼 되어 먹을 만한 것이 없다고 한다. 고을 북쪽 적산(積山)은 더욱 심하다고 한다. 지난해에도 이곳에 우박 피해가 있었는데 지금 또 이와 같으니, 백성의 생활이 실로 탄식할 만하다.

고한필이 찾아왔기에 소주 한 잔을 대접하여 보냈다. 전에 한필이

....

*　일수(日守): 칠반천역(七般賤役)의 하나로, 지방 관아에서 잡무를 맡아보던 하인이다.

이틀갈이의 좋은 밭을 주어 황태(黃太) 6말을 심었는데, 보답을 하지 못했다. 분명 요구하는 바가 있을 터인데, 훗날 들어주기 어려운 일을 부탁하면 어떻게 해야 할지 몹시 염려스럽다. 그러나 이미 받아서 콩을 심었으니, 이제는 다시 물리기도 어렵다.

집사람이 열나흗날부터 소변을 자주 봐서 그 수를 헤아리지 못할 정도이다. 소변을 볼 때는 통증이 매우 심하고, 겨우 두세 숟가락만큼 누고 말며 소변색도 붉다. 잘 때에도 눕지 못하여 앉아서 아침을 기다린다. 먹고 마시는 것도 달지 않은 지가 나흘째인데 조금도 나아지지 않는다. 몹시 걱정스럽다. 이 증상은 젊었을 때 생긴 것인데, 약을 먹고 효험을 보기는 했다. 그 뒤 때때로 이 증상이 나타났지만 불과 2, 3일 만에 그치곤 했다. 돌이켜 보면 10년 전에 평강(오윤겸)이 이름난 의원에게 물어 팔물원(八物元)*을 지어 먹인 뒤로는 다시 도지지 않았다. 최근에 냉방에서 자고 거처하다 보니, 분명 이로 인해 다시 발병한 게다. 오래되어도 낫지를 않으니 걱정을 이루 말할 수 없다. 저녁에 현의 아전이 일이 있어 안협에 갔는데, 평강(오윤겸)의 편지가 또 왔다. 생붕어 5마리를 보내와서 저녁에 쪄서 같이 먹었다.

◎ ― 5월 17일

집안사람 5명과 품팔이꾼 3명까지 도합 8명에게 전날 다 매지 못

....
* 팔물원(八物元): 팔미원(八味元)의 오기로 보이나 분명하지 않다. 팔미원은 팔미환(八味丸)
  이라고도 하는데, 신장이 허하여 생기는 병을 치료하는 약이다. 배꼽과 배 부위가 아프고 밤
  에 자주 소변을 보며 소변이 잘 나오지 않는 증상을 치료한다. 《동의보감(東醫寶鑑)》 〈잡병
  편(雜病篇)〉 권5 "해수(咳嗽)".

한 조밭을 매게 했는데, 또 다 매지 못했다. 어제 인아와 민시중이 함께 물고기 80여 마리를 낚았다. 식해를 담가 스무닷샛날 차례 때 쓰려고 한다. 오늘 김언보, 민시중, 김억수 등이 1백여 마리를 낚아서 가져다주었다. 또 식해를 담갔다.

이른 아침에 현의 아전이 돌아가기에, 편지를 써서 부쳤다. 옥동역의 역인 이상(李尙)이 찾아와서 말린 민물고기 60마리를 바쳤다. 소주를 대접하여 보냈다. 다만 요구한 일이 있는데 응해 주기 어려우니 안타깝다.

날이 어두울 무렵 위아래 사람들이 모두 잠들기 전에 문밖에서 꼬리가 하얀 개가 호랑이에게 쫓겼다. 물려 갔을 것이라고 생각했는데 잠시 뒤에 돌아왔다. 어떻게 피했는지 모르겠지만 다행스럽다. 분명 삼밭으로 피해 들어갔을 것이다.

◎ ― 5월 18일

언신에게 소를 얻고 쟁기질할 짝[耦] 셋을 지어 소근전리에 있는 중금의 밭으로 보내 밭을 갈아 태두(太豆)를 심게 했다. 집안의 다섯 사람에게는 점심을 싸서 함께 가게 했다. 곧 사흘갈이 밭이다.

오전에 현의 아전이 안부를 묻는 일로 달려왔다. 곧바로 답장을 써서 보냈다. 평강(오윤겸)이 제 어미가 편치 않다는 말을 듣고 사람을 보내서 안부를 물은 것이다. 집사람의 증상은 전에 비해 조금 나아졌지만, 밤에는 통증이 매우 심하다. 소변을 볼 때마다 피가 조금씩 섞여 나오며, 피가 나올 때에는 뽑아내듯이 너무 아파서 앉아서 아침을 기다리고 잠시도 눕지 못한다. 이 때문에 답답하고 근심스럽다.

채억복과 이인방(李仁方)이 찾아왔다. 억복은 두(豆) 2말, 인방은 녹두 5되와 병아리 1마리를 주었다. 소주 한 잔을 대접하여 보냈다. 억복은 전에도 어린 벌 1통을 주었는데 지금 또 이와 같이 주니 미안하다. 민시중이 낚시질로 잡은 물고기 30여 마리를 주었다. 저녁때 탕을 끓여서 함께 먹었다.

오늘 언신 등 세 짝이 간 밭이 하루갈이에도 미치지 못했다. 겨우 콩 3말을 심었다. 때가 늦어 풀뿌리가 굳게 엉겨서 쉽게 갈 수 없었다고 한다. 말이 없어 가 보지 못하니 안타깝다.

◎ ― 5월 19일

언신이 쟁기질할 짝을 얻어 어제 못다 간 곳을 갈았다. 여전히 못 끝내고 콩 2말만 심었다. 안타깝다. 소근전에 사는 김광수(金光守)가 와서 보고 이어 상추와 햇보리쌀 4되를 주었다. 새로운 물품이라 바로 신주에 올린 뒤에 소주 한 잔을 대접하여 보냈다.

저녁에 갯지가 와서 평강(오윤겸)의 편지를 보았다. 매조미쌀 1섬을 실어 보냈고, 내일 제사에 쓰라며 미나리 3단과 도라지 조금도 보내왔다. 수탉도 오늘 비로소 보내왔다. 김희(金希)가 흑태(黑太) 3말을 가져다주었다. 그는 곧 김린의 서출 아우이다. 안협에 살면서 윤겸에게 가서 일하기 때문에 가져온 것이다. 소주를 대접하여 보냈다.

◎ ― 5월 20일

새벽에 인아와 제사를 지냈다. 제사를 지낸 뒤에 이웃 마을 사람들을 불러 술과 떡을 대접했다. 북쪽 마을에 사는 박춘의 숙질(叔姪)이 깨진 독을 각각 1짐씩 져다 주었다. 내가 독이 없다는 말을 듣고 가져온 것이다. 박춘은 적태(赤太) 2말도 가져왔다. 술과 떡을 대접하여 보냈다.

오늘 언신이 김광수의 밭을 갈아 콩 1말 5되를 심었다. 광수가 어제 와서 내가 경작하는 밭이 오래 묵어서 갈 수 없다는 말을 듣고 수일 갈이의 자기 밭을 주어 갈아먹게 했기 때문이다.

오후에 현의 관인이 인아의 말을 끌고 왔다. 어제 덕노가 통천(通川)에서 현으로 들어왔다. 그는 철원(鐵原) 장터에 가 보고 온다고 했는데, 가지고 간 패랭이로 생선을 사 오지 못하고 도로 가지고 왔다고 한다.

평강(오윤겸)이 구한 어물을 실어 보냈다. 묵은 미역 5동, 새 미역 9동, 절인 고등어 15마리, 반쯤 말린 고등어 5마리, 말린 방어 4마리, 생 전복 1백 개, 해삼 15개, 말린 고등어 50쪽, 가자미 5뭇이다. 통천 군수(通川郡守)에게 편지를 보내서 얻은 물품이다. 반쯤 말린 고등어와 묵은 미역 조금을 이웃 마을 사람들에게 나누어 주었다. 민시중과 김억수가 낚시질로 잡은 물고기를 가져왔고 인아도 그물로 30여 마리를 잡아 와서 저녁에 탕을 끓여 같이 먹었다.

조카 붕아가 인아를 따라 동쪽 누대 위에 앉았다. 무료하던 차에 하의를 벗어 이를 잡다가 마침 잘못하여 하의를 누대 밑 깊은 못에 떨어뜨렸는데 그대로 물속에 가라앉고 말았다. 이것을 건져 내지 못하면 어미에게 심한 꾸중을 들을까 두려워 소리를 내어 울고 있으니 우습다. 박언방을 시켜 장대로 건져 내게 했다.

◎ ─ 5월 21일

언신이 또 김광수의 밭을 갈았는데, 다 끝내지 못했다. 콩 1말 5되를 심었다고 한다.

◎ ─ 5월 22일

언신이 쟁기질할 짝을 얻어 어제 못다 간 밭을 갈고 태(太) 2말 5되와 두(豆) 2말을 심었다고 한다. 민시중과 전풍이 낚시질하여 잡은 물고기 60여 마리를 가져왔다. 저녁에 탕을 끓여 어머니께 올리고 나머지는 내일 쓰려고 한다. 박언수가 또 80여 마리를 바쳤다. 소주를 대접하고 미역을 주어 보냈다. 이 물고기는 소금에 절여 말렸다가 훗날 자반으로 먹을 생각이다.

◎ ─ 5월 23일

언신이 찾아왔다. 그의 어머니가 팥 4말 3되를 부쳐 왔다. 아무런 이유 없이 와서 바치니, 이는 분명 내 부탁으로 그의 아들이 관아에 부역을 나가지 않고 오랫동안 여기에 있도록 하려는 것이리라. 마음이 편치 않다. 고등어 1마리, 미역 2주지(注之)를 주어 그의 어머니와 나누어 먹게 했다.

두 계집종과 관인 한 사람에게 전날 다 매지 못한 조밭을 매게 하여 끝냈다. 오후에 평강(오윤겸)이 제 처와 함께 왔다. 모레가 어머니 생신이기도 하고 시제(時祭)도 있기 때문이다. 백미 7말, 좁쌀 5말, 찰콩떡 1바구니, 얼음을 채운 상자에 담은 찐 새끼 노루[蒸兒獐] 2마리, 소주 1병을 가져와서 즉시 온 가족과 함께 먹었다. 덕노도 소금 2말을 실어 왔는데, 평강(오윤겸)이 준 것이다. 보리로 바꾸는 데 써야겠다.

저녁에 안협에 사는 사람 3명이 쏘가리 4마리를 가져와 바쳤다. 1마리는 몹시 커서 거의 한 자가 넘는다. 차좁쌀[粘粟米]도 각각 5되를 바쳤다. 곧바로 술 두 잔씩을 대접하여 보냈다.

◎ ─ 5월 24일

관인들에게 반찬을 준비하게 했다. 내일이 어머니의 생신이므로 먼저 신주 앞에 시제를 지내려는 것이다. 전풍, 박언방, 박문자 등이 각자 민물고기를 잡아서 가져다주기에 술을 대접했고, 문자에게는 미역 1동을 주었다. 언신이 또 민물고기를 가져왔다. 모두 포를 떠서 말렸다. 주부 김명세가 찾아와서 술 두 잔을 대접했다.

◎ ─ 5월 25일

새벽에 먼저 선친에게 제사를 지내고, 다음으로 죽전 숙부모 두 분의 신위에 제사를 지낸 뒤에, 죽은 딸에게도 지방(紙榜)을 써 붙이고 제사를 지냈다. 너는 어찌 겨우 열다섯 나이에 먼저 죽어서 나로 하여금 한없이 애통하게 함이 이처럼 심한 것이냐. 나도 모르게 눈물이 흘러 옷깃을 적시는구나.

느지막이 술과 떡을 내다가 데리고 온 아전들을 먼저 대접하고, 다음으로 위아래 마을 사람들 10여 명을 대접했다. 마침 북면에 사는 최인원(崔仁元)도 왔기에 함께 대접했다. 또 아침을 먹었으니, 손님으로 왔기 때문이다. 별감 김린이 찾아 주어 술과 떡을 대접했다. 원적사의 중도 찾아와 짚신 2켤레를 가져다주니, 또한 술과 떡을 대접했다.

오후에 어머니를 위해서 술자리를 열고 우리 내외, 세 부자, 두 며느리, 딸 하나가 자리에 앉았다. 나와 두 아들, 큰며느리가 각각 장수를 기원하는 잔을 올리고 파했다. 유독 먼저 간 딸이 없어 마음속의 비통함을 억누를 수가 없었다.

저녁 무렵에 집사람과 여자들이 동대(東臺)를 간절히 보고 싶어 하여, 집사람은 교자를 타고 다른 여자들은 걸어서 누대에 올랐다. 한참을 바라보는데, 마침 동풍이 순하지 않아서 도로 박언방의 집으로 들어갔다. 잠시 뒤 바람의 기세가 조금 잦아들어 집사람은 거처로 돌아왔다. 여자들이 냇가를 보고 싶어 하여, 인아와 데리고 온 종들과 함께 물가로 내려가서 그 맑고 깨끗함을 즐겼다. 한참을 놀다가 임아(任兒) 어미*는 잘못해서 치마를 적시고, 인아 처도 붉은 치마를 적셨으며, 둘째 딸의 버선이 잘못해서 물에 빠져서 세 아이가 일시에 젖었다. 우습다. 이 때문에 이내 돌아왔다. 현의 관인이 돌아갈 때 최판관에게 편지를 보냈고, 아울러 떡과 과일도 보냈다.

◎ ― 5월 26일
평강(오윤겸)이 안협에 갔다. 안협 현감이 병을 앓는다는 말을 들었기 때문에 찾은 것이다. 그 길에 저전(楮田)의 집의(執義) 류공진이 있는 곳에 들러 보고 올 것이다.

전귀실이 찾아와 상추를 주기에 술과 떡을 대접했다. 현에서 안부

....
* 임아(任兒) 어미: 오윤겸의 부인 경주 이씨(慶州李氏)로 보인다. 다만 임아가 누구인지는 정확하게 알 수 없다.

를 물으러 온 사람이 새끼 노루 3마리를 가지고 왔다. 민시중이 민물고기를 낚아서 가져다주어 포를 떠서 말렸다. 저녁에 며느리 둘과 딸 하나를 데리고 뒷산 모정에 올라가서 한참을 바라보다가 돌아왔다. 그곳이 드넓게 펼쳐졌다는 말을 듣고 모두 보고 싶어 했기 때문에 마을 사람들이 들에 나간 틈을 타서 함께 올라갔다 내려온 것이다. 언신이 쟁기질할 짝 둘을 얻어서 억수의 밭을 갈고 녹두 1말 2되를 심었다.

◎ — 5월 27일

박문자와 고한필이 찾아왔다. 문자는 햇보리쌀 1말, 한필은 어린닭 1마리와 새 버섯 1꿰미를 가져다주었다. 소주를 대접하고 미역 1주지를 주었다.

집사람이 앞 냇가가 기이하고 좋다는 말을 듣고 보고 싶어 했다. 여자들도 모두 힘껏 찬성했다. 먼저 민시중 등에게 해를 가릴 장막을 치게 했다. 집사람은 교자를 타고 먼저 가고, 나는 나머지 여자들을 데리고 걸어서 갔다. 종일 놀면서 구경하는데, 시중 등이 낚싯대로 물고기를 낚아서 올렸다. 보리밥을 지어 점심을 먹고 민물고기를 끓여 둘러앉아 먹었다. 또 고기를 낚아 온 사람들에게도 대접했다. 저녁이 되어 걸어서 돌아왔다.

이인방과 채억복 등이 찾아왔다. 인방은 생황이 1꿰미를 바쳤고, 억복은 절편 1바구니를 만들어 올렸다. 하인들에게 나누어 주고, 술이 없어서 점심을 지어 먹여 보냈다. 생황이는 구워 먹었는데, 그 맛이 매우 좋았다.

저녁에 윤겸이 안협에서 돌아왔다. 집사람의 증상은 요새 좋아지고 있지만 아직 다 낫지는 않았다. 어머니께서 어제부터 서풍(暑風)*에 걸리고 이질(痢疾)을 얻어 어제는 네 번, 지난밤에는 두 번, 오늘 오전에는 네 번 설사를 하더니, 오후에는 나아 간다. 기쁘다.

◎ — 5월 28일

집사람이 지난밤에 꿈에서 죽은 딸을 보았다며 아침에 끊임없이 애통한 눈물을 흘렸다. 어제 냇가에 갔을 때 여러 아이들이 물장구치며 노는 모습을 보고 홀연 딸이 생각나서 우리 내외가 마주보며 눈물을 흘렸는데, 분명 어두운 저승에서 서글퍼하여 꿈에 나타난 것이리라. 몹시 애처롭다.

느지막이 언신을 데리고 일궈서 여러 종자를 뿌린 밭을 돌아보고 왔다. 기장밭과 조밭은 이미 맸고, 태두(太豆)에서는 이미 싹이 났다. 늦게 간 곳은 비로소 싹이 나기 시작했다. 그러나 산 쪽에 가까운 박문자 밭의 네댓 고랑에는 싹이 드물게 났다. 분명 비둘기와 꿩이 쪼아 먹은 탓이리라. 안타깝다. 녹두는 심은 지 오래되지 않아서 아직 싹이 나지 않았다.

저녁에 덕노와 소한 등이 북면에서 좁쌀을 싣고 돌아왔다. 다시 되어 보니, 평섬[平石]*으로 4섬 2말이다. 두어 달은 걱정 없이 버틸 수 있겠다. 가지고 간 소금 12말로는 보리쌀을 사서 바치고 왔다고 한다. 보리쌀을 아직 수확하지 못했기 때문이다. 소금 1말로 보리쌀 3말씩 사

....

* 　서풍(暑風): 더위를 먹은 뒤에 다시 바람에 상해서 정신을 잃고 손발에 경련이 일어나는 병이다. 《동의보감》〈잡병편〉 권3 "서(暑)".
* 　평섬[平石]: 평섬은 1섬이 15말, 전섬[全石]은 1섬이 20말이다.

서 바쳤다고 한다. 미역 11주지와 생마 3단도 서로 약속한 것이 있어서 들였다고 한다. 절인 고등어 10마리와 고치 3말을 받아 왔는데, 고치는 다시 되어 보니 2말뿐이다. 좌수 권유년이 답장과 함께 메밀 2말, 누치 1마리를 구해서 보내왔다.

오늘은 어머니의 이질 증상에 차도가 있어 종일 변을 보지 않으신다. 기쁘다. 집사람도 최근에 나아 가는데 아직 완전히 낫지는 않았다. 날이 몹시 덥다. 분명 비가 내리겠다. 요새 오래 가물어서 비를 바라는 마음이 바야흐로 절실하다. 만일 한 보지락의 비*가 내린다면, 삼농의 기쁨을 어찌 말로 표현할 수 있겠는가.

◎ — 5월 29일

새벽부터 비가 내렸지만 여전히 세차게 내리지는 않는다. 나는 어제부터 기운이 편치 않고 속머리가 밤새 조금씩 아팠다. 그래서 제사를 지내지 못하여 인아에게 지내게 했다. 느지막이 비로소 나았다.

평강(오윤겸)이 제 처를 데리고 현으로 돌아갔다. 비가 올 징후는 있지만 아직 내리지 않아서, 애써 만류하는데도 굳이 돌아갔다. 아침을 먹기 전에 덕노에게 오이 모와 가지 모를 옮겨 심게 했다. 덕노도 휴가를 얻어 윤겸 처의 행차에 따라갔다. 소한과 동행하여 통천에 가서 소금을 팔아 생마로 바꾸어 겨울을 날 준비를 하려는 것이다. 이에 좁쌀 2말을 주어 고등어를 사게 했다. 반찬으로 하기 위해서이다.

....

* 한 보지락의 비: 원문의 일려우(一犂雨)는 쟁기질하기에 알맞게 내린 비이다. 보지락은 비가 온 양을 나타내는 단위로, 보습이 들어갈 만큼 빗물이 땅속에 스며드는 정도이다.

아침에 술과 떡을 내다가 현의 하인들에게 나누어 주었고, 또 마을 사람 아무개 아무개에게도 주었다. 안협에 사는 사노(私奴) 연수(連守)가 와서 보고 쏘가리 1마리를 바쳤는데, 그 크기가 거의 반 자나 된다. 평강(오윤겸)을 만나려고 했지만 그러지 못했다. 연수는 나이가 팔순에 이르렀고 집안 살림이 넉넉하여 근처 읍에서 으뜸인데, 여기에서 5리 밖에 산다. 소주를 대접했더니 마시지 못한다고 사양하며 작은 잔으로 한 잔만 마시고 돌아갔다. 오후에 비가 내렸다. 윤겸 처의 일행이 현에 도착하기 전에 분명 비를 만났을 것이다.

6월 큰달-9일 대서(大暑), 24일 입추(立秋)-

◎ — 6월 1일

초복(初伏)이다. 너무 더워서 앉거나 누울 때 괴로워 견딜 수 없다. 답답하다. 집사람이 떡을 쪄서 죽은 딸의 넋에 제사를 지냈다. 초하룻날이기 때문이다. 슬퍼한들 어찌하겠는가. 종일 날이 흐리고 때때로 소나기가 세차게 내렸다. 어제 옮겨 심은 오이와 가지의 모가 모두 자라려는 것 같기에, 춘금이에게 긴 나뭇가지를 베어다가 시렁을 얽어 넝쿨이 뻗을 길을 만들어 주게 했다. 만약 열매를 맺는다면, 오는 가을에 오이를 실컷 먹을 수 있겠다.

◎ — 6월 2일

날이 개기도 했다가 비가 오기도 했다가 하며 밭의 곡식을 흠뻑 적셔 주었다. 아침에 박막동이 쏘가리 큰놈 1마리와 빙어 6마리를 가져다주었다. 술과 떡을 대접하고 또 미역 1뭇을 주었다. 아침에 탕을 끓여 먹었는데 맛이 참 좋았다. 평강(오윤겸)이 현으로 돌아간 뒤에 아직 사람을 보내오지 않는다. 분명 비 때문일 게다.

◎ ― 6월 3일

새벽부터 비가 내리더니 아침에 세차게 내리다가 느지막이 비로소 그쳤다. 종일 비가 내리기도 하고 그치기도 하면서 나흘 연속으로 날이 개지 않는다. 분명 장마가 져서 오랫동안 맑지 않을 모양이다.

김언보가 한양에서 비로소 돌아왔다. 가지고 간 편지를 곧바로 광노에게 전했는데, 답장은 어제 현의 아전이 한 주머니에 싸서 봉한 뒤에 함께 와서 먼저 현으로 들어갔다고 한다. 분명 내일 안에는 올 것이다. 또 언신을 불러 미역 20주지를 삼으로 바꾸어 오게 했다.

◎ ― 6월 4일

느지막이 비가 그쳤다. 저녁에 현의 아전이 와서 안부를 묻고 편지를 주었다. 한양에서 온 편지도 가지고 왔다. 언명의 편지와 남매의 편지를 보니, 모두 잘 있다고 한다. 생원(오윤해)의 편지도 왔기에 펴 보니, 명나라 군사가 율전의 집을 빼앗아 들어온 뒤에 온 가족이 진위로 거처를 옮겼다가 명나라 군사가 도로 나간 뒤에 곧바로 다시 들어가려고 했는데, 대군이 나온다는 말을 듣고 큰길가의 집에는 분명 편안히 머물 수 없을 것이므로 우선 기다리고 있단다.

허찬도 그저께 현에 도착했는데, 비 때문에 곧바로 오지 못한다고 한다. 새끼 노루 2마리를 보내왔는데, 1마리는 민시중이 잡아 보낸 것이라고 한다. 저녁에 탕을 끓여 함께 먹었다. 작두와 도끼도 만들어 보내왔다. 곧장 답장을 써서 보냈다. 오후에 남풍이 세차게 불고 검은 구름이 동북쪽으로 흘러드는 것이 분명 큰비가 내릴 징후이다. 걱정스럽다.

◎ ― 6월 5일

지난밤부터 새벽까지 바람이 그치지 않았다. 때때로 비가 내리다가 새벽에 큰비가 세차게 내리고 아침에는 마치 들이붓는 것 같더니 느지막이 비로소 그쳤다. 걸어서 동대에 나가 불어난 물을 보았다. 냇물이 넘쳐흘러서 모래톱이 모두 물에 잠겼다. 열흘 안에는 건널 수 없는 형편이다. 아문 안의 소식은 피차 전하기 어렵고, 허찬도 올 수 없을 것이다. 전풍이 영계[軟鷄] 1마리를 가져다주었다. 집에서 기르던 놈인데 고양이에게 물려 죽었다고 한다. 저녁에 삶아서 먹었다.

◎ ― 6월 6일

지난밤 꿈에 자방(신응구)을 보았다. 이것이 무슨 까닭인가. 허찬이 돌아간 뒤로 소식이 끊어져서 서로 안부를 듣기 어렵다. 매우 걱정스럽다. 또 꿈에 자미(子美)*를 보았는데, 완연히 예전의 모습과 같았다. 분명 외로운 넋이 타향에서 서글퍼할 거라고 생각하니, 슬프고 한탄스럽기 그지없다. 날이 개어 두 계집종에게 집 앞의 깨밭을 매게 했는데, 절반도 매지 못했다.

....

* 　자미(子美): 이빈(李贇, 1537~1592). 자는 자미이다. 오희문의 처남이다. 임진왜란 당시 장
　 수 현감을 지냈으나 1592년 11월에 사망했다.

◎ ― 6월 7일

허찬이 비로소 현에서 왔다. 평강(오윤겸)의 편지를 보니, 잘 있다고 한다. 새끼 노루 2마리, 소주 6병, 오이 18개를 보내왔다. 허찬을 보고 남포의 딸아이 소식을 자세히 물었는데, 딸의 얼굴이 자못 수척해져서 예전만 못하다고 한다. 분명 집안일에 신경 쓸 일이 많아서일 것이다. 가여운 마음을 금치 못하겠다.

◎ ― 6월 8일

판관 최중운이 찾아왔다. 점심을 대접하고 한참 이야기를 나누었는데, 비가 올 징후가 있어서 곧장 돌아갔다. 저녁에 현의 아전이 와서 평강(오윤겸)의 편지를 보았다. 새끼 돼지 1마리, 영계 4마리, 광어 1마리 반, 앵두 1바구니를 보내왔다. 돼지는 꼭 강아지 같다.

◎ ― 6월 9일

답장을 써서 현에 돌아가는 아전에게 주었다. 오후에 비가 내리더니 종일 그치지 않았다.

◎ ― 6월 10일

지난밤부터 새벽까지 비가 잠시도 그치지 않았다. 아침에도 여전히 이와 같이 내려 종일 그치지 않았다. 냇물이 전날보다 배나 불어 높은 언덕이 모두 물에 잠겼으니, 관아 안의 소식을 4, 5일 안에는 듣지 못할 형편이다. 메밀밭도 번경[反耕]*할 수 없다. 한탄한들 어찌하겠는가.

어제저녁에 새끼 돼지고기를 광주리에 담아서 흐르는 냇물에 담가 차갑게 보관하고 있었는데, 밤사이 큰비가 내려 모래톱이 모두 잠겨서 어디에 있는지 알 수가 없다. 떠내려가지 않았다면 담가 둔 곳에 그대로 있겠지만, 물이 빠지기를 기다려서 건져 내면 분명 썩어서 먹을 수 없을 것이다. 다리 네 쪽만 먹었고, 몸통 전체는 거기에 있다.

◎ ─ 6월 11일

지난밤에 내린 큰비가 아침까지 그치지 않다가 느지막이 비로소 그쳤다. 이에 집 뒤 모정에 올라 불어난 물을 보고 돌아왔다. 집사람도 교자를 타고 두 딸을 데리고 모정에 올라가서 보았다.

◎ ─ 6월 12일

어제가 중복(中伏)이었는지라 너무 더워 견딜 수가 없다. 그저께 물에 담가 두었던 돼지고기를 이제야 건져 냈다. 물이 차서 썩지는 않았다. 점심에 삶아 먹었는데 맛이 조금 변했다.

◎ ─ 6월 13일

언신과 김담에게 쟁기질할 짝 둘을 구해 메밀밭을 번경하게 했다. 그런데 밭이 멀리 10리 밖에 있어서 오가는 동안 분명 날이 저물게 될 것이니, 많이 갈지 못할 것이다. 안타깝다. 김린이 와서 보고 단행(丹杏)*과 오이를 가져다주었다. 물만밥을 대접하고 또 해설(海雪) 2되를 주었다.

....

* 번경[反耕]: 논이나 밭을 여러 차례 갈아 뒤집거나 논이나 밭을 번갈아 바꾸어 경작하는 것을 말한다.
* 단행(丹杏): 살구의 한 종류로, 알이 굵고 색이 붉다.

저녁에 현의 아전이 왔다. 편지를 보니, 평강(오윤겸)이 내일 와서 본다고 한다. 새끼 노루 2마리, 새끼 꿩 2마리, 오이 28개를 보내왔다. 근래 어머니께 드릴 반찬이 없었는데, 며칠 동안은 쓸 수 있겠다.

◎ ─ 6월 14일

새벽부터 소나기가 세차게 내리더니 아침에 비로소 그쳤다. 답장을 써서 현의 아전에게 주어 보냈다. 어제저녁에 수탉이 횃대에 올라 목을 빼고 네 번이나 길게 울었다. 이것이 무슨 상서로운 일인가. 지난봄 관아에 있을 때 수탉이 이틀 동안 저녁에 울어서 몹시 괴이하게 여겼는데, 결국 평강(오윤겸)이 과거에 급제했다. 다만 병이 그치지 않아 평강(오윤겸)의 젖먹이가 뜻하지 않게 요절하기에 이르렀으니, 이것은 안타까웠다. 저녁에 평강(오윤겸)이 비를 무릅쓰고 왔다. 백미 6말과 소주 등의 물품을 가지고 왔다. 고한필이 밀[眞麥] 1말 5되를 가져다주었다.

◎ ─ 6월 15일

속절*이다. 관아에서 상화병(床花餅)* 1바구니를 쪄 왔다. 이곳에서도 토장(吐醬), 수단, 포, 식해, 탕, 적(炙), 과일을 차려 신주 앞에 차례를 지낸 뒤에 위아래 사람들이 함께 먹었다. 또 관인과 마을 사람들 중에 찾아와 준 사람에게도 나누어 주었다.

....
* 속절: 음력 6월 15일은 유두절이다. 유두는 동류두목욕(東流頭沐浴)의 준말이다. 유둣날에는 맑은 개울물을 찾아가서 목욕을 하고 머리를 감으면서 하루를 즐긴다. 유두면, 수단(水團), 건단(乾團), 연병(蓮餅) 등의 음식을 먹는다.
* 상화병(霜花餅): 밀가루를 막걸리로 반죽하고 누룩을 넣어 발효시킨 다음 팥소를 넣고 채소나 고기 볶음 따위를 얹어 시루에 쪄낸 떡이다. 상화고(霜花糕)라고도 한다.

마침 김명세, 김린, 허충이 찾아왔기에 술과 떡을 대접했다. 김명세와 김린에게 바둑을 두게 하고 관을 벗고 놀았다. 김명세가 오이 40여 개, 김린이 30여 개, 김광헌(金光憲)이 30여 개를 가져와 올렸다. 김린이 단행도 가져다주어서 차례를 지낼 때 썼다.

◎ ― 6월 16일

평강(오윤겸)이 일찍 밥을 먹고 관아로 돌아갔고, 허찬도 함께 갔다. 광노의 처가 근래 한양에 간다고 하기에, 아우와 생원(오윤해)에게 편지를 써서 부쳤다. 오이를 심어 놓은 밭에서 오늘 처음 30여 개를 땄다.

◎ ― 6월 17일

집사람의 이전 증상이 나아 가는 듯한데 아직도 완전히 낫지 않아서 한밤중에 일어나 앉아 있을 때가 많다. 오른쪽 팔이 시큰시큰 아픈 것도 아직 낫지 않아서 아프기도 하다가 덜하기도 하다가 하여 일정하지 않다. 이로 인해 원기가 쇠하고 음식을 먹어도 달지 않으며 눕고 싶어 하는 때가 많다. 병이 여러 날 동안 안 낫다 보니 몸이 점점 수척해지는데, 산골이라 의원과 약으로 치료할 방법이 없다. 답답하고 걱정스럽다.

식후에 무료하여 어린 사내종을 데리고 노둔한 말을 타고 여러 밭을 돌아보고 왔다. 근래 동풍이 계속 불었는데, 오늘은 더욱 심하여 곡식들이 누렇게 마른 곳이 많다. 조만간에 비가 내리지 않는다면 많이 상할 것이니, 농부들의 걱정이 끝이 없다.

◎ ― 6월 18일

춘금이가 말을 끌고 돌아갔다. 목화 종자와 재를 실어 오는 일 때문이다. 또 언신에게 소 2마리를 끌고 함께 들어가게 했는데, 역시 재를 실어 왔다. 오후에 비가 내려 종일 그치지 않았다.

저녁에 민시중이 현에서 돌아왔다. 평강(오윤겸)의 편지를 보니, 무사히 관아로 돌아갔다고 한다. 새끼 노루 2마리, 말린 은어 30두름, 절인 고등어 10마리를 보내왔다. 노루 가죽 2벌과 명주 5자도 보내왔다. 제 어미의 아픈 팔을 싸 주기 위해서이다.

◎ ― 6월 19일

밤새 비가 내리고 아침까지도 그치지 않았다. 늦게까지 오락가락하더니 종일 그치지 않았다. 냇물 또한 불어 사람이 다닐 수 없다. 춘금이가 현에 들어갔는데, 수일 이내에는 분명 돌아오지 못할 것이다. 걱정스럽다. 오후에 걸어서 동대에 올라 불어난 물을 보고 돌아왔다. 집사람의 팔이 전처럼 아프지 않지만 여전히 쾌차되지는 않으니 답답하다.

◎ ― 6월 20일

비가 오락가락하며 종일 날이 흐렸다. 날이 너무 더워서 몸을 안 움직여도 땀이 물 흐르듯 흘러 스스로 견딜 수가 없었다. 오후에 날이 개기를 기다려서 조카 붕아를 데리고 냇가에 가서 멱을 감으며 더위를 씻고 묵은 때를 다 벗겨 내니 정신이 상쾌하다. 참으로 몸이 가벼워 구름 사이의 봉황 같다*고 할 만하다. 춘금이가 오지 않으니, 분명 물에 막힌 것이다.

◎ ─ 6월 21일

　지난밤에 비가 새벽까지도 그치지 않더니, 아침에는 들이붓듯이 내리고 남풍도 세차게 불다가 느지막이 비로소 그쳤다. 벼와 삼은 다 쓰러지고 박 넝쿨과 오이 넝쿨은 모두 말려서 떨어졌으니, 매서운 바람이 근래 없던 변고이다. 장맛비가 열흘 동안 계속되고 오늘도 그치지 않았다. 백성은 모두 호미만 든 채 김을 매지 못했다. 첫 김을 매지 못한 사람도 많다. 기장과 조도 장맛비에 잠겨서 태반이 상했고 태두(太豆)도 마찬가지라 이미 추수를 바랄 수 없게 되었다. 한탄한들 어찌하겠는가. 메밀은 오랜 비로 인해 아직 파종하지 못했다. 절기가 이미 늦어 오는 스무나흗날이 입추인데, 그 전에 파종하지 못하면 서리가 빠른 지역이라 익지 않을 것이다. 더욱 한탄스럽다. 춘금이가 수일 안에는 분명 돌아오지 못할 것이다.

◎ ─ 6월 22일

　새벽부터 비가 내리고 또 아침에 바람이 세차게 불다가 느지막이 비로소 멎었다. 오후에는 비도 점차 그쳤다. 그러나 검은 구름이 동북쪽으로 유입되고 남풍이 계속 불어 멎지 않는다. 분명 비가 오래 내릴 징후이다. 걱정스럽다.

....

* 　몸이……같다: 소식(蘇軾)의 시에 "옷 벗고 이 샘물에 목욕한 때 없는 사람이여! 몸이 가벼워 구름 사이 봉황 같아라[解衣浴此無垢人 身輕可試雲間鳳]."라고 한 구절에 나온 표현이다. 《동파전집(東坡全集)》 권23 〈동정보표형유백수산(同正輔表兄游白水山)〉.

◎ ─ 6월 23일

아침에 김언보와 민시중이 일을 보러 현에 들어가기에, 편지를 써서 전하게 했다. 비가 그치고 해가 나와서 계집종들에게 깨밭을 매게 하여 마쳤다.

느지막이 춘금이가 와서 하는 말이, 스무날에 출발했는데 도중에 물에 막혀서 부석사에 머물다가 오늘 아침에야 간신히 건너왔다고 한다. 현의 사람과 같이 왔기에, 즉시 답장을 써서 도로 보냈다. 보내온 물건은 말린 고등어 30마리, 절인 고등어 10마리, 가자미 15뭇, 말린 잡어(雜魚) 25뭇, 광어 5마리, 대구 5마리, 도미 3마리, 쌍어(雙魚) 5마리, 절인 황어(黃魚) 5마리, 복피혜(腹皮醯) 10개, 고등어 알젓 1항아리, 말린 면어(綿魚) 1말, 어린 꿩 4마리이다. 이는 곧 안변에서 가져온 것이라고 한다. 잡어와 고등어는 오래 묵고 좀먹어서 먹을 수 없지만, 다른 것들은 농찬(農饌, 농부들에게 먹이는 음식)으로 쓸 수 있겠다. 기쁘다. 덕노도 와서 언신의 집에 있는데, 물에 막혀 건너오지 못하고 있단다. 메밀 종자 2섬, 재 1바리를 실어 왔는데, 언신의 집에 두었다고 한다.

◎ ─ 6월 24일

이른 아침에 현의 아전이 왔다. 황해도에 있는 윤함의 편지를 한양에서 부쳐 왔기 때문에 곧바로 가지고 왔다고 한다. 편지를 보니, 윤함의 처자식도 모두 잘 있고 지난 4월 초닷샛날에 아들을 낳았다고 한다. 기쁨을 이루 말할 수 없다. 새끼 노루 1마리, 말린 꿩 3마리, 소주 5병, 문어 4조, 해삼과 홍합 조금씩을 보내왔기에, 곧바로 답장을 써서 보냈다. 현의 아전이 중도에 병이 나서 간신히 물을 건너왔는데, 음료 한 잔

마시지 않고 돌아갔다. 걱정스럽다. 꿀 2되도 가져왔다.

덕노가 오후에 비로소 물을 건너왔다. 지난번에 처음 휴가를 얻어 통천에 가서 고등어를 샀는데, 물에 막혀서 이제야 온 것이다. 쌀 2말을 주어 보냈는데, 고등어 30마리로 바꾸어 와서 들였다. 언신이 메밀 2섬을 실어 왔다. 오는 가을에 갚을 환자[還上]*이다. 언신에게도 쌀 6말을 주어 보냈다. 종자로 삼고자 했기 때문이다.

지금 조보를 보니, 이 도의 관찰사*가 칭찬하여 장려하는 장계(狀啓)를 올려 윤겸과 삼척 부사(三陟府使) 김권(金權)*을 아울러 칭찬하여 말하기를, "정사를 펼 적에 속된 관리처럼 지나치게 온화하여 기쁘게 하지 않고, 백성을 부릴 때에는 교만하거나 어긋나고 거스르는 습관이 없으며, 명령을 시행할 때에는 구차하게 명예를 얻으려는 행태가 없습니다. 지극한 정성으로 공무를 보고 실질적인 은혜를 백성에게 베풀어, 아전과 백성이 사모하고 사랑하며 모든 일이 잘 다스려집니다."라고 했다.

춘천 부사(春川府使) 서인원(徐仁元)*과 양양 부사(襄陽府使) 이홍로(李弘老)*에 대해서도 모두 좋다고 지극히 칭찬했고, 평해 군수(平海郡守)

....

* 환자[還上]: 환곡(還穀). 조선시대의 구휼제도 가운데 하나로, 흉년 또는 춘궁기에 곡식을 빌려 주고 풍년 때나 추수기에 되받던 일 또는 그 곡식을 말한다.
* 이 도의 관찰사: 당시 강원도 관찰사는 서성(徐渻, 1558~1631)이었다. 1596년 겨울에 조정에서 왜적이 영남 좌도에 있어 영동이 위태롭다고 하며 서성을 강원도 관찰사에 임명했다.
* 김권(金權): 1549~1622. 1595년 8월에 삼척 부사에 제수되었다.
* 서인원(徐仁元): 1544~1604.《국역 선조실록》29년 8월 4일 기사에 서인원이 춘천 부사에 임명된 일이 보인다.
* 이홍로(李弘老): 1560~1612. 임진왜란이 일어나자 병조좌랑으로서 왕을 호종하다가 도망쳤고, 뒤에 함경도 도검찰사의 종사관을 지내면서 또 도망쳤다. 양양 부사, 경기도 관찰사 등을 지냈다.

윤열(尹說)*도 그다음으로 칭찬했다.

◎ ─ 6월 25일

쟁기질할 짝 둘과 파종할 사람 8명을 합한 10명에게 메밀밭을 갈게 하고 취정(吹正)*한 메밀 11말을 가져가게 했다. 날이 너무 더워 사람과 소가 힘을 쓰지 못하여 씨를 다 뿌리지 못했다.

◎ ─ 6월 26일

어제 낮에 한복이 뜻밖에 왔다. 놋화로를 가지고 곧바로 돌아가면서 하는 말이, 개성부(開城府)의 군량(軍糧)과 우종(牛從)*으로 베 2필을 바치기 위해서 모레 실어 갈 거라고 한다. 그래서 그런 줄로 알았다. 그런데 오늘 새벽에 닭이 횃대에서 세 번 운 뒤에 계집종 강춘을 데리고 도망쳤다. 곧바로 이를 알아채고 덕노와 춘금이, 김담에게 이웃 사람 김억수, 김풍 등과 함께 말발굽 자국을 따라서 쫓게 했는데, 반 식정 밖 숲속에 숨어 있는 것을 잡아서 돌아왔다. 괘씸하기 짝이 없다.

우리 집의 계집종을 데리고 도망쳤을 뿐만 아니라 허찬의 말도 훔

....

* 윤열(尹說): 1558~?. 1583년 무과에 급제했다. 평해 군수를 지냈다.
* 취정(吹正): 곡식을 깨끗하게 까불어 쭉정이를 제거하고 알곡만을 거두는 것을 말한다.
* 우종(牛從): 지방관이 갈리어 돌아갈 때 짐바리를 실을 수 있도록 군민(軍民)의 마필(馬匹)을 뽑아서 제공하는 것을 말한다.《국역 성종실록(成宗實錄)》16년 11월 20일 기사에 이극균(李克均)이 "가족을 데리고 다니지 않는 변장(邊將)에게는 모두 품마(品馬)가 있었기 때문에 옛날에는 우종의 폐단이 없었습니다. 지금은 갈리어 돌아오는 때에 군민의 마필을 뽑아서 짐바리를 실으니, 도중에 거의 죽고 열에 하나도 돌아오지 못합니다. 심한 경우에는 훈도(訓導), 군관(軍官)이 가고 오는 데에도 우종을 지급하니, 이것은 기병(騎兵)에게 말이 없게 될 조짐입니다."라고 우종의 폐단을 말한 일이 보인다.

처 갔다. 더욱 몹시 괘씸하다. 이에 큰 몽둥이로 발바닥을 70, 80여 대 때리고, 계집종 강춘에게도 50여 대를 때렸다. 한복을 결박해서 덕노와 춘금이 등을 시켜 관아로 보내면서 사또에게 보고하여 법에 따라 형벌로 다스리도록 편지를 써 주었다.

허찬은 사내종을 팔아서 말을 샀는데, 한복과 더불어 홍정하여 말을 팔려고 했다. 나는 일찍이 한복의 불순함을 알았기 때문에 믿을 수 없다고 누차 말하며 분명 말을 훔쳐 달아날 것이라고 했다. 그런데 내 말을 믿지 않더니, 이제 정말로 그렇게 되고 말았다. 이놈은 잡혀 올 때 조금도 뉘우치는 마음이 없이 자신을 잡은 사내종들에게 고약한 말을 수없이 내뱉으며 만약 자신을 놓아 주지 않는다면 훗날 크게 그 원수를 갚을 것이라고 했다. 만약 없애지 않으면 후환이 있을까 두렵다. 한복을 쫓아가서 잡는 일 때문에 오늘도 메밀밭에 다 파종하지 못했다. 안타깝다.

◎ ─ 6월 27일

아침에 김언보가 현에서 돌아왔다. 편지를 보니, 관아 안은 편안하다고 한다. 날꿩 2마리를 보내왔는데, 하나는 새끼 꿩이다. 오이 26개도 보내왔다. 전업이 생삼 4뭇을 가져다주었고, 그의 아들과 두 사위도 각각 2뭇씩을 가져다주었다. 또 조인손도 5뭇을 가져다주었다. 각각 말린 생선을 주어 보답했다. 김언보는 그 아내에게 2묶음을 주어 내게 와서 올리게 했다. 또 주부 김명세가 찾아왔다. 신 배와 오이를 올렸다. 소주와 물만밥을 대접하고 건어(乾魚) 1뭇을 주었다. 또 원적사의 중 학인(學仁)과 영윤(靈胤)이 찾아왔다. 짚신 3켤레와 각자 오이 20여 개를 가져다주었기에 물만밥을 대접했다.

저녁에 덕노와 춘금이가 현에서 돌아왔다. 평강(오윤겸)의 편지에, 수일 전에 한복에게 갑자기 고약한 병이 생겨 매우 위중했는데, 대소 관인들이 모두 싫어하고 미워해서 멀리 떠나 다시는 이곳에 머물지 말라고 했단다. 그 뒤에 한복이 허찬에게 와서 남면에 가서 그의 말을 좋은 소로 바꾸어 오겠다며 그를 속이려고 했는데, 허찬이 속을까 두려워서 허락하지 않았으므로 새벽을 틈타 말을 끌고 나갔던 것이다. 허찬은 여전히 그가 도망친 것을 모르고 혹시라도 돌아오기를 바랐지만, 이튿날에도 돌아오지 않자 비로소 깨달았던 것이다. 쫓아가 보려고 했지만 하루가 지난 뒤여서 분명 잡을 도리가 없다고 여겨 비로소 서로 마주보며 후회하고 있던 차에, 잡아 왔다는 소식을 듣고 몹시 기뻐했다. 혹시라도 달아날까봐 내가 다시 발바닥을 때려서 가두었던 것이다.

이놈은 성질이 몹시 불순하여 여기에 온 뒤로 대소 하인들 중에 다투지 않은 사람이 없고, 욕설을 하도 많이 지껄여서 사람들이 모두 이를 갈았다. 그래서 지난밤에 단단히 가두고 칼과 차꼬를 단단히 씌워놓았더니 갑자기 죽었다고 한다. 그놈이 죽은 것은 아까울 것이 없다. 하지만 내 집에 온 지 이제 4년이 되었고 원래 죽을죄도 아닌데 갑자기 죽었으니, 마음이 자못 편치 않다. 마치 더러운 물건을 삼킨 것 같아 밤새 잠을 못 잤다.

오늘 메밀밭을 다 갈았다. 겨우 이틀갈이 밭에 15말을 뿌렸다고 한다. 만약 훔쳐 가서 쓴 게 아니라면, 분명 지나치게 심은 것이다. 지나치게 심어서 싹이 빼곡하면 끝내 무성하게 자라지 못하여 열매도 많이 맺지 못한다고 한다. 집에 농사일을 아는 노비가 없어서 언신만 믿었는데, 언신도 잘 모른다. 탄식한들 어찌하겠는가.

◎ — 6월 28일

김담에게 생삼을 사 오도록 소금 3말과 고등어 27마리를 가지고 이천과 안협 땅에 가게 했다. 요새 날이 너무 더워서 괴로움을 견딜 수가 없다. 이로 인해 어머니께서 식사량을 크게 줄이셨다. 답답하고 걱정스럽다. 오후에 붕아를 데리고 냇가로 가서 허리 위아래를 씻었더니 정신이 맑아졌다. 매우 상쾌하다. 그러나 오래지 않아 뜨거운 열기가 도로 느껴진다. 한탄스럽다.

◎ — 6월 29일

관아의 사내종 난수(蘭守)가 편지를 가지고 왔다. 그는 곧 마전에서 보낸 사람이다. 참외 20여 개를 가지고 왔다.

◎ — 6월 30일

언신이 관둔전(官屯田)을 갈고 메밀 씨를 뿌렸는데, 오후에 비가 많이 내려서 마치지 못했다. 저녁에 현의 아전이 편지를 가지고 와서 펴 보았다. 상화병 1바구니와 날꿩 1마리도 보내왔다. 비 오는 중에 무료하여 처자식들과 한방에 둘러앉아 무언가 먹고 싶다는 생각을 하고 있었는데, 때마침 와서 곧바로 어머니께 올리고 나머지는 위아래 사람들과 함께 먹었다. 어머니께서도 이 떡을 드시고 싶어 하신 지 오래여서 곧바로 5개를 드렸다. 매우 기쁘다. 언신이 흑두(黑豆) 4말을 가져와 바쳤다. 즉시 답장을 써서 아전 편에 보냈다.

◎ — 7월 1일

박언방이 현에 들어간다기에 편지를 써서 보냈다. 채억복이 영계 1마리를 가져와서 바쳤다. 그의 허리 아래에 단독(丹毒)*이 났다기에 문어 1조를 주어서 물에 담갔다가 마시도록 했다. 속방(俗方)에 이것으로 단독을 고친다고 했기 때문이다.

원적사의 중이 조그만 독 1개를 지고 왔다. 장을 담그기 위해서 전날에 빌려 달라고 한 것이다. 박문자가 햇직(稷) 3말을 그 아들을 시켜 가져와서 바치기에 건어 1뭇을 주었다. 김억수의 아우가 두(豆) 1말을 가져왔기에 또 건어 5마리로 갚았다.

관청의 둔전을 다 갈아서 보리 5말 3되를 뿌렸다. 아직 심지 않은

....
* 단독(丹毒): 피부나 점막 따위의 헌데나 다친 곳으로 연쇄상구균 같은 세균이 들어가서 생기는 급성 전염병이다.

곳에는 무를 심으려고 한다. 그러나 보리밭을 갈 때 눌비(訥婢)가 발을 헛디뎌 많이 다쳐서 걷지 못했다. 발목이 많이 부어서 요새는 밭을 매지 못한다. 걱정이다.

오늘 꿩 반 마리를 그릇에 담아 냇물에 담가 차게 해서 어머니께 드리려고 했으나 도둑맞았다. 몹시 괘씸하다. 전에는 여러 번 물에 담가 두었어도 도둑맞은 일이 없었는데 이번에 이런 일이 생겼으니, 아마 근처 사람의 짓은 아닌 듯하다. 아니면 마을의 아이들이 훔쳐다 먹은 것이리라. 몹시 밉다.

요즘 몹시 더워서 고통을 견디지 못할 뿐만 아니라 비가 내리려고 어둑할 때나 아침저녁으로 어둠을 틈타 모기떼가 모여들어 손발을 조금만 내놓으면 물어뜯으니 가려움을 견디지 못하겠다. 긁어 부스럼이 되어 위아래가 모두 고생하는데 나의 두 발도 이와 같다. 답답하다.

◎ ─ 7월 2일

이 면의 위관(委官)*이 방문해서 꿀 2되를 바치기에 왜선(倭扇) 1자루를 주었다. 그러나 술이 없어서 대접하지 못했다. 안타깝다.

저녁에 허찬과 소한이 와서 평강(오윤겸)의 편지를 주기에 펴 보니, 5, 6일 사이에 근친하러 오겠다고 한다. 백미 5말, 매조미쌀 1섬, 찹쌀 3되, 감장 1말, 석이 1말, 밀가루 2말, 꿀 2되, 참기름 6홉, 식초 1되, 소주 5동이, 오이 60개, 파 5단, 잣 1되 5홉, 호두 1되 5홉을 실어 보냈다. 내일이 할머니의 제사여서 여기에서 제사를 지내기 때문에 제수를 구해

....

* 위관(委官): 토지의 등급을 매길 때 그 고을에 사는 사람을 임시로 뽑아 임명한 심판관이다.

보낸 것이다.

그러나 관청에 참기름이 없어서 사람을 마전으로 보냈는데 아직 오지 않았기 때문에, 처음에는 약과를 만들려고 하다가 이 때문에 만들지 못했다. 탄식한들 어찌하겠는가. 박막동이 오이 30여 개와 가지 6개를 가져왔기에 즉시 신주 앞에 올렸다.

◎ — 7월 3일

날이 밝을 무렵에 인아와 함께 제사를 지냈는데, 나는 발에 부스럼이 나서 겨우 절룩거리면서 지냈다. 마음이 편치 않았다.

덕노와 소한, 언신의 집 사람에게 말 3필을 가지고 목전으로 가게 했다. 전날에 소금을 갖다 둔 곳에서 보리를 실어 오는 일 때문이다.

나는 오후부터 더위를 먹어 골머리가 조금 아프고 심기가 몹시 불편했다. 모기에게 물린 왼쪽 발을 긁어서 부스럼이 생겼고, 이 때문에 몹시 부어서 걸으면 쑤시고 아팠다. 걱정스럽다.

평강(오윤겸)이 포목 1필을 보내서 붕아의 홑치마와 두루마기를 만들었다. 더운 달에 늘 겹옷을 입고 있기 때문에 간신히 구해서 보낸 것인데, 옷감이 거칠어서 아이들이 아니면 입을 수 없다.

아침에 계집종 넷에게 조밭을 매게 하고 콩밭으로 옮겨서 매게 했으나 끝내지 못했다.

◎ — 7월 4일

계집종 넷에게 박문자의 콩밭을 매게 하여 끝냈고, 한필의 밭으로 옮겨 가서 매게 했으나 끝내지 못했다.

요새는 밤기운이 서늘하고 찬 바람이 때로 불어와 아침저녁으로 겹옷을 입지 않으면 안 된다. 심신이 상쾌하니, 이른바 "가을바람에 병이 나으려 한다."는 것*이다.

김담이 돌아왔는데, 삼 10단을 사 왔으나 그 값을 따지면 많이 부족했다. 또 가져온 삼이 10단이라고 하지만 한 뭇의 수가 반 줌도 못 되니 실제로는 6, 7단만도 못하다. 밉살스럽다. 발에 난 부스럼이 여전히 낫지 않는다. 답답하다.

요새 무료해서 계사년과 갑오년 일기를 보니, 그동안 유랑하고 병을 앓으며 굶주림과 추위로 고생한 상황을 이루 다 말할 수가 없다. 그러나 슬하의 칠남매가 모두 탈 없이 살아 있으니, 비록 때로 먹을 것이 부족하여 탄식해도 비통하고 가슴 아픈 일은 없었다. 이 산골로 들어온 뒤로는 양식과 반찬이 떨어지지 않고 맛있는 음식도 얻게 되어 언제나 어머니를 봉양하고 아랫사람들을 기를 수 있으니, 근심이 없다고 하겠다. 그러나 이제 매양 좋은 날에 좋은 음식을 보면 문득 슬픈 눈물을 그칠 수 없으니, 다만 막내딸이 먼저 죽었기 때문이다.

갑오년 봄과 여름에 한창 굶주려 곤궁한 중에도 늘 막내딸과 그네놀이를 하면서 무료한 회포를 달랬는데 지금은 할 수가 없으니, 애통함이 더욱 지극하다. 슬프구나, 내 딸이여! 네가 어찌 나를 버리고 먼저 가서 나를 끝없이 비통하게 한단 말이냐. 참으로 슬프다.

....

* 이른바……것: 두보(杜甫)의 〈강한(江漢)〉에 "해는 지는데 마음은 오히려 씩씩해지고, 가을바람 불어 병조차 낫는 듯하네[落日心猶壯 秋風病欲蘇]."라고 했다.

◎ ─ 7월 5일

박언방이 단내(丹柰)* 1말을 가지고 왔기에 추로주(秋露酒)* 한 잔을 대접했다. 또 4명의 계집종에게 어제 끝내지 못한 밭을 매게 하여 끝냈고, 다시 녹두밭으로 옮겨 매게 했다.

북쪽 마을에 사는 박영호가 햇좁쌀 5되를 가지고 와서 바치기에 추로주 한 잔을 대접하고 고등어 1마리를 주었다. 서쪽 이웃에 사는 무당이 역시 햇기장쌀 2되를 가져왔기에 소주 한 잔을 대접했다. 지장 감고(紙匠監考)*가 단내 1자루를 가져왔으나 줄 물건이 없어서 그냥 보냈다. 안타깝다.

현의 아전 김응경이 편지를 가지고 왔는데, 편지를 보니 내일 근친하러 온다고 하고 꿩 2마리, 닭 2마리를 얼음에 채워서 보냈다. 요새 괴로운 더위로 인해서 어머니께서 혓바늘이 생겨 음식 드시는 것이 완전히 줄었고 또 입맛을 돋울 것이 없어서 고민스러웠는데, 때마침 가져왔으므로 즉시 흰죽을 쑤어 구운 꿩 다리와 함께 드렸다. 몹시 기쁘다. 관청의 힘이 아니면 이와 같은 때에 꿩고기를 먹기는 몹시 어렵다.

지금 조보를 보니, 유정(劉綎)*이 제독(提督)으로 승진하여 군사 2만

....

* 단내(丹柰): 능금의 일종이다.
* 추로주(秋露酒): 가을철에 내린 이슬을 받아 빚은 청주이다. 《산림경제(山林經濟)》〈치선(治膳)〉에 이르기를, "가을 이슬이 흠뻑 내릴 때 넓은 그릇에 이슬을 받아 빚은 술을 추로백(秋露白)이라고 하니, 그 맛이 가장 향긋하고 톡 쏜다."라고 했다. 추로백을 추로주라고도 한다.
* 지장 감고(紙匠監考): 각 관아에서 종이의 출납을 감독하던 관원이다.
* 유정(劉綎): 1558~1619. 명나라의 장수이다. 계사년(1593) 2월에 보병 5,000명을 이끌고 나왔다가 얼마 뒤에 정왜 부총병(征倭副摠兵)으로 승진하였다. 오래도록 경상도 팔거현(八莒縣)에 주둔하였으며, 갑오년(1594년) 9월에 돌아갔다가 무술년(1598)에 재차 와서 서로(西路)의 왜적을 정벌하였다. 기해년(1599) 4월에 돌아갔다.

5천여 명을 거느리고 오래지 않아 올 것이고, 파귀(頗貴)*는 참모장으로 2천 5백 명을 거느리고 6월 12일에 요동(遼東) 백쇄(白洒)에 도착했으며, 파새(擺賽)*는 군사 2천 5백 명을 거느리고 9일에 압록강을 지나갔다고 의주 부윤(義州府尹)이 장계를 올렸다고 한다.

마제독(麻提督)*은 군사 6천과 달자(㺚子)* 1천을 거느리고 6월 27일에 개성부(開城府)에 도착하여 이달 2일에 한양으로 들어왔다고 한다. 명나라의 여러 장수가 대군을 거느리고 왔다고 하니, 아마 흉적들이 오래도록 변경을 점령하고 있으면서 우리를 업신여기는 환난이 매우 심해서 이를 소탕하려는 계획일 것이다.

그러나 우리나라는 군량 조달을 하기가 몹시 어려운데, 조정에서 어찌 마련할지 알 수가 없다. 초야(草野)에 있는 노생(老生)이 어찌 나랏일을 간섭하겠는가. 그러나 매양 국가의 대사를 생각하니, 나도 모르게 근심스럽고 분해서 탄식이 나온다. 더구나 큰 원수를 갚지 못하고 종묘사직은 망할 지경이니, 백성의 고초가 여기에 이르러 더욱 심하다. 골

....

* 파귀(頗貴): ?~?. 명나라의 장수이다. 흠차 통령 선대 조병 원임 유격장군(欽差統領宣大調兵原任游擊將軍) 도지휘동지(都指揮同知)로 마병 2,800명을 이끌고 정유년(1597) 8월에 나왔다가 기해년(1599) 3월에 돌아갔다.
* 파새(擺賽): ?~1598. 명나라의 장수이다. 정유년(1597) 8월에 흠차 통령 선대 초모 이병 유격장군(欽差統領宣大招募夷兵游擊將軍) 도지휘첨사(都指揮僉事)로 마병 3,000명을 이끌고 나왔다. 도산(울산 왜성) 전투에서 가장 큰 공을 세웠다.
* 마제독(麻提督): 마귀(麻貴, ?~?). 명나라의 장수이다. 정유년(1597) 6월에 흠차 제독 남북관병 어왜 총병관(欽差提督南北官兵禦倭摠兵官) 후군도독부 도독동지(後軍都督府都督同知)로 나와 경리(經理) 양호(楊鎬)와 함께 도산(島山, 울산 왜성)을 공격했다.
* 달자(㺚子): 몽고족의 한 갈래이다. 원나라가 망한 뒤 몽고족의 일부가 북쪽으로 옮겨 가서 흥안령(興安嶺) 서남 지방에 북원국(北元國)을 세워 달단(韃靼, 타타르)이라 불렸던 데서 나온 명칭이다.

짜기 속에 살면서 칠실(漆室)의 근심*을 잠시도 잊을 수 없다.

또 더구나 80세의 늙은 어머니가 당에 계시고 병든 아내가 늘 앓고 있으니, 국가가 평정된 뒤에야 우리 집도 편안할 터인데, 앞으로 무슨 일이 있을지 알 수가 없다. 그러나 미리 걱정하지 않으리라. 만일 남쪽 고을에 있었으면 명나라 군사가 오가는 통에 반드시 요란스러운 일에 대해 걱정이 많았을 터인데, 이 산골 속에 와 있어 남쪽 일을 전혀 몰라서 마치 타국에 있는 듯하다. 비록 군사가 몰려와 마음이 놀란다 해도 반드시 남쪽 사람보다는 나중일 것이니, 이는 다행한 일이다.

◎ ─ 7월 6일

네 사람을 품앗이로 보내어 언신의 밭을 매게 했다. 내일은 우리 밭을 매려고 하기 때문이다. 아침에 옥동역의 계집종 중금의 밭을 병작(幷作)*하는 김학룡(金鶴龍)이 올기장 3말 5되를 나누어 가지고 왔다.

동쪽 마을에 사는 채억복이 와서 보고 꿀 1항아리를 바쳤는데, 양이 2되쯤 된다. 후리(朽梨)*도 1바구니를 가져왔기에 소주 한 잔을 대접하고 소금 1되와 말린 은어 1두름을 주었다. 이 사람은 초여름에 새끼 벌 1통을 가져와서 바친 뒤로 새 물건을 얻기만 하면 가져오건만 보답

....

* 칠실(漆室)의 근심: 분수에 지나친 근심을 말한다. 노(魯)나라의 칠실이라는 읍에 살던 과년한 처녀가 자신이 시집가지 못하는 것은 걱정하지 않고 임금이 늙고 태자가 어린 것을 걱정하여 기둥에 기대어 울자, 이웃집 부인이 비웃으며 "이는 노나라 대부가 할 근심이니 그대가 무슨 상관인가?"라고 했다.《열녀전(列女傳)》권3〈칠실녀(漆室女)〉.
* 병작(幷作): 토지가 없는 농민이 지주의 토지를 빌려 경작하고, 수확량을 절반씩 나누는 것을 말한다.
* 후리(朽梨): 산돌배를 말하는 듯하나 정확하게는 알 수 없다.

할 것이 없으니 한편으로 미안하다.

김언보가 메밀 1말, 능금 1바구니를 가져왔다. 아침 식사를 막 끝 냈을 때 평강이 왔다. 현에서 일찍 출발하여 더워지기 전에 달려온 것이다. 향비가 병을 핑계 대고 일어나지 않아서 밥 짓는 것이 늦어졌기 때문이기도 하다. 쌀 2말, 사슴고기 포 10조, 오이, 파 등의 물건을 가지고 왔다. 대청에 둘러앉아 종일 이야기를 나누었다. 판관 최응진이 유월콩 1말을 보내고 글도 보냈다.

◎ ─ 7월 7일

집안의 세 사람과 언신 대신 품팔이꾼 둘에게 김광헌의 두전(豆田)을 함께 매게 했으나 끝내지 못했다. 춘금이는 이른 아침에 양식과 찬을 가지고 돌아갔다. 멀리 5리 밖에 있어서 왕래할 때 반드시 더딜 것 같기에, 언신의 집에서 자고 밭을 매게 했다.

간밤 꿈에 죽은 딸을 보았다. 깨고 나니 비통한 심정을 이기지 못하겠다. 즉시 일어나 앉아 집사람과 함께 꿈 이야기를 하며 슬퍼서 계속 울었다. 이에 딸이 생전에 놀던 일과 떠도는 중에 추위와 배고픔으로 고초를 겪던 일을 떠올렸고, 큰 병을 앓을 때 아픔을 참지 못하던 모습과 말이 비참했던 일에 이르러서는 얼굴이 생생하게 떠올라 슬픈 눈물을 억제할 수가 없어 가슴이 찢어지는 것 같았다. 집사람이 소리 내어 울면서 닭이 세 번 울 때까지도 그치지 않으니, 더욱 몹시 애통하다. 그 애가 죽은 뒤로 꿈속에서라도 한 번 보기를 원했으나 이루어지지 않더니, 오늘 밤에 내 꿈에 보였다. 그러나 희미하고 분명치 않으니, 영혼이 흩어져 정착하지 않아서 그런 것인가. 슬프고 슬프다.

조금 있다가 또 잠이 들었는데 꿈에 목천 현감(木川縣監) 조영연(趙瑩然)*이 보이니 무슨 징조인가. 멀리 남쪽 시골에 있어서 소식을 알지 못한 지가 수년째인데, 또한 잘 있는지 모르겠다.

오늘은 칠석이어서 관청에서 채화(菜花)와 꿩, 닭을 각각 2마리씩 보냈으므로 즉시 탕과 적을 만들었다. 또 이곳에서 메밀로 전병을 만들어 먼저 신주에 올리고 위아래 사람들이 나누어 먹었다. 그러나 어머니는 요새 입술에 종기가 나고 또 앞니가 셋이나 흔들려서 혀 위에서 서로 부딪치기 때문에 쑤시고 아파서 식사를 하시지 못하니 몹시 답답하다.

선아와 붕질(鵬姪, 붕아)도 모기에게 물려 허리 아래에 조그만 부스럼이 생겨서 역시 이 때문에 음식을 먹으려고 하지 않으니 걱정스럽다. 박막동이 단내를 가져왔고 박영호도 두부를 가져왔기에, 모두 술과 떡을 대접하여 보냈다.

평강(오윤겸)이 오후에 인아와 허찬을 데리고 원적사에 갔다. 양식과 반찬을 가지고 가서 자고 돌아오려는 것이다. 저녁에 덕노와 소한이 북면에서 돌아왔는데, 전일 소금을 팔아 산 보리쌀 27말, 밀 7말 및 관청에 쌓아 둔 좁쌀 2섬 중에서 1섬을 실어 왔다. 1섬은 소한과 덕노가 두(豆)로 바꾸느라 나누어 썼는데, 소한은 좁쌀 10말의 값으로 두(豆) 20말을, 덕노는 좁쌀 5말의 값으로 두(豆) 6말을 가져왔다. 북면에 사는 교생 권호덕이 편지를 보내고 가지 13개와 병아리 2마리를 구해 주었다.

---

*   조영연(趙瑩然): 조겸(趙璡, 1569~1652). 자(字)는 영연이다. 목천 현감을 지냈다.

◎ ─ 7월 8일

돌아가신 아버지의 생신이어서 술과 떡, 탕, 구이를 차려 차례를
지냈다. 평강(오윤겸)이 원적사에서 비로소 돌아왔다. 주부 김명세와
김린이 찾아왔기에 술과 떡을 대접했다. 김린은 전날 김주부(金注簿, 김
명세)와 술 내기 바둑을 두어 세 판을 연달아 졌기 때문에 오늘 소주 1
병과 구운 닭과 오이를 가지고 왔다. 함께 먹었다.

부석사의 중 설운(雪雲)이 와서 보고 오이 50여 개를 바치므로 술
과 떡을 대접했다. 안협 땅에 사는 연수가 꿩 3마리를 가져왔다. 현 내
에 사는 조덕손(趙德孫)도 벼 1섬, 두(豆) 10말, 중간 크기 노루 1마리,
꿩 4마리를 가져왔기에, 각각 술과 밥을 대접했다. 연수와 덕손은 모두
사노이면서 부자로 사는 자들이다. 연수는 죽은 참판 류희림(柳希霖)*의
사내종이고, 덕손은 판서 정창연(鄭昌衍)*의 사내종이다. 난리 뒤에 모
두 살림이 절단 났지만, 연수는 예전 그대로라고 한다.

◎ ─ 7월 9일

평강(오윤겸)은 이른 식사 뒤에 현으로 돌아갔는데, 허찬도 따라갔
다. 덕노와 춘금이에게 말 2필을 가지고 한양으로 올라가서 아우의 식
구를 데려오게 했다. 덕노는 생삼 40여 단을 샀는데, 이 기회에 한양에
싣고 가서 포목으로 바꿔다가 목화를 반동할 밑천으로 삼는단다. 나도
삼 12단을 주어 포목 1필 반을 사게 했는데, 역시 목화를 반동할 밑천

....

* 류희림(柳希霖): 1520~1601. 임진왜란이 일어나자 첨지중추부사로서 왕을 호종하여 좌승
  지로 발탁되었다. 이듬해에 동지중추부사, 1593년(선조 26) 예조참판이 되었다.
* 정창연(鄭昌衍): 1552~1636. 동부승지, 좌의정, 우의정 등을 지냈다.

으로 삼을 계획이다.

남포, 해주(海州), 율전 세 곳의 아이들에게 편지를 써 주어 전하게 했다. 또 노루 다리 2개와 노루 척추뼈 2개, 꿩 2마리를 버드나무 그릇에 담아 물에 담가서 냉장하게 했는데, 오늘 낮에 담갔던 그릇까지 모두 잃어버렸다. 처음에는 누가 훔쳐 갔나 의심했는데, 마침 꿩 1마리의 살을 모두 뜯어 먹은 뒤에 버린 뼈가 물에 뜬 것을 보니 이는 아마 수달의 짓인 듯했다. 마을 사람들의 말도 이와 같았다. 전날 계집종들이 물에서 목욕할 때 깊은 물속에서 헤엄치며 노는 것을 보았다고 하니, 이는 분명 수달의 짓이다. 비록 애통하지만 어찌하겠는가.

이것들을 근래 어머니께 드리려고 했는데 수달에게 도둑맞아서 더 이상 입에 맞는 음식이 없으니 답답하다. 그전에 꿩 다리 2개도 잃어버려 남에게 도둑맞았는가 의심했는데, 이제 또 이와 같으니 전날에 잃은 것도 수달의 소행이었던 듯하다.

◎ ― 7월 10일

김억수의 집에서 술과 떡을 갖추어 가져왔는데, 바로 그 아비가 죽은 날이어서 제사를 지낸 뒤에 보내온 것이다. 또 이웃 사람들을 불러 술자리를 마련하여 취한 뒤에 서로 노래를 부르고 떠들어 대니, 상인(常人)이 하는 일이 재미있다. 고한필이 오이 30여 개, 박춘이 오이 20여 개와 꿩 1마리를 가져와 바쳤다. 술을 대접해 보냈다.

어제 잃었던 노루고기와 꿩고기를 담은 그릇이 오늘 아침에 깊은 못에서 떠올라서 앞 여울로 흘러 내려갔는데, 건져 보니 다리 하나만 없고 그 나머지는 모두 있었다. 아마 물에 담글 때 끈을 매지 않아서 저절로 깊은 물속으로 흘러 들어갔다가 비로소 떠오른 것 같다. 수달의 짓이라고 여겼는데, 이제 보니 그렇지 않았다.

저녁에 현에서 문안하는 사람이 왔다. 편지를 보니, 어제 잘 돌아갔다고 한다. 백미 2말, 메주 2말, 소금 3말, 꿩 3마리, 소주 4동이, 자리 1장을 보내왔다. 자리는 즉시 인아의 처에게 주었다.

김담을 시켜 무밭을 갈게 하고 세 계집종더러 무씨 3되를 심게 했다. 저녁에 비가 내리기 시작하여 많이 내렸는데, 한밤중이 지나도 그치지 않았다. 현 사람에게 편지를 들려서 보냈다.

◎ ― 7월 11일

아침에도 날이 아직 흐리고 때로 비가 뿌리기도 했다. 이 때문에 밭을 매지 못했다. 대장장이 조원희(趙元希)가 관의 명령을 받아 농기구를 만들어 가져오고 또 메밀 3말을 바치기에, 소주를 대접하고 고등어 1마리를 주었다. 우리가 씨를 심은 밭에서 가지 5개를 처음 땄다.

◎ ― 7월 12, 13일

품팔이꾼 9명과 집안의 노비 5명을 합해 모두 14명에게 김광수의 콩밭을 매게 했다. 밭이 10리 밖에 있기 때문에 날이 밝기 전에 아침을 먹고 각각 점심을 싸 가지고 갔다. 그 밭을 다 맨 뒤에 중금의 콩밭을 매게 했으나 끝내지 못했다. 계집종들은 양식을 싸 가지고 갔으니, 언신의 집에서 자고 내일 다 맨 뒤에 돌아올 것이다,

◎ ─ 7월 14일

민시중이 현에서 왔다. 평강(오윤겸)의 편지를 보니 잘 있다고 한다. 꿩 3마리를 보냈다. 시중도 꿀 2되 5홉을 가져왔다. 어머니께서 근래에 입의 종기가 아직 낫지 않아서 음식 드시는 것이 줄었다. 걱정스럽다. 그러나 오늘은 어제처럼 심하지는 않다.

한양 소식을 들으니, 명나라가 우리나라에 대하여 경리(經理), 진수(鎭守), 어사(御史)의 세 아문을 설치하는데, 진수아문(鎭守衙門)으로 제독(提督) 마귀(麻貴)가 이미 한양에 도착했고, 안찰어사(按察御史) 소(蕭)아무개*는 아직 한양에 도착하지 않았으나 오늘내일 사이에 들어올 것이며, 경리 양(楊)아무개*는 이미 요양(遼陽)에 도착했다고 한다.

황제가 칙서(勅書)를 보내 "조선에 명나라 관리를 섞어서 명나라 식의 정치를 하겠다"고 했단다. 명나라의 군대가 와서 한양에 가득하고 국가의 재정이 이미 고갈되었다고 하니, 국가에서 끝내 어찌 대응할지 모르겠다. 근심하고 한탄한들 어찌하겠는가.

명나라의 아문을 설치하고 명나라의 벼슬을 제수하며 또 명나라의 정치로 다스린다면, 우리나라의 일은 명나라 사람의 수중에서 조종되고 우리 임금은 유명무실한 자리만 지키게 될 것이니, 그 종말이 어찌

....

* 안찰어사(按察御史) 소(蕭)아무개: 소응궁(蕭應宮, ?~?). 명나라의 관료이다. 정유년(1597) 7월에 흠차 정칙 요양 등처 해방 병비(欽差整勅遼陽等處海防兵備) 산동안찰사(山東按察使)로 나왔다. 당시 심유경이 죄에 걸려 붙잡혀 가자, 그를 구해 주려 하다가 탄핵을 받고 삭직되어 같은 해 9월에 돌아갔다.
* 경리(經理) 양(楊)아무개: 양호(楊鎬, ?~1629). 명나라의 관료이다. 정유년(1597) 6월에 흠차 경리 조선 군무(欽差經理朝鮮軍務) 도찰원 우첨도어사(都察院右僉都御史)로 나와 평양에 머무르다 9월에 경성(한양)에 이르렀다. 같은 해 12월에 울산(蔚山)에 내려갔다가 무술년(1598) 2월에 경성에 돌아온 뒤 6월에 탄핵을 받고 돌아갔다.

될지 모르겠다. 이후로 국가에 또 일이 더 많아져서 백성의 고초가 더욱 심해질 것이니, 매우 개탄스럽다.

부사 심유경이 또한 마제독에게 잡혀서 이미 한양에 왔다고 한다. 이는 아마 화의(和議)가 이루어지지 않았기 때문일 것이다. 이 때문에 황사숙(黃思叔)*도 한양으로 돌아와서 전라도 순찰사(巡察使)에 제수되었다고 한다. 비변사에서는 심사(沈使, 심유경)를 비록 잡아 왔으나 박대해서는 안 된다고 하여 아직 바꾸지 않고 그대로 접사(接使)로 삼을 것이라고 한다.

오늘 어제 못다 맨 밭을 다 맸고, 옮겨 가서 언신의 집 앞의 조밭을 다 맸다. 눌은비(訥隱婢)는 병을 핑계로 먼저 왔다. 괘씸하다. 또 중금의 밭은 김현복(金賢卜)이 병작하여 기장 6말을 나누어 가져왔다.

언신이 말먹이 콩 2말을 가져왔다. 전귀실의 아내가 후리 두어 말을 가져왔기에, 술을 대접하고 생선을 주었다.

◎ ─ 7월 15일

오늘은 백중(百中)이다. 떡, 과일, 구이, 탕을 갖추어 신주 앞에 차례를 지냈고, 또 밀가루로 떡을 만들어 계집종들에게 나누어 주었다.

초경이 지난 뒤에 관청의 심부름꾼이 왔다. 이때 마침 나는 한잠을 자고 깨어났는데, 앞마루에 달빛이 들어와 대낮처럼 밝아서 집사람과

<hr />

* 황사숙(黃思叔): 황신(黃愼, 1560~1617). 자는 사숙이다. 한성부 우윤, 대사간, 대사헌 등을 지냈다. 임진왜란 때 명나라의 요구에 의해 무군사(撫軍司)가 설치되고 명나라 사신의 재촉을 받고 세자가 불편한 몸을 이끌고 남하했는데, 이때 황신도 동행했다. 1596년 통신사로 명나라 사신 양방형과 심유경을 따라 일본에 다녀왔다.

함께 일어나 앉아 이야기하는 중에 관인이 비로소 왔다. 맹수가 많이 나오고 인적 없는 이러한 골짜기에 관청 사람이 아니면 어찌 감히 때에 맞춰 올 수 있겠는가. 그러나 짐승에게 물릴 염려가 있으니, 이 뒤로는 이런 일을 하지 말라고 일렀다.

전병 1바구니, 꿩 2마리, 수박 2개, 가지 21개를 가져왔다. 꿩을 계속해서 얻어먹으니, 역시 관청의 힘을 알겠다. 노루는 이제 컸기 때문에 잡을 수가 없다고 한다.

◎ — 7월 16일

관인에게 답장을 써 주어 돌려보냈다. 두 계집종은 품을 갚기 위하여 억수의 밭을 맸다. 소근전의 밭에는 보리를 너무 많이 뿌렸기 때문에 싹이 몹시 많이 나서 무성하게 자라지 못한 채 누렇게 뜨고 키가 작아 열매를 맺지 못한다고 한다. 이곳에 뿌린 보리도 벌레가 갉아먹어서 역시 열매를 맺지 못한다고 한다. 한탄한들 어찌하겠는가.

◎ — 7월 17일

지난밤에 큰비가 내렸는데 새벽이 되도록 그치지 않았다. 아침에 일어나 보니 앞의 냇물이 불어나 수일 사이에는 사람이 건너지 못하겠다. 낮에 박언방이 현에서 왔는데, 어제 내를 건너 집에 와서 잤기 때문에 올 수 있었다고 한다. 평강(오윤겸)의 편지를 보니, 잘 있다고 한다. 노루고기와 내장을 모두 얼음에 재워서 보냈고, 소금 1말도 보냈다.

덕노의 여정을 따져 보면 그저께쯤 한양에 도착했을 것이니, 이제 이틀 머문 셈이다. 만일 3, 4일 동안 한양에 머문다면 아우의 집에는

22, 23일 사이에 들어갈 것이다.

◎ ― 7월 18일

집안의 계집종 4명과 품팔이꾼 3명을 합쳐 도합 7명에게 억수의 녹두밭을 매게 하여 끝냈다. 씨 뿌린 밭 여러 곳을 오늘에야 다 맸고, 이후로는 더 맬 곳이 없다. 다만 무밭 반일갈이는 아직 싹이 자라지 않았기 때문에 매지 않았다.

오후에 중 법련(法蓮)이 와서 보고 둥근 부채[圓扇] 1자루와 김 몇 접을 바쳤다. 만나 보니 몹시 기쁘고 위로가 되었다. 법련은 원래 봉선사(奉先寺)*에 있었는데, 평강(오윤겸)이 참봉이었을 때 가장 친하게 지냈고 난리 뒤에 내가 임천에 있었을 때인 지난 을미년 가을에 마침 청양에 왔다가 소식을 듣고 그 상좌(上佐) 편에 편지를 보내 안부를 묻고 한 번은 직접 오기도 했다. 홍시와 으름을 가져와서 온 식구들과 함께 먹으며 자못 은근한 뜻을 보이기도 했다.

그 뒤 지난해 가을에 판사(判事)의 책임을 맡아 홍산(鴻山) 무량사(無量寺)*에 와서 있었는데, 역적의 변이 일어나 역적의 입에서 무함하는 말이 나와서 의금부의 옥에 갇혔으나 실상이 애매해서 오래지 않아

....

* 봉선사(奉先寺): 969년에 법인국사(法印國師) 탄문(坦文)이 창건하여 운악사(雲岳寺)라고 했다. 1469년에 세조(世祖)의 비 정희왕후(貞熹王后) 윤씨(尹氏)가 세조를 추모하여 능침을 보호하기 위해 89칸의 규모로 중창한 뒤 봉선사라고 했다. 임진왜란이 일어난 1592년에 전소되었으며, 1593년에 주지 낭혜(朗慧)가 중창했다. 현재 경기도 남양주시에 있다.

* 무량사(無量寺): 현재 충청남도 부여군 외산면에 있는 절이다. 세조 때 김시습(金時習)이 세상을 피해 은둔생활을 하다가 죽은 곳으로 유명하다. 임진왜란 때 병화에 의해 전소된 뒤 인조(仁祖) 때에 중건되었다.

석방되었다. 그 뒤로 파사성(婆娑城)*에 있으면서 도총섭(都摠攝)* 의엄(義儼)*과 일을 같이했다. 이제 그곳에서 찾아왔으니, 정이 있다고 하겠다. 이에 물만밥을 대접하고 또 저녁밥을 대접한 다음 저녁 내내 함께 바둑을 두다가 같이 잤다. 또 강하게 붙잡아 2, 3일 머물게 할 계획이다.

장고산의 중 옥청(玉淸)과 부석사의 수승(首僧) 법희가 법련과 함께 왔는데, 법련은 그저께 부석사에 와서 잤다가 큰비로 인해서 물을 건너지 못하고 수일 동안 머물다가 이제 비로소 두 중과 같이 온 것이다. 두 중이 짚신 2켤레와 후리 1그릇을 바치기에 역시 물만밥을 대접해 보냈다.

◎ ― 7월 19일

집사람이 간밤 꿈에 죽은 딸을 보았는데, 생전 모습 같아서 깨고 나자 눈물을 주체하지 못했다. 나도 일어나 앉아 꿈속의 일을 말하면서 서로 마주보고 계속 슬피 울다가 닭이 홰에서 세 번 운 뒤에야 잠자리에 들었다.

아침 식사 뒤에 법련과 함께 동대에 올라 종일 바둑을 두었는데, 서로 이기기도 하고 지기도 했다. 법련은 비록 묘수는 없으나 바둑 솜

....

* 파사성(婆娑城): 경기도 여주의 서북쪽에 있던 성이다.
* 도총섭(都摠攝): 조선시대의 승직(僧職) 가운데 최고 직위이다. 주로 비상시에 주어진 승직이었지만, 그 뒤에는 평상시에도 존재했다. 도총섭은 전란이 끝난 뒤에 주로 산성을 쌓고 지키는 일을 감독했다.
* 의엄(義儼): ?~?. 속명은 곽수언(郭秀彦)이다. 휴정(休靜)의 제자이다. 임진왜란이 일어났을 때 스승인 휴정을 도와 황해도에서 5백 명의 승병을 모집하여 왜군과 싸웠다. 1596년 첨지에 제수되었고 여주에 파사성을 쌓았다.

씨가 몹시 익어서 한 수도 잘못 두는 경우가 없으니, 중들 가운데 걸출했다.

저녁에 현에서 문안하는 사람이 와서 편지를 보니 잘 있다고 하고, 도사가 군기(軍器)를 조사하는 일로 오늘내일 사이에 현에 올 것이므로 그가 지나간 뒤인 22, 23일 사이에 근친하겠다고 한다. 노루 다리와 갈비, 삶은 노루 머리, 소주 3선(鐥) 등의 물건을 보내왔다. 소주가 떨어져서 수일 동안 마시지 못했던 터라 즉시 법련과 각각 한 잔씩을 마시고 두부를 내다가 또 그에게 대접했다.

◎ ─ 7월 20일

아침에 법련과 함께 바둑을 두었다. 아침 식사 뒤에 법련은 부석사로 돌아갔다. 평강(오윤겸)이 근친하는 날 함께 오겠다고 했다. 죽은 딸이 쓴 언문 글씨를 우연히 보니, 슬픈 눈물이 옷소매를 적시는 것을 주체하지 못했다. 딸이 붓을 잡고 글씨를 쓸 때의 모습을 회상해 보면 눈에 선하니, 어찌 슬프지 않겠는가. 슬프고 슬프다. 저녁에 원적사의 중 사윤(思胤)이 후리와 짚신 1켤레를 가져왔다.

◎ ─ 7월 21일

밤부터 비가 내려 아침이 되어도 그치지 않다가 나중에는 많이 내렸다. 아우의 행차가 오늘내일 사이에 도착할 터인데 비가 이렇게 내리고 위아래의 우비[雨具]가 없으니 비를 맞고 올 수는 없을 것이다. 아마 냇물이 불어났을 터이니, 또한 쉽게 건널 수 없을 것이다. 양식이 떨어져 걱정할 터이니, 몹시 우려스럽다. 평강(오윤겸)도 내일이나 모레 사이에 근친할 텐데 물에 막혀서 아마 오지 못할 것이다.

올해는 5월 그믐부터 비가 내리기 시작하여 지금까지도 아주 그치지 않았다. 그사이에 비록 혹 그칠 때도 있었으나 오래지 않아 도로 내려서 밭곡식이 되지 않았다. 오늘도 비가 종일 많이 내리다가 저녁 무렵에야 비로소 잠시 그쳤다.

아이들과 함께 걸어서 동대에 올라가 보니, 좌우 모래사장이 모두 물에 잠겼고 물이 가득 세차게 흘러가 장관이었다. 전에는 비록 물이 불어난 때가 있어도 오늘처럼 대단하지는 않았다. 게다가 센 바람이 때로 몰아쳐서 보리가 상할 뿐만 아니라 이제 한창 필 무렵인 태두(太豆) 꽃이 떨어지는 근심이 있을 것이다. 사람들이 모두 이것을 근심하니 안타깝다.

◎ ― 7월 22일

종일 날이 흐리고 이따금 비가 내렸으며 매우 무더웠다. 아마 오래 비가 올 조짐이리라. 염려스럽다.

◎ ― 7월 23일

날이 흐리고 비가 내렸으나 많이 오지는 않았다. 민시중과 김언보가 현에서 왔다. 20일에 출발했는데 물에 막혀 어제 비로소 왔다고 한다.

평강(오윤겸)의 편지를 보니, 가을보릿가루 9되, 꿀 2되, 물레 2틀, 등잔걸이 2개를 보내왔다. 김담은 휴가를 얻어서 갔다가 오늘 비로소 돌아왔다. 오이 수십 개, 후리 1말을 바쳤다.

◎ — 7월 24일

날이 개어서 해가 났다. 서쪽 이웃에 사는 정세당의 처가 햇좁쌀 6 되, 햇두(豆) 3되를 가져와 바쳤다. 줄 물건이 없어서 다만 탁주 한 잔을 먹여 보냈다.

민시중이 후리 1쟁반을 가져왔다. 김담에게 두부콩 2말을 원적사 에 가지고 가서 두부를 만들어 오게 했다. 평강(오윤겸)은 오늘 올 터인 데 오지 않으니, 아마 도사가 오늘내일 사이에 현에 오기 때문일 것이 다. 비록 직접 오지 않더라도 사람이라도 보낼 터인데 사람도 오지 않 으니 괴이한 일이다. 법련도 오늘 오기로 약속했는데 오지 않았다. 아 마 평강(오윤겸)이 오지 않기 때문에 평강(오윤겸)이 올 때를 기다렸다 가 함께 오려는 것인가 보다. 요새 반찬이 없어서 어머니께 드릴 음식 이 없으니 답답하다.

인아가 보자기를 고리에 걸어 물속에 묻어 두었다가 물고기 15마 리를 잡았다. 저녁 식사 때 탕을 만들어 어머니께 드렸더니, 밥을 말아 다 드셨다. 말할 수 없이 기쁘다.

아우의 일행은 오늘도 오지 않으니, 큰비로 인해 한양에서 떠나지 않았나 보다. 그렇지 않으면 오는 도중 물에 막힌 것인가. 걱정스럽다.

◎ — 7월 25일

오늘은 내 생일이다. 찐 상화병과 두 가지 탕, 꿩구이, 여섯 가지 과 일 등을 차려 신주 앞에 제사를 지냈다.

평강(오윤겸)의 편지를 보니, 오늘 도사가 현에 온다고 사통(私通)* 이 와서 근친하지 못했고 도사가 지나간 뒤에 개고기를 준비해서 올 터인데 그때 판관 최응진과 이토산(李兎山)을 초청해 오겠다고 했다. 이토산은 이경담(李景曇)으로, 안협 땅에 임시로 와 있다. 나의 소년시절 친구이다.

밀가루 2말, 석이 1말, 녹두가루 1되 5홉, 호두 1되, 잣 5홉, 개암 5홉을 각각 종이 자루에 넣어 먼저 보냈고, 겉잣 5되, 청태(靑太) 8되, 소주 5선, 닭 4마리, 꿩 4마리, 대구 4마리, 문어 1마리, 광어 4마리, 작지만 온전한 전복 1첩, 홍합, 깨진 전복을 각각 자루에 넣고 수박 3개, 참외 2개, 가지 15개, 약과 90개, 봉과(蜂果) 30개, 마늘 14통 등과 함께 현 사람이 실어 왔다. 이 물건들은 차례에 쓸 것이다.

오후에 소근전에 사는 주부 김명세와 별감 김린이 와서 보았는데, 주부는 소주 1병, 삶은 닭, 민물고기, 건계(乾鷄), 안주 1바구니를 가져왔고, 김린은 생삼 1단, 꿀 1그릇을 가져왔다. 술과 음식을 대접하고 종일 이야기했다.

한영련(韓永連)이 햇좁쌀 5되, 가지 10개, 오이 15개를 가져와 바쳤다. 집주인 김언보, 민시중과 이웃 마을 사람들을 불러다가 술과 떡을 대접했다. 저녁에 중 법련이 부석사에서 그 절의 수승 법희와 함께 차 좁쌀떡 1바구니, 탁주 1동이, 후리 1말을 가져와서 보았다. 역시 함께 종일 이야기하고 술과 떡을 대접했으며 저녁밥도 대접했다. 이 기회에 김명세와 법련에게 바둑을 두게 했더니 김명세가 세 판을 연달아 졌다. 이에 말먹이 콩 3말을 내기로 걸어 두고서 어두울 무렵에 흩어졌다. 법련은 그대로 머물러 자면서 평강(오윤겸)이 오기를 기다렸다. 평강(오

----
* 사통(私通): 공사(公事)에 관하여 벼슬아치끼리 사사로이 주고받는 편지이다.

윤겸)이 5홉들이 버들바구니도 구해 보냈다.

◎ ─ 7월 26일

김언보의 아들은 겨우 일곱 살인데, 어제 아침에 그 아비가 여기에 올 때 쫓아오는 것을 그 아비는 알지 못한 채 무심히 여기에 와서 종일 술을 마시고 저녁이 되어 집에 돌아가 보니 집에 없더라는 것이다. 그 아내는 아비를 따라갔다고 생각하고 역시 찾지 않았으니 아마 물을 건널 때 빠져 죽은 것 같았다. 오늘 아침에 물가를 따라 오르내리며 찾아보니, 하류의 깊은 못에 빠져 있어서 헤엄을 잘 치는 자를 시켜 건져 내게 했다. 그 내외가 통곡을 그치지 않았다. 이를 보니 비통함을 금치 못하겠다. 김언보는 전에 아들을 많이 낳았으나 모두 키우지 못하고 이 아이를 낳은 뒤에는 더 이상 낳지도 못해 매우 애지중지했는데, 장인 박문자의 집에서 기르다가 불행하게 또 이러한 화를 당했으니 슬픈 일이다.

오후에 평강(오윤겸)이 근친했다. 도사는 물에 막혀 오지 못하고 김화에서 그대로 철원으로 돌아갔다고 한다. 백미 5말, 닭 3마리, 꿩 2마리, 노루 다리 1개, 감장, 간장 등의 물건들을 가지고 왔다. 종일 비가 내려서 법련은 그대로 머물렀다.

◎ ─ 7월 27일

평강(오윤겸)은 그대로 머물렀다. 아침 식사 뒤에 동쪽 집에 가서 법련과 함께 종일 바둑을 두었다. 비록 비는 오지 않았지만 종일 날이 흐렸다. 찐 고기와 상화병을 같이 먹었다.

◎ — 7월 28일

법련과 함께 종일 바둑을 두었다. 평강(오윤겸)은 오늘 현으로 돌아가려고 했으나 물이 깊어 쉽게 건널 수 없어서 떠나지 않았다. 민시중이 후리 1쟁반을 가져와 바쳤다.

◎ — 7월 29일

평강(오윤겸)은 이른 식사 뒤에 현으로 돌아갔다. 현에서 문안하는 사람이 역시 일찍 왔는데, 조금 큰 노루 1마리와 꿩 2마리를 가져왔다. 평강(오윤겸)은 떠나는 길이어서 미처 먹지 못했다. 아쉽다. 식사 뒤에 법련의 말을 빌려 타고 갈고 씨 뿌린 밭을 돌아보았다. 조밭은 몹시 좋지 않았고 태두전(太豆田)은 조금 괜찮았으나, 끝내 열매를 맺을지 그렇지 못할지는 알 수 없다. 또 법련과 함께 바둑을 두었다.

저녁에 언명이 왔다. 큰비로 인해서 오래도록 떠나지 못하고 있다가 지난 26일에야 비로소 떠났으나, 중도에 또 비를 만나 간신히 내를 건너서 나흘 만에 비로소 도착했다는 것이다. 그 아내는 비 때문에 데리고 오지 못했고, 덕노는 가지고 간 말이 발을 절어서 지금 한양에 머물러 있는데 좀 나으면 전라도로 내려가서 가지고 있던 삼을 팔아서 목화로 바꿀 계획이라고 했다.

생원(오윤해)의 편지를 보니, 지난 6월에 더위를 먹어서 몇 달 동안 차도가 없다가 지금은 나아 가는데 계속 진위에 있고 아직 율전으로 돌아가지 못했다고 한다. 이 때문에 춘금이가 이곳의 편지와 보낸 물건을 가지고 율전에 갔지만, 생원(오윤해) 일가가 없었기 때문에 답장을 받아 가지고 오지 못했다. 아쉽다. 이 편지는 지난 6월 초순과 7월 7일에 광노의 집에 부친 것인데, 언명이 가지고 왔다.

또 언명에게서 들으니, 한산도(閑山島)의 여러 장수가 진을 치고 있는 곳에 흉적이 불의에 야습하여 모두 함락되었고 통제사 원균과 충청 수군절도사 등이 모두 죽임을 당했다고 한다.* 매우 놀랍고 한탄스럽다. 한산도는 전라도의 울타리로, 적들이 오래도록 침범해 오지 못한 것은 한산도에서 막았기 때문이다. 이제 빼앗겨서 도리어 적이 점령했다고 하니, 만일 이로 인해 곧장 전라도를 침범한다면 누가 막겠는가. 그러나 정확한 소식은 아직 알지 못하겠다. 선전관(宣傳官)이 소식을 탐문하기 위해서 내려갔다가 아직 돌아오지 않았다고 한다.

조정의 소식은 명나라 장수가 한양에 머물러 있기 때문에 비밀로 하고 발표하지 않아서 비록 조정에 있는 관원이라도 역시 자세히 알지 못한다고 한다. 소어사[蕭御史, 소응궁(蕭應宮)]는 한양에 도착했고, 양경리[楊經理, 양호(楊鎬)]와 유제독(劉提督, 유정)은 아직 한양에 들어오지 않았으나 오래지 않아서 온다고 한다. 세상 일이 이와 같으니 끝을 알지 못하겠다. 탄식한들 어찌하겠는가.

....

* 한산도(閑山島)의……한다: 임진왜란과 정유재란 때 조선의 수군이 유일하게 패배한 해전인 칠천량(漆川梁) 전투를 말한다. 이순신(李舜臣) 대신 삼도수군통제사가 된 원균(元均)이 거제도의 칠천량에서 왜적에게 기습을 당해 원균과 전라우수사 이억기(李億祺), 충청 수군절도사 최호(崔湖) 등이 전사했고, 경상우수사 배설(裵楔)만이 12척의 전선을 이끌고 남해 쪽으로 후퇴하는 데 성공했다. 이로써 삼도 수군은 일시에 무너졌고 왜적은 남해의 제해권을 장악해 서해로 진출할 수 있게 되었으며, 진주, 구례, 남원, 전주 일대로 왜적이 쉽게 침범하는 원인이 되었다. 조정에서는 백의종군하고 있던 이순신을 다시 삼도수군통제사로 임명해 수군을 수습하게 했다.

8월 큰달 - 11일 추분(秋分), 26일 한로(寒露) -

◎ — 8월 1일

종일 비가 내리고 잠시도 그치지 않는다. 올해에는 차가운 비바람이 달을 연이어 그치지 않았기 때문에 아직도 곡식 이삭이 나오지 않은 곳이 많아 흉년이 들 것이라고 한다. 몹시 애석하다.

식사한 후에 동쪽 집에 가서 법련과 함께 종일 바둑을 두면서 서로 이기고 지며 무료함을 달랬다. 언명은 먼저 돌아왔다.

◎ — 8월 2일

법련은 아침 식사 뒤에 원적사로 돌아갔다. 아침 식사 전에 현 사람이 와서 편지를 보니, 평강(오윤겸)은 무사히 현으로 돌아갔다고 한다. 소금 1말, 절인 전복 120개, 복장(腹莊)*24개, 송어알 5조각을 가져

....

* 복장(腹莊): 뒤의 9월 3일 일기에 대구(大口) 복장이라는 물명이 등장하는 것으로 보아 대구

왔다. 즉시 답장을 써서 돌려보냈다.

소한이 마전에 간다고 하기에 편지를 써서 마전 현감에게 전하게 했다. 생필품을 구하기 위해서이다. 잠자는 방이 몹시 차서 이웃 사람 송수만(宋守萬)을 불러다가 구들을 수리한 뒤 가마를 떼어 내고 솥을 걸어 아침저녁으로 밥을 짓게 했다. 온기를 얻을 목적으로만 불을 때지는 않으려는 것이다. 중솥 1개, 작은 가마 1개를 평강(오윤겸)이 구해 보내서 쓰도록 했다. 작은 가마는 인아의 방에 걸었다.

◎ ─ 8월 3일

간밤에 비가 내려 새벽까지 그치지 않더니 아침에도 음산하다. 요새 계속 비가 와서 일할 곳이 많은데도 하지 못하여 손을 놀리고 먹기만 하는 자가 또한 많으니 걱정스럽다. 집 앞의 밭에서 먼저 여문 햇깨 11뭇을 베어다가 털었더니, 겨우 1되이다.

언명과 함께 냇가에 가서 발을 씻고 깨를 베는 모습을 구경했다. 언명에게 들으니, 김자정(金子定)*이 황주 판관(黃州判官)이 되었는데 부임한 지 오래지 않아서 방백(方伯, 관찰사)에게 욕을 당하고 심지어 곤장 40여 대를 맞고 파직까지 당했다고 한다. 놀랍고 안타깝다. 소어사가 왔을 때 앉아 있던 의자가 기울어져 자빠진 일 때문이라고 한다. 그러나 사실인지는 모른다. 김담의 다리에 부스럼이 나서 일을 시킬 수 없으니 안타깝다.

....

의 한 부위인 듯하나 정확하게 알 수 없다.

* 김자정(金子定): 김지남(金止男, 1559~1631). 자는 자정이다. 오희문의 매부이다. 1593년 정자가 되었고, 황주 판관, 강원도 도사, 형조참의, 경상 감사 등을 지냈다.

◎ — 8월 4일

별감 김린이 보러 왔다. 무를 가져왔기에 추로주 두 잔을 대접했다. 윤겸이 현으로 돌아가 새끼 노루 가죽 16장을 보내면서 가죽을 무두질하라고 했다. 이는 모두 올여름에 잡아먹은 노루의 가죽이다. 언신이 경작한 기장 밭의 수확물이 겨우 3말인데, 전날에 멧돼지가 모두 먹어서 남은 것은 이것뿐이라고 한다. 안타깝다.

저녁에 현에서 문안하는 사람이 왔다. 편지를 보니, 즉시 와서 제 숙부를 뵙고 싶지만 도사가 아직 지나가지 않았기 때문에 오지 못한다고 했다. 참기름 1되를 보내왔다. 즉시 답장을 써서 돌려보냈다.

평강(오윤겸)이 지난봄에 한양에 있을 때 첩을 얻었는데, 사비(私婢)로 여러 번 다른 사람을 겪은 여자라고 한다. 지난달 20일 즈음에 데려와 사가에 있게 하고 계집종 하나를 데려다 놓았는데, 두 사람이 먹을 것으로 한 달에 각각 3말씩만 준다고 한다. 그 첩은 바로 이은신(李殷臣) 숙부의 첩의 전남편의 딸인데, 이은신이 중매를 했다고 한다. 내가 자는 방은 고래를 파고 솥을 건 뒤로 매우 따뜻하니 기쁘다.

◎ — 8월 5일

옥동역에 소속된 계집종 중금의 조밭을 수확하는 일로 옥춘을 소근전에 보냈다. 요새 반찬이 없어서 어머니께 드리는 것이 오래도록 끊어져서 답답하다. 인아를 시켜 보자기를 물에 넣어 두게 하여 물고기 20여 마리를 잡아서 저녁 식사 때 탕을 만들어 드렸다. 들으니, 평강(오윤겸)은 도사를 맞이하는 일로 이천에 가서 함께 활을 쏜다고 한다. 돌아올 때 아마 근친할 것이다.

◎ — 8월 6일

법련이 지금 원적사에 머물고 있는데 일찍이 찾아가기로 약속해서 식사한 뒤에 언명과 함께 나란히 말을 타고 갔다. 계곡이 깊고 돌길이 험했다. 또 큰 고개 하나를 넘는데 몹시 경사가 져서 말에서 내려 걸어서 넘어 비로소 절에 당도했다. 법련이 반갑게 맞이해서 한방에서 함께 잤다. 갈 때 두부콩 3말을 가지고 가서 중을 시켜 두부를 만들었다.

◎ — 8월 7일

이른 아침에 중이 메밀국수를 만들어 대접하고 조금 늦게 두부를 내왔는데, 부드러워 입에 맞아서 나는 38곳을 먹고 언명은 40곳을 먹었다. 다 먹고는 법련과 함께 돌아오는데, 앞길 골짜기 안에 후리, 산포도, 호두가 곳곳에 열렸기에 따오게 하여 싣고 왔다. 올 때 중이 나에게 짚신 3켤레, 언명에게 4켤레를 주었다.

원적사는 암자이면서도 규모가 조금 크다. 절 앞에는 압각수(鴨脚樹)*가 있는데 비할 데 없이 높고 크다. 나옹(懶翁)*이 꽂아 두었던 지팡이가 자란 것이라고 중이 말해 주었다.

들으니, 처음 난리가 났을 때 철원 부사(鐵原府使) 김철(金鐵)이 난리를 피해 와서 살았는데, 일찍이 그 지역 백성에게 미움을 샀기 때문

....

* 압각수(鴨脚樹): 은행나뭇과에 속하는 낙엽 교목이다. 최대 60미터까지 자라며, 암수가 있다. 부채꼴의 잎은 여름에는 회녹색에서 황록색을 띠나 가을에는 노랗게 바뀌며, 열매는 10월경에 노랗게 익는다.
* 나옹(懶翁): 고려 말의 승려이다. 혜근(彗勤)이라고도 한다. 공덕산(功德山) 묘적암(妙寂庵)에 있는 요연선사(了然禪師)를 찾아가 출가했다. 고려 말의 고승인 보우(普愚)와 함께 조선 불교의 초석을 세운 위대한 고승으로 평가받고 있다. 여주 신륵사(神勒寺)에서 입적했다.

에 이들이 왜병을 끌어들여 죽이려고 했단다. 마침 김부사(金府使)가 그 기미를 알고 먼저 도망쳤고, 한 종친은 미처 피해 달아나지 못해서 죽임을 당했다고 한다.

집에 와서 들으니, 평강(오윤겸)이 어제 옥동역을 지나다가 편지를 써서 역노(驛奴)를 시켜서 전해 왔다고 한다. 편지를 보니, 당초 근친하려고 했으나 도사가 현을 지나가서 부득이 수행하느라 오지 못했다고 한다.

역노 이상이(李上伊)가 밀 2말을 가져왔기에 물만밥을 대접했다. 안협에 사는 백성 김지학(金之鶴)이 와서 보고 황태(黃太) 1말, 팥 1말을 바치기에 상화병을 대접했다.

◎ ─ 8월 8일

아침 식사 뒤에 법련이 부석사로 떠났다. 가는 길에 현에 들어간다고 했다. 법련이 연포를 가져다가 원적사의 수승을 시켜 전해 주게 했다. 평강(오윤겸)이 이천에 있을 때 송이 10개를 구해 편지와 함께 보내왔다. 내일 고조부의 기일에 쓰려고 한다.

◎ ─ 8월 9일

현에서 문안하는 사람이 와서 평강(오윤겸)의 편지를 전했다. 어제 도사와 함께 돌아왔는데, 도사는 금성(金城)으로 떠났다고 한다. 큰 송어 2마리, 말린 삼치 1마리를 보냈다.

언명은 이른 식사 뒤에 떠나서 현에 들어가 제수를 얻어서 한양으로 돌아가려고 한다. 추석이 가까웠기 때문에 돌아가서 묘소에 제사를 지내고 그길로 추수를 한 뒤에 처자를 데리고 올 계획인 것이다. 추석 제수로 여기에 두었던 홍합, 해삼, 대구 1마리, 문어 2조, 말린 전복 4곳, 절인 전복 90개를 가져갔고, 송어 반 짝, 말린 망어 1마리, 햇기장쌀 7되도 함께 가져갔다. 기타 밥쌀, 떡쌀, 메밀, 과일, 닭 및 그 밖의 부족한 물건들은 평강(오윤겸)에게 마련해서 보내게 했다.

들으니, 평강(오윤겸)이 이천에 있을 때 중치막을 잃어버렸다고 한다. 안타깝다. 이는 모두 데리고 간 급창(及唱)*이 어리석고 어렸기 때문에 발생한 일이다.

한밤중이 되기 전에 현 사람이 뜻밖에 다시 왔다. 평강(오윤겸)의 편지를 보니, 적장 청정이 이달 3일에 7명의 장수를 거느리고 상륙하여 전라도로 향했고 세 장수는 수군을 거느리고 나주(羅州)로 향하여 함께 수륙으로 진격한다고 했다.* 그래서 오늘 순찰사의 전령(傳令)이 두 번이나 와서 여러 고을 수령에게 군사를 거느리고 영원성으로 달려가서 막고 지키라고 해서 내일 가야 하므로 형편상 근친하지 못한다고 했다. 나라에 몸을 맡긴 이상 어찌하겠냐고 했다.

....

*   급창(及唱): 고을 관아에서 부리는 사내종이다.

*   적장……했다: 정유재란이 발발한 것을 말한다. 명나라와의 강화 협상이 결렬되자, 일본은 1597년에 14만여 명의 병력을 이끌고 다시 침략하여 남원과 함양의 황석산성, 전주 등을 점령한 뒤 좌·우군으로 나누어 좌군은 남쪽으로 우군은 충청도로 진격했다. 9월에 권율과 이시언(李時言)의 조·명(朝明)연합군은 직산에서 왜군의 북상을 막았고, 삼도수군통제사에 복귀한 이순신 역시 13척의 함선으로 3백여 척의 왜의 수군을 명량에서 대파했다. 수륙 양면에서 수세에 몰린 왜군은 패주하여 남해안 일대로 몰렸다. 1598년 1월에 권율 휘하의 조선군은 울산의 가토 기요마사(加藤淸正) 군대를 공격했고, 각 지역에서 왜군 잔당을 섬멸했다. 11월에는 이순신 휘하의 수군이 노량에서 왜군의 퇴로를 차단하여 해전에서 승리를 거두었다. 이 노량해전을 끝으로 일본과의 7년에 걸친 전쟁은 끝나게 되었다.

편지를 보고 놀라 자빠졌다가 이어서 눈물을 흘렸다. 발군차리(發軍差吏)*가 사방으로 흩어져 군사를 불러 모으는데, 만일 당사자가 집에 있지 않으면 부모와 처자를 모두 잡아간다. 아우는 오늘 아침 현에 들어갔다가 그길로 한양에 갈 계획이었는데, 사세가 이와 같으니 어찌한단 말인가. 윤해의 처자와 신자방(신응구)의 식구 또한 상황이 어떤지 모르겠지만 아마 떠나올 것이다. 그러나 길에 군마(軍馬)가 깔려 있어 구애되는 일이 많다고 하니 몹시 걱정스럽다.

덕노가 목화를 바꾸는 일 때문에 말을 가지고 충청도와 전라도로 내려갔는데 이런 큰 변을 당했으니, 또한 쉽게 돌아오지 못할 것이다. 가져간 말을 전쟁에 나가는 군사들에게 빼앗겼을까 몹시 걱정스럽다. 적이 몰려와 곧장 한양으로 향한다면 이곳에서도 편안히 앉아 있을 수가 없을 터인데, 사내종 하나 말 1필 없으니 더욱 몹시 걱정스럽다. 좋지 못한 때를 만나 6년 동안 전쟁을 겪었는데 하늘이 무심하여* 요망스런 기운이 또 일어나니, 내 죽을 곳이 어딘지 모르겠다. 비록 탄식한들 어찌하겠는가.

◎ ― 8월 10일

새벽에 고조부의 제사를 지냈다. 처음에는 오늘 일찍이 평강(오윤겸)에게 가 보려고 했으나 가까운 이웃에 말이 없고 또 소를 타고 가려

....
* 발군차리(發軍差吏): 변란이 발생하여 군사를 징발하는 임무를 맡은 관리이다.
* 하늘이 무심하여: 원문의 천미회화(天未悔禍)는 아무 잘못이 없는 나라와 백성에게 재앙이 닥쳤을 때 쓰는 표현이다. 하늘이 재앙을 내리지 않아야 할 백성에게 잘못해서 재앙을 내려 놓고도 철회하지 않는다는 뜻이다.

고 했으나 늙은 소가 걸음이 더딜 뿐만 아니라 비마저 내리므로, 부득이 편지를 써서 먼저 춘금이를 보내 어떻게 지내는지의 여부를 알아본 뒤에 내일 가 보기로 했다. 그러나 어찌 기약할 수 있으랴.

　김담이 오늘 올 터인데 오지 않으니, 아마 언명이 한양에 데리고 간 듯하다. 어제 채억복이 꿀 2되를 사람을 시켜 가져왔다.

◎ ― 8월 11일

　이른 식사를 한 뒤에 억수의 송아지를 빌려 타고 현으로 들어가서 평강(오윤겸)이 떠나기 전에 만나 보려고 했다. 그러나 10여 리쯤 갔을 때 돌아오는 춘금이를 길에서 만나 평강(오윤겸)의 편지를 보니, 군사를 거느리고 영원성을 지키는 일을 순찰사와 함께 주선해야 해서 아마 싸움터에는 나가지 않을 듯하고 또 오래지 않아 돌아올 것이므로 즉시 찾아와 뵙지 않고 가는 것이니 걱정할 필요가 없다고 했다.

　또 언명의 편지를 보니, 지금 떠나서 한양으로 향할 것이며 이곳에서 가지고 간 제수를 사용하여 술과 과일만 차려 놓고 제사를 지낼 것이라고 했다. 또 즉시 처자를 데리고 떠나오겠다고 했다. 관가에서 한창 군사를 징발하느라 시끄러운 일이 많고 또한 데려갈 관인이 없어서 부득이 김담을 데리고 간다고 했다. 들으니 평강(오윤겸)은 이미 떠났다고 하므로, 돌아올 때 근처의 태두전(太豆田)과 보리밭을 돌아보고 왔다. 춘금이가 백미 3말을 가지고 왔다.

　삭녕(朔寧)에 사는 갑사(甲士)* 지윤복(池允福)이 와서 보고 말하기

----

*　갑사(甲士): 오위(五衛)의 중위[中衛, 의흥위(義興衛)]에 속했던 군인이다. 양인(良人)의 의무

를, 지난달 한양에 갔을 때 덕노를 만났는데 이달 2일경에 전라도로 내려간다고 하더란다. 윤복의 아우 언복(彦卜)이란 자는 본래 평강에 살아서 평강에 역(役)이 속했는데, 난리가 난 뒤에는 삭녕으로 이사를 가서 살아서 삭녕에 역이 속했다. 그 뒤에 피차가 서로 다투어 본관(本官)에 죄를 얻은 것이 많기에, 걱정스러워서 나타나지 않은 지가 오래되었다. 그러다가 이번에 본도 순찰사의 장계에 의하여 도로 평강에 역속된 뒤로 또 무거운 처벌을 받을까 걱정되어 나에게 와서 보고 쌀 1말 7되, 배 12개를 바친 것이다. 그에게 술을 먹여 보냈다.

민시중이 전일에 재상(災傷)의 일*로 북면에 갔다가 오늘에야 돌아와 좋은 배와 후리 1쟁반을 갖다 바쳤다.

◎ ─ 8월 12일

아침에 들으니, 평강(오윤겸)은 어제가 아닌 오늘에야 떠났다고 한다. 어제 가 보지 않은 것이 매우 안타깝다. 민시중이 현에 들어간다기에 편지를 써 주고 평강(오윤겸)이 행차한 곳에 전하게 했다.

북쪽 마을에 사는 정인국(鄭仁國)이 녹두 7되를 가져와 바쳤다. 전일에 황이를 가져왔고 지금 또 이렇게 하니, 비록 후하다고 하겠으나 아마 요구할 것이 있을 것이다. 그러나 아직 부탁은 하지 않았다. 술을 대접해 보냈다. 전업의 처가 꿀 2되를 갖다 바치기에 술을 대접해 보냈다.

◎ ― 8월 13일

정세당을 불러서 박언방의 집 앞 소나무 밑에 기름틀을 설치하게
했다. 또 박언방이 현에서 돌아와서 전해 준 평강(오윤겸)의 편지를 보
니, 어제 비로소 떠났으나 더 이상 급한 소식이 없으니 혹 임진년 때처
럼 몰려오지는 않을 것 같다고 했다. 모든 일을 공형(公兄)*과 그 밖의
아는 사람에게 거듭 간곡히 지시하여 만일 사세가 급박하면 즉시 하인
과 우마(牛馬)를 정해서 응당 깊은 곳으로 모시게 할 것이니, 호장(戶長)
을 불러서 그 계획을 들으면 무방하다고 했다.

민시중과 박언방 등을 시켜 이곳에 머물면서 부역에 나가지 않은
인근의 한가한 자 6, 7명을 거느려 일가를 보호하게 하고, 모든 사환(使
喚) 등의 일은 오로지 이 사람들에게 맡겨 놓았다고 한다. 이 때문에 관
문(官門)의 일에는 그 이름을 빼 주고 패자에 그 이름을 쓰게 하여 이
면의 색장(色掌)* 3명에게 일절 사환을 시키지 말고 관문에 머물러 기다
리게 하라고 했단다.

다만 내가 그저께 평강(오윤겸)이 떠났다는 말을 듣고 중도에 되돌
아왔는데, 만일 그때 아직 떠나지 않았다는 것을 알았으면 달려가서 만
났을 것이다. 끝내 보지 못하고 보냈으니 몹시 안타깝다. 언방이 송이
15개, 햇잣 1말을 보냈다. 김언보가 와서 보고 꿀 2되, 차좁쌀 8되를 바
치기에 술을 대접해 보냈다.

....

* 공형(公兄): 각 고을의 호장(戶長), 이방(吏房), 수형리(首刑吏) 세 관속을 지칭하는 말이다.
  삼공형(三公兄)이라고도 한다.
* 색장(色掌): 지방의 고을에서 잡다한 일을 맡은 아전이다. 대개 각 동리에서 농사를 권장하
  고 죄인을 추고(推考)하며 조세와 군역 따위를 감독했다.

김억수가 개성으로 군량을 실어 나르는 부역을 마치고 오늘 비로소 돌아와서 하는 말이, 특별히 긴급한 변방 소식은 없다고 했다. 그러나 곳곳에서 군사를 징발해 갔다고 한다. 닭 1마리, 수박, 배를 가져와 바쳤다. 저녁에 정세당이 민물고기 수십 마리를 가져왔다.

◎—8월 14일

아침에 현 사람이 백미 10말, 거친 쌀[粗米] 2섬을 실어 왔다. 평강(오윤겸)이 떠날 때 장무에게 실어 보내도록 한 것이다. 날꿩 3마리도 가져왔다. 내일 제수로 쓰면 되니 기쁘다.

소한이 마전에서 현으로 돌아왔다. 마전 군수(麻田郡守)가 보낸 햅쌀 2말, 깨 1말, 밀가루 1말을 가져다 전해 주었다. 그러나 쌀 5되, 밀가루 3되가 줄었고 깨는 전혀 오지 않았다. 그 까닭을 알 수가 없어서 지금 소한이 있는 곳에 가서 물어보게 했다.

김언춘(金彦春)과 고한필이 와서 보았다. 언춘은 햅쌀 4되, 한필은 차좁쌀 5되를 가져와 바치기에 술을 대접해 보냈다.

언명이 한양에 갈 때 현에 들어가서 들으니, 변방 소식이 몹시 위급하다고 했다. 평강(오윤겸)은 순찰사의 전령으로 바야흐로 군사를 모아 영원으로 가려고 했기 때문에 자신은 제수를 가져가지 못하고 가는 동안 먹을 양식만 얻어 말 1필만으로 달려갔다고 한다. 때가 되면 처자를 데리고 온다고 했다.

시골 백성이 아마 추석 제사를 지내지 못하고 지나가게 될 듯하다. 이 때문에 이곳에서 지방을 써 붙이고 밥과 떡, 세 가지 과일, 두 가지 탕, 두 가지 적만으로 먼저 조부모께 제사를 지낸 다음 아버지와 죽전 숙부께 지내고 그 뒤에 또 죽은 딸에게 지낼 계획이다.

마침 현의 장무가 날꿩 3마리를 보내오고 이웃 사람이 닭 1마리를 가져왔기 때문에, 이것으로 찬을 만들었다. 저녁에 현의 장무가 또 메밀을 보냈으나 날이 이미 어두워 미처 가루를 내지 못해서 면을 마련하지 못했다. 안타깝다.

◎ ― 8월 15일

아침 식사 전에 인아와 함께 제사를 지낸 뒤 남은 음식으로 살아 있을 때 공이 있었던 노비 중에서 자손이 없어 제사를 받지 못하는 자들의 제사를 지내 주었다. 새벽에 비가 내리더니 아침에 비로소 그쳤다.

적의 소식이 만일 위급하지 않다면 언명이 한양으로 올라가 가지고 간 물건으로 반드시 묘 아래에서 제사를 지냈을 것이다. 찾아온 마을 사람들에게 모두 술과 떡을 대접해 보냈다.

또 떡을 갖다 바치는 자도 있었다. 황촌(荒村)에 사는 박원형(朴元亨)이 꿀 1되를 갖다 바치기에 술을 대접해 보냈다.

◎ ― 8월 16일

김별감(金別監, 김린)이 와서 보고 큰 후리 1바구니와 청태(靑太)를 가져다주기에, 큰 잔으로 술 석 잔과 좁쌀떡을 대접해 보냈다. 전원희(全元希)와 박영호가 또한 각각 큰 후리를 나무그릇에 가득히 담아 가지고 와서 바치기에, 각각 술을 대접해 보냈다. 저녁에 박문자가 와서 보고 구운 닭 1마리, 청주 1병을 바치기에, 역시 술을 대접해 보냈다.

◎ ─ 8월 17일

　춘금이에게 소를 가지고 현에 들어가게 했으니, 보리 종자를 받아오기 위해서이다. 이웃에 사는 김억수와 전풍 등이 영원성에 갔다. 전날에 평강(오윤겸)이 갈 때 이들은 개성으로 가서 미처 함께 가지 못했기 때문에 이제 비로소 뒤쫓아 가는 것이다. 편지를 써 주고 평강(오윤겸)에게 전하도록 했다. 다만 이 사람들이 갈 때 그들의 노모와 처자, 일가들이 모두 와서 모여서 울면서 마을 밖에서 전송했으니, 인정이 어찌 그렇지 않겠는가. 가련하다. 나는 평강(오윤겸)이 떠날 때 가 보지 못했는데 이제 이 사람들이 헤어지기 어려워하는 광경을 보니, 피차가 어찌 이리도 다르단 말인가. 슬픈 감회가 마음속에서 절로 치밀어 오른다. 그러나 때가 그러하니 어찌하겠는가.

　문안 온 사람들을 시켜 집 뒤 여울에 어살을 치게 했다. 다만 전날 밤에 비가 더 내려서 막아 둔 곳에 물이 가득 차 무너져서 겨우 다시 만들어 놓고 수위가 낮아지기를 기다린 뒤에 막지 못한 곳을 막겠다고 한다.

　김언신이 간밤에 여기에 왔다. 김억수를 전별하다가 갑자기 병을 얻어 인사불성이 되어 오늘 새벽에 집에 돌아왔으나 누워서 일어나지 못했다. 이제 들으니 입과 코에서 피가 난다고 하는데, 사람들이 모두 말하기를 화살에 급살을 맞은 것이라고 한다. 만일 구원하지 못하면 우리 집의 일은 더욱 어찌할 수 없을 것이다. 몹시 걱정스럽다.

　저녁에 민시중이 현에서 돌아와 평강(오윤겸)의 편지를 전하기에 보니, 춘천(春川) 무진강(毌津江)*에 이르러 쓴 것이다. 적병이 진영으로 돌아가서 긴급한 소식은 아직 없다고 한다. 그러나 평강(오윤겸)이 본도 순찰사의 종사관이 되었으므로 두어 달 이내에는 관청으로 돌아올 수 없을 것이라고 하니 매우 걱정스럽다. 그러나 종사관은 순찰사와 시종 행동을 같이하니 반드시 멀리는 가지 않을 것이다. 이는 다행한 일이다.

또 순찰사의 전령을 보니, 임금께서 만일 전면에 진주(進駐)하여 친정(親征)할 경우에 호위할 군사를 미리 조치하지 않으면 안 되므로 조정에서 순찰사에게 직접 도내의 정예병을 뽑고 양식, 병기 등을 모두 준비하게 하여 각각 경계상에서 감독하며 명령을 기다리다가 군사를 동원하는 표신(標信)이 내려가면 급히 달려오도록 했다고 한다.

적이 만일 저들의 소굴로 도로 들어갔으면 두어 달 안으로는 아마 전투가 발생할 근심은 없을 것이니, 언명의 행차도 천천히 올 수 있을 것이고 남쪽 백성도 가을 수확을 할 수 있을 것이다. 그러나 적의 출몰이 일정하지 않으니, 어찌 반드시 오래 괜찮을 것이라고 장담하겠는가.

◎ ― 8월 18일

춘금이가 올 때가 되었는데도 오지 않는다. 혹시 보리 종자를 받다가 날이 늦어져서 오지 못하는 것인가. 그 까닭을 알 수가 없다.

간밤에 어살에서 잡은 물고기가 겨우 5마리인데, 작은 손가락만 하니 우습다. 낮에는 따오기가 어살 근처에 서 있다가 물고기가 떨어지

....

* 무진강(毋津江): 춘천 서북쪽에 있는 강으로, 북한강(北漢江)의 본류이다. 무진강과 소양강(昭陽江)이 합류하여 신연강(新淵江)이 되고, 신연강이 남쪽으로 흘러 양근 용진강(龍津江)이 된다.《관동읍지(關東邑誌)》〈춘천〉.

면 쪼아 먹기에 아이 종에게 쫓아 버리게 했지만 도로 날아온다. 밉살
스럽지만 어찌하겠는가. 반드시 풀을 엮어 어살 위에 덮은 뒤라야 이
걱정을 면할 수 있을 것이다.

◎ ― 8월 19일

간밤에 서리가 내리고 날이 몹시 차다. 계집종들이 거처하는 마루
가 차서 추위를 견디기 어려운데 아직 집을 짓지 못했으니 걱정스럽다.
이 걱정뿐만 아니라 늦게 밭을 갈아 심은 태두(太豆)와 보리는 열매를
맺기 전에 서리를 맞아 모두 말랐다. 탄식한들 어찌하겠는가.

문안 온 사람 8명에게 나무를 해 오게 하고 점심과 술을 대접했다.
그러나 사람들이 열심히 하지 않아 해 온 나무가 많지 않았다. 안타깝
다. 춘금이가 현에서 보리 종자 1섬과 밀 4말을 싣고 왔다. 어제 늦게
떠나서 도중에 자고 지금 비로소 왔다고 한다. 날꿩 2마리, 송이 10개,
청주 1병을 가져왔다. 그편에 들으니, 생원(오윤해)이 온 식구를 데리
고 어제 낮에 현에 도착했다고 한다. 생원(오윤해)의 편지를 보니, 13일
에 율전을 떠나오다가 현에 도착하기 전 한 식경 밖에서 처가 해산할
조짐이 있어서 겨우 달려왔다고 한다. 그 뒤에 무사히 해산을 했는지는
듣지 못했고, 심부름을 보낼 사람이 없어서 알아 올 수도 없다. 매우 걱
정스럽다. 그러나 온 가족이 난리 전에 무사히 왔으니, 이는 다행스러
운 일이다.

저녁에 이천(李蕆)이 이천(伊川)의 임시 거처에서 찾아왔다. 그가 모
친상을 당한 뒤에 비로소 만나 서로 이야기를 나누다가 밤이 깊어 자리
에 들었다.

◎ ─ 8월 20일

이천이 여기에 온 김에 현에 있는 사내종의 집으로 간다기에 쌀 1말과 감장 두어 사발을 주었다. 그가 양식을 구하지 못했다고 들었기 때문이다. 배 50개도 주어 보냈다.

마침 아이들과 함께 동대에 올라 내려다보니, 가을 못이 티 없이 맑고 깨끗하여 물가 모래바닥에서 물고기가 떼 지어 노는 것이 무수하게 보였다. 춘금이에게 그물을 치게 했더니, 겨우 큰 빙어 1마리, 작은 빙어 6마리를 잡았다. 그물이 찢어졌기 때문이다. 안타깝다.

◎ ─ 8월 21일

오늘 어살을 쳐서 잡은 민물고기가 2사발 남짓인데, 크고 작은 것이 모두 120마리이다. 또 집사람이 마을 부녀자 14명을 불러서 세 끼 밥을 먹이고 술과 국수를 대접하면서 삼을 삼게 했는데, 쌀만 거의 4말을 소비하고 일을 많이 하지 못했다. 안타깝다.

저녁에 생원(오윤해)이 현에서 왔다. 오래 못 보다가 지금 만났으니, 온 집안이 기쁘고 위로되는 것을 어찌 다 말하겠는가. 또 들으니, 그 처가 지난 18일에 현에 도착한 지 오래지 않아 무사히 순산해서 아들을 얻었다고 한다. 더욱 몹시 기쁘고 다행스럽다. 억수는 영원성에 갔다가 병에 걸려 돌아왔다.

◎ ─ 8월 22일

생원(오윤해)은 여기에 머물렀다. 식사한 뒤에 두 아이와 함께 걸어서 뒤쪽 정자에 올랐다가 그길로 동대에 올라 구경하고 돌아왔다. 어살을 쳐서 잡은 민물고기 25마리로 아침 식사에 탕을 끓여서 먹었다. 또 문안 온 사람 8명에게 울타리를 만들 나무를 베게 하고 점심을 대접했다. 오후에 민시중과 함께 나무를 베는 곳에 가 보고 돌아왔다.

김언신이 와서 보고 동과(東瓜)*2개를 바쳤다. 처음에 병세가 위중하다는 말을 듣고 아마 죽을 것이라고 생각했는데 이제 병이 나아 간다. 기쁘다. 그러나 얼굴이 누렇고 초췌하여 간신히 걸어 다닐 뿐 일을 할 수는 없다.

김언보가 와서 보고 닭 1마리, 연포 10덩이, 토란 조금을 바치기에 저녁 식사를 같이하고 술을 대접해 보냈다.

◎ ─ 8월 23일

생원(오윤해)은 이른 식사 뒤에 현으로 돌아갔다. 또 춘금이를 시켜서 보리밭에다 재를 실어 내게 했다. 내일 밭을 갈려고 하기 때문이다.

저녁에 내 건너편의 안협 땅에 한양 사람이 와서 머문다는 말을 듣고 민시중과 김언보에게 가서 적의 소식을 물어보게 했더니, 적은 이미 남원성(南原城)을 함락시켰고*중전은 근일에 평안도로 피난을 가려 한

....

* 　동과(東瓜): 박과의 식물로, 동아, 동화라고도 한다. 현재는 널리 쓰이지 않지만 조선시대에 는 많이 재배되고 이용되었다. 식용 외에도 약용으로도 쓰였다. 가래를 제거하고 기침을 멎게 하며 폐농양이나 충수염 등에 소염의 효과가 있고 이뇨작용도 한다.

* 　남원성(南原城)을 함락시켰고: 1597년 7월 말에 우키다 히데이에(宇喜多秀家)와 고니시 유 키나가 등이 이끄는 왜군 5만 6천여 명이 북상하여 조·명연합군 4천여 명이 지키던 남원성 을 함락시킨 것을 말한다. 양원의 명군 3천 명과 접반사 정기원(鄭期遠), 임현(任鉉) 등은 남 원에 가서 성을 지키고 명군 유격장 진우충(陳愚衷)은 전주를 지키면서 남원성 전투를 도왔 다. 8월 6일에 구례 현감 이원춘(李元春)이, 이어서 문안사 오응정(吳應鼎), 전라 병마절도사 이복남(李福男), 조방장 김경로(金敬老) 등이 남원성에 들어왔다. 13일에 왜군이 남원성에

다고 했다. 사실 여부는 알지 못하겠다. 만일 그렇다면 날은 점점 추워지는데 노모를 모시고 병든 아내를 데리고서 위아래가 모두 속옷도 없이 깊은 산골짜기로 피해 들어가 반드시 얼고 굶주리게 될 터이니, 언제 어떻게 죽을지 모르겠다. 그저 하늘에 명을 맡길 뿐이다. 6년 동안의 전쟁으로 백성이 모두 파리해졌는데도 하늘은 무심하여 흉적이 또일어나 충청도와 전라도의 남은 백성마저 도탄에 빠지게 하니, 하늘은 백성을 사랑한다는데 어찌 조선의 수많은 백성이 모두 죽어서 살아남는 이가 없는 지경으로 몰아간단 말인가. 못 믿을 것이 하늘이니, 크게 탄식한들 어찌하겠는가.

◎ ─ 8월 24일

보리밭을 갈게 했으나 끝내지 못했다. 밭이 박문자의 집 뒤에 있기에 식후에 억수의 말을 빌려 타고 민시중을 데리고 가서 보았다. 그곳의 배나무 밑에 앉아 있는데, 소나기가 세차게 내려 문자의 집으로 들어갔다. 문자의 사위는 김언보이다. 언보도 이사하여 그 집에서 살기 때문에 나를 위해 점심을 지어 주고 또 술과 안주도 내왔다.

조금 뒤에 비가 그쳐서 달려서 돌아오는데, 집에 도착하기 전에 비가 또 내렸다. 말을 타고 달려 집에 들어오니 오래지 않아 크게 천둥이 치고 비가 내리며 우박까지 날리다가 저녁 무렵에야 그쳤다. 그런 까

....

도착하자 이날 밤부터 전투가 벌어졌다. 4일간 치열한 공방전이 전개되었으나 이복남, 이신방(李新芳)을 비롯한 장수들이 전사하고 양원만이 탈출한 채 성은 함락되었다. 남원성이 함락되었다는 소식을 들은 진우충이 그대로 도망가 버렸기 때문에 전주성은 싸움 없이 왜군에 점령당했다.

닭에 보리밭은 많이 갈지 못하고 일찍 파했다. 별감 김린이 배 1상자를 가져왔는데, 맛이 새콤달콤하고 즙이 많으며 보통 배보다 크기가 조금 컸다. 큰 잔으로 술 두 잔을 대접해 보냈다.

오늘 아침부터 콧병이 나서 무수히 기침을 하고 콧물이 끊이지 않아 심기가 자못 불편하다. 나뿐만 아니라 집안에 전염된 자가 많으니, 어머니께 전염될까 몹시 두렵다.

◎ ─ 8월 25일

어제 갈다 남은 보리밭을 갈게 했으나 역시 끝내지 못했다. 그러나 재가 없어 더 갈 수도 없어서 보리 종자를 9말만 뿌렸다.

현의 호장이 황촌에 있는 학전(學田)*의 추수를 감독하는 일로 왔다가 민시중의 집에서 잤다. 그가 시중의 매부이기 때문이다. 큰 잔으로 술 두 잔을 대접했다. 오늘 아침에 계집종 옥춘을 황촌에 보냈는데, 호장이 왔기 때문에 돌려보내게 했다.

채억복이 와서 보고 연포 20여 덩이, 달걀 20여 개를 바치기에 술을 대접해 보냈다. 그는 병 때문에 영원성에 가지 못했는데, 관청에서 그 병의 사실을 인정받았기 때문에 와서 사례한 것이다. 또 생원(오윤해)이 올 때 햅쌀을 가져왔다. 우리 집에서 아직 햅쌀을 맛보지 못했다는 말을 들었기 때문에 2말을 구해 보내 준 것이다.

평강(오윤겸)이 영원성에 간 뒤에 현의 장무가 술 3선과 꿩 3마리

………
* 　학전(學田): 성균관(成均館), 사학(四學), 주부군현(州府郡縣)의 향교(鄕校) 등에 지급하던 논밭이다. 성균관에는 4백 결, 사학에는 각 10결, 주부의 향교에는 각 7결, 군현의 향교에는 각 5결로 규정되어 있었다.

를 한 번 보낸 뒤로 지금 반달이 지나도록 더 이상 보낸 것이 없어서, 요새는 반찬이 떨어져 채소만 어머니께 드리고 있다. 걱정한들 어찌하겠는가. 소금도 떨어져서 이웃집에서 겨우 1되를 꾸어다가 쓰고 있다.

◎ ─ 8월 26일

현의 호장 김운룡(金雲龍)이 황촌에 갔다. 민시중이 이제 현에 들어간다기에 어제 편지를 써서 지금 들려 보냈다. 또 운룡에게 큰 잔으로 술 두 잔을 대접했고, 시중도 한 잔을 마시게 했다.

전날에 쳐 놓은 어살에는 요새 1마리도 잡히지 않는다. 돌을 잘 쌓지 못한데다가 무너진 까닭이다. 오늘 다시 돌을 쌓게 하고 어살을 높이 쳐 놓았는데, 인아가 직접 가서 쌓는 것을 감독했다.

김언보가 와서 보기에, 큰 잔으로 술 석 잔을 대접했다. 또 아직 햅쌀을 맛보지 못했다는 말을 듣고 햅쌀로 밥을 지어서 먹여 보냈다.

◎ ─ 8월 27일

어살로 잡은 크고 작은 민물고기가 도합 30여 마리이다. 어제 돌을 다시 쌓았기 때문에 잡은 것이다. 아침 식사 때 탕을 끓여 어머니께 드리고 나머지는 처자식들에게 주었다.

오후에 현 사람이 왔다. 생원(오윤해)의 편지를 보니, 내일 처자를 데리고 온다고 한다. 장무가 꿩 3마리, 소주 4선을 보냈기에 즉시 답장을 써서 온 사람에게 주어 돌려보냈다.

인아의 처가 딸을 낳았는데, 저녁때 해가 아직 높았으니 아마 신시(申時, 15~17시)일 것이다. 오늘 일몰은 유시(酉時, 17~19시) 삼각(三

刻, 45분)이다. 해는 정유(丁酉), 달은 경술(庚戌), 날은 을유(乙酉)인데, 시(時)는 어떤 신시(申時)인지 모르겠다. 네 아들의 집에 모두 태기가 있었는데, 윤해와 윤함은 모두 아들을 낳았고 윤겸과 윤성(允誠)은 딸을 낳았다. 인아의 처가 해산하기 전에 아파서 외치는 소리가 밖에까지 들려온 집안이 동동거리며 걱정하던 즈음에 세 식경쯤 되어 몸을 풀었다. 아들이건 딸이건 간에 무사히 쉽게 해산하는 일이 중요하니, 기쁜 마음을 어찌 다 말하랴. 1년 중에 두 손자를 얻었으니, 이만하면 만족스럽다. 어찌 또 손자를 바라겠는가. 다만 아쉬움이 있다면, 윤겸이 장남인데 여러 번 낳았으나 키우지 못했고 이제 또 낳은 딸이 요절한 것이다. 탄식한들 어찌하겠는가. 마침 꿩 3마리를 받아서 산부(産婦)의 미역국을 끓여 줄 수 있으니 다행한 일이다.

병이 들어 영원성에 가지 못한 군사를 다시 독촉해서 보내라고 하니, 김언보, 김억수, 채억복이 모두 징병을 면할 수 없을 것이다. 언보는 내가 머무는 집의 주인인데도 보호해 주지 못하니, 형세가 그런 걸 어찌하겠는가. 내일 모두 명령을 따라 떠나간다고 한다.

억복과 억수는 병이 아직 낫지 않아서 걱정스럽다. 이웃 마을에 믿을 만한 사람이 없으니, 훗날 만일 피난할 일이 생기면 의지할 곳이 없다. 걱정스럽다.

◎ — 8월 28일

이른 아침에 어살을 친 곳에서 잡은 크고 작은 민물고기가 도합 80여 마리이다. 전날에 잡지 못한 것은 모두 어살이 견고하지 못했던 까닭이다.

산부가 복통으로 밤새 잠을 자지 못해서 어제저녁에 궁귀탕(芎歸湯)*을 먹었는데, 한 번 먹고 약재가 떨어져 다시 지어 먹이지 못하니 걱정스럽다. 들으니, 직동(直洞)에 약간의 약이 있다기에 즉시 사람을 시켜 천궁(天芎)과 당귀를 가져오게 하여 저녁때 지어 먹였다. 그러나 여전히 심기가 불편하니 걱정스럽다.

오후에 천둥이 크게 치고 비가 세차게 내리다가 한참 만에 그쳤다. 생원(오윤해)의 가족이 모두 왔는데 도중에 비를 만나 위아래가 모두 젖었다. 인아의 처는 해산한 지 오래되지 않은데다 몸도 아프기 때문에 바로 이 집으로 오지 않고 박언방의 집으로 옮겨 갔으므로, 저녁때 내가 가서 아이들을 보고 돌아왔다. 생원(오윤해)은 잘 곳이 없어서 이 집에 와서 잤다.

평강(오윤겸)이 지난 21일과 23일에 영원성에서 써 보낸 편지 2통을 보니, 남원이 함락되었다는 말은 사실이었다. 처음에는 명나라 장수가 적을 유인해서 성문을 열고 들어오게 하여 천여 명을 베었으나 그 뒤에 중과부적이어서 함락되어 명나라 군사 3천과 우리 군사 3천, 도합 6천이 모두 도륙을 당했다고 한다. 놀라움과 탄식을 이기지 못하겠다.

그러나 명나라 군사 4만이 오래지 않아 한양에 당도하여 그길로 남하하고 임금께서도 명나라 군사의 뒤를 따라 친정한다고 했기 때문에, 이 도의 순찰사가 본도의 정예병을 뽑아 가지고 호종(扈從)한다고

....
* 궁귀탕(芎歸湯): 해산 전후에 흔히 쓰는 탕약이다. 해산 전후의 여러 질환을 다스리며, 태반을 줄어들게 하여 아기를 쉽게 낳도록 한다. 천궁(川芎)과 당귀(當歸)를 약재로 쓴다.

한다. 평강(오윤겸) 역시 순찰사의 종사관을 맡아 영중(營中)의 일들을 모두 처리해야 하기 때문에 형편상 순찰사의 곁을 떠나지 못한다고 한다. 매우 걱정스럽다.

고언백(高彦伯)*이 거느린 용감한 군사 수백 명이 후미에서 함양(咸陽)의 적을 쳐서 수백 명을 베어 죽였다고 한다. 이 소식이 사람들에게 다소 용기를 주니, 위로가 된다. 또 돌아온 현의 아전이 하는 말이, 지난 23일에 편지를 받아 가지고 24일에 떠나왔고 춘천에 도착하여 전통(傳通)*을 들었는데 적은 21일에 이미 공주(公州)에 이르렀다고 한다. 만일 그렇다면 충청도와 전라도는 이미 포위되었고 공주 위로는 방어할 곳이 없어 적이 바로 한양으로 몰려올 일이 장차 멀지 않았다. 놀랍고 한탄스럽기 그지없다. 이 말이 사실이라면 언명은 아마 속히 왔을 터인데 지금까지 오지 않고 생원(오윤해)의 처가도 올 때가 되었는데 지금 전혀 보이지 않으니, 이것은 괴이한 일이다. 그러나 전해 들은 소식이 정확한지는 알 수 없다.

자방(신응구)의 가족 소식도 전혀 들을 수가 없다. 평강(오윤겸)의 편지에, 전해 듣기로 신상례(申相禮)*는 익산(益山)으로 돌아가서 와병 중이고 자방(신응구)도 남포에서 병으로 올라오지 못하는데 6일 사이에 길을 나선다고 했다고 한다. 그렇다면 아직도 살던 곳에 머물고 있

....

* 고언백(高彦伯): ?~1608. 임진왜란이 일어나자 영원 군수로서 대동강 등지에서 적을 맞아 싸웠다. 경기도 방어사로서 명나라 군사를 도와 한양 탈환에 공을 세우고 경상좌도 병마절도사로 승진했으며, 정유재란 때는 다시 경기도 방어사가 되어 전공을 크게 세웠다.
* 전통(傳通): 상급 기관에서 하급 기관에 공적인 일을 긴급히 알리는 글이다.
* 신상례(申相禮): 신벌(申橃, 1523~1616). 오희문의 사위인 신응구의 아버지이다. 안산 군수, 세자익위사 사어 등을 지냈다.

을 터인데, 적병이 만일 공산(公山, 공주)에 이르렀다면 직로(直路)를 따라올 수 없을 것이다. 더욱 몹시 걱정스럽다.

또 들으니, 전주 부윤(全州府尹)이 성을 지킬 계획을 세우지 못하고 용성(龍城, 남원)이 함락되었다는 소식을 듣고는 군량과 병장기에 모두 불을 지르고 달아났기 때문에 적이 이로 인해 몰려들어 왔다고 한다. 그러나 아직 사실인지는 알 수가 없다. 전라도가 이미 적의 소굴이 되었으니, 영암(靈巖) 임매(林妹)*의 가족은 어느 곳을 떠도는지 모르겠다.

또 들으니, 적이 바닷길을 따라 돌아온다고 한다. 그렇다면 배를 타고 바다로 나가려는 계획도 허사이다. 더욱 몹시 걱정스럽다.

◎ ― 8월 29일

관아의 사내종 세만이 현으로 돌아가기에 편지를 써서 보냈다. 그가 어제 생원(오윤해) 일가를 모시고 왔다.

어살을 쳐서 잡은 크고 작은 민물고기가 도합 170여 마리이다. 어제 비가 내려서 많이 잡힌 것이다. 아침에 탕을 끓여서 함께 먹었다. 오후에 음산한 바람이 서쪽에서 불어오고 검은 구름이 하늘에 가득하더니 천둥이 크게 치고 우박이 내리다가 잠시 뒤에 그쳤다.

인아의 처는 산후에 몸이 자못 불편하고 입맛이 없어서 많이 먹지 못하니 걱정스럽다. 궁귀탕을 한 번 먹이고 또 달여서 먹였다. 오늘은 딸을 낳은 지 3일째여서 몸을 씻기고 옷을 지어 입혔다. 오늘 비로소

....

* 임매(林妹): 오희문의 여동생. 임극신(林克愼)의 부인이다. 임극신 부부는 당시 영암군의 구림촌에 거주하고 있었다.

충아와 의녀(義女)가 여기에 왔다. 오래전부터 보고 싶어 하다가 이제 서로 만나 보니, 온 집안이 기쁘고 위로됨을 어찌 다 말하겠는가.

황해도의 소식을 전혀 들을 수가 없으니, 피차에 서로 그리워하는 마음을 어찌 헤아릴 수 있겠는가. 윤함이 만일 적의 소식을 들었다면 이 때문에 몹시 걱정할 것이고, 나도 적이 바닷길로 돌아온다는 말을 들은 뒤로 더욱 걱정이 된다. 윤함의 집이 바닷가에서 멀지 않은 곳에 있기 때문이다.

윤함이 비록 그 처가에 있어서 조석의 끼니 걱정은 없다고 하더라도, 자신의 사내종과 말이 따로 없어서 출입할 때 오직 그 처가의 사내종과 말에 의지하기 때문에 급하고 어려운 일이 있어도 임의로 부리지 못한다. 그래서 지금까지 사람을 보내서 문안하지 못하는 것이다. 우리 집에도 다만 덕노 한 사람이 있을 뿐인데, 부릴 곳이 너무 많아서 초여름 이후로 매번 보내려다가 끝내 보내지 못했다. 이제 또 적병이 다시 일어났으니, 다시 서로 만나지 못하고 흩어질 것이다. 이러한 상황에서 피차 걱정스럽고 절박한 심정은 말하지 않아도 알 것이다. 한탄한들 무엇하겠는가.

만일 적이 바닷길을 따라온다면 연해 지방이 반드시 해를 당할 것이다. 윤함의 처가는 아마 배를 타고 피난하지 않고 장차 평안도로 들어가거나 아니면 반드시 강원도 근처로 피난을 올 것이다. 만일 그렇게 되면 형세상 서로 만날 수 있을 것이다. 오직 윤함만은 함께 있지 않아서 매번 난리를 만나면 이렇게 서로 생각하게 되니, 참으로 한탄스럽다. 언신이 복숭아 1쟁반을 가져왔다.

◎ — 8월 30일

아침 식사 뒤에 민시중이 와서 하는 말이, 하류의 웅덩이에 물고기 떼가 다 모여 있으니 만일 그물을 치면 많이 잡을 것이라고 했다. 즉시 두 아이와 함께 그물을 가지고 걸어가서 그물 2개를 물길에다 가로로 치고 1개로 넓은 바위를 에워싸고서 장대로 돌을 흔들었더니, 숨어 있던 크고 작은 물고기들이 그물에 걸려 퍼덕거리는데 도망가는 놈도 있고 또 쳐 놓은 그물에 걸리는 놈도 있었다. 잡은 물고기가 크고 작은 것 도합 3백여 마리였다.

고기잡이를 마치고 돌아올 때 냇가를 돌면서 구경하니, 찬물이 맑고 깨끗하여 비록 깊은 못 속이라도 바닥까지 볼 수가 있고 곳곳의 단풍 숲은 붉게 물들어 감상할 만했다. 앉았다 걷다 하면서 저물어서야 집에 도착했다. 바로 큰놈 120여 마리를 골라서 둘째 딸에게 회를 뜨게 하여 나누어 먹고 또 추로주 한 잔을 마셨다. 오랜만에 먹으니 매우 맛이 있었다. 더구나 생원(오윤해)의 온 식구가 마침 와서 함께 먹으니 더욱 기쁘고 위로가 되었다. 남은 물고기는 저녁 식사 때 탕을 끓여 함께 먹었다. 민시중을 불러서 남은 회를 대접하고 소주 한 잔을 주었다. 함께 고기를 잡았기 때문이다.

오늘 어살을 친 곳에서는 물고기를 1마리도 잡지 못했다. 어제저녁에 비가 올 기미가 있기에 아마 많이 잡혔으리라고 생각했는데 1마리도 잡지 못했으니, 틀림없이 누가 먼저 훔쳐 간 것이다. 달리 의심스러운 사람은 없다. 하지만 이 어살은 지난봄에 박막동이란 자가 만들어서 물고기를 많이 잡았는데 이제 나에게 빼앗겼으므로, 아마 한을 품고 훔쳐 간 듯하다. 그 아들이 군역을 피해 안협 땅에 살다가 지금 군사를 뽑기 때문에 이를 피해서 그 아비의 집에 와 있는데, 성질이 몹시 불순하다고 들었다. 혹 이 사람의 소행이 아닐지 모르겠다. 그러나 아직 현장을 잡지 못했으니, 드러내어 말해서 허물할 수는 없는 일이다. 춘금이에게 밤에 어살을 친 근처에 숨어서 엿보게 하면 아마 그 진실을 알아낼 수가 있겠지만, 홑적삼과 홑치마만 입고 서리 내리는 밤에 찬 기운을 쐰다면 반드시 견디지 못할 것이다. 이 때문에 차마 억지로 보내지 못했다. 막동의 집이 어살을 친 여울 근처에 있기 때문에 사람들도 자못 그를 의심했다.

저녁에 현의 호장 전운룡이 황촌 학전을 감독해서 거둔 곡식을 실어 왔다. 반직(半稷)*이 평섬으로 4섬 9말인데, 그중에 4말은 종자로 주는 것이라고 한다.

연일 비가 내려 메밀을 다 타작하지 못하고 밭두둑에 쌓아 두었는데, 만일 이것을 다 타작하면 또한 1섬의 곡식을 거둘 수 있다고 한다. 조를 섞어 심고 함께 거두었기 때문에 이곳 사람들은 반직(半稷)이라고 부른다. 평강(오윤겸)이 현에 있을 때 우리 일가가 수확해 쓰도록 했는데, 집에 감독하여 수확할 사람이 없어서 호장에게 와서 보게 한 것이다. 호장에게 회를 대접하고 또 큰 잔으로 술 두 잔을 주었으며, 곡식을 실어 들인 사람에게도 역시 술을 대접해 보냈다.

오늘 물고기를 잡은 그물은 생원(오윤해)이 가지고 온 것인데, 한 코도 찢어진 곳이 없기 때문에 그물에 닿기만 하면 걸려서 1마리도 빠

....
* 반직(半稷): 기장과 조를 섞어 심고 함께 가꾼 기장과 조를 말한다. 평강 사람들이 이렇게 부른다.

져나가지 못했다. 근래에 만일 이 그물을 쳤다면 민물고기를 -원문 빠짐- 잡았을 것이다. 내 그물은 다 찢어져서 더 이상 쓸 수가 없다.

김언신을 시켜 호미를 가져다가 대장장이에게 -원문 빠짐- 낫 2자루를 만들게 했다. 이 고을의 대장장이는 안협 땅으로 이사했는데, 여기에서 멀지 않다. 날이 저물었기 때문에 미처 낫을 주조하지 못하고 호미 1자루를 도로 가지고 왔다.

이 책은 2월 초부터 쓰기 시작해서 7개월 만에 끝이 났는데, 종이가 바닥났기 때문이다. 여기에 만일 다른 종이를 더한다면 반드시 책이 두꺼워져서 맞지 않을 것이기에, 비록 해가 끝나지 않았지만 여기에서 그친다.

경술년(庚戌年) 가을 별시, 10월 20일 전시에 윤해가 책문(策文)에서 삼하(三下)로 방에 붙었으니 일문(一門)의 경사가 어떠하겠는가. 집이 가난해서 형편상 경연(慶筵)을 베풀 수 없건만, 제 형이 나를 위하여 여러 곳에서 빌어다가 경연을 마련했다. 11월 초사흘에 창방한 뒤에 3일 만에 종묘동(宗廟洞) 정천안(鄭天安)의 집에서 잔치를 벌였다. 내외 빈객이 모두 모이고 기생과 재인(才人)들이 각각 재주를 발휘하여 밤중에 파했다. 형제가 과거에 급제했으니, 우리 가문이 이로부터 일어날 것이리라. 그 기쁘고 경사스러움을 어찌 다 말로 할 수 있으랴.

외빈(外賓)은 연흥부원군(延興府院君) 김제남(金悌男),* 이상(二相) 박

....
*   김제남(金悌男): 1562~1613. 둘째 딸이 선조의 계비 인목왕후(仁穆王后)가 되어 연흥부원군 (延興府院君)에 봉해졌다.

홍구(朴弘耉),* 이조판서(吏曹判書) 이정귀(李廷龜),* 경기 감사(京畿監司) 윤방(尹昉),* 동지(同知) 구의강(具義剛),* 우윤(右尹) 여유길(呂裕吉),* 승지(承旨) 류경종(柳慶宗),* 사복정(司僕正) 안창(安昶),* 전 집의(執義) 김지남과 우리 부자였고, 사관(四館)은 최정운, 윤민헌(尹民獻),* 최정원(崔廷元)이었다.

내청에는 남첨지댁, 이장수[李長水, 이빈(李薲)]댁, 임참봉[任參奉, 임면(任免)]*댁, 동래(東萊)의 처 및 첩, 윤해의 양모(養母) 및 처, 지금 비로소 시부모를 뵈러 온 충립(忠立)의 처, 심서방(沈書房)댁, 최정운의 처, 최정자(崔正字)의 처 및 첩이었다. 구경하는 자들이 담장처럼 늘어섰는데, 집이 좁아서 많은 사람을 수용하지 못하니 안타까웠다.

책문의 글은 아래와 같다.

왕은 말한다. 예부터 군사를 써서 적을 막는 방법에는 두 가지가 있으니, 싸우는 것과 지키는 것에 불과하다. 역사서를 상고해 보건대, 그 승부

....
* 박홍구(朴弘耉): 1552~1624. 원래 이름은 박홍로(朴弘老)였는데, 박홍구로 바꾸었다. 암행어사, 전라 조도어사 등을 지냈다.
* 이정귀(李廷龜): 1564~1635. 이조판서, 좌의정 등을 지냈다.
* 윤방(尹昉): 1563~1640. 경기 감사, 형조판서, 영의정 등을 지냈다.
* 구의강(具義剛): 1559~1612. 호조참판, 대사간, 대사성 등을 지냈다.
* 여유길(呂裕吉): 1558~1619. 통정대부, 병조참판, 남양 부사 등을 지냈다.
* 류경종(柳慶宗): 1565~1623. 동부승지, 황해도 감사, 대사헌 등을 지냈다.
* 안창(安昶): 1552~?. 남양 부사, 상의원정, 종부시정 등을 지냈다.
* 윤민헌(尹民獻): 1562~1628. 1599년 사마시에 입격하여 선공감역에 임명되었으나 나아가지 않았다.
* 임참봉[任參奉, 임면(任免)]: 1554~1594. 오희문과는 동서이다. 오희문의 장인인 이정수의 막내 사위이다.

와 성패는 혹 군사가 많고 적은 것이나 강하고 약한 형세에 관계되지 않는다. 전단(田單)은 즉묵(卽墨)의 쇠잔한 군사를 가지고도 제(齊)나라 70개의 성을 수복했고,* 광무제(光武帝)는 오합지졸 수천 명을 가지고 심읍(尋邑)의 백만 무리를 격파했다.* 제갈량(諸葛亮)은 의리를 내세워 군사를 냈다가 진창(陳倉)에서 후퇴했고,* 당 태종(唐太宗)은 위엄이 사방 오랑캐 땅에 진동했으나 안시(安市)에서 승리하지 못했다.* 그 승패가 동일하지 않은 것은 어째서인가.

부견(符堅)은 비수(肥水)를 건너다가 대군이 스스로 무너졌고,* 장순(張

....

* 전단(田單)은……수복했고: 전단은 전국시대 제(齊)나라 사람이다. 민왕(湣王) 때 연(燕)나라의 악의(樂毅)가 제나라를 침공하여 거(莒)나라와 즉묵성(卽墨城)을 제외한 모든 성을 함락시켰다. 얼마 뒤 연나라 소왕(昭王)이 죽고 혜왕(惠王)이 즉위했는데, 악의와 혜왕의 사이가 벌어졌다. 전단이 첩자를 풀어 연나라에 유언비어를 퍼뜨려서 혜왕과 악의의 관계를 끝장내니, 악의가 조(趙)나라로 갔다. 전단은 그 틈을 타 연나라 군대를 물리치고 제나라의 70여 성을 모두 수복했다.《사기(史記)》권82〈전단열전(田單列傳)〉.

* 광무제(光武帝)는……격파했다: 심읍(尋邑)은 신(新)나라를 세운 왕망(王莽)의 신하인 왕심(王尋)과 왕읍(王邑)을 말한다. 후한(後漢)의 광무제가 군사를 거느리고 곤양(昆陽)을 공격하여 점령하자, 왕심과 왕읍이 대군을 이끌고 곤양을 포위했다. 이에 광무제가 병사 수천을 거느리고서 왕심과 왕읍의 군대를 공격하니, 왕심은 전장에서 죽고 왕읍은 달아났다.《후한서(後漢書)》권1〈광무제기(光武帝紀)〉.

* 제갈량(諸葛亮)은……후퇴했고: 제갈량은 삼국시대 촉(蜀)나라의 재상이다. 소열제(昭烈帝) 유비가 죽은 뒤에 소열제의 아들인 유선을 도와 한(漢) 왕조의 부흥에 힘썼다. 그것의 일환으로 촉나라 내부를 안정화한 다음에 북벌을 감행했다. 제갈량은 생전에 여섯 차례 북벌을 시도했는데, 2차 북벌 때는 장안(長安)으로 가는 길목인 진창성(陳倉城)으로 쳐들어갔으나 성을 지키고 있던 학소(郝昭)의 견고한 수비에 막혀서 도로 퇴각했다.《삼국지》권6〈제갈량전(諸葛亮傳)〉.

* 당 태종(唐太宗)은……못했다: 안시성은 당나라와 고구려의 국경 사이에 있던 요충지로, 지금의 요녕성 해령시 영성자산성이다. 당 태종이 즉위하고 나서 고구려에서 군사정변을 일으킨 연개소문(淵蓋蘇文)과 외교적으로 대립한 끝에 군사를 일으켜 고구려와 전쟁을 벌였다. 당 태종은 요동성과 백암성 등을 무너뜨린 뒤에 안시성을 포위하여 약 90일 동안 공방전을 벌였으나 결국엔 성을 함락하지 못하고 철수했다.《삼국사기(三國史記)》권21〈고구려본기(高句麗本紀)〉.

巡)은 휴양(睢陽)을 지켜 강회(江淮)가 온전해졌다.* 악비(岳飛)는 언성(郾城)에서 이겨서 편사(偏師)로 승세를 탔고,* 여문환(呂文煥)은 양양(襄陽)을 잃어 원(元)나라 군사가 길게 몰려왔으니,* 그 군사를 진군시키고 방어한 것의 득실을 두루 지적하여 자세히 말할 수 있는가.

우리나라는 전조(前朝) 이래로 누차 병란이 있었으나, 강감찬(姜邯贊)이 거란(契丹)을 격파하고,* 정세운(鄭世雲)이 홍건적(弘巾賊)을 섬멸했으며,* 박서(朴犀)가 구성(龜城)의 성문을 열어 놓고 지키자 몽고 장수가 탄

....

* 부견(符堅)은……무너졌고: 부견은 5호16국 시대 전진(前秦)의 제3대 왕이다. 부견이 군사를 일으켜서 동진(東晉)을 침공했는데, 동진에서는 사안(謝安)을 대도독으로 임명해 비수(肥水)에서 부견의 대군을 물리쳤다.《진서(晋書)》권114〈부견전기(符堅載記)〉.

* 장순(張巡)은……온전해졌다: 장순은 당나라의 장수이다. 안녹산(安祿山)의 난이 일어났을 때 장순은 허원(許遠)과 함께 장강과 회수 지역의 요충지인 수양성을 수비하여 안녹산의 부하인 윤자기(尹子奇)의 10만 대군에 맞서 지켰다. 그러나 포위된 지 몇 달이 지나 양식이 떨어지고 구원병도 없어서 결국 성이 함락되자 순절했다.《구당서(舊唐書)》권187〈충의열전(忠義列傳)〉.

* 악비(岳飛)는……탔고: 악비는 남송(南宋)의 명장이다. 금(金)나라가 대군을 일으켜서 남송을 침공하자, 악비가 언성에서 금나라의 오주(烏珠)를 격파하고 주선진(朱仙鎭)까지 추격하다가 진회(秦檜)의 계략으로 인해 회군했다.《송사기사본말(宋史紀事本末)》권16〈악비규복중원(岳飛規復中原)〉.

* 여문환(呂文煥)은……왔으니: 여문환은 남송의 장수이다. 원(元)나라가 대군을 일으켜서 양양(襄陽)을 포위했는데, 남송 조정에서 구원병을 보내 주지 않아서 여문환은 고군분투한 끝에 결국 양양성을 원나라에 바치고 항복했다.《송사기사본말》권27〈몽고함양양(蒙古陷襄陽)〉.

* 강감찬(姜邯贊)이……격파하고: 강감찬은 고려 현종(顯宗) 때의 명장이다. 당시 고려는 북방을 통일하고 송(宋)나라와 대립하고 있던 거란과 세 차례 전쟁을 벌였다. 1차와 2차 전쟁 때는 각각 서희(徐熙)의 담판과 양규(楊規)의 분전으로 거란의 침공을 막아냈고, 3차 전쟁 때는 강감찬이 구주성에서 소배압(蕭排押)의 대군을 물리쳤다.《고려사(高麗史)》권94〈강감찬열전(姜邯贊列傳)〉.

* 정세운(鄭世云)이……섬멸했으며: 정세운은 고려 공민왕(恭愍王) 때의 무장이다. 당시에는 원나라가 혼란기에 접어들어서 홍건적이 기승을 부리고 있었다. 홍건적이 1361년에 10만의 무리로 고려에 침입하여 개경까지 함락시키자 공민왕은 남쪽으로 피난을 갔다. 그 후에 20여만의 군사를 모으고 정세운을 총관으로 삼아 홍건적을 공격하여 몰아냈다.《고려사》권

식했고,* 송문주(宋文胄)가 죽주(竹州)를 지켜 유민(遺民)들이 온전히 살았으니,* 그 당시 군사가 많고 군량이 넉넉해서 그렇게 된 것인가.

나는 덕이 없으면서 큰 사업을 이어받았는데, 이 변란을 당하여 완전히 무너져 밤낮으로 원통함을 머금고 힘을 모아 정비함으로써 이 적을 토벌하려고 했으나 쇠약한 것을 떨쳐 일으킬 수 없어 날로 위급한 상황으로 나아갔다. 싸우려고 하면 군사가 적고 지키려고 하면 양식이 없으니, 계책만 수고로울 뿐 하나도 뜻대로 되는 것이 없어 구제할 방법을 알지 못하겠다. 장수를 뽑으면서 재능이 없는 자를 뽑아서인가. 군대를 다스리면서 적절하지 못했기 때문인가. 재화를 생산하는 것이 그 법도를 어긴 것인가. 백성을 보호하는 것이 그 방도에 어긋난 것인가.

만일 간성(干城)의 인재가 등용되고 군정(軍政)이 밝게 닦아지며 군량이 넉넉하고 인심이 뭉쳐지게 하여 싸우고 지키는 데에 쓰면 여의치 않은 것이 없다. 원수를 갚고 적을 섬멸할 나의 뜻을 이루려 한다면, 그 방도는 무엇이며 그 근본으로 과연 무엇을 먼저 해야 하는가. 그대 제생(諸生) 가운데는 반드시 고금의 일을 헤아리고 시무(時務)에 통달한 자가 있을 것

....

113 〈정세운열전(鄭世雲列傳)〉.

* 박서(朴犀)가……탄식했고: 박서는 고려 중기의 명장이다. 제1차 여원(麗元) 전쟁 때 구주성을 끝까지 지켜 냈다. 1231년에 몽고 원수인 살리타이[撒禮塔]가 철주를 쳐부순 뒤에 구주성으로 진군하여 포위하고는 30일간 공격했으나 박서가 잘 대응하여 몽고군이 결국 퇴각했다. 몽고군이 구주성을 포위했을 때, 그들 장수 중에 나이가 70에 가까운 사람이 있었다. 그 사람이 성 아래까지 와서 성과 병장기들을 살펴보고는 "내가 성인이 되어 종군하고부터 천하의 성지에서 싸우는 모습을 두루 봐 왔지만 이렇게 공격당하고서도 끝내 항복하지 않는 경우는 본 적이 없었다. 성안의 장수들은 훗날 분명 모두 장상(將相)이 될 것이다[吾結髮從軍 歷觀天下城池攻戰之狀 未嘗見被攻如此而終不降者 城中諸將 他日必皆爲將相]."라고 했다. 《고려사》 권103 〈박서부송문주열전(朴犀附宋文胄列傳)〉.

* 송문주(宋文胄)가……살았으니: 송문주는 제1차 여원 전쟁 때 구주성 전투에서 활약했다. 제3차 여원 전쟁 때 몽고군이 죽주성으로 쳐들어와서 항복을 권유하자 성에서 군사를 내보내 쫓아냈다. 몽고군이 다시 쳐들어와서 온갖 방법으로 공략했지만 끝내 함락시키지 못하자 결국 철수했다. 《고려사》 권103 〈박서부송문주열전〉.

이니, 각각 마음을 다하여 대답하라. 내 장차 친히 보리라.

전시 독권관(讀卷官) 이산해(李山海) 이덕형(李德馨) 신점(申點)

　　　대독관(對讀官) 이해수(李海壽) 심우승(沈友勝) 정수세(鄭綏世)

　　　송순(宋淳)

　　　승지 우준민(禹俊民)

강경 입문(入門) 유생(儒生) 201명

별시 무과(別試武科) 470여 명

알성 무과(謁聖武科) 1073명

북병 정시(北兵庭試) 60여 명

정유년 3월 17일 출방(出榜)

　　　갑과(甲科) 1인

생원(生員)　조수인(趙守寅) 부(父) 정기(廷機)

　　　을과(乙科) 5인

찰방(察訪)　조중립(趙中立) 부 진(進)

유학(幼學)　윤서(尹曙) 부 민신(民新)

봉사(奉事)　허적(許禰) 부 방(昉)

유학　　　이필영(李必榮) 부 사수(士修)

진사　　　임수정(任守正) 부 국로(國老)

　　　병과(丙科) 13인

현감　　　오윤겸(吳允謙) 부

생원　　　류혁(柳渙) 부 몽표(夢彪)

생원　　　정홍익(鄭弘翼) 부 사신(思愼)

유학　　　신감(申鑑) 부 광서(光緖)

직장(直長)　송석경(宋錫慶) 부 흥조(興祚)

참봉　원호지(元虎智) 부 계성(繼誠)

현감　류희분(柳希奮) 부 자신(自新)

유학　민기(閔機) 부 여건(汝健)

유학　양몽열(梁夢說) 부 국걸(國傑)

현감　김제전(金悌田) 부 희(禧)

유학　박엽(朴燁) 부 동호(東豪)

　　　이구징(李久澄) 부 선(銑)

　　　양경우(梁慶遇) 부 대박(大樸)

—한 장이 없어졌음—

입을 달게 하는 음식이 많으면 모름지기 병이 생기고, 마음을 기쁘게 하는 일이 지나치면 반드시 재앙이 된다네[爽口物多須作疾, 快心事過必爲殃].

◎ — 정유년 4월 1일

문신(文臣) 중시(重試) 서제(書題)

"한(漢)나라 승상 제갈량이 스스로 못난 자질이라 여겨 충간(忠諫)하는 길을 막아 버리지 말기를 청한 표문(表文)*을 모방하다."

문에 들어온 응시생이 71인이고 답안을 완성한 자가 33인이었는데, 다만 5인을 뽑았다. 허균(許筠)이 장원, 이흘(李屹)이 그다음, 김덕겸

....

* 한(漢)나라……표문(表文): 제갈량이 제1차 북벌에 앞서서 후주(유선)에게 올린 〈출사표(出師表)〉를 말한다. 여기서 제갈량은 "진실로 널리 귀를 기울여서 선제가 남기신 덕을 빛내고 뜻이 있는 인재들의 기백을 넓혀야 하지, 함부로 자신을 못났다고 여겨 인용과 비유를 도리에 어긋나게 하여 충언과 간언하는 길을 막아서는 안 됩니다[誠宜開張聖聽 以光先帝遺德 恢弘志士之氣 不宜妄自菲薄 引喻失義 以塞忠諫之路也]."라고 했다.

(金德謙)과 차천로(車天輅)가 또 그다음이었고, 서천 군수(舒川郡守) 한술(韓述)도 참여했는데 이미 자급(資級)이 찼기 때문에 이번에 당상(堂上)에 올랐다고 한다.

◎ ─ 4월 8일

알성시(謁聖試) 서제

"한나라 정원후(定遠侯) 반초(班超)가 부름을 받아 경사(京師)로 돌아온 것에 감사한 표문*을 모방하다."

문에 들어온 응시생이 2천여 명이다.

　　　갑과 1인
유학　　　윤계선(尹繼先) 부 희정(希定)
　　　을과 1인
유학　　　윤황(尹煌) 부 세창(世昌)
　　　병과 6인
도　　　강홍립(姜弘立) 부 신(紳)
유학　　　이여하(李汝賀) 부
　　　권진(權縉) 부 진(進)
진사　　　임현(林睍) 부 극순(克恂)
　　　이유연(李幼淵) 부 수중(壽中)
　　　김치(金緻) 부 현(晛)

....

* 한나라……표문: 반초(班超)가 서역에 오래 있는 동안 고향 생각이 나서 "신은 감히 주천군에 이르기를 원하는 것이 아니라, 그저 살아서 옥문관에 들어가기를 원합니다[臣不敢望到酒泉郡 但願生入玉門關]."라는 상소를 올린 적이 있는데, 그 상소를 말하는 것으로 보인다.

임현은 경흠(景欽)의 조카이니 몹시 기쁨을 어찌 다 말하랴. 윤해도 거의 급제할 뻔했으나 먼저 비봉(批封)을 떼어 보았기 때문에 급제하지 못했고, 이유연과 임현 두 사람은 비봉을 뜯지 않았기 때문에 글의 수준을 따지지 않아 뽑혔다고 한다. 하늘의 뜻이니 어찌하겠는가.

◎ ― 4월 4일

북도(北道)의 정병으로 한양에 온 자를 뽑을 때 문과 정시에서 유생들을 아울러 뽑았는데, 문에 들어온 응시생이 1,978명이었다고 한다.

서제는 "당(唐)나라 동천절도부사(東川節度副使) 고숭문(高崇文)이 하사한 것을 마다하고 촉(蜀) 지방의 제군(諸軍)을 정벌하기를 호소한 표문*을 모방하다."이고, 시간은 사시(巳時, 9~11시)가 기한이었다.

    갑과 1인
생원   이호의(李好義) 부 천경(天擎)
    을과 3인
진사   윤선(尹暄) 부 두수(斗壽)
유학   유석증(兪昔曾) 부 대록(大祿)
            이민성(李民成) 부 상준(尙俊)
    병과 5인
유학   이지완(李志完) 부 상의(尙毅)
            홍명원(洪命元) 부 영필(永弼)
사과(司果)   이정면(李廷㐵) 부 민각(民覺)

....

*   당(唐)나라……표문(表文):《당서(唐書)》〈고숭문열전(高崇文列傳)〉에는 이 표문이 보이지 않는다.

생원	류숙(柳潚) 부 몽표(夢彪)
진사	소광진(蘇光震) 부 성민(誠民)

전날 별시에 류혁이 급제했고 이번 정시에 류숙도 급제하여 류몽표(柳夢彪)의 두 아들이 양시(兩試)에 모두 뽑혔으니, 집안의 경사가 어떠하겠는가. 홍명원은 곧 윤함의 친구로 한동네에 살았고 그 조부는 곧 나와 친한 친구이니, 그 기쁨이 더욱 지극하다.

이정면의 표문에는 장자(莊子)의 말을 썼기 때문에 임금이 삭출(削黜)하라고 했는데 대신들이 의논하여 도로 합격시켰다고 하니, 위태로울 뻔했다. 장자와 노자(老子)의 말이 비록 허황하다고는 하지만 모두 우언(寓言)으로 곧 문장의 비조(鼻祖)이다. 예부터 문인과 시객(詩客) 치고 그 누가 표절해 써서 법도를 취하려 하지 않았겠는가.

송(宋)나라 고종(高宗)이 잠저(潛邸)에 있을 때 도인(道人) 서신옹(徐神翁)을 만나서 몹시 예우하고 공경했다. 서신옹이 작별할 때 시를 지어 바치기를, "모려탄(牡礪灘) 가에 배 한 척 정박하여 석양 무렵에 조수 오기를 기다리네. 그대와 함께 올라가 놀 약속 저버리지 않고 금오(金鰲)의 등 위에 함께 올라가리라[牡礪灘頭一艇橫 夕陽西去待潮生 與君不負登臨約 回上金鰲背上行]."라고 했는데, 당시에는 이 시의 뜻이 무엇인지 몰랐다.

뒤에 고종이 금(金)나라 오랑캐의 난을 피하여 바다로 도피하려고 했다. 어느 날 안진각(安鎭閣)의 여울가에서 만조(晚潮)가 더디 오므로 뱃사람에게 묻기를, "여기가 무슨 여울이냐?"라고 하니, 대답하기를 "모려탄입니다."라고 했다. 멀리 구름과 나무 사이에 누각 하나가 높다

랗게 서 있는 것을 보고 거주하는 사람에게 묻기를, "이것이 무슨 누각이냐?"라고 하니, 대답하기를, "금오각(金鰲閣)입니다."라고 했다. 고종이 이 말을 듣고 올라가 보니 서신옹이 예전에 바친 시가 벽 사이에 큰 글씨로 쓰여 있는데, 먹 흔적이 새것 같았다.[*]

이 일을 보면, 인생이 한 번 나가고 한 번 그치는 것은 화복(禍福), 득실(得失)과 함께 본래 정해진 운수가 있는 것이니, 어찌 우연이겠는가. 그런데 온 세상 사람이 이것을 모르고 애써 일을 경영하여 마음이 피로해지고 날로 졸렬해져서 조물주가 암암리에 일을 이처럼 처리하는 것을 알지 못한다.

김린, 김애일, 허충, 김명세

—한 장이 없어졌음—

낙학가(樂學歌) 왕심재(王心齋)[*]

사람의 마음은 본래 스스로 즐거운 것인데, 스스로 사사로운 욕심 때문에 결박되네.

욕심과 사사로운 마음이 한 번 싹틀 때, 양지(良知)가 도로 스스로 깨닫네.

한 번 깨달으면 문득 사라져, 사람의 마음 예전처럼 즐거워지네.

....

[*] 송(宋)나라……같았다: 원나라의 도종의(陶宗儀)가 지은 《철경록(輟耕錄)》 권7 〈금오산(金鰲山)〉에 이 내용이 보인다.

[*] 왕심재(王心齋): 명나라 때의 학자 왕간(王艮, 1483~1541)이다. 호는 심재(心齋)이다. 왕양명(王陽明)의 제자로 일반 백성을 대상으로 학문을 강의하던 태주학파(太州學派)를 이끌었다.

즐거움은 이 배움을 즐기는 것이고, 배움은 곧 이 즐거움을 배우는 것일세.

즐거워하지 않는 것은 배우는 것이 아니요, 배우지 않는 것은 즐거움이 아닐세.

즐거운 뒤에 비로소 배우고, 배운 뒤에 비로소 즐거워지네.

즐거움이 곧 배우는 것이요, 배우는 것이 곧 즐거운 것일세.

아아! 천하의 즐거움이 이 배우는 것과 견주어 어떠하며, 천하의 배움이 이 즐거움과 견주어 어떠한가.

황해도 해주 월곡면(月谷面) 상림대동(桑林大洞)에 사는 13대손 오문환(吳文煥)이 베껴 쓴 뒤 책 등에 붙였다.

—원표지(原表紙) 표면(表面)—

정유년 2월에 시작했다. 정월은 상권(上卷)에 있다.

푸른 풀 호숫가의 옛 언덕에	靑草湖邊一故丘
천 년 동안 뼈는 묻었으나 부끄러움 묻지 못했네	千年埋骨不埋羞
간곡히 인간 세상의 아낙네들에게 부탁하노니	丁寧囑付人間婦
예부터 조강지처란 끝까지 함께해야 한다네	自古糟糠合到頭

"묘를 부끄러워하다[羞墓]"는 주매신(朱買臣)에 대한 시로,* 방효유
(方孝孺)*가 읊었다.

파리가 날아 봤자 천 걸음에 불과하지만, 스스로 천리마의 꼬리에
붙으면 능히 천 리 길도 간다. 그러나 천리마에게 해로울 것은 없고 파
리로 하여금 편안하게 한다.

....

* 묘를……시로: 한무제(漢武帝) 때 승상장사(丞相長史)을 지낸 주매신(朱買臣)은 젊어서 매우
가난하여 끼니도 잇지 못했지만 독서를 좋아하여 집안일을 거의 돌보지 않았다. 아내가 가
장 노릇을 다하지 못하는 남편의 처사에 이혼을 요구했다. 그러자 주매신이 아내를 달래면
서 머지않아 충분히 보상해 주겠으니 조금만 더 참고 마음을 돌이키라고 했지만 아내는 콧
방귀도 뀌지 않고 떠나갔다. 그런데 얼마 후 주매신이 회계(會稽)의 태수(太守)가 되었다. 주
매신의 부임 행렬을 보기 위해 사람들이 몰려들었는데, 그 가운데 그의 아내도 있었다. 아내
는 행렬 앞으로 다가가 자신의 죄를 용서해 달라고 애원했는데, 주매신은 물을 1그릇 떠오
게 한 뒤 땅에 엎으면서 "엎지른 물은 다시 담을 수 없네[覆水難收]."라고 했다. 결국 그의 아
내는 목을 매 자살했다.
* 방효유(方孝孺): 1357~1402. 명나라 초기의 학자이다. 영락제(永樂帝)가 건문제(建文帝)를
내몰고 황제가 되어 즉위의 조서를 기초하도록 시켰으나 이를 거절하여 처형당했다.

—원표지 이면(裏面)—

이보다 먼저 어사(御史) 유대(劉臺)가 요동을 안찰(按察)할 때 소(疏)를 올려 -원문 빠짐- 바로 그 예봉(銳鋒)을 범해서 거의 옥에 끌려가게 되었다. -원문 빠짐- 그 뒤에 아비의 부음을 듣고 상(喪)에 달려가지 않았으므로 오(吳), 조(趙) 두 공이 연이어 상소하여 공격을 당했다.

만력(萬曆) 정축년(丁丑年, 1577) 10월 초하루에 편수(編修) 오중행(吳中行)과 검토(檢討) 조용현(趙用賢)이 상소하여 사상(師相) 장거정(張居正)이 상에 달려가지 않은 죄를 말했고, 원외랑(員外郞) 예목(艾穆)과 주사(主事) 심사효(沈思孝) 또한 함께 소를 올렸으며, 진사 추원표(鄒元標)도 상소하여 장거정의 간악함을 극력 공격했다. 이로 인해서 모두 장형(杖刑)을 받고 유배되었다.

오, 조 두 한림(翰林)의 소가 올라와 대명(待命)할 때 양가의 자제들이 관왕묘(關王廟)로 달려들어가 아비를 위하여 목숨을 빌고 예언을 얻었다고 한다.

일생의 심사를 누구에게 말하랴   一生心事向誰論
십팔탄 가에서 그대에게 말해 주리라   十八灘頭說與君
세상일은 다 흐르는 물 따라 가 버리니   世事盡從流水去
공명과 부귀는 뜬구름과 같도다   功名富貴等浮雲

이상은 오편수(吳編修)의 시이다.

3천 가지 법률 8천 글자의 글   三千法律八千文

이 일을 어떻게 그대에게 말하랴   此事如何說與君

선과 악 모두 그대가 초래한 것이니   善惡兩含君自作

일생의 화복이 이 속에서 나누어지리라   一生禍福此中分

이상은 조검토(趙檢討)의 시이다.

기유년(己酉年) 9월 초하루 길일에 12대손 오문□(吳文□) 성희(聖
熙)가 붙이다.

5백 리 먼 길에 몸소 지고 오셨군요. 똑같은 자손이건만 노고를 마다하지 않으시니, 어찌 선조를 사모하는 정성 때문이 아니겠습니까. 편지를 받아 보니, 꼭 의정공(議政公)을 모시고 있는 듯하여 감동의 눈물이 넘쳐납니다. 베낄 때 부디 종이를 훼손하지 마십시오.

이처럼 무더운 날씨에 부모님을 모시고 잘 지내는지요. 그리운 마음을 어찌 말로 다 하겠습니까. 저는 여러분들 덕분에 모친을 모시면서 잘 지내고 있습니다. 그러나 여기저기 떠돌다가 지난봄 평강 서촌(西村)에 -원문 빠짐- 그대가 사는 고을과 멀지 않아 한번 찾아가 회포를 풀고 싶지만 더위가 극성이라 나설 수가 없습니다. 가을을 기약하겠습니다. 이곳은 난리가 난 뒤로 종가(宗家)의 후손들이 유락(流落)하여 -원문 빠짐-

9월 작은달 -12일 상강(霜降), 27일 입동(초冬) -

◎ ─ 9월 1일

인아의 처가 해산한 뒤로 아직 일어나 앉지 못하고 몹시 기운이 없으며 식사량도 처음보다 더 줄어 걱정스럽다. 젖먹이도 치분(齒糞)*이 자꾸 생겨서 울기만 하고 젖을 먹지 못한다. 하루에 두 차례 치분을 긁

....

* 치분(齒糞): 아이의 잇몸 주변에 생기는 좁쌀처럼 작은 물집이다. 침으로 따서 피를 내고 산모의 머리카락을 조금 잘라 그것으로 손가락을 싸매고 박하즙(薄荷汁)으로 먹을 갈아서 먹물을 찍어 입 안에 두루 문질러 주고는 한동안 젖을 먹이지 않으면 즉시 낫는다. 그러나 치료하지 않으면 백에 하나도 살릴 수 없다. 침이나 손톱으로 긁어 터지게 한 뒤 생밀(生蜜)을 발라 주어도 효과가 있다.《동의보감》〈소아(小兒)〉.

어내도 다시 생기니, 제 어미도 이로 인해 젖먹이가 죽을까 염려하다가 병이 생긴 것이다. 호장 김운룡이 현으로 돌아가기에 편지를 써서 아문에 보냈다.

간밤에 어살에 걸린 민물고기는 크고 작은 것을 합쳐 40여 마리인데, 큰 것이 반이 넘는다. 지금 잡힌 것을 가지고 따져 보니, 어젯밤에 도둑맞은 것이 틀림없다. 괘씸하다.

◎ ― 9월 2일

인아의 처가 지난밤에는 병이 좀 덜한 것 같아서 밤새 편안히 잤고, 젖먹이도 초저녁에 치분을 긁어내 준 뒤로는 평상시와 같이 젖을 먹고 푹 자며 울지 않았다. 기쁘다.

어살에 걸린 민물고기는 크고 작은 것을 합쳐 35마리이다. 편(片)을 떠서 소금에 절여 말린 뒤 반찬을 하려고 한다.

해가 오른 뒤에 문안 온 두 사람을 시켜 나무를 베어다가 어소(魚巢)* 네 곳에 담그게 하고 내가 직접 가 보았다. 인아가 동대 아래 냇물에 그물을 쳐서 물고기 45마리를 잡았다. 저녁에 탕을 끓여 같이 먹었다.

현의 방자 춘세(春世)가 왔는데, 장무가 보낸 잣 1말, 개암 5되, 꿀 2되, 찹쌀 3말, 간장 3되, 닭 2마리, 소주 2선을 지고 왔다. 소금 1되도

....

*   어소(魚巢): 물고기를 기르기 위해 강 속에 나뭇가지를 얽어서 만든 것으로 보인다. 《국역 노가재연행일기(老稼齋燕行日記)》 제7권 계사년 2월 21일 일기에 "강 가운데에 여기저기 나뭇가지를 모아 어소를 만들어 놓은 것이 보였다. 《이아(爾雅)》에 강에다 섶나무를 쌓아 고기를 기르는 것을 삼(椮)이라 했고, 두시(杜詩)의 주에는 '양양(襄陽)의 풍속에 어삼(魚椮)을 차두(槎頭)라고 했으니, 쌓아 놓은 섶나무가 뒤엉킨 것을 말한 것이다.'라고 했다. 그렇다면 이러한 방법은 그 전래가 오래된 것이다."라고 했다.

가져왔다. 근래에 -원문 빠짐- 이미 오래인데, 관청에도 없기 때문에 겨우 구해서 보낸 것이라고 한다. 소한은 전일에 -원문 빠짐- 아침에 주부 김명세가 와서 보았는데, 현의 장무가 -원문 빠짐- 다만 이것이 한스럽다.

어둑할 무렵에 언명이 처자를 데리고 비로소 왔다. 인아의 처는 -원문 빠짐- 이 때문에 임시로 동쪽에 있는 생원(오윤해)의 집으로 옮겨 자게 했다. 고대하던 -원문 빠짐- 들으니, 남매도 성문을 나와 그길로 평안도로 향하면서 간절히 함께 갔다 오자고 하는 것을 -원문 빠짐- 고성이 안 된다고 힘써 말렸기 때문에 슬피 울었다고 한다. 인정상 어찌 그렇지 않겠는가. 슬픔을 이기지 못하겠다.

언명에게 들으니, 남원이 함락된 것이 확실하고 성안에 가득했던 명나라와 우리나라 군병들이 모두 도륙을 당했으며 -원문 빠짐- 일가 및 양총병(楊總兵)의 접반사(接伴使) 정기원(鄭期遠)*도 모두 화를 면치 못했다고 한다. 양총병도 칼에 베이고 탄환을 맞았으나 간신히 몸만 빠져나와 한양으로 실려 갔다고 한다. 이로 인해 전주(全州)에서는 성을 지킬 계획을 세우지 않고 부윤(府尹)이 먼저 그 처자들을 내보내니, 성에 가득한 군사와 백성이 모두 도망갔다고 한다. 바야흐로 성을 빠져나가 달아날 때 명나라 장수가 명나라 군사에게 문을 지키고 나가지 못하게 하자, 우리 군사들이 문을 지키는 명나라 군사를 찔러 죽인 뒤에 다투어 나왔다고 한다. 참으로 애통하다.

....

* 정기원(鄭期遠): 1559~1597. 임진왜란 때 사은사(謝恩使)의 서장관으로 명나라에 갔다. 1596년 고급주문사(告急奏聞使)로 다시 명나라에 가서 심유경이 강화회담을 그르쳐서 왜군이 다시 침입해 올 움직임이 있음을 알렸다. 이듬해 정유재란 때 예조참판으로 명나라 부총병 양원의 접반사가 되어 남원에 갔다. 남원에서 왜군과 싸우다가 여러 장수들과 함께 전사했다.

적이 전주성을 점령한 뒤에 선봉은 이미 여산(廬山) 경계에 이르러 분탕질을 하고 혹은 공주까지 왔다가 도로 내려갔다고 한다. 다만 명나라 군선 6백여 척이 바닷길을 거쳐 이미 당진 어구에 정박하고 있다고 하니, 적이 이를 들었다면 아마도 저희 마음대로 곧장 한양으로 오지는 못할 것이다. 이는 조금 위안이 된다.

우리 한집으로 말하면, 남쪽에 있는 가족이 모두 와서 모였으나 자방의 식구만은 아직까지 오지 않았고 어디에 있는지 소식 한 번 듣지 못했다. 매우 걱정스럽다. 덕노도 속히 올 만한데 지금껏 그림자도 볼 수 없으니, 더욱 근심스럽다. 아마 적병의 소식이 좀 늦추어지면 계획했던 일을 하려는가 보다.

◎ ─ 9월 3일

이른 아침에 언명의 처자가 옮겨 왔다. 인아의 처는 어제저녁부터 몸이 도로 편치 않고 먹는 음식도 줄었으니, 몹시 걱정스럽다.

김언보와 김억수가 어제 돌아와서 지금 비로소 와서 보았다. 전날에 이미 영원성으로 달려갔는데, 중간쯤 이르렀을 때 그 군량을 갚았으므로 되돌려보내라고 했다는 전갈을 들었다고 한다. 필시 평강(오윤겸)이 진영에서 힘을 써 준 것이리라. 술을 대접해 보냈다.

김언춘이 술과 안주를 가지고 왔다. 바로 문안을 맡은 사람이다. 평강(오윤겸)의 편지를 와서 전했는데, 이는 지난달 26일에 쓴 것이다. 편지를 보니, 아무 병도 없다고 한다. 기쁘다. 그러나 이 도의 순찰사가 군사 천여 명을 거느리고 이미 영원산성(鴒原山城)으로 내려갔는데, 원주에 이르러 군사들에게 음식을 먹인 다음 홍원창(興源倉)*으로 향해

가서 진을 쳤다고 한다. 척후병은 좌우로 나뉘어서 어제 새벽에 이미 강을 건너 적의 주둔지에 이르러 정탐했다고 한다.

이 적들이 만일 바로 한양을 공격하려고 했다면 반드시 길을 나누어 조령(鳥嶺)과 죽령(竹嶺)으로 갈 터인데 두 고개 밖에서는 아무 소식도 없으니, 이는 아마 충청도와 전라도를 분탕질하여 그곳을 자신들의 소굴로 만들어 놓고 전진하거나 퇴각할 계획인 것이다. 그러나 여강(驪江)* 남쪽 충주(忠州) 서쪽의 백성은 늙은이를 부축하고 어린이를 이끈 채 내달리고 울부짖으면서 계속 강을 건너 피난하니 보기에 참혹하고 슬프더라고 한다. 그러나 명나라 군사가 바닷길을 통해 이미 당진 구십포(九十浦)에 이르렀다고 하니, 몹시 마음이 놓인다.

다만 평강(오윤겸)이 종사관의 책임을 맡아 영중(營中)의 모든 일을 처리하니, 돌아올 기약이 없을 뿐만 아니라 노고가 갑절이나 심하다고 한다. 몹시 걱정스럽다. 찬획사(贊畫史) 이시발(李時發)*이 군사 3천 명을 거느리고 적이 주둔한 곳으로 바로 향하면서 강원도에 글을 보내 응원을 청했기 때문에, 순찰사가 강을 건너 성원하려 한다고 한다.

평강(오윤겸)이 영동의 수령에게 요구해서 송어 2마리, 절인 은어 10마리, 생전복 50개, 문어 1마리, 대구 복장 5개, 대구알 5조각을 구해

....

*   홍원창(興源倉): 강원도 원주에 있다.

*   여강(驪江): 경기도 여주 일대를 지나는 남한강을 말한다.

*   이시발(李時發): 1569~1626. 임진왜란이 일어나자 청주에서 의병을 일으킨 의병장 박춘무(朴春茂)의 휘하에 들어가 종사관으로 활약했다. 1594년 병조좌랑을 지내다가 강화 교섭의 임무를 맡은 명나라 유격장 진운홍(陳雲鴻)을 따라 적장 고니시 유키나가의 군영을 방문해 정탐 임무를 수행했다. 1596년 겨울에 찬획사(贊劃使)로 임명되어 충주에 덕주산성을 쌓고 조령에 방책(防柵)을 설치했다.

보냈다. 어머니께 드릴 반찬이 오래전에 떨어졌는데, 마침 이때에 보내 왔다. 기쁘다.

어살에서 물고기 20여 마리를 잡아 와 포를 떠서 말렸다. 그물을 쳐서 또 20여 마리를 잡아 와서 역시 포를 떴다.

◎ ─ 9월 4일

인아의 처는 아침에는 덜한 것 같았으나 입맛이 없고 오후에는 열 이 나는 것 같다. 걱정스럽다. 어살에서 민물고기 25마리를 잡아 편을 떠서 말렸다. 온 집안의 노비 5명에게 조를 베어 펴서 말리게 했다. 이 는 언신이 바친 밭이다. 오전에 내가 직접 가 보았다. 돌아올 때 또 녹 두밭을 보니, 열매도 맺기 전에 서리를 맞아서 모두 말랐다. 안타깝다.

언명이 윤해 형제와 함께 물고기를 잡느라 냇가를 따라 오르내리 면서 직접 그물을 치기에, 나도 올 때 가 보고서 함께 물고기를 잡았다. 270여 마리를 잡아 회를 떠서 먹고 탕도 끓여 먹었다.

날이 어두워졌을 때 현에서 사람이 왔다. 장무가 식초 1되, 피목(皮 木, 도정하지 않은 메밀) 1말, 미역 ─원문 빠짐─ 을 보내왔다. 내일 영원성에 가는 자가 있으므로 편지를 써서 보내라고 했다.

◎ ─ 9월 5일

족인(族人) 조인손에게 영원성에 보낼 편지를 가져다 관아에 전달 하여 돌아가는 인편에 부치게 했다.

전업이 지난달에 상번(上番)* 으로 한양에 갔다가 교대하고 어제저 녁에 돌아왔다. 그편에 들으니, 적이 전주에 진을 치고 있었는데 ─원문 빠집- 아직 진퇴의 기별이 없다고 한다. 중전은 처음에 도성을 나가 서쪽으로 가려고 택일까지 해 놓았으나, 명나라 장수에게 저지당해서 머물러 떠나지 않다가 오직 나인[內侍]들의 호위를 받아 밤에 몰래 동소문(東小門)을 나서서 이미 토산현(兎山縣)을 지나 평안도로 갔다고 한다.

양경리가 2일에 한양으로 들어오자, 성안의 사서인(士庶人) 가운데 이미 성을 나갔던 사람 중에 혹 도로 들어왔다가 나가려던 사람이 있었는데 우선 머물며 나가지 않았다고 한다. 이는 양경리가 도성을 나가 피난하는 것을 엄금했기 때문이다.

날이 어두워졌을 때 전풍이 평강(오윤겸)의 편지를 가지고 왔다. 편지를 보니, 평강(오윤겸)은 오늘 낮에 현에 도착했다고 한다. 적의 소식이 좀 늦추어졌기 때문에, 여러 고을의 수령이나 순찰사들을 모두 관청으로 돌아가게 했다가 만일 다시 전령을 보내면 각각 즉시 모이라고 했다는 것이다. 평강(오윤겸)이 모레 근친하겠다고 한다. 오랫동안 만나지 못할 줄 알았는데 이제 현에 돌아왔다고 하니, 수일 안에 만날 수 있을 것이다. 온 집안사람들이 몹시 기쁜 것을 어찌 다 말할 수 있겠는가. 온 집안의 노비 5명에게 조를 베어 펴서 말리게 했으나 끝내지 못했다.

◎ ─ 9월 6일

생원(오윤해)이 토담집을 묻게 했으나 끝내지 못했다. 중 법련이 와서 보고 여기에 머물러 잤다. 산포도와 다래, 좋은 배 30여 개를 따와

....
* 상번(上番): 번(番)이 갈리어 근무 교대를 하러 들어가는 사람을 말한다.

서 바쳤다.

저녁에 조인손이 현에서 돌아왔다. 평강(오윤겸)의 편지를 보니, 내일 근친하겠다고 한다. 생방어 1마리, 말린 삼치 1마리, 문어 1마리, 대구 5마리, 소금 1말, 소주 3동이를 보냈다. 두 계집종에게 어제 못다 벤 조를 베어서 널게 했다.

◎ ― 9월 7일

문안 온 사람 등에게 토담집을 묻게 했다. 김억수의 처가 찐 차조떡을 갖다 바쳤다. 전풍의 처가 차좁쌀 1말을 가져왔다. 전풍이 영원성에 갔다가 남보다 먼저 집에 돌아온 것을 감사히 여긴다는 뜻이다.

어떤 사람이 느타리버섯 1바구니를 갖다 바쳤다. 내일이 장모의 기일인데, 마침 이때에 가져왔다. 몹시 기쁘다. 소주를 대접해 보냈다.

법련과 함께 종일 바둑을 두면서 서로 이기기도 하고 지기도 했다. 오후에 평강(오윤겸)이 근친을 왔다. 오래 보지 못하던 차에 이제 서로 만나니 온 식구가 모두 기뻐했다. 백미 5말, 소금 4말, 들기름 1되, 조기 2뭇, 절인 전어 15마리, 말린 항어(項魚) 2마리, 날꿩 4마리를 가져왔다.

평강(오윤겸)에게 들으니, 판관 최응진의 집에 불이 나서 다 타 버리고 겨우 몸만 빠져나왔다고 한다. 상서롭지 못한 일이다.

◎ ― 9월 8일

온 집안의 노비 5명과 관인 3명에게 메밀을 베어 펼쳐 놓게 했다. 김언신의 어미가 좁쌀 1말을 갖다 바쳤고, 아우와 생원(오윤해)의 집에도 각각 햇두(荳) 1말씩을 가져왔다.

요새 아우의 식구와 생원(오윤해)의 처가가 모두 여기에 모여서 여러 아이들이 떼를 지어 노는 것을 보니, 죽은 딸이 떠올라 더욱 애통한 심정을 견딜 수가 없다. 한밤중에 자지 않을 때 가만히 눈물을 흘렸다. 아, 슬프다.

날이 어두워졌을 때 순찰사의 전통이 왔다. 흉적이 은진, 이산(尼山), 연산(連山), 석성(石城) 경계로 몰려와서 닥치는 대로 분탕질을 하면서 이미 공주 10리 밖에 이르렀다고 한다. 좌위(左衛)*가 임천, 한산(韓山) 땅에 있는데, 이제 한창 분탕질을 하여 연기와 불꽃이 하늘에 뻗쳤다고 한다. 유위군(留衛軍)을 정돈하여 다시 전령을 보내면 즉시 달려오라고 했다. 이 때문에 평강(오윤겸)이 즉시 관청으로 돌아가려고 했으나, 밤이 깊어서 가지 못하고 내일 새벽에 돌아가기로 했다.

◎ ─ 9월 9일

평강(오윤겸)이 날이 밝기 전에 식사를 하고 날이 밝자 떠났다. 오늘은 중양절(重陽節)이어서 처음에는 신주 앞에 음식을 올린 뒤에 어머니께 음식을 갖추어 드리고 하루를 즐기려고 했다. 그런데 뜻밖에 평강(오윤겸)이 급히 되돌아가서 마침내 성사되지 못했다. 한탄한들 어찌하겠는가. 이뿐만이 아니라 만일 영원에 가게 되면 장차 군사를 거느리고 강을 건너 진군해야 한다고 하니, 더욱 걱정스럽다.

이런 까닭에 음식을 밖에서 준비하지 않고 기구들을 안으로 들여서 마련하게 했고, 오직 면과 떡만 밖에서 만들었다. 먼저 아버지께 올

---

* 좌위(左衛): 중앙의 왼쪽 지역에 둔 부대라는 뜻으로, 용양위(龍驤衛)를 달리 이르는 말이다.

리고 다음으로 죽전 숙부 내외분 -원문 빠짐- 생원(오윤해)의 양조부모와 그 양부께 올린 뒤에 죽은 딸에게 올렸다. 그 뒤에 온 집안의 위아래 사람들이 같이 먹었다. 나머지는 찾아온 이웃 사람들에게 나누어 주었다. 중 법련도 와 있기에 대접했다. 그는 오후에 부석사로 돌아갔다.

　-원문 빠짐- 백미 2말, 찹쌀 2되, 메밀 1말 5되, 꿀 2되, 참기름 1되, 약과 20개, 소동계(小童桂) 3되, 대구 3마리, 문어 1마리, 꿩 2마리, 닭 5마리, 청주 6동이, 소주 6동이, 생전복 40개, 마른 전복 44개, 감장 5되, 간장 2되, 노루 앞다리와 뒷다리 각 1개, 갈비 2짝, 안팎의 심육(心肉, 등심) 각 2개, 내장 전부, 배 40개, 밤 3되, 계란 20개, 도라지정과 1되, 포도정과 2되, 잣 2되 7홉, 개암 1되 8홉, 호두 1되 5홉, 수박 2개, 송이 30개이다. 이것은 밖에서 들어온 물건이다.

　김언보가 연포 1바구니, 청주 1병을 갖다 바쳤다. 유진에 사는 백성 한운봉(韓雲鳳)이 꿀 3되, 좁쌀 1말 2되를 갖다 바치기에 따로 술과 떡을 대접해 보냈다. 전원희가 후리 1쟁반을 가져왔으므로 역시 술과 떡을 대접했다.

　인아의 처는 아직 일어나 앉지 못하고 식사량도 크게 줄어 증세가 가볍지 않다. 매번 살아나지 못하리라고 낙담하며 슬픈 눈물을 주체하지 못한다. 더욱 몹시 걱정스럽다.

　◎ ─ 9월 10일

　생원(오윤해)이 현으로 들어갔다. 제 형이 떠나기 전에 만나기 위해서이다. 온 집안의 노비 5명에게 전날 베어서 펼쳐 놓은 조를 거두어 묶어서 밭두둑에 쌓아 두게 했다. 훗날 여가에 타작하게 할 예정이다.

느즈막이 직접 가 보았다. 인아 처의 증세가 여전하여 계속 신경이 곤두서 있다. 매우 걱정스럽다.

◎ ― 9월 11일

지난밤에 급보가 현에 전해졌는데, 수령에게 먼저 속히 달려오게 하고 유방군(留防軍)이 도착하지 않으면 대장(代將)에게 군사를 거느리고 오게 했다. 이 때문에 평강(오윤겸)이 새벽에 떠나갔다고 한다. 다시 만나 보지 못하고 떠나갔다. 매우 슬프고 안타깝다. 군사 징발을 재촉하는 현의 아전들이 곳곳에서 독촉해서 이 마을에서 지난번에 가지 않았던 자들도 모두 떠나갔으니, 아마 흉적들이 가까운 지경에 몰려왔는가 보다. 매우 근심스럽다. 생원(오윤해)은 오늘 꼭 올 터인데 오지 않으니, 제 형이 늦게 떠나갔기 때문에 아직 오직 못하는 것인가. 괴이한 일이다.

저녁에 남매의 사내종 덕룡(德龍)이 누이의 편지를 가지고 왔다. 편지를 보니, 어제 누이가 간절히 근친하려고 하여 막 떠나려 할 즈음에 적이 평택 경계를 침범했다는 말을 듣고 올 계획을 중지하고 사내종을 시켜 문안한다고 했다. 만일 적의 소식이 조금 누그러지면 서쪽으로 갈 때 들러서 어머니를 뵙겠다고 했다.

적이 만일 가까운 곳을 침범했다면, 생원(오윤해)의 처가는 아직 진위에 머물고 있으니 이곳으로 달려올 것이다. 그러나 지금까지 보이지 않으니, 사실 여부를 알 수가 없다.

중전은 오늘내일 사이에 마전군에 들러 주무시고 서쪽으로 간다고 하는데, 역시 사실인지 알 수 없다. 누이는 지금 적성(積城) 땅에 머물고 있으니, 여기에서 이틀 길이다.

전 별감 김린과 교생 김애일이 와서 보았다. 이들은 이 현의 모속유사(募粟有司)[*]로 마을을 돌면서 권해 보지만 백성이 많이 응하지 않는다고 한다. 콩은 모두 응해서 내주는데, 쌀을 내주는 자는 적다고 한다.

◎ ― 9월 12일

남매의 사내종 덕룡이 돌아가기에 편지를 써서 보냈고, 또 닭 1마리, 송이 11개, 말린 문어 4조, 절인 민물고기 1항아리, 감장 2사발, 약과, 도라지정과 조금도 보냈다. 또 누이가 서쪽으로 갈 때 들렀다 가라고 간곡히 당부해 보냈다.

문안 온 사람과 집의 노비들에게 전날에 베어서 말린 메밀을 타작하게 했더니, 전섬(全石)으로 4섬 2말이 나왔다. 처음에는 일찍 서리를 맞아 말라서 여물지 않을 것이라고 생각했지만, 마침 서리가 내릴 때가 지났는데도 이곳은 상하지 않았기 때문에 다 마르지는 않았다. 사람들이 이구동성으로 이 근처의 메밀이 모두 여물지 않았으니 이 정도면 많이 난 것이라고 했다.

별감 김린이 허충과 함께 술과 안주를 가지고 밭두둑으로 와서 보고 김언보도 함께 와서 종일 이야기를 나누니, 무료함이 자못 달래진다. 해가 기울어서야 각자 흩어져 돌아왔다. 올 때 생원(오윤해)이 현에서 쫓아와서 같이 돌아왔다. 그편에 들으니, 제 형은 오늘 아침에야 떠나갔다고 한다.

....
[*]   모속유사(募粟有司): 군량을 모으는 일을 맡은 유사이다.

부석사의 중 법희가 짚신 5켤레, 당귀 1뭇을 보내왔다. 짚신은 각각 나누어 신었다. 인아 처의 병세는 예전 같지 않으나, 아직도 일어나 앉지 못하여 쾌차할 기약이 없다. 걱정스럽다. 생원(오윤해)이 올 때 평강(오윤겸)이 외주(外紬)* 1필을 보냈다. 그편에 들으니, 송인수(宋仁叟)* 의 숙부 송상(宋翔)이 어제저녁에 들러서 자고 그길로 안변에 갔다고 한다. 인수는 집안 식구를 데리고 강릉(江陵)으로 갔다고 한다. 박원형이 햇메밀 5되와 다래 1바구니를 가져왔다.

◎ ─ 9월 13일

아침에 집의 노비 등에게 언신의 밭의 조를 베어 깔아 놓게 했다. 옥동역의 계집종 중금의 밭을 병작하는 박은종(朴銀宗)이 평섬으로 조 2섬 2말을 실어 왔다. 일찍이 감독해서 거두어 그 집에 맡겨 두었기 때문이다.

저녁에 현의 장무가 벼 1섬, 좁쌀 1섬, 잣 5말, 밀가루 2말, 송이 1백 개, 백문석(白文席)* 1장을 관아 사내종들을 시켜 실어 보냈다. 평강(오윤겸)이 관청에 있을 때 첩으로 써서 주어 실어 보내게 했던 것이다. 그편에 들으니, 적의 선봉이 수원 독성(禿城)에 이르렀다가 도로 갔다고 하는데 사실인지는 아직 알 수 없다. 그러나 변방의 소식이 급해져만 가서 이곳에서도 편안히 있을 수가 없으니, 북면으로 피해 들어갈

....
* 외주(外紬): 품질이 좋아 바깥감으로 쓰이는 명주이다. 품질이 나빠 안감으로 쓰이는 명주는 내주(內紬)라고 한다.
* 송인수(宋仁叟): 송영구(宋英耉, 1556~1620). 자는 인수이다. 임진왜란 때에는 도체찰사 정철(鄭澈)의 종사관이 되었고, 정유재란 때에는 충청도 관찰사의 종사관이 되었다.
* 백문석(白文席): 무늬 없는 왕골로 짠 돗자리이다.

계획이다. 북면은 우마와 사람이 있는 곳이므로, 현에 머물면서 장차 패자를 내어 우리 집의 양곡을 먼저 북면으로 실어 보낼 수 있다. 그러나 한양을 다시 빼앗기는 사태가 벌어진 뒤에나 들어갈 계획이다. 날이 점점 추워지는데 위아래의 옷이 얇아서 반드시 얼고 굶주리는 환난을 당할 것이다. 몹시 걱정스럽다.

함열 현감 일가의 소식은 아직 들을 수가 없고, 덕노도 어디로 갔는지 모른다. 혹시 적 때문에 길이 막혀서 오지 못하는 것인가. 더욱 몹시 걱정스럽다. 덕노가 목화를 가져오기를 기다려서 옷을 지을 계획인데, 그 생사조차 알 수가 없다. 입고 있는 2벌의 얇은 옷 외에는 더 입을 만한 것이 없다. 걱정한들 어찌하겠는가. 사환 노릇을 하는 관아의 사내종 춘금이는 채억복의 군량포(軍糧布)를 감해 주고 겹옷 1벌을 얻어 입었는데, 이는 평강(오윤겸)이 있을 때 지시한 일이다.

◎ ― 9월 14일

문안 온 사람을 토산현에 보내 적의 소식과 명나라 군사의 움직임, 중전의 행차가 지나갔는지의 여부를 들으려고 하므로, 생원(오윤해)이 토산 현감(兎山縣監)에게 편지를 써서 보냈다. 또 온 집안의 노비들에게 이인방의 밭에서 두(豆)를 수확하게 했다.

안협에 사는 이진선(李進先)이란 자가 초여름에 경상도에 있는 고언백의 군대에 갔다가 이제 돌아오면서 지나다가 와서 보고 하는 말이, 올 때 길에서 평강(오윤겸)의 일행을 만났는데 무사히 가더라고 했다. 또 적이 경상도의 좌우도(左右道)에 깔렸는데, 경주(慶州)가 함락된 뒤에는 저들도 도망갔고 하삼도(下三道)의 도체찰사(都體察使)는 원주에 도착했으며 경상좌도의 감병사(監兵使)도 강원도 경계로 물러났다고 한다.

이진선은 부유한 사노 연수의 아들로, 일찍이 곡식을 바치고 양민이 되었다. 소주 한 잔을 대접해 보냈다. 김억수가 햇두(豆) 1말을 가져왔다.

◎ ─ 9월 15일

인아의 처는 수일 사이에 몸이 자못 좋아지고 음식도 더 먹는다. 허리 아래를 움직이지 못해서 아직도 일어나 앉지 못하지만 이후로 완쾌할 듯하다. 몹시 기쁘다.

김억수가 일이 있어 나갔다가 돌아와 배 50개를 바쳤다. 전업이 태(太) 1섬을 가져왔다. 이는 관가에 바칠 태(太)와 두(豆)를 각각 1섬씩 받아 둔 것인데, 평강(오윤겸)이 전날에 떠나면서 우리 집으로 보내라고 했다고 한다. 이 때문에 태(太)를 먼저 가져온 것이고, 두(豆)는 뒤에 마련해서 가져오겠다고 한다.

생원(오윤해)의 집에 조 10말, 태(太) 3말을 보냈다. 전에 반직(半稷) 평섬 1섬, 두(豆) 5말, 벼 4말, 전미(田米) 1말, 백미 5되, 메주 2말을 주어 노비들을 먹이게 했다. 온 집안의 노비들에게 김광헌의 밭에서 두(豆)를 뽑게 했으나 끝내지 못했다. 이웃에 사는 사람이 다래 1바구니를 갖다 바쳤는데, 달고 시어 먹을 만했다.

토산에 갔던 사람이 돌아왔다. 토산 현감의 편지를 보니, 내전은 오늘 삭녕에서 이 현으로 올 것이고, 동궁(東宮)도 종묘의 신위를 모시고 서쪽으로 간다고 한다. 적의 소식으로 말하면, 지난번에 적의 선봉이 양성(陽城)과 진위 경계에 이르러 파유격(頗遊擊, 파귀)과 만났는데 적이 우리나라 사람의 옷을 입고 섞여 있는 것을 명나라 장수가 위장인 줄 알아차리고 거의 모두 쳐 죽였기 때문에 적은 직산으로 물러가서 진을 쳤고 한 부대는 죽산(竹山) 길로 향했다고 한다. 그러나 자세한 것은 알 수 없다고 했다.

◎ ─ 9월 16일

날마다 서리가 내리고 아침에는 얼음이 어니, 서리를 밟으면 얼음이 언다는 말*을 매우 믿을 만하다. 위아래 사람들의 옷이 얇아서 고생을 말로 표현할 수가 없다.

문안 온 사람과 집안의 노비들에게 전날 이인방의 밭에서 거둔 두(豆)를 타작하게 했더니, 평섬으로 2섬 4말이 나왔다. 오전에 직접 가 보니, 바로 박문자의 집 앞이었다. 이 때문에 문자가 닭을 잡아 반찬을 장만하여 점심을 지어 대접했다.

저녁에 남매가 적성에서 왔다. 어머니를 뵙는 동시에 동생들을 만나기 위해서이다. 뜻밖에 서로 만나니, 온 집안의 기쁨을 어찌 말로 다 하겠는가. 어머니의 방에 함께 둘러앉아 이야기하다가 밤이 깊어서야 파했다. 요새 적의 소식이 좀 늦추어졌기 때문에 적성에 머물러 있다가 달려온 것이다.

◎ ─ 9월 17일

남매는 머물러 있다. 온 집안의 노비들에게 전날에 못다 뽑은 두

....

* 서리를……말: 조짐을 보고 앞으로 닥칠 일을 미리 안다는 뜻이다.《주역(周易)》〈곤괘(坤卦)〉"초육(初六)"에 "서리를 밟게 되면 두꺼운 얼음이 곧 얼게 된다[履霜 堅氷至]."라는 말이 나온다.

(豆)를 뽑게 했으나 역시 끝내지 못했다.

저녁에 최참봉[崔參奉, 최형록(崔亨祿)]이 사남매의 가족을 다 데려왔는데, 위아래 사람이 모두 25명이었고 소와 말은 7마리였다. 달리 머물 집이 없었으므로 우선 생원(오윤해)의 집으로 들어가 머물게 하고, 생원(오윤해)의 양모는 우리 집에 와서 자게 했다. 이곳에서는 요란하게 밥을 지을 수 없으므로, 백미 1말, 전미(田米) 1말, 찬거리를 생원(오윤해)의 집에 보내서 밥을 지어 위아래 사람들을 대접하게 했다. 마침 장무가 술 1병을 보내 주어 경유(최형록)에게 대접했다.

그에게 들으니, 적이 와서 한강을 침범했다가 물러갔다고 한다. 그러나 자세한 것은 알 수가 없다. 만일 그렇다면 피난하는 사람이 반드시 이곳으로 많이 올 터인데 아직 몰려온다는 소식이 없으니 헛소문인 듯하다. 그러나 한양에서 양주와 연천 경계에 이르기까지 피난하는 사람의 행렬이 끊임없이 이어졌는데, 모두 평안도로 향해 가다가 마전, 적성, 양주, 연천 일대에 머문다고 한다. 이 또한 정확하지 않다.

◎ — 9월 18일

남매는 여기에 머물고 있다. 아침에 최참봉을 불러다가 아침 식사를 함께하고 역시 머물게 했다. 안협에 사는 연수가 새끼 고양이를 보냈다. 전날에 내가 구했기 때문이다. 어제 최판관(최응진)이 찾아와서 종일 이야기를 나누고 점심을 대접해 보냈다. 집안의 노비 3명에게 전날에 끝내지 못한 두(豆)를 다 뽑게 했다.

황촌에 사는 박춘이 머루 1바구니를 따왔다. 또 춘금이에게 산포도와 머루를 따게 하여 남매에게 주었다. 남익위(南翊衛, 남상문)에게 주겠다고 간절하게 구했기 때문이다. 말먹이 콩 2말, 두(豆) 1말을 최참봉에게 보냈다.

◎ — 9월 19일

닭 2마리를 잡아서 아침밥을 차려 최경유와 그 장남 진운(振雲)을 불러다가 대접했다. 네 아들을 모두 불러 대접하려고 했으나 집에 그릇이 없어 그러지 못했다. 안타깝다. 또 저녁 식사도 대접했다.

집안의 노비들에게 언신의 밭의 조를 거두어 묶어서 밭두둑에 쌓아 두게 했다. 모두 53뭇이라고 한다. 메밀밭으로 이동하여 메밀을 거두어 역시 밭 가운데에 쌓아 두었다. 바로 집 앞의 관전(官田)이다.

오후에 남매가 집 뒤에 있는 정자를 보고 싶어 하기에 함께 올라갔다. 생원(오윤해)의 양모와 아이들도 모두 따라와서 한참 동안 구경하다가 도로 내려왔다.

◎ — 9월 20일

남매는 이른 아침에 적성으로 돌아갔다. 떠날 때 어머니와 함께 슬피 울기를 그치지 않았다. 여든 살의 노친을 다시 만날 것을 기약할 수 없으니 인정이 여기에 이르면 어찌 슬퍼하지 않겠는가. 우리 형제는 10리 밖까지 전송하고 돌아왔다. 달리 줄 물건이 없어서 다만 팥 2말, 피목 3말, 닭 1마리, 큰 수박 1개와 하루 양식으로 백미 5되, 전미(田米) 5되, 말먹이 콩 1말을 주어 보냈다. 포도정과 1사발도 주었다.

지난 16일에 여기에 와서 사흘을 머물다가 이제 돌아갔다. 며칠 더 머물도록 만류했으나, 왜적의 소식이 어찌될지 알 수가 없고 또 큰 제사가 임박했기 때문에 부득이 돌아간다고 했다.

어제저녁에 민시중이 현에서 돌아왔다. 평강(오윤겸)이 간 뒤로 아직 돌아온 자가 없어서 잘 갔는지의 여부는 알지 못한다. 현의 사람 전거원(全巨元)은 평강(오윤겸)이 현에서 떠날 때 적의 소식을 탐지하기 위하여 한양으로 보낸 자인데, 어제 비로소 돌아왔다. 그러나 소식을 정확히 알지 못했고, 길에서 범범하게 들었다는 말조차도 사실 여부를 알 수가 없다. 거원이 올 때 파산에 들러 우계의 편지를 받아 왔다. 우계도 내게 편지를 보내온 것이다. 그 편지로 인해 적병이 소사(所沙)에 이르렀다는 것을 알았다.

명나라 군사들은 세 번 싸워 세 번 다 이겨서 수백 명의 머리를 베었으며, 평안도 병마절도사 이경준(李景濬)*도 강한 쇠뇌[強弩]로 5, 6백 명을 쏘아 죽였다고 한다. 그러나 적의 세력은 쇠퇴하지 않고 양성과 안성(安城)으로 흩어져 들어갔다가 이제 -원문 빠짐- 경계로 향한다고 한다.

그러나 명나라 장수가 한양을 지킬 생각을 하지 않기 때문에 사람들에게 굳은 뜻이 없었는데, 이제 들으니 명나라 군사 수천 명이 수일 내에 한양으로 올라오고 유총병(劉摠兵, 유정)도 대군을 거느리고 오래지 않아 도착한다는 소식이 먼저 왔다고 한다. 다행히 명나라 군사가 대규모로 집결하면 확실히 적이 물러갈 것이다. 그렇지 않고 대군이 일찍 오지 않아서 적이 만일 한강으로 온다면 그곳에는 오직 우리 군사

....
* 　이경준(李景濬): ?~?. 임진왜란이 일어나 선조가 의주로 피난할 당시 곽산 군수로 재직하다가 호종했고, 이어 황해도 병마절도사에 제수되었다. 그 뒤 관서 지역의 형세가 위급해지자 평안도 병마절도사가 되었는데, 남원과 무주 지역의 전투에서 왜적을 크게 무찌르는 공을 세웠다.

만이 지키고 있을 뿐이니, 어찌 매우 걱정스럽지 않겠는가.

작년의 오늘은 죽은 딸이 병에 걸린 날이다. 우연히 생각나서 비통한 마음을 이기지 못하겠다. 그 병으로 인해서 마침내 구원하지 못했으니, 어찌 슬피 울지 않겠는가. 온 집안의 어른과 젊은이가 모두 모였는데, 너 홀로 먼저 죽어서 나로 하여금 한없이 애통한 회한을 지니게 하는구나. 나도 모르게 더욱 슬픈 눈물이 옷깃을 적신다. 아, 슬프다.

문안 온 사람과 집안 사람들에게 김광헌의 밭에서 팥을 타작하게 했더니 평섬으로, 2섬 8말이 나왔다. 사흘갈이이다. 팥 종자 11말을 뿌렸으므로 처음에는 적어도 7, 8섬 이상 수확할 것이라고 생각했는데, 수확량이 이것뿐이다. 아쉽지만 어찌하겠는가. 좋지 않은 밭에 꿩과 사슴마저 들끓어 절반이나 먹었다고 한다. 올해 얻은 팥은 실제로 5섬도 되지 못하니, 식구도 많은데 설을 쇠기 전에 반드시 양식이 떨어질 것이다. 걱정스럽다.

경주인 김근보(金謹寶)가 현에서 와서 하는 말이, 오는 길에 우연히 들으니 어제 함열 현감의 행차가 현에 들어왔다고 하더란다. 확실한지 알 수 없으니 의심하지 않을 수 없다. 만일 그렇다면 그 기쁨을 어찌 말로 다 할 수 있겠는가. 내일 새벽에 인아에게 현에 들어가 보게 할 생각이다. 인아의 처가 비로소 일어나 안으로 들어왔다. 기쁘다.

◎ ― 9월 21일

인아를 현으로 보냈다. 그 누이를 만나 보려고 해서이다. 문안 온 사람들에게 이웃의 소 6마리를 빌려서 울타리를 만들 나무를 베어 모두 네 번에 걸쳐 24바리를 실어 오게 했다.

최판관이 찾아왔기에 최경유를 불러다가 배나무 밑에 같이 앉아서 이야기를 나누었다. 언신이 탁주 1병을 갖다 바치기에 함께 마시다가 판관은 먼저 돌아가고 나는 또 경유와 같이 바둑을 두다가 저녁을 대접했다.

고을 사람이 와서 자방(신응구)의 편지를 전했는데, 어제 현에 도착했다고 한다. 딸의 편지를 보니, 일행이 무사히 여기에 왔는데 중도에 자방(신응구)의 모친이 병이 나서 빨리 오지 못했다고 한다. 고대하던 끝에 이제 이 소식을 들으니 기쁨을 이기지 못하겠다. 신상례도 편지를 보내왔다. 그편에 들으니, 허찬과 덕노는 남양(南陽) 땅에 있는데 목화를 조금 구해서 오려 한다고 했다. 그렇다면 살아 있는 것이니 조만간 반드시 올 것이다. 기쁘다.

저녁에 최정운이 이천에서 와서 하는 말이, 고언백 군관이 마침 이천에 이르러 명나라 군사와 협력하여 차현(車峴) 밑에서 적을 공격해서 9천 6백여 명을 베어 죽이자 적이 여산(礪山) 밑으로 퇴각했다고 했단다.[*] 만일 그렇다면 우리나라에 얼마나 큰 경사인가. 그러나 사실 여부는 아직 알 수 없다.

◎ ― 9월 22일

사람을 현에 보내 자방(신응구)에게 편지를 전했다. 피목 3말, 백미 5되를 최경유가 머무는 집으로 보내고, 팥 1말은 따로 최정운의 부인

....

[*]   명나라……말했단다: 정유재란 당시 이처럼 큰 공적을 올린 전투는 보이지 않는다. 거짓 소문으로 보인다.

에게 보냈다. 그녀는 득원(得源)*의 딸이다. 생원(오윤해)의 집에 전날에 피목 5말을 보냈고, 오늘은 팥 5말을 보냈다. 문안 온 춘산(春山)이 지초(芝草)*를 조금 캐 와서 바쳤다. 전날에 휴가를 주어 캐 오게 한 것이다.

평강(오윤겸)이 갈 때 산양역(山陽驛)*에 이르러 편지를 써서 김화 사람 편에 보냈는데 이제야 와서 전했다. 편지를 보니, 역비(驛婢) 중금의 둔전에 대한 일을 이제 은계 찰방의 서기(書記)를 만나서 말했더니, 그는 하는 말이 찰방께서 이미 큰댁에 바치라고 허락했으니 어찌 다시 추심할 리가 있겠느냐며 즉시 패자를 발급하여 옥동역의 역인 진귀선에게 전하게 했다고 한다. 즉시 언신에게 귀선에게 가서 말하게 했다.

◎ ─ 9월 23일

온 집안의 노비들에게 녹두를 거두어 밭두둑에 쌓아 두게 했다. 그러나 일찍 서리가 내려서 영글지 않았다. 안타깝다.

김언보가 민물고기 40여 마리를 갖다 바치기에 즉시 포를 떠서 말렸다. 요새 반찬이 없었는데 어머니께 드릴 수 있게 되어 기쁘다.

어제저녁에 찰방 이빈(李賓)*과 그 아우 이분(李賁)*이 이천에서 찾아 왔다. 그들은 피난하여 이천현 내에 와서 살고 있다. 그들과 같이 잤다.

....

* 득원(得源): 지달해(池達海, 1541~?). 자는 득원이다. 1573년 식년 사마시에 입격했다.
* 지초(芝草): 산지에 저절로 나는 다년생 풀(모균류)에 속하는 버섯이다. 뿌리는 약재와 물감으로 쓰였으며, 상서로운 식물로 여겨졌다.
* 산양역(山陽驛): 강원도 낭천현 북쪽 45리에 있다.
* 이빈(李賓): 1547~1613. 오희문의 처사촌이다. 아버지는 오희문의 장인인 이정수의 셋째 동생 이정현이고, 어머니는 은진 송씨이다.
* 이분(李賁): 1557~1624. 오희문의 처사촌이다. 이빈의 동생이다.

뜻밖에 서로 만나니 기쁘고 위로되는 마음을 어찌 말로 다 하겠는가.

◎ ― 9월 24일

이찰방(李察訪) 형제가 하루를 머물다가 오늘 아침에 돌아갔다. 줄 물건이 없어서 다만 피목 각 2말, 팥 각 1말, 백미 1말, 감장 각 2사발, 꿀 1되를 주어 보냈다.

어제저녁에 함열 현감에게 시집간 딸이 현에서 왔다. 고대하던 끝에 이제 서로 만나게 되었으니 기쁘고 위로되는 마음을 어찌 말로 다할 수 있겠는가. 다만 죽은 딸이 자리에 없어서 서로 둘러앉아 슬피 울어 마지않았다. 그편에 들으니, 적이 퇴각했기 때문에 평강(오윤겸)은 모레쯤 관청으로 돌아온다고 한다. 딸이 데리고 온 종과 말이 돌아갈 때 말먹이 콩 5말, 팥 2말, 백미 1말, 닭 1마리를 신상례에게 보냈다. 감장 3사발, 간장 2되도 보냈다. 또 자방(신응구)에게 편지를 보내서 상례를 모시고 오게 하여 내일 부석사에 모여서 이야기를 나누기로 약속하고 두부콩 3말을 부석사로 보냈다.

김억수가 두(豆) 5말, 태(太) 3말을 갖다 바쳤다. 박은종이 타작한 조 5말, 박춘이 타작한 반직(半稷)을 평섬으로 1섬 가져왔다. 전날에 못다 타작했던 것이다.

최참봉이 일가를 거느리고 소근전 김희의 집으로 옮겼다. 온 집안의 노비 6명에게 고한필 밭의 콩과 박문자 밭의 콩을 거두어서 밭 가운데에 쌓아 두게 했다. 이제 진아(振兒)[*]가 말을 알아듣고 대답하는 것을

....

* 　진아(振兒): 신응구와 오희문의 딸 사이의 아들인 신량(申湸, 1596~1663)이다.《쇄미록》

보니 예쁘다.

◎ ─ 9월 25일

딸이 내 방에 와서 잤다. 어두운 새벽에 깨어 서로 이야기하니 마음에 위로가 되었다. 다만 요새 날이 차서 진아가 밤마다 똥을 싸니, 모두 하체가 냉한 까닭이다. 그러나 똥이 내 옷을 더럽혀도 더욱 사랑스럽기만 하니, 사랑하는 본성은 천성에 근본을 둔 것이지 어찌 내 몸 밖에 있는 것이겠는가.*

자방(신응구)의 소와 말이 너무 많아서 여물을 먹이기가 어려울 듯하여 암말 1필만 끌고 와서 먹였다.

식사한 뒤에 생원(오윤해)과 함께 부석사에 가는 길에 최경유를 찾아가 함께 가려고 했으나 마침 몸이 불편해서 그러지 못했다. 안타깝다. 절에 도착한 지 오래지 않아 자방(신응구)이 상례를 모시고 와서 서로 이야기했다. 내가 가지고 간 술과 안주를 가지고 각각 두 잔씩 마셨다. 중이 연포를 내왔는데 마침 연하고 맛이 좋았기 때문에 각각 20여 곳을 먹었고 상례는 14곳을 드셨다. 절에서 함께 잤다. 현의 장무가 술 1병, 꿩 1마리, 백미 6되, 전미(田米) 1말, 말먹이 콩 3말을 보내 주어 양식으로 썼다. 어제 장무에게 구해 보내라고 말했다.

....

〈병신일록〉 3월 5일 일기에 오희문이 이름을 중진(重振)이라고 지어 준 일이 보인다.
* 사랑하는……것이겠는가: 인의(仁義)의 마음이 내면의 본성에서 발현되는지 외부 상황에서 초래되는지를 두고 맹자(孟子)와 고자(告子)가 언쟁을 한 적이 있는데, 이를 인용한 것이다. 맹자는 사람이면 누구나 인의예지의 본성을 갖고 있다고 했고, 고자는 대상에 따라 다르게 발현되므로 결국 외부에서 오는 것이라고 했다. 《맹자》〈고자상(告子上)〉.

◎ ─ 9월 26일

아침 식사를 하는데 중이 또 연포를 내왔다. 자방(신응구)은 오전에 상례를 모시고 현으로 돌아갔다. 나는 생원(오윤해)과 함께 돌아오다가 또 경유가 머무는 집에 들러 이야기를 나누었다. 현에서 보낸 준술을 가지고 와서 경유에게 마시게 하려고 했으나 그가 몸이 편치 않아서 주지 못했다. 김린을 불러서 술 두 잔을 대접해 보냈다.

들으니, 평강(오윤겸)이 장수(이빈)의 식구가 홍천(洪川) 땅으로 왜적을 피해 들어갔다는 말을 듣고 오갈 때 모두 들어가 보고 양식과 반찬을 구해 주고 어제 관청에 돌아왔다고 한다. 두 수씨가 모두 걸어서 다니더라고 한다. 불쌍하다. 어제 무를 뽑았는데 겨우 4섬이다. 김치를 담그려고 해도 독이 없다. 안타깝다. 김언보가 민물고기 40마리, 민시중이 1백 마리를 갖다 바쳤다.

◎ ─ 9월 27일

집안의 노비에게 소근전의 콩밭 두 곳에서 콩을 수확하게 했으나 끝내지 못했다. 인아가 가 보고 돌아왔다.

들으니, 홍주(洪州)에 사는 이광복(李光福)의 처자가 난을 피해서 현 내에 와 있다고 하기에 집사람에게 편지를 쓰게 하고 팥 1말, 감장 1사발을 보냈다. 이공(李公)은 지난 임진년과 계사년 사이에 우리 식구가 피난해서 그의 계당(溪堂)에 머물 때 많은 도움을 주었다. 그 얼마 뒤에 이광복은 병으로 죽었고 그 처자들이 떠돌아다니다 이곳에 왔으니, 은혜를 갚아야 할 터인데 힘이 부족하다. 안타깝지만 어찌하겠는가. 이광복은 윤겸의 처족(妻族)이다.

◎ — 9월 28일

노비들에게 어제 끝내지 못한 콩 수확을 하게 했다. 식사한 뒤에 언명과 함께 어망을 쳐 둔 곳을 둘러보았다. 최판관이 편지를 보내 문안하고 가지 씨를 보냈기에, 답장을 써서 사례하고 파 씨로 보답했다.

저녁에 평강(오윤겸)이 근친했는데, 매 1마리를 가지고 왔다. 오는 길에 꿩 2마리를 잡아서 가져왔다.

◎ — 9월 29일

아침 식사 전에 어소를 건져 올려 물고기를 잡았는데, 어소 입구에 통발을 설치한 뒤 위아래에 그물을 펼쳐서 잡은 것이 1동이이다. 날이 그리 차지 않고 엮은 통발도 엉성해서 작은 고기는 모두 빠져 달아나 버려서 많이 잡지 못했다. 안타깝다.

온양(溫陽)에 사는 이시열의 처남 이행(李行)이 난을 피해서 김화 땅에 와 있다가 나에게 와서 그 누이가 간 곳을 묻기에 아침 식사를 대접해 보냈다.

최판관, 김주부, 최진운, 김린이 와서 보고 갔다. 관청에서 어소를 설치하여 물고기 8말을 잡았다고 한다.

저녁에 자방(신응구)의 사내종이 말을 가지고 왔다. 그편에 들으니, 자방(신응구)이 어제 한양으로 올라갈 때 그 처에게 편지를 보내 즉시 머무는 곳으로 돌아가 모친의 병환을 돌보라고 했다고 한다. 이 때문에 내일 돌아갈 계획이라고 한다. 그 모친이 학질을 심하게 앓기 때문에 한양에 가서 약을 구한다고 한다. 민시중이 두(豆) 3말을 갖다 바쳤다.

10월 큰달 -13일 소설(小雪), 28일 대설(大雪) -

◎ — 10월 1일

평강(오윤겸)이 현으로 돌아가고 생원(오윤해)도 따라갔다. 그길로 율전촌(栗田村)에 가서 가을걷이를 감독할 것이다. 좀 늦어서 진아 어미도 돌아갔다. 팥 5말, 피목 5말, 감장, 날꿩 1마리를 주어 보냈다. 겨우 6일을 머물고 부득이한 일로 돌아갔다. 탄식한들 어찌하겠는가. 그러나 그 시어미의 병이 나으면 오는 12일 평강(오윤겸)의 생일에 그의 처자와 함께 오라고 당부해 보냈다.

어제 매를 놓아서 꿩 3마리를 잡았다. 평강(오윤겸)이 떠나갈 때 매사냥꾼에게 오늘도 여기에 머물면서 매를 놓다가 내일 현으로 오라고 일렀다. 오늘 잡은 것도 3마리인데, 1마리는 최경유에게 주었다.

춘금이 등과 문안 온 사람에게 중금 밭의 콩과 김광수 밭의 수확물을 타작하게 했더니, 중금의 밭에서는 콩이 평섬으로 1섬 5말, 광수의 밭에서는 콩 4섬, 팥 6말이 나왔다. 5말은 최경유에게 주었다. 느즈막이 타작하는 곳에 직접 가 보았는데, 경유도 왔다. 언명은 매사냥을 구경하려고 역시 붕아와 함께 따라왔고, 인아는 그 누이를 모시고 가다가 중도에 돌아와서 종일 밭두둑에서 서로 이야기했다.

소근전에 사는 사람이 보라매를 잡았는데, 평강(오윤겸)이 포획하여 내게 보냈다. 크기는 겨우 7촌 5푼이지만, 잘 생겼으니 아마 재주가 좋을 것이다. 즉시 김억수에게 주어서 길들이게 했다.

민시중이 지금 그물을 친 곳에서 한 자 남짓한 산지니[山陳]*를 잡았는데, 성질이 몹시 순하여 사람을 보아도 놀라지 않는다. 아마 일찍이 어떤 사람이 몇 년 전부터 사로잡아 소유하고 있다가 올해 산야에 놓은 것일 게다. 역시 억수에게 길들이게 했다.

◎ ― 10월 2일

안협의 연수가 와서 보고 민물고기 1백여 마리를 바치기에, 꿩고기와 술을 대접했다. 물고기는 포를 떠서 말리게 했다.

어제 콩을 타작하다가 날이 저물고 마당도 멀어서 미처 다 거두지 못했기 때문에 오늘 춘금이 등에게 흩어진 콩을 쓸어 모으게 했더니 거의 1섬이나 된다. 나도 가 보고 날이 저물어 돌아오니 밤이 이미 깊었다.

저녁에 전풍이 현에서 매를 가지고 왔다. 평강(오윤겸)이 편지를 보내, 이 매는 전풍에게 주고 그로 하여금 매를 놓게 하여 잡은 꿩을 나

....

* 　산지니[山陳]: 산에서 여러 해를 묵은 매이다. 《청장관전서(靑莊館全書)》 권68 〈사나운 새의 종류[鷙鳥種類]〉에 "산에 살면서 나이를 많이 먹은 매를 산지니라 하고, 집에 살면서 나이를 많이 먹은 매를 수지니[手陳]라 한다."라고 했다.

누라고 했다. 매는 추련(秋連)으로, 8촌 5푼 크기이다. 사견이 매를 놓아 꿩 2마리를 잡아다 바쳤다. 언명과 인아가 걸어가서 구경했다.

또 평강(오윤겸)의 편지로 인해 들으니, 적들은 모두 그 소굴로 돌아가고 충청도와 전라도에는 주둔한 곳이 없기 때문에 영상과 좌상이 두 도를 나누어서 주민들을 위로하고 진휼하며 양곡을 마련해 준다고 한다.

헌납(憲納) 류몽인(柳夢寅)*이 가족들을 데리고 지나다가 현 내에서 잤는데, 5, 6일 동안 머물려 한다고 한다. 위아래 식솔들을 대접하는 일이 분명 어려울 것이다. 걱정스럽다.

생원(오윤해)은 오늘 새벽에 현에서 양식과 찬거리를 얻어 가지고 그 처남 최진운과 함께 올라갔다고 한다.

◎ ─ 10월 3일

어제부터 날이 화창하고 따뜻해서 봄날 같다. 평강(오윤겸)이 오늘 제수를 준비해 보낸다고 했는데 오지 않았다. 괴이한 일이다.

생원(오윤해)의 젖먹이는 생김새가 단정하고 눈을 맞추면 웃는다. 사랑스럽다. 이름을 효립(孝立)이라고 했다. 인아의 딸은 효립보다 겨우 10일 뒤에 태어났는데, 그 어미의 병으로 인해 남의 손에 길러지고 있기 때문에 아직 튼실하지 못하다. 그래도 때로 웃음을 짓는다. 이름을 후임(後任)이라고 지었다.

....

* 류몽인(柳夢寅): 1559~1623. 임진왜란 때 대명 외교를 맡았고, 세자의 분조(分朝)에도 따라가 활약했다. 병조참의, 도승지 등을 지냈다.

◎ ― 10월 4일

현의 아전이 제수를 가지고 왔다. 어제 늦게 떠나서 중도에 자고 이제 비로소 도착했다고 한다. 잣 5되, 개암 3되, 꿀 3되, 기름 1되, 석이 1말, 소금 1말을 보내왔다. 즉시 편지를 써서 돌려보냈다. 들으니, 한효중(韓孝中)* 삼형제가 가족을 데리고 와서 현 내에 임시로 있다고 한다. 대접을 후하게 하지 않을 수 없는데 걱정스럽다.

내일은 조부의 기일이다. 딸들을 시켜 제수를 준비하게 했다. 오늘 관청에서 어소(魚巢)를 설치하여 물고기 5말을 잡았는데, 그중 2말은 평강(오윤겸)의 지시에 따라 여기로 보냈다.

저녁에 딸의 계집종 덕개(德介)가 왔는데, 딸이 명주를 짜 달라고 보낸 것이다. 평강(오윤겸)의 편지를 보니, 친구들이 많이 왔는데 도와줄 길이 없어 몹시 고민스럽다고 한다. 전업이 그물로 매를 잡아 왔다. 매를 보니 9치가 넘는다.

◎ ― 10월 5일

나는 어제부터 감기에 걸려 몸이 불편해서 제사에 참여하지 못하고 언명이 인아와 함께 지냈다. 종일 불편해서 누웠다 앉았다 했고 입맛이 없다. 걱정스럽다.

....

* 한효중(韓孝中): 1559~1628. 1590년 증광시에 생원으로 입격하고, 1605년 증광시 문과에 급제했다.

◎ — 10월 6일

이른 아침에 어소에서 물고기 두어 말을 잡았는데, 전날 잡았던 것과 달리 크기가 컸다. 그중에 빙어는 크기가 청어(靑魚)만 한 것이 21마리나 되었다. 회를 떠서 먹으려고 했으나, 겨자도 없고 술도 없어서 포기했다. 안타깝다. 모두 포를 떠서 말리게 하고 그 나머지 큰 것은 구워 먹었다.

어제 언명이 염광필(廉光弼)의 밭에서 타작한다기에 가 보았더니, 직(稷)이 평섬으로 2섬 7말 나왔다고 한다. 이는 역비 중금의 밭이다.

종일 몸이 불편해서 문밖에 나가지 않고 문을 닫고 홀로 누워서 식음도 전폐했다. 몹시 걱정스럽다.

◎ — 10월 7일

오늘 밤에는 불편한 증세가 더욱 심해서 사지가 쑤시고 아프며 허리와 등도 아프다. 새벽까지 뒹굴면서 간혹 땀을 내기는 했으나 많이 나지는 않았다. 입이 쓰고 갈증이 나더니 아침이 되자 좀 덜했다. 몹시 걱정스럽다. 종일 방 안에 누워서 쉬면서 문을 닫고 열지 않았다.

어둑해질 무렵에 이천(李蕆)이 이천(伊川)에서 와서 밤이 깊도록 이야기를 나누었다. 자못 무료함이 달래진다. 바깥방에서 자게 했다.

그에게 들으니, 판결사 이정호(李廷虎)* 영공(令公)이 난을 피하여 양주 땅에 와 있다가 세상을 떠났다고 한다. 매우 애통하다. 영공은 인족(姻族)으로, 젊은 시절부터 관동(館洞) 집에서 여러 해 동안 같이 거처

....

* 　이정호(李廷虎): ?~?. 오희문의 장인인 이정수의 동생이다.

해서 정의(情誼)가 몹시 두터웠다. 지난해 5월에 내가 마침 임천에서 그가 머무는 은진 땅으로 찾아갔더니, 내 손을 잡고 슬피 울다가 작별할 때 나에게 이르기를, "늙은 나는 병이 날로 깊어져 훗날 서로 만나기를 기약할 수 없으니 어찌 슬프지 않겠는가."라고 하며 더욱 몹시 울었다. 이 말을 끝으로 영영 유명을 달리할 줄 어찌 알았겠는가. 더욱 몹시 슬프다.

문안 온 사람들에게 울타리를 만들게 했는데, 나무가 부족하여 앞쪽은 끝내지 못했다.

◎ ― 10월 8일

이천이 현으로 들어가기에 편지를 써서 평강(오윤겸)과 함열 현감에게 시집간 딸의 집에 보냈고, 큰 빙어 10마리를 골라서 두 곳에 나누어 보냈다. 피목 2말은 이천에게 주었다.

어소를 건져 올려 살펴보니, 두 어소가 모두 비어서 1마리도 잡지 못했다. 우습다. 소 2마리를 몰고 가서 나무를 실어 오게 했다.

날이 어두워진 뒤에 현에서 문안하는 사람이 왔다. 편지를 보니 잘 있다고 한다. 그러나 자방(신응구)의 모친은 병이 더하다고 한다. 몹시 염려스럽다. 청주 1병, 날꿩 1마리, 약과, 기름떡을 구해 보내왔으므로 즉시 어머니께 드렸다. 근래 어머니께서 감기로 몸이 편치 않아서 식사량이 많이 줄었다. 걱정스럽다. 또 들으니, 피난 온 손님들이 날마다 찾아와 도움을 청하고 이따금 매를 구해 달라고 하기도 하여 몹시 시끄러운데 조금도 도와줄 길이 없다고 한다. 걱정스럽다.

인아 처의 계집종 은개(銀介)의 남편 수이(守伊)가 봉산(鳳山)에서 왔다. 그 상전을 모시고 난을 피하여 봉산 땅으로 들어왔다고 한다. 그러나 상전의 편지를 지니지 않았으니, 아마 도망 온 것이리라.

◎ ─ 10월 9일

편지를 써서 현 사람에게 주어 돌려보냈다. 언신을 시켜 북면에 가서 좁쌀을 실어 오게 했다. 전날에 오지 않았던 문안 온 사람에게 집 앞쪽에 울타리를 만들게 했다. 그러나 나무가 많이 모자라서 엉성한 데가 많다. 안타깝다.

평강(오윤겸)이 내가 편치 않다는 말을 듣고 사람을 시켜 문안했으나, 이미 다 나았으므로 걱정하지 말라고 즉시 답장을 써서 돌려보냈다. 그편에 들으니, 자방(신응구)이 어제저녁에 한양에서 돌아왔다고 한다. 다만 그 모친의 병세가 위중하고 또 부기(浮氣)까지 있다고 하니, 구원할 수 없을 듯하다. 몹시 걱정스럽다. 꿩 2마리, 꿀 2되, 포도정과, 배 10여 개, 백미 3말을 보내왔다. 간밤에 몹시 흉한 꿈을 꾸었다.

◎ ─ 10월 10일

어머니께서 요새 감기로 인해 아직도 몸이 완쾌되지 않았고 식사량도 줄었다. 매우 걱정스럽다. 나는 이제 완쾌되었다.

원적사의 수승이 승혜(繩鞋) 1켤레, 망혜(芒鞋) 3켤레를 가져왔는데, 관청에 납부하는 신발에서 제해 준 것이다. 전풍이 매를 가지고 와서 보이면서, 매를 길들인 지가 이미 사나흘이 되었다고 한다.

◎ — 10월 11일

현 사람이 편지를 가지고 왔기에 보니, 12일에 도사의 행차가 당도할 예정이어서 근친하지 못하고 도사가 지나간 뒤인 14일 사이에 근친하겠다고 했다.

지난 7월의 내 생일에 도사가 이 고을에 와서 평강(오윤겸)이 근친하지 못하게 하더니 지금 또 이와 같다. 매번 온 집안 식구들의 바람을 허무하게 만들어 버리는 것이 모두 도사의 행차이니, 한편으로는 우습다. 우양(牛釀) 반 짝, 고기 1덩이를 구해 보냈는데, 마침 저녁 식사 때여서 구워서 어머니께 드렸다. 생원 한효중이 이 현에 피난해 있다가 양식을 얻으려고 소를 잡았기에 사서 보낸 것이라고 한다.

◎ — 10월 12일

평강(오윤겸)의 생일이다. 도사의 행차 때문에 근친하러 오지 못했다. 안타깝다. 지난밤에 눈이 내렸다. 아침에 일어나 보니 산천이 모두 하얀데, 여전히 활짝 개지 않았다. 느지막이 눈비가 섞여 내리더니 종일 와서 길이 질어 다닐 수가 없다.

현의 아전이 편지를 가지고 와서 보니, 처음에는 어제저녁에 여기에 와서 자고 그길로 옥동에 가서 도사의 행차를 맞을까 했는데 뜻밖에 도사가 어제 이미 옥동에 이르러 유숙했기 때문에 오지 못하고 배행해서 관청으로 돌아갔다고 한다. 생방어 2마리, 생은어 25마리, 생전복 20개, 생문어 반 짝을 또 보냈다. 마침 아침 식사 때 와서 방어는 구워서 반찬으로 먹었다. 현의 아전에게 식사를 대접하고 답장을 써서 돌려보냈다. 황촌에 사는 박춘이 삶은 닭 1마리, 청주 1그릇을 가져왔다.

새벽에 집사람이 꿈에 죽은 딸을 보았다면서 일어나 앉아 하염없이 슬피 울었다. 슬프다. 나도 슬픔의 눈물을 주체할 수가 없었다.

현의 아전이 오는 편에 신상례와 자방(신응구)이 편지를 보내 안부를 물었기에, 즉시 답장을 써서 부쳐 주고 말린 민물고기 30마리를 상례에게 보내 드렸다.

◎ ─ 10월 13일

관둔전에서 거둔 콩 4섬 2말, 좁쌀 평섬 1섬 6말을 가져왔다. 콩 1섬은 생원(오윤해)의 집에 주었다. 언신이 북면의 좁쌀 평섬 2섬을 실어와서 바쳤다. 억수가 길들인 매는 2, 3일에 50번을 날릴 수 있으니, 성질이 본래 유순하고 거역하지 않는다.

◎ ─ 10월 14일

전풍이 일이 있어 현에 간다기에 편지를 써서 보냈다. 좌수 권유년이 와서 보고, 술 1병, 닭 1마리, 달걀 5개, 배 8개, 꿀 2되, 모과 1말을 갖다 주었다. 큰 잔으로 술 다섯 잔을 대접해 보냈다.

춘금이 등을 시켜 토담집을 덮게 하고, 또 김장 구덩이를 만들게 했다. 안협에 사는 연수가 와서 보고 민물고기 90여 마리를 바치기에 술을 대접해 보냈다.

생원(오윤해)의 처남 최정운이 해주에서 왔다. 이곳에서 보낸 편지를 생원(오윤해)의 집에 전했으나 길이 바빠서 만나 보지 못했고 그 일가는 모두 잘 있다는 소식을 들었다고 한다. 소식을 듣지 못한 지가 이미 반년이나 되었기에, 이 편에 소식을 얻어 들을까 했더니 이번에도 들지 못했다. 한탄한들 어찌하겠는가.

또 들으니, 창평 현령(昌平縣令) 백유항(白惟恒)* 부자가 적에게 잡혀갔다고 한다. 그는 바로 최흥운(崔興雲)의 장인이다. 불쌍하다. 처음에 듣기로는 노령(蘆嶺)* 이하는 적의 침범을 받지 않았다고 했는데, 이제 다시 들으니 광주(光州)와 나주 등 여러 고을이 모두 분탕질을 당하여 적의 소굴이 되었고 장차 오래 주둔할 계획이라고 한다. 영암 임매의 집도 아마 화를 면치 못했을 것이니, 어디로 떠도는지 모르겠다. 이미 배를 타고 섬으로 들어갔겠지만, 어찌 오래도록 무사할 수 있겠는가. 매우 걱정스럽다.

박언방이 콩 17말을 꾸어 갔다. 그 집 콩은 아직 타작을 하지 않았는데, 환자를 독촉하기 때문에 꾸어 간 것이다. 김억수가 저녁 무렵에 작은 매를 비로소 놓았는데, 까투리 1마리를 잡아 왔다. 세속에서 말하는 명령(鳴鈴)이다.

◎ ― 10월 15일

내일은 증조부의 기일이다. 여기에서 제사를 지내려는데, 집에 반찬이 없어서 어육(魚肉)으로만 지낼 계획이다.

김언보가 현에서 왔다. 평강(오윤겸)의 편지를 보니, 내일 근친할 예정인데 자방(신응구)과 신대흥(申大興)*도 모두 와서 본다고 한다. 생

---

* 백유항(白惟恒): 1545~?. 창평 현령을 지냈다.
* 노령(蘆嶺): 전라북도 정읍시와 전라남도 장성군 북이면 경계에 있는 고개이다. 노령산맥의 남서부에 위치하며 갈재라고도 한다. 예부터 호남평야와 전남평야를 연결하는 주요 교통로로 이용되어 왔다.
* 신대흥(申大興): 신괄(申栝, 1529~1606). 오희문의 사위인 신응구의 막내 숙부이다. 대흥 현

연어 반 짝, 절인 은어 30마리, 생전복 30개, 대구 2마리를 보내왔다. 언보에게 술 한 잔을 대접하고 은어 3마리를 주었다. 짐을 지고 왔기 때문이다. 생원 한효중이 편지를 보내 안부를 물었다. 신대흥도 자방(신응구)의 집에 와 있다고 한다.

최참봉이 소금 1말, 조기 1뭇, 민어 반 짝, 대합(大蛤) 3개를 보냈다. 그 아들이 어제 황해도에서 올 때 구해 온 것이다. 즉시 답장을 쓰고 은어 5마리로 보답했다.

날이 어두워질 무렵에 민시중이 현에서 돌아왔다. 평강(오윤겸)의 편지를 보니, 내일 와서 근친할 터인데 자방(신응구)도 같이 온다고 했다. 그러나 자방(신응구)의 모친이 날마다 학질을 앓아 조금도 차도가 없다고 한다. 죽만 마시고 눕고 일어나는 것도 혼자서 못하며 입이 쓰고 갈증이 나서 증세가 위태로운데 부기까지 있다고 한다. 걱정스럽다.

작은 매를 놓아 까투리 2마리를 잡았다. 잘 날고 잘 잡으니, 비록 작아도 큰놈을 대적할 만하다. 기쁘다.

시중이 올 때 날꿩 4마리, 좋은 백미 3말, 참기름 1되, 들기름 2되, 두 가지 과일, 석이 등의 물건을 가져왔다.

◎ ― 10월 16일

이른 아침에 아우와 인아와 함께 제사를 지냈다. 밥, 국, 떡, 면, 세 가지 과일, 포, 식해, 세 가지 탕, 다섯 가지 어육적(魚肉炙)을 차리고 잔을 올렸을 뿐이다.

....
감을 지냈다.

전업이 관청에 바칠 태(太)와 두(豆) 각각 1섬씩을 가져왔다. 평강 (오윤겸)의 명령이었다. 태(太)는 전날에 이미 가져왔고 두(豆)는 이제 가져왔다.

전 토산 현감 이경담 희서(希瑞)가 찾아왔다. 그는 젊은 시절에 알고 지낸 친구이다. 전에 토산 현감으로 있다가 파면되어 안협에 사는데, 마침 찾아온 것이다. 점심을 대접하고 조용히 옛이야기를 나누다가 판관 최중운의 집으로 갔다. 이경담은 중운의 매부이다. 내일 다시 오기로 약속했다.

작은 매가 꿩 2마리를 잡았는데, 1마리는 수컷이다. 수컷을 보면 떠나가지 못하더니, 이제 비로소 잡았다. 기쁘다.

◎ — 10월 17일

이른 아침에 전풍이 현에서 왔다. 편지를 보니, 오늘 평강(오윤겸)이 자방(신응구)과 함께 온다고 한다. 백미 5말, 날꿩 2마리, 말린 열목어 10마리, 소금 2말을 보내왔다. 삼 2단도 보냈는데, 의아(義兒)가 요청한 것이어서 즉시 그에게 주었다.

토산 현감 이희서(李希瑞)가 최중운의 집에서 돌아왔기에, 점심을 대접하고 꿩 1마리를 주어 안협으로 가게 했다.

오후에 현의 아전이 왔다. 편지를 보니, 오늘은 꼭 근친하려고 했는데 하필 독운어사(督運御史)* 류공진이 내일 현에 온다고 해서 오지 못한다고 한다. 안타깝다. 생방어 반 짝을 보내왔기에 즉시 구워서 아

....
* 독운어사(督運御史): 세금이나 곡식, 군량미 등의 수송을 감독하는 어사이다.

우와 함께 먹었다. 매우 맛있다. 그러나 자방(신응구)의 모친의 병세가 날로 위중해지더니 이제는 점점 이질 증세까지 보인다고 한다. 구원하지 못할 것이 확실하다. 몹시 걱정스럽다. 자방(신응구)도 이 때문에 오지 못했다.

작은 매가 오늘도 꿩 1마리를 잡았으나, 꿩을 잡다가 물에 빠져 몸이 모두 젖었기 때문에 더 이상 날리지 못하고 품에 안고 돌아왔다. 몸이 얼까 싶어서이다. 관청의 매가 잡은 꿩 1마리는 보냈고, 작은 매가 잡은 꿩은 곧바로 억수에게 도로 주어 매에게 먹이게 했다.

진아 어미에게 구운 꿩 1마리를 싸서 보냈다. 날것이 변하면 먹지 못하기 때문에 구워 보내서 다 먹도록 했다.

◎ ― 10월 18일

날이 너무 차서 견딜 수가 없다. 문안 온 사람과 춘금이 등 5명에게 나무를 베게 했으나 날이 차고 해가 짧아서 많이 베지 못했다. 문안 온 사람도 많이 베어 오지 않았다. 안타깝다. 작은 매가 꿩 2마리를 잡았는데, 1마리는 억수에게 도로 주었다. 최경유가 생은어 20마리를 보내왔다.

◎ ― 10월 19일

작은 매가 꿩 2마리를 잡았다. 저녁에 평강(오윤겸)이 왔다. 당초 독운어사가 어제 현으로 오려고 했으므로 수일 안으로는 반드시 오지 못하리라고 생각했는데, 어사가 철원에서 낭천(狼川)*땅으로 갔다고 하기 때문에 와서 뵙는 것이란다. 자방(신응구)은 그 모친이 병을 앓기 때문에 함께 오지 못했다고 한다. 백미 5말, 좋은 술 1병을 가지고 왔다. 신상례는 내일 와서 보려 한다고 한다.

◎ ─ 10월 20일

최판관과 최참봉을 초청했는데, 참봉은 기일이어서 오지 못했다. 아쉽다. 저녁에 상례가 왔기에 저녁 식사를 대접한 뒤에 술자리를 마련했다. 관청에서 장무가 밖에서 과일과 술안주를 갖추어 와서 각자 술을 권하다가 밤이 깊어서야 파했다.

현에 사는 종손(終孫)이 닭 2마리, 메밀 2말을 갖다 바치기에 술과 밥을 대접했다. 작은 매가 꿩 1마리를 잡았다. 바람이 불고 눈이 내렸기 때문에 더 이상 날릴 수 없었다. 조인손과 정세당에게 물고기를 잡게 하여 백여 마리를 얻었다. 추워서 많이 잡지 못해 아쉽다.

◎ ─ 10월 21일

신상례는 이른 식사 뒤에 돌아갔다. 날꿩 1마리를 주었다. 최판관도 따라갔다. 다만 어른이 멀리까지 왔는데 하필 날이 차서 오고 가는데 고생이 많았을 것이다. 마음이 편치 않다.

오후에 작은 매를 앞산에 날려서 꿩 1마리를 잡은 뒤에 다시 날렸더니 도망가 버려서 찾을 수가 없었다. 날이 저물어 매를 찾던 사람들이 모두 돌아왔다. 탄식한들 어찌하겠는가. 꿩 12마리를 잡은 뒤에 잃

....

* 낭천(狼川): 현재 강원도 화천 일대이다. 동쪽으로는 양구현, 남쪽으로는 춘천부, 서쪽으로는 금화현, 북쪽으로는 금성현과 닿아 있었다. 《국역 신증동국여지승람》 권47 〈낭천현〉.

어버렸다. 내일 찾지 못하면 아주 잃은 것이다.

◎ ─ 10월 22일

평강(오윤겸)은 이른 식사 뒤에 현으로 돌아갔다. 매를 찾는 일 때문에 마을 사람들을 모두 산에 보냈으나 아침 식사 전까지 찾지 못했다. 아마 멀리 다른 곳으로 간 것이다. 안타깝다. 식사한 뒤에 또 춘금이 등에게 다시 가서 찾게 했다.

대장장이 춘복이 큰 빙어 10여 마리를 가져왔기에, 6마리는 함열 현감에게 시집간 딸에게 보내도록 평강(오윤겸)이 돌아가는 편에 부쳤다. 잃은 매를 끝내 찾지 못했다. 안타깝다. 최정운이 와서 보았다.

◎ ─ 10월 23일

언명이 마을 내의 양조군(糧調軍, 군량 조달을 맡은 군인) 13인을 불러 와서 술을 마시게 했다. 세 가지 과일, 세 가지 탕, 대행과(大行果) 2개, 술 6동이를 대접했다. 사람마다 각각 태(太) 1말, 조 2말, 두(豆) 3말씩 도합 태(太) 13말, 조 26말, 두(豆) 39말을 실어 왔다.

억수의 작은 매가 저녁 무렵에 앞들의 소나무에 와서 앉아 있는 것을 전풍이 좁쌀을 운반하는 일로 들에 나갔다가 보고 와서 알려 주었다. 즉시 억수 등을 시켜 산 닭을 가지고 가서 부르게 했더니, 이틀 동안 꿩을 잡아 배불리 먹었기 때문에 보고도 관심을 보이지 않았다. 이에 밤이 깊어지기를 기다려서 불을 밝히고 목을 매어 잡아 왔다. 매우 기쁘다. 그러나 몹시 살쪄서 길들이기 어려우니, 5, 6일 안으로는 날릴 수 없을 것이다.

◎ — 10월 24일

김억수가 환자를 실어 가는 일로 현에 들어간다기에 편지를 써서 전하게 했다. 작은 매는 춘금이에게 관리하게 했는데, 꿩을 거들떠보지도 않는다. 며칠 동안 들에서 자면서 꿩을 잡아 배불리 먹어 몹시 살쪘기 때문이다.

◎ — 10월 25일

지난밤에 큰 눈이 내리더니 아침까지도 그치지 않아 거의 반 자 넘게 쌓였다. 만일 종일 그치지 않는다면 한 자가 넘을 것이다. 거둔 콩과 조를 밭두둑에 쌓아 두었는데 요새 일이 많아서 미처 실어 오지 못했다. 지금은 눈을 만나 실어 올 수가 없다. 걱정스럽다. 이뿐만 아니라 나무도 베어 오기가 어려우니, 만일 오래도록 녹지 않는다면 위아래 사람들이 아침저녁으로 밥을 지을 나무 외에도 방에 땔 나무가 없을 터이니 더욱 고민스럽다.

◎ — 10월 26일

눈이 내린 뒤에 날이 배나 더 춥다. 북면의 품관 권수(權琇)가 와서 보기에 밥을 대접해 보냈다.

◎ — 10월 27일

때로 눈발이 날리고 바람이 몹시 세게 분다. 아침 식사 전에 김억수가 현에서 돌아왔다. 평강(오윤겸)의 편지를 보니, 잘 있다고 하고 자방의 모친의 병세는 좀 덜하다고 한다. 기쁘다. 그러나 들으니, 명나라 군사의 양식이 떨어졌는데 대군이 또한 오래지 않아 올 터라 양식을 공급할 수 없으므로 양경리가 편치 않은 말을 많이 해서 온 조정이 허둥지둥 어찌할 바를 모른다고 한다.

나랏일이 이 지경에 이르렀으니 몹시 걱정스럽다. 끝내 어찌될지 모르겠다. 억수가 오는 편에 생문어 반 짝, 절인 전복 40개, 절인 은어 50마리를 보내왔다. 어머니께 올릴 반찬이 떨어져 가는 때에 받았다. 몹시 기쁜 마음을 어찌 말로 다 하겠는가.

오후에 현에서 사람이 급히 와서 편지를 주었다. 편지를 보니, 자방(신응구)의 모친이 오늘 새벽에 세상을 떠났다고 한다. 몹시 놀랍고 슬프다. 초상의 모든 일은 평강(오윤겸)이 담당할 것이다. 그러나 고을이 쇠잔하고 재력이 없어서 필경 뜻대로 못할 것이고, 우리 집에서도 조금도 주선할 것이 없다. 형편이 이러하니 어찌하겠는가. 그저 통곡할 뿐이다. 자방(신응구)은 안 그래도 몸이 약한데 여러 달 동안 모친의 병구완을 하느라고 원기가 매우 약해졌다. 이제 큰 변을 당해 몸이 버틸 재간이 없을 것이다. 더욱 몹시 걱정스럽다. 아침에 좀 덜하다고 들었는데 부음이 저녁에 왔으니, 노친의 병은 이처럼 알 수가 없다. 내일 인아와 함께 가서 상사(喪事)를 볼 작정이다.

◎ ― 10월 28일

이른 아침에 인아와 함께 출발하여 도중에 최경유에게 들른 뒤에 달려서 현에 도착했다. 먼저 관아 안에 들어가 딸과 두 손녀를 보았는데, 딸이 나에게 만두와 꿩 다리를 대접했다. 조금 있다가 자방(신응구)이 머물고 있는 집에 가서 신상례를 위문하고 또 들어가서 자방(신응구)과 딸을 보았다. 오늘 이미 소렴을 했다고 한다. 평강(오윤겸)이 초상을 주관했다.

날이 어두울 무렵에 관아로 돌아오니, 마침 생원 한효중도 와서 초상 일을 살펴보고 있었다. 그는 오늘이 마침 기일이기 때문에 상가(喪家)에는 들어가지 않고 밖에서 일을 살폈다. 한공(韓公)과 두 아이와 같이 잤다.

◎ ─ 10월 29일

아침 식사 뒤에 상차(喪次)*에 가서 일을 보았다. 치관(治棺)*한 뒤에 입관하니 날이 이미 저물었고, 일이 끝나니 밤이 이미 깊었다.

나는 인아와 함께 먼저 돌아왔고, 평강(오윤겸)은 그대로 남아 있다가 빈소를 다 차린 뒤에 따라왔다. 또 한공과 같이 잤다. 평강(오윤겸)의 처족 최욱(崔頊)도 난을 피해서 이천에 와 있다가 마침 현에 들어왔기에 역시 같이 잤다.

상복을 만들게 했는데, 평강(오윤겸)이 준비한 것은 제 누이의 상복을 만들 베 1필과 대·소렴에 쓸 베 2필이고 그 나머지는 상가에서 스스로 준비했다. 우리 집에서도 자방(신응구)이 입을 베옷과 진아 어미의 장옷을 만들어서 저녁 무렵에 서촌에서 심부름꾼이 가져왔다. 신대흥도 연천에서 부음을 듣고 저녁 무렵에 현에 들어왔다. 초상의 모든 일은 평강(오윤겸)이 관청에서 준비했으나, 관청의 힘이 쇠잔해져서 뜻

....

* 　상차(喪次): 상중(喪中)에 상주가 거처하며 집상(執喪)하는 처소이다.
* 　치관(治棺): 관을 마련하는 것을 말한다.

대로 할 수 없었다. 탄식한들 어찌하겠는가. 그러나 관청의 힘으로 할 수 있는 일은 힘을 다해서 했다.

◎ ― 10월 30일

이른 아침에 두 아이와 함께 상가에 가서 성복(成服)*하는 것을 보고, 그 뒤에 들어가 자방(신응구)과 진아 어미를 보았다. 진아 어미는 몹시 수척하고 자방(신응구)도 몹시 피로해 보였다. 매우 걱정스럽다. 오전에 관아로 돌아와서 최욱과 두 아이와 같이 아침 식사를 했다.

북면 사람이 큰 곰 1마리를 잡아 왔다. 다만 한 사람이 곰에게 해를 당해 그 자리에서 죽었다고 한다. 불쌍한 일이다.

오후에 상가에 가서 상례와 신대홍 형제와 함께 이야기를 나누었다. 소주 1동이를 구해 가서 같이 마셨다. 또 여막(廬幕)에 가서 상제(喪制)를 본 뒤에 저녁 무렵에 돌아왔다. 진아 어미는 만나 보는 것이 편치가 않아서 보지 않았다. 안타깝다.

....

* 성복(成服): 상례(喪禮)에서 대렴(大殮)을 한 다음날에 상제들이 복제(服制)에 따라 상복을 입는 절차이다. 죽은 날로부터 4일째에 행한다.

11월 작은달 - 13일 동지(冬至), 29일 소한(小寒) -

◎ ─ 11월 1일

서촌으로 돌아오려고 했으나 평강(오윤겸)이 굳이 만류하여 그대로 머물고 먼저 옥춘을 보냈다. 그러나 아침부터 눈이 날리다가 비로 변했으니 아마 옷이 젖을 것이다. 걱정스럽다.

곰 발바닥을 구워서 두 아이와 같이 먹었다. 매우 맛있다. 또 잣죽과 소주 1잔을 마시고 진아를 불러다가 죽과 고기를 먹었다. 아침 식사로 관청에서 연포를 준비했기에, 상례와 대흥을 불러 같이 먹었다. 처음에는 상례에게 고기를 권하려고 했으나 그가 고사하고 들지 않았다. 종일 이야기를 나누다가 저녁 식사도 같이하고 어두울 무렵에 각각 헤어졌다.

아침부터 저녁까지 눈비가 섞여 내리고 그치지 않으니, 옥춘은 아마 돌아가지 못했을 것이다. 비 때문에 상제에게 가 보지 못했다.

◎ — 11월 2일

아침 식사 전에 상례와 대흥을 보았다. 대흥이 오늘 연천의 집으로 돌아가므로, 와서 작별했다. 안으로 들어가서 상제를 보고, 또 진아 어미를 만나 한참 이야기했다. 처음에는 서촌으로 돌아오려고 했으나, 마침 바람이 몹시 차갑고 해도 떨어져서 돌아가지 못할 것 같아서 평강(오윤겸)이 굳이 만류해서 머물게 했다.

오후에 또 상가에 가서 상제와 진아 어미를 보고 관아로 돌아왔다. 들으니, 관이 커서 자방(신응구)의 옷과 진아 어미의 옷을 모두 넣었다고 한다. 저녁에 영변에서 조문을 온 사람이 상례의 집에 왔는데, 미처 만나 보지 못하여 온 집안이 애통해 했다.

◎ — 11월 3일

아침 식사 전에 상제에게 가 보고 또 진아 어미를 만나고 돌아왔다. 어제 생원 한효중 형제가 현에 들어와서 같이 잤다. 독운어사 류공진이 현에 왔으므로, 평강(오윤겸)이 밤을 틈타 가 보고 밤이 깊은 뒤에 돌아왔다.

아침 식사 뒤에 인아와 함께 출발하여 달려서 부석사에 이르렀다. 일찍이 언명, 경유와 함께 여기에서 모이기로 약속했는데 오지 않았다. 경유의 집에 중을 보내 내일 올라오라고 편지를 전했더니, 김린과 함께 내일 아침에 올라오겠다고 답장했다. 등불을 끄고 자리에 든 뒤에 언명이 들어왔다. 민시중 등과 함께 매를 가지고 와서 종일 날렸으나 꿩을 한 마리도 잡지 못하고 그대로 날이 저물어서 왔다고 한다. 시중, 억수, 전풍 등도 각각 매를 가지고 왔다.

아침에 상례가 새우젓, 알젓, 게알젓, 조기를 보내 주었다. 바로 영변에서 보낸 물건이다. 평강(오윤겸)에게도 이와 같이 보냈다. 영변 판관 박동열은 상례의 사위이다. 콩 3말을 가져와서 내일 중에게 두부를 만들게 하려고 한다.

◎ ─ 11월 4일

아침 식사 때 우리 형제, 인아, 경유 부자, 품관 김린이 같이 연포를 먹었다.

오전에 여러 사람과 말을 타고 오다가 동구(洞口)에서 매를 날렸다. 전풍과 민시중의 매는 오늘 처음으로 날려서 각각 꿩 1마리씩 잡았고, 작은 매는 꿩 2마리를 잡았다. 그러나 꿩을 모는 자들이 힘껏 몰지 않아서 저녁에는 1마리도 날지 않았기 때문에 더 이상 잡지 못했다. 안타깝다. 어두울 무렵에 집으로 돌아왔다. 꿩 1마리는 경유에게 주고, 전풍의 매가 잡은 꿩은 그에게 주어서 매에게 먹이게 했다.

인아의 딸 후임에게 중설(中舌)*이 난 것을 저물녘에 비로소 알았으니, 살리지 못할 뻔했다. 즉시 침으로 터뜨린 뒤에 겨우 소생시켰다. 소리를 내어 울었다. 위태로울 뻔했다.

집에 와서 들으니, 부석사의 중들이 두부 1동이와 절편 2바구니를 갖다 바쳤고, 전귀실은 국수와 술, 전업이 술 2병, 안주, 과일을 각각 가져왔다고 한다. 마침 내가 없어서 보답하지 못했다. 아쉽다.

....

* 　중설(中舌): 갓난아이의 태열로 인해 혀뿌리 부분에 난 종기이다. 모양이 마치 작은 혀와 같다고 하여 중설(重舌)이라고도 한다.

◎ ─ 11월 5일

채억복이 잡았다는 매를 가져왔기에 보니, 모양이 비범하고 몸집이 커서 한 자가 넘는다. 일찍이 못 본 것으로 진정 애완할 만하다. 그러나 억복이란 자가 원망의 말을 많이 한다고 하므로, 여기에 머물러 둘 수가 없어서 관청에 바치게 했다. 매를 잡았다는 말을 듣고 관청에서 패자를 발부하여 잡아 오게 했으니, 그가 아마 나에게 들은 까닭일 것이다.

김언보가 와서 보기에, 곰 고기를 대접하고 또 큰 잔으로 술 한 잔을 주었다. 민시중도 대접했다.

오늘 매를 날려서 전풍의 매가 꿩 2마리를 잡았고 작은 매는 4마리를 잡았다. 시중의 매가 1마리를 잡았으나 도로 주었고, 전풍이 잡은 꿩 1마리도 도로 주었다. 작은 매는 춘금이가 날렸기 때문에 모두 가져왔다. 언명과 생원(오윤해)의 집에도 각각 1마리씩 보냈다. 후임은 아직도 다 낫지 않아 젖을 먹지 못한다. 걱정스럽다.

◎ ─ 11월 6일

언신 등에게 소와 말 3마리를 끌고 북면으로 가게 했다. 좁쌀을 실어 오는 일 때문이다. 박언수가 매를 날려 꿩 3마리를 잡아 왔다. 채억복이 매를 가지고 와서 바치기에, 민시중의 매를 주었다. 어제는 그가 원망한다는 말을 들었기 때문에 관청에 바치게 했지만, 김언보 등이 와서 여기 머물러 두게 해 달라고 간청하고 억복도 매를 가지고 와서 청했기 때문에 다른 매로 바꾸어 준 것이다.

새벽에 집사람이 꿈에 죽은 딸을 본 일을 말해 주면서 하염없이 울었다. 나도 듣고는 몹시 슬피 울었다. 사람의 정이란 오래되면 잊혀지기 마련인데, 이 딸의 죽음은 오래되어도 잊지 못하겠으니 어찌하겠는가. 한갓 스스로 슬퍼하고 탄식할 뿐이다.

작은 매가 꿩 4마리를 잡았는데, 2마리는 도로 억수에게 주었다. 이 매는 덩치가 비록 작으나 재주가 매우 뛰어나서, 오늘 네 번 날려서 4마리를 잡았다. 잘 날고 잘 잡으니 작아도 효과는 크다고 할 만하다. 몹시 사랑스럽다. 전풍의 매는 2마리를 잡았는데, 1마리는 도로 주었다. 이 매도 숙련되면 역시 재주가 좋을 것이라고 한다.

김담에게 문안 온 사람 4명을 데리고 나무를 베게 했다. 겨울을 지낼 땔감을 마련하려는 것이다. 점심을 대접했다.

◎ ― 11월 7일

아침 전에 현의 아전 무손(武孫)이 편지를 가지고 왔기에 보니, 오늘 북면에 가서 좁쌀을 얻으려 한다고 했다. 군량이 부족하기 때문이다. 안타깝다. 곰 기름 1말, 곰고기 포 60조를 보내왔기에, 언명의 집에 포 10조, 기름 1되, 생원(오윤해)의 집에 포 5조, 기름 1되를 나누어 보냈다. 통인(通引)* 만세(萬世)가 돌아가는 편에 답장을 써 주고 현으로 보냈다.

작은 매가 꿩 2마리를 잡았는데, 1마리는 억수에게 도로 주었다. 전풍의 매는 세 번이나 날렸으나 1마리도 잡지 못했다. 아쉽다. 꿩을

....

* 통인(通引): 지방 관아에서 수령의 잔심부름을 하던 이속(吏屬)이다. 특히 경기도와 영동 지방에서 사용하던 명칭이다.

몰 사람이 없어서 많이 날리지 못했다고 한다.

◎ ― 11월 8일

김담을 현 내의 신함열의 집에 보내면서 말먹이 콩 7말, 녹두 5되, 김치 1항아리, 숯 반 섬 등의 물건을 실어 보냈다. 관청의 둔전에서 나온 보리 평섬 1섬을 사동(土同)이 가져왔다. 관청의 명령이다.

작은 매가 꿩 2마리를 잡았는데, 1마리는 억수에게 도로 주었다. 전풍의 매도 1마리를 잡았다.

안악(安岳)에 사는 계집종 복시(福是)의 남편 은광(銀光)이 지난 1일에 신공으로 포목 1필, 목화 4근을 가져와서 어머니께 바쳤다. 내가 마침 현의 관아에 있었기 때문에 쫓아와서 술과 음식을 주고 후하게 대접했다. 그러나 마전(麻田)*에게 부림을 당해 몹시 괴로운데, 이제 또 마전의 매부 진사 윤중삼(尹重三)*이 가족을 거느리고 그 집에 와 있어서 위아래에 음식을 공급하는 것이 매우 어렵기 때문에 우리 집에서 사람을 보내 주기를 바란다고 했다. 그러나 일의 형세가 어려울 뿐만 아니라 집에 종이 없어서 하지 못하고 다만 평강(오윤겸)더러 윤공(尹公)에게 편지를 보내 어머니의 뜻을 말하게 했다. 또 안악 군수(安岳郡守)에게 편지를 보내 그 집을 후하게 돌봐 주게 했다. 하루를 머물게 한 뒤에 양식 1말 5되, 감장 2되를 주어 보냈다.

어머니께서 복시가 보내온 의외의 물건을 얻으셨다. 몹시 기쁘다.

....

* 　마전(麻田): 마전 현감을 지낸 신홍점(申鴻漸, 1551~?)이다. 1588년 식년시에 입격했다.
* 　윤중삼(尹重三): 1563~1619. 강원도 관찰사를 지냈다.

즉시 그 포목으로 속에 입는 장저고리를 짓게 했다. 더욱 기쁘다. 큰 매는 오늘부터 길들이기 시작했다.

◎ ─ 11월 9일

자미(이빈)의 사내종 석수(石守)가 용인(龍仁)에서 매를 얻으려고 현에 왔다가 그 일로 여기에 왔다. 관가에는 매가 없기 때문에 부득이 여기에서 길들인 매로 주어야 한다. 본래 전풍의 매를 주어 보내려고 했으나 너무 비정한 일이다. 이제 한창 길들여서 재주가 있는 것을 어떻게 남에게 주겠는가. 그러나 여기에 있던 1마리의 매는 남에게 주었고, 억복에게서 바꾼 큰 매만 있는데 아직 길들이지 않아서 이달 안으로는 날릴 수가 없다. 오직 억수의 작은 매만 날릴 수가 있었지만, 시중의 매와 바꿨으니 이제는 내 소유가 아니다. 지금 날릴 만한 매가 1마리도 없으니, 근래에 어머니를 봉양할 반찬이 걱정이다. 그러나 형세가 그러한 것을 어찌하겠는가.

평강(오윤겸)이 지난번에 영원에 오갈 때 마침 자미(이빈)의 부인이 여러 아들을 데리고 홍천 땅으로 가는 것을 다행히 보았는데, 이때 매를 구해 주기로 약속했으므로 어쩔 수 없이 주어 보냈다.

그러나 들으니, 경여(敬輿)*의 부인이 수원의 농막으로 옮겨 갔다고 한다. 그 소식을 얻어 듣기가 몹시 어렵다. 안타깝다. 아산 이시열도 아마 피난하는 환난을 만났을 터인데, 어느 곳에서 떠도는지 모르겠다. 인천 정사과댁(鄭司果宅) 소식도 듣지 못한 지 여러 해가 되어서 살았는

....

* 경여(敬輿): 이지(李贄, ?~1594). 자는 경여이다. 오희문의 처남으로, 이빈의 동생이다.

지 죽었는지 전혀 알 수가 없다. 안타까우나 어찌하겠는가.

억수의 작은 매가 꿩 3마리를 잡았는데, 자기가 2마리를 차지하고 1마리만 갖다 바쳤다. 전풍의 매는 2마리를 잡았는데, 1마리는 도로 주었다. 박언수의 매가 잡은 1마리도 가져왔다. 전풍의 매는 장식한 것을 떼고 장수댁(長水宅)의 사내종에게 주었다. 그는 이시증의 장인집 가노(家奴)인데, 장수댁의 편지를 가지고 석수와 함께 와서 요구했다. 저녁에 비가 내리기 시작해서 밤새 부슬부슬 왔다.

김언신 등이 북면의 조를 싣고 왔는데, 마침 날이 저물어서 되어 보지 못하고 받았다.

◎ ─ 11월 10일

북면의 조를 다시 되어 본 뒤에 계집종들의 급료를 나누어 주고, 또 언명의 집에 2말, 생원(오윤해)의 집에 3말과 두(豆) 2말을 나누어 주었다.

좁쌀 평섬 4섬 3말, 두(豆) 5말을 실어 왔다. 어제 비가 내린 뒤로 센 바람이 불고 추워서 사람이 출입할 수가 없으므로, 석수 등은 그대로 머물러 있었다. 또 바람 때문에 매도 날리지 못했다. 언명의 처와 붕아는 5일부터 스스로 밥을 지어 먹었다.

어제저녁에 김담이 현에서 왔다. 신상례의 편지를 보니, 발인은 19일로 정했다고 한다. 또 평강(오윤겸)은 군량을 구하는 일로 북쪽 세 면에 갔다고 한다. 생원 한효중의 아내가 집사람에게 편지와 함께 생은어 3두름을 보냈다. 13일에 지낼 제사 때에 쓸 수 있겠다. 몹시 기쁘다. 평강(오윤겸)이 북면에 간 뒤로는 관가의 소식을 전혀 들을 수가 없다.

◎ — 11월 11일

장수댁의 사내종 석수가 매를 가지고 돌아갔다. 달리 보낼 물건이 없어서 곰고기 포 5조, 메밀 1말, 날꿩 1마리, 석이 4되, 민물고기 식해 조금, 생은어 1두름을 보냈고, 시윤에게 포 3조 등을 구해 보냈다. 경여의 부인에게도 곰고기 포 5조를 보냈다. 평강(오윤겸)은 꿀 3되, 잣 1말, 백지 1뭇을 구해 보냈다고 한다.

간밤에 표범이 물어 죽인 사슴을 마침 전풍이 보았는데, 여러 표범들이 다 먹어 버리고 가죽만 조금 남겨 두었더라고 한다. 표범 1마리도 죽어 있었는데, 아마 표범들끼리 싸우다가 죽었을 것이라고 한다. 김담에게 콩 3말을 지워 원적사에 보내 중에게 두부를 만들어 오도록 했다.

◎ — 11월 12일

최판관이 사람을 보내서 안부를 묻고 제사 지내고 남은 흰떡 1바구니를 보냈다. 그 후의가 매우 고맙다. 수일 전에도 떡을 보내고 안부를 물었다.

억수의 매가 잡은 꿩 1마리를 가져왔다. 박언수도 꿩 2마리를 갖다 바쳤다. 내일 제사에 쓰려고 한다.

저녁에 생원(오윤해)이 왔다. 고대하던 끝에 갑자기 오니, 온 집안 사람들의 기쁨을 어찌 말로 다 할 수 있겠는가. 다만 덕노가 간 곳을 알 수 없고 춘이도 나타나지 않는데, 전해 들리는 말에 괴산(槐山)에서 장가를 들어 산다고 한다. 몹시 괘씸하다. 덕노는 만일 죽지 않았다면 아마 아주 달아나 오지 않는 것이리라. 그러나 허찬도 같이 갔으니, 조만간 소식을 들을 길이 있을 것이다.

또 들으니, 영암 임경흠(林景欽)*의 온 가족이 즉시 배를 타고 피난하지 못하고 적이 가까이 왔다는 소식을 들은 뒤에야 배에 올랐는데, 바다 어귀로 나가자 적의 배도 바다 어귀로부터 조수를 따라 들어와서 어쩔 수 없이 도로 육지에 내렸다고 한다. 그 뒤로 간 곳과 생사를 알 수가 없다고 하니, 아마 죽은 것이리라. 몹시 놀랍고 애통하지만 어쩌겠는가. 생원(오윤해)이 한양에 갔을 때 마침 참판 민준(閔濬)* 영공을 만나서 들은 말이라고 한다. 민준의 사위는 바로 정자(正字) 임현(林晛)*으로, 경흠의 조카이다. 임현도 배를 타고 바다 어귀에 이르렀다가 적을 만나서 재물을 모두 약탈당하고 겨우 몸만 살아서 마침 다른 배를 얻어 타고 남포 땅에 와서 육지에 올라 이미 수원에 이르렀고, 오늘내일 중에 한양으로 들어갈 것이라고 한다.

명나라 군사가 남하하여 왕래하는 자들이 길가의 민가에서 재물을 약탈하는 바람에 백성이 살 수가 없어 낮이면 숲속으로 도망해 숨고 밤에만 와서 자는데, 가재(家財)와 곡식은 모두 땅에 묻어 두었다고 한다. 단단히 감추지 않으면 모두 파 간다고 한다. 생원(오윤해)이 돌아올 때에도 방아를 찧어 준비한 곡식과 말린 민어 2마리, 조개젓 등을 모두 빼앗겼다고 한다.

....

* 임경흠(林景欽): 임극신(林克愼, 1550~?). 자는 경흠이다. 오희문의 매부이다.
* 민준(閔濬): 1532~1614. 임진왜란이 일어나자 선조를 의주까지 호종했다. 그해 좌부승지가 되어 어려운 행궁(行宮)의 국사 처리에 많은 공을 세웠다.
* 임현(林晛): 1569~1601. 오희문의 매부인 임극신의 조카이다.

◎ — 11월 13일

오늘은 동지이다. 새벽에 아우와 함께 제사를 지내고 팥죽 2말을 쑤어 위아래 사람들이 나누어 먹었다. 밤에 눈이 내리더니 아침에도 음산하다.

결성에 사는 평강(오윤겸)의 사내종 금손(今孫)이 마른 민어 1마리를 보냈고, 집사람에게도 1마리를 보냈다.

오전에 최참봉이 와서 종일 이야기를 나누고 같이 바둑을 두었다. 술과 식사를 대접하고 날이 저물어서 우리 집에서 잤다. 김린도 찾아왔다. 현의 방자 춘세가 현으로 돌아가기에, 진아 어미에게 두부 30모를 보내 주었다.

◎ — 11월 14일

최참봉이 아침 식사 전에 집으로 돌아가기에, 술 두 잔을 대접해 보냈다. 아침 식사는 전업이 대접하기 때문에 여기에서는 먹지 않고 갔다.

춘금이를 시켜 밭두둑에 쌓아 두었던 콩을 묶어서 실어 오게 했다. 느즈막이 내가 직접 가서 보니 들쥐가 집을 짓고 모두 물어다가 제집에 가득히 감추어 두었기에 그것을 파내게 했더니 두어 말이 넘었다. 곳곳이 모두 이 지경이니 손실이 매우 많다. 안타깝지만 어찌하겠는가. 마침 날이 저물어 실어 오지 못했다.

◎ — 11월 15일

아침에 채억복이 꿩 2마리를 갖다 바쳤다. 콩과 녹두를 실어 왔다. 요새 집사람에게 학질 기미가 있는 것 같아 몸에 불편한 징후가 많다.

걱정스럽다.

◎ ─ 11월 16일

아침에 현에서 사람이 왔다. 평강(오윤겸)의 편지를 보니, 북촌에 무사히 갔다 왔고 또 남면에 가서 조를 얻으려 한다고 했다. 북촌에서 얻은 것은 거의 백여 섬이라고 한다. 백미 5말, 매조미쌀 10말, 방어 반 짝, 송어 1마리, 쌀새우젓 2사발, 말린 은어 10두름, 소주 3선을 마침 양식이 떨어졌을 때에 보내왔다. 기쁘다. 언명과 생원(오윤해)의 집에 각각 쌀 1말, 은어 1두름을 나누어 보냈다.

타작하는 날에 실어 온 황태(黃太) 6말, 팥 6말, 녹두 5말, 적태(赤 太) 평섬 1섬 4말 중에서 각각 1말씩을 동쪽과 서쪽 집에 보냈다.

생원 허열(許烈)이 와서 보았다. 알지 못하는 사람이지만, 도망간 노비를 찾는 일로 현에 왔다가 여기를 지나게 되었는데 날이 저물어 묵어 가려고 왔다고 한다. 저녁밥을 대접하고 이웃집에서 자게 했다. 장단(長湍) 땅에 피난해 있다고 한다. 허찬의 일족이다.

◎ ─ 11월 17일

집사람이 병이 나서 밤새 신음했다. 크게 아프지는 않으나 몸이 자 못 편치 않다고 한다. 매우 걱정스럽다.

오후에 현의 방자 연금이(連金伊)가 편지를 가지고 왔기에 보니, 함 열 현감이 모레 발인하여 돌아가기 때문에 사람을 보내서 알린다고 한 다. 이곳에서 기르는 소 2마리를 빌려 발인할 때 양식을 실어 가고 싶 어 한다고 했다. 이 때문에 언신의 집에서 기르는 소를 먼저 보냈다. 우리 소는 내일 내가 갈 때 끌고 갈 계획이다.

수철장(水鐵匠)* 장눌은동(張訥隱同)이 와서 보고 팥 16말, 좌철(坐鐵) 1벌을 갖다 바치기에, 술과 식사를 대접하고 또 대구 1마리를 주어 후의에 보답했다.

억수의 작은 매는 그저께 황촌에 가져가 날렸는데 달아났고, 박언수의 매도 어제 잃었는데 모두 찾지 못했다고 한다. 안타깝다.

저녁에 현의 아전이 또 왔다. 편지를 보니, 함열 집안의 발인은 처음에 모레 하려고 했으나 그 집에서 한양에 보낸 사내종들이 아직 돌아오지 않았기 때문에 할 수 없이 물렸다고 한다. 이 때문에 가려다가 중지했다.

◎ ─ 11월 18일

어제 저물녘부터 비가 내리더니 밤새 잠시도 그치지 않았고 오늘 아침까지도 여전히 내렸다. 만일 이로 인해 날이 추워지면 밀과 보리가 반드시 모두 얼어 죽을 것이다. 안타깝다. 느지막이 비로소 날이 개었으나, 냇물이 불어 다리가 모두 떠내려갔다.

◎ ─ 11월 19일

김언보가 매를 가지고 와서 보았다. 이 매는 생김새가 기이하고 등은 모두 희며 몸집은 별로 크지 않아 겨우 8치 남짓 하지만 반드시 좋

---

* 수철장(水鐵匠): 공조(工曹)에 예속되어 있던 경공장(京工匠)의 하나이다. 가마솥, 제기 등 무쇠 그릇을 만들었다.

은 재주가 있을 것이다. 어떤 사람이 와서 팔기에 포목 1필 반을 주고 바꾸어서 길들여 꿩을 잡으려 한다고 한다.

어제 비가 내리기는 했으나 날이 그리 춥지는 않다. 최판관이 편지를 보내 안부를 물었다.

◎ — 11월 20일

눈이 날렸다. 김억수가 그 작은 매를 이천 사람이 잡아갔다는 말을 듣고 이른 아침에 찾으러 갔다.

◎ — 11월 21일

억수가 돌아와서 이천 사람이 잃어버렸다고 핑계를 대며 주지 않더라고 했다. 괘씸하고 얄밉다. 내일 현으로 보내서, 평강(오윤겸)에게 사람을 보내서 이천 현감[伊川縣監, 윤원(尹睕)]에게 편지를 전하게 하여 담당자를 잡아 가두고 되찾아 오게 할 계획이다.

◎ — 11월 22일

시중, 억수 등이 현에 들어가기에 편지를 써서 보냈다. 억수가 잃은 매를 찾기 위해서이다.

◎ — 11월 23일

간밤에 눈이 내리더니 아침에는 북풍이 매우 매섭고 날이 몹시 차다. 올겨울 추위가 오늘 같은 날이 없었다.

오후에 현에서 사람이 왔다. 편지를 보니, 함열 집안의 발인은 27

일로 정했다고 한다. 나는 25일쯤 현에 들어갈 계획이다. 평강(오윤겸)이 날꿩 3마리, 말린 문어 3마리, 대구 2마리, 다시마 2동, 준치 2마리, 밴댕이 2두름, 배 30개, 생문어 2조, 소고기 1덩어리 등과 소주 3선, 청주 3선를 구해 보냈다. 요새 반찬이 떨어졌는데 이제 이 물건을 얻게 되어 어머니께 올릴 반찬 걱정이 없어졌다. 몹시 기쁘다. 즉시 답장을 써서 온 사람을 돌려보냈고, 술은 언명과 함께 두어 잔을 마셨다. 아침에 전업이 현에 들어가기에 편지를 써서 보냈다.

◎ ─ 11월 24일

날이 몹시 추운데 춘금이는 손이 아프고 담이(淡伊)는 옷이 얇아서 모두 나무를 베지 못하므로, 일전에 문안 왔던 사람들에게 나무를 베어 오게 했다. 그러나 두 사람 이외에는 아무도 말을 듣지 않았다. 괘씸하다.

저녁에 안손이 현에서 돌아왔다. 그편에 들으니, 함열 집안의 발인은 27일로 정했다고 한다. 이 때문에 내일 생원(오윤해)과 함께 가려고 한다. 그러나 전날에 다리가 떠내려간 뒤 냇물이 반쯤 얼어서 건너기가 쉽지 않다고 한다. 걱정스럽다. 딸이 말린 은어 6두름을 구해 보냈다. 평강(오윤겸)도 날꿩 2마리를 보냈고, 제 어미가 신을 신도 만들어 보냈다.

◎ ─ 11월 25일

아침 식사 뒤에 생원(오윤해)과 함께 출발했으나, 냇물의 얼음이 굳지 않아서 사람이 통행할 수 없었다. 험준한 벼랑길을 걷기도 하고 말을 타기도 하면서 간신히 가다가 멀리 가지 못해서 말이 얼음에 자빠졌다. 나도 떨어져 오른쪽 다리를 바위에 부딪혀 쑤시고 아팠다. 그러나 심하게 다치지는 않았다. 막 저물 무렵 부석사에 이르러 잤다.

당초 소를 끌고 오려고 했으나, 얼음길에 갈 수가 없어서 못 끌고 왔다. 함열 집안에서는 발인할 때 이 소로 수레를 끌게 하려고 했으나, 얼음 때문에 할 수 없게 되었다. 아마 이것을 믿고 고대하고 있을 것이다. 몹시 걱정스럽다. 그러나 형편이 그러한 것을 어찌하겠는가.

◎ ― 11월 26일

이른 식사 때 중이 두부를 만들어 내왔다. 한두 번도 아니고 번번이 이와 같이 하니 미안하다. 마침 간밤에 눈이 내려 고갯길 얼음 비탈에 눈이 두텁게 덮였기 때문에 자빠질 염려가 없이 무사히 현에 도착했다. 생원 한효중도 왔다. 한참 이야기를 나누다가 상가에 들어가 보고 제사를 지냈다. 이는 관청에서 준비한 것이다. 면, 떡, 포, 식해, 세 가지 과일뿐이었다.

상가에서 오직 우리 소만 믿고 있어서 한창 걱정했는데, 한생원의 집에 소가 있었으므로 할 수 없이 그 소를 빌려서 갔다. 저녁 무렵에 관아로 돌아왔는데, 얼마 뒤 평원수(平原守)가 서촌에서 이곳으로 왔다. 그는 어제 서촌으로 나를 찾아갔다가 마침 내가 여기에 왔기 때문에 만나지 못하고 집사람만 만나고 여기로 온 것이다. 그는 집사람의 사촌이다. 난리 뒤에 이제 만나니, 기쁘고 위로되는 심정을 어찌 말로 다 하겠는가. 고양(高陽) 땅에 머물고 있다고 한다. 관아의 방에서 같이 잤다. 한생원도 같이 잤다.

허찬과 덕노가 어제저녁에 여기에 왔다. 덕노는 바꾼 물건을 모두 잃었고, 심지어 말도 양지(陽智)의 농가에서 죽었다고 한다. 비록 매우 애통하지만 어찌하겠는가. 죽었으리라고 생각했는데 죽지 않고 살아서 돌아왔으니, 한편으로는 다행이다. 내일 발인할 때 사람 수가 적기 때문에 덕노에게 산소까지 운구를 모시고 갔다가 돌아오게 했다.

◎ ─ 11월 27일

날이 밝을 무렵에 발인했다. 나는 10여 리쯤 따라갔다가 돌아왔다. 생원(오윤해)과 허찬은 반쯤 가다가 돌아왔고, 평강(오윤겸)은 바로 철원까지 호송(護送)하고 돌아온다고 했다. 나는 올 때 딸이 머무는 집에 들렀다가 왔다. 평원수와 함께 아침 식사를 들었다.

발인에 관한 모든 일은 현에서 마련했으나, 물력이 부족해서 하나하나가 여의치 않았다. 탄식한들 어찌하겠는가. 여기에서 철원까지는 이 현의 사람과 소가 맡고, 철원부터 연천까지는 철원에서 준비해서 호송한다고 한다. 그러나 연천 현감이 마침 임시 파견 관원이 되어 관아에 없다고 하니, 그 뒤의 일이 몹시 걱정스럽다. 동거(童車)에 소 2 마리를 매어서 갔다. 다만 나와 두 아이가 날이 밝을 무렵에 상가에 가 보니, 상여가 이미 마을 밖으로 떠난 뒤였다. 수레에 싣기 전에 미처 가지 못했으니 몹시 안타깝다. 모두 하인들이 미처 밥을 내오지 못한 까닭이다. 또 평원수와 같이 잤다.

◎ ─ 11월 28일

평강(오윤겸)이 철원에서 관아로 돌아왔는데, 무사히 떠나보내고 왔다. 철원 부사가 위아래 전부에게 음식을 마련해 주었고 연천현까지 사람과 소도 내주었다고 한다. 또 백미 3말, 전미(田米) 5말, 콩 5말을 주어서 함열 현감이 그 처자가 머무는 집에 실어 보냈다.

오후에 관아에서 찐 떡을 내오고 1바구니를 주기에 내가 직접 가지고 가서 딸을 만나 보고 아이들에게 주었다. 저녁에 관아로 돌아오니, 신상례가 나에게 말린 은어 5두름을 주었다. 또 평원수와 같이 잤다.

◎ ─ 11월 29일

오늘 집으로 돌아오려고 했으나 평강(오윤겸)이 억지로 만류해서 그 김에 딸을 불러다가 둘러앉아 종일 이야기를 나누었다. 오후에 찰방 이빈이 이천 집에서 현으로 들어와서 역시 같이 잤다. 그는 제수를 구하기 위해서 왔다.

광주 목사(廣州牧使)가 평강(오윤겸)에게 사기그릇 2죽을 주었는데, 평강(오윤겸)이 내 집에 사기사발 8개와 접시 9개를 보냈다. 이 물건을 구하려고 한 지 오래되었으므로 몹시 기쁘다. 오늘이 소한이다.

12월 큰달 -15일 대한(大寒)·납향(臘享), 30일 입춘(立春) -

◎ ─ 12월 1일

이른 식사 뒤에 생원(오윤해), 허찬과 함께 출발했다. 눈이 내려 종일 그치지 않았지만 옷이 젖지는 않았다. 올 때 날꿩 3마리와 돼지고기 조금을 가지고 왔다. 달려서 서촌에 도착하니 아직 해가 지지 않았다. 와서 들으니, 큰 매를 아직도 날리지 못해서 부득이 김업산(金業山)에게 길들이도록 보냈다고 한다. 김업산이 매 길들이는 법을 잘 알아서 자청해서 길들인다고 했기 때문이다.

김억수가 이천에서 돌아왔는데, 매를 찾지 못했다고 한다. 매를 잡아간 자를 가두었는데도 아직 바치지 않았다고 했기 때문에 또 도로 보냈다. 비록 도로 찾지 못하더라도 만일 매 값을 얻으면 받아 오도록 생원(오윤해)에게 이천 현감 자제 앞으로 편지를 쓰게 하여 내일 보낼 계획이다. 현감의 아들이 윤해와 동년우이기 때문이다.

◎ — 12월 2일

마을 사람 전업, 김언보 등이 와서 보기에 술과 떡을 대접했다. 김업산도 큰 매를 가지고 와서 보고 매 먹이와 등유(燈油)를 구해 갔다. 역시 술과 떡을 대접했다.

◎ — 12월 3일

아침에 관청 사람이 왔다. 편지를 보니, 순찰사의 관자(關子)에 다시 평강(오윤겸)을 종사관으로 삼고 전령을 기다렸다가 즉시 출발하라고 했단다. 이 때문에 행장을 꾸릴 때 관청 사람이 너무 적어서 데리고 갈 사람을 구하기 몹시 어려워서 어쩔 수 없이 김언신을 데리고 가겠다고 했다. 내일 밭 주인들에게 술을 대접하려고 하는데 언신이 없어서는 안 되기 때문에 우선 머물게 하고 모레 보낼 계획이다. 그러나 이처럼 몹시 추운 날에 평강(오윤겸)이 행장을 꾸리는 데 차질을 빚은데다 털옷도 없으니, 먼 길을 가면 반드시 큰 감기를 앓을 것이다. 매우 걱정스럽다.

허찬이 김담을 데리고 토산으로 갔다. 토산 현감 허민(許旻)이 허찬의 일가이기 때문에 양식으로 쓸 쌀과 콩을 얻어 오려는 것이다.

◎ — 12월 4일

올해 밭을 준 사람들을 불러 모아서 술을 대접해 보답했다. 세 가지 탕과 세 가지 과일, 면을 차렸다. 그러나 9명 중에 7명만 와서 마시고 두 사람은 오지 않았다. 또 이웃 마을의 사환들을 불러서 역시 남은 술을 주었다. 관청의 통인 만세가 현으로 돌아가기에 편지를 써서 보냈다.

김억수가 이천에서 돌아왔다. 작은 매를 잃어버려서 어쩔 수 없이 다른 매를 징수해 보냈다고 한다. 먼저 매보다 좀 큰데, 한창 길들여 날리는 중이고 또 좋은 자질을 지녔다고 한다. 그러나 날려 본 뒤라야 재주의 여부를 알 수가 있을 것이다. 이천 현감이 갇혀 있는 사람을 독촉했기 때문에 밭을 팔아서 매로 바꾸어 보낸 것이라고 한다. 한편으로는 미안하다.

저녁에 허찬이 돌아와서 말하기를, 토산 현감이 명나라 군사의 양식을 미처 실어 보내지 못한 일로 잡혀가서 얼굴만 보고 돌아왔다고 한다. 우스운 일이다. 마전 신홍점(申鴻漸)이 지난달에 파면되어 토산현안에 와 있고, 생원 권학(權鶴)*도 9월에 임천에서 여기로 피난을 와 있다가 마침 허찬과 만나서 내게 안부 편지를 보냈다. 권학이 마침 신홍점의 집에 와 있다고 한다.

◎ ― 12월 5일

김언신이 편지를 가지고 현에 들어갔다. 김언신과 전업, 박언수 등이 각각 꿩 1마리씩을 가져와서 바쳤다. 저녁에 정세당도 꿩 1마리를 바쳤다. 이는 곧 각 호(戶)에서 관례적으로 바치는 것인데, 관청에 들어가기를 꺼려해서 내게로 가져온 것이다. 1마리를 반으로 나누어 동쪽과 서쪽 집에 보냈다.

....
* 　권학(權鶴): ?~?. 《쇄미록》〈갑오일록〉 12월 5일 일기에 따르면, 권학은 오윤해 양모(養母)의
　　사촌 동생이다.

◎ ― 12월 6일

박막동이 현에서 돌아왔다. 평강(오윤겸)의 편지를 보니, 아직 순찰사의 전령이 없어서 우선 머물면서 기다리고 있으니 모레쯤 제 누이와 함께 와서 뵙겠다고 한다. 백미 3말, 소주 2선, 가을보릿가루 등을 보내왔다. 내게 하혈이 있은 지 지금 보름이나 되었는데도 끊이지 않는다. 걱정스럽다.

◎ ― 12월 7일

윤함이 해주에서 왔다. 고대하던 끝에 지금 갑자기 만나니, 온 집안사람들이 기쁘고 위로됨을 어찌 말로 다 하겠는가. 그 처자들도 모두 무탈하다고 한다. 더욱 기쁘다. 해주에 사는 친가의 노비들에게서 공목(貢木)* 2필과 포목 2필을 거두어 왔기에 즉시 어머니께 드렸다. 지난봄에 패랭이 14개를 가지고 갔는데, 조기 17뭇으로 바꾸어 가지고 왔다. 그 장모도 참깨 1말을 보냈다.

안협에 사는 이명중(李命中)이란 자가 매를 놓아서 꿩 1마리를 잡아 와서 바쳤다. 마침 윤함이 왔는데, 줄 반찬이 없던 터라 즉시 이것을 구워서 먹였다. 몹시 기쁘다. 온 가족이 방 안에 둘러앉아서 이야기를 나누다가 밤이 깊어서야 파하고 잤다.

◎ ― 12월 8일

저녁에 평강(오윤겸)이 제 누이와 함께 왔다. 한집의 4남 2녀가 모

---

* 　공목(貢木): 논밭의 결세(結稅)로 바치던 무명 또는 공물로 받은 필목(疋木)을 말한다.

두 여기에 모여서 방 안에 둘러앉아 이야기를 나누다가 닭이 홰에서 세 번을 운 뒤에 파하고 잤다. 여러 자녀들이 한곳에 모두 모였으니, 성대한 모임이라고 할 만하다. 기쁘기는 기쁘다. 그러나 막내딸이 홀로 먼저 죽었으니, 지하에서라도 앎이 있다면 아마 넋이라도 저승에서 슬피 울 것이다. 갑자기 이 생각을 하니 나도 모르게 눈물이 옷소매를 적신다. 몹시 슬프다.

평강(오윤겸)이 백미 3말, 세미(細米) 3말, 중미 10말, 날꿩 4마리, 노루 다리 2짝, 소주 5선, 청주 6선, 들기름 2되, 참기름 1되를 가지고 왔다. 즉시 언명과 함께 꿩을 구워서 각각 한 잔씩 마셨다. 박언수가 그 매가 잡은 꿩 1마리를 가져와서 바쳤다.

◎ ― 12월 9일

평강(오윤겸)은 그대로 머물렀다. 판관 최중운, 최정운, 전 주부 김명세가 와서 보고 같이 배나무 밑에 앉아서 이야기를 나누고 헤어졌다. 수철장 장눌은동이 꿩 1마리를 가져와 바치기에 술을 대접해 보냈다.

김업산이 큰 매를 길들여서 도로 바쳤다. 전날에 업산이란 자가 길들이기를 자원했는데 지금 보름이 지났는데도 야생의 기운이 남아 있으니, 가까운 시일에는 날리지 못할 뿐 아니라 지금 날리는 매보다 더 파리하다. 아마 업산이란 자가 밤에 길들이지 못한 채 한갓 가져간 등유만 허비하고 공연히 그 매를 가지고 다녀서일 게다. 매우 애통하다. 즉시 전풍에게 주어 길들이게 했다. 원적사의 중이 관아에 관례적으로 납입하는 짚신 4켤레를 가져와 바쳤다. 관아에서 지시한 것이다.

◎ ― 12월 10일

평강(오윤겸)이 관아로 돌아갈 때 허찬도 함께 갔다. 다듬은 명주 1필을 평강(오윤겸)이 가지고 와서 제 어미에게 옷을 만들어 입게 했다. 어머니께는 새 이불 하나와 생삼 1단을 역시 가져와 바쳤다. 전날에 어머니께서 구하셨기 때문이다.

◎ ― 12월 11일

윤함의 사내종과 말이 황해도로 돌아갈 때 꿀 9되, 마른 은어 5뭇, 문어 반 짝, 대구 1마리를 보냈다. 윤함도 제 형에게 잣 1말, 석이 1말, 꿀 3되를 구해서 제집에 보냈다. 양식과 콩은 관아에서 얻었고, 꿀은 지난가을에 사람들이 와서 바칠 때마다 그릇에 담아 두어 보관한 지가 오래여서 지금 윤함의 처에게 보내서 바꾸어 쓰도록 했다. 그곳에서는 몹시 비싸다고 하기에 모아 두고 윤함이 오기를 기다렸다가 주는 것이다. 김억수가 꿩 1마리를 가져와 바쳤다.

전쟁이 터진 지 6년째인데 왜적이 아직도 변경에 버티고 있다. 명나라 장수가 연이어 원정을 올 때마다 군량을 공급해 주었고 민생도 보존되어 왔다. 그리고 지난가을에 전라도와 충청도 지역이 분탕질을 당한 뒤에 경리와 제독이 대군을 거느리고 연이어 원정을 오자, 황해도와 강원도 지역에서 모든 물자를 책임지고 마련했고 두 지역의 관용(官用) 말과 민부(民夫)* 및 개성에 사람을 보내서 명나라 장수를 지공(支供)*하는 일까지도 맡았다.

....

* 민부(民夫): 관아에서 불러서 쓰는 인부이다.

그런데 이제 또 대병이 남쪽으로 출정하려고 하고 대가(大駕, 어가)도 원주와 제천(提川) 두 고을로 거둥하여 남쪽 군사를 응원하려고 해서 호조(戶曹)를 나누어 홍천에 머물게 했으니, 대궐에 공급하는 물품을 미리 마련하는 것도 이 도에서 감당해야 한다. 그리하여 여러 고을의 백성이 사는 것이 편안하지 않아 떠난 자도 돌아오지 않는데 또 다른 부역에 동원되니, 그 괴로움을 이기지 못할 뿐만 아니라 버틸 수도 없는 형편이다. 곳곳마다 도망쳐 흩어져서 열 집에 아홉 집은 비어 있다.

또 군량을 갖은 수단으로 찾아내니, 겨우 남은 쇠잔한 백성이 흩어져 다른 곳으로 가서 잠시라도 목숨을 부지하려고 하는 것은 당연하다. 들으니, 이천의 한 백성은 하루에 세 가지 부역이 겹쳐 나와서 매우 다급히 독촉하므로 그 처에게 이르기를, "내 한 몸이 아직 살아 있기 때문에 관역(官役)을 이처럼 감당할 수 없으니, 만일 죽고 나면 자네는 편안할 것이네."라고 하고, 즉시 그 처에게 술을 가져오게 하여 마시고 크게 취한 뒤에 목을 매어 죽었다고 한다. 이 말을 들으니 슬픔을 견딜 수가 없다. 죽기를 싫어하고 살기를 좋아하는 것이 인지상정이건만 죽음조차 돌아보지 않으니, 백성이 살아가는 괴로움이 이에 더욱 슬프다고 하겠다. 형세가 그러하니 어찌하겠는가. 다만 스스로 하늘을 원망할 뿐이다.

---

*   지공(支供): 사신이나 감사(監司)가 지나가는 고을에서 이들을 맞이하는 데에 필요한 전곡(錢穀)이나 역마(驛馬) 등을 공급하는 일을 말한다.

◎ ― 12월 12일

덕노와 언신이 말 2필을 가지고 말린 은어를 바꾸어 오는 일로 안변에 갔는데, 수이와 안손 등도 함께 갔다. 정포 2필, 7새[升] 무명 반필을 보냈다. 함열의 짐 싣는 말이 마침 여기에 와 있어서 우리가 기르고 있기 때문에 덕노 등에게 빌려서 보냈고, 언신은 관마(官馬)를 가지고 갔다. 오늘 현에 가서 자고 양식과 말먹이 콩을 얻어서 간다고 했다. 포 1필은 어머니께 빌려서 갔는데, 그것을 곡식으로 바꾸어 보태 쓸 계획이다. 22, 23일 안으로 돌아오도록 일러 보냈다.

◎ ― 12월 13일

들으니, 소근전의 함정에서 큰 호랑이가 잡혔다고 한다. 현의 아전이 편지를 가지고 왔기에 보니, 생원(오윤해)의 사내종 춘이가 원주에 와 있는데 병으로 누워 있어서 오지 못하기 때문에 같이 온 사람을 시켜 말 2필에 목화 60여 근을 실어 보냈단다. 이 때문에 평강(오윤겸)이 현의 아전에게 이리로 가져다주게 한 것이다.

지난 초가을에 춘이가 삼척(三陟)에 있는 노비의 신공을 거두기 위해서 나갔다가 지금까지 오지 않기에 도망가서 돌아오지 않는다고 생각했는데, 이제 함께 온 사람을 통해 바꾼 물건과 말 2필을 먼저 보냈으니 상전에게 충성한다고 할 만하다. 매우 감탄스럽다. 춘이는 그 병이 낫기를 기다렸다가 오겠다고 한다.

◎ ― 12월 14일

김담이 휴가를 받아 집에 돌아왔다. 간밤 꿈에 별좌 이덕후(李德厚)

가 보였는데, 흡사 생전과 같았다. 슬프다.

◎ ― 12월 15일

말똥을 주워 모았다. 곧 납향*이기 때문이다. 전풍이 기르는 큰 매는 거의 길들여서 날릴 만하나 콧병이 있어서 날리지 못한다. 아쉽다. 아마 전날에 김업산이 가져갔을 때 조심히 먹이지 않았을 뿐만 아니라 밤에 관솔을 태웠기 때문에 병이 난 것이리라. 몹시 괘씸하다.

◎ ― 12월 16일

이른 아침에 현에서 사람이 와서 날꿩 4마리를 전해 주었다. 채억복과 박언수도 각각 1마리씩 바쳤다. 즉시 생원(오윤해)의 집에 1마리를 보내서 모레 그 양조모의 제사 때 쓰도록 하고, 그 나머지는 즉시 말리게 했다. 설날 제사 때 쓸 생각이다.

이웃 마을 사람들과 관청에서 정한 송경(松京, 개성)의 예초군(刈草軍)이 모두 아침에 와서 부역을 줄여 주었으면 하는 뜻을 말하기에, 인정을 이기지 못하여 편지를 써서 관인이 돌아가는 편에 주어 보냈다. 사람들마다 이러한 부탁을 하기에 할 수 없이 관청에 누차 배려를 바라는 편지를 했는데, 형편을 보아 들어줄 수 있으면 들어주고 그럴 수 없으면 내 말 때문에 들어줄 수 없는 일을 억지로 들어주지는 말라고 써서 보냈다. 그러나 번거로움이 매우 많으니, 비록 부자간이라도 매우

....

*   납향: 동지(冬至)로부터 세 번째의 미일(未日)인 납일(臘日)에 한 해 동안 지은 농사 형편과 그 밖의 일들을 여러 신에게 고하는 제사이다.

미안하다.

김업산을 불러서 매에게 병이 난 까닭을 따진 뒤에 데려가서 고치라고 했더니 불손한 말을 많이 했다. 몹시 괘씸하다. 도로 전풍에게 주고 며칠 살펴보다가 만일 고치지 못하겠으면 산에 날려 보내게 할 생각이다.

함열 집의 사내종 춘억(春億)이 현에서 왔다. 평강(오윤겸)이 은어 50뭇, 방어 반 짝, 대구알과 연어알 각각 조금씩을 구해 보냈다. 요새 반찬이 없어서 한창 고민하던 차에 뜻밖의 물건을 얻었다. 몹시 기쁜 마음을 어찌 말로 다 하겠는가. 생원(오윤해)의 집에 은어 4뭇, 언명의 집에 3뭇을 나누어 보내고 또한 계집종들에게도 각각 5개씩 나누어 주었다.

◎ — 12월 17일

바람이 몹시 차서 문을 닫고 나가지 않았다. 구들도 따뜻하지 않다. 마침 두 잔 정도의 양이 들어 있는 소주병을 얻어서 언명과 각각 한 잔씩 마시니 속이 좀 따뜻해졌다. 참봉 최경유가 편지를 보내서 나를 불렀으나 종과 말이 없어서 가지 못했다. 안타깝다. 들으니, 그 집에서 제사를 지낸 뒤에 술과 음식을 대접하기 위한 것이라고 한다.

춘억이 현에 갔다가 그길로 한양에 간다기에, 날꿩 1마리를 상례에게 보내고 답장도 써서 부쳤다. 저녁에 현에서 사람이 왔다. 중미(中米) 5말, 전미(田米) 5말, 날꿩 2마리와 다듬고 물들인 침향색(沈香色, 황갈색) 명주 장의 겉감과 안감 그리고 쌍륙놀이 도구를 구하여 보내왔다. 평강(오윤겸)이 제 어미의 옷을 짓도록 하기 위해서 구해 보낸 것이다.

◎ ― 12월 18일

윤함이 현으로 들어갔다. 어제 제 형이 사람과 말을 보내서 부른 것이다. 진아 어미가 나물 반찬을 만들어 윤함이 가는 편에 부쳐 주어서 함열 집안에 전하게 했다. 그 사내종 춘억이 내일 한양에 가기 때문이다.

전풍이 큰 매를 길들였으나 콧병 때문에 새벽에 홰에서 내렸다. 애석할 뿐만 아니라 수개월 동안 들인 공력이 허사로 돌아갔다. 비록 탄식한들 어찌하겠는가. 김업산이 속인 것이 몹시 괘씸하다.

◎ ― 12월 19일

생원(오윤해)의 양조모의 기일이다. 생원(오윤해)의 집에서 제사를 지내고 음식을 소반에 가득히 담아 보내와서 온 식구가 함께 먹었다. 김언보가 꿩 1마리를 갖다 바쳤다. 그의 매가 잡은 것이다.

◎ ― 12월 20일

간밤 꿈에 판서 권이원(權而遠, 권징) 영공을 생전처럼 만나 조용히 이야기를 나누었다. 이것이 무슨 까닭인가.

지난해 이날 임천을 떠나서 도천사(道泉寺)*에 도착하여 잤는데, 죽은 딸의 병이 좀 덜해서 문밖에서 말에서 내려 방으로 걸어 들어왔고 음식도 조금 더 먹었으므로 온 집안 식구들이 모두 기뻐했다. 신창(新昌, 아산)에 이르자 다시 예전의 증세가 생겨서 마침내 살려내지 못했으

....

* 도천사(道泉寺): 지금의 부여군 은산면 대양리에 있던 절이다. 지금은 사적비만 남아 있다.

니, 오늘 날짜를 돌이켜 생각해 보면 더욱 스스로 비통해서 울음을 그칠 수 없다.

◎ — 12월 21일

간밤에 조그만 표범이 뒷마을의 함정에 빠졌는데, 여자 아이들이 이 말을 듣고 모두 보고 싶어 하기에 실어 오게 했다. 표범을 보니 체구는 한 살짜리 망아지만 했는데, 털이 빠진 것이 늙은 표범이었다.

◎ — 12월 22일

이른 아침에 전 영월 부사(寧越府使) 박희성(朴希聖)*의 아들 준(峻)이 찾아와서, 부모를 모시고 양주 땅으로 왔는데 소금을 파는 일로 마침 이 현에 왔다가 여기에 와서 보는 것이라고 했다. 그는 처족이다. 술을 대접하고 말먹이 콩 2말을 주었다. 오늘은 진아 어미의 생일이어서 집사람이 송편을 만들어 같이 먹었다. 생원(오윤해)도 좁쌀떡을 쪄서 가져왔다.

김언신이 안변에서 왔는데, 포 1필을 은어 3동으로 바꾸어다 바쳤다. 처음에는 8, 9동으로 바꿀 수 있으리라고 생각했는데 겨우 3동으로 바꾸어 왔으니, 계획이 허사로 돌아갔다. 탄식한들 어찌하겠는가.

덕노는 포 2필 반을 미역 70동으로 바꾸어 왔는데, 바로 한양에 가서 포목을 다른 물품으로 바꾸어서 새해가 되기 전에 돌아올 것이라고 한다. 패랭이 1개, 생대구 1마리도 바꾸어 왔다. 설날 제사에 쓸 계획이

....

* 박희성(朴希聖): 1538~?. 1583년 별시 무과에 급제했다.

다. 채억복이 꿩 2마리를 갖다 바쳤다. 그의 매가 잡은 것이다.

◎ — 12월 23일

아침에 현의 아전이 왔다. 편지를 보니, 평강(오윤겸)이 이번에 독운차사원(督運差史員)*에 차임되어 오늘내일 사이에 이천과 안협을 순찰한 뒤 그길로 근친하겠다고 한다. 중미 10말, 꿀 3되, 들기름 2되, 참기름 1되, 식초 2되, 소금 2말을 보내왔다. 김언보가 꿩 1마리를 가져왔기에 은어 1뭇으로 보답했다.

◎ — 12월 24일

조인손이 관에 바칠 꿩 1마리를 여기로 가져와서 바쳤다.

◎ — 12월 25일

김언신을 시켜 은어 40두름을 가지고 토산 장에 가서 좁쌀로 바꾸어 오게 했다. 저녁에 윤함이 현에서 돌아왔는데, 설날에 쓸 제수를 가져왔다.

내일 언명이 생원(오윤해)의 말을 빌려서 상경할 계획을 정하고 바야흐로 관인을 기다렸는데, 관가에도 부릴 사람이 없어서 여기에서 김언신을 데려가게 했다고 한다. 그러나 언신은 마침 토산에 가서 돌아오지 않았고 김담과 춘금이는 옷이 얇고 홑옷이라서 추위에 멀리 갈 수가 없으니, 묘에서 직접 제사 지낼 수 없는 형편이다. 매우 슬프고 한탄

....

* 　독운차사원(督運差史員): 세금이나 곡식, 군량미 등의 수송을 감독하기 위해 임명한 임시직이다.

스럽다. 여기에서 제수를 차려 놓고 멀리서 제사를 지낼 생각이다. 다만 전날에 허찬이 갈 때 평강(오윤겸)이 포 반 필과 과일 등의 물건을 주어 보내서 술과 과일을 갖추어 묘에서 제사 지내게 했다고 한다. 이는 위로가 된다.

윤함이 오는 편에 평강(오윤겸)이 그의 사내종 세만에게 전미(田米) 1섬, 날꿩 7마리, 청주, 소주 각각 1그릇, 밀가루 5되, 메밀 1말, 감장 3말, 간장 등의 물건을 실어 보내게 했다. 포 반 필도 보냈는데, 한양에 갈 때 제사에 쓸 밥과 떡을 준비하게 하기 위한 것이다.

지난 4일에 마제독이 대군을 거느리고 먼저 경상도로 내려갔고 양경리도 8일에 따라 내려갔으며 대가도 12일에 남쪽으로 거둥할 기약을 정했으나, 형군문(邢軍門)*이 남하하지 못하게 하여 우선 멈추고 있다고 한다. 이번 일은 국가의 존망과 관계되니, 하늘의 뜻이 어떤지 모르겠다.

그러나 들으니, 4일에 대장(大將)이 떠날 때 태백[太白, 금성(金星)]이 달로 들어왔다고 한다. 이는 흉적을 섬멸시킬 조짐이니, 얼마나 온 나라 신민(臣民)이 경하하고 다행스럽게 여길 일이겠는가. 기대해 볼 일이다. 김억수가 꿩 1마리를 갖다 바쳤다.

....

* 형군문(邢軍門): 형개(邢玠, 1540~1612). 명나라의 관료이다. 정유년(1597)에 흠차 총독 계요 보정 등처 군무(欽差總督薊遼保定等處軍務) 경략어왜 겸 리양향(經略禦倭兼理糧餉) 병부상서 겸 도찰원 우부도어사(兵部尙書兼都察院右副都御史)로 손광(孫鑛)을 대신하여 10월에 압록강을 건너왔다. 무술년(1598) 3월에 돌아갔으며 7월에 다시 와 경성에 머물렀다. 이 해 겨울에 4로(路)의 제독이 동시에 진격하였는데, 동로의 왜적은 먼저 철수해 돌아갔고 중로는 패하였으며 서로는 싸워보지도 못한 채 떠났고 해로는 승전보를 올렸다. 이에 형개가 만세덕·두잠·이승훈 등을 남겨두어 뒤처리를 잘하게 하고 기해년(1599) 5월에 돌아갔다.

◎ ― 12월 26일

주부 김명세가 와서 보기에 소주 두 잔을 대접해 보냈다. 저녁에 현의 통인 만세가 편지를 가지고 왔기에 보니, 오는 그믐날에 와서 뵙는다고 한다. 날꿩 4마리, 말린 열목어 4마리, 꿀 5되를 보냈다. 또 사슴 가죽 버선도 보냈는데, 내가 신을 것이다.

원적사의 중이 두부 36모를 보내왔다. 어제 콩 3말을 보냈기 때문이다. 다만 너무 적으니, 반은 훔쳐 먹은 것이다. 1모가 겨우 어린애 주먹만 하다. 괘씸하고 얄밉다.

◎ ― 12월 27일

새벽부터 종일 눈이 내리니, 만일 녹지 않으면 거의 반 자 넘게 쌓일 듯하다. 김언신이 토산에서 왔는데, 은어 30뭇을 겨우 두(豆) 11말로 바꾸어 왔다. 쌀은 바꾸어 주겠다는 사람이 없었고, 은어 3뭇을 두(豆) 1말씩 바꾸었다고 한다. 일이 뜻대로 되지 않으니, 탄식한들 어찌하겠는가.

부석사의 중이 두부 50여 모를 보내왔다. 전날에 콩 3말을 보냈기 때문이다. 원적사의 중이 가져온 것에 비하면 양이 많다.

◎ ― 12월 28일

원적사의 삼보승(三寶僧)* 사윤이 무 2말을 갖다 바쳤다. 마침 제사에 쓰려고 얻으려고 할 때에 가져왔다. 몹시 기쁘다. 술과 떡을 대접해

....
* 삼보승(三寶僧): 절의 일을 도맡아서 보는 승려이다.

보냈다.

저녁에 현에서 사람이 왔다. 편지를 보니, 평강(오윤겸)이 과세(過歲)할 물건을 보냈다. 떡과 면 각 1고리, 백미 3말, 참기름 1되, 들기름 3되, 강정 1말, 청주 10동이, 무 3말, 파 4되, 김치 1동이, 오이지 30개, 도라지 6사발, 제사에 쓸 노루 1마리, 잣 2되, 개암 1되 5홉, 호두 3되, 배 40개, 토산물 등을 실어 왔다. 바로 동쪽과 서쪽 집에 나누어 보내고, 또 종들에게도 나누어 주었다. 우리 집에서도 떡 3말을 만들고, 또 메밀떡 3말 8되를 만들어 집안의 노비들에게 나누어 주었다. 평강(오윤겸)은 내일 와서 뵙겠다고 한다.

◎ ― 12월 29일

간밤에 꿈이 몹시 흉했는데, 글로 쓰면 도리어 길하다고 한다. 저녁에 평강(오윤겸)이 와서 대청에 모여 앉아 이야기를 나누다가 한밤중이 지나서야 자리에 들었다. 올 때 중미 5말, 감장 3말, 간장 3되, 상등의 청주 8선, 중등의 청주 11선, 말린 꿩 4마리, 날꿩 12마리, 말린 노루 반의 반 짝을 가져왔다. 꿩 2마리는 최참봉의 집에 보내고, 1마리는 또 생원(오윤해)의 집에 보냈다. 제사에 쓰라고 하기 위해서이다.

둔전의 콩 3섬을 이 면의 색장이 갖다 바쳤다. 이는 관청의 명령이다. 김언신에게 말린 은어 60두름을 곡식으로 바꾸게 했더니, 두(豆) 17말, 태(太) 5말로 바꾸어 와서 바쳤다. 쌀은 바꾸어 주는 사람이 없었다고 한다.

김억수가 꿩 1마리를 갖다 바쳤다. 그의 매가 잡은 것이다. 고한필도 1마리를 갖다 바쳤다.

◎ — 12월 30일

평강(오윤겸)이 데리고 온 관인들을 모두 돌려보냈다. 제집에 가서 설을 쇠라고 보낸 것이다. 오는 2일에 돌아오라고 일러 보냈다. 며느리도 2일에 뵈러 오겠다고 한다. 억수도 꿩 1마리를 갖다 바쳤다.

무술일록 戊戌日錄

1598년 1월 1일 ~ 12월 30일

1월 ^{작은달}

◎ ― 1월 1일

날이 밝기 전에 아우와 평강(오윤겸) 삼형제와 함께 제사를 지냈다. 먼저 조부모께 지낸 다음 아버지께 지냈으며, 그다음에 죽전 숙부 내외분께 지낸 뒤에는 죽은 딸에게 지냈다. 다만 집에 사람과 말이 없어 묘소 아래에 가서 성묘를 하지 못했으니, 이 점이 안타깝다. 제수로 고깃국 세 가지, 어육 적 네 가지 각각 8, 9곶, 포, 젓갈, 과일 다섯 가지, 떡, 면, 밥, 국을 정갈하게 장만하여 올렸다. 지난해 오늘은 죽은 딸의 병이 깊어져서 아산의 이시열 집에 머물던 날이다. 이날을 되짚어 생각함에 자녀들이 모두 한방에 모여 놀고 웃으며 이야기하는데 이 딸만 없다. 어찌 슬피 울지 않겠는가. 슬프고 슬프다.

느지막이 이웃 마을 사람들이 찾아왔기에, 각기 술을 대접해 보냈다. 판관 최중운과 참봉 최경유 및 그의 두 아들이 찾아왔다. 술과 밥을 대접하고 종일토록 서로 이야기를 나누다가 저녁 무렵에 각자 흩어졌다. 나는 과음하여 취해서 눕고 토하기까지 했다. 우습다. 김언신이 꿩 2마리를 가져왔다. 저녁에 김린과 허충이 와서 보기에 또한 술을 대접했다.

◎ ─ 1월 2일

김언보가 술 1병과 꿩 1마리를 가져왔고, 역인 이상이 꿩 2마리, 권농 고한필이 꿩 1마리를 가져왔다. 각각 술을 대접하여 보냈다. 최진운 삼형제가 와서 보기에 평강(오윤겸)이 만두를 대접하여 보냈다.

저녁에 평강(오윤겸)의 처가 왔다. 한양에서 온 남매의 편지를 보았는데, 내승(內乘) 박동언(朴東彦)*에게 영암의 진사 임경흠이 왜적의 손에 죽었다는 말을 들었다고 한다. 놀랍고 비통함을 견딜 수 없다. 내 누이의 생사도 아직 듣지 못했는데 경흠이 실로 죽임을 당했다면, 어찌 내 누이만 죽음을 면했겠는가. 몹시 통곡할 일이다. 가까운 시일 내에 평강(오윤겸)에게 참판 민영공(閔令公, 민준)의 집에 사람을 보내어 정자 임현에게 물어보게 할 생각이다. 임현은 곧 경흠의 조카로, 한 고을에 함께 살고 있으니 분명 자세히 알고 있을 것이기 때문이다. 오늘부터 온 집안이 행소(行素)*했다.

신상례가 글을 보내 안부를 묻고, 또 새 책력(冊曆) 1부를 보내왔다. 2일에 반혼(返魂)하고 4일에 도착한다고 하여, 딸이 내일 새벽에 떠

....
* 박동언(朴東彦): 1553~1605. 임진왜란이 일어나자 강원도 소모사로 나가 군사를 모집했다. 내승, 공조좌랑, 사섬시 첨정, 철원 부사, 봉산 군수를 지냈다.
* 행소(行素): 소반(素飯)을 먹는 것으로, 상(喪)을 슬퍼하여 기름진 음식을 먹지 않는 것을 말한다.

날 것이다.* 한 달도 머물지 못하고 뜻밖에 돌아가니, 탄식한들 어찌하겠는가.

◎ — 1월 3일

평강(오윤겸)이 독운차원으로 아침 일찍 이천현에 갔다가 내일 돌아올 것이라고 한다. 진아 어미도 돌아갔는데, 인아에게 모시고 가게 했다. 서글픈 마음을 견딜 수 없다. 진아가 눈앞에서 놀며 사랑스러움이 한창 깊어지던 차에 지금 갑자기 돌아가게 되었으니, 더욱 마음에 잊히지 않는다. 느지막이 날이 다소 풀렸으니, 분명 잘 돌아갔으리라.

오늘 신시에 수탉이 마당을 돌면서 곡식을 쪼아 먹다가 뜻밖에 풀쩍 뛰더니 마당 사이를 빙빙 돌며 달리다가 잠시 뒤에 곧바로 죽어 버렸다. 이 무슨 징조인가. 몹시 괴이한 일이다. 관아에서 매로 잡은 꿩 10마리를 가져왔다.

◎ — 1월 4일

고한필의 처가 와서 꿩 1마리를 바쳤다. 집사람이 만나 보고 술과 떡을 대접해 보냈다. 생원(오윤해)의 처가 절편을 만들어서 큰 상자로 하나 가득 가져왔다. 내일이 집사람의 생일이기 때문에 미리 준비하여 올린 것이다. 또 찹쌀술을 빚어 내왔는데, 꿀처럼 달아서 온 집안사람이 다 함께 마셨다.

....

* 반혼(返魂)하고……것이다: 반혼은 장례를 지낸 뒤에 신주를 집으로 모셔 오는 일을 말한다. 《쇄미록》〈정유일록〉10월 27일 일기에 신벌의 아내 윤씨가 별세했고 11월 27일에 발인했다고 했다. 12월 8일에 오윤겸과 함께 딸이 온 것도 확인할 수 있다.

저녁에 평강(오윤겸)이 이천에서 돌아왔다. 밤에 현의 사람이 물건을 가지고 왔다. 날꿩 13마리, 말린 큰 꿩 3마리, 배 40개, 잣 2되, 호두 1되, 청주 9선, 약과 90개, 봉접과(蜂蝶果) 25개, 빈사과 120편, 날꿩고기 식해 4마리, 떡과 국수 각각 1고리, 두 가지 강정 4되이다. 평강(오윤겸)이 제 어미의 생신을 위해 찬을 마련하여 보내온 것이다.

은개의 남편 수이가 내일 한양으로 올라가기에 편지를 써서 남고 성의 집에 부쳐 보냈다. 다만 짐이 무거워서 물건 하나도 보내지 못했다. 안타깝다. 가까운 시일 안에 사람을 보내기로 하고 오늘은 우선 대충 써서 보냈다.

◎ ─ 1월 5일

아침 식사 전에 아버지의 신주에 제사를 지낸 다음 죽은 딸에게도 지냈다. 제사를 지내고 남은 음식은 최참봉과 최판관에게 나누어 보냈다. 또 평강(오윤겸)이 데리고 온 하인과 이웃 마을에서 찾아온 사람들에게도 나누어 먹였다. 꿩 2마리는 생원(오윤해)의 집에 보내고, 또 1마리는 아우의 집에 보내서 구워서 아이들에게 먹이도록 했다.

지금 도목정(都目政)*을 보니, 장성 현감(長城縣監)을 지낸 이귀가 토산 현감에 임명되었다. 위로가 된다.

....

* 도목정(都目政): 도목정사(都目政事)의 준말로, 정기적인 인사행정을 말한다. 6월, 12월에 두 차례 실시하는 경우에는 양도목(兩都目), 3월, 6월, 9월, 12월에 네 차례 실시하는 경우에는 사도목(四都目)이라고 했다. 여기에서는 1598년 12월 25일에 있었던 도목정사를 가리킨다. 《국역 선조실록》31년 12월 25일.

◎ ─ 1월 6일

들으니, 이 도의 도사가 도망친 군사를 붙잡아 가두는 일로 현에 왔다가 지금 옥동역을 지나 이천으로 향한다고 한다. 그래서 평강(오윤겸)이 옥동에 급히 가서 대기했다가 관아에 돌아왔다.

관아의 사내종이 말을 끌고 왔다. 내일 윤겸의 처가 현에 돌아가기 때문이다. 가만히 들으니, 남쪽으로 내려간 명나라 장수가 왜적 일진(一陣)을 공격했다고 한다. 아직 자세히 알 수는 없지만 한 나라의 경사가 어떠하겠는가. 그길로 왜적의 소굴을 모두 소탕하고 요사스러운 기운을 다 쓸어버린다면 기쁘고 다행스러움을 말로 표현할 수 있겠는가. 그런데 인근 읍에서 들으니, 남쪽으로 내려간 정예병이 모두 도망쳐 돌아왔기 때문에 도사가 순시하며 불시에 붙잡아 가두고 심한 자는 죽이고 나머지는 다시 내려보내는데 그 인원수가 5명 이상이면 수령이 직접 데리고 가서 영원성에 넘겨준다고 한다. 이 도내에 도망친 군사가 10명이므로 평강(오윤겸)이 역시 데리고 갔다. 이처럼 눈이 내리고 추운 날씨에 뜻하지 않게 멀리 떠나게 되었으니 몹시 염려스럽다.

자방(신응구)이 전에 짐 싣는 말을 이곳에 데려와서 기르게 했는데, 오늘 사내종을 보내어 도로 가져갔다. 멀리 보낼 곳이 있기 때문이란다. 김억수가 꿩 1마리를 가져왔다. 요사이 얻은 꿩이 26, 27마리인데, 9마리는 여러 곳에 나누어 보내고 그 나머지는 며칠 내에 거의 써 버렸다. 오늘 저녁에 집에 있는 꿩을 세어 보니 겨우 5마리뿐이다. 그런데 조금도 물리는 마음이 들지 않으니, 한집안에 일이 많음을 알 만하다. 집사람이 새벽부터 편치 않아 온종일 신음하니 걱정스럽다.

◎ — 1월 7일

지난밤에 눈이 내려 거의 반 자 남짓 쌓였고 아침에서야 그쳤다. 윤겸의 처가 현으로 돌아갔는데, 윤함이 모시고 갔다.

집사람은 지난밤에 땀을 내더니 조금 회복되었다. 그러나 몸이 피로하여 먹고 마시지 못한다. 답답하다. 생원(오윤해)도 현에 들어가려고 했는데, 이 때문에 우선 머물면서 다시 제 어미의 상태를 살펴보고 내일 돌아갈 계획이다. 덕노가 발에 동상을 입어 걷지 못하는데, 지금은 엄지발가락이 떨어져 나갔고 나머지 발가락도 아파서 여기에 오지 못하고 그대로 현에 머물겠다고 한다.

◎ — 1월 8일

집사람의 기운이 여전하다. 생원(오윤해)이 현에 들어가려고 했는데, 언신이 오기를 기다리다가 날이 저물었으므로 내일 일찍 나서서 돌아갈 계획이란다. 날이 저물었지만 언신은 어쩔 수 없이 돌아가야 하기에, 편지를 써서 먼저 부쳐 보냈다. 집사람이 함열 현감에게 시집간 딸에게 메밀 1말을 구해 보냈다.

또 갯지는 이곳에서 날꿩을 사다가 한양에 가서 팔기 위해 오는 10일쯤 길을 떠나겠다고 했다. 그래서 그에게 민참판(閔參判) 댁에 가서 정자 임현이 머물고 있는 곳을 물어 영암의 임진사(林進士) 가족의 생사와 간 곳을 탐문하게 했고, 또 편지를 써서 부쳤다. 민참판에게도 편지와 함께 날꿩 2마리를 보냈고, 임정자(林正字)에게는 꿩 1마리를 함께 보냈다. 남고성의 집에도 꿩 2마리를 보내고 일가의 편지를 모두 봉하여 전하게 했다.

◎ ─ 1월 9일

김언보가 와서 보기에 술을 대접해 보냈다. 들으니, 박언수의 매도 해에서 내렸다고 한다. 그 재주가 아깝다.

저녁에 현에서 문안하는 사람이 왔다. 편지를 보니, 평강(오윤겸)이 오늘 원주에 가려고 했는데 제 어미가 편찮다는 소식을 듣고서 병이 회복되고 난 뒤에 떠나겠다고 하기에 바로 답장을 써서 돌려보냈다. 생원(오윤해)은 이른 아침에 제 어미가 편안해졌음을 다 알고서 돌아갔기 때문에 잠깐 사이에 대강 써서 보냈다. 날꿩 2마리, 방어 2조, 소금 2말을 보내왔다. 함열 현감에게 시집간 딸의 편지도 왔다. 소금 1말은 생원(오윤해)의 집에 보냈다.

춘금이, 김담 등이 현에서 돌아왔다. 바로 어제 윤겸의 처를 모시고 갔다가 돌아온 것이다. 빈 가마니 5장을 가지고 왔다. 늙은 소도 끌고 왔는데, 여기에 두고서 먹이다가 봄갈이에 쓰기 위해서이다. 또 들으니, 남쪽으로 간 명나라 장수가 울산(蔚山)에 있는 왜적의 소굴을 공격하여 함락시켰는데 벤 수급(首級)이 1백여 개란다. 왜적의 장수 청정

─원문 빠짐─

◎ ─ 1월 10일

들으니, 평강(오윤겸)이 오늘에서야 원주로 떠났다고 한다. 밤에 잠자리에 든 지 얼마 안 되어 안협의 길가에서 횃불을 들고 호각을 불며 무리를 이루어 오는 자들로 인해 온 마을이 놀라고 두려움에 떨었다. 어떤 사람이 도망친 군사를 잡는 일이라고 하자, 죄를 범한 자들이 울타리를 넘어 숲속에 몸을 숨기기도 했다.

잠시 뒤 내가 우거하는 곳에 찾아온 사람이 있으니, 바로 선유관(宣諭官) 이귀이다. 그를 맞이하여 방 안에 들이고 온 뜻을 물었다. 안협의 저전에 사는 전 이천 현감을 찾아가 만났는데, 날이 저물었다고 한다. 이여실(李汝實, 이분)과 여기에서 만나 이야기한 적이 있으므로 여실이 여기에서 머물며 기다릴 것이라고 생각하여 밤이 깊은 것도 생각지 않고 찾아온 것이란다. 서로 이야기를 나누다가 한밤중이 넘어서 김억수의 집에서 묵게 했다. 저녁밥은 이천 집에서 먹었다고 하기에 하인 3명에게만 주었다. 이 길로 현에 갔다가 또 한양으로 간다고 한다. 이귀는 토산 현감에 임명되었는데 부임하기도 전에 조정에서 선유(宣諭)의 일을 마치지 못했다는 이유로 체직시켰다고 했다.* 황해(黃海)의 여러 읍을 두루 돌면서 의속(義粟) 몇 만 섬을 모았다고 했다. 칼제비를 만들고 또 꿩고기를 구워서 대접했다. 그가 술을 마시지 않기 때문이다.

◎ ─ 1월 11일

이른 아침에 옥여(이귀)가 현에 들어갔다. 현리(縣吏)도 마중하는 일로 아침 식사 전에 들어왔다. 어제저녁에 선문(先文)*이 현에 도착했는데, 지응하는 일을 미처 조치하지 못한 탓에 밤새 뒤쫓아오느라 이제야 들어오게 되었단다. 지응할 물품은 소근전에 두고 대기했다가 행차

....

* 토산 현감에……했다:《국역 선조실록》30년 12월 30일 기사에 "호조가 아뢰기를, '새로 제수한 토산 현감 이귀(李貴)는 사은숙배를 생략하고 부임시키는 것으로 해당 조(曹)에 계하(啓下)했습니다. 이귀는 당초 선유관으로 내려갔는데 담당한 일을 아직껏 반도 처리하지 못했습니다. 까닭 없이 수령을 제수하는 것은 일의 체모상 온당치 못하니 체차시켜야 합니다.' 라고 하자, 전교하기를, '이귀를 수령에서 체차하라.'라고 했다."는 기록이 있다.
* 선문(先文): 중앙의 벼슬아치가 지방에 출장 갈 때 그곳에 도착 날짜를 미리 알리던 공문이다.

할 때에 점심을 짓겠다고 했다. 선문을 지체시킨 자는 잡아 가두었다고 했다.

지난가을에 경작한 곡식을 실어 들일 겨를이 없어서 밭두둑에 쌓아 두었다가 이제 처음 춘금이 등에게 소 3마리를 끌고 가서 실어 와 다시 마당가에 쌓아 두게 했다. 며칠 기다렸다가 타작하여 거둘 계획이다. 또 들으니, 생원(오윤해)과 아우 윤함이 어제 장고사(長鼓寺)에 올라 갔다고 한다. 책을 베끼는 일로 간 것이다.

◎ ― 1월 12일

입춘이 지나고 해가 점점 길어지니 날이 갈수록 따뜻해질 법도 한데, 요즘 추위는 한겨울보다 갑절은 심하다. 평강(오윤겸)이 추위를 무릅쓰고 먼 길을 떠났으니, 혹 몸이 상할까 염려되어 답답하고 근심스러운 마음이 끊이지 않는다.

◎ ― 1월 13일

김오십동(金五十同)이 날꿩 2마리를 가져왔기에 술을 대접해 보냈다. 그는 곧 업산의 아비이다. 업산이란 자는 지난날 큰 매가 상하게 된 일로 불손한 말을 남발했기 때문에 붙잡아 10일 남짓 가두고 마침내 곤장을 쳤다. 그 아비가 와서 자식이 불손했음을 말하면서 이것을 바치기에 물리칠 수 없어 우선 받아 두기는 했지만 마음이 매우 불편하다. 그렇지만 그 아비가 간절히 애원했기 때문에 어쩔 수 없었다.

소지(蘇騭)가 일 때문에 현에 이르러 이제 막 와서 보았다. 오랫동안 보지 못하다가 우연히 서로 만나니 매우 위로가 되고 기쁘다. 소지는 지난가을에 피난하여 지금 한양 서강(西江) 삼포(三浦)에 살면서 반동으로 먹고 산다고 한다. 내가 지난 병신년(1596, 선조 29) 겨울에 임천에서 떠나올 때 소지가 패랭이 30개를 부쳐 주면서, "만약 세상 일이 다시 어지러워지면 온 집안 식구가 난리를 피해 아무 곳에 들어가실 테니, 우선 이 패랭이를 양식으로 바꿔서 두십시오."라고 했기 때문에 가지고 왔다. 그 뒤에 오랫동안 왜적이 침입하지 않아 내가 사적으로 15개를 쓰고 남은 것이 겨우 15개이다. 지금 그것을 돌려주고 내가 쓴 것은 포 1필로 갚았다. 소지가 또 사발 1개, 보시기 1개, 술잔 받침을 바쳤다.

평강(오윤겸)이 원주에 갈 때에 장무를 시켜서 전미(田米) 1섬, 중미 5말, 녹백미(祿白米) 2말, 간장 2되, 찹쌀 7되, 말린 고사리, 도라지 등의 물건을 보냈다. 오는 15일에 약밥을 짓는 데 쓰려고 한다.

◎ ─ 1월 14일

춘금이 등 세 사람에게 지난밤에 실어 온 곡식을 타작하여 거두게 했더니, 김언신의 밭에서 경작한 반직(半稷)이 평섬으로 2섬 3말이다. 곡식 단은 타작하지 않았다. 김언보의 밭에서 경작한 흰 조는 평섬으로 1섬 11말인데, 아우의 집과 생원(오윤해)에게 각각 5말씩 보냈다.

이웃 사람이 집 앞의 밭에 꿩 덫을 묻어 두었는데, 마침 수꿩이 덫에 빠진 것을 보고서 곧 사람을 보내 가지고 오게 했다. 내일 차례에 쓸 것이다. 소지는 그대로 머물렀다. 김충헌(金忠憲)이 김치 1항아리를 가져왔다.

◎ ― 1월 15일

이른 아침에 약밥, 술, 과일, 꿩고기 산적, 꿩 탕을 준비하여 신주 앞에 차례를 올린 뒤에 죽은 딸의 제사를 지냈다. 또 쌀밥을 몇 말 남짓 지어 노비들에게 나누어 먹였다. 약밥은 과일을 얻지 못해 조금씩만 섞었고, 찹쌀도 적어서 겨우 차례 지낼 때에만 썼다.

소지가 현으로 돌아갔다. 전미(田米) 1말, 말먹이 콩 2말을 주어 보냈다. 가까운 시일 내에 안변에 가서 어물을 사 가지고 돌아와서 그길로 한양에 가려고 하니 그때 또 와서 보고 돌아가겠다고 했다.

아침에 현의 아전이 술 2병, 잣 1되, 호두 1되를 가져왔다. 이는 바로 제수로 쓸 물건인데, 제때 이르지 못했다. 안타깝다. 어제는 죽은 딸의 생일이라 집사람이 떡을 준비하여 올렸다. 애통함이 더욱 지극하다.

지난날 이장성이 여기에 들러 묵었을 때에 관공(官供, 관에서 제공하는 물자)이 오지 않았기 때문에 위아래 사람들의 아침과 저녁 식사를 우리 집에서 마련하여 주었다. 그래서 그저께 현의 사람이 왔을 때 장무로 하여금 그들에게 먹인 전미(田米) 1말과 백미 2되를 구해 보내게 했다. 이는 우리 집이 난리 중에 처지가 궁핍하기 때문이니, 한편으로는 우습다.

◎ ― 1월 16일

아침 식사를 한 뒤에 술과 안주를 가지고 참봉 최경유가 묵고 있는 집에 가서 조용히 이야기를 나누었는데, 마침 그의 세 아들도 있었다. 그 집에서 먼저 술과 떡을 내어 내게 대접했고, 그 뒤에 내가 가지고 간 술을 마셨다. 이웃에 사는 김린도 술을 가지고 왔다. 또 주부 김명세에게 말을 보내서 오라고 요청했다. 종일토록 이야기를 나누고 해가 기울어서야 돌아왔다.

다만 들으니, 남쪽으로 내려간 명나라 장수가 울산포(蔚山浦)에 있는 청정의 진을 함락시키자 청정이 겨우 7천여 명의 군사를 데리고 달아나서 산 위에 진을 쳤고 명나라 군대는 그 주위를 에워쌌다고 한다. 포위된 지 12일 만에 왜적의 굶주림과 목마름이 한창 극심했는데, 하늘에서 때마침 눈이 내려서 덕분에 잠시나마 되살아났고 왜적의 구원병이 대규모로 이르렀단다. 명나라 장수는 왜적이 안팎으로 협공할까 두려워 곧 포위를 풀고 군대를 이끌고 경주 등지로 물러나 주둔했는데, 맨 뒤에 있던 절강(浙江) 군사 2백여 명이 왜적에게 공격을 받아 죽었다고 한다. 경악을 금치 못하겠다. 그러나 또 들으니, 중원(中原)에서 새로 온 명나라 군사의 수를 알 수는 없지만 모두 서둘러 남쪽으로 내려갔다고 한다. 큰 위로가 된다.

병가(兵家)에서 이기고 지는 것은 으레 있는 일이다. 오늘날 조금 패한 것이 훗날 크게 이길 조짐이 될지 어찌 알겠는가. 또 마야(麻爺, 마귀)는 신(神)처럼 군대를 운용하니, 이 일로 적을 속여 유인하는 것인지 어찌 알겠는가. 그러나 한양 안팎의 인심이 이 말을 듣고서 모두 놀라 동요하고 있다고 한다. 이 말은 최경유의 차남 홍운(興雲)이 토산 지역의 처가에 있을 때 중전의 사자(使者)가 한양에서 내려와 토산에 와서 전해 주었다고 한다. 중전이 수안군(遂安郡)에 머물고 있으나,* 그 말의

* 중전이……있으나: 1597년 8월에 황해도 수안이 피난지로 결정되어 중전이 세자와 함께 그곳으로 떠났다가 1599년 윤4월에 한양에 들어왔다. 《국역 선조실록》 30년 8월 18일, 32년 윤4월 25일.

진위 여부는 아직 확실하게 알 수 없다. 평강(오윤겸)이 관아에 돌아오기를 기다린 뒤에야 자세히 알 수 있을 것이다.

저녁에 수이가 한양에서 돌아왔다. 남매의 편지를 가지고 와서 전해 주었는데, 무사히 지내고 있다고 한다.

◎ ─ 1월 17일

눈이 저녁 내내 그치지 않더니 밤에는 많이 내려 거의 반 자 남짓 쌓였다. 요새 반찬이 떨어져서 어머니께 드릴 맛난 음식이 없다. 말린 은어만을 아침저녁으로 올려 입맛을 돋워 드렸는데, 지금 이마저도 떨어져 간다. 답답하다.

◎ ─ 1월 18일

날이 따뜻하여 쌓였던 눈이 모두 녹으니, 낙숫물이 비 내리듯 한다. 그저께 소근전 사람이 관둔전에서 거둔 콩 12말을 가지고 왔다. 바로 관의 명령이 있었기 때문이다.

◎ ─ 1월 19일

부석사의 수승 법희가 찾아와서 아우에게 감장 1상자를 바쳤다. 이는 아우가 난리를 피해 와서 머물고 있는 탓에 달리 도와줄 사람이 없는 사정을 딱하게 여겼기 때문이다. 밥을 대접해 보냈다. 김담에게 콩 3말을 가지고 가서 안협 지역의 옹기장이에게 질동이 2좌(坐)를 사오게 했다.

저녁에 아산 이시열이 자기 집에서 현으로 와서 며칠 동안 머물다가 이제야 와서 보았다. 지난해 이맘때 딸의 병이 깊어져서 그 집에 머물며 한 달 정도 있었다. 오늘 서로 보며 죽은 딸을 돌이켜 생각하니 더욱 슬프고 마음이 아프다. 지난가을 난리 초기에 온 집안이 난리를 피해 원주 지역에 갔다가 왜군이 물러갔다는 말을 듣고 곧장 예전에 지내던 곳으로 돌아왔다고 한다.

윤겸의 처가 사람과 말을 보내왔다. 이는 지난날 내가 현에 들어가 함열 현감을 보고 싶다고 했기 때문이다. 그런데 지금 들으니, 가까운 시일 내에는 한양으로 돌아가지 않을 것이라고 한다. 눈이 많이 내린 뒤라 산길이 질퍽하고 시내의 얼음이 녹아서 산을 넘고 물을 건너기가 매우 어려워서 일단 그만두었다고 한다. 사람과 말은 이곳에 없어서 지난번에 며느리에게 보내 달라고 했기 때문에 온 것이다. 현의 장무가 꿩 4마리를 보내왔다. 신상례가 편지를 보내 안부를 물었다. 곧바로 답장을 써서 사례했다.

◎ ― 1월 20일

현에서 온 사람과 말을 돌려보냈다. 이 말이 돌아가는 편에 진아 어미에게 팥 10말을 실어 보냈다. 이시열은 그대로 머물렀다.

계집종 옥춘이 가슴앓이 병을 얻은 지 이제 나흘 되었는데, 밤낮으로 아프다고 소리치며 몹시 괴로워하고 장물도 넘기지 못한다. 외딴 마을이라 약도 없고 사방을 둘러보아도 치료할 방도가 없다. 매우 걱정스럽다. 지난밤 꿈에 임매를 만났는데, 예전과 다름없었다. 생사 여부를 알 수 없어 아득하니, 한없이 슬프고 가슴이 아프다. 김억수가 꿩 1마리를 가져왔다.

◎ ─ 1월 21일

이시열이 현에 돌아갔다. 더 머물고 가라고 만류했으나 어쩔 수 없
는 사정이 있어서 바삐 돌아갔다. 평강(오윤겸)이 관아에 돌아오기를
기다렸다가 곧장 남쪽 길로 떠나서 인천 정사과댁이 우거하고 있는 곳
에 들렀다가 집에 돌아간다고 했다. 그래서 정사과 집에도 편지를 써서
부쳤다. 집사람이 말린 꿩과 날꿩 각각 1마리씩 보내고, 이시열의 어머
니 앞으로도 꿩 1마리, 말린 은어 2뭇을 보냈으며, 삼남매에게도 은어
각 1뭇씩 부쳤다. 집에 쌓아 둔 물건이 없어서 겨우 이것만 보냈다. 탄
식한들 어찌하겠는가. 그러나 이 물건도 우리 집에는 없어서 동쪽 이웃
집에서 빌려다가 부쳤다.

김언춘이 날꿩 1마리를 가져왔다. 신역(身役)을 감해 달라고 청을
하기 위해서이다. 물리칠 수 없어서 우선 그대로 받아 두었다. 평강(오
윤겸)이 관아에 돌아오기를 기다린 뒤에 신역을 감해 줄 만한 일이면
잘 헤아려 시행하라는 뜻으로 편지를 보낼 생각이다. 인정에 못 이겨
매번 이처럼 번거롭게 하니 매우 미안하다. 박언방, 김업산, 채억복 등
이 와서 각각 꿩 1마리씩을 바쳤다.

저녁에 함열 현감이 왔다. 이곳에 살 만한 곳이 있는지의 여부를
직접 와서 보기 위해서이다. 살 만한 곳이 없으면 온 집안이 다른 데로
이사하려는 뜻이 있었는데, 지금 와서 보니 마음에 드는 곳이 없다고
한다. 관아의 사내종 갯지가 또한 모시고 왔으니, 저번에 임매의 생사
여부를 알아보는 일로 갔다가 지금에서야 돌아온 것이다. 정자 임현의
편지와 민참판의 편지를 보니, 임경흠이 해를 입은 것은 확실하고 그의
딸 경온(敬溫)도 잡혀갔다고 한다. 애통함을 금할 길이 없다. 경온은 이

제 겨우 열 살로 어리석고 어려서 제 어미의 품을 떠난 적이 없는데, 지금 붙잡혀 갔다고 하니 분명 죽었을 게다. 더욱 비참하다. 경흠의 과부 누이와 아들 귀생(龜生)도 모두 죽었다고 한다. 홍산 현감(鴻山縣監) 윤영현(尹英賢)*과 상사(上舍) 최집(崔潗)*은 온 집안이 모두 온전하여 내달쯤 올라오겠다고 했다. 그런데 임씨(林氏) 집안만 이처럼 지극한 화를 입게 되었으니, 더욱 애처롭고 가슴 아프다.

내 누이만 홀로 살아남았더라도 남편이 죽고 딸이 잡혀가서 달리 의지할 곳이 없을 터이니, 형세상 분명 홀로 온전할 수 없을 것이다. 답답하고 걱정스럽다. 길이 멀고 보낼 사람도 없어서 소식도 묻지 못한다. 한탄한들 어찌하겠는가. 그러나 다음 달에 올라온다고 들었으니, 오면 아우를 보내서 이곳으로 데리고 와서 죽이라도 같이 먹으려는데 기약할 수 있겠는가. 애통하다. 남매의 답장과 고성의 편지도 왔는데, 아무 일 없이 지내고 있단다. 위로가 되고 기쁘다.

또 들으니, 평강(오윤겸)이 내일쯤 관아에 돌아온다고 한다. 밤에 자방(신응구)과 함께 방 안에 둘러앉아 이야기를 나누다가 밤이 깊어서야 잠자리에 들었다.

◎ ― 1월 22일
자방(신응구)이 이른 식사를 한 뒤에 현으로 돌아갔다. 더 머물기

* 윤영현(尹英賢): 1557~?. 1596년에 홍산 현감이 되었다. 이몽학의 난이 홍산에서 일어나자 그곳에서 사로잡혔다. 이로 인하여 역적에게 굴종했다는 죄로 의금부에 투옥되고 파직되었다.
* 최집(崔潗): 1556~?. 1579년 생원시에 입격했다.

를 애써 청했지만 어쩔 수 없는 사정이 있어서 돌아간다고 했다. 상례 앞으로 꿩 1마리를 보냈다.

◎ ― 1월 23일

김억수가 꿩 1마리를 가져왔다. 어제 평강(오윤겸)이 오늘 관아에 돌아온다고 했는데 아직 소식을 듣지 못했다. 만일 왔으면 언신이 분명 왔을 텐데 오지 않는다. 아마도 집에 도착하고도 곧장 와서 보지 않는 것이리라. 괘씸하다.

◎ ― 1월 24일

아침에 김업산이 와서 꿩 2마리를 바쳤다. 이어 말하기를, "어제 관에서 매를 들이게 하고 차사(差使)가 집에 와서 제 아비를 잡아갔습니다. 매우 답답합니다."라고 했다. 분명 이 때문에 꿩을 바쳤을 것이다.

김언신이 들어와 말하기를, "어제저녁에 집에 도착했는데 날이 저물어서 곧바로 오지 못했습니다."라고 했다. 평강(오윤겸)의 편지를 보니, 갔다 오는 데 별다른 탈은 없었지만 말이 빙판길에서 넘어지는 바람에 몇 사람이 말에서 떨어졌다고 한다. 뒤탈이 있을까 염려된다.

또 들으니, 명나라 군사가 형세가 불리해져 퇴각했다고 한다. 왜적 청정이 도산산성(道山山城)*에 세 겹의 성을 쌓았는데, 그중 두 성은 공격하여 부수었으나 세 번째 성은 요충지에 지어 매우 견고해서 절대

....

* 　도산산성(道山山城): 정유재란 때 가토 기요마사에 의해 새로 축성된 도산성(島山城)을 잘못 기록한 것으로 보인다.

함락시킬 수 없는 형세였다. 그래서 사졸(士卒)이 굶주리고 추위에 떨었고 쓰러져 죽는 말도 하루에 수백 필 남짓인데다 왜선 1백여 척이 물길을 통해 진격하고 육지의 왜적도 무수히 산 위에 진을 쳤다고 한다.

양경리가 몹시 두려워하면서 전령을 내려 군진(軍陣)을 후퇴시키자 진중이 크게 어지러워졌고 왜적이 이 혼란한 때를 틈타 크게 소리치며 진격했는데, 후미에서 왜적에게 공격을 받아 죽임을 당한 명나라 군사 역시 그 수를 알 수 없다고 한다. 양경리가 안동(安東)에서 한양으로 갈 때 군대를 나누어 영천(永川), 대구(大丘), 경주, 안동 등지에 주둔시켰는데, 군량미와 기계(器械)를 저들에게 모조리 빼앗겼다고 한다. 이 말을 듣고서 놀랍고 원통한 마음을 견딜 수가 없었다. 어찌하겠는가. 나랏일이 다시 의지할 곳이 없어졌으니, 말하려니 통곡하고 싶은 심정이다. 내가 죽을 곳을 알지 못하겠다.

또 들으니, 한창 그 성을 포위하고 있을 때 왜적의 군대에 물이 끊겨 바야흐로 곤경에 처했는데 하늘에서 마침내 눈이 내려 덕분에 회생할 수 있었다고 한다. 하늘 또한 순리를 돕지 않고 왜적을 도움이 이와 같구나. 하늘이여, 하늘이여! 어찌 차마 이렇게 할 수 있는가. 내 실로 믿기 어렵구나.*

최판관이 와서 보고 한참 동안 이야기했다. 칼제비를 대접하여 보냈다. 밤에 전귀실이 와서 보았다. 콩 1섬을 지고 와서 바치며, "한양

....

* 믿기 어렵구나: 하늘이 준 천명을 보존하기 어렵다는 뜻이다. 《서경(書經)》〈주서(周書)·군석(君奭)〉에 "천명은 보전하기가 쉽지 않아 하늘을 믿기 어려우니, 천명을 실추함은 선인이 공손함과 밝은 덕을 계승하지 못하기 때문이다[天命不易 天難諶 乃其墜命 弗克經歷嗣前人恭明德]."라고 한 데서 나왔다.

예초군의 재감(裁減)*을 받기 위해 드리는 것입니다."라고 말했다. 화가 나서 물리며 다시는 오지 말라고 했다.

지난해 오늘은 아산의 시열 집에서 딸의 병이 조금 나아져서 가마에 태워 떠나온 날이다. 우연히 그때를 돌이켜 생각하니 슬프고 가슴이 아파 견딜 수 없어 절로 흐른 눈물이 한 줌 가득했다.

◎ ─ 1월 25일

업산의 처가 꿩 2마리를 가져왔다. 1마리는 곧바로 아우의 집에 보내서 그 처자식에게 구워 먹이도록 했다. 우리 집에 식구가 많아 꿩을 얻어도 매번 동생과 아이들에게 보내지 못했다. 그럴 수밖에 없는 형편이라고 하더라도 늘 미안한 마음이 있었는데, 지금 다행히 뜻밖에 꿩을 얻어 그에게 준 것이다. 그러나 이 꿩은 바로 업산이 매를 풀어 잡은 것이다. 관에서 매를 들이라고 명하고 먼저 그 아비를 잡아갔기 때문에 매를 빼앗기는 것을 면하기 위해, 어제도 직접 꿩 2마리를 가져왔고 오늘 또 이처럼 가지고 온 것이다. 받을 수 없어서 도로 가지고 가도록 했는데, 그 처가 받지 않고 두고 가 버렸기에 썼다.

언신 밭의 조를 타작하여 거두었는데, 겨우 3말이 나왔다. 아쉽다. 밭이 비록 좋지 않았지만 이 지경에 이르지는 않았을 텐데, 밭 가운데 쌓아 두고 겨울을 지낸 뒤에 실어 온 탓에 쥐 떼가 모두 먹어 버렸기 때문이다.

....

* 　재감(裁減): 남의 처지를 미리 헤아려서 부담을 덜어 주는 것을 말한다.

◎ ― 1월 26일

식사를 마친 뒤에 최판관을 찾아가서 조용히 이야기를 나누고 해가 기울어서야 돌아왔다. 최판관의 집에서 내게 점심밥을 대접했다. 누차 내 집을 방문해 주었는데 한 번도 보답하지 못하다가 지금에서야 가서 사례한 것이다.

경노(京奴) 광이(光伊)가 난리를 피해 수안 땅에 와서 살고 있기에 찾아왔다. 소고기를 사 가지고 왔다. 소고기를 못 본 지 오래되어 바로 굽게 하여 저녁 식사 때 온 집안 식구들이 함께 먹었다. 먹고 남은 것은 포로 만들었다. 죽은 딸의 소상(小祥)* 때 쓰려고 한다.

◎ ― 1월 27일

광노가 현으로 들어가기에 편지를 써서 보냈다. 느지막이 많은 눈이 내리고 거센 바람이 불었다. 인아가 충아 어미를 모셔 오는 일로 소근전에 가다가 반도 못 가서 추위를 견디지 못하고 곧바로 돌아왔다. 오후에 비로소 그쳤다.

이 면의 권농이 현에서 돌아왔다. 편지를 보니, 온 관아 안이 모두 아무 일 없이 잘 지내고 있다고 한다. 노루고기 몸통 중 두 다리만 떼고 모두 보내왔고, 소주 5선도 함께 부쳐 왔다. 곧바로 탕을 끓이게 하여 온 집안 식구들이 함께 먹었다. 또 아우와 함께 각각 소주 한 잔씩을 마셨는데, 마음이 몹시 따뜻해졌다. 한 잔이 천금 같다고 이를 만하다.

최참봉의 집에 콩 2말, 조 2말을 보냈다. 양식이 떨어졌다는 말을

....

* 소상(小祥): 죽은 지 1년 만에 지내는 제사이다.

들었기 때문이다. 내 몸 하나 주체하지 못하는 근심이 우리 집도 심하여 급할 때 한 번도 도와주지 못했다. 탄식한들 어찌하겠는가. 채억복이 두부 1동이를 가져왔기에, 소주를 대접해 보냈다.

◎ ― 1월 28일

김한련(金漢連)과 김업산이 와서 각각 꿩 1마리씩을 바쳤는데, 술이 없어서 빈손으로 돌려보냈다. 안타깝다. 아침부터 거센 바람이 불어서 땅이 파이고 추위가 곱절이나 매섭다. 충아 어미에게 또 사내종과 말을 보내지 못했다.

현의 사람이 왔다. 편지를 보니, 오는 1일에 죽은 딸의 소상에 쓸 제수를 보낸다고 했다. 꿀 3되, 들기름 1되, 석이 3되, 잣 1되 1홉, 개암 6홉, 호두 1되, 약과 90개, 중미 5말, 전미(田米) 1섬, 은어 30뭇, 대구 2마리, 날꿩 1마리를 부쳐 보냈다. 함열 현감에게 시집간 딸도 은어 5뭇, 대구 2마리, 백미 1말을 보내왔다. 쌀은 동생의 소상 때 떡을 만들어 제사를 지내라고 보냈단다. 다만 관가에 일이 많아서 곧바로 와서 뵙지 못하고 일이 끝나기를 5, 6일 정도 기다린 뒤에 와서 뵙겠다고 했다. 또 자방(신응구)의 편지를 보니, 오는 초하루에 한양에 올라가서 배를 얻어 남포에 있는 곡식을 실어 열흘 뒤에 돌아와서 이 고을 지역인 적산에 옮겨 두었다가 농사를 지을 계획이라고 한다. 언명의 집에 은어 2뭇과 전미(田米) 1말을 보냈다.

◎ ― 1월 29일

편지를 써서 현에 돌아가는 사람에게 부쳤다. 장풍년(張豊年)이 꿩

1마리를 가져왔기에 곧바로 아우에게 주었다. 둘째 딸이 지난 24일부터 기운이 편치 못하여 감기라고 여겼는데, 이제 엿새가 되었는데도 아직 낫지 않고 심하고 덜한 것이 일정치 않아 밤낮으로 괴롭게 신음한다. 계명(鷄鳴, 1~3시) 뒤에 조금 나아졌는데, 느지막이 도로 아파서 전혀 음식을 먹지 못한다. 답답하고 걱정스럽다.

내일은 바로 죽은 딸의 소상이다. 지난해 병으로 누워 있을 때를 추억해 보니, 모습이 마치 눈앞에 있는 듯 선하다. 애통한 마음이 더욱 지극하여 눈물을 참을 수 없다. 행운은 순환하며 다하지 않는 법이지만, 사람은 태어나서 한 번 가 버리면 돌아올 수 없다. 어찌 비통하지 않겠는가. 슬프고 슬프도다. 비록 무익함을 알지만, 딸을 사랑하는 마음이 실로 속에서 격해져서 나도 모르게 과하게 된다.

충아 어미가 오늘에서야 돌아왔다. 부석사의 중 법희가 김치 1동이와 감장 1상자를 보내왔다. 우리 집에 먹을 것이 떨어졌다는 말을 듣고서 중이 보내 주었으니, 후하다고 이를 만하다. 물건을 지고 온 중에게 밥을 대접해 보내고, 9되들이 누룩 1덩어리를 법희에게 보냈다. 억수가 와서 꿩 1마리를 바쳤다.

2월 큰달 -2일 경칩(驚蟄), 30일 한식 -

◎ — 2월 1일

새벽녘에 인아와 함께 죽은 딸의 소상을 지냈다. 아무리 애통하게 곡한들 어찌하겠는가. 제 어미가 날마다 아침저녁 상식(上食)으로 밥과 국을 올렸는데, 오늘부터 그만두었다. 마음이야 끝이 없지만 형편상 계속 올릴 수 없었다. 이처럼 어지러운 세상에는 부모상도 치르지 못하는 자가 많다. 그래서 제 어미에게 매달 초하루와 보름에만 제사를 지내게 했다. 애달픈 마음이 더욱 지극하다.

이른 아침에 평강(오윤겸)이 제 누이가 아프다는 소식을 듣고 전인(專人)*을 보내와서 안부를 물었다. 그편에 배 12개, 말린 꿩 1마리, 녹두가루 1되를 보내왔다. 병든 누이가 먹고 싶어 했기 때문이다. 즉시 답

....
*   전인(專人): 어떤 소식이나 물건을 전하기 위해 특별히 보내는 사람이다. 전족(專足), 전팽(專伻)이라고도 한다.

장을 써서 보냈다. 둘째 딸은 지난밤에 여전히 아파하다가 새벽이 되어서야 비로소 덜했다. 두통이 극심한 걸 보니, 분명 찬바람에 심하게 상해서 이 지경에 이른 게다. 지금까지도 낫지 않고 있으니 더욱 걱정스럽다.

또 들으니, 철원 부사가 잡혀갔다고 한다. 무슨 일인지 모르겠다. 그러나 이러한 때에 수령에게는 으레 뜻밖의 근심이 있기 마련이다. 매우 염려스럽다. 이 도의 방백(관찰사)도 체차(遞差)*되어 정숙하(鄭淑夏)*가 대행한다고 한다. 다시 들으니, 철원 부사가 잡혀간 것은 조방장(助防將)이 군사를 거느리고 중로(中路)에 이르렀을 때 병을 핑계 대고 나가 보지 않았기 때문이라고 한다.

◎ ─ 2월 2일

둘째 딸의 증세가 여전하고 특별히 심하지도 덜하지도 않다. 답답하고 걱정스럽다. 전에 미처 타작하지 못했던 곡식 단을 타작하여 거두었더니, 조 6말과 직(稷) 3말이 나왔다. 옥동역의 역인 이상이 중금의 밭을 병작하여 두(豆) 11말, 태(太) 9말을 나누어 왔다. 두(豆)는 이른 서리를 맞아 절반이 여물지 않았기 때문에 이상이 나누지 않고 그쪽 것과 함께 보내왔다고 한다.

최참봉이 와서 보았다. 먼저 술을 마신 뒤 점심을 대접하고 보냈다. 저녁에 생원(오윤해)이 현에서 왔다. 그편에 들으니, 평강(오윤겸)이

....
* 체차(遞差): 관리의 임기가 차거나 부적당할 때 다른 사람으로 바꾸는 일을 말한다.
* 정숙하(鄭淑夏): 1541~1599. 임진왜란이 일어나자 의병장으로 전공을 세웠다. 좌승지, 병조참지, 병조참의, 강원도 관찰사 등을 지냈다.

철원 부사를 겸임하여 철원에 갔다고 하고 윤함은 다시 절에 올라가 글을 읽고자 한다고 한다. 신상례가 편지를 보내서 안부를 묻고 또 대구 1마리를 보내왔다. 자방(신응구)은 그저께 한양에 갔다고 한다. 평강 (오윤겸)이 세미 1말을 보내왔다.

◎ ― 2월 3일

병든 딸의 증세가 전날과 같다. 답답하다. 덕노가 어제 왔다. 동상에 걸린 발가락이 아직 다 낫지 않아 제 어미의 병이 깊다는 소식을 듣고서 오고 싶어도 그러지 못했는데, 생원(오윤해)이 짐 싣는 말에 태워서 함께 온 것이다.

저녁에 소한과 수남(守男)이 매를 팔에 앉혀 가지고 왔다. 이는 바로 며칠 전에 평강(오윤겸)이 이들에게 매를 가지고 먼저 가서 꿩을 잡아서 바친 뒤에 뒤따라오게 했기 때문이다. 꿩 7마리를 바쳤는데, 1마리는 생원(오윤해)의 집에 주고 1마리는 신상례에게 보내면서 답장을 써서 대구를 보내 준 은혜에 사례했다.

◎ ― 2월 4일

둘째 딸의 증세가 어제저녁부터 나아졌다. 지극히 기쁜 마음을 이루 다 말할 수 있겠는가. 그러나 아직도 완전히 낫지 않았으니, 다시 며칠 동안 상태를 지켜봐야 알 수 있을 것이다. 춘금이를 현에 들여보내서 식초, 도라지, 모주(母酒)* 등의 물건을 얻어 오게 했다. 병에 걸린 딸

....
* 　모주(母酒): 술찌꺼기에 물을 타서 뿌옇게 걸러낸 탁주이다.

이 먹고 싶어 했기 때문이다. 함열 현감에게 시집간 딸에게 피목 2말, 느타리 조금을 부쳐 보냈다.

광노가 현에서 돌아왔다. 평강(오윤겸)이 어제 관가에 돌아와서 삶은 집돼지 다리 반 짝과 날다리 반 짝을 보내왔다. 철원에 있을 때 석전 제(釋奠祭)*를 지내고 남은 것을 가져온 것이란다. 소한 등이 매를 날려 꿩 3마리를 잡아와서 바쳤다.

◎ — 2월 5일

광노가 수안으로 돌아갈 때 메밀 1말, 꿩 1마리를 주어 보냈다. 꿩을 모는 사람들과 함께 수남을 돌려보냈다. 소한만 머물게 하여 매를 날리도록 했더니, 꿩 2마리를 잡아 바쳤다.

저녁에 춘금이가 돌아왔다. 소주 3선, 백미 1말, 꿀 3되, 들기름 2되, 참기름 1되, 식초 1되, 삶은 도라지 3사발을 보내왔다. 도라지는 병에 걸린 딸이 먹고 싶어 하기 때문에 얻어 온 것이다. 간장 4되와 청어 3마리도 보내왔다. 청어는 제철 산물이므로 내일 신위에 올릴 것이다.

◎ — 2월 6일

둘째 딸은 지난밤에 편안히 잠들었고 증세에도 점점 차도가 있지만 아직 완전히 낫지 못했다. 나도 어제부터 감기가 들어 기운이 약간 편치 못했는데 밤에 땀을 냈더니 아침에는 나아졌다. 일가 사람 3명과

....

* 석전제(釋奠祭): 2월과 8월의 첫째 드는 정(丁)의 날에 문묘(文廟)에서 공자에게 제사를 지내는 의식이다. 소나 양의 희생을 생략하고 채소 등으로 간소하게 지낸다. 석채(釋菜)라고도 한다.

마을 사람 3명을 빌려서 여름 나무를 베게 하고 세 끼 밥을 주었다.

오늘은 바로 작년에 죽은 딸을 매장한 날이다. 우연히 그때를 추억하니, 슬퍼서 눈물을 금할 수 없다. 애통해 한들 어찌하겠는가. 오후에 언명과 함께 나무를 베는 곳에 가 보았는데, 도중에 눈비를 만나 옷이 다 젖어서 서둘러 돌아왔다. 우습다. 마침 눈이 내려 눈을 피한 역인이 많은 터라 벤 나무도 많지 않다. 안타깝다.

◎ ― 2월 7일

둘째 딸이 어제 오후부터 도로 아파하며 밤새 신음했는데, 아픈 증세가 지난번보다 갑절이나 심하다. 소한이 매를 날려서 겨우 꿩 1마리를 얻었다. 안타깝다. 소 2마리로 어제 벤 나무를 실어 오게 했는데, 고작 다섯 번 나르고 그쳤다.

명나라 군사 4명이 경상도에서 패배하고 와서 유리걸식하면서 평안도로 향하던 중에 어제 안협에서 이 마을로 길을 잘못 들어 김언신의 집에서 닭 3마리를 잡아 박문자의 집에 와서 던져 주며 밥을 짓고 닭을 삶게 하여 먹었다. 안협 현감이 명나라 군과 왜군을 분간하지 못하는 사람의 말만 듣고서 군사를 내어 뒤쫓았는데, 박문자의 집에 와서 이들을 도로 안협으로 데리고 가면서 내 집 앞을 지나갔다. 다만 근처 마을 사람들은 명나라 군사가 온다는 말만 듣고서도 모두 맨발로 달아나서 산에 올라갔다. 군사들이 인가에 들어왔다면 분명 많은 재물을 잃었을 것이다. 우스운 일이다.

◎ — 2월 8일

소한을 돌려보냈다. 오랫동안 여기에 머물렀지만 꿩을 잡지 못했기에, 그의 바람대로 보내 준 것이다. 둘째 딸이 지금은 나아져서 때로 일어나고 앉기도 한다. 그러나 머리가 무겁고 기운이 없으니, 아직도 완전히 낫지는 않았다.

◎ — 2월 9일

현의 아전이 왔다. 편지를 보니, 윤겸은 잘 지내고 있다고 한다. 가까운 시일 내에 와서 뵈려고 했는데 마침 이여실이 이천에서 현에 찾아와서 한창 함께 자면서 이야기를 나누느라 버려두고 올 수 없어 곧바로 오지 못했다고 한다. 백미 10말, 전미(田米) 9말을 보내왔다. 바로 답장을 쓰고 아침밥을 대접해 돌려보냈다.

◎ — 2월 10일

생원(오윤해)이 처남 최진운 형제와 함께 광주의 농막에 갔다. 양식을 찧어서 실어 보내는 일로 간 것이다. 떠날 때 한양에 들러서 남매를 만나 보라고 하면서 편지를 써서 부쳐 보내고, 또 메주 2말과 말린 꿩 1마리를 전해 주도록 했다. 역리(驛吏) 이격(李檄)이 아우 이상(李橡)을 시켜 날꿩 2마리를 바치도록 했기 때문에 소주를 대접했다. 또 은어 2뭇을 이격에게 부쳐 보냈다. 오늘 비로소 콩을 타작했더니, 박문자의 밭에서는 평섬으로 1섬 6말이, 고한필의 밭에서는 평섬으로 1섬 7말이 나왔다.

둘째 딸이 이제 점차 나아 가고 있지만 음식을 잘 먹지 못하고 누우려고만 하고 일어나지 못한다. 근심스럽다. 이뿐만 아니라 눌은비가 누워 앓은 지가 여러 날이 되었고, 향비도 다리가 부어 이제 열흘 남짓 되었는데도 여전히 출입하지 못한다. 게다가 그 어미도 지난달부터 팔이 아파서 지금까지 오랫동안 누워 지내며 일어나지 못하니, 집안에 심부름할 사람이 없다. 한탄스럽다.

◎ ― 2월 11일

식사를 마친 뒤에 언명, 인아와 함께 경작하고 있는 묵은 밭에 가서 보고 민시중에게 밭을 갈 만한 곳을 지시하게 하여 살펴본 뒤에 돌아왔다. 지난해에 경작했던 곳은 주인이 도로 찾아가서 경작할 만한 밭이 없다. 멀지 않은 골짜기 속에 묵은 땅이 있다고 해서 가 보았더니, 위아래 동네에 밭을 갈 만한 곳이 거의 열흘갈이 남짓 된다. 밭이 비록 좋지 않지만 주인이 없는 노는 땅이니 꼭 갈아먹고 싶은데, 우선 풀과 나무를 베어야 들어가서 경작할 수 있을 것이다. 인력이 분명 배로 들고 소를 얻기도 몹시 어려울 터이니, 이 점이 걱정스럽다.

◎ ― 2월 12일

둘째 딸이 이제 날로 회복되어 먹는 음식도 늘렸다. 기쁘다. 다만 입맛을 돋울 음식이 없어 안타깝다. 평강(오윤겸)이 설에 와서 보고 돌아간 뒤로 지금 한 달 남짓 되었는데, 가까운 시일 내에 와서 뵙겠다는 말만 먼저 들려오고 지금까지 오지 않는다. 보고 싶어도 볼 수가 없으니, 탄식한들 어찌하겠는가. 1일정(日程)*인데도 오히려 자주 볼 수가 없다. 관리의 일이라 진실로 한탄스럽다. 김담이 생원(오윤해)을 모시고 철원에 갔다가 돌아왔다. 무사히 올라갔다고 하니 기쁘다.

◎ — 2월 13일

둘째 딸은 오늘 처음 머리를 빗었다. 무료하던 차에 〈계사일록(癸巳日錄)〉을 펼쳐 보다가 마침 죽은 딸이 벼루를 깨뜨려 울던 일을 읽고서 나도 모르게 눈물이 흘러 옷깃을 적셨다. 시간이 오래 지나 점차 잊히다가도 때때로 지난 일이 생각나니, 어찌 슬프고 가슴 아프지 않겠는가. 슬프다, 내 딸이여! 가련하고 애석하다.

요새 날마다 저녁때가 되면 문에 기대어 평강(오윤겸)이 오기만을 바라고 있는데 오지 않으니, 바라보는 눈만 부질없이 시리다. 분명 관아의 일이 끝나지 않아 그런 것이겠지. 안타깝다. 생원(오윤해) 일행의 여정을 계산해 보니 오늘 한양에 도착했을 것이다. 사내종 하나에 말 3필만으로 진흙탕 험한 길을 가야 하니 무사히 한양에 도착했는지 모르겠다. 매우 걱정스럽다.

◎ — 2월 14일

평강(오윤겸)은 오늘도 오지 않았다. 소식도 알 수 없으니 안타깝다. 수이와 언신 등이 소를 바꾸어 가지고 돌아왔는데, 무명 1필과 베반 필 값을 더 주었다고 한다. 이 소를 보니 비록 나이는 많지만 몸집이 커서 잘 먹인다면 4, 5년은 쓸 만할 것이다. 기쁘다. 여기에 있던 소 2마리 중 1마리는 크지만 매우 말랐고 1마리는 어리고 힘이 약해 둘 다

....

*   1일정(一日程): 걸어서 하루 가는 거리로, 보통 90리 길을 말한다.

밭을 잘 갈지 못했다. 그러던 차에 지금 이 소를 얻었으니, 4, 5년까지는 못 가더라도 1, 2년은 충분할 것이다. 더구나 인아의 말은 걸음이 느리고 힘이 약해서 무거운 짐을 견디지 못하고 1식정(30리) 거리도 자주 눕고 나아가지 못하여 길을 떠나기 어려운 근심이 있었다. 이제 큰 소로 바꾸었으니 기쁜 마음을 어찌 다 말할 수 있겠는가. 전 토산 현감 이경담 희서 공이 들렀다가 돌아갔다.

◎ ― 2월 15일

최판관이 전인을 통해 떡과 과일 1상자를 보내왔다. 오늘이 바로 기일이라 제사를 지내고 남은 음식을 보낸 것이다. 겸하여 안부 편지도 보내왔다. 매우 감사하다. 이희서는 곧 최응진의 매부로, 그 또한 이 제사에 와서 참여했다고 한다.

저녁에 현의 아전 무손이 왔다. 평강(오윤겸)의 편지를 보니, 요새 관청 일이 날로 몰려들어서 오지 못했다고 했다. 자방(신응구)의 집안도 가까운 시일 내에 양주 땅으로 거처를 옮기는데, 상례를 모시고 20일 이후로 먼저 가서 집을 지은 뒤에 가솔들을 데리고 간다고 한다. 비록 한집에 함께 살지는 않았지만 딸이 이곳에 있어 소식이 끊어지지 않았는데, 이제 멀리 가면 이후로 다시 서로 볼 날을 어찌 기약할 수 있겠는가. 슬프고 한탄스러움을 견딜 수가 없다. 가까운 시일 내에 가서 보고 겸하여 상례와도 작별하고 싶은데, 타고 갈 말이 없다. 안타깝다. 날꿩 5마리, 생가자미 5마리, 배 15개를 부쳐 왔다. 가자미는 저녁때 탕으로 만들어 온 가족이 함께 먹었다. 배는 한식 제사 때 쓸 계획이다. 심열의 편지도 왔다. 분명 현의 아전이 독운어사의 배리(陪吏)*로 갔다가 올 때 그편에 보낸 편지일 것이다.

◎ — 2월 16일

답장을 써서 돌아가는 현의 아전에게 주었다. 김담 등에게 소 4마리를 끌고 가서 지붕을 이을 풀을 베어 실어 오게 했다. 억수가 와서 매로 잡은 꿩 1마리를 바쳤다. 김한련은 무를 1말쯤 가져왔다.

◎ — 2월 17일

언신 등 4명에게 지붕을 이을 풀을 베어 소 4마리에 실어 오도록 했다. 언신은 풀을 자기 집에 두고서 가지고 오지 않았는데, 뒤따라 실어 오겠다고 했다. 메주콩[末醬太]을 지금 막 삶았는데, 한 가마에 10말 정도 된다.

◎ — 2월 18일

저녁에 김억수가 현에서 돌아왔다. 평강(오윤겸)의 편지를 보니, 내일 윤함과 함께 와서 뵙겠다고 했고 억수와 언방 등은 한양의 예초군에서 면제되었다고 했다. 또 자방(신응구)의 편지를 보니, 오는 24일에 우선 묘하(墓下)에 올라가서 집을 짓고 돌아와 일가를 데리고 올라갈 것이라고 한다. 처음에는 여기에 머물며 농사를 지으려고 했으나 불편한 일이 많고 올라가도 불편한 점이 있기는 하지만, 똑같이 불편하다면 차라리 선영 곁에 가는 편이 마음이 더 편하겠다고 한다. 여기에 머

....
*   배리(陪吏): 상관을 모시고 따라다니는 아전이다.

물면 자주 보지는 못해도 소식을 날마다 들을 수 있는데, 한 번 가 버리면 거리가 4일정 떨어지게 되어 사람이 오갈 수 없다. 슬프고 한탄스럽지만 어찌하겠는가. 상례도 25일에 첩을 데리고 가겠다고 한다. 그전에 내가 가서 보고 싶은데 말이 없다. 안타깝다. 메주콩 11말을 또 삶았다.

◎ ― 2월 19일

평강(오윤겸)이 윤함과 함께 왔다. 오랫동안 떨어져 있었던 차에 온 집안 식구들이 함께 보게 되니 아주 기쁘고 위로가 되었다. 전미(田米) 평섬 1섬, 소금 3말, 대구 4마리, 방어 1마리, 감장 등의 물건을 가지고 왔다. 김억수가 와서 매로 잡은 꿩 1마리를 바쳤다. 메주콩 10말을 또 삶았다.

◎ ― 2월 20일

평강(오윤겸)이 오늘 현으로 돌아가려고 했는데, 비 때문에 가지 못하고 그대로 머물렀다. 전풍이 와서 꿩 1마리를 바쳤다. 메주콩 10말을 또 삶았다. 이 면에서 관에 바칠 콩 평섬 2섬 14말 6되를 이곳에 바쳤다. 관에 콩이 가득 찼기 때문이다.

◎ ― 2월 21일

평강(오윤겸)이 이른 아침 식사를 하고 현으로 돌아갔다. 김언보가 와서 꿩 1마리를 바쳤다. 메주콩 10말을 또 삶았다. 전날 삶은 콩과 합치면 모두 51말이다.

나도 느지막이 관아의 말을 타고 출발하여 최참봉의 집에 가서 경유를 맞이하여 말을 나란히 타고 함께 길을 나섰다. 날이 따뜻하여 얼음이 녹아 진흙탕 길이었는데, 간신히 고꾸라지는 근심을 면했다. 다행스럽다. 저녁에 현에 도착했다. 먼저 함열 현감의 집에 가서 상례를 본 뒤에 진아 어미에게 가서 이야기를 나누었다. 밤에 관아로 와서 경유와 함께 잤다.

◎ — 2월 22일

이른 아침밥을 먹은 뒤에 다시 함열 현감의 집을 찾았다. 상례도 와서 조용히 이야기를 나누었다. 평강(오윤겸)은 먼저 돌아가고 나와 상례는 뒤따라왔다. 오늘 상례를 전별하기 위해서이다. 관에서 술과 안주를 준비하여 내왔다. 생원 한효중도 왔다. 방 안에 빙 둘러앉아 각각 술을 주고받다가 저녁 무렵에 술에 취하고 음식을 배불리 먹고서 헤어졌다. 상례가 먼저 돌아가고, 나도 돌아와서 딸을 만나고 저녁밥을 차려오게 하여 딸과 손녀들을 먹인 뒤 밤이 깊어서야 돌아왔다. 또 경유, 효중과 함께 관아의 방에서 잤다.

이은신을 보았다. 먹을 것을 구하는 일로 현에 온 것이다. 지난날 서로 가까이 지내던 사람을 만났으니, 기쁘고 위로되는 마음을 어찌 다 말할 수 있겠는가. 다만 이곳저곳 떠돌아다닌 탓에 굶주림은 날로 심해지고 옷차림이 남루하여 매우 가련한데 도와줄 만한 힘이 조금도 없다. 또한 안타깝다.

◎ — 2월 23일

윤겸의 처가 만두를 빚어 자릿조반 뒤에 내왔다. 또 진아 어미와 자방(신응구)을 찾아가서 만났다. 자방(신응구)이 내일 올라가기 때문에 서로 작별했고, 또 상례의 집에 가서 작별 인사를 한 뒤에 관아의 방으로 돌아왔다. 최경유, 한효중과 마주하여 아침밥을 먹었다. 상례가 또한 뒤따라왔기에 보고 잠깐 이야기를 나누었다. 경유와 나란히 말을 타고 길을 떠났다. 중간쯤 왔을 때 비가 올 조짐이 있어서 말을 타고 달려 간신히 부석사에 이르렀다. 앉은 지 얼마 안 되어 비와 눈이 섞여 내리고 거센 바람까지 불었다. 처음에는 점심을 먹은 뒤에 출발하려고 했는데 이 때문에 거기서 묵었다. 점심거리로 쓰려던 쌀 3되만 가지고 묵었기 때문에 절의 중이 우리 일행의 식사를 준비해 내왔다. 미안한 일이다.

◎ ─ 2월 24일

절의 중이 두부를 만들어 주어서 경유와 함께 배불리 먹었다. 비록 거센 바람이 멎지 않았지만 날이 갰기 때문에 경유와 함께 길을 나섰다. 경유는 소근전에 이르러 나와 헤어져 먼저 자기 집으로 갔다. 나는 홀로 정산탄으로 돌아왔는데, 아직 정오도 안 되었다. 여기 와서 들으니, 지난날 소를 바꾼 사람이 와서 말이 좋지 않아 물리고 싶다고 말했는데 준엄한 말로 거절하여 보냈다고 한다. 현의 사람이 한식에 쓸 제수를 가지고 왔다.

◎ ─ 2월 25일

언명이 이른 아침을 먹은 뒤에 한양에 올라갔다. 한식 때 선영에 성묘하는 일로 간 것이다. 다만 날꿩을 얻지 못하여 영계를 대신 보냈는데, 때마침 출발하기 전에 관의 사람이 꿩 1마리를 가지고 와서 곧장 부쳐 보냈다. 제수는 메밀 1말, 닭 4마리, 대구 4마리, 간장 1되, 감장 5되, 잣 5되, 개암 4되, 꿀 1되인데, 관에 참기름이 없어 꿀을 대신 보내니 바꾸어 쓰라고 했다. 밥과 떡에 쓸 쌀은 지난날 생원(오윤해)이 돌아갈 때 우선 그곳의 쌀을 대신 쓰고 이곳에서 보내는 쌀로 갚기로 약속했기 때문에 보내지 않았다. 말린 꿩 2마리와 배 14개는 집에 보관해둔 것이 있었기 때문에 역시 보냈다. 남매에게는 줄 물건이 없어서 대구 1마리만 보냈다.

지난날 현에 있을 때 한경장(韓景張)을 통해 들으니, 이장수가 버린 첩이 김화 땅 장언침(張彦忱)*의 집에 가 있다고 한다. 언침의 장인인 조신창[趙新昌, 조희익(趙希益)]의 첩이 바로 자미(이빈)의 첩의 동복 언니이기 때문에 자기 언니를 따라 난리를 피했고, 언침이 장련 현감(長連縣監)이 되었을 때도 자기 언니와 함께 갔다고 한다. 사람들이 모두 자미(이빈)의 첩에게 개가하라고 부추겼고 또 첩으로 삼고자 하는 사람도 많았는데 모두 따르지 않았고, 강요하자 목을 매어 죽으려고까지 했단다. 때문에 끝까지 굳은 절개를 지키며 지금까지 살아 있고, 지금도 자기 언니를 따라 언침의 집에 와서 지내고 있다고 한다. 이 말을 듣고서 슬프고 불쌍함을 견딜 수 없었다. 아직 말의 진위 여부는 알 수 없지만, 만일 그렇다면 정절(貞節)이라고 이를 만하다. 평강(오윤겸)에게 사람을 통해 편지를 보내게 하여 물어봐야겠다. 한경장의 동생이 김화 땅에 와서 머물고 있기 때문에 사람들을 통해 들은 것이라고 한다. ―훗날의 행실을 보니 정절이 아니었다. 그때 죽었다면 진위 여부를 누가 알았겠는

....
* 장언침(張彦忱): 1549~?. 장악원 첨정, 해주 판관, 회양 부사 등을 지냈다.

가. 천하에 이러한 일이 많으니, 분명 관 뚜껑을 덮은 뒤에야 알 수 있을 것이다―

지난 1월 10일에 부산 동문(東門) 밖 산 밑에 옛날부터 몸체가 넓고 큰 돌이 깊이 박혀 있었는데, 저절로 움직이더니 왜관(倭館) 쪽으로 2필(疋) 길이쯤 갔다가 멈추었단다. 왜인들이 보고서 모두 놀라고 두려워하며 말하기를, "지금 이 돌이 움직인 변고는 옛날에는 없던 일이니 우리들은 분명 모두 죽을 것이다. 명나라 군사가 지금 물러난 척했다가 다시 군대를 일으켜 온다면 살아날 이치가 없을 것이다."라고 하며, 누구는 바다를 건너 떠나고 싶다고 하고 누구는 파놓은 굴을 굳게 지키겠다고 했단다. 이는 곧 경상도에서 전달한 통문(通文)으로, 현의 아전이 어사를 수행할 때에 편지를 전해 보낸 것이다. 울산의 왜적은 이제 바야흐로 다시 산성(山城)을 쌓느라 날마다 나무를 베고 재목을 수송하여 오래도록 주둔할 계획을 세우고, 우도(右道)의 왜적은 수시로 출몰하며 초계(草溪), 단성(丹城), 함양(咸陽), 거창(居昌) 근처에서 밤을 틈타 습격하여 민가를 분탕질하니, 겨우 돌아와서 살던 백성마저 거의 뿔뿔이 흩어져서 길가에 피난 행렬이 끊이지 않는다고 한다.

덕노가 어제 이천에서 돌아왔다. 일찍이 이천에서는 표범 가죽으로 벼슬을 산다고 들었기에, 이곳에서 얻은 표범 가죽을 들여보내 값을 받기 위해 덕노를 통해 이찰방에게 편지를 보내 이천 현감에게 전해 알리라고 했다. 찰방이 곧장 들어가 본 뒤에 답장하기를, "아직 적합한 표범 가죽을 얻지 못했으니 보내 준다면 물건을 보고 난 뒤에 결정하겠다."라고 했다. 그래서 오늘 아침에 또 덕노에게 표범 가죽을 들려 이천에 보냈다. 만약 들일 수만 있다면 넉넉한 값을 받아 그것으로 말을 살 수 있고, 온 집안 식구들 역시 그 덕을 보게 될 것이다. 언명의 집에서 매주콩 17말을 삶았는데, 내가 5말을 보태 주었다.

◎ ─ 2월 26일

느지막이 눈비가 섞여 내려 종일토록 그치지 않았다. 언명이 가는 길에 우비[雨具]가 없어 분명 도중에 지체되었을 게다. 근심스럽다. 요즘 반찬이 떨어져서 어머니께 올리기가 매우 어려우니, 또한 답답하다. 나와 아이들은 저녁 식사 때 겨우 삶은 콩을 간장에 섞어 나누어 먹었다. 암탉이 병아리 14마리를 까서 둥지에서 내렸다.

김언보가 와서 보았다. 비로 인해 바로 떠나지 못하고 머물렀기 때문에 백반을 점심으로 대접했다. 저녁 무렵에 비가 그치기를 기다렸다가 돌아갔다.

◎ ─ 2월 27일

간밤에 눈이 내려, 아침에 일어나 보니 산과 냇물이 모두 하얗다. 느지막이 해를 보더니 다시 녹았다. 이 같은 진흙길에 언명의 행로가 몹시 걱정스럽다.

현의 아전 전거양(全巨陽)이 독운어사의 배리가 되었는데, 지금 어사의 친가에 편지를 전하는 일로 지나가다가 평강(오윤겸)의 편지도 부쳐 왔다. 편지를 보니, 자방(신응구)은 지난 25일에 한양에 올라갔고 상례는 눈비 때문에 땅이 질어서 떠나지 않고 우선 머물고 있다고 한다. 심열이 방어 1마리, 언명의 집에는 방어 반 짝, 어머니 앞으로는 말린 문어 1마리와 생전복 20개를 가져왔다. 거양이 강릉을 순시했을 때 심열 조카가 부쳐 보낸 것이다. 평강(오윤겸)도 신선한 생전복 30개를 부쳐 보내왔다. 한식 차례 때 쓰려고 한다.

생원(오윤해)의 집에서 메주콩 24말을 삶았는데, 내가 7말을 보태 주었다. 관가에서 보낸 반찬이 매번 부족해서 맨밥을 먹을 때가 많다. 이는 모두 식구가 많은 탓이다.

◎ ─ 2월 28일

내일은 바로 외할머니의 기일이므로, 기름진 음식을 먹지 않았다. 현의 호장 김운룡이 도망간 관인을 잡아서 돌아가기에, 그편에 편지를 써서 보냈다. 최참봉의 막내아들 충운(冲雲)이 찾아왔기에 점심을 대접해 보냈다. 덕노에게 오늘 처음 띠풀을 엮게 했다. 집을 짓고 지붕을 이기 위해서이다.

저녁에 현에서 사람이 와서 평강(오윤겸)의 편지를 전해 주었다. 생숭어 중간짜리 1마리, 북청어(北靑魚) 4마리, 햇닭 2마리를 보내왔다. 이것으로 내일 한식 차례 때 제수를 장만할 수 있게 되었다. 기쁘다. 요새 반찬이 다 떨어져서 두 계집종에게 도라지를 캐고 삶아 나물을 만들게 하여 나누어 먹었다. 또 이것으로 제사 때 나물을 만들 것이다. 춘금이 등에게 집 지을 나무를 베도록 했다.

◎ ─ 2월 29일

편지를 써서 현의 아전 편에 돌려보냈다. 옥동역의 역인 이상이 중금의 밭을 병작하여 수확한 조 11말을 나누어 왔다. 지난날 진귀선과 짜고 이 밭을 숨겼다가 일이 들통났기 때문에 지금 비로소 타작하여 들인 것이다. 그의 형 이격이 꿩 1마리도 부쳐 보냈기에, 술을 대접해서 좋게 대해 주고 보냈다.

덕노에게 집에서 기르던 새끼 고양이를 데려다가 부석사에 보내 중 덕보(德寶)에게 주고 그곳에 두고 기르다가 가을에 돌려보내라고 일러 보냈다. 전에 약속했기 때문이다. 병아리를 기르고 싶은데 고양이를 보내지 않으면 분명 손해 보는 일이 있을 것이기 때문이다. 인아의 처가 또 메주콩을 삶고자 하므로 10말을 주고 그 계집종을 시켜 삶아 쓰도록 했다.

◎ — 2월 30일

한식절이다. 하루 종일 거센 바람이 불었지만 비는 오지 않았다. 생각건대, 언명이 무사히 제사를 지냈을 것이다. 이곳에서도 어적과 닭국을 장만하여 신주 앞에 제사를 지내고 그다음에 죽은 딸의 제사도 지냈다. 춘금이 등에게 칡덩굴을 캐도록 했다.

3월 작은달 -2일 청명(淸明), 17일 곡우-

◎ ─ 3월 1일

김언신 등에게 지난날 집을 짓기 위해 벤 나무를 뗏목으로 만들어 흘려내려 보내게 했는데, 물이 얕은데다 돌에 걸려 내려오지 않았다. 안타깝다.

지난해에 우리 집에서 경작해서 수확한 곡식은 평섬으로 기장, 피, 조 모두 4섬 13말, 태(太) 8섬 13말 5되, 두(豆) 5섬 4말, 메밀은 전섬으로 4섬 2말, 녹두 5말로, 이상 24섬 12말 5되이다. 또 이 면 근처에 있는 관둔전에서 생산된 곡식은 평섬으로 반직(半稷) 5섬 5말, 조 1섬 6말, 태(太) 4섬 2말이다. 또 옥동역의 계집종 중금의 밭을 병작한 사람에게서 나온 곡식은 기장, 피, 조가 평섬으로 7섬 4말, 태(太) 2섬 5말, 두(豆) 1섬 2되이다. 앞서 여러 곳에서 난 곡식을 추가하면 도합 46섬 남짓인데, 관가에서 보내 준 양식과 뜻밖에 얻은 곡식은 모두 여기에 포함시키지 않았다. 그런데 올봄에는 자못 곤란하고 다급한 근심이 있었으니, 이는 모두 지난가을에 난리를 만나 피난해 온 자들이 많고 식구가 많기 때문이다. 만약 관아의 도움이 없었다면 우리 집은 매우 염려스러웠을 것이다. 올해 농사는 조금도 느슨히 해서는 안 되고 기필코 많이 경작한 뒤에야 잘못되는 근심을 면할 수 있을 텐데, 뜻대로 되지 않는 일이 많다. 더욱 근심스럽다.

◎ ─ 3월 2일

안협에 사는 백성 김지학이 와서 보았다. 이어 팥 1말을 바쳤는데, 술을 마시지 않고 고기도 먹지 않는데다 또 줄 만한 물건이 없어서 빈손으로 보냈다. 안타깝다.

또 언신 등에게 뗏목을 띄워 흘려보내도록 했는데, 뗏목 하나가 얕은 여울에 걸려서 다 내려보내지 못했다. 말구유 1개도 만들어서 흘려보냈다. 다만 나무를 계산해 보니 턱없이 부족하니, 공연히 수일의 일만 허비했다. 괘씸하다. 언신이 힘을 쓰지 않은 게다.

지난밤 꿈에 경흠을 보았는데, 예전과 다름없는 모습이었다. 꿈에서 깨고 나니, 슬프고 마음이 아파 견딜 수가 없다. 누이는 한양에 도착했을 텐데 언명과 만났을까. 밤에 현의 아전이 사람과 말을 거느리고 왔다. 내일 집사람이 현에 들어간다고 했기에 평강(오윤겸)이 보낸 것이다. 백미 10말, 전미(田米) 평섬 1섬, 소금 6말, 대구 5마리, 청주 2병을 보내왔다.

◎ ─ 3월 3일

집사람이 둘째 딸을 데리고 현에 갔는데, 윤함이 모시고 갔다. 어제 벌통도 가지고 왔는데, 지고 온 자가 조심하지 않아서 벌집이 반이나 떨어져 나가게 하여 벌집 안에 가득했던 새끼 벌이 모두 쓸모없는 물건이 되어 버렸다. 올해 분명 생산량이 많지 않을 것이다. 아깝고 괘씸하지만 어찌하겠는가.

오늘은 집을 고쳐 짓고 터를 닦는 날이다. 그래서 언신 등 5명에게 먼저 행랑채 터를 다지게 한 뒤 기둥을 세우고 대들보를 올리게 했으며 또 사랑채 터를 닦게 했다.

생원 안극인이 안협에서 찾아왔다. 먼저 술과 떡을 대접한 다음 점심밥을 대접했다. 조용히 이야기 나누다가 돌아갔다. 안공(安公)은 곧 평강(오윤겸)과 동년우이다. 지난해에 피난하여 안협 지역에 머물 때 일찍이 함열 현감과 여러 번 만났기 때문에 멀리에서 찾아온 것이니, 그 후의에 매우 감사하다. 오늘은 바로 속절(삼짇날)이라 떡을 만들어 신주 앞에 차려 놓고 제사를 지냈다.

◎ ─ 3월 4일

느지막이 비가 내려 띠만 엮게 했다. 비가 내리기 전에 서까래를 걸었다. 오후에 비가 그쳤기에 엮어 둔 띠로 지붕을 이었다.

전풍이 어제 집사람을 모시고 현에 갔는데, 오늘 돌아와서 일행이 아무 탈 없이 일찍 들어갔다고 했다.

◎ ─ 3월 5일

지난밤에 승지 이강중(李剛仲)*영공을 꿈에서 보았는데, 예전과 다름없는 모습이었다. 사랑채를 지었는데 기둥만 세웠을 뿐이다.

덕노가 현에서 돌아와 집사람의 편지를 전했는데, 무사히 지내고 있다고 한다. 꿩 2마리와 술 1병을 가지고 왔다. 언명의 편지도 한양에서 전해 왔다. 데리고 간 사람을 먼저 보냈고, 자신은 6, 7일쯤 생원(오윤해)과 같이 올 것이라고 했다. 또 임매가 가까운 시일 내에 도성에 들어온다는 소식을 들었으므로, 꼭 만나 본 뒤에 돌아오겠다고 했다. 다만 언명 처의 계모가 별세했다고 한다.

지금 조보를 보니, 윤두수(尹斗壽)가 좌의정에 임명되었고* 이정귀는 승지에 제수되었다. 이정귀는 집사람의 집안사람인데, 쇠락한 가문이 이로 인해 일어나게 되었으니 축하할 일이다.

◎ ─ 3월 6일

언신 등에게 소 3마리를 끌고 가서 벤 나무를 실어 오게 했다. 목재를 다듬어 들보를 걸었는데 서까래는 아직 걸지 못했다. 전업이 민물고기 두어 사발을 가지고 왔는데, 줄 물건이 없다. 안타깝다. 저녁 식사에 탕을 만들어 어머니께 드리고 나머지는 아이들에게 주었다. 기쁘다. 저녁에 이천(李蕆)이 이천(伊川)에서 찾아와서 함께 잤다.

....
*　　이강중(李剛仲): 이철(李鐵, 1540~1604). 자는 강중이다. 동부승지, 무장 현감, 평안·충청·경상 3도의 도사, 용천 군수, 파주 목사 등을 지냈다.

*　　윤두수(尹斗壽)가……되었고: 윤두수(1533~1601)는 임진왜란 때 선조를 호종하여 좌의정에 올랐다. 평양에 있을 때 명나라의 원병 요청을 반대하고 평양성 사수를 주장했으며 의주에서는 상소를 올려 선조의 요동 피난을 막았다. 1597년 정유재란 때에는 영의정 류성룡(柳成龍)과 함께 난국을 수습했다. 이듬해 좌의정이 되고 영의정에 올랐다. 《국역 선조실록》 31년 2월 25일 기사에 윤두수가 좌의정에 제수된 일이 보인다.

◎ ─ 3월 7일

이천이 현으로 들어가기에 편지를 써서 전했다. 서까래로 쓸 목재가 부족하여 김담 등에게 소 3마리를 끌고 가서 나무를 베어 오라고 하면서 이른 아침 식사 뒤에 보냈다. 또 윗가지[杣杈]를 가져오게 했다. 이어 서까래를 걸었는데 아직 끝내지 못했다.

◎ ─ 3월 8일

전귀실이 삼씨 2되, 박문자가 삼씨 3되를 가지고 왔다. 귀실은 두(豆) 5말도 바쳤다. 분명 까닭이 있는 것 같아 물리치려고 했는데, 억지로 들여놓고 돌아가 버렸다.

창평 현령 백유항이 평강(오윤겸)에게 편지를 보내서, 자기 아우 중열(仲說)* 영공의 아들과 우리 집이 혼사를 하기를 원한다고 했다. 일찍이 상의하여 결정하고 궁합을 보았더니 오귀(五鬼)* 궁합이 몹시 불길하다고 했기 때문에 혼사를 맺고 싶지 않았다. 그런데 지금 또 전인을 보내와서 묻기에, 궁합이 좋지 않아 형편상 혼인을 할 수 없다는 내용으로 답장을 써서 보냈다. 울타리를 두르고 뒷간을 지었다.

채억복에게 벌통을 지워 보내서 곧장 전날에 온 벌통 오른쪽에 앉혔는데, 오후에 양쪽 벌들이 서로 싸워 물려 죽은 벌이 거의 1되 정도되었다. 아깝다. 아무리 생각해 보아도 싸움을 말릴 방법이 없어서 날

---

* 　중열(仲說): 백유함(白惟咸, 1546~1618). 자는 중열이다. 백유항(白惟恒)의 동생이다. 임진
　　왜란이 일어나자 의주로 왕을 호종했으며 홍문관 직제학이 되었다. 승정원 동부승지를 지냈
　　다. 정유재란이 일어나자 호군(護軍)이 되어 명나라 사신 정응태(丁應泰)를 접반했다.
* 　오귀(五鬼): 역학에서 사주 중에 오귀가 있으면 병이나 우환이 있다고 한다.

이 저물어 각각 벌집으로 들어가기를 기다린 뒤에 먼 곳으로 옮겨 앉혔다. 벌의 종류가 다르면 싸워서 죽이는 것이 이와 같으니 탄식할 일이다.

저녁에 현에서 사람이 왔다. 편지를 보니, 아무 일도 없다고 한다. 날꿩 2마리와 생열목어 3마리 및 12일 제사 때 쓸 잣 5되, 개암 3되, 참기름 5홉을 보내왔기에 답장을 써서 돌려보냈다. 대자리 2부도 만들어 보냈는데, 1장은 어머니의 방에 깔아 드렸다.

◎ ― 3월 9일

이제 비로소 지붕을 이었다. 집을 짓는 일은 끝났으니, 수리하고 꾸미는 것은 농사를 지은 뒤에 하려고 한다. 수삼 년 동안 여기에서 편안히 살 수 있다면 이 또한 다행스러운 일일 것이다. 그러나 세상의 난리가 아직 끝나지 않아 흉악한 왜적이 여전히 남아 있으니, 어찌 기약할 수 있겠는가. 그저 하늘의 뜻을 기다릴 뿐이다.

저녁에 박문재(朴文才)가 현에서 돌아왔다. 어제 내 편지를 받고서 예초군을 감해 달라고 갔던 것이다. 그런데 지금 평강(오윤겸)의 편지를 보니, 형편이 어려워서 이름을 뺄 수가 없다고 한다. 어찌하겠는가. 날꿩 1마리를 보내왔다. 김업산이 매를 잃어버린 지 오래되었는데, 아직 찾지 못했다고 한다. 영영 잃어버린 것이 분명하니, 그 재주가 아깝다.

들으니, 자방(신응구)은 그대로 이곳 적산에 머물며 농사를 짓고 상례는 오는 13일쯤 한양에 올라가 살 것이라고 한다. 그러나 그 집은 떠나고 머무는 것이 누차 변하고 일정하지 않으니, 이번에도 꼭 그렇게 하리라고 단정할 수 없다.

◎ ― 3월 10일

삼밭을 갈았다. 지난달 이 마을에 사는 사람이 군량을 실어 한양에 바칠 때 포 1필 값을 치르기로 하고 인아의 말을 빌려 갔는데, 그 값을 내지 못하여 1마지기쯤 되는 삼밭을 주었다. 그래서 오늘 삼밭을 갈고 1말 2되의 씨를 뿌렸다. 나도 관에 바치는 삭지(朔紙)* 흰 닥 1뭇 7장, 상지(常紙, 보통 등급의 종이) 3뭇을 주고 밭을 빌려 갈고 6되의 씨를 뿌렸다. 김억수 역시 집 앞의 밭을 주었기 때문에 갈고 씨를 뿌렸다. 다만 삼씨가 부족해서 우선 7되를 심고 그 나머지 파종하지 못한 곳은 다시 씨를 얻은 뒤에 뿌릴 계획이다.

밤에 생원(오윤해)이 한양에서 돌아왔다. 언명은 아직 마치지 못한 일이 많아서 나중에 들어올 것이라고 한다. 다만 관아의 쇄마(刷馬)*를 가지고 가서 이제 반달 남짓 되었으니, 몹시 근심스럽다. 붕질의 닭이 깐 병아리 11마리를 둥지에서 꺼내어 닭장에 가두어 두었는데, 저녁때 연기에 질식하여 2마리가 그 자리에서 죽고 나머지는 겨우 다시 살아났다. 아깝다.

삼씨는 김명세가 4되, 김린이 2되, 김애일이 1되 5홉, 채억복이 1되, 박문자가 3되, 전업이 2되, 박귀필이 2되를 주었다. 김언신이 소금을 가지고 가서 9되를 얻어 왔고, 평강(오윤겸)도 1말을 보내 주었다.

....

* 삭지(朔紙): 관청에 매달 바치던 종이이다.
* 쇄마(刷馬): 지방에 비치했다가 관용으로 제공하는 말이다.

◎ ― 3월 11일

세만이 연안에서 돌아왔다. 그 지역에 있는 평강(오윤겸) 처가의 전답을 살펴보는 일로 다녀온 것이다. 밭은 모두 묵고 거친 땅이 되었고, 겨우 계집종 2명만 살아 있다고 한다. 인아의 처에게 계집종 등을 이끌고 내일 쓸 제수를 장만하라고 했다.

◎ ― 3월 12일

새벽에 인아와 함께 제사를 지냈다. 바로 고조부의 기일이다. 제사를 지낼 사람이 달리 없기 때문에 차마 그대로 지나칠 수가 없어서 다만 탕 세 가지, 구이, 떡, 면, 밥, 국을 올렸고, 소물(素物, 소찬에 쓰이는 나물류)은 구하기 어려워서 못 올렸다. 또 생선과 고기를 한데 차려서 제사를 지냈다. 세만이 현에 들어갈 때 춘금이도 함께 보냈다. 수탉 1마리와 암탉 2마리를 함열 현감의 집에 보내어 기르게 하기 위해서이다.

저녁에 현의 사람이 와서 평강(오윤겸)의 편지를 전해 주었는데, 잘 지내고 있다고 한다. 큰 가자미 15마리와 달걀 1항아리를 가져왔기에 즉시 답장을 써서 돌려보냈다. 달걀 16매(枚)를 또한 함열 현감의 집에 보냈다. 어제 잊어버렸기 때문이다.

◎ ― 3월 13일

어제저녁부터 감기가 들어 기운이 편치 않더니, 아침이 되자 머리가 무겁고 뼈마디가 풀린 듯하며 입맛이 없다. 그래서 아침밥을 오시(午時, 11~13시)가 되어서야 조금 먹었다. 분명 땀을 낸 뒤에야 나을 수 있을 것이다.

저녁에 언명이 한양에서 곧장 현에 이르러 거기서 그대로 묵고 여기에 왔다. 몹시 기다리던 터였으니, 기쁘고 위로가 됨을 이루 말할 수 있겠는가. 그를 통해 들으니, 영암의 임매는 경흠의 장례를 아직 치르지 못했기 때문에 오지 못한다고 했다. 남매는 사내종과 말을 보냈다. 메주를 구하기 위해서이다. 평강(오윤겸)도 전미(田米) 5말과 보리쌀 4말을 보내왔다. 언명에게도 전미(田米) 5말과 보리쌀 1말을 주었다. 언명이 데리고 온 사람과 말이 빈 채로 왔기 때문에 부쳐 준 것이다.

◎ ― 3월 14일

어제부터 하루 종일 기운이 편치 않아 밤새 뒤척였는데, 인동초(忍冬草)*를 여러 번 달여 먹은 뒤에 땀을 냈더니 아침에는 덜한 것 같다. 다만 식욕이 전혀 없고 속머리가 은근히 아프며 매우 피곤하다. 아마 며칠 내에 빨리 나을 수 없을 듯하다.

박언수가 민물고기 1사발을 가져왔기에 술을 대접해 보냈다. 채소밭을 갈고 씨를 뿌렸다. 언명이 데리고 온 사내종 성금이가 돌아갔다.

◎ ― 3월 15일

오늘은 바로 보름이다. 죽은 딸의 제사를 지내야 하는데, 집사람이 현에 들어가서 그곳에서 제사를 지낸다고 하므로 여기서는 지내지 않았다. 남매의 사내종 덕룡이 돌아가는 편에 메주 6말, 적태(赤太) 2말,

....

* 　인동초(忍冬草): 인동 덩굴의 줄기와 잎을 그늘에 말린 것이다. 이뇨, 살균, 해열, 풍습(風濕), 종기 등에 쓰이는 약재이다.

비[篦] 2자루, 산삼 30뿌리를 부쳐 보냈다. 달리 보낼 물건이 없어서 겨우 이것만 보내니 안타깝다. 이것을 가지고 현에 가면 평강(오윤겸)도 분명 물건을 주어서 보낼 것이다.

전풍이 민물고기를 큰놈으로 40마리 남짓 가져왔다. 현에서 문안하는 사람이 왔다. 내가 몸이 편찮다는 말을 들었기 때문이다. 노루 다리 1짝, 갈비 1대, 목살[項丁] 1개를 보내왔다. 아직 아침밥을 들기 전이었기 때문에 곧바로 구워서 먹었다. 내 몸은 이제 많이 나아졌지만 식은땀이 멈추질 않아 바람을 쐬지 못하고 여전히 창문을 닫은 채 방에 앉아 있었다. 다만 인아도 어제 오후부터 내 이전 증세와 같은 증상을 보여서 음식을 먹지 못하고 앓으며 밤새도록 괴롭게 신음하더니 아침에도 낫지 않았다. 인동초 차를 먹었는데도 땀이 흠뻑 나지 않았다. 몹시 걱정스럽다.

최참봉과 김린이 찾아왔는데, 내 병에 영 차도가 없어 나가서 만나 보지 못했다. 몹시 안타깝다. 신주를 만들어 초가집 1칸에 봉안했다. 오전에 일찍 끝나서 이어 채소밭을 갈았다. 또 우물 속의 더러운 것들을 파내고 끓인 물로 손질했다. 한집안의 일을 얼추 처리했으니, 내일은 마초를 실어 옮긴 뒤 농사일을 할 생각이다.

저녁에 생원(오윤해)의 사내종 안손이 현에서 돌아왔다. 전미(田米) 7말과 보리쌀 3말을 보내왔다. 생원(오윤해)의 집에서 전미(田米) 3말, 보리쌀 3말, 말먹이 콩 5말을 보냈다고 한다. 내 병증은 오후에 평소처럼 회복되었기 때문에, 때때로 나와서 우물을 수리하는 것을 보았다. 인아도 나아 가니 기쁘다.

관둔전에서 나온 반직(半稷) 9말 중에 8말을 김억수가 가져왔다.

지난해 관의 명령이 있었는데 이제야 들인 것이다. 박언방은 10말 중에 6말을 가져왔다.

◎ — 3월 16일

한밤중에 비가 내렸고, 아침에도 많이 내리다가 느지막이 비로소 그쳤다. 울타리를 만들어 채소밭에 두르게 했다. 김억수가 조종속(早種粟) 5되, 점종속(粘種粟) 4되, 팥 1말을 가져왔다.

현에서 문안하는 사람이 왔다. 꿀 3되를 보내왔다. 내가 직접 편지를 써서 곧바로 돌려보냈다. 내가 완전히 나았다는 것을 알리기 위해서이다. 북쪽 마을에 사는 박영호가 산갓[山芥菜]을 보내왔는데, 줄 물건이 없어서 겨우 소금 1되로 갚았다.

◎ — 3월 17일

박막동이 와서 민물고기 40여 마리를 바쳤다. 그중 1마리는 바로 빙어로, 크기가 거의 반 자 남짓 되었다. 또 소금으로 갚았다. 다만 막동은 지난해에 내가 어살을 얽었던 곳에 물어보지도 않고 먼저 자리를 빼앗아 어살을 얽었다. 매우 분하다. 가까운 시일 내에 일이 끝나고 나면, 나도 그 아래에 어살을 얽고 그것을 헐어 버릴 생각이다.

전귀실이 산삼 1광주리를 가져왔다. 언신에게 황촌 고개 아래 옛 터를 갈아 삼씨 5되 반을 심게 하고 박문자가 바친 조밭으로 옮겨서 갈게 했는데, 이제 막 밭을 갈고 아직 끝내지 못했다.

◎ — 3월 18일

어제 끝내지 못한 밭갈이를 끝내고 반직(半稷) 6되를 심은 뒤에 고한필의 하루갈이 밭으로 옮겨 가서 갈았는데, 아직 끝내지 못했다. 인아가 제 형과 함께 가서 보고 저녁이 되어서야 돌아왔다.

최진운이 찾아와서 언명과 함께 뒤편 정자에 올라 한참 동안 이야기를 나누고 돌아갔다. 집에서 기르는 수탉이 몸집이 좋지 않고 또 잘 울지도 않았는데, 때마침 사동이 제집에서 기르던 수탉을 붙잡아 제 상전에 바치려고 하기에 곧바로 바꾸어 버렸다. 울음소리가 길고 맑으며 그 몸집도 이전 닭보다 좋다. 기쁘다. 고한필의 밭에 올조 7되를 심었다.

◎ — 3월 19일

전풍이 민물고기 50여 마리를 가져왔다. 바로 어살을 얽어서 잡은 것이다. 줄 만한 물건이 없어서 빈손으로 보냈다. 안타깝다. 언신 등에게 어제 끝내지 못한 밭을 갈게 했고, 또 이인방의 밭으로 옮겨 가서 갈게 했다. 다만 춘금이는 발을 다쳐서 올조를 심을 수 없기에 언명의 계집종 개금(介今)을 빌려서 보냈다. 고한필의 밭에 올조 7되를 심었다.

현에서 문안하는 사람이 왔다. 편지를 보니, 평강(오윤겸)은 어사가 불러서 오늘 아침에 이천에 갔고, 윤함도 같이 갔는데 이시직(李時稷)*을 만나기 위해서란다. 날노루 1마리에서 머리와 다리 1짝만 떼어 내고 몸통 전체를 보내왔다. 날꿩 1마리도 보내왔기에 즉시 답장을 써서

....

* 　이시직(李時稷): 1572~1637. 오희문의 처조카이다. 오희문의 처남인 이빈(李賓)의 아들이다. 종묘서직장, 성균관 전적을 지냈다.

돌려보냈다.

◎ — 3월 20일

이인방의 밭을 다 간 뒤에 김억수의 밭에 옮겨 가서 갈았는데, 아직 마치지 못했다. 이인방의 밭에는 중반직(中半稷) 9되를 심었다. 덕노가 현에서 돌아왔다. 편지를 보니, 일가 모두 아무 탈 없이 잘 지내고 있다고 한다.

원적사의 중 영원(靈元)이 짚신 3켤레를 가져왔다. 으레 관아에 바치는 신발이다. 부석사의 중 법희가 와서 보았고, 또 짚신 4켤레를 가져왔다. 언명과 인아에게 각각 1켤레씩 나누어 주었다. 물만밥을 대접해 보냈다. 나는 기운이 불편해서 나가 보지 않았다. 어제부터 머리가 은근히 아프고 사지가 풀린 듯하니, 분명 다시 감기에 걸린 것이다.

◎ — 3월 21일

내 기운은 나아지고 있지만 여전히 완쾌되지는 않았다. 김담에게 어제 마치지 못한 밭을 갈게 하고 네 사람이 씨를 뿌렸다. 개비(介婢)는 눈병 때문에 가지 않았다. 오늘도 갈고 심기를 마치지 못했다. 늙은 소가 힘을 못 썼기 때문이다.

낮에 윤함이 이천에서 왔다. 제 형은 어사를 따라 현으로 돌아갔다고 한다. 종일토록 몹시 기다렸는데 보지 못하니, 탄식한들 어찌하겠는가. 벼슬아치의 일이 으레 그러하니, 또 어찌 이 점을 아쉬워하겠는가.

◎ ─ 3월 22일

김담에게 어제 마치지 못한 밭을 갈게 했는데, 오래지 않아 비가 내려서 다 끝내지 못하고 그만두고 돌아왔다. 아쉽다. 윤함도 비 때문에 현에 들어가지 못했다. 전풍이 와서 민물고기 17마리를 바치고 번을 서기 위해 한양으로 돌아가는 일로 인사했다. 김언보도 번을 서기 위해 한양에 간다며 인사하고 갔다. 암탉 1마리가 병아리 15마리를 데리고 둥지에서 내려왔다.

◎ ─ 3월 23일

윤함이 현에 들어갔다. 민시중이 물고기 20여 마리를 낚아 바치기에 소주를 대접했다. 박언방이 현에서 돌아왔다. 편지를 보니, 평강(오윤겸)은 내일쯤 사마시 동년방(同年榜)*과 함께 안협의 정산탄 가에서 모임을 갖고 끝나는 대로 와서 뵙겠다고 했다. 말린 열목어 3마리, 생열목어 3마리, 소주 4선, 날꿩 1마리, 대구 1마리, 가자미알 조금을 보내왔다. 윤겸의 동방(同榜)은 철원 부사 윤방, 이천 현감 윤환(尹晥),* 안협 현감 류담, 난리를 피해 안협에 와서 살고 있는 안극인이다. 이귀와 이배달은 모두 한 현에 있는데, 마침 부재중이라 약속한 모임에 참석하지 못한다고 한다.

김담에게 어제 못다 간 밭을 갈게 해서 끝냈고, 차조 4되 5홉과 중반직(中半稷) 3되를 심게 했다. 언명과 뒷산 정자에 올라가서 경작지를

....

* 　동년방(同年榜): 같은 차수의 과거에 급제한 사람들을 같은 방목(榜目)에 기록되었다고 해서 동방(同榜) 또는 동년방이라고 했다. 이들은 특별한 일이 생길 경우 모이기도 했다.
* 　윤환(尹晥): 1556~?. 이천 현감을 지냈다.

바라보았는데, 두 아들도 따라왔다.

◎ ─ 3월 24일

평강(오윤겸)이 전에 보낸 편지에 오늘 와서 뵙겠다고 했으므로 종일토록 문에 기대 몹시 기다렸는데 오지 않았다. 무슨 일인지 모르겠다. 21일부터 오늘까지 언신이 스스로 자기 밭을 갈았다. 바로 자기 소와 한 짝을 이루어 갈았기 때문이다. 내일은 우리 집의 밭을 갈아야 한다. 병아리가 솔개에게 채였다. 매우 아깝지만 어찌하겠는가.

◎ ─ 3월 25일

박언수가 와서 민물고기 50여 마리를 바쳤다. 대접할 음식이 없어서 다만 감장 1사발로 보답했다. 언신, 김담 등에게 김광헌의 밭을 갈게 했다. 언신은 우리 집의 늙은 소와 한 짝이 되었고 김담도 갈았으니, 모두 두 짝이다. 다만 비가 올 조짐이 있으니 근심스럽다. 사흘갈이 밭이라 하루 만에 모두 갈 수 없기 때문에 양식과 콩을 주어 보냈다. 오늘은 언신의 집에서 자고 내일 다 간 뒤에 돌아오라고 일러 보냈다. 언신의 집과의 거리가 5리가 넘어 오가는 사이에 일이 분명 지체될 것이기 때문이다.

현의 교생 등 15여 명이 각각 술병과 과일을 가지고 내게 와서 위문했다. 김명세와 최정운도 마침 와서 모임에 참여했다. 우리 삼부자와 아우 언명도 모두 참석했다가 저녁 무렵에 각자 헤어졌다. 먼저 소주 1병, 청주 1병, 닭 1마리, 안주 2상자를 안으로 들이고, 태(太) 7말도 들이도록 했다. 권유년과 김충세(金忠世) 두 향소도 태(太) 5말과 두(豆) 2

말을 올렸다. 이는 바로 내가 피난해 와서 식구는 몹시 많고 궁핍하기 때문이니, 한편으로 미안하다.

저녁에 평강(오윤겸)이 왔다. 내일 동방들이 정산탄 가에서 모이기 때문이다. 백미 3말, 중미 5말, 말린 열목어 10마리, 생열목어 7마리, 대구 5마리, 찹쌀 3되, 참기름 5홉을 가지고 왔다. 저녁 무렵에 비가 내리더니 밤새도록 그치지 않았다.

◎ ─ 3월 26일

빗줄기가 아침에도 그치지 않더니 느지막이 날이 갰다. 이 때문에 밭을 갈고 심지 못했다. 지난밤 삼경(三更, 23~1시) 뒤에 창밖의 잿간에서 불이 났는데, 주방 안 시렁 위의 빈 가마니가 타는 바람에 불이 크게 번졌다. 내가 마침 화들짝 놀라 깨어 창을 열고 보니, 불이 번져 거의 지붕 위까지 탈 상황이었다. 그래서 곧바로 손으로 빈 섬을 끌어내려 불이 난 곳의 불길을 잡고 또 물을 뿌려 껐다. 마침 내린 비로 습기가 있었기 때문에 뒷간 울타리 근처까지 불길이 닿았지만 곧바로 타지 않아서 제때에 끌 수 있었다. 만일 그러지 않았다면 거의 구하지 못할 뻔했다. 매우 위태로웠다. 급작스럽게 달려가 불을 끌 때 미끄러운 진흙을 잘못 디뎌 발이 빠지고 넘어져서 왼쪽 넓적다리가 진흙에 더러워졌는데도 불을 끈 뒤에야 알아차렸다. 우습다.

부석사의 중들이 두부 30여 모를 만들어 보냈기에, 짐을 지고 온 중에게 물만밥을 대접해 보냈다. 대장장이 춘복이 가래, 쇠스랑, 괭이 등을 만들어 가져왔다. 관의 명령이 있었기 때문이다. 지난날 쇠를 받아서 갔기 때문에 줄 만한 물건이 없어서 술을 먹이고 대구 1마리를 주어 그

공에 보답했다. 박막동이 민물고기 25마리를 가져왔다. 평강(오윤겸)은 동방 모임에 갔다가 거기서 수령들과 함께 자고 돌아오지 않았다.

◎ ― 3월 27일

평강(오윤겸)이 돌아왔다. 들으니, 철원 부사, 이천 현감, 안협 현감 등 네 고을의 수령과 피난 와서 근처에 우거하고 있는 생원 안극인과 류표(柳彪)* 가 와서 모였는데, 오늘은 과녁에 활쏘기를 하느라 날이 저물었다면서 관아에 돌아가지 못했다고 한다. 저녁에 세 아들과 아우와 함께 걸어서 동대에 올랐다. 이어 아랫사람에게 대 위와 다니는 길, 그리고 그 아래의 낚시터 등을 손보게 했다.

언신, 김담 등에게 소 두 짝으로 김광헌의 사흘갈이 밭을 갈고 심게 하여 비로소 끝냈다. 또 전풍의 조그만 밭에 옮겨 가서 그곳을 갈고 조 1말 2되 5홉을 심게 했다.

◎ ― 3월 28일

평강(오윤겸)이 현에 돌아갔다. 인아도 함께 돌아갔고 향비도 따라갔다. 둘째 딸을 데리고 오는 일 때문에 간 것이다. 언신 등에게 소 두 짝으로 전풍의 나흘갈이 밭을 갈게 했는데, 갈고 심기를 끝내지 못했다. 밥을 먹은 뒤에 직접 가서 보았다.

부석사의 중 태현이 자리 2닢을 짜서 가지고 왔는데, 값도 받지 않고 가 버렸다. 비록 후하다고 이를 만하나, 매우 미안한 마음이 든다.

....

* 　류표(柳彪): 1541~?. 1582년 생원시에 입격했다.

훗날 다른 물건으로 갚을 생각이다. 1닢은 어머니께 드렸다.

◎ ― 3월 29일

언신 등에게 소 두 짝으로 전풍의 밭을 갈게 하고 심기를 끝마쳤다. 조 1말 6되 5홉을 심었고, 아래쪽에 또 들깨 1되 5홉을 심었다. 전귀실이 햇고사리 4단을 바치기에, 즉시 삶아서 신위에 올렸다. 또 술을 대접해 보냈다.

현의 방자 춘세가 편지를 가지고 왔다. 어제 평강(오윤겸)이 무사히 관아에 돌아갔다고 한다. 생전복 30개, 가자미알 1항아리, 식초 1되를 보내왔다. 내일 최참봉, 김주부와 함께 냇물에서 고기를 잡으며 놀기로 했기 때문에 식초를 얻어 온 것이다.

조우 자옥(趙瑀子玉)의 편지를 한양에서 전해 왔는데, 누구에게 부쳐서 온 것인지 모르겠다. 지난해 난리에 분명 화를 면치 못했을 것이라고 생각했는데, 지금 직접 쓴 편지를 보니 기쁘고 위로됨을 이루 다 말할 수 있겠는가. 그의 백씨(伯氏) 영연 씨와 함께 풍양(豊壤)의 선영 아래에 와서 머물고 있다고 한다.

4월 큰달 -3일 입하, 19일 소만-

◎ ─ 4월 1일

비 때문에 밭을 갈아 심지 못했고, 또 냇물에서 고기를 잡으며 놀지도 못했다. 아쉽다. 밤에 꿈속에서 자미(이빈)를 보았는데, 예전과 다름없는 모습이었다. 깨고 보니 슬픈 마음을 가눌 수가 없다. 느지막이 날이 갰다. 언명이 얻은 김언보의 밭을 갈았는데, 끝내지 못했다. 최중운이 사람을 통해 편지를 보냈고, 또 제사를 지내고 남은 떡과 과일을 보내 주었다. 매우 감사하다.

◎ ─ 4월 2일

판관 최중운, 참봉 최경유, 나, 내 아우와 윤해, 주부 김명세, 별감 김린, 경유의 세 아들, 교생 4, 5명과 함께 냇가의 경치 좋은 곳에 모여서 물고기를 낚고 고사리도 뜯어 점심을 지어먹으며 종일토록 이야기를 나누었다. 다만 술이 적어서 취하도록 마시지 못했으니, 이것이 한

가지 흠이다. 사람들이 잡은 물고기를 세어 보니 3백여 마리였다. 회를 치거나 탕을 끓여서 위아래 사람들이 함께 먹었다.

마침 큰 기러기가 독수리에게 붙잡혀 날개가 부러진 탓에 날지 못하고 물가에 떨어져 깊은 못에 떠서 첨벙거렸다. 춘금이가 먼저 발견하여 돌멩이를 던져 날개를 맞히고 사람들이 모두 함께 돌을 던져 잡았다. 푹 삶아서 함께 먹으니 그 맛이 매우 좋았다. 다리 1쪽을 가지고 와서 어머니께 드렸다. 오늘 모임은 일찍이 약속을 했던 것인데, 어제는 비가 내렸기 때문에 오늘에서야 간 것이다. 또 다음 모임은 13일에 갖기로 제공(諸公)들과 다시 약속했다. 술은 각각 쌀 3되씩 내어 두 곳에서 빚기로 했는데, 이곳에서는 우리 집에서 빚고 소근전에서는 최참봉의 집에서 빚기로 서로 약속하고 헤어졌다.

김담에게 어제 다 마치지 못한 밭을 갈게 하여 끝내고 조 6말을 심었다. 이는 곧 언명이 얻어 온 밭으로, 밭을 갈고 씨를 뿌려 그에게 풀을 뽑고 쓰게 하려는 것이다. 원적사의 중이 메주 3섬을 가져와 바쳤다. 관아의 명령이 있었기 때문이다.

강비(江婢)는 요새 종기가 허리 아래 여기저기에 생겼다. 지금은 몸도 움직이지 못하고 누워서 일어나지 못한다. 개비도 병을 핑계 대고 누워 있으니, 조를 심지 못할 뿐만 아니라 아침저녁으로 밥을 지을 사람도 없다. 오늘 저녁에는 동쪽 이웃집에서 사내종을 빌려 밥을 짓게 했다. 몹시 답답하다. 솔개가 병아리를 채 갔다. 밉지만 어찌하겠는가.

◎ ─ 4월 3일
목화밭에 거름을 냈다. 내일 갈기 위해서이다. 종일토록 거센 바람이 불었다. 현에서 문안하는 사람이 편지를 가지고 왔다. 청주 6선과 생열목어 5마리를 부쳐 보냈다. 두 계집종은 오늘도 일어나지 못해서 밭에 씨 뿌릴 사람이 없다. 몹시 걱정스럽다.

명나라 군사 10여 명이 황촌 인가에 와서 소란을 피워 남의 재물을 빼앗고 주민들을 마구 때리고는 그길로 원적사에 갔다고 한다. 혹시라도 여기로 올까 두려워서 생원(오윤해)의 온 식구들과 여기에 함께 모여 문을 닫고 굳게 지킬 생각이다. 다만 이곳의 사람들은 모두 군량을 실어 나르는 일로 나갔다가 아직 돌아오지 않아서 저 무리들을 제지할 수 없으니, 매우 근심스럽기 그지없다. 원적사에서 고개를 넘어 이천 길로 간다면, 그 다행스러움을 이루 다 말할 수 있겠는가.

◎ ─ 4월 4일

언신과 김담에게 소 두 짝으로 전귀실의 밭을 갈게 하고 들깨 3되와 참깨 5홉을 심었다. 바로 하루 반 갈이의 밭이다. 다만 언신이 밭갈이를 겨우 마치고 나서 집에 채 도착하기도 전에 그 아비가 죽었다는 말을 들었다고 한다. 놀랍고 안타까움을 금치 못하겠다. 가슴 통증을 얻은 지 나흘 만에 죽었다고 한다. 불쌍하다. 줄 만한 물건이 없어서 상지(常紙) 1뭇을 보냈다.

요사이 쌀이 거의 떨어져서 오늘은 간신히 밥을 지어 먹었다. 이 때문에 춘금이에게 말을 끌려 북면으로 보냈다. 양식을 실어 오기 위해서이다. 관미(官米)를 일찍이 북촌에 모아 두었기 때문에 윤겸이 첩으로 써서 보내서 갖다 쓰게 했다.

들으니, 명나라 군사는 원적사에서 이천으로 갔다고 한다. 기쁜 일이다. 생원(오윤해)의 일가는 그들이 올까 두려워서 온 가족이 이곳으로 피해 왔다가 이제 오지 않을 것이라는 말을 듣고 곧바로 돌아갔다.

◎ ― 4월 5일

김담에게 목화밭을 갈게 했는데 심을 사람이 없다. 안타깝다. 춘금이가 돌아왔다. 전미(田米) 20말을 실어 왔는데, 생원(오윤해)의 집과 각각 10말씩 나누어 썼다. 전귀실의 처가 햇고사리 5단을 가져와 바쳤다.

◎ ― 4월 6일

박언수를 빌려 먼저 생원(오윤해)의 목화밭을 간 뒤에 관둔전으로 옮겨서 갈게 했는데 끝내지 못했다. 목화 3말 5되와 참깨 1되를 심었다. 김담은 자기 밭을 갈기 위해 말미를 얻어 이곳의 소도 아울러 끌고 갔다.

저녁에 눌은비가 현에서 돌아왔다. 밭에 씨 뿌리는 일로 불러온 것이다. 집사람의 편지를 보니, 오는 10일에 오겠다고 한다. 돼지고기와 노루고기를 조금씩 보내왔다. 모레 절일(節日)에 차례를 지낼 때 쓰려고 한다. 또 들으니, 평강(오윤겸)의 첩을 지난 2일에 도로 그 집에 보냈다고 한다. 이 자는 곧 개인의 노비이므로 속량(贖良)*하기가 몹시 어려워서 어쩔 수 없이 돌려보낸 것이다. 다만 임신하여 만삭이 되었으니, 만약 아들을 낳고 죽지 않는다면 뒷날의 일이 몹시 걱정된다. 제 상전이 이를 기회로 삼아 속량해 주지 않으면 분명 많은 수모를 겪을 게다. 매

....

* 속량(贖良): 공사노비가 대가를 바치고 노비의 신분을 면제받는 것을 말한다.

우 불행한 일이다.

◎ ─ 4월 7일

조인손을 빌려 어제 다 갈지 못한 밭을 갈게 하여 다 갈기는 했는데 씨는 다 뿌리지 못했다. 생원(오윤해)이 앞 내에 그물을 쳐서 물고기 1사발을 잡았다. 내일 차례 때 쓸 것이다.

김언보가 찾아와서 보았다. 지난달에 번을 서는 일로 한양에 가서 대신 복무하게 한 값을 치르고 이제 막 돌아왔다고 한다. 갈 때 광노에게 패자를 부쳐 보냈는데, 곧장 전해 주었다고 한다. 이튿날 반직(牛稷) 1말 1되를 뿌렸다. 박언수가 와서 민물고기 1사발을 바쳤다. 그중에 2마리는 매우 크다.

◎ ─ 4월 8일

사동을 빌려 동쪽 가에 있는 관둔전을 갈게 했다. 근래 언신의 아비가 죽었기 때문에 사람을 빌려 밭을 간 것이다. 김담도 소 한 짝으로 갈기는 다 갈았는데, 씨는 다 뿌리지 못했다.

오늘은 바로 속절(초파일)이다. 떡을 만들어 먼저 아버지께 제사를 지낸 다음 죽은 딸에게 지냈다. 현의 사람이 제주(祭酒) 1병과 열목어 5마리를 가져왔다. 어육탕(魚肉湯) 두 가지, 어육 산적, 생전복구이를 상에 올렸다. 사동이 와서 햇고사리와 참취를 바쳤다.

◎ ─ 4월 9일

두 계집종에게 어제 다 파종하지 못한 밭에 반직(牛稷) 1말 3되를 심게 했다. 안협에 사는 부자인 연수가 찾아와서 보고, 이어 날꿩 2마리를 바쳤다. 여러 달 꿩고기를 못 보았으니, 관아에 매가 없기 때문이다. 바로 꿩고기를 구워서 노모께 드렸다. 몹시 기쁘다. 소주 2잔을 대접해서 보냈다. 이처럼 산고사리가 한창일 때에 꿩고기와 함께 넣고 국을 끓여 먹지 못한다. 탄식한들 어찌하겠는가. 조인손이 와서 산나물을 바쳤다.

◎ ─ 4월 10일

전풍이 민물고기 30여 마리를 가져왔다. 앞 내에 어살을 얽어 놓은 곳에서 잡은 것이다. 민시중이 낚시하여 잡은 물고기 50여 마리를 바치기에 소주 1잔을 대접했다. 물고기는 편으로 만들어 소금에 절여 말렸다. 전풍이 바친 물고기로는 젓을 담갔다. 또 춘금이 등에게 그물을 가지고 가서 물고기를 잡아 오게 하여 140여 마리를 잡았다. 이것으로도 젓을 담갔다.

저녁에 집사람이 둘째 딸을 데리고 돌아왔다. 생원(오윤해)과 인아가 모시고 왔다. 지난달 3일에 현에 들어가서 38일을 머물고 이제야 돌아온 것이다. 백미 5말, 중미 10말, 전미(田米) 15말, 꿀 3되, 잣 1말, 대구 3마리, 은어 25뭇, 노루고기 조금을 가져왔다. 데리고 온 관아의 사내종과 관인 등은 곧바로 돌려보냈다. 쑥을 넣은 절편 1상자도 만들어 왔기에 온 집안의 위아래가 함께 나누어 먹었다.

◎ ─ 4월 11일

김담에게 생원(오윤해) 집의 밭을 갈게 했는데, 다 갈지 못했다. 참봉 최경유가 와서 보고 그길로 안협으로 갔다. 현감을 만나기 위해서이다.

◎ ─ 4월 12일

언신과 김담 등에게 소 두 짝으로 생원(오윤해) 집의 묵은 밭을 갈게 했는데, 마치지 못했다. 경유가 안협에서 돌아왔다. 창산군(昌山君)*이 죽었다는 소식을 안협에서 비로소 들었다고 한다. 창산은 곧 그의 매부로, 성수익(成壽益) 공이다. 춘금이에게 안팎의 밭에 오이를 심게 했다.

저녁에 현의 사람이 와서 편지를 보았다. 소금에 절인 조기 15개와 가자미 5뭇을 보내왔다. 술은 아직 거르지 못해서 내일 새벽에 모이는 곳으로 곧장 보내겠다고 했다. 내일 지난번에 약속했던 사람들과 모여 냇가에서 물고기를 잡고 이야기를 나누기로 하여 관에 술을 구했기 때문이다. 누에를 처음 쓸어내렸다.

◎ ─ 4월 13일

평강(오윤겸)이 보내 준 술 3병을 곧바로 허리에 차고 점심 지을 쌀을 가지고서 언명 및 두 아들과 함께 지난날 모였던 냇가에 갔다. 나만 말을 타고 나머지는 모두 걸어서 갔다. 말이 없었기 때문이다. 붕질과

....

* 창산군(昌山君): 성수익(成壽益, 1528~1598). 임진왜란이 일어나자 왕을 호종하여 영유에 머물 때 형조참판 겸 오위도총부 부총관에 제수되었다. 왜적이 물러가자 왕비를 해주로 호종하기도 했다. 정유재란 때 부총관으로서 왕비를 수안으로 호종하다가 병을 얻어 이듬해 해주에서 죽었다.

충손(忠孫)도 함께 갔다. 냇가에 도착한 지 오래되지 않아서 판관 최중운이 왔다. 김명세, 김린, 허충, 김애일 등은 제일 늦게 도착했는데, 각각 술, 과일, 밥 지을 쌀을 가져왔다. 김린과 허충 두 사람은 물고기를 낚아 왔고, 상인 민시중, 박언수, 김억수 등도 물고기를 낚아 가지고 왔다. 회를 치고 탕을 끓여서 먹었고, 가지고 간 술도 다 마셨다. 위아래 사람들이 모두 마셔서 몹시 취하지는 않았지만 취기가 얼근해졌다. 날이 저문 뒤에 각자 헤어졌다. 다만 최경유 부자는 창산의 부음으로 인해서 모임에 오지 못했다. 사람의 일이란 게 참으로 한탄스럽다.

오늘 언신과 김담 등에게 소 두 짝으로 어제 다 끝내지 못한 생원(오윤해)의 묵은 밭을 갈게 하여 다 끝냈다. 집에 와서 들으니, 독운어사 류공진 공이 안협의 친가에서 이곳을 지나다가 와서 만나고자 하여 사람을 시켜 물었는데 마침 내가 집에 없었기 때문에 오지 않고 평강(오윤겸)에게 갔다고 한다. 지난날 들렀을 때도 들어와 보려고 했는데, 그때도 내가 집에 없어서 보지 못했다. 공교롭게 어긋남이 이 지경에 이르렀으니 안타깝다. 류공진은 전부터 알진 못했지만 윤겸과 매우 친하게 지내는 사람이기 때문에 꼭 한번 보고 싶었다.

◎ ─ 4월 14일

또 언신에게 생원(오윤해)의 밭을 갈게 했다. 소 한 짝은 전풍이 빌려 갔다. 집 북쪽 울타리 밖의 산등성이에 풀을 베고 만든 밭을 갈았다. 춘금이에게 밭고랑을 만들고 구덩이를 판 뒤에 거름을 넣고 수박과 참외 등을 심게 하려고 했는데, 거름이 없어서 구덩이에 넣지 못했다.

◎ — 4월 15일

현에서 문안하는 사람이 왔다. 편지를 보니, 가까운 시일 내에 함열 현감과 함께 오겠다고 한다. 날노루고기 앞다리와 뒷다리, 갈비, 목살 각각 하나씩 보내고, 말린 은어 20뭇을 부쳐 왔다. 답장을 써서 돌려보냈다.

붕아가 키우는 개가 병아리 1마리를 물어 죽였다. 지난날 병아리 1마리가 물려 죽어서 길가에 버렸는데 솔개가 채 갔고 1마리를 또 물었을 때 죽기 전에 구해서 죽지 않았는데, 지금 또 이와 같으니 분통이 터져 견딜 수가 없다. 죽이자니 차마 못하겠고, 그대로 두자니 분명 병아리를 죄다 죽이고야 말 것이다. 하는 수 없이 줄에 묶어 관아 안에 보내서 거기에서 기르게 할 생각이었는데, 스스로 제 잘못을 알았는지 멀리 달아나 돌아오지 않아서 매어 둘 수도 없는 형편이다. 더욱 분통이 터진다.

◎ — 4월 16일

아침에 백구가 또 병아리를 물어 죽였다. 분통이 터져 참을 수가 없다. 붕아에게 목줄을 매게 하여 때린 뒤 그대로 매어 놓고 풀어 주지 않았다. 현에 들어가는 사람을 기다려 보낼 것이다.

밥을 먹은 뒤에 무료하여 언명과 함께 거닐고 두 아이가 앞 내에서 낚시질하는 것을 구경했다. 그길로 냇가를 따라서 오르락내리락하면서 맑은 물에 발을 씻고 날이 저물어서야 돌아왔다. 두 아이가 낚시질하여 잡은 민물고기 80여 마리는 편으로 만든 뒤 소금에 절여 말렸다.

◎ ― 4월 17일

새벽에 천둥이 치고 세찬 비가 내리다가 아침이 되어서야 그쳤다. 춘금이에게 구덩이 30여 개를 파서 거름을 넣고 수박을 심게 했다. 언신이 조를 심은 밭들을 둘러보고서 시들고 말라서 나지 않은 곳이 많다고 했다. 안타깝다. 두고 보다가 가까운 시일 내에 다시 심을 생각이다. 우리 밭뿐만 아니라 마을 사람들의 밭도 모두 마찬가지인데, 모두 다시 심을 것이라고 한다.

오후에 안협 현감이 와서 보았다. 배를 만들 목재를 베는 것을 살피기 위해서이다. 평강(오윤겸)과 이곳에서 만나기로 약속했기 때문에 찾아온 것이다. 한참 동안 이야기를 나누다가 평강(오윤겸)이 왔는데, 날이 이미 저문 뒤라 나무를 베는 곳에 가 보지 못했다. 그대로 평강(오윤겸)과 함께 자고 내일 가 보기로 약속했다. 윤함도 제 형과 함께 왔다.

평강(오윤겸)이 백미 2말, 소금 1섬, 미역 1동, 은어 50뭇, 가자미 10뭇, 두(豆) 10말, 말린 열목어 4마리, 절인 전복 60개, 송어 반 짝, 식초 1되를 가지고 왔다. 날꿩 2마리도 가져왔다. 안협 현감이 누치 1마리와 민물고기 1사발을 가져와서 저녁 식사 때 탕을 끓여서 함께 먹었다. 가자미 1뭇과 은어 4뭇을 각각 아우와 생원(오윤해)에게 보내고 또 노비들에게도 나누어 주었다.

◎ ― 4월 18일

언신과 김담 등에게 소 두 짝으로 이기수(李期壽)의 콩밭을 갈게 했는데, 밭을 갈고 씨 뿌리기를 다 끝내지 못했다. 이레갈이 밭이기 때문이다. 전일에 관목(棺木)을 첩지(帖紙)를 써주어서 얻었다.

밥을 먹은 뒤에 평강(오윤겸)이 안협 현감과 나란히 말을 타고 배를 만들 나무를 베는 곳에 가서 본 뒤에 돌아왔다. 함께 동대에 올라가 누치 대여섯 마리가 물속에서 노는 것을 내려다보면서 조용히 이야기를 나누었다. 나도 아우 및 세 아들과 함께 따라가서 식사를 대접하고 낮잠을 잤다. 해가 기울자 안협 현감이 먼저 돌아갔다. 나는 아이들과 함께 잠시 앉아서 구경하고 돌아왔다. 안협 현감이 돌아가는 길에 큰 자라를 구해 보냈다. 내가 좋아한다는 말을 들었기 때문에 구해 보낸 것이다. 평강(오윤겸)이 신보구(新甫口) 1부를 가지고 왔다.

◎ ─ 4월 19일

또 소 두 짝으로 기수의 밭을 갈고 씨를 뿌리게 했는데 끝내지 못했다. 식사 뒤에 평강(오윤겸)은 현으로 돌아갔다. 제삿날인 29일에 와서 참석하겠다고 약속했다. 안협 현감이 내린 명령으로 토기 2개를 받기로 했기 때문에 사람을 보내서 도막(陶幕)에서 찾아왔다.

◎ ─ 4월 20일

소 두 짝으로 어제 다 마치지 못한 밭을 갈고 파종하게 했는데 역시 끝내지 못했다. 인아가 앞 내에 그물을 쳐서 물고기 1사발 남짓을 잡아서 편으로 만들어 말렸다. 현에서 문안하는 사람이 왔다. 편지를 보니, 무사히 현으로 돌아갔다고 한다. 북면에서 큰 사슴을 잡았다며 사슴고기를 보내왔다. 오랫동안 고기를 먹지 못하던 차에 맛좋은 음식을 얻었으므로 바로 온 집안 식구들과 함께 먹었다.

윤함이 제 동생과 함께 절에 올라가려고 했는데 우선 만류했다. 그곳에 편안히 머물 곳이 없기 때문이다. 생원(오윤해)의 사내종과 말을 빌려 현에 보냈다. 중태(中太)를 얻기 위해서이다.

◎ ─ 4월 21일

아침에 비가 와서 밭을 갈고 파종하지 못했다. 다만 춘금이에게 북쪽 울타리 너머에 있는 30여 구덩이에 오이를 심게 했다. 이 면의 색장이 현에서 왔는데, 푹 삶은 사슴 머리 고기를 보내왔다.

저녁에 도사 이태수(李台壽)*가 찾아왔다. 난리 뒤에 지금 서로 만나니 더할 나위 없이 기쁘고 위로가 된다. 그는 정로(正老)* 씨의 동복 아우로, 한마을에 살면서 서로 몹시 가깝게 지냈다. 이어 정로와 응춘(應春) 두 집안이 당한 재화(災禍)에 대해 이야기했는데, 슬프고 한탄스러움을 이기지 못하고 눈물을 흘렸다. 정로는 바로 이순수(李順壽) 씨이다. 응춘은 이옹(李雍)*이니, 천로(天老)의 매부이다. 이들은 모두 난리당시 처자식이 임진년의 왜적에게 해를 입거나 계사년과 갑오년에 전염병에 걸려 죽었다. 천로는 태수의 자로, 지금은 연천의 농막에서 살고 있다. 이 마을의 서쪽 집 사동의 처가 자기의 계집종이므로, 마침 일이 있어 지나다가 와서 본 것이다. 이어 저녁밥을 대접하여 보냈는데, 그 계집종의 집에서 묵었다.

지난밤 꿈에 자미(이빈)와 최경선(崔景善)을 보았는데, 예전과 다름없는 모습이었다. 깨고 나서 슬프고 한탄스러워 견딜 수 없었다.

....

* 이태수(李台壽): 1546~?. 1582년 생원시에 입격했다.
* 정로(正老): 이순수(李順壽, 1500~?). 자는 정로이다. 종부시정 등을 지냈다.
* 이옹(李雍): 1534~?. 1564년 진사시에 입격했고, 1569년 문과에 급제했다.

◎ ― 4월 22일

이천로(李天老)가 계집종의 집에 머물다가 식사를 마친 뒤에 와서 보았다. 조용히 옛이야기를 나누고 점심을 대접했다. 날이 저물자 우거하는 곳으로 돌아갔다. 저녁에 또 와서 보았고 밤이 깊어서야 돌아갔다. 별감 김린이 와서 보고 콩 10말을 바쳤다. 이는 주부 김명세 등과 거두어 모아 보낸 것이다. 내가 곤궁하고 식구가 많다는 사정을 들었기 때문이다. 술을 큰 사발로 한 잔 마시게 하고 보냈다.

저녁에 안손이 현에서 돌아왔다. 평강(오윤겸)이 콩 25말을 보냈는데, 10말은 생원(오윤해)의 집에 나누어 보냈다. 햇콩을 골라서 보낸 것이라고 하기에 종자로 쓰려고 했는데, 묵은 콩도 섞여 있다고 한다. 안타깝다.

김담에게 소 한 짝으로 어제 다 갈지 못한 밭을 갈게 했다. 인아가 오후에 가서 보고 올 때 조밭들을 둘러보았더니, 고한필과 박문재의 두 밭에는 올조를 심었는데 드물게 심었다고 한다. 더 심고 싶지만 시기가 늦었으므로 드문 싹 사이에 태두(太豆)를 심겠다고 한다. 그러나 경험이 많은 농부에게 널리 물어본 뒤에 처리할 생각이다. 목화밭에도 싹이 성글다고 한다. 안타깝지만 어찌하겠는가.

◎ ― 4월 23일

이도사(李都事)를 맞이하여 아침밥과 점심밥을 주었다. 또 소 한 짝으로 어제 다 갈지 못한 밭을 갈게 하여 파종하는 일을 끝냈다. 태(太) 14말과 두(豆) 6말을 심었다. 소 두 짝으로 사흘을 갈고 소 한 짝으로 이틀을 갈았으니, 마침내 닷새 만에 끝낸 것이다. 올가을에 풍년이 든다면 분명 넉넉하게 수확할 수 있을 것이다. 느지막이 밭갈이한 곳에 직접 가 보았다. 이어 소근전에 올라가서 중금의 밭에 씨를 뿌릴 만한 곳이 있는지 둘러보았다. 길이 멀어서 밭을 갈고 파종할 수가 없기 때문에 김현복에게 주어 병작하게 했다. 그리고 돌아올 때 배를 만드는 곳에 들러서 보고 김주부, 최별감(崔別監)과 한참 동안 이야기를 나누었다. 두 고을의 목도꾼이 많이 모여 고함치는 소리가 골짜기에 가득했다. 이 같은 농사철에 백성이 몹시 괴로워하니 안타깝다.

◎ ─ 4월 24일

언신과 김담에게 소 두 짝으로 언춘의 밭을 갈고 소태(小太) 2말 8되를 심게 했다. 일찍 끝나서 언신의 조그만 밭으로 옮겨 가서 갈게 했다. 중금의 밭을 병작하는 김현복과 염광필이 와서 종자 콩을 받아 갔다.

◎ ─ 4월 25일

아침에 비가 내려서 밭을 갈지 못했다. 느지막이 날이 개어 세 계집종에게 고한필 밭의 싹이 드문 곳에 적태(赤太) 7되를 심게 했다. 해주의 윤함 처가의 사내종이 말을 끌고 왔다. 윤함을 데리고 가기 위해서이다. 그의 처자들은 모두 아무 일 없이 지내고 있으나, 다만 성아(聖兒)가 학질을 앓아 아직 떨쳐 내지 못했다고 한다. 걱정스럽다. 윤함의 장모가 찹쌀 2말과 누룩 3덩어리를 보냈고, 윤함의 처는 백미 2말을 보내왔다.

저녁에 현의 아전이 제수를 가지고 왔다. 편지를 보니, 평강(오윤겸)이 당초 제사에 와서 참여하려고 했는데 와서 뵌 지 오래되지 않은 데다 지금 또 오면 이와 같은 농사철에 아랫사람이 매우 괴로울 것이라면서 오지 않고 제수만 보낸다고 한다. 제수는 중배끼[中朴桂]* 83잎, 곶감 4곶, 잣 1되, 호두 1되, 꿀 3되, 들기름 1되, 석이 8되, 밀가루 2되, 점백미(粘白米) 5되, 노루 다리 3첩, 대구 3마리, 백미 3말, 중미 7말, 전미(田米) 20말, 감장 3말이다.

◎ ─ 4월 26일

소 두 짝으로 언신의 밭을 갈게 했다. 그런데 오후에 비가 많이 내리고 종일토록 그치지 않았기 때문에 밭을 갈고 파종하는 일을 마치지 못했다.

함열 현감의 사내종 덕수 등이 말을 끌고 왔다. 미역을 파는 일로 온 것이다. 황해도로 가다가 여기에 들렀는데, 비로 인해서 떠나지 못하고 그대로 머물러 묵었다. 자방(신응구)의 편지를 보니, 온 집안이 아무 일 없이 지내고 있다고 한다. 요즘 쓸데없이 들어가는 비용이 매우 많아서 하루에도 위아래 사람들이 먹는 양식이 3말에 이르는데, 밭갈이는 아직 마치지 못했다. 생원(오윤해) 집의 태두전(太豆田)에서도 갈고 파종하는 일을 끝내지 못했는데, 빗줄기를 보니 분명 장마일 것이다. 며칠 안에 그치지 않는다면 때가 늦은 뒤일 것이다. 몹시 걱정스럽다.

....

* 　중배끼[中朴桂]: 중계(中桂) 또는 거여(粔籹)라고도 하는 유밀과(油蜜果)의 한 가지이다. 밀가루에 꿀이나 조청, 참기름을 넣고 반죽하여 길쭉한 네모꼴로 베어 끓는 기름에 지져 내는 음식이다. 제사용으로만 사용하며 잔칫상에는 쓰지 않는다.

◎ ─ 4월 27일

혹 비가 내리기도 하고 그치기도 했다. 종일토록 날이 흐리고 우중 충하여 일을 그만두었다. 저녁에 현의 사람이 왔다. 제사 때 쓸 채소와 날꿩 2마리를 가져왔다. 언신에게 망가진 호미와 낫 등의 물건을 배를 만드는 곳에 가지고 가서 고치게 했다.

◎ ─ 4월 28일

언신이 고치고 만든 쇠붙이를 가지고 왔다. 새 호미 3개, 헌 호미 3개, 괭이 1개, 도끼 1개 및 함열 현감 집의 호미 3자루, 새 채칼 1개이다. 관의 명령이 있었기 때문이다. 내일은 기일이다. 그래서 온 집안의 위아래 사람들이 모두 제수를 장만하고 종일토록 재계(齋戒)했다.

◎ ─ 4월 29일

아버지의 제삿날이다. 아우와 세 아들과 함께 새벽녘에 제사를 지냈다. 제사를 지내고 남은 음식은 가까운 이웃 남녀를 불러서 술, 떡과 함께 대접했다. 생원(오윤해)의 처남 최정운이 때마침 왔기에, 큰 잔으로 술 석 잔을 대접해 보냈다.

아침 식사 뒤에 윤함이 현으로 들어갔다. 가까운 시일 내에 황해도로 돌아가야 하므로 제 형과 누이를 만나기 위해서이다. 덕노도 따라갔다. 이는 단오가 곧 다가오는데 아우와 아이들이 모두 일이 있어 올라가지 못하므로 덕노에게 현에서 제수를 얻어 그길로 올라가 선산에 제사를 지내게 하기 위해서이다. 남매에게도 편지를 써서 부치고, 또 말린 민물고기 40여 마리와 당귀 나물 2뭇을 보냈다. 또 편지를 써서 영암 임매에게 부치면서 정자 임현에게 인편으로 전해 주도록 했다. 참판 민준 영공에게도 편지를 써서 임현에게 전하게 했다. 남북으로 멀리 떨어져 지내다가 임매가 난리를 만난 뒤로 피차 소식을 한 번도 듣지 못했기 때문에 편지 1통을 써서 보냈는데, 잘 전달될 수 있을지 모르겠다.

함열 현감에게 시집간 딸에게도 편지를 써서 보냈다. 자방(신응구)에게도 답장을 썼고, 또 호미 3자루, 말편자[馬鐵] 1부, 고쳐 만든 작도(斫刀), 협철(夾鐵), 채칼 등의 물건을 부쳐 보냈다. 딸이 메밀을 구한다고 했으므로 껍질을 벗긴 메밀 1말도 보냈다.

부석사의 중 법희가 찾아와서 보고 짚신 2켤레를 바쳤다. 아우와 두 아이에게도 각각 2켤레씩을 주었다. 술과 밥을 대접해서 보냈다. 온 집안의 노비 넷에게 처음으로 이인방의 밭을 매게 했는데 마치지 못했다.

저녁에 현의 사람이 왔다. 편지를 보니, 순찰사(정숙하)가 내달 11일에 현에 와서 하루를 머무는데 관아에 쌓아 둔 물건들이 바닥난데다 데리고 오는 사람도 매우 많아서 대접하기가 몹시 어려울 것 같다고 한다. 걱정스럽다. 함열 현감의 편지도 왔는데, 모레 한양에 올라가겠다고 한다.

조보를 보니, 제독 유정이 머지않아 도착하는데 선발군이 도로에 끊이지 않는다고 한다. 무주(茂朱)에 들어가 점령한 왜적을 우리 군사가 섬멸했다*고 한다. 또 현의 아전 전거양이 어사를 모시고 삼척에 이

....

* 무주(茂朱)에……섬멸했다:《국역 선조실록》31년 4월 19일 기사에, "비변사가 아뢰기를,

르러 보고한 고목(告目)* 내용에, "경상좌도 병마절도사가 왜적의 형세에 대해 올린 회답(回答)을 보니 '울산의 성황당(城隍堂)과 도산(島山) 소굴의 경우 내성(內城)을 고쳐 쌓고 외성(外城)을 흙으로 증축했다. 그 나머지 여러 곳은 예전처럼 점령하고 있고, 일본에서 온 왜선의 수는 헤아릴 수 없으며, 혹은 우도(右道)로 향해 양산의 호포(狐浦)에 정박했고, 금정산(金井山)에 군막(軍幕)을 세우고 날마다 나무를 베어 성채를 만든다.'라고 했다."라고 한다. 병아리 17마리를 둥지에서 내렸다.

◎ ─ 4월 30일

소 두 짝으로 전에 다 못 간 밭을 갈았다. 또 조련(趙連)의 밭으로 옮겨 가서 갈게 했는데 마치지 못했다. 파종하는 계집종이 두 사람뿐이라 분명 다 심지 못할 것이다. 안타깝다. 누에가 매우 번식하여 뽕잎을 따느라 다른 사람보다 두 배로 일하여 겨를이 없다. 밭을 갈고 씨를 뿌리는 것도 끝내지 못했고, 일찍 갈아 심은 곳에 풀이 무성하게 자랐는데도 제때 김을 매지 못하고 있다. 답답하다. 언신의 밭에 두(豆) 3말 2되 5홉을 심었다. 오후에 직접 가서 둘러보았다. 저물녘에 언세에게 뽕잎을 따오게 했다.

....

'이번에 무주 등지의 적들이 우리 경내에 깊이 들어와 불을 지르고 겁탈을 자행했는데, 이광악(李光岳), 이경준(李慶濬), 원신(元愼) 등이 힘을 합해 쓸어버려 다수의 적을 죽였으며 나머지 적들은 두려움을 느끼고 밤을 이용하여 도주했다고 합니다. 그들의 공로가 적지 않으니, 각기 전마(戰馬) 1필씩을 하사하여 총애하는 뜻을 보이는 것이 옳을 것 같기에 감히 아룁니다.'라고 했다."라고 한 일이 보인다.

* 고목(告目): 각사(各司)의 서리 및 지방 관아의 향리가 상관에게 공적인 일을 알리거나 문안할 때 올리던 간단한 문건이다.

5월 작은달 -4일 망종, 19일 하지 -

◎ — 5월 1일

언신에게 참깨밭을 갈게 했다. 김담에게 어제 미처 다 갈지 못한 밭을 다 간 다음에 김언보의 밭으로 옮겨 가서 갈게 했는데 다 끝내지 못했다. 조련의 밭에 흑태(黑太) 1말 2되, 적태(赤太) 1말 3되, 세태(細太) 2말 3되를 심었다. 춘금이가 두 계집종을 데리고 뽕잎을 따왔다. 이제부터는 날마다 노비를 셋씩 나누어 뽕잎을 따야 한다. 어제 신수함(申守咸)이 바친 벌통에서 새끼 벌을 낳았다.

◎ — 5월 2일

춘금이와 막비에게 어제 다 끝내지 못한 밭에 콩을 심게 한 뒤에 옮겨서 참깨를 심게 했다. 김담이 두 계집종을 데리고 또 뽕잎을 따 가지고 왔다.

저녁에 윤함이 현에서 돌아왔다. 이에 평강(오윤겸)의 처가 어제

첫닭이 울 무렵인 축시(丑時, 1~3시)에 아들을 낳았다는 것을 비로소 알게 되었다. 더할 나위 없이 기쁘다. 이 아이는 곧 집안의 장손으로, 선대의 제사를 잘 받들 것이다. 비록 지손(支孫)이 있지만, 어찌 이 아이만 하겠는가. 밤새 기뻐서 잠을 이루지 못했다. 아이를 낳은 며느리는 다른 큰 탈이 없고 아이의 몸도 튼실하고 온전하다고 한다. 더욱 기쁘다. 사조(四條, 사주)는 무술목(戊戌木), 정사토(丁巳土), 을유수(乙酉水), 정축수(丁丑水)이니, 5월 절일이 4일에 들었기 때문에 4월로 보았다. 아이의 이름을 승업(承業)이라고 지었다.* 선대의 유업(遺業)을 계승하여 대대로 끊이지 않게 하라는 뜻이다.

◎ ─ 5월 3일

윤함이 내일 돌아가기 위해 행장을 꾸렸다. 다만 비가 올 조짐이 있으니 기약할 수 없다. 지난날 언신이 갈던 깨밭을 이제 비로소 다 갈고 참깨 1되 7홉을 심었다. 윤함이 올 때 평강(오윤겸)이 말린 열목어 15마리, 생열목어 5마리, 알 1사발 반을 부쳐 보냈다. 동쪽 집과 서쪽 집에 각각 1마리씩 주고, 윤함의 집에도 3마리와 꿀 2되를 보냈다. 또 들으니, 순찰사의 행차는 6일에 오는 것으로 정해졌고 하루 머물다가 8일에 철원으로 떠난다고 한다. 다만 8일은 바로 평강(오윤겸)의 처제의 혼삿날이라 바쁘고 어수선한 일이 많아서 미처 준비하지 못할 것이라고 한다. 몹시 걱정스럽다.

....

* 　아이의……지었다: 승업(承業)은 오달천(吳達天, 1598~1648)이다. 오윤겸의 아들이다. 과천 현령, 형조좌랑, 은진 현감, 김포 현령 등을 지냈다.

◎ — 5월 4일

윤함이 비 때문에 떠나지 못했다. 비가 많이 내리지는 않았지만, 내리기도 하고 그치기도 하여 길을 떠날 수 없었다. 재인(才人) 등이 풀지게를 만들고 꿩 2마리를 잡아와서 바쳤다. 줄 물건도 없고 술도 없어서 주지 못하고 그저 백미 2되로 보답했다.

온 집안의 노비 5명에게 소와 말을 끌고 가서 뽕잎을 따서 가득 싣고 돌아오게 했다. 누에가 매우 번성하여 세 잠*에 들지 못한 누에가 안방과 사랑채에 시렁을 매어 만든 층(層) 위아래에 가득 찼다. 날마다 아무리 바리 가득 뽕잎을 실어 와도 다음날이면 모자라서 굶을 때가 많으니 뽕잎을 감당할 수가 없을 듯하다. 또 일찍 간 조밭에는 풀이 매우 무성한데도 김을 매지 못할 형편이다. 콩밭은 다 갈았지만 두전(豆田)은 아직 다 갈지 못했으니, 어느 겨를에 묵은 밭을 일구겠는가. 절기는 늦었는데 아직도 끝내지 못한 일이 많고 쓸데없이 들어간 비용도 많아서 양식과 물자가 떨어져 가니, 답답함을 이루 다 말할 수 없다.

저녁에 세만이 들어왔다. 편지를 보니, 아이의 몸이 튼실하고 울음소리도 우렁차다고 한다. 필시 우리 집안의 천리구(千里駒)*일 것이다. 지극한 기쁨을 어찌 다 말하겠는가. 두(豆) 1섬, 백미 1말, 차좁쌀 1말을 보내왔다. 두(豆)는 묵은 밭에 심고, 쌀은 내일 절일에 떡을 만들어 쓰려고 한다. 신수함의 벌통에서 또 새끼 벌을 낳았다. 서쪽 울타리 밖에

....

* 세 잠: 원문의 삼면(三眠)은 유충 때 세 번 자고 세 번 허물을 벗는, 종령이 4령인 누에를 말한다.

* 천리구(千里駒): 천리마(千里馬)의 자질을 가진 망아지이다. 뛰어난 자질을 가진 아이를 말한다.

매어 두고 박언방에게 받은 벌통 아래에 두게 했다. 새끼 벌은 3되 남 짓 된다.

◎ ─ 5월 5일

절일(단오)이기 때문에 술과 떡을 장만하여 신주 앞에 차려 놓고 제사를 지냈다. 이웃 마을 사람들이 각각 속병(俗餠, 단오떡)을 바치고 또 와서 본 사람도 있어서 각각 술과 떡을 대접해 보냈다. 오후에 최진 운 형제가 찾아왔기에 그들에게도 술과 떡을 대접했다. 단오라는 좋은 명절에 마을에 그네를 매어 놓고 노는 아이가 1명도 없으니, 소박하다 고 할 만하다.

◎ ─ 5월 6일

이른 식사 뒤에 윤함이 비로소 떠나서 황해도로 돌아갔다. 처음에 는 여기에서 여름을 날 생각이었는데, 사람과 말이 들어와서 어쩔 수 없이 떠난 것이다. 작별할 때에 서운한 마음을 가누기 어려워 문밖에 나가 우두커니 서서 아들이 돌아가는 모습을 멀리 바라보았다. 흰옷이 숲 사이에서 보였다 안 보였다 하더니 산을 넘어간 뒤에는 볼 수 없었 다. 한참 동안 우두커니 바라보다가 눈물을 흘리며 방으로 돌아오니, 종일토록 휑하여 마치 잃어버린 것이 있는 것 같았다. 사람 사는 게 얼 마나 된다고 부자간에 함께 살지도 못하고 해마다 오가며 오랫동안 이 별하여 있는가. 한번 헤어진 뒤에는 소식을 전하기 어렵고, 반드시 만 난 뒤에야 서로 길하고 흉한 일에 대해 알게 된다. 이것이 시절 탓인가, 운명 탓인가. 슬프기 그지없다.

온 집안사람 5명에게 전에 다 끝내지 못한 이인방의 조밭을 매게 했다. 다 맨 뒤에는 박문재의 밭으로 옮겨 가서 매도록 했는데, 끝내지 못했다. 신수함의 벌통에서 또 새끼 벌을 낳았다. 동쪽 울타리 밖의 배나무에 매어 두고 수이에게 잡게 했다. 그런데 모두 목피갑(木皮甲)에 올라가 무리를 이루더니 도로 뿔뿔이 흩어져서 뒷산 너머 1마장(馬場)* 쯤 되는 숲의 나무 아래에 엉겨 뭉쳐 있으므로, 간신히 도로 잡아다가 언명의 방 밖 창문 아래에 앉혔다. 거의 잃을 뻔한 벌을 도로 찾았다. 기쁘다. 수이가 벌을 잡는 방법을 모르고 잘못하여 피갑 내부를 쓸어서 앉힌 탓에 피갑 안이 미끄러워 발이 미끄러져 벌이 흩어져 버린 것이다. 이와 같이 하면 오래지 않아 다시 도망갈 것이라고 한다.

◎ ─ 5월 7일

언신과 김담에게 소 두 짝으로 김언보의 밭을 갈고 두(豆)를 심게 했는데 끝내지 못했다. 또 세 계집종에게 박문재의 조밭을 매게 하여 마쳤다. 식사 뒤에 내가 직접 돌아보았다. 다만 언신 등이 힘써 갈지 않아 하루갈이 밭을 소 두 짝으로 갈게 했는데도 마치지 못했다. 괘씸하다.

저녁에 이 면의 색장이 현에서 감사(監司, 정숙하)의 칭념(稱念)*을 가지고 왔다. 들으니, 어제 현에 들어와서 오늘도 머물러 있다고 한다. 그리고 참판 민준과 첨지 박춘무(朴春茂)*가 칭념하여 백미 5말, 콩 1섬,

....
* 마장(馬場): 10리나 5리가 못 되는 거리를 계산할 때 리 대신 쓰는 단위이다.
* 칭념(稱念): 수령이 고을로 부임할 적에 그 지방 출신의 고관이나 친구들이 술과 고기를 가지고 와서 인사하며 자신의 친척이나 지인을 돌봐 주기를 부탁하는 것을 말한다.
* 박춘무(朴春茂): 1568~1646. 임진왜란 때 형 박춘영(朴春英)과 함께 의병을 일으켜 큰 공을 세웠다.

좁쌀 10말, 대구 5마리, 은어 20뭇 등의 물건을 제송(題送)[*]했기에 바로 답장을 써서 보냈다. 현의 장무도 노루 다리 1짝을 보내왔다. 근래 양식과 반찬이 거의 떨어졌는데 뜻밖의 물건을 얻게 되니 매우 기쁘다. 다만 해성군(海城君) 최황(崔滉)[*]도 칭념 중에 있는데, 전에 알지 못하던 사람이다. 칭념할 리가 없으니 분명 잘못되었을 것이다. 이상하다.

어제 잡은 새끼 벌은 벌통에 편하게 있지 못하고 흩어져 나와 집 안에 가득했다. 혹은 방 안에 들어가 옷에 파고들어 위아래 사람이 많이들 벌침에 쏘였다. 혹은 도로 통 안으로 들어갔다가 곧 다시 나오기를 여러 번 반복하더니 날이 어두워진 뒤에 모두 들어갔다. 벌을 치는 방법을 잘 아는 사람에게 물어보았는데, 모두 그대로 두면 분명 도망갈 것이니 그 통 구멍을 수일 동안 막아 두었다가 다시 막아 놓았던 것을 빼 주면 거의 자리를 잡게 될 것이라고 했다. 그래서 곧바로 통 입구를 막아 두었는데 오래지 않아 또다시 도망갔다고 한다. 오후에 채억복이 바친 벌통에서 새끼 벌을 낳았다. 배나무 위에 매어 두었다가 쓸어서 북쪽 울타리 밑에 앉히게 했다.

◎ ─ 5월 8일

언신 등에게 소 두 짝으로 어제 다 갈지 못한 밭을 갈게 하여 파종하는 일을 마쳤다. 두(菽) 5말 6되를 심었다. 사흘갈이 밭이라고 했는

....
* 　제송(題送): 상급 관아에서 하부 기관에, 혹은 관아에서 백성에게 지령서를 보내 명하는 것을 말한다.
* 　최황(崔滉): 1529~1603. 임진왜란 때 평양까지 선조를 호종했다. 이듬해 검찰사가 되어 선조와 함께 환도하여 좌찬성, 세자이사로 지경연사를 겸했다.

데, 이틀갈이에 불과했기 때문이다. 개비 등 세 사람이 김억수의 조밭을 맸는데 끝내지 못했다. 들으니, 순찰사가 오늘 철원으로 출발했다고 한다. 평강(오윤겸)의 처제도 오늘 혼인했는데, 그녀는 횡성 현감(橫城縣監)의 재실(再室)이다.

요즘 고뿔과 시령이 매우 유행하여 위아래 사람들이 모두 앓고 있다. 그중 언명의 막내딸 신아(愼兒)와 계집종 옥춘은 몹시 심하게 앓아 이제 5, 6일 되었는데도 여전히 차도가 없다. 걱정스럽다. 인아의 처는 귀앓이로 몹시 괴로워하는데, 두통까지 함께 생겨서 어제부터 누워서 일어나지 못하고 있다. 매우 걱정스럽기 그지없다. 병아리 9마리를 둥지에서 내렸으니, 모두 두 번째 키운 것이다.

◎ ─ 5월 9일

김담과 춘금이, 두 계집종에게 소 2마리를 끌고 가서 뽕잎을 따 가지고 오게 했다. 안팎에 누운 누에가 모두 세 잠을 자고 일어나서 한창 많이 먹는다. 그런데 안협과 평강 두 고을 근처에서 날마다 뽕잎을 따는 사람들이 온 산의 숲을 뒤지고 다니기 때문에 뽕잎이 희귀하여 가득 실어 오지 못했다. 종일 굶주린 누에가 오늘 밤 재차 먹고 나면 내일은 분명 굶주릴 것이다. 한집안의 힘을 헤아리지 않고 너무 많이 쳐서 온 집안의 노비에게 누에치기에 온 힘을 쏟게 하여 밭 갈고 김매는 일은 돌보지 못하고 있다. 농사철이 이미 늦었는데, 묵은 밭을 일굴 겨를도 없는 형편이다. 조밭에 풀이 무성한데도 제때에 김을 매 주지 못하여 황폐해질 것이니, 무어라 말할 수 없는 지경이다. 하물며 위아래 사람들이 한창 시령에 걸려 누워서 앓는 사람도 많은데, 그 가운데서도 언명의 계집종 개금은 몹시 심해서 종일 밤낮으로 아프다고 부르짖으며 무척 괴로워한다. 매우 답답하고 걱정스럽다.

전에 신수함의 벌통에서 세 번째로 난 새끼 벌이 오늘 도망갔다. 참으로 아깝다. 아무리 그 구멍을 막아 보아도 머물러 있으려고 하지 않으니, 막을 수 없는 형편이다.

◎ ─ 5월 10일

소 2마리와 노비 넷을 보내 뽕잎을 따오게 했다. 또한 이웃 사람 조인손을 빌려 뽕잎을 따오게 보냈다. 그런데 그 이웃에 행실이 못되고 젊은 한복이라는 자가 인손이 우리 집의 계집종에게 지시하여 자기가 딸 뽕잎을 따게 했다는 이유로 그와 서로 싸우다가 낫으로 얼굴을 찍어 인손이 거의 애꾸가 될 뻔했는데 다행히 면했다. 그러나 눈썹 주위가 한 치쯤 찢어져서 얼굴 가득 피가 흘렀다. 분통이 터져 견딜 수가 없다. 잡아서 현의 아전이 돌아가는 길에 보내려고 했지만 사가에서 결박하여 보낼 수는 없었다. 그래서 우선 그 생각은 접어 두고 돌아가는 현의 아전을 통해 평강(오윤겸)에게 알려 붙잡아서 죄를 다스리도록 했다.

저녁에 현의 아전 민득곤(閔得昆)이 편지를 가지고 왔다. 편지를 보니, 순찰사는 별 탈 없이 지나갔고 처제의 혼사도 잘 치렀다고 한다. 다만 두 번 손님을 치르느라 관아에 모아 둔 재물을 많이 썼다고 한다. 근심스럽다. 노루 다리 1짝, 어린 돼지 1마리, 웅어 9마리, 청주 3선을 보내왔다. 오랫동안 술을 마시지 못하던 터라 곧바로 아우와 한 잔씩 마셨다.

아우의 계집종 개금이 두통과 가슴 통증으로 몹시 괴로워했다. 죽과 미음도 전혀 먹지 못하고 헛소리를 많이 하니, 증세가 매우 위태롭다. 하나뿐인 계집종의 병세가 이와 같으니, 매우 답답하고 근심스럽다. 후임 어미의 귀앓이도 여전하니, 더욱 안타깝다.

온 집안 안팎에 누에가 가득하여 무릎을 들일 곳이 없다. 아우 및 두 아이와 함께 종일토록 동대에서 앉았다 누웠다 했다. 내가 보니, 두 아이가 낚시질한 물고기가 거의 1사발이 되고 충아도 7마리나 낚았다. 기쁘다.

◎ ― 5월 11일

인아 처의 귓구멍에서 고름이 저절로 터져 진물이 나오더니 점차 나아졌고, 개금도 낫는 중이다. 기쁘다. 종일토록 아우 및 두 아이와 함께 동대 위에서 앉았다 누웠다 했다. 두 아이에게 낚시질과 그물질을 하게 했더니 거의 1사발을 잡았다. 회를 쳐서 먹고 싶은데 딸들이 누에 치기에 분주하여 칼을 잡을 사람이 없어서 해 먹지 못했다. 안타깝다.

오늘 또 세 사내종에게 소 2마리를 끌고 가서 뽕잎을 따서 가득 싣고 오게 했다. 덕노가 한양에서 현으로 돌아왔는데, 그곳에서 여러 날 머물면서 지금까지 오지 않는다. 분명 뽕잎 따는 일을 피하려고 하는 것이다. 괘씸하다.

◎ ― 5월 12일

세 사내종에게 소 3마리를 끌고 가서 뽕잎을 따오게 하면서, 소 1마리로는 오늘 실어 오고 2마리로는 내일 실어 오게 했다. 오늘도 동대에 가서 온종일 쉬었다.

덕노가 들어왔다. 남매의 편지를 보니, 아무 일 없이 잘 지내고 있다고 한다. 중소(仲素) 씨도 편지와 함께 찻잎 1봉(封)을 보내왔다. 명나라 장수가 준 것이라고 한다. 정자 임현의 편지도 왔는데, 영암 임매의 소식은 아직 듣지 못했다고 한다.

◎ — 5월 13일

언신과 덕노에게 소 2마리를 끌고 가서 뽕잎을 따오게 했다. 어제 보낸 김담 등의 소 2마리로 오후에 뽕잎을 실어 왔다.

저녁에 평강(오윤겸)이 와서 보았다. 소주 1병을 가지고 왔기에 곧 언명과 각각 한 잔씩을 마셨다. 오랫동안 마시지 못하던 터라 술이 목을 타고 내려가기도 전에 가슴이 시원하고 탁 트였다. 저녁에 천둥이 치고 비가 많이 내리더니 잠시 후 그쳤다. 붕아는 비 오는 때를 이용하여 박[瓢] 모종을 옮겨 심었다.

◎ — 5월 14일

김담과 춘금이에게 소 1마리를 끌고 가서 뽕잎을 따오게 했는데, 1바리도 채 차지 않았다. 내일은 분명 누에가 굶주릴 것이다. 평강(오윤겸)이 엊그저께 조인손에게 칼로 상해를 입힌 한복이란 자에 대해 이곳에 와서 듣고서 즉시 포도장(捕盜將)에게 붙잡아 현에 보내 가두게 했으니, 그 죄를 엄중히 다스릴 것이다. 근래 양식이 떨어졌는데, 평강(오윤겸)이 배를 만들 때 쓰고 남은 양식 전미(田米) 10말을 첩으로 써서 내주고 생원(오윤해)의 집에 2말을 나누어 주게 했다.

◎ ― 5월 15일

언신과 덕노에게 소 1마리를 끌고 가서 뽕잎을 따오게 했다. 어제
날이 저문 뒤로 누에의 먹을 것이 떨어져서 종일 굶주렸다. 애석하다.
누에의 반은 섶에 올라갔는데, 굶기지 않았다면 오늘 거의 섶에 올라갔
을 것이다.

오늘은 바로 증조부의 기일이다. 음식을 장만하여 제사를 지냈는
데, 떡, 면, 탕 세 가지, 과일 두 가지, 밥, 국뿐이다. 나는 무릎에 작은 종
기가 나서 굽히고 펴지 못해 직접 제사를 지내지 못하고 아우만 홀로
지내게 했다. 집 안팎 뜰과 사랑채에 누에똥이 가득하다. 더러워서 가
까이 갈 수가 없고 또 앉아 있을 만한 곳도 없어서 하루 종일 동대에
누워 쉬었다. 채억복의 벌통에서 또 새끼 벌을 낳아 받아 두었는데, 도
로 도망가서 영영 잃어버렸다. 아깝다.

◎ ― 5월 16일

기운이 편치 않아서 종일토록 새 정자에 앉았다 누웠다 했다. 누에
가 거의 모두 섶에 올랐고 남은 것은 겨우 1자리뿐이라고 하니, 내일
안으로 모두 익을 것이다.

◎ ― 5월 17일

불편한 기운이 전날과 같고 왼쪽 무릎에 작은 종기가 나서 굽히고
펴지 못한다. 답답하다. 통인 만세가 왔는데, 편지를 보니 잘 지내고 있
다고 한다. 한복은 즉시 곤장을 맞지 않고 석방되어 지금 만세와 함께
돌아와서 사례하고 갔다.

오극일이 와서 보았다. 뜻밖의 일이라 매우 기쁘고 위로가 된다. 다만 관례(冠禮)하기 전에 보고서 못 본 지 오래되어, 처음 보았을 때 얼굴을 알아보지 못하다가 먼저 성과 이름을 물어본 뒤에야 알았다. 안타깝다. 옛날과 지금의 이야기를 같이 주고받다가 밤이 깊어서 파하고 잤다. 다만 종손은 그 한 사람뿐이라 종가의 고조와 증조 이하 신주를 모두 해주의 극일 집에 모시고 있다.

요즈음 국가의 군량이 고갈되어 경조관(京朝官)의 양료(糧料)*를 주지 못하고 경상도의 명나라 군사에게도 식량이 끊겨 양식 조달이 매우 시급하다. 이 현에서 경상도에 군량을 수송하는 일로 마부를 징발하고 또 한양에 예초군을 보내자, 백성 사이에 동요하며 논밭을 파는 사람이 많다. 어느 늙은 남녀가 집에 와서 자기가 갈고 씨 뿌린 밭을 팔면서 포목으로 전결(田結) 값을 받기를 원했는데, 집안에 포목 한 자도 없어서 사지 못했다. 그 애처롭게 간절히 바라는 모습을 보고 있자니, 참혹하여 차마 볼 수 없다. 나랏일이 이 지경에 이르렀는데, 백성을 다스리는 관원이 이러한 사정을 알면서도 어찌할 수 없다. 깊은 탄식만 더할 뿐이다.

◎ — 5월 18일

오극일이 한양으로 떠났다. 억지로 머물게 하고 싶었지만, 여기서 한양에 올라가는 사람과 함께 돌아갔다. 줄 물건이 없어서 다만 말먹이 콩 2말, 싸라기[碎米] 5되를 주어 노자에 보태도록 했다. 들으니 한양으

---

*   양료(糧料): 살림살이에 드는 양식과 갖가지 물품을 말한다.

로 올라갔다가 해주로 돌아간다고 하기에, 윤함에게 편지를 써서 보내고 또 남매에게 편지를 써서 부쳐 보냈다.

밤에 누에가 올라간 섶 밑에서 쥐떼가 시끄럽게 싸워서 딸이 등을 밝히고 섶을 들추어 보니 큰 쥐 대여섯 마리가 달아났다. 망가진 누에고치가 산처럼 쌓여 있고, 아직 채 고치가 되지 못한 누에도 모두 씹혀서 썩어 버렸다. 더러운 것이 상 위에 가득하니, 분통함을 견딜 수 없다. 곧장 섶을 다른 곳으로 옮겼다. 그러나 이미 훔쳐다가 씹어 망가뜨린 것이 거의 3분의 1이나 된다. 올해는 농사를 접어 두고 누에치기에 전력했는데, 결국 못된 쥐에게 해를 입어 헛일이 되어 버렸다. 탄식한들 어찌하겠는가. 지난봄에 병아리를 기르려고 키우던 고양이를 부석사로 내보냈더니 쥐들이 거리낄 것이 없어 이처럼 방자한 짓을 하게 되었다. "한 가지 이로운 일이 있으면 한 가지 해로운 것이 숨어 있다."*고 할 만하다. 돌아보아도 쥐를 제압하여 잡을 방도가 없으니, 더욱 원통할 뿐이다.

김담에게 관둔전에 두(豆) 2말을 심게 했다. 바로 한나절갈이 밭이다. 또 두 계집종에게 전에 다 매지 못한 밭을 매게 했는데, 또한 마치지 못했다.

◎ ― 5월 19일

최참봉 부자가 와서 보았다. 배천(白川)의 그 매부 창산군 성공(成

....

* 한 가지……숨어 있다:《역대명신주의(歷代名臣奏議)》권64에서 모영(牟巖)이 아뢴 말에 나온다.

公)의 초상집에 갔다가 들른 것이다. 집에 술 한 잔도 없어서 대접하지 못하고 보냈으니, 안타깝다.

느지막이 아우 및 두 아이와 함께 조선소에 갔다. 배의 건조를 마쳐서 오늘 물에 끌어내린다고 하기에 가서 본 것이다. 나는 먼저 돌아왔는데, 올 때 경작한 밭을 둘러보고 돌아왔다.

현에서 문안하는 사람이 들어왔다. 편지를 보니, 우계의 병환이 위중하다고 한다. 놀랍고 걱정스럽다. 백미 5말, 전미(田米) 10말, 소금 9말, 대구 2마리, 말린 숭어 1마리, 알 1편, 소금에 절인 웅어 5마리를 보내왔다. 양식과 찬거리가 거의 떨어졌는데, 때마침 이른 것이다.

◎ ─ 5월 20일

덕노와 춘금이 등에게 소 3마리를 끌려 조선소에 보내서 나무 부스러기와 긴 나무를 실어 오게 했다. 고치를 풀 때 쓰기 위해서이다. 오늘 고치를 다 따서 말로 되어 보니, 집사람이 17말, 후임 어미가 13말, 둘째 딸이 8말로 모두 38말이다. 쥐떼에게 도둑맞은 것이 거의 3분의 1이다. 그렇지 않았다면 50말 남짓 딸 수 있었을 것이다. 밉살스럽다.

김억수가 와서 민물고기 1사발 남짓을 바쳤다. 지난밤에 횃불을 밝히고 어살로 잡은 것이라고 한다. 곧장 젓을 담가 두었다. 오는 25일 어머니의 생신 때 쓸 생각이다. 몹시 기쁘다.

김담에게 어제 못 간 밭을 다 갈게 하고 녹두 4되 5홉과 흑두(黑豆) 2되를 심게 했다. 우선 두 계집종에게 전에 다 마치지 못한 밭을 매게 하여 끝낸 뒤에 옮겨 심게 했다. 요즘 오랫동안 비가 오지 않은 탓에 동과(東瓜, 동아) 모종을 옮겨 심지 못하여 넝쿨이 뻗었다. 매우 안타깝다.

오늘은 곧 죽전 숙모의 기일이라 제사를 지냈다. 나는 마침 기운도 펀치 못하고 무릎에 종기가 나서 굽혔다가 펴지 못하므로 제사에 참여하지 못하고 생원(오윤해)에게 대신 지내도록 했다.

◎ — 5월 21일

다섯 노비에게 목화밭을 매게 했는데 마치지 못했다. 한나절갈이 밭이었다. 목화 싹이 드물고 깨 싹도 드무니 아쉽다. 이처럼 싹이 드문 밭을 다섯 사람이 맸는데도 마치지 못했다. 이는 온 힘을 다하지 않았기 때문이다. 괘씸하다. 언신에게 아는 곳에서 소두(小豆)를 빌려 오게 했더니, 10말을 가지고 왔다. 내일 밭을 갈고 파종할 것이다.

◎ — 5월 22일

오늘은 장인의 기일인데, 시윤의 집에서 제사를 지냈는지 모르겠다. 새벽부터 장대비가 세차게 내리더니 아침 내내 내리다가 그쳤다. 이 때문에 밭을 갈고 김을 매지 못했다. 아직 한 번도 잡초를 제거하지 못한 밭이 반이 넘는다. 풀이 무성하고 싹이 드문데, 열흘 안에 모두 김 맬 수 없는 형편이다. 몹시 답답하다. 덕노에게 동아 모종을 옮겨 심게 했는데, 세 곳에 각각 두 줄기씩 심었다.

어제 평강(오윤겸)이 마을 사람이 오는 편에 편지를 보냈다. 편지를 보니, 관청 일이 지극히 염려할 만하여 사람으로 하여금 머리가 세고 밥 먹는 것을 잊게 만든다고 한다. 저녁에 관인이 또 이르렀다. 편지를 보니, 조카 심열이 강릉에서 어제 들어왔는데 오늘은 비가 와서 오지 못하고 내일 오겠다고 한다. 전혀 생각지 못한 일이니, 기쁘고 위로됨을 어찌 다 말하겠는가. 어머니의 생신 때문에 오는 것이라고 한다. 평강(오윤겸)이 방어 1마리, 고등어 30마리, 알 15편, 순채 1사발을 구해 보내왔다. 어물은 간성(杆城)에서 구해 온 것이라고 한다. 반찬이 한창 떨어져서 답답하던 차에 이처럼 뜻밖의 물건을 얻게 되니, 지극한 기쁨을 어찌 말로 다 할 수 있겠는가.

◎ ─ 5월 23일

덕노가 생원(오윤해)의 말을 끌고 가서 안손과 함께 현에 들어갔다. 물고기를 사기 위한 자본을 마련하기 위해서이다. 그길로 안변의 생원(오윤해) 집의 사내종에게 갔다가 물고기를 사 가지고 왔다. 보리로 바꿀 생각이다.

집사람이 며칠 전부터 밤마다 조금씩 몸이 떨리고 머리가 아프다고 하더니, 오늘은 저녁도 되기 전에 아프기 시작하여 밤새도록 고통스러워하며 구토를 멈추지 않는다. 며느리고금[婦瘧]*인 듯하다. 매우 걱정스럽다. 나도 왼쪽 손등에 작은 종기가 생겨서 하얗게 곪은 것이 태두(太豆) 크기만 하고 붉게 무리진 곳이 쏘인 듯 부어올라 크기가 꼭 오이씨만 하다. 손을 내리면 빠질 듯이 아리다. 이 때문에 속머리가 은근히 지끈거리니 매우 답답하다.

어제 내린 큰비로 인해 냇물이 조금 불어서 안협에서 건조한 배를

....

* 며느리고금[婦瘧]: 날마다 앓는 학질이다. 부학(婦瘧) 또는 축일학(逐日瘧)이라고도 한다. 하루거리는 하루씩 걸러서 앓는 학질, 즉 이틀에 한 번씩 앓는 고금으로 간일학(間日瘧)이라고도 한다. 이틀거리는 이틀을 걸러서, 즉 사흘에 한 번씩 발작하며 좀처럼 낫지 않는 고금으로 당고금, 이일학(二日瘧), 해학(痎瘧)이라고도 한다.

물 위로 끌어내렸다. 나도 병든 몸을 이끌고 동대에 올라가 구경했다.

저녁에 조카 심열이 들어와서 만났다. 매우 기쁘고 위로가 된다. 천 리 고개 밖에서 어머니의 생신을 위해 와서 뵌 것이다. 어머니의 방에 둘러앉아서 서로 이야기를 나누었다. 겹저고리와 버선, 검은 신[黑鞋]을 만들어 드렸고, 또 미역 12동, 고등어 15마리, 대구 5마리, 문어 1마리, 북어(北魚) 1마리, 소금에 절인 전복 15개를 가지고 와서 올렸다. 우리 집에는 미역 14동, 고등어 15마리, 대구 5마리, 문어 1마리, 소금에 절인 전복 1백 개, 버선 1켤레, 언명의 집에는 미역 5동과 고등어 10마리를 주었다. 생원(오윤해)의 집에 미역 4동과 고등어 5마리, 윤함에게는 미역 1동을 주었다. 현에 있을 때 함열 현감의 집과 평강(오윤겸)에게도 각각 미역 3동씩을 보내 주었다고 한다. 이처럼 더위가 심하고 고갯길이 매우 험준한데 천 리 먼 곳에서 찾아왔다. 아무리 가까운 친척이라도 정의가 매우 도탑지 않으면 어찌 여기까지 올 수 있겠는가. 매우 고맙다. 어머니께서는 그가 온 것을 기뻐하시고 많은 물건을 올린 것에 감동하셨다. 다섯 노비가 관둔전의 김매기를 마쳤다.

◎ ― 5월 24일

아침에 큰비가 내리더니 조금 뒤에 그쳤다. 늦게 네 노비에게 고한 필의 밭을 매게 하여 끝냈다. 오후에 평강(오윤겸)이 들어왔다. 내일 어머니의 생신을 위하여 물건을 마련하여 가지고 온 것이다. 백미 2말, 중미 5말, 전미(田米) 10말, 떡쌀 1말, 찹쌀 3되, 차좁쌀 1말, 면 메밀 1말, 녹두가루 3되, 꿀 2되, 참기름 3되, 들기름 1되, 잣 1되 5홉, 호두 1되, 대구 3마리, 문어 반 짝, 닭 3마리, 중간 크기의 생붕어 11개, 삶은 새끼 노루 2마리, 소주 5선, 세 가지 나물거리를 가지고 왔다. 새끼 노루는 바로 집안 식구들과 함께 먹었고 이어 소주 한 잔을 마셨다.

◎ ─ 5월 25일

어머니의 생신이기 때문에 국수, 떡, 술, 과일을 차리고 술잔을 올렸다. 남은 것은 이웃 마을에서 찾아온 사람에게 주었다. 새끼 노루 2마리를 현에서 보내왔다. 내 왼쪽 손등은 크게 붓고 가장자리에서 붉은 빛이 난다. 심하게 상했을까 두려워 이은신을 불러서 침으로 째고 소금물로 두 번 씻었다. 특별히 찌르는 듯한 통증은 없어졌는데 점점 붉게 붓더니 손가락까지 부었다. 걱정스럽다. 보리를 베어 실어 왔는데, 바로 4바리이다. 아직 타작하여 거두지 못했다.

◎ ─ 5월 26일

평강(오윤겸)이 일찍 식사를 마치고 현으로 돌아갔다. 이은신도 함께 갔다. 집사람은 지난밤에 기운이 편치 않아 밤새 뒤척이더니 아침까지도 여전히 낫지 않았다. 종일토록 누워서 일어나지 못하고 입맛도 잃었으니, 분명 이틀거리[唐瘧]일 것이다. 원기가 몹시 약하고 상해 있는데 또 이러한 병까지 걸렸으니, 답답하고 걱정스럽다.

병아리 19마리를 일찍이 둥지에서 내려 닭장에 넣어 두었다. 어제 바빠서 잊어버리고 물과 모이를 주지 않았더니 갈증과 굶주림으로 죽어 버렸다. 겨우 3마리만 살아남았는데, 모두 날개를 늘어뜨리고 죽어 간다. 아깝다. 내 손등의 부기는 여전한데 더 이상 붓지 않고 가장자리에 붉게 무리진 부분도 조금 없어졌다.

언명의 집에서 고치 8말을 땄다. 오직 계집종 하나가 뽕잎을 따기 때문에 힘을 헤아려서 기른 것이 매우 적다. 그러나 쥐로 인한 손해도 보지 않고 누에가 굶주린 피해도 없이 온 마음으로 길렀기 때문에 적지만 소득은 많다. 우리 집은 기른 것이 너무 많아 날마다 뽕잎을 따는데, 4, 5명이 소와 말을 끌고 가서 두세 바리씩 가득 싣고 왔는데도 오히려 굶주린 날이 많았기 때문에 많은 손해를 보았다. 또 쥐떼의 피해를 입은데다 병아리가 쪼아 먹고 어리석은 계집종들도 밟아 죽인 것이 많아서 마침내 소득이 매우 적게 되었다. 또 농사일을 제쳐 두어 초벌 매기도 지금까지 마치지 못했으니, 모두 힘을 헤아리지 않은 까닭이다. 한탄한들 어찌하겠는가.

보리를 두드려 키질하니 35말이 나왔는데, 비 때문에 아직 타작을 끝내지 못했다. 아우의 집에 4말, 윤해의 집에 5말을 나누어 주었다.

◎ ― 5월 27일

마을 사람 20여 명을 시켜 많은 사람의 힘으로 김을 매려고 했더니, 자릿조반을 마치자마자 장대비가 내린 탓에 모두 해산했다. 하늘도 도와주지 않는 것인가. 안타깝다. 집사람은 아프지 않은 날도 먹고 마시지 못하며 장시간 누워서 괴로워한다. 걱정스럽다. 사람을 보내어 최중운의 집에서 가지 모종을 빌려다가 뒷밭에 심었다. 모두 25포기인데, 그중 10포기는 자주 가지라고 한다. 집에서 심은 것은 모두 죽고 살아남지 못했기 때문에 남에게 빌린 것이다.

◎ ─ 5월 28일

품을 빌린 마을 사람과 일가 노비 등 모두 25명에게 먼저 김광헌의 밭을 매게 한 다음 전풍의 밭으로 옮겨 가서 매게 하여 마쳤다. 그 뒤에 또 관둔전을 매게 했으니, 모두 이레갈이 밭의 김매기를 마쳤다. 하늘이 어둑어둑하지만 종일 비가 내리지 않았기 때문에 김매기를 마칠 수 있었다. 이는 바로 초벌매기이다. 아직 김매지 못한 곳은 깨밭뿐이다. 여기에 들어간 양식이 7말 남짓이다.

내 손은 점차 나아 가고 있지만 종기 난 곳이 아직 아물지 않았다. 집사람의 증세는 심각한 상태는 아니지만, 날마다 저녁 무렵에 기운이 편치 못하고 밤새 뒤척인다. 종일 피곤해 하며 도무지 식욕이 없어 원기가 날로 점차 쇠약해진다. 몹시 걱정스럽다. 저녁에 현에서 문안하는 사람이 왔다. 생붕어 17마리와 순채 2사발을 보내왔다.

◎ ─ 5월 29일

죽전 숙부의 기일이라 면, 떡, 밥, 국을 차려 제사를 지냈다. 나는 손등과 무릎에 난 종기가 아직 낫지 않았기 때문에 생원(오윤해)에게 제사를 지내게 했다. 새벽부터 비가 내리더니 아침이 되어도 그치지 않았다. 어제 김매지 않았다면 무어라 말할 수 없는 지경이 되었을 것이다. 오후에 소나기가 두 차례 세차게 내리더니 잠시 뒤에 그쳤다. 냇물이 불어나 사람이 건너지 못했는데, 건너편에서 김매던 사람들이 마침 지나던 배를 타고 건넜다. 그렇지 않았다면 냇가에서 묵었을 것이다.

6월 큰달-5일 소서, 17일 초복, 20일 대서, 27일 중복-

◎ ― 6월 1일

집사람의 증세가 여전하다. 새벽부터 천둥이 치더니 한바탕 비가 내리고 그쳤다. 간혹 비가 내렸다가 그치고 세차게 쏟아지다가 부슬부슬 내리며 해가 떴다가 어둑어둑해지니, 분명 장마가 든 것이다. 오래도록 그치지 않는다면, 농사는 말로 형용할 수 없는 지경이 될 게다. 산골짜기 안에 논이 없고 밭곡식만 있으므로 마르기를 기다린 뒤에 먹을 수 있으니, 오랫동안 비가 오면 좋지 않다고 한다. 우리 집의 깨밭은 아직 한 번도 매지 않아서 어제 계집종을 보내서 매게 했는데, 풀이 무성하여 깨의 싹이 풀에 치여 잘 자라지 못한다고 했다. 애석하다.

이 현에서 만든 배는 지난날 끌어내려 동대 앞에 정박시켰다. 오늘 느지막이 전업이 긴히 볼일이 있어서 김담을 불러다가 물을 건너게 했다. 그런데 배를 다루는 법을 알지 못하여 망녕되이 스스로 닻줄을 풀어 물에 흘려보냈다. 물살을 따라 앞 여울로 떠내려갔는데, 세차게 흐르는 물살에 힘으로 제어하지 못하고 잘못하여 선미(船尾)가 바위에 부딪쳐서 여러 곳이 부서졌다. 전업이 답답하고 초조함을 견디지 못하고 억지로 선장(船匠)을 불러 보수하게 했다. 분명 곁에 두고 기르던 보조장인이 있었을 텐데, 전업의 노망을 알 만하다. 배 안에 있던 사람들이 자기가 분명 죽을 거라고 여겨 울부짖는 소리가 멀리까지 들렸으니, 한편으로 우습다.

◎ ─ 6월 2일

비가 내리기도 하고 그치기도 하여 종일 날이 흐렸다. 이 면의 색장이 현에서 돌아왔다. 편지를 보니, 새끼 노루 3마리, 어린 꿩 2마리, 암탉 1마리, 석이 5되를 보내왔다.

◎ ─ 6월 3일

집사람의 증세는 조금 나아진 듯한데 입맛이 없으니 완전히 회복되진 않았다. 저녁에 현의 문안하는 사람이 왔다. 편지를 보니, 제 어미를 모셔다가 현의 관아에 머물게 하면서 집안일 걱정 없이 몸조리하게 하면 거의 회복될 수 있을 것이라고 한다. 다만 요즘 흙비가 내리고 냇물도 불어 먼 길을 가야 하는데다 날도 무더워 화기(和氣)가 상할까 걱정되니, 곧장 이러한 뜻으로 답장을 써서 보냈다. 새끼 노루 4마리, 백지 1뭇, 상지 2뭇을 보내왔다. 요새 연달아 새끼 노루를 얻어 쪄서 먹었다. 관아의 힘이 아니면 어찌 계속 먹을 수 있었겠는가.

어머니께서는 요즘 진지를 잘 드시지 못하여 전보다 드시는 양이 부쩍 줄었다. 그런데 오늘 아침에는 세 번이나 연달아 설사한 탓에 피곤해 하시고 먹고 마시기를 더욱 싫어하셨다. 답답하고 걱정스럽다. 일가의 다섯 노비에게 깨밭을 매게 하여 마쳤다.

◎ ─ 6월 4일

어머니의 이질 증세는 나았지만 진지를 잘 드시지 못한다. 집사람은 여전하여 밤마다 앓는다. 답답하고 걱정스럽다. 요새 장마가 그치지 않아 간혹 날이 갤 때도 있지만 종일토록 어둑어둑하다. 김매기를 못한 지 오래되어 풀은 무성하고 싹은 드물다. 걱정스럽다. 쥐덫을 놓아 쥐를 날마다 잡는데, 오늘 밤에는 한꺼번에 2마리가 덫 안에서 죽었다. 통쾌하다. 손해 보고 분통했던 마음이 조금 풀렸다.

◎ ─ 6월 5일

처음 햇오이가 나왔기 때문에 바로 신위에 올렸다. 집사람이 병중에 먹고 싶어 해서 이웃집에서 1개를 얻어 온 것이다. 우리 집에서 심은 것은 넝쿨이 뻗고 꽃이 피었지만 아직 열매를 맺지 못했기 때문이다. 집사람의 증세가 여전하다.

◎ ─ 6월 6일

하루 종일 많은 비가 내리고 그치지 않아서 풀을 뽑지 못했다.

◎ ─ 6월 7일

두 계집종이 어제 품을 파는 일로 언신의 집에 갔다가 비가 많이 내려 결국 오지 못했다. 그런데 오늘도 빗줄기가 종일토록 또 그치지 않았다. 앞의 냇물은 크게 불어서 모래톱이 모두 묻혔으니, 며칠 내로는 돌아올 수 없는 형편이다. 저 집의 김매기도 하지 못할 뿐만 아니라 이 집의 심부름도 급하니, 답답한 노릇이다.

요새 물에 길이 막혀 현에서 오가는 사람이 뚝 끊겨 오랫동안 피차 소식을 듣지 못했고, 이곳의 양식과 찬거리도 거의 떨어져 간다. 답답하고 걱정스럽다.

◎ — 6월 8일

이 면의 색장이 현에서 와서 관아 안의 편지를 전해 주었다. 편지를 보니, 평강(오윤겸)은 이제 부마차원(夫馬差員)이 되어 부마를 이끌고 경상도에 가야 한다고 한다. 이처럼 장맛비가 내리는 때에 멀리 7, 8일정을 가야 하는데다 기한도 촉박하다. 만약 제때 이르지 않으면 분명 욕을 당할 것이니 매우 염려스럽다. 전미(田米) 8말, 새끼 노루 2마리, 내구(內具)를 보내왔다.

두 계집종이 김매기 품을 파는 일로 언신의 집에 가서 비 때문에 김매기를 하지 못하고 사흘을 머물다가 이제야 돌아왔다. 물에 길이 막혔기 때문이다. 지금 마침 관인이 올 때 배를 타고 건너왔기 때문에 함께 온 것이다. 집사람의 증세가 오늘은 조금 덜하고 먹는 것도 늘었다. 기쁘다. 그러나 병세가 오락가락하여 일정하지 않으니 믿을 수가 없다.

◎ — 6월 9일

장대비가 새벽부터 퍼붓듯이 쏟아지더니 오후가 되어서야 그쳤다. 심열의 사내종 천복(千卜)이 지난날 도망친 계집종을 찾는 일로 안협에 갔다가 물에 길이 막혀 오랫동안 돌아오지 못했는데, 오늘 다른 길로 빙 돌아왔다. 건너편 가에까지 왔는데 물을 건널 수 없어 냇가 주변의 인가에서 그대로 묵고서 오늘 아침에 간신히 배를 얻어 타고 건너온 것이다.

◎ ─ 6월 10일

빗줄기가 이제야 그쳤는데 종일토록 우중충하다. 따분하여 아우 희철, 조카 심열과 함께 뒤편 정자에 올라 물이 분 모습을 구경하고, 이어서 동대 위에서 노닐었다. 또 냇가에 내려가 발을 씻고 돌아왔다. 오늘 처음 목화밭을 맸으니, 바로 두벌매기이다.

현의 아전이 현으로 돌아가는 편에 편지를 써서 보냈다. 평강(오윤겸)이 언제 경상도로 떠날지 모르니 답답하고 걱정스럽다. 덕노가 안손과 함께 안변에 가서 이제 돌아올 때가 되었는데도 오지 않으니, 분명 물에 길이 막힌 게다. 집사람이 종일 기운이 편치 않고 밤에도 차도가 없더니 새벽이 되어 조금 나아졌다.

◎ ─ 6월 11일

날이 맑게 개어 일가의 위아래 사람들이 옷을 빨았다. 목화밭은 이제 초벌매기를 마쳤다. 이 면의 사람이 현에 들어간다고 하기에 편지를 써서 부쳤다. 언신에게 중금의 밭을 수확하게 했더니, 보리 14말과 밀 3말을 나누어 왔다. 오랫동안 비가 내린 탓에 썩고 모두 떨어져 버렸다고 한다. 아무리 그래도 분명 이 정도는 아니었을 것이다. 속인 것이 분명하지만 어찌하겠는가.

◎ ― 6월 12일

윤성에게 일가 사람과 소를 데리고 가서 밀을 베는 일을 감독하게 했다. 밀을 실어 와서 타작하고 거두었더니 7말이다. 지난가을에 2말을 심었는데 지금 수확이 이 지경이다. 우습다. 보리는 지난번에 거둔 것까지 모두 합하면 2섬 17말인데, 지난가을에 심은 것이 9말이니 이에 비하면 잘된 편이다.

현에서 문안하는 사람이 왔다. 편지를 보니, 평강(오윤겸)은 어제 경상도로 떠났다고 한다. 이처럼 무더운 날씨에 어떻게 먼 길을 갈지 몹시 걱정스럽다. 새끼 노루 2마리, 오이 18개, 백미 3말을 보내왔다. 심열이 내일 떠나려고 하는데 막 찬거리가 떨어졌기에, 즉시 이것을 쪄서 저녁밥을 대접했다.

◎ ― 6월 13일

심열이 떠났다. 현에 들어가서 양식을 얻어 그길로 한양으로 돌아갈 생각이라고 한다. 지난달 23일에 여기에 왔다가 장맛비 때문에 이제야 떠나니, 20일을 머문 것이다. 이처럼 어지러운 세상에 각지에 살고 있으니, 이번에 헤어지면 다시 만날 것을 어찌 기약할 수 있겠는가. 이별할 때 서운한 마음을 견딜 수 없어서 아우 및 두 아이와 함께 동대에 걸어 올라가서 배웅하고 돌아왔다. 여기에 보관해 두었던 표범 가죽 2벌을 광노에게 보내 팔아서 보내게 했다. 전에는 신뢰할 만한 사람이 없었기 때문에 이제야 보낸 것이다.

◎ ― 6월 14일

새벽부터 내린 비가 종일 그치지 않았다. 겨우 사흘간 날이 갰다가 도로 비가 오니, 이루 말할 수 없는 지경이다. 이 면의 사람 채억복이 현에 갔다가 돌아왔다. 평강(오윤겸)이 그편에 편지를 써서 보냈다. 편지를 보니, 오늘 경상도로 꼭 떠나려고 했는데 원래의 관문이 아직 도착하지 않아 행장을 꾸려 놓고 기다리고 있다고 했다. 아침에 도착하면 저녁에 떠나고, 저녁에 도착하면 아침에 떠날 계획이라고 한다. 심열은 어제 현에 들어갔으니, 떠나기 전이라 서로 만났을 것이다. 백미 1말과 메밀 1말을 구해 보내왔다. 또 들으니, 덕노가 안변에서 그저께 저녁에 돌아왔다고 하는데 어째서 어제 곧바로 이곳에 오지 않고 거기에 계속 묵고 있는가. 괘씸하다.

◎ ― 6월 15일

어젯밤부터 새벽까지 비가 퍼붓고 조금도 그치지 않더니, 오늘도 저녁 내내 멈추지 않는다. 냇물이 매우 불어나서 농부들이 호미를 거두어 두고 밭을 매지 못한 지가 오래되었다. 밭에는 풀이 무성하고 싹이 드무니, 흉년이 들 것이다. 탄식한들 어찌하겠는가.

오늘은 유두속절(流頭俗節)이다. 집에 찹쌀이 없어서 평강(오윤겸)에게 구해 보내도록 했다. 어제 온 편지에 내일 얼음덩이와 찹쌀을 보내겠다고 했는데, 종일토록 기다려도 오지 않는다. 분명 비 때문에 오지 못하는 것이리라. 오늘은 오고 싶어도 물이 불어서 날아서 건너올 수도 없는 형편이다. 마침 찹쌀 몇 되를 얻어 찬물로 수단을 빚고 닭을 잡아 삶아서 신주 앞에 차례를 지냈다. 이뿐만이 아니다. 지난날 최판

관이 왔을 때 얼음덩이를 구해 보내겠다고 굳게 약속했는데, 오늘 아침
에 전인이 와서 구해 보내지 못했다고 한다. 탄식한들 어찌하겠는가.

◎ — 6월 16일

날이 갰다. 낮에 현의 아전이 들어왔다. 편지를 보니, 그저께 출발
했는데 물에 막혀 이제야 건넜다고 한다. 평강(오윤겸)은 그저께 출발
했다고 한다. 심열도 그날 올라갔다고 한다. 어제 큰비가 내렸으니 분
명 도중에 머물고 있을 것이다. 중미 3말, 전미(田米) 5말, 찹쌀 3되, 호
두 1되 5홉, 새끼 노루 2마리, 어린 꿩 3마리, 송어 1마리, 오이 22개,
중배끼 1봉을 보내왔다. 중배끼는 병든 제 어미를 위해 만들어 보낸 것
이다. 생원(오윤해)의 사내종 안손은 현의 아전과 함께 왔는데, 덕노는
병을 핑계 대며 오지 않았다. 괘씸하다. 우계 선생이 돌아가셨다는 부
음을 그저께 비로소 들었다고 한다. 애통함을 견딜 수 없다. 내가 한번
찾아가서 뵙고 싶었는데, 떠돌며 곤궁하게 지내는 처지라 찾아뵐 겨를
이 없어 끝내 바람을 이루지 못했다. 그런데 이처럼 망극한 일을 당했
으니, 더욱 애통하다.

저녁에 현의 사람이 또 왔다. 새끼 노루 2마리를 가져왔고, 집사람
이 복용할 익위승양탕(益胃升陽湯)* 5첩을 지어 왔다. 또 고성의 남매 집
의 편지도 한양에서 왔는데, 한창 하루거리[初瘧]를 앓고 있다고 했다.
염려스럽다. 안악에 사는 계집종 복시의 신공은 9세 무명 1필인데, 매

....
* 익위승양탕(益胃升陽湯): 허약, 식욕부진, 출혈이나 빈혈로 피가 부족할 때, 구토하고 설사할
    때 피가 섞이는 증상에 쓴다.

부 남상문 집의 사내종이 마침 그곳에 갔다가 받아왔다. 몹시 기쁘다.

윤함의 편지도 매부 남상문의 집에 와서 전해 받았다. 바로 지난달 22일에 쓴 것인데, 고성의 얼자(孼子) 득지(得只)가 신공을 징수하는 일로 옹진(甕津)에 갔다가 돌아올 때 들러서 보내온 것이다. 아무 일 없이 지내고 있는데, 성아가 학질을 앓아 오래도록 낫지 않는다고 했다. 걱정스럽다.

◎ ─ 6월 17일

현리가 돌아갈 때 답장을 써서 관아 안에 보냈다. 민시중이 와서 짚으로 엮은 도롱이 1벌과 두(豆) 1말을 바쳤다. 아무런 까닭도 없이 들였으니, 무슨 일인지 모르겠다.

온 집안의 노비와 생원(오윤해) 집안의 두 계집종까지 도합 7명에게 억수의 밭을 매게 하고 마친 뒤에 박문재의 밭으로 옮겨서 매게 했다. 또 다 맨 다음에 고한필의 밭으로 옮겨서 매게 했는데 끝내지 못했다. 느지막이 직접 가서 보고서 그길로 밭들을 둘러보니, 오랫동안 비가 내린 뒤라 볏모가 혹 드물게 나고 실하지 못한 것이 많다. 대체로 올해 농사는 좋지가 않다. 안타깝다.

초복이다. 동풍이 하루 종일 불고 서늘한 기운이 살갗에 닿으니, 꼭 8, 9월 날씨 같다. 만일 연일 그치지 않는다면 농사는 이루 말할 수 없는 지경이 될 것이다. 들으니, 최참봉의 집이 요즘 매우 궁핍하다고 하는데 도움을 줄 수가 없다. 한탄한들 어찌하겠는가. 찐 노루 1덩어리와 장요(長腰)* 4되를 인편에 보냈다. 또 편지를 써서 안부를 물었더니, 그가 답장을 보내 사례했다.

◎ — 6월 18일

집사람의 기운이 아직도 회복될 기미가 없다. 달리 아픈 곳은 없는데, 피곤함이 날로 심하고 또 식욕도 없고 뒤척이며 신음한다. 학질 같기도 하고 아닌 것 같기도 한데, 원기는 날로 점차 쇠약해진다. 매우 안쓰럽고 걱정된다.

이웃에 사는 노파가 집 앞 냇가에 밭을 가지고 있는데 묵은 밭이 되겠기에 내가 갈아서 메밀을 심고 싶어 노파를 불러 물어보니 경작을 허락했다. 먼저 베 반 필을 주고 메밀 종자 2말을 빌려다가 오늘 소 한 짝으로 흙을 갈아엎었다. 풀이 썩기를 기다린 뒤에 다시 갈아서 메밀을 심을 계획이다. 사흘갈이 밭으로 좋지 않다고 하는데, 가까이에 있다는 점을 취한 것이다. 또 네 노비에게 고한필의 밭을 매게 하여 끝마쳤다.

◎ — 6월 19일

한집의 세 노비에게 말지(末之)의 깨밭을 매게 하여 끝냈다. 또 언신에게 소 한 짝으로 땅을 갈아엎어 어제 다 갈지 못한 메밀밭을 갈게 했는데, 또 끝내지 못했다. 늦은 뒤에 가서 보고 돌아왔다.

◎ — 6월 20일

언신과 이웃 사람 박언수 등에게 소 두 짝으로 어제 다 마치지 못한 메밀밭을 갈아엎게 했다.

덕노와 춘금이에게 말 2필을 끌려 현으로 보냈다. 양식을 실어 오

---

* 　장요(長腰): 장요미(長腰米)의 준말로, 가장 품질이 좋은 쌀의 별칭이다.

기 위해서이다. 그런데 장무가 먼저 관인에게 실려 보낸 것을 도중에 길이 어긋나서 만나지 못하고 들어왔다. 말 2마리는 분명 공연히 갔다가 올 것이다. 매우 안타깝다. 중미 12말과 전미(田米) 10말을 실어 왔고, 새끼 노루 2마리, 꿩 1마리, 참기름 1되, 꿀 2되도 보내왔다. 동쪽과 서쪽 집에 각각 멥쌀 5되와 전미(田米) 5되씩 나누어 보냈다. 이은신에게도 중미 5되를 보냈다. 이은신이 부탁했기 때문이다.

◎ ― 6월 21일

덕노 등이 돌아왔다. 메밀 종자 평섬 1섬과 생원(오윤해)이 얻은 5말을 합쳐 모두 20말을 실어 왔다. 장무가 오이 40개도 보내왔다. 덕노가 올 때 길에서 이천을 만났는데, 북도(北道)에서 돌아오는 길에 말린 물고기 2마리를 보내왔다.

자방(신응구)의 사내종이 돌아가는 편에 백미 1말을 구해 보냈다. 다만 자방(신응구)이 요즘 기운이 심히 편치 않다고 한다. 걱정스럽다. 또 들으니, 평강(오윤겸)이 이번 여름 포폄(褒貶)*에서 하등(下等)을 받았는데 나라의 말이 많이 죽은 일 때문이라고 한다. 나중에 다시 들으니, 그런 일이 없었고 이천 현감이 잘못 전한 것이라고 한다.

◎ ― 6월 22일

집사람의 증세가 전보다 조금 나아졌으나, 입맛이 없고 기운이 없

....
* 　포폄(褒貶): 관료의 근무 성적을 평가한 뒤 그 결과에 따라 포상이나 징계를 행하는 것을 말한다.

는 것은 여전하다.

◎ ― 6월 23일

이은신이 현에서 와서 보았다. 집사람이 먹을 이공원(異功元)*을 지어 왔다. 또 현의 장무가 새끼 노루 2마리와 어린 꿩 2마리를 보내왔다.

저녁에 영암 임매의 사내종 희진(希進)이 편지를 가지고 왔다. 편지를 보니, 참혹해서 차마 볼 수가 없어 다 읽기도 전에 슬픈 눈물이 절로 떨어졌다. 불쌍하다. 경흠이 죽임을 당한 까닭과 경온이 포로로 잡혀간 일에 대해 자세히 들으니 더욱 슬프고 참혹하다. 아직 장사를 지내지 못했는데, 오는 가을에 정자 임현이 내려오기를 기다려 장사를 지낼 것이라고 한다. 말린 물고기 몇 뭇과 어란(魚卵) 몇 편을 구해 보냈고, 어머니께도 같은 수량을 보내왔다.

또 들으니, 경흠이 죽은 뒤에 임씨 집안의 얼족(孼族)과 이웃 마을 사람 중에 업신여기고 함부로 하는 자가 많다고 했다. 분하고 애통함을 이기지 못하겠다. 일가에서 부리던 계집종 4명과 외거 노비 등 도합 12명이 포로로 붙잡혀 갔고, 집안의 재산과 소와 말을 모두 쓸어 갔다고 한다. 누이는 몸에 지니고 있던 칼로 목을 찔러 온몸에 피가 흘렀는데, 이 때문에 화를 면할 수 있었다고 한다.

....

* 이공원(異功元): 이공산(異功散)으로 보인다. 비위가 허약하여 음식을 먹을 생각이 들지 않을 때 효험이 있다.《동의보감》권1 〈내경편(內景編)〉 "신형(身形)".

◎ ― 6월 24일

이은신이 현으로 돌아갔다. 임매의 사내종 희진도 돌아가기에 편지를 써서 보냈다. 누이가 기름과 꿀, 과일을 얻고 싶어 했는데, 마침 윤겸이 나가고 없기 때문에 윤겸의 처가 장무에게 꿀 2되, 잣 3되, 개암 3되를 구해 보내게 했다. 이곳에도 보낼 물건이 없어서 집에 있던 꿀 2되와 잣 3되를 함께 부쳐 보냈다. 기름은 관가에도 부족하여 금처럼 귀하기 때문에 보내지 못했다. 생원(오윤해)의 사내종 안손에게 말을 끌려 율전으로 보냈다. 그래서 인아가 삿갓을 사기 위해 얻은 메주 8말을 광노에게 실어 보내서 그에게 사 보내도록 했다.

저녁에 현에서 문안하는 사람이 왔다. 장무의 고목을 보니, 상화병 1상자, 소주 3병, 중배끼 23잎을 부쳐 보냈다고 한다. 다만 평강(오윤겸)이 출발한 뒤에 일행이 어찌되었는지 아직 듣지 못했다. 걱정스럽다.

안협에서 동면(東面)의 군사 60, 70여 명을 동원하여 전에 배를 만들고 남은 목재 13조를 빼앗아서 떼를 만들어 물에 띄워 흘려보냈다. 뜻밖에 벌어진 일이고 마을에 사람이 없어서 겨우 이곳 사람 10명 남짓이 막아 보았지만 듣지 않자 여기에 와서 알렸다. 내가 아우와 함께 나가서 동대에 앉아서 보았더니, 적은 인원으로 많은 사람을 대적할 수 없으므로 도로 빼앗을 수 없는 형편이었다. 인아가 몽둥이를 가지고 물에 들어가 두세 사람을 때렸더니 모두 흩어져서 달아나기에, 이곳 사람들에게 목재를 거두어 물가에 대 놓게 했다. 다만 그때 공손치 못한 말을 많이 했다니, 분하기 그지없었다. 그 사람들이 모두 돌아갔다가 이쪽 사람들이 흩어져 돌아가기를 기다린 뒤에 몰래 와서 다시 빼앗아갔으니, 더욱 분하다. 가만히 들으니, 조정에서 또 네 읍에서 배를 만들게 했는데 안협에는 배를 만들 목재가 없었기 때문에 이 틈을 타서 군사를 동원하여 빼앗아간 것이라고 한다. 만약 돌아왔을 때 재차 억지로 만류하면서 따졌다면 분명 큰일이 생겼을 것이고 수모도 많이 당했을 것이다. 그 모질고 사나움을 알 만하다. 일가의 세 사람에게 전풍의 밭을 매도록 했는데, 끝내지 못했다.

◎ — 6월 25일

일가의 네 사람에게 어제 다 끝내지 못한 밭을 매게 하여 끝냈다. 현에서 문안하는 사람이 들어왔다. 평강(오윤겸)이 떠난 뒤로 아직 소식을 듣지 못했다고 한다. 걱정스럽다. 새끼 노루 2마리, 어린 꿩 1마리, 오이 40개를 가지고 왔다.

◎ — 6월 26일

새벽에 개비가 도망갔다. 몹시 분하여 견딜 수가 없다. 언신에게 찾아오도록 엄하게 일렀다. 처음에는 사람을 보내서 주요 길목에서 추적하여 찾아내게 하려고 했다. 그런데 오늘은 뒤쫓아올까 두려운 마음에 몰래 풀숲에 숨어서 나오지 않을 것이고, 보더라도 분명 잡아 오지 않을 것이기에 보내지 않았다. 다만 언신에게 찾아오게 하면서, 잡아오지 못하면 그의 어미와 처를 가두고 엄히 독촉하겠다고 말했다. 평소 언신은 개비와 사이좋게 지냈기 때문에 분명 간 곳을 알 것이고, 알지 못하더라도 본다면 자신의 식솔이 피해를 입을까 두려워 꼭 잡아 올 것이기 때문이다. 그렇지만 어찌 도로 잡아 올 수 있겠는가. 이 계집종의 본성은 게으르고 둔한데, 요즘 밭을 맬 것을 독촉하자 분명 싫증나서 도망간 것이리라. 도망간 일이 한두 번이 아니고 이번이 벌써 네 번째이니 더욱 분하다.

일가의 세 사람에게 김광헌의 밭을 매게 했는데 끝내지 못했다. 인아를 최경유에게 보내서 도망간 계집종의 향방과 다시 잡아 올 수 있을지의 여부를 점쳐 보게 했다. 그랬더니 오늘은 분명 풀 속에 숨어 있을 것이니, 2, 3일 내에 어떤 사람이 잡아 오거나 스스로 올 것이며 그렇지 않다면 9, 10월 사이에 반드시 잡힐 것이라고 했단다. 어찌 꼭 맞겠는가. 그렇지만 훗날 맞는지 안 맞는지 시험해 보려고 한다. 찐 노루 1마리를 보내 주었다.

◎ ─ 6월 27일

중복이다. 아침에 언신이 개비를 잡아서 데리고 왔다. 어제 뒷산에 올라가서 숲속에 숨어 있었는데, 언신이 찾아내서 데리고 온 것이다. 심한 매질을 하고 싶지만 당초 언신과 약속하기를, "만일 스스로 나타난다면 그 죄를 다스리지 않겠다."라고 했기에 믿음을 저버릴 수가 없어 매를 때리지 않았다. 언신이 분명 간 곳을 알아 엄히 재촉하여 데려온 것일 게다. 그렇지 않았다면 분명 돌아오지 않았을 것이다. 일가의 다섯 사람에게 어제 끝내지 못한 광헌의 밭을 매게 하여 끝냈다.

날이 몹시 더워서 사람들이 괴로움을 견디지 못했다. 또 요즘 4, 5일 사이에 집사람의 기운이 점차 회복되고 있다. 다만 아주 회복되지는 못하여 음식을 잘 먹지는 못한다. 오늘 낮에 마침 찬물을 마셨는데, 이 때문에 담(痰)이 심해져 끊임없이 구토하고 횡경막이 막혀 말도 하지 못했다. 겨우 계황(鷄黃)과 어린아이 오줌을 구해 다스린 뒤에 도로 내려

가서 조금 나아졌지만, 그 뒤로 기운이 다시 편치 않다.

◎ ─ 6월 28일

언신과 김담에게 소 두 짝으로 메밀밭을 갈게 하고 네 사람에게 심게 했는데 끝내지 못했다. 오후에 두 아이와 함께 걸어가서 살펴보았다. 돌아올 때에 물에 들어가서 먹을 감고 묵은 때를 벗기니 몸이 가볍고 상쾌했다.

요즘 양식과 찬거리가 떨어져 가고 동쪽 집과 서쪽 집도 몹시 곤궁한데다 평강(오윤겸) 또한 멀리 떠나서 아직 돌아오지 않아서 달리 식량을 구할 곳이 없다. 매우 답답하다. 덕노가 사 온 미역을 북쪽 마을에 가서 팔게 했더니, 정곡(正穀)으로 바꾸려는 자가 없어서 미역 1동에 두(豆) 1말 5되를 받아 미역 3동을 4말 5되로 바꾸어 왔다. 전에도 안협 지역에 팔아서 두(豆) 6말을 받아 왔으니, 모두 10말 5되이다. 또 올조 8말을 받아 왔다고 한다. 전풍이 햇기장쌀 3되를 가져왔기에 곧바로 신위에 올렸다.

◎ ─ 6월 29일

소 두 짝으로 어제 끝내지 못한 메밀밭을 갈고 네 사람에게 심도록 했다. 그사이에 무씨를 심게 했는데, 밭갈이는 다 마쳤으나 씨는 다 뿌리지 못했다. 집사람의 증세는 나아졌지만 병세가 오락가락하여 일정하지 않으니 나았다고 단정 지을 수가 없다. 승양탕 7첩을 달여 먹은 뒤에 이공환(異功丸)을 오늘부터 복용하기 시작했다.

저녁에 현의 삼공형(三公兄)*이 편지를 가지고 들어왔다. 편지를 보니, 평강(오윤겸)이 오늘 아침에 현에 돌아왔다고 한다. 충주에 도착하여 마부와 말을 교부한 뒤에 일행 위아래 사람이 모두 무사히 돌아왔다고 했다. 다만 치질이 몹시 심하여 곧바로 와서 뵙지 못한다고 했다. 공형은 안협 사람들이 배를 만드는 목재를 빼앗아간 일 때문에 안협에 가는 길에 지나가다가 들른 것이다. 어린 꿩 5마리, 청주 4선, 가을보릿가루 5되를 가지고 왔다. 이 같은 무더위에 먼 길을 무사히 갔다 왔으니, 한없는 기쁨을 이루 다 말할 수 있겠는가.

◎ — 6월 30일

소 두 짝으로 생원(오윤해)의 메밀밭을 갈게 하여 아침 전에 밭갈이를 마쳤다. 아침 전에 두 계집종에게 어제 다 뿌리지 못한 씨를 뿌리게 하여 마쳤다. 전후로 메밀 15말을 뿌린 것이다. 전귀실이 오이 30여 개를 가져왔기에 술을 대접해 보냈다. 현의 문안하는 사람에게 답장을 써서 돌려보냈다.

저녁에 이 현의 공형들이 안협에서 돌아왔다. 안협 현감 류담의 편지를 보니, 자못 부끄럽고 후회하는 마음이 있지만 지난 일이라 어쩔 수 없으니 주동자를 잡아들여 엄중히 다스리겠다고 한다. 능욕한 관아의 사내종에게는 즉시 곤장 30대를 때렸다고 한다. 안협에 사는 이 현의 사람이 지난날 배를 만드는 목재를 떠내려 보낼 때 함께 와서 불손한 말을 많이 했기 때문에 공형 등이 결박하여 잡아갔다.

....

*   삼공형(三公兄): 각 고을의 호장(戶長), 이방(吏房), 수형리(首刑吏)의 세 관속(官屬)을 통칭하는 말이다.

밤에 김억수가 현에서 돌아와서 편지를 보았다. 백미 3말, 전미(田米) 10말과 오는 3일 제사 때 쓸 과일과 석이, 오이 30개 등의 물품을 보내왔다. 들으니, 명나라 군사 2만 8천 명이 명나라에서 한양에 막 도착했는데 군량미가 다 떨어지고 계속 양식을 댈 수 없어서 임금과 재신(宰臣)이 눈물을 흘리고 있을 뿐 식량을 마련할 방도가 없어 버틸 수 없을 것이라고 한다. 통곡을 금할 수 없지만 어찌하겠는가. 난리를 피한 사부(士夫)와 생원, 진사, 유생들에게 각자 쌀을 거두어 바치라는 사목(事目)*이 여러 곳에 이르렀다고 한다. 하지만 어찌 이것만으로 햇곡식이 나기 전까지 쓸 수 있겠는가. 분명 뿔뿔이 흩어지는 근심이 있을 것이니 안타깝다. 경조관(京朝官)에서는 올봄 이후로 요미(料米, 관원에게 급료로 주는 쌀)를 주지 않았기 때문에 식량을 얻을 길이 없어서 굶주리고 스스로 생계를 꾸리지 못하는 자가 많다고 한다. 더욱 슬프고 비참하다.

7월 큰달 -6일 입추, 7일 말복, 21일 처서 -

◎ ─ 7월 1일

온 집안 사람들에게 삼을 베고 땅을 파게 했다. 내일 삼을 묻으려
고 한다.

◎ ─ 7월 2일

아침에 삼을 묻었다. 마을 사람들과 함께 힘을 합쳐서 했다. 다만
생원(오윤해) 집의 삼은 탄 부분이 있으니 안타깝다.

전귀실의 아내가 상화병을 쪄서 왔다. 저녁에 현에서 문안하는 사
람도 왔다. 편지를 보니, 평강(오윤겸)이 돌아온 뒤로 기운이 편치 못해
서 오늘은 새벽까지 고통스러워 했다고 한다. 매우 걱정스럽다. 상화병
1상자와 어린 꿩 3마리를 보내와서 곧바로 위아래 사람들과 함께 먹었
다. 내일은 곧 할머니의 제삿날이다. 제사를 지내기 위해 제수를 마련
하는데, 차릴 만한 제수가 없어서 면, 떡, 밥, 국만을 올리려고 한다.

부석사의 주지인 법희가 짚신 6켤레를 보내왔는데, 보내 줄 만한 물건이 없다. 안타깝다.

◎ ─ 7월 3일

날이 밝을 무렵에 아우 및 두 아이와 함께 제사를 지냈다. 종일 비가 내렸다. 지금 생삼 껍질을 벗겨 보니 모두 65뭇인데, 쓸 수 없는 것이 많다. 한집안에서 힘은 배로 들였는데 소득은 이것뿐이니 안타깝다. 대장장이 춘복이 생오이 10개와 낚싯바늘을 바치기에 술과 떡을 대접해 보냈다. 부석사의 중 설운과 원민 등이 와서 보았다. 또 생오이 20여 개와 짚신 3켤레를 가져왔기에 술과 떡을 대접하여 보낸다. 한집에 사는 사람이 많아서 어제 얻은 짚신 8, 9켤레를 즉시 나누어 주고 보니 1켤레도 남지 않았다.

저녁에 안협 현감이 전인을 통해 생원(오윤해)에게 편지를 보냈는데, 지난날에 배를 만들고 남은 목재를 떠내려 보냈을 때 서로 싸워서 미안하다는 내용이었다. 이에 곧바로 그럴 것 없다는 내용으로 답장을 써서 보냈다. 김억수가 현에서 돌아왔다. 전에 그 동생 경이(景伊)가 배를 만들고 남은 목재를 물에 흘려보낼 때 공손치 못한 말이 많았다는 이유로 이 현의 공형들에게 붙잡혀 가서 갇혔는데, 날마다 억수가 그 어미와 함께 와서 애원했다. 그래서 이러한 내용으로 평강(오윤겸)에게 편지를 써서 보냈더니 곧장 곤장을 치지 않고 풀어 주었기에 오늘 저녁에 비로소 돌아와서 사례하는 것이다. 평강(오윤겸)의 편지를 보니, 아직 병이 낫지 않았다고 한다. 몹시 염려된다.

◎ ─ 7월 4일

생원(오윤해)이 안협 현감을 만나는 일로 이른 아침에 갔다가 돌아왔다. 일가의 노비 넷에게 관둔전을 매게 했는데 끝내지 못했다. 두벌매기이다. 저녁에 이 면의 위관(委官)과 서원(書員)이 와서 보았다. 술 1항아리, 생청(生淸)*3되를 바쳤는데, 보답할 만한 물건이 없어서 부채 1자루와 백필(白筆, 짐승의 흰 털로 만든 붓) 1자루를 주었다.

◎ ─ 7월 5일

양식과 반찬이 거의 떨어져서 어쩔 수 없이 덕노에게 말을 끌려 현에 보냈다. 양식을 얻는 일 때문이다. 부석사 중 법희가 와서 보기에 술을 대접해 보냈다. 늦게 큰비가 내려 종일토록 그치지 않았다. 지난번보다 앞 냇물이 곱절로 불었다.

◎ ─ 7월 6일

빗줄기가 밤새 그치지 않고 아침에도 이와 같으니, 분명 장마일 것이다. 가까운 시일 내에 그치지 않는다면 태두전(太豆田)을 맬 시기를 놓치게 될 것이다. 답답하다. 이뿐만 아니라 양식과 반찬이 떨어져 버렸다. 덕노는 물에 길이 막혀 빨리 돌아오지 못할 터인데 달리 식량을 얻을 길이 없어 굶주릴 걱정이 임박했으니, 무어라 말할 수 없을 지경이다.

....

* 생청(生淸): 벌집에서 떼어낸 뒤에 가공하거나 가열하지 않은 그대로의 꿀이다.

◎ — 7월 7일

말복이다. 속절이므로 술, 절육(切肉),* 찐 닭을 준비하여 차례를 지냈다. 덕노가 비에 발이 묶여 오지 못했기에 양식이 뚝 떨어져서 먹지 못하고 겨우 저녁밥만 지어 먹었고, 아랫사람들은 콩죽을 쑤어 먹었다. 안타깝다.

두 계집종이 어제 삼을 구하는 일로 언신의 집에 갔다가 물에 길이 막혀 돌아오지 못했다. 다만 춘금이와 막비에게 둔전을 매게 했는데 끝내지 못했다.

초경에 현의 사람이 편지를 가지고 왔다. 그 이유를 물어보니, 늦게 출발하여 구불구불한 길로 돌아오다 보니 이처럼 밤이 깊었다고 한다. 편지를 보니, 평강(오윤겸)은 이제 증세가 조금 나아졌지만 여전히 완쾌하지는 못했다고 한다. 익힌 개고기 75곶, 소주 4선, 참기름 1되, 어린 꿩 4마리, 갈비 등의 물건을 보내왔다.

◎ — 7월 8일

비가 내려서 풀을 뽑지 못했다. 답장을 써서 현의 사람을 돌려보냈다. 아침 식사 전에 개고기를 구워서 동생과 두 아이, 붕질, 충손 등과 함께 먹었고 소주 각각 두 잔씩을 마셨다. 아침에 양식이 떨어져서 하는 수 없이 언신이 관아에 바칠 전세미(田稅米) 1말 6되를 가져와서 썼다. 덕노가 지금 오지 않는다면 이루 말할 수 없는 지경이 될 게다.

오늘은 바로 돌아가신 아버지의 생신이다. 찐 상화병, 술, 과일과

....
* 절육(切肉): 얄팍하게 썰어 양념장에 재워서 익힌 고기이다.

평강(오윤겸)이 보낸 어린 꿩을 굽고 탕을 끓여서 차례를 지내고 죽은 딸의 제사를 지낸 뒤에 함께 먹었다. 낮에 큰비가 퍼붓고 잠시 뒤에 그쳤다. 앞 냇물이 또 불어서 덕노가 이 때문에 오늘도 오지 못했다.

◎ ― 7월 9일

덕노가 어제도 오지 않았다. 아침 양식이 떨어져서 어찌할 도리가 없는데 전업이 환자 보리 4말을 아직 관아에 바치지 않았다고 하기에, 어쩔 수 없이 가져와서 아침밥을 짓는 데 썼다.

조인손이 와서 햇기장쌀 3되를 바쳤다. 양식이 떨어진 상황에 이러한 3되의 쌀을 얻으니, 마치 3섬을 얻은 것 같다. 곧장 이것으로 아침밥을 지어먹었다.

느지막이 이 면의 위관과 서원 등이 답심(踏審)을 마친 다음에 현으로 돌아가는 길에 들러서 보았다. 불러들여서 만나 보고 이어 우리 집에서 경작하는 밭에 대해 참작해 처리해 달라고 말했다. 또 위관들이 상지(常紙) 4두루마리, 짚신 2켤레, 기장쌀 2말을 바쳤다. 받을 수 없어 도로 주었더니, 억지로 청하며 주기에 어쩔 수 없이 받았다. 분명 우리 집에 양식이 떨어졌다는 말을 들어서 얻은 물건을 바친 것일 게다. 미안하다. 이것을 내일 양식으로 쓸 수 있게 되었다. 덕노가 오늘도 오지 않았다. 분명 물에 길이 막힌 것이다. 염려스럽다.

◎ ― 7월 10일

박문재가 와서 보고 햇직(稷) 3말을 바쳤다. 내가 양식이 떨어졌다는 말을 들었기 때문이다. 소주 한 잔을 대접하고 또 미역 1뭇을 주어 그 후의에 보답했다.

밤이 되면 날이 개고 아침이 되면 해가 떠서 더위가 기승을 부리니 괴로움을 견딜 수 없다. 아우와 함께 걸어서 앞 냇물에 나가 보니 새 물이 맑고 깨끗했다. 온몸을 씻어 때를 벗겨 내자 마음과 몸이 맑고 시원해지니, 몸이 가벼워 구름 사이의 봉황 같다고 이를 만하다. 상쾌하다.

저녁에 덕노가 돌아왔다. 전미(田米) 12말, 멥쌀 3말 5되, 두(豆) 3말을 보내왔다. 또 관인도 개고기와 어린 꿩 5마리, 소주 4선을 가져왔다. 곧장 사람들을 오게 하여 음식을 해서 함께 먹었다. 다만 들으니, 평강(오윤겸)이 완쾌되지 않아 안색이 몹시 야위었으며 먹고 마시는 것이 부쩍 줄었다고 한다. 처음에는 멀리 갔다 오면서 오랫동안 더위를 무릅쓴 탓에 피로하여 몸이 상하게 된 것이므로 쉬면 금방 나을 것이라고 생각했다. 그런데 증세가 지금까지 낫지 않아 자리보전을 하고 있다고 하니, 몹시 답답하고 근심스럽다. 내가 현에 들어가서 보고 싶지만 빗줄기가 이와 같아 가지도 못하니, 다시 날이 개기를 기다려 들어가 볼 생각이다.

생원(오윤해)의 사내종 안손도 율전에서 돌아오는 길에 한양에 들러서 남매의 편지를 받아 가지고 왔다. 편지를 보니, 아무 일이 없다고 한다. 몹시 기쁘다. 광노도 거기서 함께 돌아왔다. 전에 보낸 메주와 낡은 갓으로 인아의 초립(草笠)을 사 왔는데, 자기가 가지고 있던 은전(銀錢) 반을 더 치렀다고 한다. 소금에 절인 준치 2마리와 망건(網巾)을 장식할 비단도 사서 보냈다.

자방(신응구)이 한양에 갔다가 아직 돌아오지 않았다고 한다. 이처럼 심한 더위에 병든 몸이 분명 상했을 게다. 염려스럽다.

◎ — 7월 11일

온 집안 노비들과 품팔이꾼 도합 13명에게 이기수의 태두전(太豆田)을 매게 했으나 끝내지 못했다. 느지막이 걸어 나와서 아우와 함께 메밀밭을 둘러보았다. 돌아올 때 몹시 더워서 땀이 물 흐르듯 하기에 앞의 냇물에 들어가서 멱을 감았다. 이어 마을 사람들이 삼을 물에 담그는 것을 보고 왔다.

지난밤 동쪽 마을에 사는 채억복 집의 마구간에 큰 호랑이가 들어와서 휘젓고 망아지를 물어 갔는데, 억복이 몽둥이를 들고 횃불을 밝혀 쫓아가서 도로 빼앗아 가지고 왔다고 한다. 그런데 얼마 안 되어 호랑이가 다시 와서 햇닭을 물어 갔다고 한다. 매우 두렵다. 우리 집의 계집종들은 호랑이를 두려워하지 않아 밤마다 문밖에 횃불을 밝히고 둘러앉아서 길쌈을 한다. 말려도 말을 듣지 않으니, 반드시 후회할 일이 생길 것이다. 밉살스럽다.

◎ — 7월 12일

온 집안의 노비와 품팔이꾼 도합 8명에게 어제 끝내지 못한 밭을 매게 했는데 역시 끝내지 못했다. 최참봉의 맏아들 정운이 와서 보기에, 소주 한 잔을 대접해 보냈다.

◎ — 7월 13일

여덟 사람에게 어제 끝내지 못한 밭을 매게 했으니, 바로 엿새갈이이다. 식사한 뒤에 덕노를 데리고 말을 타고서 여러 밭을 돌아본 다음 그길로 노비들이 김매는 곳에 갔다. 오전에 김매기를 이미 모두 마치고 겨우 5, 6이랑을 남겨 둔 채 모두 냇가 나무 그늘 아래에 누워서 자고 있었다. 그 김맨 곳을 보니 어제도 충분히 끝낼 수 있었던 양인데 매번 풀이 무성하다고 핑계를 대며 힘을 다하지 않았다. 오늘도 사람들의 힘을 모두 동원하지 않으면 마칠 수 없을 것이라고 하기에 품팔이꾼을 빌려 모두 8명을 보낸 것인데, 누워서 쉬면서 김매지 않았다. 매번 이 따위로 하며 내가 가서 살펴보리라고 생각지 않고 이전의 버릇을 답습하여 게으름이 극에 달했다. 분통함을 참지 못하고 곧장 두 계집종의 머리채를 끌어다가 잡고 있던 채찍으로 종아리를 40여 대씩 때리게 한 뒤에 생원(오윤해) 집의 두전(豆田)으로 옮겨서 김을 매게 했다. 김매기 작업에 들인 인원수를 계산해 보니 29명이고 소비한 양식은 6, 7말이다. 일가의 곤궁함은 헤아리지 않고 매번 먹을 것이 적다고 하면서 들에 나가면 놀고 쉬며 힘써 일하지 않으니 몹시 가증스럽다. 그길로 소근전에 가서 최참봉의 집에 못 미처 말에서 내려 냇가 바위 위에 앉았다. 사내종을 시켜 최참봉을 불러오게 했더니, 부자가 걸어왔다. 김린도 뒤따라와서 바위 위에 앉아 한참 동안 이야기를 나누었다. 최참봉의 집에서 칼제비를 만들어 대접해 주었다. 날이 저문 뒤에야 돌아왔다.

◎ ─ 7월 14일

온 집안사람에게 김언춘의 콩밭을 매게 했는데 끝내지 못했다. 최참봉이 편지를 보내 안부를 묻고 이어 꿀을 구했는데, 마침 떨어져서 주지 못했다. 안타깝다. 구해서 뒤따라 보내겠다고 답장을 썼다. 며칠 전부터 후임이 막 걸음마를 배워 발을 두어 걸음 옮긴다. 사랑스럽다.

◎ — 7월 15일

아침에 인아가 제 형을 보기 위하여 현에 갔다. 오늘은 바로 속절(백중)이라 온 집안의 노비들이 일을 하지 않고 놀았다. 저녁때 김담에게 집 앞의 무밭을 갈고 씨를 뿌리게 했다. 저녁에 현에서 문안하는 사람이 왔다. 편지를 보니, 윤겸의 병세가 이제 나아졌지만 아직 완쾌되지 않아서 출입하지 못한다고 한다.

어사가 오늘 현에 들어올 것이라고 한다. 함열 현감의 일가가 요새 몹시 궁핍한데 달리 식량을 얻을 길이 없어서, 어쩔 수 없이 봉산 지역에 사는 사내종의 집에 가서 얻어먹을 생각으로 오는 20일에 출발할 것이라고 한다. 슬프고 한탄스러움을 견디지 못하겠다. 형편이 그러한걸 어찌하겠는가.

관인이 올 때 중미 2말, 수수쌀 1말, 밀가루 1말, 소금 1말, 율무 2되, 꿀 2되, 오이 30개를 보내왔다.

오늘 보니, 참의(參議) 이정귀가 평강(오윤겸)에게 편지를 보냈는데, 세상일이 날로 더욱 어렵고 위태로워져서 양경리가 탄핵을 받아*이제 돌아갈 것이라고 한다. 명나라 조정의 의논이 크게 변하여 전쟁을

....
* 양경리가 탄핵을 받아: 경리 양호는 1597년 12월부터 이듬해 1월까지 제독 마귀와 함께 울산에서 왜군과 전투를 벌이다가 고전 끝에 경주로 철수했는데, 명나라 조정에 전쟁 결과를 보고하면서 패전 사실을 숨겼다. 당시 찬획주사로 조선에 와 있던 정응태(丁應泰)가 양호의 패전 소식을 듣고 찾아가 차후의 계책을 물었으나, 양호는 자신의 전공만을 자랑하기에 여념이 없었다. 이에 분노한 정응태가 양호의 죄상을 조목조목 거론하여 탄핵했다. 《명사(明史)》권259 〈양호열전(楊鎬列傳)〉. 그런데 정응태가 탄핵한 내용 가운데 조선을 의심하는 내용이 들어 있었으므로, 조선 조정은 사신을 파견하여 양호의 공적을 밝히고 그의 유임을 건의하면서 그에 대한 참소를 해명했다. 《국역 선조실록》31년 7월 1일.

주장하던 두 각로(閣老)가 모두 대간(臺諫)의 탄핵을 받았고* 남북의 군사들이 크게 화합하지 못하여 이 때문에 아무 일도 할 수 없다고 한다. 우리 조정에서 믿을 데라고는 오직 여기뿐인데 장수와 재상의 불화가 이처럼 심한 지경에 이르렀고 흉악한 왜적의 사나운 야심은 끊이지 않으니, 나랏일이 마침내 어떻게 될지 알지 못하겠다. 놀랍고 한탄스러움을 견딜 수 없다. 하늘이 돕지 않아 수많은 백성을 날로 위태로운 지경에 나아가게 하면서도 아직도 그 화를 뉘우치지 않으니, 더욱 크게 탄식할 만하다. 어찌하겠는가. 내 죽을 곳을 알지 못하겠다.

◎ ― 7월 16일

일가의 네 노비에게 그저께 끝마치지 못한 밭을 매고 끝나면 조련의 콩밭으로 옮겨 가서 매게 했는데, 역시 끝내지 못했다. 지난날 배를 만들던 장인(匠人)이 한양에서 돌아와 찾아왔다. 또 이 현에서 배를 만들게 할 생각이다.

....

* 두……받았고: 두 각로는 장총(張璁)과 조지고(趙志皐)를 말한다. 《국역 선조실록》 31년 6월 22일 기사에 양호가 우의정 이덕형(李德馨)에게 자신의 입장과 두 각로에 대한 상황에 대해 간략하게 언급한 내용이 나온다. "나는 다른 곳으로 옮기려는 것이 아니라 빨리 돌아가려고 하는데, 그대는 그간의 사정을 모를 것입니다. 조정에서 논의가 크게 변하여 과관(科官)이 또 상본(上本)하여 장각로(張閣老)를 참소했고, 본병(本兵)이 또 상본하여 이여매(李如梅)를 참소하여 군의(群議)가 분분하고 있습니다. 조각로(趙閣老)는 바로 봉공(封貢)을 주장해서 일을 그르친 사람입니다. 전일 황태자의 관혼례를 행할 때에도 각신(閣臣)들의 논의가 또 동일하지 않았는데, 이러한 기회를 틈타 간당(奸黨)의 심복들을 규합하여 장각로를 반드시 제거하고자 하여 '조선의 일을 그르친 자는 양모(楊某)이고 양모를 잘못 천거한 자는 장모(張某)이다.'라고 하면서 은밀히 자기 파를 사주하여 상본하게 했습니다. 조각로가 조정에서 성지(聖旨)를 조정하고 있으니, 장각로는 이미 그 지위에서 물러났을 것입니다."

◎ ― 7월 17일

현에서 온 사람이 이제야 답장을 받아서 돌아갔다. 덕노가 이제야 돌아왔다. 평강(오윤겸)의 편지를 보니, 병이 이제 낫고 있으므로 가까운 시일 내에 와서 뵙겠다고 한다. 그러나 온 사람을 통해 들으니, 병의 큰 증상은 덜하지만 아직 완쾌되지는 않았다고 하기에 와서 보고 싶어도 다시 몸조리하여 완전히 나은 뒤에 오라고 말해 보낼 생각이다. 보리쌀 5말, 전미(田米) 3말, 기름 7홉, 조기 2뭇, 보릿가루 4되를 보내왔다. 또 들으니, 함열 현감의 온 식구들이 오는 20일에 출발하여 이곳에 들러 묵는다고 한다. 매우 탄식할 만하다.

온 집안 사람들에게 어제 끝내지 못한 콩밭을 매고 끝낸 뒤에 언신의 두전(豆田)으로 옮겨 매게 했는데, 끝내지 못했다.

◎ ― 7월 18일

온 집안 사람과 생원(오윤해)의 노비 도합 7명에게 다 끝내지 못한 언신의 밭을 매게 한 뒤에 김언보의 두전(豆田)으로 옮겨 가서 매게 했는데, 역시 끝내지 못했다. 오늘은 바로 언명의 생일이다. 곤궁하여 음식을 차려 주지는 못하고, 다만 쌀 5되를 주어 송편을 만들어 함께 먹었다. 탄식할 만하다.

◎ ― 7월 19일

비가 내려서 풀을 뽑지 못했다. 내일 함열 현감 일행이 길을 떠나 이곳에 올 텐데 빗줄기가 약해지지 않는다면 오지 못할 것이다. 그저께 평강(오윤겸)의 편지에, 내일 양식을 실어 보내겠다고 했는데 오지 않왔다. 무슨 일인지 모르겠다. 전에 보내 준 양식은 계집종들의 급료로 나누어 주고 또 동쪽 집과 서쪽 집에 나누어 주었다. 또 5, 6명이 연일 풀을 뽑을 때 써 버려서 남은 것이라고는 내일 아침 식사 거리밖에 없다고 한다. 만약 내일 때맞추어 보내오지 않고 함열 현감의 일행이 온다면, 이루 말할 수 없는 지경이 될 게다. 이달 초부터 온 집안 식구들이 점심 끼니를 끊고 어머니께만 드렸는데도 양식과 찬거리가 자주 떨어진다. 관가의 곡식도 바닥났다고 하니, 햇곡식이 나오기 전에는 계속 대기 몹시 어려울 게다. 몹시 답답하다.

◎ ─ 7월 20일

일가의 계집종들에게 전에 끝내지 못한 콩밭을 맨 뒤에 녹두밭으로 옮겨 가서 매게 하여 끝냈다. 남면에 사는 교생 심사임(沈思任)이 백미 5되를 보내왔다. 양식이 부족한 때에 맞추어 이르니 그 후의에 고맙기 그지없다.

오늘쯤 함열 현감의 일행이 왔어야 하는데, 종일 기다려도 오지 않았다. 그 이유를 알지 못하겠다. 관인도 양식을 보낼 만한데 그림자도 보이지 않으니 이상한 일이다. 관선(官船)을 이제 비로소 띄워 경강(京江)*으로 보냈다. 조정의 명령이다.

◎ ─ 7월 21일

처서이다. 요즈음 밤기운이 서늘하여 점차 정신이 들고 상쾌해진

....

다. 생원(오윤해)의 집에서 심은 올조를 멧돼지가 반은 넘게 뜯어먹었다. 몹시 얄밉지만 어찌하겠는가. 아침 식사 전에 현의 사람이 왔다. 백미 3말, 전미(田米) 7말, 보리쌀 5말, 어린 꿩 4마리, 오이 30개, 무, 파 등의 물건을 가지고 왔다. 곧바로 동쪽 집과 서쪽의 집, 계집종들의 급료로 나누어 주었다. 다만 편지가 오지 않았으니 그 까닭을 모르겠다. 분명 아전에게 품팔이하는 사람이라 밖에서 물건만 받고 편지는 받아 오지 않은 게다. 그편에 들으니, 함열 현감의 일가가 어제 현의 관아에 와서 묵었다고 한다. 오늘은 분명 그곳에서 출발하여 올 것이다.

어제저녁 유시 초에 수탉이 두 번이나 길게 울었다. 이것이 무슨 징조인가. 중금의 밭을 병작하는 박인종(朴仁宗)이 중서(中黍)* 1말 5되를 나누어 왔다.

저녁에 민시중이 현에서 돌아와서 하는 말이, 함열 현감 일행이 어제 현의 관아에 와서 잤는데 거기서 머물다가 내일 출발해서 오겠다고 했단다. 그를 통해 들으니, 명나라 군사 30여 명이 철원 지역에서 삭녕 지역으로 와 있다고 한다. 여기와의 거리가 멀지 않아 겨우 고개 하나를 사이에 두고 있을 뿐인데, 가는 곳마다 난리를 일으켜 사람들의 소와 말, 재물을 빼앗고 조금이라도 자신들의 말을 따르지 않으면 인가를 불태우고 사람을 때려서 상해를 입힌다고 한다. 그들이 넘어올까 몹시 두렵다. 그러나 어제 와서 묵은 뒤로 지금까지 그림자도 보이지 않으니, 분명 안협이나 토산 쪽의 길로 간 게다.

....

* 　중서(中黍): 이르지도 늦지도 않은 중간 시기의 기장이다.

◎ ― 7월 22일

온 집안 사람들에게 언명의 두전(豆田)을 매고 난 다음에 관둔전으로 옮겨 가서 매게 했는데, 끝내지 못했다.

오후에 인아가 와서, 함열 현감 일행이 오늘 올 터인데 자기는 점심을 먹은 뒤에 먼저 왔다고 했다. 저녁에 함열 현감의 일가가 왔다. 이곳에는 머물 만한 곳이 없어서 이웃집에서 묵게 하고 진아 어미와 함열 현감만 와서 묵게 했다. 저녁 식사는 이곳에서 차려 윗전을 대접하고, 노비들은 행차할 때 준비한 양식을 꺼내어 먹었다. 살림이 궁핍하여 위아래 사람들을 모두 대접하지 못하니 안타깝다.

◎ ― 7월 23일

함열 현감의 일가가 그대로 머물렀다. 오후에 평강(오윤겸)도 와서 보았다. 오랫동안 병을 앓은 뒤에 지금 막 회복되었기 때문에 온 것이다. 아우와 함열 현감 및 세 아이와 모여 종일 이야기를 나누었다. 저녁에 이자(李資)*가 안협에서 찾아왔다. 이자는 집사람의 사촌으로, 이옥여(李玉汝, 이귀)의 형이다. 그와 함께 잤다.

평강(오윤겸)이 백미 2말, 전미(田米) 3말, 세미 3말, 두(豆) 1말, 어린 꿩 4마리, 새끼 노루 등의 물건을 가지고 왔다. 전귀실과 채억복 등이 생청을 각각 1되씩 가져왔다. 일가의 노비에게 어제 끝내지 못한 밭을 매게 하여 끝마쳤다. 오늘로 풀 뽑는 일은 다 끝냈다.

....
* 　이자(李資): ?~?. 오희문의 처사촌으로, 이귀의 형이다.

◎ ─ 7월 24일

이른 아침에 함열 현감의 일가가 돌아갔다. 이별할 때 진아 어미가 한없이 슬퍼했다. 여자가 시집가면 부모 형제와 멀어지는 법이니 어찌하겠는가. 눈물이 흘러 옷깃을 적시는 것을 금할 수 없었다. 언신에게 소에 짐을 실어 끌고 가서 중도까지 배웅하고 돌아오게 했다. 덕노는 오늘 모시고 출발하여 중간쯤 되는 곳까지 갔다가 돌아왔다. 이자도 돌아갔다.

함열 현감 일행은 온 집안 식구들이 굶주리는 탓에 어쩔 수 없이 봉산에 사는 사내종의 집에 가서 먹고 살다가 내년 봄에 돌아오겠다고 했다. 다만 세상일이 몹시 어려워서 만약 전쟁이 다시 일어난다면 반드시 이곳에서 평안도로 갈 것이니, 우리 집도 여기에 있으리라고 보장하지 못한다. 그렇게 되면 피차 소식을 듣기 매우 어려워질 게다. 하물며 다시 보기를 바랄 수 있겠는가. 더욱 슬프고 한탄스럽다. 최판관이 와서 보고 돌아갔다. 김명세와 김린 등이 와서 평강(오윤겸)을 보았다. 김린은 햇닭 2마리를 가져왔다.

◎ ─ 7월 25일

오늘은 바로 내 생일이다. 평강(오윤겸)이 술과 반찬을 마련해 가지고 왔기에 최형록과 최응진 두 사람과 함께 이야기를 나누려고 했는데, 최참봉은 이가 아파 오지 못하고 최판관만 와서 보았다. 최판관과 함께 술자리를 마련하고 관에서 준 개고기를 배불리 먹고 파했다. 이웃 마을에서 찾아온 자들에게 술과 떡을 대접하여 보냈다. 아침 식사 전에 목전에 사는 교생 권호덕이 찾아왔는데, 소주 1병과 어린 닭 1마리를 가지고 왔다. 술과 떡을 대접해 보냈다. 부석사의 중 법회가 오이 50여 개를 바치기에, 그에게도 술과 떡을 대접해 보냈다.

저녁에 들으니, 왜적의 공세가 영천까지 이르렀다고 한다. 놀랍고 한탄스러움을 이기지 못하겠다. 지난해에도 이맘때쯤 전쟁이 일어났는데, 지금이 바로 그때이다. 비록 유제독(유정)과 마제독(마귀)이 남쪽으로 내려갔다지만 왜적의 형세가 치성하니, 막아 내지 못한다면 왜적들이 침입하는 난리가 이곳까지 이를 것이다. 답답하고 걱정스럽다. 그러나 이것이 맞는 소식인지는 알 수 없다. 오늘 소를 팔기 위하여 덕노를 한양으로 보내려고 했는데 이 소식을 듣고 우선 중지시켰다. 옳은 소식을 들은 뒤에 다시 보내려고 한다.

◎ ─ 7월 26일

이른 아침에 평강(오윤겸)이 현으로 돌아갔다. 덕노는 콩을 구하기 위해 소를 끌고 떠났고, 언명의 계집종 개금도 양식을 얻기 위해 함께 갔다. 모두 평강(오윤겸)과의 약속이 있었기 때문이다.

함열 현감 일행은 지금 신계(新溪)에 이르렀는데, 언신이 거기까지 갔다가 돌아왔다. 다만 일행의 행색이 어떠할지 매우 걱정스럽다. 느지막이 언명과 두 아이, 붕질과 함께 직동에 가서 농사짓는 밭의 곡식을 돌아본 다음에 이어서 그물을 쳐서 물고기를 120여 마리 잡았다. 해가 기운 뒤에 돌아왔다.

◎ ─ 7월 27일

느지막이 홀로 존광(存光)의 들에 가서 우리 집에서 경작하는 조밭을 돌아보고 돌아왔다. 마침 최정운이 찾아와서 함께 동대에 앉아서 조용히 이야기를 나누고 소주 두 잔을 대접해 보냈다.

앞 냇물에 그물을 쳤다가 저녁에 거두어 보니 물고기 50여 마리가 잡혔다. 다만 자라에게 먹힌 것이 많으니 아깝다. 언신이 함열 현감 일행을 모시고 신계 땅까지 갔다가 돌아왔다. 일행은 모두 무사히 돌아갔지만 끌고 갔던 소가 다리를 절며 왔다. 답답하다.

◎ ─ 7월 28일

아우와 생원(오윤해), 붕질, 충손 등과 함께 그물을 가지고 소근전 하류의 냇가로 갔다. 최참봉 부자를 불러서 종일 이야기를 나누었다. 이어 물고기를 잡았는데, 양이 조금이라 탕을 끓여 함께 먹었다. 각각 소주 두세 잔씩 마셨는데, 최참봉만 다섯 잔을 마셨다. 술을 못 마시는 아이들은 싸 가지고 갔던 점심을 나누어 먹으며 배를 채웠다. 날이 저문 뒤에야 돌아왔다. 충아는 참봉을 따라 소근전의 외할머니 집에 갔다. 다만 시내를 건널 때 신고 있던 짚신 한 짝을 물속에서 잃어버렸단다. 아깝다.

◎ ─ 7월 29일

가만히 들으니, 흉악한 왜적이 영천에 이르러 군량을 빼앗아 저들의 진으로 돌아갔다고 한다. 남쪽으로 내려간 대군이 양식이 떨어져서 뿔뿔이 흩어지려고 하는 상황이라 위급한 상황을 알리는 글이 현에 이르렀다. 방백(관찰사)도 죽령 아래에 직접 가서 식량 운반을 독려했다. 이 현에서도 20여 짐바리와 예초군을 징발하여 보내려고 하는데, 두

역을 동시에 거듭 징발하는데다 전에 갔던 사람이 아직 돌아오지 않아 이 때문에 민간이 소요하고 허둥대며 답답해 하고 절박해 하는 상황을 참혹하여 차마 보지 못하겠다. 형세가 그러하니 어찌하겠는가. 이러한 때에 영천의 군량을 또 왜적의 손에 빼앗겼으니, 매우 한탄스럽다.

언신은 집에서 경작하는 전결이 매우 많은데다 쇄마와 예초군을 동시에 모두 징발하는 바람에 곤궁하여 값을 마련하지 못했으므로 자기가 직접 경상도에 가서 군량을 운반하고 돌아오겠다고 간절하게 아뢰었다. 어쩔 수 없이 가는 것을 허락했다. 춘금이는 맨몸인데 날이 점차 추워지고 우리 집에서는 옷을 만들어 입힐 형편이 못 되므로, 예초군의 값을 받고 한양에 가서 역을 지고 싶다고 했다. 그래서 그 또한 어쩔 수 없이 가는 것을 허락했다. 집안의 심부름꾼 두 사람이 모두 떠났다가 8월 그믐께 돌아올 것이다. 가을에 일이 많은데 김담 하나만 남아 있어 전부 맡길 수도 없으니, 이루 말할 수 없는 지경이다. 춘금이가 받을 값은 포 5필이라고 하니, 만약 다 받는다면 그 값으로 겨울 추위는 막을 수 있을 것이다.

낮에 덕노가 돌아왔다. 어제 늦게 떠난데다 소의 걸음이 더뎌서 중도에 묵고 이제야 왔단다. 콩 10말, 전미(田米) 10말, 중미 3말, 밀가루 1말, 소금 1말, 꿀 1되, 어린 꿩 3마리를 보내왔다. 언명의 집에서 계집종 개금에게 겉보리 3말, 보리쌀 2말, 전미(田米) 1말 또한 부쳐 보냈다. 요며칠은 이 양식으로 잘 지낼 수 있겠다.

◎ ─ 7월 30일

조인손을 불러서 인아가 묵는 방의 구들을 수리하게 했다. 불이 들어오지 않아 구들이 차갑기 때문이다. 저녁에 민시중이 현에서 돌아왔다. 편지를 보니, 군량의 운반이 지체된 일로 방백(관찰사)이 조정에서 책망을 받았다고 한다. 그 책임이 응당 수령에게까지 미칠 것이다. 운반을 독촉하는 일이 한창 급하지만 먼저 간 자들이 아직 돌아오지 않은 상황에서 또 마부와 말을 징발하니, 백성은 술렁거리고 모두 도망갈 마음을 품고 있다. 수령이 비록 인자하고 불쌍하게 여기는 마음을 품고 있더라도 형세가 이 지경에 이르렀으니 어찌한단 말인가.

또 조보를 보니, 성주(星州)에 주둔해 있는 대군에 군량이 떨어진 지 이제 사흘이 되어 물러나 흩어질 근심이 있으므로 조정에서 급히 어사를 보내 군량을 운반하게 했다고 한다. 이르렀는지 모르겠다. 나랏일이 이와 같으니 심히 염려스럽다. 또 노루고기를 조금 가지고 왔다. 김담이 말미를 받아 갔다가 이제야 돌아왔다.

8월 작은달 -6일 백로, 21일 추분-

◎ — 8월 1일

배를 만드는 장인에게 나무 절구와 절굿공이를 만들어 오게 했다. 전에는 반 되의 쌀도 세 사람이 이웃집에서 찧었는데, 이제 이 물건을 얻어 혼자서도 집 안에서 찧을 수 있게 되었다. 기쁘다.

◎ — 8월 2일

고한필 밭의 조를 베어다가 펴서 말렸다. 절반은 아직 익지 않아서 베지 않았다. 27뭇만 실어 와서 먼저 두들겼는데, 조 5말이 나왔다. 이는 양식이 떨어졌기 때문이다. 오후에 가서 보고 돌아왔다. 저녁에 관인이 와서 평강(오윤겸)의 편지를 전해 주었다. 수수쌀 2말, 참외 9개, 가지 15개, 어린 꿩 3마리를 보내왔다.

◎ — 8월 3일

덕노가 소를 팔아 말을 사기 위해서 늙은 소를 이끌고 한양에 갔다. 추석 제수는 평강(오윤겸)에게 보내라고 했고, 용인 처부모의 묘제사도 우리 집에서 지내야 하므로 그곳에 쓰일 제수 역시 마련해 보내도록 했다. 밥, 떡, 과일은 집에서 기르던 햇닭 10마리를 잡아 보내어 쌀을 사서 장만하게 했다. 고성댁(高城宅)과 임참봉댁(任參奉宅)에게도 각각 햇닭 1마리씩을 보냈다. 보낼 만한 물건이 없었기 때문이다. 해주의 윤함에게도 편지를 써서 광노의 집에 보내서 인편을 통해 전해 주게 했고, 용인의 장수댁에게도 편지를 써서 보냈다. 집에 보낼 만한 물건이 없어서 편지만 보냈다. 한탄한들 어찌하겠는가.

용인에 제수로 대구 2마리, 말린 닭 3지(支), 조기 3마리, 백미 1말, 메밀 1말, 꿀 1되, 생닭 2마리를 보냈다. 이 밖에는 보낼 만한 물건이 없었다. 안타깝다. 앞 여울에 어살을 놓았다. 식사한 뒤에 아우 및 두 아이와 함께 걸어가서 보고 물고기를 잡아 돌아왔다. 이번 어살은 지난해와 다르게 튼튼하고 성글지 않으니, 분명 많이 잡힐 것이다.

◎ — 8월 4일

아침에 가서 보았더니 어살에 걸린 민물고기는 어떤 사람이 한밤중에 모두 훔쳐가 버리고 1마리도 남겨 두지 않았다. 분명 이웃의 소행일 것이다. 몹시 괘씸하다. 종일 네 사람을 시켜 삼시 세 끼를 주면서 엮게 했고 사람들이 모두 첫날에 많이 잡힐 것이라고 했는데 마침내 도둑맞고 말았으니, 더욱 몹시 분통이 터진다.

◎ ― 8월 5일

이 현에서 말을 끌고 함열 현감 일행을 모시고 갔던 사람이 봉산까지 갔다가 이제야 돌아왔다. 함열 현감의 편지와 딸의 편지를 보니, 일행이 모두 무사하고 9일 만에 도착했다고 한다. 몹시 위로가 되고 기쁘다. 사방에 장이 멀지 않아서 먹을 것을 구할 수 있고 그곳에 살고 있는 사내종도 양식이 넉넉해서 그런 대로 의지할 만하여, 전혀 의탁할 곳 없던 이곳에 있는 것보다 낫다고 한다. 더욱 기쁘다.

생원(오윤해)의 처는 전에 제 부모가 머물고 있는 곳에 뵈러 갔다가 이제야 돌아왔다. 생원(오윤해)도 가서 뵙고 돌아왔다. 고한필의 밭에 펴놓았던 조를 오늘 타작했더니 17말이 나왔다. 언명의 집에 2말을 보냈고, 또 계집종들에게 각 1말씩 급료로 나누어 주었다.

◎ ― 8월 6일

박문재 밭의 반직(半稷)을 베어 펴서 말렸다. 오후에 비가 내렸다. 오랫동안 가물던 차에 한 보지락의 비가 내리니, 열매를 맺지 못하던 태두(太豆)가 되살아날 것이다. 저녁에 관아의 사내종 갯지가 양식을 싣고 들어왔다. 그편에 들으니, 평강(오윤겸)이 그저께 우계의 장례에 참석하는 일로 파산(파주)에 갔다고 한다. 중미 5말, 전미(田米) 10말, 어린 꿩 2마리, 수박 1개를 가지고 왔다.

◎ ― 8월 7일

지난밤에 쏘가리 1마리가 어살에 잡혔는데, 거의 한 자 남짓 되고 크기가 농어만 하다. 잡아서 손질했더니 소반에 가득하다. 아침에 탕을 끓여 온 가족이 함께 먹었다. 빙어 1마리와 비늘 없는 물고기 1마리도 잡혔는데, 크기가 반 자나 된다. 분명 어젯밤에 비가 내렸기 때문일 게다. 다행스러운 일이다.

향비의 목에 난 종기는 거의 한 달이 되어 가는데도 여전히 곪아 터지지 않으니 크게 상할까 걱정된다. 오늘 갯지가 돌아갈 때 함께 현으로 보내서 이은신에게 보여 약에 대해 묻고 치료하게 할 생각이다.

◎ —8월 8일

생원(오윤해)이 추석 때 성묘하는 일로 오늘 떠났다. 사내종 한 명에 파리한 말을 끌고 그 험한 길을 어떻게 가려나. 몹시 걱정스럽다. 앞 냇물에서 어살에 잡힌 물고기가 겨우 1첩이다. 생원(오윤해)의 집에 보내 탕을 끓여서 먹여 보내게 했다.

들으니, 목전에 사는 좌수 채인원(蔡仁元)이 색마(色馬)를 소유하고 있는데 매번 종마로 빼앗길까봐 걱정스러워서 소와 바꾸기를 간절히 바란다고 한다. 그래서 인아가 제 소와 바꾸려고 오늘 김담을 보내어 정녕 바꿀 것인지의 여부를 물어보게 했다. 현의 장무가 사람을 시켜 오이 15개, 가지 9개, 수박, 참외 등의 물건과 어린 꿩 2마리를 보내왔다. 모레 고조부의 기제사에 쓸 것이다.

◎ —8월 9일

어살에 잡힌 것은 큰 민물고기 10여 마리, 중간 크기의 자라 1마리, 반 자 남짓 되는 중간 크기의 쏘가리 1마리이다. 내일 제수로 쓰려고 한다.

김현복이 와서 보았다. 수박과 참외를 각각 1개씩 가져왔기에 소주를 대접해 보냈다. 그는 중금의 밭을 병작하는 사람이다. 저녁에 찰방 이빈 씨가 이천의 우거지에서 찾아왔다. 김담이 돌아왔는데, 소와 바꾸지 않겠다고 한다.

◎ ─ 8월 10일

오늘은 고조부의 기일이다. 아우 및 인아와 함께 새벽에 제사를 지냈다. 이찰방이 아침 식사 뒤에 현에 갔다. 윤겸을 만나 보고 추석에 쓸 제수를 얻기 위해서라고 한다.

늦은 식사 뒤에 현의 사람이 왔다. 평강(오윤겸)의 편지를 보니, 어제 파산에서 돌아왔는데 우계의 장례를 오늘 19일로 연기하여 치른다고 한다. 향비의 목에 난 종기는 이은신이 침으로 터뜨려 고름을 빼낸 뒤로 점차 나아지고 있다고 하니 기쁜 일이다.

어제저녁과 오늘 새벽에 어살에 잡힌 민물고기를 어떤 사람이 전부 훔쳐 가고 1마리도 남아 있는 것이 없다고 하니 몹시 분하다. 분명 근처에 사는 사람의 소행일 것이다. 몰래 기다려서 붙잡으려고 했는데 잡지 못했으니, 더욱 분하다.

◎ ─ 8월 11일

현의 사람이 도망간 관노비(官奴婢) 등을 안협 땅에서 붙잡아 왔다. 그가 돌아갈 때 편지를 써서 이은신에게 전하게 하고 찰기장 1말을 보냈다. 전에 그의 편지를 보니 추석 차례에 쓸 물건을 마련하지 못해서 몹시 답답하다고 했는데, 달리 보내 줄 만한 물건이 없어서 다만 이것을 보내어 조금이라도 도움이 되기를 바란 것이다.

◎ ― 8월 12일

어살에 잡힌 민물고기가 5, 6마리이다. 중간 크기의 자라 1마리도 잡혔기에 아침 식사에 탕을 끓여 아우와 먹었다. 인아는 먹지 않았다. 지난날 펴서 말린 박문재 밭의 반직(半稷)을 오늘 비로소 두들겨 수확했더니 전섬으로 2섬이 나왔다. 반일갈이 밭이다. 단은 타작하지 않았다.

◎ ― 8월 13일

지난날 고한필 밭의 아직 덜 익은 조를 오늘 비로소 거두어 두드렸더니, 5말 5되가 나왔다. 저번에 수확한 것과 합치면 전섬으로 1섬 7말 5되이다. 하루갈이지만 당초 싹이 드물었기 때문이다. 내가 직접 가서 보고 이어 호두를 따게 하고서 돌아왔다. 배를 만드는 목공이 술통을 만들어 보내왔다. 지난날 벤 나무를 맡아 두고서* 만들어 보내도록 했기 때문이다.

◎ ― 8월 14일

현의 사람이 추석 차례에 쓸 햅쌀 1말, 수수쌀 1말, 닭 2마리, 대구 3마리, 가지 15개, 참외 6개, 햇잣 1말, 개암 5홉, 호두 1되를 가지고 왔다. 저물녘에 전업이 일 때문에 현에 갔다가 돌아왔는데, 평강(오윤겸)

....

* 맡아 두고서: 원문의 봉수(逢受)는 남의 돈이나 물건을 맡는 것을 말한다. 오희문의 집에서 벤 나무를 배 만드는 목공에게 맡겨 두고 필요한 물품을 그때그때 만들어 보내게 한 것으로 보인다.

이 또 햅쌀 1말 5되와 소주 1병을 보내왔다. 저물녘에 박언수를 불러서 암벌 2통을 떠내게 했더니, 꿀 9되와 밀랍 6냥 2돈이 나왔다.

◎ ─ 8월 15일

어젯밤 어살에 잡힌 민물고기를 차례 지낼 때 쓰려고 했는데, 모두 남김없이 훔쳐 갔다. 분한 마음을 이길 수 없다. 술, 떡, 과일, 포, 구이로 차례를 지낸 뒤에 온 집안 식구들이 함께 먹었다. 속절(추석)이기 때문이다. 가까운 이웃 사람들이 모두 차례를 지내고 남은 좁쌀떡을 가져왔다.

◎ ─ 8월 16일

새벽부터 비가 내렸다. 오늘 밤에도 어살에 잡힌 민물고기를 훔쳐가서 1마리도 남아 있는 것이 없다. 날마다 이와 같으니 더욱 분통이 터지지만 어찌하겠는가.

느지막이 김언신의 어미가 머리를 풀어헤치고 달려와서 울면서 호소하기를, 지난달에 관에 수미(收米)를 바치지 못해서 색장이 엄하게 독촉하며 머리채를 끌고 마구 때리니 그 괴로움을 견딜 수 없다고 했다. 이는 지난달에 물에 길이 막히는 바람에 사람이 현에 오갈 수 없어서 이틀 동안 양식이 떨어져 위아래 사람들이 겨우 죽을 쑤어 먹었는데 하루아침에 아침거리가 뚝 떨어져서 어찌할 방도가 없던 차에 때마침 언신의 집에서 수미를 아직 관에 바치지 않았다는 말을 듣고서 부득이 가져다가 먹었기 때문이다. 당시 곧장 윤겸에게 편지를 보냈고, 또 와서 보았을 때 직접 감록(減錄)해 주라고 말하면서 그 이름을 써서 주었다. 그래도 잊어버릴까 걱정되어 그 뒤에 또 윤해에게 그의 이름을 써서 보낸 지가 이제 한 달 남짓 되었는데, 달리 바치라고 독촉하는 명령이 없으므로 이미 감해 주었으리라고 생각했다. 그런데 며칠 전에 언신의 어미가 와서 색장이 수미를 바칠 것을 독촉하니 어떻게 해야 하냐고 말했다. 이에 내가 다시 편지를 보내서 물어보고 이후로 다시 독촉하면 내가 마련하여 바칠 것이니 의심하지 말라고 했다. 그날 때마침 현에 들어가는 사람이 있어 그편에 이러한 내용으로 편지를 써서 보냈는데, 윤겸이 답장하기를, "말씀하신 대로 감해 주어야 하지만 공정하지 못함에 관계된 듯하여 마음이 매우 편치 않습니다."라고 했다. 나 또한 마음이 편치 않던 차에 지금 과연 이와 같이 되었으니, 부끄럽고 무안함을 이루 다 말할 수 있겠는가. 만약 그때 안 된다고 말했더라면 현에서 보내 준 양식으로 마련하여 관에 바쳤을 것이다. 그런데 끝내 안 된다는 뜻을 말하지 않은 채 입을 다물고 있은 지 오래되어 끝내 이 지경에 이르렀다. 뒤늦게 한탄해 보아야 어찌하겠는가.

이곳에 몇 년 동안 머물면서 이 지방의 인심을 관찰해 보니, 윤겸이 바야흐로 고을을 다스릴 때에 자못 완악하고 사나운 일이 벌어져 때때로 욕하고 헐뜯는 말이 들려왔다. 만약 하루아침에 체직되어 떠난다면 분명 적지 않은 모욕을 당할 것이다. 내년 봄쯤 체직되기 전에 늙은 어머니를 모시고서 내가 먼저 다른 곳으로 옮길 생각인데, 세상일이 이와 같으니 기약할 수 없을 것이다. 윤겸은 성품이 본래 지나치게 너그럽고 느긋하며 또 잘 잊어버려서, 비록 하리에게 일러주어도 하리가 본래 두려워하지 않고 명령을 따르지 않기 때문에 이러한 병통이 생긴 것이다.

내가 이미 그의 문제를 알면서도 차마 하루아침의 식량난을 참지 못하고 감해 주어서는 안 될 일을 억지로 시켜서 결국 노파에게 믿음을 잃고 욕을 당한 것이 매우 많으니, 뉘우치고 한탄한들 어찌하겠는가. 지금부터는 경계할 바를 알았으니, 구차한 일은 하지 않을 것이다. 오늘 계집종 옥춘이 현에 들어가기에, 언신이 바치지 못한 수미 1말 6되를 마련해 보내서 관에 바치게 하여 아예 후환을 끊어 버렸다. 옥춘이 자기 딸 향비의 종기가 심해졌다는 소식을 듣고서 가서 보기를 간절히 바라기에, 김담에게 소에 태우게 하여 들여보낸 것이다.

◎ ─ 8월 17일

저녁에 김담이 돌아왔다. 편지를 보니, 그의 수미는 이미 감해 주었는데 가미(加米)*를 바치지 않았기 때문에 독촉한 것이라며 보낸 쌀을 되돌려 보냈다. 또 전미(田米) 5말을 더 보내왔는데, 그중 1말은 언명의 집에 보내라고 했다. 가을보리 종자 1섬과 밀 5말도 보내왔다. 종자로 쓸 생각이다.

들으니, 향비의 종기에서 고름이 멈추지 않고 다른 곳까지 부어 증세가 가볍지 않다고 한다. 몹시 걱정스럽다. 또 들으니, 이지사(李知事)의 첩의 딸을 어제서야 데려왔는데, 우계의 장례가 19일로 미루어졌기 때문에 아직 보지 못했다고 한다. 또 들으니, 소근전의 콩을 누가 몰래 꺾어 갔는데 그 양이 많다고 한다. 분명 근처 사람들의 소행일 것이다.

....

* 가미(加米): 가정미(加定米). 일정한 세율에 의하여 부과 징수하는 조세 이외에 별도로 징수하는 미곡이다.

몹시 괘씸하다.

◎ ─ 8월 18일

효립의 첫돌이다. 생원(오윤해)의 처자가 술과 떡을 마련해 가지고
왔다. 효립 앞에 장난감을 늘어놓고 먼저 무엇을 잡는지 구경했다. 최
충운이 와서 보고 돌아갔다.

◎ ─ 8월 19일

요새 반찬이 없어서 아침저녁으로 시래기나물만을 어머니께 올린
다. 안타깝다.

◎ ─ 8월 20일

언신과 언방 등이 군량을 싣고 경상도에 갔다가 오늘 비로소 돌아
왔다. 돌아올 때 현에 들러서 편지를 받아 가지고 왔다. 어린 꿩 2마리
도 보내왔다. 어제부터 비가 내리기도 하고 날이 개기도 하면서 연일
비가 그치지 않는다.

저물녘에 생원(오윤해)이 들어왔다. 내가 편치 못하다는 소식을 잘
못 듣고서 뜻밖에 덕노를 데리고 급히 온 것이다. 덕노는 가지고 갔던
소를 팔아서 은 7냥을 받았고, 이어 말을 샀는데 역시 7냥을 들였다. 그
말을 살펴보니, 나이는 8, 9세가 되었는데 잘 걷고 뒷다리에 병이 있지
만 심하지는 않다. 만약 잘 길러서 부리면 4, 5년은 버틸 수 있겠다. 남
고성의 편지와 누이의 편지를 보니, 모두 잘 지내고 있다고 한다. 생원
(오윤해)은 팔뚝에 난 종기 때문에 죽산에 가서 성묘하지 못했다고 한

다. 광노는 집에 있던 표범 가죽 1장을 은 2냥 3돈을 받고 팔았고 1장
은 아직 팔지 못했다고 한다.

◎ ─ 8월 21일

김언춘이 와서 동과 1개를 바쳤다. 경이도 동과 1개와 차조 1말을
가지고 왔다. 그는 바로 김억수의 아우이다. 어살에 걸린 민물고기는
지난밤에 모두 훔쳐 갔다. 게다가 엮은 발도 망가뜨려서 더 이상 잡지
못하게 만들었다. 분명 나를 미워하는 자의 소행일 것이다. 매우 괘씸
하지만 어찌하겠는가.

◎ ─ 8월 22일

덕노가 말을 끌고 현에 들어갔다. 그길로 그 어미와 향비를 데리고
한양에 가서 향비의 병든 곳을 치료하게 했다. 들으니, 광주의 묘소 아
래에 사는 문억(文億)이 부스럼을 잘 고치는데 지금도 여전히 살아 있
다고 한다. 덕노를 통해 추석 묘제 때 나의 말을 전하게 했더니 보내 주
면 최선을 다해 부스럼을 치료하겠다고 했다기에 보낸 것이다. 꿀 2되
와 포목 1단을 보내어 약값으로 쓰도록 했다. 다만 향비의 증세가 위중
하다고 하니, 한양까지 가지 못할까 걱정스럽다.

◎ ─ 8월 23일

이틀 밤 내내 찬이슬이 내리고 아침 기운이 매우 차가운데, 위아래
사람들이 모두 옷이 얇아 겨울 추위를 막을 대책이 없다. 답답하다. 어
떤 사람은 된서리라고 하는데, 만약 이로 인해 참서리가 계속 내린다면

메밀이 아마도 여물지 못할 것이다. 지난밤에 잠이 안 와서 마음속으로 온갖 생각을 하다가 갑자기 죽은 딸이 평소 놀던 일을 추억하니 눈에 그 모습이 선하여 나도 모르게 눈물을 흘렸다. 잠자리에서 일어나 앉아서 몰래 흐느끼다가 닭이 세 번 울고 나서야 그쳤다. 희미한 꿈속에서나마 한번 보고 싶은데 이 또한 되지 않으니, 더욱 슬프고 애통하다.

◎ ─ 8월 24일

새 방의 온돌을 수리했는데 끝내지 못했다. 저녁에 관아의 사내종 세만이 양식을 싣고 왔다. 백미 1말, 중미 5말, 전미(田米) 10말, 보리쌀 3말, 대구 5마리, 어린 꿩 2마리를 보내왔다. 함열 현감도 어제 한양에서 돌아와서 역시 편지를 전했는데, 가까운 시일 내에 서쪽으로 돌아갈 때 들러 뵙겠다고 했다. 신상례도 편지를 보내 안부를 물어 주었다. 매우 감사하다.

◎ ─ 8월 25일

느지막이 따분해서 지팡이를 짚고 앞들을 천천히 거닐며 메밀을 살펴보았다. 연이어 된서리를 맞았지만 상하지 않았고 아랫대가 모두 실했다. 싹 끝이 여물지 않은 것도 있지만, 5, 6일 뒤면 곡식이 여물지 않는 근심은 없을 것이다.

◎ ─ 8월 26일

들으니, 평강(오윤겸)이 모레 즈음에 와서 뵙겠다고 했다. 오늘 새 방을 수리하고자 했는데 목공이 오지 않았다. 아쉽다.

◎ ─ 8월 27일

박번(朴番)의 밭을 갈고 가을보리 4말을 뿌렸다. 반나절갈이 밭이다. 조인손의 밭으로 옮겨 가서 갈고 보리 10말을 뿌렸다. 아침 식사 뒤에 아우 및 두 아이와 함께 경작하는 보리밭에 가서 보았다. 이어 그물을 쳐서 물고기 20여 마리를 잡았다. 생원(오윤해)도 낚시질하여 9마리를 잡았다.

저녁에 함열 현감이 현에서 왔다. 봉산으로 가는 길에 이곳에 들러 묵으려는 것이다. 이여실도 함께 와서 중당(中堂)에 빙 둘러앉아 이야기를 나누다가 밤이 깊어서야 파하고 잠들었다. 또 평강(오윤겸)의 편지를 보니, 오늘 함열 현감과 함께 오려고 했지만 어제저녁에 군대를 내라는 순찰사의 전령이 현에 도착하는 대로 패자를 발부하여 군사를 모아 모레쯤 직접 거느리고 원주의 순찰사가 주둔하는 곳에 가서 교부한 뒤에 돌아오라고 하여 일의 형편이 촉박하고 기일에 맞추어 서둘러 가야 하므로 와서 뵙지 못한다고 한다.

전에 들으니, 두 대장은 경상도에서 한양으로 와서 형군문의 명령을 받은 뒤에 즉시 도로 내려갔다고 한다. 생각건대, 분명 오래지 않아 가서 흉악한 왜적을 토벌할 것이다. 한 나라의 성패가 이 한 번의 전투에 달렸다. 하늘도 분명 재앙을 내린 일을 뉘우치고 우리 백성을 구해 주시리라.

◎ ─ 8월 28일

함열 현감은 이른 아침에 봉산으로 떠났다. 하루 더 머물도록 억지로 붙잡았는데, 집에 부득이한 일이 있어 바빠서 머물 수 없다고 한다.

행색이 몹시 바빠서 만났는데도 못 본 것 같다. 슬퍼하고 한탄한들 무엇하겠는가. 편지를 써서 딸에게 전하게 했다. 이여실도 함열 현감과 함께 이천으로 돌아가겠다는 것을 억지로 만류했다. 오랫동안 만나지 못한 회포를 풀기 위해서이다. 어제는 후임의 첫돌이었다.

◎ ― 8월 29일

여실이 오늘도 머물렀다. 들으니, 평강(오윤겸)이 새벽에 군대를 이끌고 출발했다고 한다. 느지막이 여실과 아우, 두 아이들과 함께 걸어서 앞 냇물의 깊은 곳에 가서 한참 동안 구경했다. 돌아올 때 메밀밭을 보았더니 메밀이 모두 익어서, 이제 서리가 내리더라도 더 이상 걱정할 것이 없겠다.

9월 큰달 -8일 한로, 23일 상강-

◎ ─ 9월 1일

이른 아침에 여실이 이천으로 돌아갔다. 집에 줄 만한 물건이 없
어서 아무것도 주어서 보내지 못했다. 한탄한들 어찌하겠는가. 목공이
새 방의 수리를 마친 뒤에 또 베틀을 만들었다. 김억수가 키우는 좋은
길들인 매가 이제 한창 잘 길들여졌는데, 경상도의 군량을 운반하는
일 때문에 어쩔 수 없이 매를 팔아 자금으로 삼기 위해 오늘 팔에 앉혀
갔다. 아깝다.

◎ ─ 9월 2일

춘금이가 지난달 초에 예초군을 대신 서는 일로 한양에 올라갔다
가 일이 끝난 뒤 지금 비로소 돌아왔다. 올 때 현에 들러 양식을 싣고
돌아왔다. 중미 5말, 전미(田米) 10말, 소주 2병, 송어 1마리, 대구 1마리,
오는 8일 기제사에 쓸 햇백미 1말, 꿀 1되, 기름 6홉, 햇잣 1말, 개암 2

되, 석이 5되, 메밀 1말이다. 김언보의 밭을 갈고 밀 4말을 뿌렸다.

◎ ─ 9월 3일

지난밤 꿈에 목천 최경선을 보았는데 예전과 다름없는 모습이었다. 깨고 나니 슬프고 가련하여 견딜 수가 없다. 이인방의 밭과 김억수의 밭의 조를 베어 펴서 말렸다. 오후에 아우 및 두 아이와 함께 걸어가서 보고, 이어서 그물로 물고기를 잡고 돌아왔다.

◎ ─ 9월 4일

관에서 만든 배를 흘려보내는 일 때문에 여러 절의 승군(僧軍)이 배를 끌어내렸다. 그런데 물이 줄고 여울이 얕아서 조금씩 끌어내려 사흘 만에 비로소 동대 아래에 이르렀다. 그런데 이 아래에는 험한 여울이 많아서 억지로 끌어내리면 분명 배 밑바닥에 구멍이 날 것이므로 매우 걱정된다고 한다. 그러나 방백(관찰사)의 명령이 하도 급해서 멈출 수도 없는 형편이라고 한다. 부석사의 중 법희와 장고사의 중 의현이 와서 보기에, 점심밥을 대접해 보냈다. 배를 끌어내리는 일로 여기에 온 것이다.

김언보가 와서 빙어 12마리를 바쳤다. 큰 것은 거의 반 자 남짓 되었다. 소주 두 잔을 대접하여 보냈다. 요즘 반찬이 없어서 어머니를 봉양하는 데 답답하던 차에 이처럼 큰 물고기를 얻어 며칠 동안 드릴 수 있게 되었다. 지극한 기쁨을 어찌 말로 다 할 수 있겠는가.

◎ ― 9월 5일

인아가 앞 냇물에 그물을 쳐서 물고기 백여 마리를 잡아 저녁때 탕을 끓여 함께 먹었다. 큰 것 20여 마리를 골라 편으로 만들어 말렸다. 이 면의 색장이 올 때 장무가 쌀 1말, 꿀 1되, 기름 5홉 등을 보내왔다.

◎ ― 9월 6일

전해 들으니, 평강(오윤겸)이 이번에 운량차사원(運糧差使員)이 되었기 때문에 곧장 관아로 돌아오지 않고 춘천부(春川府)에 머물며 군량을 운반하는 군인이 그곳에 도착하기를 기다린 뒤에 일을 마치고 돌아온다고 한다. 그렇게 되면 20일 이후에나 돌아올 것이다.

부석사의 중이 두부를 만들어 가지고 왔다. 저번에 콩을 보내서 만들어 보내게 했기 때문이다. 모레 장모의 기제사를 우리 집에서 지내야 하는데, 그때 쓰려고 한다.

초여름부터 병아리를 키우기 위해 기르던 고양이를 부석사에 보냈는데, 그 뒤에 집 안에 쥐들이 들끓어서 집에 저장해 둔 것 중에 온전한 물건이 없다. 분통이 터져 참을 수가 없다. 위아래 사람들의 방 안에 쥐덫을 놓자 날마다 4마리 혹은 3마리 혹은 2마리가 덫에 걸렸는데, 이제 그 수를 계산해 보니 56마리이다. 요즘에는 덫에 걸리지 않으니, 분명 모두 죽고 남아 있는 것이 거의 없기 때문일 게다. 민시중이 현에서 돌아왔다. 관아 내에서 게젓과 소고기 포를 보냈다.

◎ ― 9월 7일

현의 장무가 꿩 1마리, 닭 1마리, 중간 크기의 붕어 8마리와 내일 제사에 쓸 전, 약과 4되, 차림 음식을 보내왔다. 요새 겨를이 없어서 지난번에 널어 말린 조를 지금까지 묶지 못했는데, 비가 올 조짐이 있어 걱정스럽다.

◎ ─ 9월 8일

새벽에 제사를 지냈다. 나는 두 다리에 종기가 나서 다리를 굽혔다 펴지 못했다. 인아도 마침 곽란 증세가 있어서 밤새 구토하여 제사에 참여하지 못했다. 생원(오윤해)이 홀로 둘째 딸과 함께 지냈다. 새벽부터 비가 내리는데다 바람도 불어 조를 묶지 못하고 벼를 널어놓지 못했다. 안타깝지만 어찌하겠는가.

후임의 왼쪽 팔뚝 중간쯤에 종기가 났는데, 크기가 달걀만 하고 색은 붉다. 여러 날 괴로워했는데, 오늘밤에는 밤새도록 울음을 그치지 않아 그 어미가 안거나 등에 업어서 밤을 지새웠다. 아침에서야 화침(火鍼)을 맞고 조금 나아졌는데, 흰 고름이 여전히 시원하게 나오지 않았다.

◎ ─ 9월 9일

오늘은 바로 가절(佳節, 중양절)이다. 술과 떡을 장만하고 닭 2마리를 잡아 찬으로 만들어 신주 앞에 제사를 지낸 다음 죽은 딸의 제사도 지냈다. 느지막이 현의 장무가 술 6병, 떡을 찔 쌀가루 1말 3되, 찹쌀가루 2되, 꿩 1마리, 꿀 1되, 기름 5홉을 보내왔다. 관아의 사내종과 계집종 2명이 가지고 왔는데, 떡을 만들러 가 보아야 한다고 하기에 가져온 물건만 들여놓고 곧장 돌아가게 했다.

저녁에 덕노가 들어왔다. 들으니, 향비의 병세가 여전하다고 한다. 한양에서 하루를 머물고 곧장 광주 토당 산소 아래에 싣고 가서 병을 치료하게 했다고 한다. 그곳에 사는 문억이라는 자가 부스럼을 잘 고치기 때문에 그곳에 보내어 침으로 종기를 터뜨리고 약을 먹게 하려는 것이다. 돌아갈 때 포목 1필 반과 꿀 2되를 부쳐 보냈다. 약값으로 쓰게 하려는 것이다.

평강(오윤겸)이 어젯밤에 비를 무릅쓰고 관에 돌아왔다. 편지를 보니, 오늘 또 운량차사원이 되었기 때문에 풍기(豊基)로 가야 하는데 만일 4, 5일 늦출 수 있다면 와서 뵌 뒤에 떠나고 그전에 가기를 재촉한다면 형편상 오지 못할 것이라고 한다. 방백(관찰사)이 임무를 맡겨 파견하는 것이 고르지 못해서, 안협 현감 류담과 평강(오윤겸)은 두 번 차출해 보내고 이천 현감과 철원 부사는 한 번도 보내지 않았다. 바로 재상의 자제*이기 때문이다. 어찌 독현(獨賢)의 탄식*이 없을 수 있겠는가. 몹시 한탄스럽다. 또 덕노에게 들으니, 말이 명나라 군사의 쇄마로 붙잡혀 가서 짐을 싣고 양지현(陽智縣)까지 갔다가 밤중에 몰래 도망을 오느라 이렇게 지체되었다고 한다.

김담과 춘금이에게 매를 잡을 그물을 두 곳에 쳐 두고 닭을 매어 놓게 했다. 후임의 팔뚝에 났던 종기가 이제 나아 간다. 기쁘다. 또 들

....

* 　재상의 자제: 철원 부사 윤방(尹昉)의 아버지는 당시 좌의정 윤두수였다.
* 　독현(獨賢)의 탄식: 홀로 나랏일에 고생함을 뜻한다. 《시경(詩經)》〈소아(小雅)·북산(北山)〉에 "넓은 하늘 아래가 모두 임금의 땅이요, 해내(海內)가 모두 신하 아닌 이 없건마는, 대부의 일 처리가 균등치 못한지라 나만 종사하게 하여 홀로 어질다[溥天之下 莫非王土 率土之濱 莫非王臣 大夫不均 我從事獨賢]."라고 했다.

으니, 평강(오윤겸)이 지난번에 지평(持平) 부망(副望)*에 올랐다가 낙점을 받지 못했다고 한다. 그렇다면 머지않아 관직의 이동이 있을 것이니, 우리 집의 일이 매우 염려스럽다.

◎ ― 9월 10일

온 집안 사람에게 직동의 들깨를 베고 타작하여 거두게 했는데, 낫질하여 얻은 깨가 10말이다. 오후에 직접 가서 보았다. 김억수가 매를 팔에 앉혀 돌아왔다. 평강(오윤겸)을 중도에 만났는데 바로 짐 1바리를 덜어 주면서 돌아가서 이 매를 잘 길들여 날려서 노모를 봉양하게 하라고 했다고 한다.

◎ ― 9월 11일

온 집안의 노비 5명에게 전풍 밭의 조를 베어서 널어 말리게 했는데, 끝내지 못했다. 느지막이 내가 직접 가서 조 베는 것을 감독했다. 조인손과 박언수가 머루를 따와서 각각 1광주리씩 바쳤다.

◎ ― 9월 12일

지난밤에 큰 호랑이가 개를 물어 가려고 엿보며 은개의 방 밖의 문을 밀치기도 하고 물어뜯기도 하자 은개가 호랑이가 온 것을 알아차리고 소리를 질러 쫓아냈는데, 호랑이가 달아나는 소리에 땅이 흔들렸다.

....

* 부망(副望): 관직 제수, 시호, 능호(陵號) 등의 결정을 위하여 그 후보 또는 안을 올릴 때 두 번째로 적힌 후보 또는 안을 말한다.

그런데 개들이 모두 집 안에 들어와서 밖에 나가지 않았기 때문에 물어 가지 못했다. 분명 밤마다 와서 엿볼 것이다.

온 집안의 노비들에게 지난날 널어놓은 두 밭의 조를 먼저 거두어 묶게 한 뒤에 어제 다 베지 못한 조를 베게 했다. 이인방의 밭에서 조 220뭇, 김억수의 밭에서 차조 153뭇과 반직(半稷) 80뭇이 나왔다. 말지의 밭에서 들깨를 베어 털었더니 4말 3되가 나왔는데, 1말은 언명의 집에 주었다.

저녁에 현의 사람이 왔다. 평강(오윤겸)의 편지를 보니, 내일 와서 뵌 뒤에 경상도로 가겠다고 한다. 백미 2말, 중미 3말, 전미(田米) 10말, 꿀 3되, 잣 1말, 밀가루 1말, 소금 2말, 누룩 3덩어리를 실어 보내왔다. 직동 밭의 들깨를 다시 털었더니 3말이 나왔고, 말지의 밭에서는 1말이 나왔다.

◎ ─ 9월 13일

온 집안의 노비에게 김광헌 밭의 조를 베어 널게 하고 인아에게 가서 보게 했다. 저녁에 평강(오윤겸)이 왔다. 못 본 지 지금 몇 달이 되었으니 모두 관아의 일 때문이다. 비록 보기는 했지만 내일 관에 돌아갔다가 곧바로 또 경상도로 떠나야 하니 서운하고 아쉬움을 이기지 못하겠다. 소주 4병, 백미 1말, 날꿩 2마리, 포도정과 1항아리를 가지고 왔다.

◎ ─ 9월 14일

평강(오윤겸)이 아침 식사 뒤에 관아로 돌아갔다. 최판관이 와서 보기에 아침밥을 대접해 보냈다. 김명세와 김린이 와서 보기에 소주를 대접하여 보냈다. 온 집안 사람에게 관둔전 두 곳의 조를 베어 넣게 했다. 저녁에는 날이 흐려지더니 비가 내렸다.

◎ ─ 9월 15일

새벽부터 천둥이 치고 비가 많이 내리더니 아침이 되어서야 비로소 그쳤다. 지난날에 넣어놓은 조를 채 묶기도 전에 비를 만났으니 안타깝다. 조인손 등에게 여섯 곳에 어소를 담가 놓게 했다.

◎ ─ 9월 16일

온 집안의 노비에게 메밀을 베어 넣게 했는데, 끝내지 못했다. 오후에 아우와 함께 걸어가서 보았다.

저녁에 생원 권학이 토산의 거처에서 찾아왔다. 내가 난리를 피해 임천에 가 있을 때 권학도 그곳에 있어서 몇 년 동안 멀지 않은 곳에 함께 살면서 매번 서로 찾아가고 매우 친하게 지냈는데, 지난해 가을에 재차 난리를 만나 토산으로 피난했다. 그런데 지금 갑자기 만나니, 기쁘고 위로됨을 어찌 말로 다 할 수 있겠는가. 함께 격조했던 회포를 풀다가 밤이 깊어서야 잠자리에 들었다. 다만 집에 술과 안주가 없어서 위로할 수가 없으니, 매우 안타깝다.

춘이가 오는 편에 평강(오윤겸)의 편지를 받아 왔기에 보니, 오늘 비로소 경상도로 떠난다고 한다.

◎ ─ 9월 17일

어제 다 베지 못한 메밀을 베어 널었다. 권경명(權景鳴, 권학)이 일 때문에 머물러 있었다. 식사한 뒤에 아우 및 두 아이와 함께 권학을 불러 동대에 가서 한참 동안 앉아서 구경하다가 돌아왔는데, 권학의 감탄이 끊이지 않았다. 생원(오윤해)의 양모가 저녁밥을 지어 권학을 대접했다. 그녀의 사촌 조카이기 때문이다. 언신이 와서 팥 3말을 바쳤다. 내 궁핍한 사정을 들었기 때문이다.

◎ ─ 9월 18일

권경명이 오늘도 머물렀다. 포목 3필로 꿀을 사서 겨울을 보낼 밑천을 만들고자 하여 사내종을 북면에 보냈는데 돌아오지 않았기 때문이다.

김광헌과 전풍 밭의 조를 거두어 묶었는데, 김광헌 밭의 조는 265뭇이고 전풍 밭의 조는 378뭇이다. 오후에 직접 가서 보고 돌아왔다. 저녁밥은 또 생원(오윤해)의 양모가 지어서 권공(權公)을 대접했다.

◎ ─ 9월 19일

권경명이 토산으로 돌아갔다. 저녁에 꿀 3통을 땄다. 바로 올해 생산된 것이다. 꿀이 1말 7되인데, 모두 덕노에게 주어 목화를 사게 했다.

존광의 들과 관둔전 두 곳을 수확하여 타작했다. 한 곳에서는 반직(半稷)이 전섬으로 1섬 12말이고, 다른 한 곳에서는 직(稷)이 전섬으로 1섬 14말이다. 언명의 집에 8말, 생원(오윤해)의 집에 2말을 주었다.

◎ ― 9월 20일

덕노가 목화를 반동하는 일로 길을 떠나 충청도로 가겠다고 했다. 꿀 1말 7되와 포목 반 필을 주어 밑천으로 삼게 했다. 다만 절기가 늦어 여의치 않을까 걱정된다. 수이와 상의하고 갔다.

집사람이 20일 전부터 기운이 편치 않다. 비록 크게 아픈 것은 아니지만 밤이면 뒤척이며 끙끙 앓고 먹고 마시는 것이 크게 준 지 지금 10여 일이 되었는데도 아직 낫지 않는다. 염려스럽다.

◎ ― 9월 21일

어제 두(豆) 수확을 마치지 못했는데, 오늘은 비가 내려 다 거두지 못했다. 언신과 김담이 모두 휴가를 얻어 돌아갔다. 가을에 수확하는 일이 날로 시급한데 집안에 부릴 만한 건장한 사내종이 없어 지체되는 일이 많다. 지난날 널어놓은 메밀을 아직도 거두어 묶지 못했는데, 지금 또 비를 만나 며칠 내에 거두어 묶을 수 없는 형편이다. 안타깝다. 울섶을 아직도 베어 오지 못했는데, 날은 점점 추워진다. 더욱 염려스럽다.

◎ ― 9월 22일

참서리가 처음 내렸다. 지붕의 기와가 모두 하얗고 도랑물이 얼었으며 찬 기운이 매섭다. 저녁에 현의 사람이 양식을 가지고 왔다. 백미 5말, 기장쌀 5말, 벼 1섬, 봄 고등어 30마리를 실어 왔다. 고등어는 여름을 지낸 물건이라 썩은 냄새가 나고 구더기가 생겼다. 하지만 오랫동안 소식만 먹은 터라 구워서 먹었더니 좋은 고기처럼 맛있어서 맛이 변한 줄도 몰랐다. 안타깝다.

온 집안의 노비들에게 언보 밭과 언신 밭의 팥을 거두게 했는데, 타작하지 못하고 밭에 쌓아 두었다.

◎ ─ 9월 23일

현의 아전 전인기(소仁己)가 왔다. 중금의 밭을 감수(監收)하는 일로 부른 것이니, 밭이 있는 곳을 가르쳐 주어 보냈다. 또 생원(오윤해)에게 언신을 데리고 직접 가서 밭의 많고 적음과 곡식이 여물었는지의 여부를 살펴보게 한 다음 직접 인기에게 알려 주어 타작을 감독하게 했다.

전에 널어놓은 메밀을 이제야 거두어 밭 가운데 여섯 곳에 쌓아 놓았다. 그 뒤에 관둔전으로 옮겨 가서 두(豆)를 뽑았는데, 끝내지 못했다.

◎ ─ 9월 24일

김언보의 밭과 언신의 밭의 팥을 거두어 타작했더니, 팥이 평섬으로 3섬 4말이 나왔다. 식사한 뒤에 언명 및 두 아이와 함께 직접 가서 타작하는 것을 감독했다. 현의 사람이 소금 2말을 가지고 들어왔다. 김장할 때 쓰기 위해서이다.

◎ ─ 9월 25일

흰옷을 쓴 여인이 말을 타고 곡하면서 집 앞을 지나갔는데, 내가 마침 목화밭에 갔다가 보았다. 총각머리를 한 사내아이가 와서, "소인은 작고한 참판 민기문(閔起文)*의 서손(庶孫)으로 아비 민달(閔達)은 지난해에 죽고 어머니를 모시고 피난하여 삼척 땅에 가서 살다가 지금 황해도로 돌아가는 길인데 양식과 반찬이 떨어져서 길가에서 빌어먹고 있다"고 말했다. 이 말을 듣고 측은한 마음을 이기지 못하여 쌀과 간장을 주어 보냈다. 생원(오윤해)이 두전(豆田)을 거두어 타작했더니, 평섬으로 2섬 6말이 나왔다. 그런데 언명의 밭에서는 겨우 6말이 나왔다고 하니 안타깝다.

◎ — 9월 26일

윤겸의 처가 와서 뵙고자 하는데 데리고 올 사람이 없어서 이른 아침에 인아가 현에 들어갔다. 섶을 베어다가 앞쪽에 울타리를 둘렀는데, 남은 곳은 아직 두르지 못했다. 섶이 부족했기 때문이다. 동풍이 종일 부니 분명 비가 올 조짐이다. 수확하지 못한 태두전(太豆田)이 많다. 전에 쌓아 둔 이인방 밭의 조는 평평하고 너른 곳에 쌓아 놓았는데 빗물이 새는 바람에 썩고 싹이 났다. 내일 타작하려고 하는데, 비가 오면 타작하지 못하여 못쓰게 될 것이다. 몹시 안타깝다.

◎ — 9월 27일

새벽부터 비가 내리더니 느지막이 그쳤다. 날이 흐리고 바람이 불어 일을 할 수가 없었다. 매 그물을 친 곳에 닭을 매어 두었는데 어떤 사람이 훔쳐 갔다. 매우 분하다.

저물녘에 현의 사람이 왔다. 윤겸의 처가 비 때문에 출발하지 못하고 내일 오기로 했단다. 백미 5말, 국수와 떡 각 1상자, 대구 2마리, 날

─────

* 민기문(閔起文): 1511~1574. 홍문관 전한, 직제학, 우부승지 등을 지냈다.

꿩 2마리, 석이 3말, 참기름 1되, 잣 1되, 청주 10병을 먼저 보내왔다. 억수가 길들인 매를 오늘 처음 날려서 장끼 2마리를 잡았다.

◎ ─ 9월 28일

일가의 세 사람에게 이인방 밭의 조를 타작하여 거두게 했더니, 흰 조가 전섬으로 5섬 1말 나왔다. 느지막이 언명과 함께 걸어가 보았는데, 바로 박문재의 집 앞이었다. 문재가 닭을 잡고 밥을 지어 대접해 주었다. 저물녘이 되어서야 돌아왔다.

윤겸의 처가 세 자녀를 데리고 왔다. 승업을 보니 우람하고 살집이 올라 마치 돌 지난 아이 같고 눈을 맞추면 소리 내어 웃는다. 매우 사랑스럽다. 전미(田米) 1섬을 가지고 왔다. 양식으로 쓰게 하기 위해서이다.

◎ ─ 9월 29일

윤겸의 처가 데리고 온 아랫사람들을 모두 돌려보냈다. 5, 6일쯤 머물 것이기 때문이다. 전인기가 중금의 밭에서 난 곡식 중에 반직(半稷) 13말, 흰 조 2말, 차조 2말 3되, 녹두 7말 5되를 먼저 실어 왔다. 다만 김현복 밭의 조가 3백여 뭇이니 모두 3섬은 나올 수 있을 것이라고 했는데 1섬만 보냈다. 나머지를 자기가 쓰지 않았다면 분명 대부분 도둑맞은 것이리라. 괘씸하고 얄밉다.

◎ ─ 9월 30일

새벽부터 비가 내리더니 아침에 비로소 그쳤다. 날이 흐리고 바람이 불며 매우 따뜻했기 때문에 새 집의 벽을 바르게 했고, 또 방의 구들에 흙을 바르게 했다. 기러기 1마리가 날다가 앞 냇가에 떨어져서 첨벙거리며 날아가지 못하기에 인아가 활을 쏘아 명중시켜 잡았다. 매우 운이 좋았다. 억수가 길들인 매를 날려 꿩 2마리를 잡았는데, 1마리는 도로 주었다.

10월 작은달 -8일 입동, 23일 소설-

◎ ― 10월 1일

온 집안의 여섯 사람에게 언춘 밭의 콩과 조련 밭의 콩을 거두게 했다. 동(同)을 짓지는 못했다.

◎ ― 10월 2일

온 집안사람에게 어제 거둔 콩을 동을 지어 밭 가운데 쌓아 두게 했다. 일을 마치면 뒷날 실어 올 예정이다. 오후에 직접 가서 보았다. 또 둔전으로 옮겨 가서 두(豆)를 뽑게 하여 끝냈다.

◎ ― 10월 3일

11명에게 이기수 밭의 태(太)와 두(豆)를 거두게 했는데, 날이 저물어 동을 짓지 못했다. 내가 직접 가서 수확을 감독했다. 억수가 매를 날려 잡은 꿩 2마리를 가져왔다.

◎ ― 10월 4일

현의 사람이 제수를 가지고 왔다. 메밀가루 1말, 잣 1되, 호두 1되, 꿀 3되, 대구 2마리, 삼치 1마리, 생파 3뭇을 가지고 왔다. 언신 등에게 어제 거둔 콩을 동을 짓게 하여 7동 중에서 먼저 3동을 들여오게 했다. 내일은 조부의 기일이라 제수를 장만했다.

◎ ― 10월 5일

날이 밝을 무렵에 아우 및 인아와 함께 제사를 지냈다. 생원(오윤해)은 무릎에 작은 종기가 나서 굽히고 펴지 못하기 때문에 참석하지 못했다. 새벽부터 비가 내리고 바람이 불었다. 내일 윤겸의 처가 돌아가려고 하는데, 빗줄기가 멎지 않는다면 갈 수 없을 것이다.

이웃 사람 박언방이 군량을 지고 경상도로 갔다가 이제야 돌아왔다. 그를 통해 들으니, 제천(堤川) 땅에 이르러 도중에 평강(오윤겸)을 만났는데 일행 위아래가 모두 무사히 갔다고 한다. 억수가 매를 날려 잡은 꿩 1마리를 가지고 왔다. 어제 잡은 것이란다. 느지막이 날은 갰지만, 서풍이 종일 거세게 불었다. 이에 일을 하지 못했다.

억수가 매를 날려 꿩 2마리를 잡았는데, 1마리는 가져오고 1마리는 매의 먹이로 주었다. 저녁에 관아의 사내종 갯지가 사람과 말을 데리고 왔다. 바로 내일 윤겸의 처를 모시고 현으로 돌아가기 위해서이다. 콩 10말, 백미 3말, 소금 5말, 방어 1마리, 전어 10마리, 은어 7마리, 생전복 50개, 대구알꼬지[大口卵古之] 등의 물건을 싣고 왔다. 어물은 영동에서 구해 온 것이라고 한다.

◎ ─ 10월 6일

바람이 불고 눈이 날리다가 식사한 뒤에 날이 개어 윤겸의 처가 돌아갔다. 인아가 모시고 갔다가 도중에 돌아왔다.

현의 아전이 도망친 군사 전풍을 체포하는 일로 새벽에 와서 전풍의 집을 포위했는데, 그가 미리 알아채고 달아났기 때문에 잡지 못하고 그의 삼촌 전귀실을 잡아갔다고 한다. 한 사람이 도망가서 한집안의 부모와 처자식이 모두 보존되지 못했다. 이처럼 매서운 추위에 타향으로 뿔뿔이 흩어져 수풀에 숨어 엎드리고 있을 것을 생각하니 처지가 몹시 딱하다. 평소 서로 가까이 알고 지내던 사람이라 더욱 안타깝다. 그 아비는 군량을 지고 경상도로 가서 아직 돌아오지 않았다.

◎ ─ 10월 7일

이기수 밭의 두(豆)를 타작했는데 때마침 바람이 불고 추운 탓에 모두 타작하여 거두지 못했다. 평섬으로 겨우 1섬 10말이 나왔다. 그 나머지는 마당 안에 쌓아 두고 돌아왔다. 내가 가서 보았다.

길에서 최진운을 만났는데 그가 이르기를, "지금 좌수 채세번을 보았습니다. 그의 아들 언준(彦俊)이 이제 내시부 승전색(承傳色)이 되었는데 그 아비에게 편지를 보내 하는 말이, 유제독이 명나라 군사 2만 명과 우리 군사 1만 명을 거느리고 순천(順天)의 왜적에게 진격하여 한창 성을 포위하고 있으며 동도독(董都督)은 진주의 왜적을 섬멸하여 우리나라 사람 1백여 명을 쇄환(刷還)했고* 마제독은 바야흐로 울산 도산

....

* 　동도독(董都督)은……쇄환(刷還)했고: 동도독은 동일원(董一元)이다.《국역 선조실록》31년

의 왜적을 포위했으며 주사장(舟師將) 역시 수군을 이끌고 가서 공격하여 사방에서 함께 진격한다고 했답니다."라고 했다. 그 성공과 실패 여부는 아직 확실히 알 수 없지만 하늘이 만일 재앙을 내린 일을 뉘우친다면 분명 승첩을 거둘 수 있을 것이니, 밤낮으로 하늘에 빌 뿐이다. 이 말은 근거 없는 소문이 아니니, 분명 헛된 말이 아닐 것이다. 저녁에 인아가 현에서 돌아왔다.

◎ ─ 10월 8일

앞들에 있는 관둔전에서 수확한 두(豆)를 타작했더니, 평섬으로 1섬 2말이 나왔다. 2말은 언명의 집에 주었다. 아침에 언명이 춘금이를 데리고 황촌에 가서 둔전에서 콩을 타작하는 것을 감독했다.

지난 9월 9일부터 매 그물을 쳐 놓았지만 지금까지 잡지 못했고, 오늘 두 곳에 매어 둔 닭이 모두 죽었다. 요새 일이 많아서 사흘 동안 가 보지 못했으니 분명 굶어 죽은 것이다. 닭을 5마리나 잃고 헛수고만 했다. 안타깝다. 오늘 매 그물을 걷어 오게 했다.

◎ ─ 10월 9일

언명이 돌아왔다. 콩을 평섬으로 2섬 7말 실어 왔는데, 5말은 언명에게 주었다. 바로 학전에서 나온 것으로, 나에게 가져다 쓰게 했기 때문이다. 춘금이 등에게 풀을 엮어 어소 한 곳을 막게 했다. 많이 들어오

....

9월 25일 기사에 "동제독이 지난 20일에 진주로 진격하자 적군이 우마와 기계 따위를 모두 버리고 곤양과 사천 방향으로 도망갔는데, 단지 7급(級)을 참했으며 사로잡혔던 4백여 명을 쇄환하고 한편으로 진주로 들어가서 지키고 한편으로 적을 추격한다고 했습니다."라고 했다.

는 곳을 골라 먼저 막은 것이다.

박문재가 현에서 돌아왔다. 평강(오윤겸)의 편지를 보니, 그저께 저녁에 현에 돌아왔는데 일행이 무사히 다녀왔고 모레 와서 뵙겠다고 한다. 몹시 기쁘다.

◎ ─ 10월 10일

빌린 소와 일가의 소 도합 4마리로 이기수 밭의 콩을 실어 왔다. 또 전에 미처 타작하지 못한 두(豆)를 타작했더니, 평섬으로 1섬 5말이 나왔다. 이전의 소출과 합치면 평섬으로 3섬이다. 처음에는 적어도 7, 8섬을 밑돌지 않게 거둘 수 있으리라고 예상했는데, 모래밭인데다 막 이삭이 나올 시점에 가뭄을 만났기 때문에 이것밖에 안 된다고 한다. 탄식한들 어찌하겠는가. 올해 두(豆)의 소출은 겨우 7섬으로, 설 전에 쓸 양에 불과하다. 내년 봄의 일이 매우 염려스럽다. 만일 지금 준비하여 쌓아 두지 않는다면 종자도 얻을 수 없을 것이다.

◎ ─ 10월 11일

이른 아침에 현에서 사람이 양식을 가지고 왔다. 편지를 보니, 오늘 첩을 데리고 와서 뵙겠다고 한다. 백미 10말, 전미(田米) 10말, 소금 5말, 대구 5마리, 방어 1마리를 부쳐 보냈다. 동쪽 집과 서쪽 집에 조금씩 나누어 보냈다. 역비 중금의 밭을 병작하는 장풍년이 반직(半稷) 13말 5되와 메밀 13말 5되, 김린이 팥 12말 8되를 가져왔다.

저녁에 평강(오윤겸)이 첩을 데리고 왔다. 평강(오윤겸)의 첩을 보니, 그 마음은 어떠한지 모르겠지만 행동거지나 용모와 말씨를 볼 때 분명 어리석고 용렬하지 않을 듯하다. 위안이 된다. 백미 3말과 전미(田米) 5말을 가지고 왔다. 그의 첩은 큰 문어 1마리, 방어 1마리, 생전복, 전어, 엿 등의 물건을 가지고 왔다. 어물은 바로 그 아비 이지사가 지금 간성에 살고 있기 때문에 전에 구해 보낸 것이라고 한다.

주부 김명세가 꿩 1마리, 수박 1개, 달걀 15매를 가져왔다. 함열 현감 집의 사내종 춘억이 봉산에서 왔다. 자방(신응구)의 편지와 딸의 편지를 보니, 모두 아무 탈 없이 지내고 있으나 자방(신응구)의 누이 민주부댁(閔主簿宅)*이 세상을 떠났다고 한다. 진아는 학질을 앓아 몹시 괴로워한 지 이제 여러 달이 되었는데도 아직 떨쳐 내지 못했다고 한다. 매우 걱정스럽다. 딸이 목화 5근, 준치 2마리, 조기 1뭇을 보내왔다.

◎ ─ 10월 12일

평강(오윤겸)의 생일이라 술과 반찬을 장만하여 가지고 왔다. 관인이 이곳에 왔는데, 숙정행과(熟正行果), 국수, 떡 등의 물건을 가져왔다. 술잔을 차례로 돌리다가 파했다. 이은신도 와서 참석했다.

인아의 처가 귀앓이로 몹시 괴로워한 지 여러 날이 되었는데도 낫지 않는다. 몹시 염려스럽다. 토담집과 김치를 묻었다. 오늘은 멀고 가까운 곳에서 찾아온 사람이 많았는데, 집에 술 빚는 항아리가 없어서 술을 빚지 못했기에 대접해서 보내지 못했다. 몹시 안타깝다.

....

* 　민주부댁(閔主簿宅): 군수 민우경(閔宇慶)에게 시집간, 신응구의 둘째 누이이다. 《국역 청음집》 권31 〈동지중추부사신공묘갈명(同知中樞府事申公墓碣銘)〉.

◎ ─ 10월 13일

평강(오윤겸)이 그대로 머물렀다. 느지막이 최판관과 김주부가 와서 보기에, 칼제비를 만들어 대접하고 또 술을 마시게 했다. 최진운 형제도 와서 보고 돌아갔다. 중운이 소금을 얻기를 간절히 원하기에 4되를 주어 보냈다.

저녁에 남쪽으로 내려갔던 군사인, 이 고을 황촌에 사는 백성 박춘이 돌아와서 하는 말이, 마제독이 여러 군대를 이끌고 울산의 전진(戰陣)에 들어가 공격했는데 성이 견고하여 쉽게 치지 못하고 두세 번 진퇴를 반복하다가 끝내 들어가지 못했고 결국 우리 군사가 먼저 무너져서 각기 흩어져 돌아갔다고 한다. 그래서 자기 또한 돌아왔는데 당시 명나라 군사는 아직 물러나지 않았다고 한다. 말의 진위 여부는 확실히 알 수 없지만, 사실이라면 이번에도 소탕하지 못할 것이다. 크게 탄식한들 어찌하겠는가. 새 구들에 흙손질을 했다.

◎ ─ 10월 14일

평강(오윤겸)이 비 때문에 그대로 머물렀다. 염광필이 병작한 백태(白太) 1섬 1말, 상태(常太) 8말, 두(豆) 5말 9되를 가져왔다.

◎ ─ 10월 15일

평강(오윤겸)이 첩을 데리고 현으로 돌아갔다. 사흘을 머물고 돌아간 것이다. 김사동(金士同) 밭의 녹두를 타작했더니 7말이 나왔다. 언명의 집에 반직(牛稷) 14말을 보내 주었다.

밤에 덕노가 왔다. 남매의 편지를 보니, 잘 지낸다고 한다. 남고성의 편지도 왔다. 다만 들으니, 남쪽으로 간 장수들이 퇴각했다고 한다. 그간의 사정은 자세히 알 수 없지만, 물러났다면 분명 공격하기 어려운 일이 있었을 것이다. 하늘의 뜻이 아직도 돌아서지 않은 것인가. 한탄스럽다.

억수의 매가 꿩을 쫓다가 고개를 넘었는데, 날아간 방향을 미처 보지 못했다. 마침 날이 저물어 찾아오지 못했다.

◎ ─ 10월 16일

증조부의 기일이라 아우가 인아를 데리고 제사를 지냈다. 나는 마침 허리 언저리 세 군데에 작은 종기가 나서 닿으면 쑤시고 아프기 때문에 참석하지 못했다. 안타깝다. 김언보가 와서 보고 팥 2말을 바쳤다. 술과 떡을 대접하고 아침밥을 먹여 보냈다.

덕노를 통해 들으니, 향비의 목에 난 종기는 아직도 아물지 않고 고름이 멈추지 않으며 또 다른 곳에 종기 2개가 생겼다고 한다. 증세가 가볍지 않으니, 분명 고칠 수 없으려나 보다.

덕노가 반동한 목화를 가져왔는데, 근으로 헤아려 보니 45근이다. 가지고 간 꿀 1말 7되를 역을 면제받기 위해 아산 관아에 바쳤는데, 관아의 되가 커서 1말 7되의 꿀이 1말 1되로 계산되었고 역을 면제받은 사람에게 꿀 1되 값인 쌀 3말씩을 거두어 들였다고 한다. 온양 장에서 목화로 바꿀 적에 쌀 1말당 목화 1근 반씩을 받았다고 한다. 어머니께 5근을 드리고 언명에게도 5근을 주었다. 인아의 처에게 5근, 생원(오윤해)의 집에 3근을 주니, 모두 18근이다. 남은 것은 27근이다.

광노가 집에 있던 은 1냥 2돈을 중목(中木)* 3필로 바꾸어 보내오고 1돈은 남겨 두었다고 한다. 이 중목을 소로 바꾸는 데 보태 줄 생각이다. 춘금이와 담이 등에게 어제 잃어버린 억수의 매를 힘을 모아 찾게 했는데, 종일토록 찾지 못했다. 애석하다. 오늘 메밀을 타작하려고 했는데 이 일 때문에 하지 못했으니, 더욱 안타깝다.

◎ — 10월 17일

아침부터 비가 내렸다. 비록 많이 내리지는 않았지만 종일 그치지 않아 추녀에 물이 끊이지 않았다. 이 때문에 매를 찾지 못했다. 저녁에 생원(오윤해)의 사내종 안손이 현에서 돌아왔다. 평강(오윤겸)이 무사히 현으로 돌아가서 노루고기와 표주박 2개를 보내왔다. 어머니께도 꿀 2되와 표주박 1개를 보내 드렸다. 어머니께서 이것을 얻고서 몹시 기뻐하시니, 위안이 된다.

◎ — 10월 18일

빗줄기가 밤새도록 그치지 않더니, 아침에도 여전히 비가 내린다. 매는 더 이상 찾을 곳이 없으니, 영영 잃어버린 것이 분명하다. 애석하다. 매우 추워질 때를 기다려 어소에서 물고기를 잡으려고 했는데 춥지도 않고 비가 이처럼 내리니, 분명 물이 불어서 어소가 묻히고 그 안에 들어갔던 물고기도 모두 떠내려가 흩어졌을 것이라고 한다. 이뿐만이 아니다. 남쪽으로 내려간 사졸이 이처럼 찬비를 만났으니, 몹시 추운 날씨로 인해 얼게 된다면 일이 성사되지 못할 것이다. 하늘이 돕지 않

....
* 　중목(中木): 품질이 중간 등급쯤 되는 무명이다.

음이 한결같이 이 지경에 이르렀으니, 한탄한들 어찌하겠는가. 느지막이 비가 비로소 그쳤다.

저녁에 김업산이 현에서 팔에 매를 앉혀 왔다. 바로 평강(오윤겸)이 보낸 것으로, 업산에게 잡역을 면제해 주는 대신 매를 길들여서 날려 꿩을 잡아 이곳에 바치도록 한 것이다. 이 매를 보니, 몸집이 작아 겨우 7치쯤 되지만 생김새가 좋다. 분명 좋은 재주를 지녔을 것이라고 한다. 매의 먹이가 떨어졌다고 하기에 닭을 잡아 보냈다.

◎ — 10월 19일

비가 내린 뒤에도 날이 춥지 않아 꼭 2월 절기 같다. 다만 먼 곳의 물이 몹시 불어 오늘 아침에 비로소 물이 흘러내려와 다리가 거의 잠겼다고 한다.

함열 현감 집의 사내종이 편지를 가지고 오늘 아침에 돌아갔다. 제수는 평강(오윤겸)이 구해 보냈다. 오는 27일이 소상이기 때문이다. 여기에서는 포도정과, 생산삼 11단, 들깨 4말과 자잘한 물건을 모두 한 자루에 넣어서 묶어 보냈다. 햇닭 2마리도 진아에게 보내 주었다. 들으니, 진아가 학질을 앓아 먹지 못하는데 상갓집이라 고기를 먹지 못한다고 한다. 그래서 처음에는 꿩을 잡아 보낼 생각이었으나 매를 잃어버린 뒤에 꿩을 구하는 것이 매우 어려워 닭을 대신 보낸 것이다.

◎ — 10월 20일

지난날 억수가 잃어버린 매가 이웃 사람 박금성(朴錦成)의 매 그물에 우연히 걸렸다. 아침부터 저녁까지 사람들이 알지 못하다가 날이 저문 뒤에야 잡아 왔다. 그런데 꼬리의 깃이 모두 부러지고 두 날개가 그물에 상하여 못쓰게 되어 버렸다. 몹시 아깝다. 매의 먹이로 닭 1마리를 잡아서 주었다. 매를 날려 꿩을 잡을 시기는 아직 멀었고 매 2마리의 먹이는 모두 우리 집에 와서 가져가니, 집에서 기르는 닭을 모조리 잡아먹게 생겼다. 안타깝다.

◎ ― 10월 21일

언신 등에게 섶을 베어다가 동쪽에 울타리를 만들게 했다. 저녁에 비가 내리더니 밤에는 세차게 내렸고 새벽이 되어서야 그쳤다.

◎ ― 10월 22일

메밀을 타작했는데, 아직 끝내지 못했다. 나는 아침부터 기운이 편치 않았다. 분명 감기에 걸린 게다.

◎ ― 10월 23일

나는 어제부터 기운이 편치 않아 밤새도록 뒤척였는데, 속머리가 은근히 아프고 사지가 풀린 듯하며 입맛이 없다. 종일 방에 누워 있었는데, 간혹 땀이 살짝 나기는 했지만 많이 나지는 않았다. 심한 감기가 든 것이리라. 답답하다.

메밀 타작을 마쳤더니 전섬으로 5섬이 나왔다. 중금의 밭을 병작하는 옥동역의 역인 이상이 반직(半稷) 전섬 1섬과 콩 7말을 실어 왔다. 김업산에게 매 먹이로 닭 1마리를 잡아서 주었다. 느지막이 비가 종일 내리더니, 새벽이 되어서도 그치지 않았다. 메밀 5말을 아우의 집에 주었다.

◎ — 10월 24일

밤새 땀을 냈더니 저녁에는 나아졌다. 덕노에게 김치 광을 만들게
했다.

◎ — 10월 25일

현에서 사람이 양식을 싣고 왔다. 백미 5말, 전미(田米) 10말, 꿀 4
되, 기름 1되, 소주 3선, 방어 2마리, 날삼치 1마리, 송어 1마리, 광어 3
마리, 황어 1마리를 가져왔다. 삶은 멧돼지 머리도 보내왔다. 이는 이
은신이 북면에 갔다가 올 때 마침 사나운 호랑이가 멧돼지를 잡아먹고
있는 것을 보고 빼앗아 왔기 때문에 구해 보낸 것이라고 한다. 다만 날
이 오래되어 맛이 변했다고 했는데, 곧장 베어서 먹고 또 소주 한 잔을
들이켰더니 오랫동안 먹지 못한 뒤라 맛이 변한 줄도 모르겠다. 즉시
답장을 써서 보냈다.

박춘이 절편 1상자를 만들어 가지고 왔기에 술을 대접해 보냈다.
김언신과 김담 등이 휴가를 얻어 경상도로 갔다. 군량을 운반하기 위해
서이다. 언명이 경작한 밭의 조를 타작했더니, 전섬으로 1섬이 나왔다.
전에 두(豆) 6말이 나왔으니, 올해 소출은 이것뿐이다. 탄식할 만하다.

◎ — 10월 26일

생원(오윤해)의 처자가 저번에 친정에 문안하러 갔다가 오늘에야
돌아왔다. 식사한 뒤 따분하여 아우와 함께 뒤편 정자에 올라가 관망하
고 돌아왔다. 요즘 날이 봄처럼 따뜻한데다 매번 흐리고 비가 내렸다.
이 때문에 콩을 타작하지 못하고 밭두둑에 쌓아 놓은 지 이미 오래되

어, 닭과 쥐가 파먹은 것이 매우 많고 또 빗물에 젖어서 썩은 부분도 많다. 안타깝다.

◎ ─ 10월 27일

김담이 현에서 돌아왔다. 전에 휴가를 얻어 품삯을 받고 경상도의 운량군(運糧軍)으로 가려고 했는데, 모두 떠난 뒤라 가지 못하고 그냥 돌아온 것이다. 평강(오윤겸)의 편지를 보니, 어사와 도사의 선문이 동시에 도착했는데 하인이 부족하여 맞이하고 이바지하는 일에 미흡한 점이 많을 것이므로 답답하다고 한다. 백미 1말을 보내왔다. 매 그물을 친 곳에 매어 둔 닭을 여우와 살쾡이가 해치고 머리를 잘라 갔다. 안타깝다.

◎ ─ 10월 28일

비가 내린 뒤에 태풍이 크게 불어 내 새 방 지붕에 얹은 이엉을 날려 버렸다. 안타깝다. 억수가 길들인 매가 먹이를 먹지 않은 지 오래되어 오늘 수풀에 놓아 주었다. 아깝다.

◎ ─ 10월 29일

메밀가루와 콩떡을 만들어 농사짓는 일가의 노비들에게 나누어 주었다. 밤새 센 바람이 불고 날이 몹시 추워서 어소를 들어 올려 물고기를 잡게 했는데, 두 곳에서 겨우 4, 5마리가 잡혔다. 분명 먼저 들어간 물고기들이 빗물 때문에 모두 도로 빠져나갔기 때문일 것이다.

11월 큰달 -9일 대설, 25일 동지 -

◎ ─ 11월 1일

어제저녁에 현의 아전이 문안하는 일로 왔다. 편지를 보니, 무사하다고 한다. 다만 매를 구하는 사람이 하루에도 3, 4명이 넘는데 부응해 줄 수 없어서 매우 답답하다고 한다. 날꿩 2마리를 보내왔다. 나는 어제 아침부터 기운이 편치 않고 입맛이 없어서 종일토록 방에 누워 나가지 못했다. 답답하고 걱정스럽다.

어젯밤에 다리가 하얀 개가 죽어 버렸다. 불쌍하다. 지난 병신년(1596년, 선조 29)에 임천에 있을 때 이웃의 강아지를 데려다가 기른 지 이제 3년이 되었는데, 뜻밖에 갑자기 죽어 버렸다. 다만 허리 아래를 쓰지 못하는 것을 보면 분명 사람에게 맞아서 허리가 부러진 것이다. 매우 분통이 터진다.

오늘은 바로 민시중의 아들의 첫돌이라서 떡과 술을 장만하여 가지고 왔는데, 보답할 만한 물건이 없어서 대구 1마리만 주었다. 요즘 바람이 날로 매우 세찬데, 땔감이 없어서 구들이 차다. 답답하다. 일가의 사내종 3명에게 각자 소와 말을 끌고 가서 띠를 베어 오게 했다. 새로 지은 집의 이엉이 전에 불었던 사나운 바람에 모두 날아갔기 때문에 엮어서 얹으려는 것이다.

◎ ─ 11월 2일

어제 인아가 앞 냇물의 어소에 직접 가서 보니 크고 작은 물고기 떼가 무리를 이루어 가득 들어 있었다고 하기에 오늘 아침에 잡게 했는데, 1마리도 남아 있지 않았다. 사람들이 모두 하는 말이 물가에 얼음이 얼면 물고기가 도로 나온다고 했는데, 혹자는 지난밤에 어떤 사람이 분명 물고기가 나오는 구멍에 그물을 치고 몰아서 잡아갔을 거라고 의심했다. 매우 개탄스럽고 아깝다.

평강(오윤겸)이 가는 국수를 만들어 행담(行擔)*에 두둑이 담아 사람에게 지워 보냈다. 즉시 답장을 써서 보냈다.

◎ ─ 11월 3일

김담이 조인손과 손을 바꾸어 일을 보기 위해 현에 들어갔다. 이로 인해 인손이 우리 집에서 일하게 되었다. 띠를 베어 이엉을 얹었다. 전에 사나운 바람에 날아갔기 때문이다.

....

* 행담(行擔): 길 가는 데에 가지고 다니는 작은 상자이다. 흔히 싸리나 버들 따위를 걸어 만든다.

◎ ― 11월 4일

덕노가 현에서 돌아왔다. 평강(오윤겸)이 돼지고기 포 1첩을 보내
왔다.

◎ ― 11월 5일

이기수 밭의 콩을 타작했는데, 끝내지 못했다. 우선 평섬으로 6섬
2말이 나왔는데, 1섬은 생원(오윤해)의 집에 주었다. 말먹이로 쓰게 하
려는 것이다.

◎ ― 11월 6일

어제 다 마치지 못한 콩 타작을 비로소 마쳤다. 평섬으로 2섬 10말
이 나왔다. 어제 소출과 합치면 모두 평섬으로 8섬 12말이다. 3말은 아
우의 집에 주고, 또 일가의 노비들에게 각각 2, 3되씩 나누어 주었다.
며칠 전부터 추위가 몹시 매서운데다 서북풍도 거세게 불어 사람이 추
위의 괴로움을 견디지 못했다. 땔감도 떨어졌는데 베어 올 겨를이 없어
방구들이 몹시 차갑다. 매우 답답하다.

◎ ― 11월 7일

학수(鶴守)가 현에서 돌아왔다. 평강(오윤겸)이 생열목어 10마리를
부쳤기에, 저녁때 탕을 끓여 함께 먹었다. 오랫동안 먹지 못했던 터라
그 맛이 매우 좋았다. 인아가 소근전에 갔다. 중금 밭의 콩을 타작하는
일을 감독하러 간 것이다. 거기서 며칠 머문 뒤에 돌아올 것이다.

◎ — 11월 8일

날이 춥기가 매우 맹렬하고 서풍이 거세게 불었다. 요사이 추위 중에 오늘이 곱절은 심하다.

◎ — 11월 9일

현에서 문안하는 사람이 왔다. 편지를 보니, 윤겸의 처가 학질을 앓아 매우 괴로워한다고 한다. 몹시 염려스럽다. 생은어 3두름, 말린 열목어 15마리, 소금에 절인 전복 30개, 청주 4선, 대구알 4부를 보내왔다. 즉시 술을 데우게 하여 아우와 함께 마셨는데, 속이 매우 따뜻해져서 매서운 추위를 떨칠 수 있었다.

인아가 돌아왔다. 중금의 밭을 타작했더니, 박은종의 것은 총 태(太) 2섬과 두(豆) 6말, 김현복의 것은 총 태(太) 13말, 염광필의 것은 총 태(太) 13말이 나왔다고 한다. 5말은 최참봉의 집에 보내도록 했다.

◎ — 11월 10일

앞들에 있는 관둔전의 볏단을 타작하여 거두었더니, 반직(半稷) 14말이 나왔다. 6말은 동쪽 집에 보냈다. 요즘 동쪽 집에 양식이 떨어졌다고 했기 때문이다. 또 다 타작하지 못한 볏단 1바리는 남겨 두었다고 한다.

이 면에 사는 백성 전의형(全義亨)이라는 자가 와서 보고 느타리버섯 1곳과 꿀 몇 되를 바쳤다. 긴히 청할 일이 있기 때문이었다. 느타리버섯만 받고 꿀은 거절했다. 처음에는 모두 거절하려고 했는데 받아 주기를 간절히 청하기에, 어쩔 수 없이 작은 물건만 받아서 인정에 답했다.

◎ ― 11월 11일

생원(오윤해)의 사내종 춘이가 현에 들어가기에, 편지를 써서 부쳐 보냈다. 집사람이 이달 초부터 날마다 조금씩 아파한다. 아마도 며느리 고금인 듯하다. 비록 심한 통증은 아니지만 날마다 식사한 뒤에 누워서 앓다가 저녁때가 되어서야 나아진다. 이 때문에 입맛을 잃어 야위고 초췌함이 날로 심해진다. 안타깝고 걱정스럽다.

저녁에 남고성 누이 집의 사내종 덕룡이 안손과 함께 말을 끌고 왔다. 구호물자를 얻기 위해 온 것이다. 고성의 편지를 보니, 온 집안이 모두 무사히 지내고 있다고 한다. 또 송아지 1마리와 파리한 말 1필을 보내면서 나에게 키워서 보내도록 했다. 그 집에 소와 말은 많은데 콩과 꼴이 없어서 기르기 어렵기 때문이란다. 다만 우리 집에도 소 2마리와 말 1마리가 있는데 또 소와 말 2마리가 더해진다면 매우 기르기 어려울 것이다. 그렇지만 누이의 청을 거절하기 어려워서 일단 받아서 두고 길러 볼 생각이다. 그를 통해 들으니, 향비의 종기는 아직 아물지 않아 고름이 멈추지 않고 흐르는데다 또 하나의 종기가 생겨 크기가 달걀만 하고 색이 붉으며 쑤시고 아픈데 아직 곪아서 터지지 않아 증세가 가볍지 않다고 한다. 걱정스럽다.

◎ ― 11월 12일

아침 식사 뒤에 앞 냇물에 가 보니, 얼음 아래 얼지 않은 곳에 물고기 떼가 모여 있었다. 먼저 그물 2개를 펼치고 얼음을 두드리며 몰았더니, 물고기 떼가 놀라서 달아나다가 그물에 걸렸다. 잡은 것이 거의 2백여 마리인데, 그물에서 빠져나간 물고기도 반이나 된다. 이 방법은 바로 이웃에 사는 박언수가 가르쳐 준 것이다. 저녁때 탕을 끓여 함께 먹었다. 또 편을 만들어 절이고 말렸는데, 남매의 집에 보내 줄 생각이다. 40마리는 생원(오윤해)의 집에 주었다.

◎ ― 11월 13일

현에서 문안하는 사람이 왔다. 편지를 보니, 윤겸 처의 학질이 떨어졌다고 한다. 기쁘다. 이달 양식을 실어 보냈는데, 매조미쌀 5말, 전미(田米) 10말, 기장쌀 2말 8되, 벼 10말, 날꿩 2마리이다. 다만 관아에 쌓아 둔 물건이 바닥났다고 들었는데 다달이 보내 주는 양식이 이처럼 많으니, 분명 사람들의 말이 나올 것이다. 훗날 오명을 입는다면 분명 우리 집 때문일 것이다. 몹시 걱정스럽다. 하지만 달리 식량을 얻을 길이 없어 매번 이런 상황에 이르게 되니, 항상 미안한 마음이 든다. 비록 한탄한들 어찌하겠는가.

조보를 보니, 조정이 고요하지 않아 풍랑이 또 일어서 서로 공격하고 있다고 한다. 흉악한 왜적은 여전히 변경을 차지하고 있고 명나라 군사가 한창 대치하여 전쟁이 끊이지 않아서 군량을 수송하는 백성의 괴로움이 극에 달했다. 그런데도 -원문 빠짐- 오히려 이러한 상황은 생각하지 않고 조정 안에서 또 고요하지 못한 일이 일어나니, 때가 그런 것인가, 운명이 그런 것인가. 큰 탄식이 끊이지 않는다.

◎ ― 11월 14일

남매의 사내종 덕룡이 현에서 돌아왔다. 평강(오윤겸)이 콩 5말, 잣 1말, 석이 1말, 메주 3말, 꿀 2되를 구해 보내면서 관아에 저장해 둔 물건이 바닥나서 넉넉히 보내 드리지 못한다고 했다. 아직 매를 날리지 못해서 꿩을 잡아 보내지 못하니, 한탄한들 어찌하겠는가.

◎ ― 11월 15일

현에서 문안하는 사람이 와서 평강(오윤겸)의 편지를 전했다. 오늘 도사가 옥동역에 와서 묵게 되어 모시고 와야 하므로, 그 길에 와서 뵙겠다고 한다. 남매의 사내종이 내일 돌아가야 하므로, 황태(黃太) 5말, 녹두 1말, 메밀 1말 5되, 두승국(斗升麴, 누룩의 일종) 1덩어리, 감장 4사발, 작은 민물고기 50마리를 보냈다.

덕노가 현에 들어가기에, 그길로 통천에 가서 어물을 사 오게 하려고 한다. 정목(正木)* 1필 반을 주어서 어물을 사 오게 했다. 저녁에 현에서 문안하는 사람이 왔다. 중배끼 30잎을 만들어 보내왔다. 병든 제 어미에게 맛보게 하기 위해서이다.

◎ ― 11월 16일

따분하여 아우 및 두 아이와 함께 대장장이가 철기를 만드는 곳에 가서 구경한 뒤에 나 혼자 먼저 돌아왔다. 채억복이 두부를 만들어 가져왔기에, 밥을 대접해 보냈다.

현에서 문안하는 사람이 왔다. 편지를 보니, 도사는 오늘 떠났는데 어사가 모레 도착하므로 와서 뵙지 못한다고 한다. 소고기 몇 조, 양(膁)과 부화(部化)를 각각 조금씩 보내왔다. 제 어미가 근래 오한과 신열

....
* 　정목(正木): 품질이 매우 좋은 무명베이다.

이 번갈아 드는 증세로 먹고 마시지 못하기에, 철원 시골집의 소를 잡는 곳에서 얻어 보낸 것이다. 오랫동안 먹지 못한 뒤라 즉시 2곳을 구워 먹고 어머니께도 드렸다.

◎ ─ 11월 17일

소 2마리로 김억수 밭의 차조를 실어 왔다. 타작하여 수확하니, 전섬으로 1섬 16말이 나왔다. 3말은 생원(오윤해)의 집에 보냈고, 1말 5되는 아우의 집에 보냈다. 또 반직(半稷)을 타작하여 13말이 나왔다. 이틀갈이 밭에서 난 곡식이 이것뿐이니 아쉽다.

김업산이 매를 팔에 얹고 와서 보았다. 내일쯤 날리겠다고 한다. 닭을 잡아서 주어 보냈다.

◎ ─ 11월 18일

춘금이가 말미를 얻어 떠났다. 어사 류공진 공이 이곳을 지나면서 사람을 보내서 안부를 묻고 날이 저물어 방문하지 못한다고 했다. 곧장 평강으로 가야 해서 길이 멀기 때문이다.

김업산이 매를 오늘 처음 날렸는데, 꿩을 잡지 못했다고 한다. 아쉽다. 김언신 등이 지난달에 경상도에 갔다가 오늘 저녁에 비로소 돌아왔다. 양식을 운반하는 일로 다녀온 것이다.

◎ ─ 11월 19일

업산이 오늘 비로소 매를 날려서 꿩 1마리를 잡았다. 이 또한 매가 스스로 잡은 것이 아니고 개가 물어서 잡은 것이라고 한다.

◎ — 11월 20일

오늘도 업산이 매를 날려서 꿩 1마리를 잡아다가 바쳤다. 저녁에 현에서 문안하는 사람이 왔다. 약밥을 만들어 보냈는데, 제 어미가 병중에 먹고 싶어 했기 때문이다. 그편에 들으니, 도사가 이천 북면에서 그 친족인 전임 면천 군수(沔川郡守) 이원(李瑗)을 찾아본 뒤에 이 현에 다시 오겠다고 했단다. 요즘 별성(別星)*이 거듭 이르러 피차 분주할 뿐만 아니라 접대에 쓰는 비용이 적지 않으니 몹시 염려스럽다.

평강(오윤겸)이 이로 인해 제때 와서 뵙지 못한다고 한다. 또 들으니, 관아에서 기르던 매 2마리를 하루아침에 모두 잃어버렸다고 한다. 안타깝다. 이는 모두 하인들이 명령을 두려워하지 않아 매를 길들이고 익히는 일을 조심하지 않아서 매번 잃어버리게 되는 것이다. 비록 잃어버리거나 죽더라도 별달리 꾸짖어 벌하는 일이 없기 때문이다. 한탄스럽다.

◎ — 11월 21일

집사람이 지난달 그믐께부터 기운이 편치 않았다. 처음에는 학질 같더니 실은 학질이 아니었다. 날마다 조금씩 한기를 느끼다가 별안간 아파한다. 비록 큰 통증은 아니지만 원기가 쇠하여 식음을 전폐하니, 만약 다른 병이 생긴다면 이루 말할 수 없는 지경이 될 게다. 답답하고 걱정스럽다.

....

* 　별성(別星): 임금의 명령을 받들고 외국이나 지방으로 나가는 봉명 사신이다. 성(星)은 사자(使者)를 뜻한다.

◎ ─ 11월 22일

며칠 전부터 추위가 매우 심해져서 방문을 닫고 나가지 않았다. 다만 옷이 얇은 계집종들이 아침저녁으로 음식을 준비하면서 그 괴로움을 견디지 못하니, 차마 보지 못하겠다.

저녁에 평강(오윤겸)이 와서 보았다. 오랫동안 보지 못했던 터라 온 가족이 방 안에 둘러앉아 밤이 깊도록 이야기를 나누었다. 백미 5말, 중미 1말, 꿀 5되, 청주 1병, 제 어미가 먹을 중배끼, 잣박산,* 모주 등의 물건을 가지고 왔다. 업산이 매를 날려 잡은 꿩 1마리를 가져왔다.

◎ ─ 11월 23일

평강(오윤겸)이 그대로 머물렀다. 김명세와 김린 등이 와서 보았다. 이웃에 사는 박언수가 얼음을 깨고 물고기를 잡아 큰놈 1마리와 작은 놈 7, 8마리를 주었다. 큰놈은 거의 한 자가 넘었다. 집사람이 병중이므로 즉시 탕을 끓여 먹었다. 동촌(東村)에 사는 백성 현의형(玄義亨)이 말린 느타리버섯 1곶을 가지고 왔다. 그 맛이 매우 좋아서 제사 때에 쓰려고 한다. 몹시 기쁘다.

춘금이가 휴가를 얻어 떠났다가 비로소 돌아왔다. 날이 몹시 추워서 매를 날리지 못했다.

◎ ─ 11월 24일

평강(오윤겸)이 현으로 돌아갔다. 날이 몹시 추운데 어떻게 갈지

....

* 잣박산: 잣을 꿀이나 엿에 버무려 반듯반듯하게 만든 과자이다.

걱정스럽다. 안협에 사는 사노 중석(仲石)이라는 자가 지난번에 박언수가 쳐 놓은 매 그물에 걸린 한 자 정도 되는 매를 먼저 발견하여 훔쳐 갔다. 언수가 찾으러 갔는데도 돌려주지 않자 나더러 찾아서 쓰라고 했다. 그래서 평강(오윤겸)에게 안협 현감 류담에게 편지를 쓰게 하여 찾아 보내라고 했는데, 어제 와서 8치 되는 작은 매를 바치면서 큰 매는 이미 팔았다고 했다. 처음에는 거절하려고 했지만, 이것도 공물(公物)이므로 받았다. 언수에게 돌려주고 그에게 길들여 날리게 하여 꿩을 나누어 갖기로 했다.

그저께 밤에 최참봉이 머물고 있는 집에 불이 났다. 겨우 불길을 잡았지만 반이 타 버렸다. 침실에만 불길이 미치지 않았다고 한다. 이처럼 괴로운 추위에 또 이러한 재난까지 당했는데 참봉이 아직 돌아오지 않았으니, 그 집의 어렵고 고달픈 사정을 이루 다 말할 수 있겠는가. 생원(오윤해)이 제 동생과 함께 가서 보고 백미 5되와 감장 1사발을 보냈다. 우리 집도 궁색하여 다급한 형편을 일일이 구휼해 줄 수는 없다. 탄식한들 어찌하겠는가. 전에 콩 5말을 보내 주었을 뿐이다.

업산의 매가 꿩을 잡지 못했다. 내일 동지 차례에 쓸 찬이 없으니, 매우 안타깝다.

◎ ― 11월 25일

동짓날이라 팥죽, 절육, 생선구이, 막걸리로 차례를 지냈다. 덕노가 제때 왔으면 오늘 시제를 지내려고 했는데, 그러지 못했다. 아쉽다. 덕노에게 어물을 사 가지고 오게 했기 때문이다. 김담이 휴가를 얻어 돌아갔다. 김현복이 병작한 콩을 실어 왔는데, 다시 되어 보니 15말이다.

◎ — 11월 26일

이른 아침에 인아가 우연히 냇가에 나갔다가 마침 수달이 바위 구멍으로 들어가는 것을 보고 그물을 펼치고 불을 놓아 연기를 쏘여서 수달을 나오게 하여 몽둥이로 때려잡았다. 매우 운이 좋다. 김억수가 현에 가기에 편지를 써서 부쳤다. 매를 받아 오기 위해서이다.

김언신이 남매 집의 말을 끌고 군량을 실어 고성에 갔기에, 그 참에 말의 삯을 받아 어물을 사 가지고 돌아오게 했다. 직동에 사는 백성이 자기 매를 날려서 잡은 꿩 1마리를 가져왔다. 최참봉이 어제저녁에 돌아왔다. 그가 먼저 사람을 시켜 편지를 보내어 안부를 묻기에, 곧장 답장을 써서 사례했다.

◎ — 11월 27일

김업산이 와서 어제 매를 날려 잡은 꿩 1마리를 바쳤다. 요즘 매를 날리지 못했기 때문에 이제야 가져왔다고 한다. 집사람의 증세가 며칠 전부터 조금 덜하여 먹고 마시는 것이 더 늘었다. 기쁘다. 14일부터 익위승양탕 4첩을 계속 복용했다.

◎ — 11월 28일

며칠 전부터 나도 심한 고뿔에 걸렸다. 지금은 콧물이 끊임없이 줄줄 흐르고 속머리도 지끈거리면서 기침이 멈추지 않는다. 답답하다.

저녁에 억수가 현에서 팔에 매를 얹고 돌아왔다. 지금 이 매를 보니, 꼬리 깃이 반이나 부러졌고 몸집은 9치 정도인데 마음에 들지 않는 데가 많다. 얼마 안 되어 병이 날 것 같다. 그렇지만 우선 팔에 얹혀 잘

길들여 보게 했다. 조기 4뭇과 생문어 6조를 부쳐 왔다. 시제에 쓰려고
한다.

◎ ― 11월 29일

업산이 매를 날려 잡은 꿩 1마리를 가져왔는데, 다리 하나는 잘라
서 매의 먹이로 주었다고 한다.

저녁에 덕노가 비로소 돌아왔다. 사 온 어물이 대단히 성에 차지
않는다. 포목 1필 반으로 말린 은어 4동을 사 왔는데, 통천에서는 나지
않기 때문에 고성 땅에서 샀다고 한다. 통천 군수가 생문어 3조, 생대
구 1마리, 말린 대구 2마리, 말린 문어 1마리, 말린 은어 20뭇, 생전복
60개, 익힌 전복 10개를 보냈다. 이는 바로 평강(오윤겸)이 편지를 보내
구한 것으로, 어물이 나지 않아 이것뿐이라고 한다.

◎ ― 11월 30일

생원(오윤해)의 처남 최정운이 와서 보기에, 술과 떡을 대접해 보
냈다. 남쪽 고을에서 막 돌아와 남쪽 지방의 일을 자세히 이야기해 주
었다. 또렷또렷하여 들을 만하나, 사실이 아닌 것 같다.

12월 큰달 -10일 소한, 20일 납일(臘日), 25일 대한-

◎ ― 12월 1일

◎ ― 12월 2일

이시증이 어제 들어와서 보았다. 온 집안식구들이 기쁘고 위로됨을 어찌 말로 다 하겠는가. 노비를 찾는 일로 함경도에 갔다가 오늘 들어왔다고 한다. 서로 대화를 나누다가 밤이 깊어서야 잠자리에 들었다. 업산이 매를 날려 잡은 꿩 2마리를 가져왔다. 시제 때 쓰련다.

◎ ― 12월 3일

시증이 그대로 머물렀다. 조인손이 현에서 돌아왔다. 벼 16말, 소금 1말, 정포 1필을 보내왔다. 또 저녁에 현리가 왔다. 바로 내일 시제 때 쓸 과일 세 가지, 가는 국수 1상자, 꿀 4되, 들기름 2되, 말린 열목어 3마리, 육촉(肉燭, 쇠기름으로 만든 초) 1쌍, 큰 노루 1마리의 털을 제거한 몸통과 내장을 부쳐 보냈다. 내일 제사 때 쓸 것이다. 매우 기쁘다. 온 집안의 위아래 사람들이 제수를 장만했다. 다만 눈이 내린 뒤라 날이 몹시 추운데 옷이 얇은 계집종들이 추위를 견디며 시킨 일을 하니 안쓰럽다.

들으니, 이장성이 첩을 데리고 현에 왔다고 한다. 자기 첩을 평강(오윤겸)의 첩이 거처하는 곳에 함께 머물게 하고자 했다고 한다. 바로 그 첩과 아주 가까운 친족 사이이기 때문이다. 옥여는 그길로 회양에 갔다가 돌아올 때 들러 방문하겠다고 편지를 보냈다.

또 들으니, 청적(淸賊, 가토 기요마사)이 자신들의 소굴을 불태우고 모든 왜군이 바다를 건너가자 마제독이 그 소굴을 차지했고 임금은 백관(百官)을 거느리고 군문[軍門, 형개(邢玠)]에게 하례했다고 한다.* 순천에서도 진유격[陳遊擊, 진린(陳璘)]*이 우리 수군과 힘을 합해 싸워서 왜적을 크게 이기자, 왜적이 도망쳐서 바다를 건너가 버렸다고 한다. 그간의 사정은 자세히 알 수 없지만, 조보에 나온 내용이니 분명 헛말은 아닐 것이다. 한 나라의 경사가 어떠하겠는가. 다만 흉악한 왜적의 간사한 꾀는 헤아리기 어려우니, 까닭 없이 떠난 데에는 분명 이유가 있을 것이다. 훗날 반드시 다시 오지 않으리라는 것을 어찌 보장할 수 있겠는가. 다만 들으니, 이순신이 탄환에 맞아 죽었다고 한다.* 나라의 불

....

* 청적(淸賊)이……한다:《국역 선조실록》31년 11월 25일 기사에 따르면, 11월 18일에 도산의 왜적이 소굴을 모두 불태우고 남김없이 철수했다는 사실을 알 수 있다. 이튿날인 26일에 선조가 형군문의 관사에 찾아가서 바다에서 대첩을 거두었음을 치하했다.

* 진유격[陳遊擊, 진린(陳璘)]: 진린의 직책을 오희문이 잘못 기록한 것이다.

* 이순신이……한다: 이순신은 11월 아침 노량해전에서 탄환에 맞아 사망했다. 이는《국역 선조실록》31년 11월 24일 기사에 실려 있다.

행을 어찌 말로 다 할 수 있겠는가. 상서롭지 못하다.

◎ ─ 12월 4일

닭이 세 번 울 때 아우 및 인아와 함께 제사를 지냈다. 먼저 아버지
께 지낸 다음 죽전 숙부 내외분께 지내고, 이어 죽은 딸에게 지냈다. 날
이 춥기가 몹시 매서워 간신히 지냈다. 네 가지 고깃국, 다섯 가지 어육
적, 포, 젓갈, 국수, 떡을 반상(盤床)에 갖추어 올렸다. 제사를 지낸 뒤에
최참봉 부자를 맞이하여 제사 지내고 남은 음식을 대접했다. 또 가까운
이웃 사람들을 불러 술과 떡을 대접했다. 느지막이 눈이 내렸는데, 거
의 3, 4치가 쌓였다. 언신이 분명 눈 때문에 추령(楸嶺)의 길이 막혀 돌
아오기 쉽지 않을 것이다. 매우 염려스럽다.

시증은 이틀을 머물고 오늘 아침에 현에 갔다. 거기서 바로 떠나겠
다고 한다. 줄 만한 물건이 없어서 강정태(强正太) 2말, 메밀 2말, 꿩 1
마리를 ─원문 빠짐─ 수씨께 나누어 보냈다. 또 제사를 지내고 남은 어육적
10여 곳을 싸서 주었다.

◎ ─ 12월 5일, 6일

현에서 문안하는 사람이 왔다. 편지를 보니, 흉악한 왜적이 이미
모두 바다를 건너갔기 때문에 임금이 치하하고 종묘에 고했으며* 대사

*   임금이……고했으며:《국역 선조실록》31년 11월 29일 기사에, "비변사가 아뢰기를, '지금
  경상 좌병사 성윤문(成允文)의 장계를 보니 부산의 왜적도 이미 철수했다고 했습니다. 그렇
  다면 해면(海面)이 말끔해지고 황제의 위엄이 진동하여 사직이 안정된 셈이니, 종묘에 고하
  고 진하(陳賀)하는 등의 일을 해당 관사로 하여금 차례로 거행하게 하고 군문과 경리 아문
  의 백관, 유생, 시민이 모두 치사하는 것이 합당합니다. 사은사(謝恩使)도 차출하여 모든 일

령(大赦令)을 내렸다고 한다. 양덕 현감 심열이 매를 구하는 일로 전인을 보냈다. 그편에 보내온 편지를 보니, 온 집안이 잘 지낸다고 한다. 몹시 기쁘다. 방어 1마리, 생문어 1마리, 생전복 50개를 보냈고, 어머니께도 방어 1마리를 보냈다. 다만 방어 1마리는 도중에 잃어버려서 들이지 않는다고 하면서 작은 말린 문어 1마리를 대신 보냈다. 그래서 어머니께 보낸 방어를 반으로 나누어 먹었다. 생전복도 오지 않았으니, 그 이유를 모르겠다.

양덕 현감의 사내종은 병을 핑계로 현에 머물면서 오지 않고 현인이 오는 때를 이용하여 대신 보낸 것이다. 매우 괘씸하다. 즉시 답장을 써서 돌려보냈다. 평강(오윤겸) 역시 생누치 1마리, 절인 연어 반 짝, 들새 5개, 잣박산 조금을 얻어 보내왔다. 다만 양덕 현감이 구한 매는 구해 보내지 못하고 온 사람을 빈손으로 돌려보냈다. 탄식한들 어찌하겠는가. 언명과 생원(오윤해)의 집에도 방어 1마리를 보내어 나누어 먹도록 했다.

◎ ─ 12월 7일

김업산이 꿩 1마리를 가지고 와서 하는 말이, 작은 매가 어제는 먹이를 먹지 않고 오늘은 또 먹는 것이 더디니 분명 병이 난 것이라고 한다. 수삼 일 동안 홰에 앉혀 그 증세가 어떠한지 살펴보겠다고 했다. 평강(오윤겸)이 오늘 와서 뵙겠다고 했는데 오지 않는다. 그 까닭을 모르

....
을 미리 강구하여 시행하는 것이 어떻겠습니까?'라고 하니, 아뢴 대로 하라고 전교했다."라고 했다.

겠다. 윤함이 연일 아이들이 꿈에 보인다고 한다. 분명 가까운 시일 내에 오려는 것인가. 지난해에 와서 본 날도 6일이었다고 하니, 온 집안 식구들이 애타게 기다리고 있다.

억수가 오늘 저녁에 매를 처음 날렸는데, 성질이 몹시 순하지 않아 잃어버릴 뻔했다가 겨우 도로 붙잡았단다. 안타깝다. 이제부터는 홰에 앉혀 살찌기를 기다린 뒤에 파는 것이 상책이라고 하기에, 그에게 마음대로 처리하라고 일러 보냈다. 집안에 매를 길들여 날리는 방도를 아는 사람이 없이 남의 힘을 빌려서 하려니 일이 뜻대로 되지 않는 것이 매번 이와 같다. 진실로 안타깝다.

◎ ─ 12월 8일

최진운 형제가 와서 보았는데, 마침 대접할 물건이 없어서 대접하지 못하고 보냈다. 안타깝다.

◎ ─ 12월 9일

덕노가 한양에 가기에, 말린 은어 4동을 싣고 가서 기내(畿內, 경기) 시장에서 팔고 설 전에 돌아오라고 했다. 남매의 집에 편지와 날꿩 1마리를 보냈다. 광노에게도 황태(黃太) 1말을 보냈다.

전에 많은 눈이 내려 추령이 분명 막혔을 것이니, 언신이 빨리 돌아오지 못할 것이다. 그가 오가는 것이 더디고 빠름은 상관없지만 남매 집의 말을 가지고 갔으니, 이 때문에 매우 근심스럽기 그지없다. 중금의 밭을 병작한 박인종이 콩 2섬을 실어 왔는데, 다시 되어 보니 2섬 3말이다. 관에 바칠 둔전의 조 5말과 직(稷) 5말 역시 가지고 왔다. 바로

관의 명령이 있었기 때문이다. 사내종 춘산이 -원문 빠짐-

김업산이 오늘 비로소 매를 날려서 잡은 꿩 1마리를 가지고 왔다. 저녁에 생원(오윤해)의 사내종 안손이 들어왔다. 지난날 신공을 징수하는 일로 안변에 갔다가 이제 막 돌아온 것이다. 갈 때 쌀 1말을 부쳐 보냈는데, 말린 은어 10뭇으로 바꾸어 가져왔다.

◎ ― 12월 10일

최참봉이 사람을 보내서 부르기에 식사한 뒤에 생원(오윤해)과 함께 갔다. 곧 그 처의 생일이기 때문이다. 이어 술자리를 마련하자 가까이 사는 한가한 잡인(雜人)들이 모두 모여 실컷 먹고 취하여 돌아갔다.

◎ ― 12월 11일

토산 현감 이경담(이희서)이 편지를 보내서 안부를 물었다. 또 이 현에 사는 자기 집의 사내종이 구금되어 있으므로 답장을 달라고 칭념하기에 즉시 답장을 써서 보냈다. 이경담은 안협 땅에 와서 머물고 있다.

◎ ― 12월 12일

김언신이 군량을 운반하는 일로 고성에 갔다가 오늘 막 돌아왔다. 포목 3단을 가지고 가서 말린 은어 2동과 미역 4동으로 바꾸어 가지고 왔다. 어물이 몹시 귀해서 많이 받을 수가 없었다고 한다. 말린 대구 2마리를 더 받아 가지고 왔다. 처음에는 7, 8동은 살 수 있겠다 싶었는데, 물건이 귀하다는 핑계를 대며 바꾸어 온 것이 이 지경에 이르렀다. 그간의 일이야 자세히 알 수 없지만 어찌 이처럼 심한 지경에 이르렀는가. 우리 집안의 일이 매번 뜻대로 되지 않는다. 지난번 덕노의 일도 이와 마찬가지이니, 한탄한들 어찌하겠는가. 그렇지만 이것을 두(豆)로 바꾸어 쓸 생각이다. 어머니께 은어 3뭇과 미역 1주지를 드렸고, 아우의 집에도 같은 수량을 주었다.

저녁에 평강(오윤겸)이 왔다. 이장성이 현에 머물렀다가 떠난 까닭에 오랫동안 와서 뵙지 못하다가 어제 그가 돌아갔기 때문에 이제야 왔다고 한다. 백미 3말, 중미 3말, 참기름 1되, 날꿩 2마리, 소고기와 내장 갖가지를 조금씩 가지고 왔다. 오랫동안 먹지 못한 터라 곧장 어머니께 올리고 나머지는 처자식에게 주었다. 다만 집사람이 요사이 예전에 걸렸던 병에 도로 걸려 식욕이 갑자기 줄고 밤새 신음한다. 매우 걱정스럽다.

◎ ─ 12월 13일

평강(오윤겸)이 그대로 머물렀다. 저녁에 오충일(吳忠一) 형제가 왔다. 생각지도 못한 일이니, 기쁘고 위로되는 마음을 이루 다 말할 수 있겠는가. 어머니를 모시고 지금 양구(楊口) 지역에 살고 있는데, 어제 현에 왔다가 그 참에 찾아뵙는 것이라고 한다. 물자를 구한다는데 어떻게 응해야 하는가. 매우 걱정스럽다.

◎ ─ 12월 14일

평강(오윤겸)이 오늘 현에 돌아가려고 했는데, 어제저녁에 뜻하지 않게 관찰사의 관문이 뒤따라 도착하여 안협 현감이 파면된 일로 봉고(封庫)*하도록 평강을 임시로 파견했기 때문에 이른 식사를 마친 뒤에 안협에 급히 가서 봉고한 뒤에 돌아왔다. 밤이 깊어 횃불을 밝히고 돌아왔다. 오충일 형제는 그대로 머물렀다.

◎ — 12월 15일

평강(오윤겸)이 현으로 돌아갔고, 오충일도 따라갔다. 집에 줄 물건이 없어서 겨우 황태(黃太) 1말과 생삼 6뭇을 그의 어머니께 부쳐 보냈다. 바라는 것이 이 정도에 그치지 않았을 것이니, 분명 성을 내리라. 그렇지만 형편이 이런 걸 어찌한단 말인가. 한탄스럽다.

◎ — 12월 16일

생원(오윤해)의 사내종 안손이 현에서 돌아왔다. 조보를 보니, 흉악한 왜적이 모두 바다를 건너갔고 명나라 수군과 우리나라 수군이 뒤쫓아 공격하여 다수의 수급을 베었다고 한다. 그런데 통제사 이순신이 탄환에 맞아 죽었고 전사한 수령 및 첨사(僉使), 만호(萬戶)가 10여 명에 이르니, 죽은 군졸도 분명 많을 것이다. 탄식할 일이다. 명나라 장수인 총병(摠兵) 등자룡(鄧子龍)도 탄환에 맞아 죽었다고 한다.* 이순신은 우의정에 추증되었다.* 이순신은 난리 초기부터 전라도의 보루가 되었는

....

* 봉고(封庫): 수령이 파면된 후 물품의 출납을 못하도록 창고를 봉하여 잠그는 일이다.
* 통제사……한다:《국역 선조실록》31년 12월 21일 기사에 진린(陳璘)이 아문에 당보(塘報)한 첩문이 실려 있다. "본부가 여러 장수들을 통솔하고 노량에 당도하여 이순신이 포위당한 것을 보고 본부가 직접 병정을 거느리고 수백 명의 적을 쳐 죽이자 적이 후퇴하기 시작했다. 그리하여 승세를 몰아 20여 리를 추격하니 적들이 불에 타 죽고 바다에 빠져 죽었는데, 다 건져 내지는 못했지만 생포하거나 참살한 수가 도합 320명이나 되었다. (…) 부총병 등자룡(鄧子龍)과 통제사 이순신이 전사했다."
* 이순신은……추증되었다:《국역 선조실록》31년 11월 30일 기사에, "승정원에 전교하기를

데, 지금 왜적의 탄환에 죽었으니 애석하다. 흉악한 왜적이 와서 소굴을 만든 지 7년 만에 이제야 돌아갔는데, 장수 1명도 베지 못했고 우리네 죽은 장수와 군사는 전후로 몇 명이나 되는지 알 수 없다. 이 분하고 애통함을 이루 다 말할 수 있겠는가. 조정에서는 바야흐로 왜적이 없는 것을 다행으로 여겨서 고묘(告廟)하고 하례함이 끊이지 않지만, 남조(南朝)의 사람이 없는 탄식은 송나라에서만 보는 것이 아니다.*

세자가 원자(元子)를 낳았다고 한다. 한 나라의 경사가 어떠하겠는가. 또 종묘에 고유하고 대사령을 내렸다고 한다.*

◎ ─ 12월 17일

이 면의 백성이 현에 갔다가 돌아올 때 평강(오윤겸)이 이달 양식으로 전미(田米) 1섬을 실어 보내왔다.

조련 밭의 콩을 타작하니, 적태(赤太)는 평섬으로 1섬, 수정태(水晶

....

'이순신에게 관직을 추증하고 부의(賻儀)를 지급하며 관에서 장사를 도우라. 또 그의 아들이 몇 명인가. 상이 끝난 뒤에 모두 벼슬을 제수하는 것이 옳다. 바닷가에도 사우(祠宇)를 세워야 하니, 이 한 조항은 비변사로 하여금 의논하여 아뢰도록 하라. 그 밖에 전사한 장수들에게도 모두 휼전(恤典)을 거행하고 혹 증직할 만한 자에게는 증직하되 차례대로 거행하라.'라고 했다."는 기록이 있다. 이러한 조처로 우의정에 추증된 것으로 보인다.

* 남조(南朝)의……아니다: 우리나라에 명장 이순신이 죽어 왜적을 막을 만한 인물이 없음을 탄식한 말이다. 금(金)나라가 송(宋)나라를 침략할 때 송나라가 황하를 지키지 않고 물러나서 안쪽에서 수비를 했는데, 금나라 군사가 황하를 건너면서 웃으며 말하기를, "남조에는 사람이 없다고 할 만하다. 만약 1, 2천 명으로 황하를 지켰다면 우리가 어찌 건널 수 있었겠는가[南朝可謂無人 若以一二千人守河 我豈得渡]."라고 한 데서 나왔다.《송사기사본말(宋史紀事本末)》 권13 〈금인남침(金人南侵)〉.

* 세자가……한다:《국역 선조실록》31년 12월 5일 기사에 예조가 원손(元孫)의 탄생을 축하하며 종묘에 고유할 것을 건의한 일이 보인다. 또《국역 선조실록》31년 12월 9일 기사에 따르면, 비변사가 원손의 탄생을 기념하며 사령(赦令)을 내릴 것을 요청하자 선조가 윤허했다.

太)는 9말, 소태(小太)는 3말 5되가 나왔다. 5말은 아우의 집에 주었다. 지난날 그 집의 콩으로 소를 먹였기 때문에 지금 비로소 갚은 것이다. 김업산이 꿩 1마리를 잡아서 바쳤다. 곧바로 생원(오윤해)의 집에 주었다. 모레 제사를 지내기 때문이다.

◎ — 12월 18일

옥동역의 역인 이상이 녹두 2말을 바쳤다. 술을 대접하고 또 미역을 조금 주었다. 철원에 사는 전임 권관(權官) 박성주(朴成柱)가 와서 보았다. 마침 일 때문에 김억수의 집에 왔다가 그 참에 와서 뵙는 것이라고 한다.

◎ — 12월 19일

직동에 사는 백성이 곰을 잡아먹고 와서 가죽과 쓸개를 바쳤다. 관아에서 알면 죄를 받고 값을 도로 물게 될까 두려웠기 때문이다. 고기와 기름도 조금 가져왔다. 집에 술이 없어서 대접하지 못하고 반백미(飯白米) 2되와 새로 만든 화살촉 4개를 주어 보냈다. 밥을 지어 주려고 했는데 바쁘다며 사양하기에, 쌀을 주고 또 화살촉을 상으로 준 것이다. 또 조련 밭의 소태(小太)를 타작했더니, 평섬으로 2섬 3말이 나왔다.

저녁에 현에서 문안하는 사람이 왔다. 편지를 보니, 이천에 와서 지내고 있는 찰방 이빈이 아내의 상을 당하여 어제 사람과 말을 보내서 상을 치르는 데 필요한 물건을 구해 갔다고 한다. 이빈의 처씨는 여러 해 묵은 병으로 인사불성이 된 지 오래라 지금 별세한 것이 이상할 것은 없다. 하지만 자제들이 곤궁하게 지내던 차에 또 큰 변고를 만나 달려와 통곡한다고 하니, 몹시 슬프고 안쓰럽다.

평강(오윤겸)이 마침 방어 1마리, 대구알꼬지, 송어알 조금, 삶은 소머리 반 짝, 술 1병을 얻어 보내왔다. 즉시 아우와 고기를 잘라서 먹고 술 한 잔도 마시고 나니 시원했다.

◎ ― 12월 20일

어젯밤 꿈에 임경흠을 보았는데, 예전과 다름없는 모습이었다. 깨고 나서도 면목이 그대로이니, 슬프고 애통한 마음이 절로 그치지 않는다. 처자식과 말하면서도 절로 눈물이 흘렀다. 매우 슬프다. 이전에 심열의 편지를 보고 임현이 내 누이를 모시는 일로 영암에 내려간다고 들었으니, 이미 떠났을 것이다. 다만 흉악한 왜적이 이미 모두 바다를 건너갔다고 하니, 3년 안에는 분명 올라오지 않을 것이다.

김언신이 내일 한양에 가기 때문에 와서 인사했다. 곰 가죽을 광노에게 부쳐 보내서 팔아 보내도록 했고, 또 은어 1동도 부쳐서 포목으로 바꾸어 오게 했다. 인아가 잡은 수달 가죽도 광노에게 보내어 팔아 보내라고 당부하고 또 패자를 지어 부쳤다.

◎ ― 12월 21일

지난번에 이 마을 사람들 10여 명이 뒷산에서 멧돼지를 잡는다고 내 활과 화살을 빌려 갔는데, 큰 돼지를 잡아서 몰래 나누어 먹고는 와서 고기 한 점도 바치지 않았다. 김담마저도 함께 가서 나누어 먹고 깊이 숨겼으니, 더욱 괘씸하다. 그렇지만 알면서도 모른 척하고 도외시했더니, 그들이 내가 알고 있다는 것을 먼저 알아채고 와서 변명을 많이

늘어놓았다. 가소롭다. 어제 곰 가죽에 붙어 있는 기름을 춘금이에게
날카로운 칼로 긁어내어 끓이도록 했더니, 거의 4, 5되나 되었다.

◎ — 12월 22일

지난밤에 내린 비가 새벽까지 그치지 않아 쌓였던 눈이 모두 녹고
마치 2, 3월처럼 따뜻하다. 만약 이대로 눈이 내리지 않고 언다면 보리
와 밀이 모두 말라죽을 것이다. 걱정스럽다.

김억수에게 준 매를 철원에 사는 품관이 사 가려고 하기에, 5새 베
2필과 포목 1필을 받고 주어 보냈다. 매를 날리지 않고 홰에 앉혀 두기
보다는 차라리 파는 것이 낫기 때문에 비록 값을 많이 받지 못하더라
도 우선 팔도록 했다. 다만 포목이 거칠고 짧아 아쉽다.

생원(오윤해)이 글을 읽기 위해 부석사에 올라갔다. 나도 내일 올
라가려고 한다. 일찍이 최참봉과 김명세 등과 함께 두부를 만들고 이야
기를 나누기로 했기 때문이다. 생원(오윤해)이 출발했다가 멀리 못 가
서 말이 다리를 전다며 돌아왔다. 안타깝다.

◎ — 12월 23일

눈이 내렸다. 양최(兩崔), 양김(兩金)*과 함께 부석사에 모이기로 약
속했기 때문에 아우와 함께 눈길을 뚫고 갔다. 다만 생원(오윤해)은 말
이 다리를 저는 탓에 함께 가지 못했다. 탄식할 일이다. 언명은 그길로

....

* 양최(兩崔), 양김(兩金): 양최는 참봉 최형록(崔亨祿)과 판관 최응진(崔應震)을 가리키며, 양
김은 김명세(金明世)와 김린(金麟)을 가리킨다.

한양에 갔다. 제수는 관에서 마련해 보내기로 하고 여기에서는 다만 갖가지 자반 조금과 은어 식해 -원문 빠짐- 두름을 가지고 갔다.

바람과 눈발이 종일 그치지 않았다. 갈 때 최참봉, 김명세, 김린의 집에 들러서 부르고, 나는 먼저 부석사로 올라갔다. 꼬불꼬불한 눈길을 헤치고 겨우 가서 앉아 있노라니, 잠시 뒤에 최참봉이 자기의 두 아들 및 김명세, 김린과 함께 뒤따라와서 장실(丈室, 주지의 거실)에 함께 앉았다. 절의 중이 막걸리로 술자리를 마련했다. 바로 전에 김명세와 김린이 쌀을 보내어 미리 절에서 빚게 해 둔 것이다. 각각 몇 잔을 마신 뒤에 자리를 파했다.

평강(오윤겸)이 내가 절에 와서 논다는 말을 듣고 꿩 1마리와 생전복 20개를 보냈다. 또 관아에 부탁하여 안주 2상자를 장만하게 하여 보냈다. 하나는 삶은 소 내장이고, 하나는 갖가지 절육이다. 평강(오윤겸)의 첩도 절육 1상자를 장만하여 보냈다. 생전복은 언명에게 주면서 제수로 쓰게 했다. 관아에 술이 없어서 구해 보내지 못하고 안주만 장만해서 보냈다고 했다. 또 이천 현감에게 -원문 빠짐- 술을 구하는 편지를 보냈으니 내일 도착할 것이라고 한다. 저녁에 절의 중이 두부를 만들어 내왔다. 두부 맛이 시고 단단하며 무르지 않아 먹을 수가 없었다. 분명 오래된 콩을 썼을 것이다. 그렇지만 배가 몹시 고파서 20여 곳을 먹고 함께 동상실(東上室)에서 잤다.

◎ ─ 12월 24일

이른 아침에 절의 중이 국수를 만들어 먼저 내왔다. 느지막이 두부를 만들어 내왔는데, 이번에는 부드럽고 맛이 좋아서 26곳을 먹었다.

절의 중이 또 막걸리를 내왔다. 전날 이천에 사람을 보내 술 2선을 얻어 온 것이다. 먼 길에 사람을 보내서 얻은 것이 이것뿐이라니, 이천 현감의 손이 작은 것을 알 수 있다. 각각 한 잔씩 마시자 바닥이 났다. 우습다. 게젓 20갑(甲)도 보내왔다. 이것은 가지고 와서 어머니께 드렸다. 언명이 먼저 현으로 돌아갔고, 최경유와 김명세는 함께 수담(手談)*을 즐기다가 한참 뒤에 파했다. 중이 또 탁주와 절인 두부를 내와서 배불리 먹고 취한 뒤에 헤어져서 나란히 말을 타고 돌아왔다. 최경유와 김명세, 김린은 먼저 집에 돌아갔다. 나는 사내종 하나만 데리고 급히 왔더니 날이 저문 뒤였다. 올 때 전에 보냈던 집고양이를 안고 왔다. 집안에 고양이가 없어서 쥐들이 곡식을 축냈기 때문이다. 지난봄에 닭을 키우기 위해 고양이를 부석사에 보냈다가 이제야 도로 찾아온 것이다.

◎ ─ 12월 25일

집사람은 그저께부터 기운이 도로 편치 않다. 답답하고 걱정스럽다. 김언신이 돌아와서 말하기를, "한양에 가는 길에 연천 지역에 이르렀는데, 눈이 내리고 길이 험하여 소를 몰고 갈 수 없어서 한양에 가지 못하고 돌아왔습니다. 도중에 마침 한양 상인을 만나서 가지고 있던 곰가죽을 중목 4필을 받고 팔았습니다."라고 했다. 분명 이 정도는 아니었을 텐데 이 또한 공짜로 얻은 물건이고, 비록 광노에게 팔게 했더라도 분명 값을 다 받고 주지는 않았을 것이므로 우선 받아 두었다. 다만

....

*   수담(手談): 바둑 두는 것을 이른다.《세설신어(世說新語)》〈교예(巧藝)〉에 "왕중랑(王中郎)은 바둑 두는 것을 앉아서 숨는 것이라고 했고, 지공(支公)은 바둑 두는 것을 손으로 담화하는 것이라고 했다[王中郎以圍棋是坐隱 支公以圍棋爲手談]."라고 한 데서 나왔다.

가지고 갔던 은어는 팔지 못하고 도로 가져왔으니, 설을 쉰 뒤에는 값이 떨어져서 팔 수 없을 것이다. 인근 고을 민간에 일찍이 어사가 군량으로 바꾸어 간 은어가 다수 풀렸기 때문에 이곳에서도 팔 수 없다. 공연히 버리게 생겼으니 안타깝다.

◎ — 12월 26일

추위가 곱절은 심해졌다. 저녁에 집사람의 기운이 매우 편치 못하더니 밤이 되자 더욱 심해졌다. 양쪽 귀밑이 쑤시고 아프며 오른쪽 옆구리도 아파서 호흡할 때 번번이 경련이 나서 고통을 참지 못한다. 가슴이 아프고 답답하다고 하며 구토가 멈추지 않아 등을 밝히고 밤을 지새웠다. 날이 밝을 무렵이 되어서야 조금 멈추었는데, 정신이 흐릿하여 눈을 감고서 음식을 전혀 먹지 못한다. 어찌할 바를 모르겠다. 현에 전인을 보내 평강(오윤겸)에게 알려 서둘러 오도록 했다. 겨울 초부터 누웠다가 일어났다 하면서 원기가 크게 쇠하더니, 지난밤에 위태롭고 고달픈 상황이 이처럼 심한 지경에 이르렀다. 매우 망극하다.

◎ — 12월 27일

아침에 집사람의 증세가 좀 나아졌다. 머리가 아프고 갈빗대가 아픈 것이 어제저녁보다는 낫지만, 여전히 그 증상이 아주 없어지지는 않았다. 정신이 흐려지고 팔다리가 노작지근한 것이 배나 심해져서 종일토록 눈을 감고 뜨지 않는다. 먹고 마시기를 극도로 꺼려 온종일 마신 것이라고는 겨우 죽물 반 그릇뿐이다. 답답하고 걱정스럽다.

◎ ― 12월 28일

집사람의 증세가 지난밤은 어제와 같더니 아침에는 나아진 듯하다. 그러나 먹고 마시기를 꺼리는 것은 여전하다. 김업산이 꿩 1마리를 가져왔다. 못 잡았다고 둘러대다가 20여 일 만에 처음으로 꿩 1마리를 가져왔다. 괘씸하지만 어찌하겠는가. 지난밤 꿈에 임경흠이 나타났다. 한 달 새 두 번이나 꿈에 나오니 슬프다.

오후에 평강(오윤겸)이 서둘러 왔다. 제 어미가 병이 위중하다고 들었기 때문이다. 윤겸을 통해 들으니, 언명은 지난 26일에 떠났고 제수는 일일이 준비해 보냈다고 한다. 김언신의 이름을 일수(日守)에서 빼고 관안(官案)에 충당하여 정했는데, 바로 장풍년의 봉족(奉足)이 심문받던 도중 사망한 그 자리*라고 한 차첩(差帖)을 가지고 왔다. 기쁘다. 여러 해 사환으로 부리면서 정이 도타웠기 때문에, 일의 형편상 몹시 어렵기는 하지만 억지로 청하여 제명시킨 것이다.

평강(오윤겸)이 중미 20말, 전미(田米) 5말, 잣 3말, 개암 1말, 들기름 3되, 참기름 2되, 누룩 3덩어리, 날꿩 7마리, 꿀 5되, 술 1병 등의 물건을 가지고 왔다.

---

* 일수(日守)에서……자리: 봉족(奉足)은 보조자이다. 평민이 출역(出役)했을 경우에 출역하지 않은 여정(餘丁) 한두 사람을 정정(正丁)에게 주어서 집안일을 도와주도록 했는데 뒤에는 여정에게 재물만을 내게 하여 정정을 보조했다. 원문에 '張豊年奉足物故本云'이라고 되어 있는데, 이때 '本'은 주로 어떤 관직이나 직임에 임명하는 차첩(差帖)에 많이 쓰였다. '~대신'이라는 의미이다. 김현영, 『古文書용어풀이-本字攷』, 2004, 343쪽. 여기에서는 김언신을 장풍년의 봉족이 심문받던 도중 사망한 그 자리에 대신 충당하여 정했다는 뜻으로 보인다.

◎ ─ 12월 29일

집사람의 증세에 점점 차도가 있다. 몹시 기쁘다. 현에서 만든 국수와 떡, 말린 문어 1마리, 말린 연어 1마리, 대구알 2편을 가져왔다. 세모(歲暮)는 다가오는데 집사람의 병 때문에 새해 아침의 자릿조반에 놓을 음식을 준비할 정신이 없었다. 때문에 평강(오윤겸)이 준비하여 보내도록 한 것이다.

◎ ─ 12월 30일

집사람의 증세에 더욱 차도가 있어 죽과 미음을 연달아 마시고, 정신이 혼미하고 팔다리가 노작지근한 증세 역시 덜하다. 그러나 평상시처럼 회복되지는 못했다. 현에서 날꿩 4마리와 말린 은어 20두름을 가져왔다. 내일이 설날인데 집사람의 병 때문에 위아래가 흥겨운 마음이 없었다. 그런데 지금은 증세가 나아지고 있으니, 이로 인해 온 집안 식구들의 기쁨을 이루 말할 수 없다. 최판관이 편지를 보내 안부를 물었다.

생원(오윤해)의 사내종 춘이가 한양에서 어제 들어왔다. 덕노가 오지 않는 까닭에 대해 물었더니 말하기를, "광노의 집에서 들으니, 덕노가 처음 한양에 갔을 때 지니고 있었던 은어를 명나라 군사에게 대다수 빼앗긴데다 한양 시장에서도 팔지 못하여 그길로 곧장 기내 시장으로 내려갔는데 아직 돌아오지 않았다고 했습니다."라고 했다. 덕노의 일이 매번 이와 같으니, 탄식한들 어찌하겠는가. 집안에 부릴 사람이 없어서 이 사내종에게만 의지하니, 이것이 누구의 잘못이겠는가.

◎ ― 잡기(雜記)

올해 중금 밭의 소출은 기장, 피, 조 모두 합쳐서 전섬으로 2섬 16말 4되, 녹두가 7말 5되, 메밀이 13말 5되, 두(豆)가 평섬으로 1섬 9말 1되, 태(太)가 평섬으로 6섬 4말 5되이다. 모두 합치면 11섬 11말이다.

태(太)가 평섬으로 17섬 11말, 두(豆)가 7섬 9말, 메밀이 전섬으로 5섬, 녹두가 8말, 들깨가 18말, 차조가 전섬으로 1섬 16말, 반직(半稷)이 전섬으로 8섬 8말 5되, 조가 전섬으로 11섬 1말이니, 모두 합치면 52섬 11말 5되 -원문 빠짐- 이다. 올해 우리 집에서 지은 것과 중금 밭의 소출을 합치면 모두 64섬 2말 5되이다.

이자미(이빈)의 첩에 대해 지난날에 들어 보니, 난리를 만났는데도 절개를 지키며 시집가지 않아 깊이 -원문 빠짐- 여겼다. 그 뒤에 한양에서 와서 들으니 옛 동네 근처에 살고 있다고 하기에, 향비를 보내 안부를 물었다. 그녀 또한 나를 찾아와서 보았는데, 평생 그 뜻이 변치 않을 것이라고 여겼다. 또 그 뒤로 몇 년 전에 광노에게 잘못 시집을 왔는데 며칠 뒤에 광노가 비로소 깨달았고 우리 집에서도 역시 이 소식을 듣고 광노에게 즉시 내쫓아 버리라고 했다. 그 뒤에 광노가 또 다른 사람에게 장가들었는데 직접 그 집에 찾아가서 질투하고 욕하기를 그치지 않으니, 사람이 부끄러움이 없는 것이 이러한 지경에 이르렀다. 만약 그때 바로 죽었다면 그 끝이 어떠했겠는가. 사람이란 반드시 처음과 끝을 본 뒤에야 그 진위 여부를 알 수 있다. 이후로는 마침내 발길을 끊고 오가지 않았으니, 또 개가하여 어디에 살고 있을는지 모르겠다.

◎ ─ 안악에 사는 계집종 복시

일소생 사내종 중이(仲伊)는 억귀(億貴)와 함께 그 아비 은광이 아뢰어 값을 주었다.

이소생 사내종 천수(天壽)는 죽었다고 한다. 죽고 사는 것 또한 숨겼으니, 훗날 찾아낼 것이다.

삼소생 사내종 억귀는 마전 군수 신홍점에게 매를 맞아 죽었다고 한다.

사소생 사내종 하수(河水)와 오소생 사내종 천귀(千貴)는 모두 올해 태어났는데, 모두 숨기고 태어난 것을 말하지 않았다.

갑진년(1604년, 선조 37)에 외변(外邊, 외가)의 노비인 하수가 신공을 바치러 왔을 때 들었을 뿐이다.

◎ ─ 문천(文川)에 사는 유루노비(遺漏奴婢)

계묘년(1603년, 선조 36)에 세봉(世鳳)이 아뢴 것이다. 병자년(1576년, 선조 9)에 협의하여 분배한 -원문 빠짐- 소생인데, 그때 사는 곳을 알지 못했기 때문에 나누지 못해서 모두 유루되었다.

◎ ─ 사내종 춘동(春同)

일소생 계집종 언지(彦之)는 나이 40여 세로, 문천군(文川郡)에 사는 영리(營吏) 채홍남(蔡弘男)이 사서 -원문 빠짐- 했는데, 도망갔다고 한다. 봉학(鳳鶴)이 내다 팔았다고 한다. 그 아버지 서동(書同)은 아산댁(牙山宅)에게 유산으로 나눠주었는데, -원문 빠짐- 소생은 모른다.

이소생 사내종 귀인(貴仁)은 나이 32세로, 봉학이 당시 한창 집에서 사환으로 부렸다고 한다.

삼소생 계집종 봉개(鳳介)는 나이 30세로, 언니 언지가 도망갈 때 데리고 갔다. 평안도로 갔다고 한다.

◎ ─ 계집종 막금(莫今)

일소생 계집종 논금(論今)은 나이 34세로, 봉학이 문천 사람에게 팔았고 문천 사람이 또 북청(北青)에 사는 강윤박(姜允朴)에게 팔았는데 모두 도망갔다. 논금은 지금 정평(定平) 지역에 살고 있다고 하는데, 몇 년 동안 부렸다.

이소생 사내종 논근(論斤)은 나이 32세로, 을사년(1605년, 선조 38) 1월에 붙잡혀 와서 다른 사람의 머슴이 되었다. 교하(交河)에 산다.

삼소생 계집종 봉춘(鳳春)은 나이 25세로, 전 좌랑(佐郎) 윤횡(尹宖)의 첩 금란(今蘭)이 샀을 때 막 집에서 사환으로 부렸다. 그런데 윤횡이 지금 수원 땅에 있어, 봉학이 내쳤다고 한다. 윤횡의 첩은 문천 관아의 계집종이라고 한다.

◎ ─ 계집종 보배(寶杯)

일소생 사내종 세봉은 나이 36세로, 계묘년(1603년, 선조 36) 4월에 와서 뵈었다. 장흥 고읍(古邑)의 하도(下道) 돌정자(乭亭字)에 사는 노비로, 바로 몫으로 분배받은 자이다.

◎ ─ 계집종 무숭(武崇)

일소생 사내종 천수는 나이 ○○세로, 윤겸이 과거에 급제했을 때[*]

별급(別給)해 주었다.

이소생 사내종 천만(千萬)은 나이 ○○세이다.

삼소생 사내종 눌질금(訥叱金)은 나이 ○○세이다.

◎ ─ 강진 지력면(智力面) 율촌(栗村)에 사는 사내종 사금

사금은 윤겸이 과거에 급제했을 때 별급해 주었다.

일소생은 사내종 정남(丁男)이다.

이소생은 계집종이다.

....

*   윤겸이……때: 오윤겸은 1597년 문과에 급제했다.

서해문(誓海文)

—

승냥이와 범의 소굴 속에서 2년 동안 사신의 부절(符節)을 지녔는데,[*] 이제 또 이무기와 교룡(蛟龍)의 바다에서 8월의 뗏목을 탔습니다. 몸을 바치는 것을 달갑게 여기며 머리를 숙여 스스로 맹세합니다.

삼가 생각건대, 아무개는 위태롭고 혼란스러운 때를 만나 나라의 부름을 받아 힘을 다할 것을 허락했습니다. 비록 험하고 어려운 일을 두루 겪었지만, 오랑캐의 땅에서라도 행해질 수 있을 것입니다.

충성스러운 마음이 변하지 않을 것이니, 위로 하늘에 물어보아도 부끄러움이 없을 것입니다. 4천 리의 먼 길에 어찌 조금이라도 수고를 아끼겠습니까. 30년 공부가 바로 오늘에야 효험이 있을 것입니다. 다만 나랏일은 소홀히 할 수 없으니,[*] 더욱 신의 직분에 마땅히 해야 할 바이기에 곧게 돛을 달고 멀리 일본 땅으로 갑니다.

진실로 사직을 편안히 하고 나라를 이롭게 할 수 있다면 죽음 또한 사양하지 않을 것이지만, 만약 왕명을 욕되게 하고 이 몸의 절개를 잃게 된다면 산다 한들 무슨 보탬이 되겠습니까. 삼가 바라건대, 영성(靈聖)께서는 이 정성을 굽어살피소서. 다행히 이 말이 거짓이 아니라면 하늘도 알아주시려니와, 만약 조금이라도 태만함이 있다면 신께서 저를 죽이실 것입니다.

위의 서해문은 바로 황사숙이 명을 받아 일본에 사신으로 갈 때에

---

* 승냥이와……지녔는데: 황신이 1595년에 황조(皇朝)의 명에 따라 심유경과 함께 웅천의 왜영(倭營)에 가서 1년 동안 머물며 왕래했던 일을 가리킨다.
* 나랏일은……없으니:《시경》〈소아(小雅)·사모(四牡)〉에 "4필의 말이 쉴 새 없이 달려가니, 큰길이 구불구불하도다. 어찌 돌아가길 생각지 않으랴만, 나랏일을 소홀히 할 수 없기에 내 마음이 슬퍼지노라[四牡騑騑 周道倭遲 豈不懷歸 王事靡盬 我心傷悲]."라고 한 데서 나왔다.

良古耶(지금의 名古屋)에 이르러 바람을 만나 배가 거의 뒤집히려고 하자 글을 지어 바다에 던진 것이다.*

이필(李泌)*

—

하늘은 나를 덮어 주고 땅은 나를 실어 주니	天覆吾地載吾
천지가 나를 낳아 준 데 뜻이 있는가 없는가	天地生吾有意無
아니면 곡기를 끊고 하늘로 올라가거나	不然絶粒升天衢
아니면 패옥 울리면서 황도에서 놀리라	不然鳴珮遊帝都
어찌 귀하지도 못한데 가지도 못하고서	安能不貴復不去
부질없이 꼿꼿이 한 필부가 되겠는가	空作昂藏一丈夫

푸른 버들로 깊이 닫아 건 곳 누구의 집인가	綠楊深鎖誰家院
님 급히 달려가 막 오줌을 누는데	佳人急走行方便

·········

* 서해문은……것이다: 황신이 1596년 8월 25일에 왜의 통신사로 차출되어 일본으로 갈 때 바다에 풍랑이 일자 글을 지어 바다에 맹세하는 글을 지었는데,〈서해문(誓海文)〉이 바로 그 것이다. 황신의 저서《일본왕환일기(日本往還日記)》에 바다에 바람이 요란하게 불었던 당시 상황이 간략히 기재되어 있다. 내용을 소개하면 "아침에 배를 띄워 바다로 나갔는데, 바람이 너무 사나워 뛰는 물결이 꿈틀거리며 치솟았다. 바다 한가운데에 이르자 돛 끈이 바람에 못 이겨 끊어지려 하고 배가 기울어 거의 뒤집히려고 했으며 돛대의 윗머리가 갈고리처럼 구부러져서 그 끝이 바다의 파도와 서로 맞닿았는데, 파도의 거품이 배 안에 뿌려져 비 오듯 하며 배 가는 것이 마치 말이 뛰어가듯 하므로 배 안의 사람들이 모두 실색(失色)했다."라고 하였다.

* 이필(李泌): 722~789. 당나라 때의 명신이다. 현종(玄宗), 숙종(肅宗), 대종(代宗), 덕종(德宗) 등 네 조정을 차례로 섬겼다. 현종 때에 한림의 직책에 있으면서 태자에게 매우 두터운 예우를 받았으나, 뒤에 양국충(楊國忠)의 무함으로 물러나 영양에 은거했다. 숙종이 즉위하자 진알하여 천하의 성패에 대해 말하니, 숙종이 기뻐하여 벼슬을 제수하고자 했으나 끝내 사양하고 빈객(賓客)의 신분으로 있으면서 국사(國事)의 의논에 참여했다. 이 글은 어렸을 때 지은〈장가행(長歌行)〉이다.《신당서(新唐書)》권139〈이필열전(李泌列傳)〉.

비단 치마 걷어 올리고	揭起綺羅裙
화심을 드러내네	露出花心現
푸른 이끼 낀 자국 뚫으니	衝破綠苔痕
젖은 땅에 진주가 흐르누나	浸地珍珠濺

　―이상은 기생이 치마를 걷고 달려가 땅에 오줌을 눈 것에 대해 쓴 것이다―

　신축년(1601년, 선조 34)에 비변사의 환자 전미(田米) 1섬을 세 집에서 나누어 썼는데, 아직 갚지 못했다. 그 뒤에 본 책(冊)을 살펴보니 모두 3말 5되를 더 냈고 기장은 오직 남상문의 집에서만 나왔으니, 어떤 이유로 이렇게 되었는지 모르겠다.

　수찬(修撰) 오윤겸의 이름으로 좁쌀 8말 4되 5홉이다.

　전 군수 남상문의 이름으로 좁쌀 8말 4되 5홉, 기장 11말이다.

　유학 오희철(吳希哲) 좁쌀 8말 4되 5홉, 콩 5말 5되이다.

　이 콩은 홀로 ―원문 빠짐― 받았다. 당초에 내 아우의 이름으로 받았다가 세 집에서 각각 5말씩 나누어 쓴 것인데, 윤겸이 전혀 ―원문 빠짐― 않았으니, 훗날 바칠 것을 독촉하면 이 책을 내면 될 것이다.

긴 밤 일 년 같은 객중 신세	長夜如年客裡身
짧은 이불 다 해져 베개맡의 봄이라오	短衾消盡枕邊春
맑은 강 무심한 달 적막하고	晴江寂寞無心月
고향 꿈에서 뜻 맞는 이와 노니네	鄕夢流連得意人

몇 번이던가 깨고 나면 전혀 볼 수 없는데   幾度覺來渾不見

문득 잠들고 나면 또 서로 친하네   卻緣眠去又相親

부질없어라 어렴풋하여 참된 만남 아니니   空餘恍惚非眞會

더욱 그리워 눈물로 수건 적신다오[*]   贏得相思淚滿巾

화려한 난간 나서던 이별 어렴풋이 생각하니   憶別依依出畫欄

이생에서 다시 보기 어려울 줄 누가 알았으랴   誰知復見此生難

상호엔 달 이지러지고 물결 흔적 서늘하고   湘湖月缺波痕冷

무협에 구름 걷히자 산 빛 차가워라   巫峽雲消山色寒

수틀 쓸쓸하여 바느질 끊겼고   繡架寂寥針線斷

화장대 낡아 분과 연지 말랐네   妝奩零落粉脂乾

가물거리는 등불에 술 깨니 원숭이 울음 끊기고   燈殘酒醒猿啼絕

괜시리 서쪽 창 바라보니 눈에 눈물 가득하네   空向西窓淚眼漫

....

*   긴 밤……적신다오: 이 시는 《국색천향(國色天香)》 권7에 수록되어 있다. 《국색천향》에는 전
통적으로 일컬어 왔던 유서(儒書)와는 달리 시사고론(詩詞誥論) 등의 전통적인 한문 문체뿐
만 아니라 당시 유행하던 통속적인 소설까지 수록되어 있다. 명나라 말기인 1587년에 편집
되어 조선과 일본에까지 유입될 정도로 통속물로서의 인기를 누린 작품으로 평가된다. 정용
수, 「『국색천향(國色天香)』의 통속적 성격과 조선 유입의 의미」, 『석당논총』 57, 동아대학교
석당학술원, 2013, 2~4쪽. 한편 '空餘恍惚非眞會'의 '여(餘)' 자가 원시에는 '친(親)'자로 되
어 있다.

〈정유일록〉, 〈무술일록〉 인명록

고언백(高彦伯) ?~1608. 본관은 제주(濟州)이다. 교동의 향리로 무과에 급제했고, 군관, 변장을 역임했다. 임진왜란이 일어나자 영원 군수로서 대동강 등지에서 적을 맞아 싸우다가 패배했고, 계속 분전하여 그해 9월에 왜병을 산간으로 유인해 지형을 이용하여 62명의 목을 베었다. 그 이듬해에 양주에서 왜병 42명을 참살하여 그 공으로 선조(宣祖)가 그를 특별히 당상관으로 올리고 양주 목사로 삼아 능침(陵寢)을 보호하도록 했다. 양주에서는 장사를 모집하여 산속 험준한 곳에 진을 치고 복병했다가 왜병을 공격하여 전과를 크게 올렸다. 태릉이 한때 왜군의 침범을 받았으나 그의 수비로 여러 능이 잘 보호될 수 있었다. 경기도 방어사로서 명나라 군사를 도와 한양 탈환에 공을 세우고 경상 좌도 병마절도사로 승진했으며, 정유재란 때는 다시 경기도 방어사가 되어 전공을 크게 세웠다.

구의강(具義剛) 1559~1612. 본관은 능성(綾城). 자는 자화(子和), 호는 해문(海門)이다. 1596년 정시 문과에 급제했다. 호조참판, 대사간, 대사성 등을 지냈다.

권징(權徵) 1538~1598. 본관은 안동(安東), 자는 이원(而遠), 호는 송암(松菴)이다.

임진왜란이 일어나자 경기도 지방의 중요성을 감안해 경기도 관찰사에 특별히 임명되어 임진강을 방어해서 왜군의 서쪽 지방 침략을 막으려고 최선을 다했다. 그러나 패배하고 삭녕에 들어가 흩어진 군사를 모아 군량미 조달에 힘썼으며, 권율(權慄) 등과 함께 경기도, 충청도, 전라도의 의병을 규합해 왜군과 싸웠다. 1593년에 한양 탈환 작전에 참가했으며, 명나라 제독 이여송(李如松)이 추진하는 화의에 반대하여 끝까지 왜군을 토벌할 것을 주장했다. 병조판서, 공조판서 등을 지냈다.

김경(金璥) 1550~?. 본관은 연안(延安), 자는 백온(伯蘊)이다. 1579년 생원시에 입격했다.

김권(金權) 1549~1622. 본관은 청풍(淸風), 자는 이중(而中), 호는 졸탄(拙灘)이다. 성혼(成渾)의 문인이다. 1580년 별시 문과에 급제했다. 1595년 8월에 삼척 부사에 제수되었다. 연안 부사, 사복시 첨정, 호조참판 등을 지냈다.

김니(金柅) 1540~1621. 본관은 전주(全州), 자는 지중(止中), 호는 유당(柳塘)이다. 1582년 식년 문과에 급제했다. 임진왜란 때 군대를 거느리고 김응서(金應瑞)와 함께 진두에서 많은 공을 세워 선무원종공신에 책록되었다. 황해도 관찰사 등을 지냈다.

김제남(金悌男) 1562~1613. 본관은 연안(延安), 자는 공언(恭彦)이다. 둘째 딸이 선조의 계비 인목왕후(仁穆王后)가 되어 연흥부원군(延興府院君)에 봉해졌다. 연천 현감 등을 지냈다.

김지남(金止男) 1559~1631. 본관은 광산(光山), 자는 자정(子定), 호는 용계(龍溪)이다. 오희문의 매부이다. 1591년 사마시에 입격하고, 같은 해 별시 문과에 급제했다. 1593년에 정자(正字)가 되었다. 임진왜란이 일어나 선조가 서쪽으로 피난했을 때 노모의 병이 위독하여 호종하지 못하고 호남에 머물며 의병을 소집하여 적을 막을 계책을 세웠다. 이후 여러 벼슬을 거쳐 경상도 관찰사에 이르렀다. 저서로 《용계유고(龍溪遺稿)》가 있다.

김창일(金昌一) 1548~1631. 본관은 경주(慶州), 자는 형길(亨吉), 호는 사한(四寒)이다. 세자익위사 부솔, 안악 군수 등을 지냈다.

김태좌(金台佐) 1541~?. 본관은 공주(公州), 자는 백섭(伯燮), 호는 수박자(守朴子)이다. 1588년 식년 문과에 급제했다. 안산 군수, 중화 부사 등을 지냈다.

김흥국(金興國) 1557~1623. 본관은 순천(順天), 자는 경인(景仁), 호는 수북정(水北亭)이다. 1589년 증광 문과에 급제했다. 형조정랑, 영변·회양·양주 등의 수령을 지냈다.

나옹(懶翁) 고려 말의 승려이다. 혜근(慧勤)이라고도 한다. 호는 나옹 또는 강월헌(江月軒)이다. 공덕산 묘적암에 있는 요연선사(了然禪師)를 찾아가 출가했다. 1347년에 원나라로 건너가 연경 법원사에서 나중에 조선 태조(太祖)의 왕사(王師)가 된 무학대사(無學大師)와 함께 머물렀다. 그곳에서 인도승 지공(指空)의 지도를 받으며 4년 동안 지내다가 1358년에 귀국했다. 고려 말의 고승인 보우(普愚)와 함께 조선 불교의 초석을 세운 고승으로 평가받고 있다. 여주 신륵사에서 입적했다.

남상문(南尙文) 1520~1602. 본관은 의령(宜寧), 자는 중소(仲素), 호는 쌍호(雙湖)이다. 오희문의 매부이다. 성리학과 경사를 두루 익혔고, 명나라 경리 양호와 경학을 논하였는데, 양호가 그의 학식에 감동하였다. 고성 군수를 지냈다. 《월사집(月沙集)》 권48 〈첨지남공묘지명(僉知南公墓誌銘)〉.

류경종(柳慶宗) 1565~1623. 본관은 진주(晉州), 자는 선원(善元)이다. 1595년 별시 문과에 급제했다. 동부승지, 황해도 감사, 대사헌 등을 지냈다.

류공진(柳拱辰) 1547~1604. 본관은 진주(晉州), 자는 백첨(伯瞻)이다. 1583년 별시

문과에 급제했다. 남원 부사, 사섬시 정 등을 지냈다.

류담(柳潭) 1560~?. 본관은 전주(全州), 자는 이정(而靜)이다. 1594년 정시 문과에 급제했다. 형조정랑 등을 지냈다.

류몽인(柳夢寅) 1559~1623. 본관은 고흥(高興), 자는 응문(應文), 호는 어우당(於于堂), 간재(艮齋), 묵호자(默好子)이다. 1589년 증광시 문과에 장원으로 급제했다. 임진왜란 때 대명(對明) 외교를 맡았고, 세자의 분조(分朝)에도 따라가 활약했다. 병조참의, 도승지 등을 지냈다.

류역(柳湙) 1567~?. 본관은 고흥(高興), 자는 호숙(浩叔)이다. 1597년 별시 문과에 급제했다.

류영건(柳永健) 1535~1599. 본관은 전주(全州), 자는 건지(健之)이다. 1564년 진사시에 입격했다. 괴산 군수, 수원 부사 등을 지냈다.

류표(柳滮) 1541~?. 본관은 문화(文化), 자는 윤숙(潤叔)이다. 1582년 생원시에 입격했다.

류희림(柳希霖) 1520~1601. 본관은 문화(文化), 자는 경열(景說)이다. 임진왜란이 일어나자 첨지중추부사로서 왕을 호종하여 좌승지로 발탁되었다. 1593년에 동지중추부사, 그다음 해에 예조참판이 되었다. 이때 영의정 류성룡(柳成龍) 과 함께 상소하여 세자로 하여금 군국기무(軍國機務)를 관장하도록 청했다.

마귀(麻貴) ?~?. 명나라의 장수이다. 호는 소천(小川)이며 대동위(大同衛) 출신으로 선조는 회회[回回, 회흘(回紇)] 사람이다. 정유년(1597) 6월에 흠차 제독 남북 관병 어왜 총병관(欽差提督南北官兵禦倭摠兵官) 후군도독부 도독동지(後軍都督府都督同知)로 나와 경리(經理) 양호(楊鎬)와 함께 도산(島山, 울산 왜성)을 공격하였는데, 아군이 적의 포탄에 많이 다치고 성이 험준하여 함락시키기가 어려웠다. 이에 제독이 한 쪽을 틔워주어 적이 도망가게 한 다음 복병을 요로(要路)에 설치해 요격하자고 청했으나 경리가 듣지 않았는데 뒤에 결국 아무 공이 없게 되었다. 마귀는 용모가 위걸스럽고 검붉은 얼굴에 백발이 성성하였으며 돌아보면 위풍이 감돌아 멀리서 보기만 해도 그가 대장이라는 것을 알수 있었는데, 몸가짐이 간소하여 연로(沿路)에서 모두 편하게 여겼다. 무술년(1598)에 다시 울산 왜성을 공격했으나 성과를 올리지 못했고 기해년(1599년) 4월에 돌아갔다.

민기문(閔起文) 1511~1574. 본관은 여흥(驪興), 자는 숙도(叔道), 호는 역암(櫟菴)이다. 1540년 식년 문과에 급제하여 훈련원 도사, 홍문관 전한, 직제학, 대사성 등을 지냈다.

민준(閔濬) 1532~1614. 본관은 여흥(驪興), 자는 중원(中源), 중심(仲深), 호는 국은(菊隱)이다. 1561년 사마시에 입격하여 진사가 되었고, 1576년 식년 문과에 급제했다. 임진왜란이 일어나 조정이 북으로 파천(播遷)하자 선조를 의주까지 호종했다. 그해 좌부승지가 되어 어려운 행궁(行宮)의 국사 처리에 종사했고, 조정이 도성으로 돌아온 뒤인 1593년 호조참의가 되었다.

민충남(閔忠男) 1540~1605. 본관은 여흥(驪興), 자는 직부(直夫)이다. 뒤에 민중남(閔中男)으로 개명했다. 1572년 별시 문과에 급제했다. 안주와 중화의 수령을 지냈다.

박동언(朴東彦) 1553~1605. 본관은 반남(潘南), 자는 인기(仁起)이다. 1588년 진사시에 입격했다. 임진왜란이 일어나자 강원도 소모사(召募使)로 나가 군사를 모집했다. 내승, 공조좌랑, 사섬시 첨정, 철원 부사, 봉산 군수를 지냈다.

박동열(朴東說) 1564~1622. 본관은 반남(潘南), 자는 열지(悅之), 호는 남곽(南郭) 또는 봉촌(鳳村)이다. 신응구(申應榘)의 막내 매부이다. 1594년 정시 문과에 장원으로 급제했다. 황주 목사, 성균관 대사성 등을 지냈다.

박춘무(朴春茂) 1568~1646. 본관은 밀양(密陽), 자는 내문(乃文), 호는 나곡(蘿谷)이다. 이지함(李之菡)의 문하에 나아가 역리(易理)를 통하여 병법을 익혔다. 임진왜란 때 형 박춘영(朴春英)과 함께 의병을 일으켜 큰 공을 세우고 선무원종공신에 녹훈되었다.

박홍구(朴弘耇) 1552~1624. 본관은 죽산(竹山), 초명은 홍로(弘老), 자는 응소(應邵), 호는 이호(梨湖)이다. 원래 이름은 박홍로(朴弘老)였는데, 박홍구로 바꾸었다. 1582년 식년 문과에 급제했다. 1594년에 각 도의 군사 훈련을 권장하고 수령의 폐단을 막기 위해 암행어사로 하삼도(下三道)에 파견되었으며, 군량미 조달을 하는 전라 조도어사를 지냈다. 충청·전라도 관찰사를 지내고, 이조판서·좌의정에 올랐다.

박희성(朴希聖) 1538~?. 본관은 비안(比安), 자는 사수(士修)이다. 1583년 별시 무과에 급제했다. 영월 부사를 지냈다.

백유함(白惟咸) 1546~1618. 본관은 수원(水原), 자는 중열(仲說)이다. 백유항(白惟恒)의 동생이다. 1570년에 사마시에 입격했고, 1576년 식년 문과에 급제했다. 승정원 동부승지를 지냈다. 임진왜란이 일어나자 의주로 왕을 호종했으며 홍문관 직제학이 되었다. 명나라 군사들의 군량을 조달하라는 특수 임무를 부여받고 윤승훈(尹承勳)과 함께 군량미 2만 석을 조달했고, 이어서 정주에서도 많은 군량미를 모았다. 정유재란이 일어나자 호군(護軍)이 되어 명나라 사신 정응태(丁應泰)를 접반했다.

백유항(白惟恒) 1545~?. 본관은 수원(水原), 자는 중상(仲常)이다. 1576년 식년시에 입격했으며, 창평 현령을 지냈다.

서성(徐渻) 1558~1631. 본관은 대구(大丘), 자는 현기(玄紀), 호는 약봉(藥峯)이다. 1586년 알성 문과에 급제했다. 1596년 겨울에 조정에서 왜적이 영남 좌도에 있어 영동이 위태롭다고 하면서 서성을 강원도 관찰사에 임명했다.《약봉유고(藥峯遺稿)》권3 〈부록(附錄)·가장(家狀)〉.

서인원(徐仁元) 1544~1604. 본관은 이천(利川), 자는 극부(克夫)이다.《국역 선조실록(宣祖實錄)》29년 8월 4일 기사에 서인원이 춘천 부사에 임명된 일이 보인다.

성수익(成壽益) 1528~1598. 본관은 창녕(昌寧), 자는 덕구(德久), 호는 칠봉(七峯)이다. 1552년에 생원이 되었고, 1559년 정시 문과에 급제했다. 임진왜란이 일어나자 왕을 호종하여 영유에 머물 때 형조참판 겸 오위도총부 부총관에 제수되었다. 왜적이 물러가자 왕비를 해주로 호종하기도 했다. 정유재란 때 부총관으로 왕비를 수안으로 호종하다가 병을 얻어 이듬해 해주에서 죽었다. 《지천집(芝川集)》권4 〈가선대부예조참판성공묘지명병서(嘉善大夫禮曹參判成公墓誌銘幷序)〉, 『한국문집총간(韓國文集叢刊)』》41집.

소응궁(蕭應宮) ?~?. 명나라의 관료이다. 호는 관복(觀復)으로 직례(直隷) 소주부(蘇州府) 상숙현(常熟縣) 사람이며 갑술년(1574)에 진사가 되었다. 정유년(1597) 7월에 흠차 정칙 요양 등처 해방 병비(欽差整勅遼陽等處海防兵備) 산동안찰사(山東按察使)로 나왔다. 당시 심유경(沈惟敬)이 죄에 걸려 붙잡혀 가자, 그를 구해 주려 하다가 요동순안어사(遼東巡按御史)의 탄핵을 받고 삭직(削職)되어 같은 해 9월에 돌아갔다.

송영구(宋英耈) 1556~1620. 본관은 진천(鎭川), 자는 인수(仁叟), 호는 표옹(瓢翁), 모귀(暮歸), 일표(一瓢), 백련거사(白蓮居士)이다. 1584년 문과에 급제하여 승문원에 배속되었다가 이듬해 승정원 주서에 임명되었다. 임진왜란이 일어나자 도체찰사 정철(鄭澈)의 종사관으로 발탁되었고, 1593년에 군사 1천여 명을 모집하여 행재소로 향했으며, 3월 27일에 사헌부 지평에 임명되었다. 경상도 관찰사, 병조참판 등을 지냈다. 정유재란 때에는 충청도 관찰사의 종사관이 되었다.《국역 선조실록》26년 3월 27일.

신괄(申栝) 1529~1606. 본관은 고령(高靈)이다. 함열 현감 신응구(申應榘)의 막내 숙부이다. 대흥 현감을 지냈다.

신벌(申橃) 1523~1616. 본관은 고령(高靈), 자는 제백(濟伯)이다. 함열 현감 신응구 (申應榘)의 아버지이다. 안산 군수, 세자익위사 사어 등을 지냈다.

신순일(申純一) 1550~1626. 본관은 평산(平山), 자는 순보(純甫)이다. 오희문의 장 인 이정수(李廷秀)의 동생 이정현(李廷顯)의 사위이다.

신율(申慄) 1572~1613. 본관은 평산(平山), 자는 구이(懼而)이다. 1595년 별시 문 과에 급제하여 승정원 주서가 되었다. 임진왜란으로 불타 버린 실록의 중간 (重刊) 작업에 참여했다. 광해군이 즉위한 뒤《선조실록》편찬에 참여했다. 봉 산 군수를 지냈다.

신응구(申應榘) 1553~1623. 본관은 고령(高靈), 자는 자방(子方), 호는 만퇴헌(晩退 軒)이다. 오희문의 큰사위이다. 1594년에 재취 안동 권씨(安東權氏)가 죽고 난 뒤 오희문의 딸을 다시 부인으로 맞았다. 함열 현감, 충주 목사, 공조참의 등 을 지냈다.

신홍점(申鴻漸) 1551~?. 본관은 고령(高靈), 자는 충거(沖擧), 호는 우봉(牛峯)이다. 1588년 식년시에 입격했다. 마전 현감을 지냈다.

심열(沈說) ?~?. 본관은 삼척(三陟)이다. 오희문의 매부인 심수원(沈粹源)의 아들 로, 오희문의 생질이다. 양덕 현감 등을 지냈다.《어촌집(漁村集)》권11〈부 록·행장(行狀)〉.

심유경(沈惟敬) ?~1600?. 절강(浙江) 가흥(嘉興) 사람으로, 명나라에서 상인 등으로 활동했다. 병부상서 석성(石星)의 천거로 임시 유격장군(游擊將軍)의 칭호를 가지고 임진년(1592) 6월 조선에 나와 왜적의 실상을 정탐하였다. 조승훈이 제1차 평양성전투에서 패전한 뒤 같은 해 9월 평양성에서 고니시 유키나가

(小西行長)와 만나 협상하여 50일 동안 휴전하기로 하였다. 이를 계기로, 유격 장군 서도지휘첨사(署都指揮僉事)에 임명되어 경략의 휘하에서 일본과의 강화 협상을 전담하게 되었다. 명군의 벽제관 전투 패전 이후 협상을 통해 경성(한양)에 주둔하고 있던 일본군의 철수와 일본군에게 사로잡혔던 임해군·순화군 등 조선의 두 왕자의 석방을 이끌어내는 성과를 거두기도 하였다. 하지만 도요토미 히데요시(豐臣秀吉)를 일본 왕으로 책봉하고 조공무역을 허용하는 등 봉공(封貢)을 전제로 진행되었던 명과 일본의 강화협상이 결렬되고 1597 년 정유재란이 발발하자 심유경은 명나라 장수 양원(楊元)에게 체포되어 중국으로 보내졌다. 이후 금의위(錦衣衛) 옥(獄)에 갇혔다가 3년 만에 죄를 논하여 기시(棄市, 죄인의 목을 베어 그 시체를 길거리에 내다버리는 형벌)되었다.

안극인(安克仁) 1553~?. 본관은 순흥(順興), 자는 백영(伯榮)이다. 1582년 식년시에 오윤겸(吳允謙)과 함께 입격했다.

안창(安昶) 1549~?. 본관은 죽산(竹山), 자는 경용(景容), 호는 석천(石泉)이다. 음관(蔭官)으로 벼슬길에 올라 결성 현감, 통천 군수, 회양 부사 등을 지냈다. 1606 년 상의원 정과 종부시 정을 거쳐 1607년 공주 목사에 임명되었으나, 사헌부의 탄핵을 받아 파직되었다.

양방형(楊方亨) ?~?. 산서(山西) 사람으로 호는 태우(泰宇)이며 무진사(武進士)로 벼슬길에 나섰다. 을미년(1595) 4월에 흠차 책봉 일본부사(欽差冊封日本副使) 좌도독부 서도독첨사(左都督府署都督僉事)로 나와 같은 해 10월 부산 일본군의 진영에 들어갔다. 정사(正使) 이종성이 도망간 뒤 정사가 되어 병신년(1596) 6 월에 일본에 갔으나 도요토미 히데요시가 매우 거만하게 대했으며 그를 왕으로 봉하는 일도 이뤄지지 않았다. 같은 해 12월에 일본에서 돌아왔다가 정유년(1597) 정월에 중국으로 돌아갔다. 양방형이 처음 돌아와서는 도요토미가 조칙의 뜻을 잘 따르더라고 말해 병부상서 석성(石星)이 기뻐했다. 그러나 과도관(科道官)이 강력히 화의(和議)를 공격하자 양방형은 곧바로 또 주본을 올려 화의를 배척했다. 이에 석성이 크게 노하여 양방형의 반복무상함을 탄핵하여 같은 해 8월에 면직되었다.

양예수(楊禮壽) ?~1597. 본관은 하음(河陰), 자는 경보(敬甫), 호는 퇴사옹(退思翁)
이다. 1565년 어의(御醫)를 지냈다. 1595년 동지중추부사가 되었으며, 이듬해
태의(太醫)로《동의보감(東醫寶鑑)》편찬에 참여했다. 선조(宣祖) 초에《의림촬
요(醫林撮要)》를 저술했다. 임진왜란 때 의인왕후(懿仁王后)의 호종 의관이 되
기도 했다.

양호(楊鎬) ?~1629. 명나라의 관료이다. 호는 창서(滄嶼)로 하남(河南) 귀덕부(歸
德府) 상구현(商丘縣) 사람이며 만력 경진년(1580)에 진사가 되었다. 정유년
(1597) 6월에 흠차 경리 조선 군무(欽差經理朝鮮軍務) 도찰원 우첨도어사(都察
院右僉都御史)로 나와 평양에 머무르다 9월에 경성(한양)에 이르렀다. 같은 해
12월에 울산(蔚山)에 내려갔다가 무술년(1598) 2월에 경성에 돌아온 뒤 6월
에 탄핵을 받고 돌아갔다. 압록강을 건너올 때부터 엄하게 기율을 세워 단속
하였으며, 지나는 지방마다 매일 먹는 소채(蔬菜)도 모두 은냥(銀兩)을 꺼내
사서 마련토록 하였다. 당시에 적이 이미 한산(閑山)을 깨뜨리고 3로(路)로 침
략해 왔는데, 양원(楊元)이 남원(南原)을 지키지 못하고 패주하자 제독(提督)
등 여러 장수들이 모두 군대를 거두어 퇴각할 것을 생각하였다. 그러나 경리
가 단독으로 전진할 계책을 정하고 전속력으로 말을 달려와 경성에 도착하니
군대의 분위기가 안정되었으며 이윽고 적을 직산(稷山)에서 패주시켰다. 경리
가 직접 대군을 이끌고 먼저 도산(島山, 울산 왜성)으로 내려가 가토 기요마사
(加籐淸正)을 공격하면서 몸소 갑주(甲胄)를 입고 전진(戰陣)에 나아가 전투를
독려하였다. 맨 처음 태화강(太和江)의 왜적을 격파하고 전진하여 도산을 포
위하였는데, 성이 험준하여 쉽사리 함락시킬 수가 없었다. 또 10여 일을 경과
하는 동안 마침 큰 비가 쏟아져 병마(兵馬)가 피로에 지치고 추위에 떨자 군
대를 이끌고 안동(安東)으로 돌아왔다. 후퇴하는 과정에서 일본군의 습격을
받아 병력 손실이 적지 않았는데, 이 일로 군문찬획(軍門贊畫) 정응태(丁應泰)
에게 탄핵을 받아 중국으로 소환되었다.

여유길(呂裕吉) 1558~1619. 본관은 함양(咸陽), 자는 덕부(德夫), 호는 춘강(春江)이다. 통정대부, 병조참판, 남양 부사 등을 지냈다.

오달천(吳達天) 1598~1648. 오윤겸의 아들이다. 세자익위사 위솔, 과천 현령, 형조좌랑, 은진 현감, 김포 현령 등을 지냈다. 박병련 외,『해주 오씨 추탄가문을 통해 본 조선 후기 소론의 존재 양상』, 태학사, 2012, 241~242쪽.

오윤겸(吳允謙) 1559~1636. 본관은 해주(海州), 자는 여익(汝益), 호는 추탄(楸灘), 토당(土塘), 시호는 충정(忠貞)이다. 오희문의 큰아들이며, 성혼의 제자이다. 1582년 사마시에 입격했고 영릉(英陵), 광릉(光陵) 봉선전(奉先殿) 참봉을 지냈다. 임진왜란 때는 충청도·전라도 체찰사 정철의 종사관이 된 뒤 평강 현감으로 부임하여 선정을 펼쳤다. 1597년 대과에 급제하며 동래 부사, 충청도 관찰사, 이조판서 등을 거쳐 1626년에 우의정, 이듬해 정묘호란 때에 왕세자를 배종하고 돌아와 좌의정을 거쳐 영의정에 이르렀다. 저서로《추탄집(楸灘集)》,《동사상일록(東槎上日錄)》,《해사조천일록(海槎朝天日錄)》등이 있다.

오윤성(吳允誠) 1576~1652. 본관은 해주(海州), 자는 여일(汝一), 호는 서하(西河)이다. 오희문의 넷째 아들이다. 음직으로 벼슬하여 진천 현감을 지냈다.

오윤함(吳允諴) 1570~1635. 본관은 해주(海州), 자는 여침(汝忱), 호는 월곡(月谷)이다. 오희문의 셋째 아들이며, 성혼의 제자이다. 1613년에 사마 양시(兩試)에 입격했고, 산음 현감을 지냈다.

오윤해(吳允諧) 1562~1629. 본관은 해주(海州), 자는 여화(汝和), 호는 만운(晚雲)이다. 오희문의 둘째 아들이다. 숙부 오희인(吳希仁, 1541~1568)의 양아들로 들어갔다. 양어머니는 남원 양씨(南原梁氏, 1545~1622)이고, 아내는 수원 최씨(水原崔氏, 1568~1610)로 세마(洗馬)를 지낸 최형록(崔亨祿)의 딸이다. 1588년 식년시에 생원으로 입격했고, 1610년 별시에 급제했다.

오희철(吳希哲) 1556~1642. 본관은 해주(海州), 자는 언명(彦明)이다. 오희문의 남동생이다. 아내는 언양 김씨(彦陽金氏)로 김철(金轍)의 딸이다.

유정(劉綎) 1558~1619. 명나라의 장수이다. 자는 자신(子紳)이고 호는 성오(省吾)로 강서(江西) 남창부(南昌府) 홍도현(洪都縣) 사람이다. 계사년(1593) 2월에 흠차 통령 천귀한토관병 참장(欽差統領川貴漢土官兵參將)으로 보병 5,000명을 이끌고 나왔다가 얼마 뒤에 정왜 부총병(征倭副摠兵)으로 승진하였다. 오래도록 경상도 대구(大丘) 팔거현(八莒縣)에 주둔하였으며, 매우 검약한 생활을 하였다. 갑오년(1594년) 9월에 돌아갔다가 무술년(1598)에 흠차 제독 한토관병 어왜 총병관(欽差提督漢土官兵禦倭摠兵官) 후군도독부 도독첨사(後軍都督府都督僉事)로 재차 와서 서로(西路)의 왜적을 정벌하였다. 기해년(1599) 4월에 돌아갔다.

윤두수(尹斗壽) 1533~1601. 본관은 해평(海平), 자는 자앙(子仰), 호는 오음(梧陰)이다. 임진왜란 때 선조를 호종하여 좌의정에 올랐다. 평양에 있을 때 명나라의 원병 요청을 반대하고 평양성 사수를 주장했으며, 의주에서는 상소를 올려 선조의 요동(遼東) 피난을 막았다. 저서로《오음유고(梧陰遺稿)》등이 있다.

윤민헌(尹民獻) 1562~1628. 본관은 파평(坡平), 자는 익세(翼世), 호는 태비(苔扉)이다. 1599년 사마시에 입격하여 선공감역에 임명되었으나 나아가지 않았다.

윤방(尹昉) 1563~1640. 본관은 해평(海平), 자는 가회(可晦), 호는 치천(稚川)이다. 아버지는 영의정 윤두수이다. 철원 부사, 경기 감사, 형조판서, 영의정 등을 지냈다.

윤선정(尹先正) 1558~?. 본관은 파평(坡平), 자는 은로(殷老)이다. 1588년 식년시 무과에 급제했다. 임진왜란 때 경릉(敬陵), 창릉(昌陵) 등지에서 왜군과 대적했다. 고부 군수, 위원 군수, 종성 부사 등을 지냈다.

윤열(尹說) 1558~?. 본관은 파평(坡平), 자는 몽뢰(夢賚)이다. 1583년 무과에 급제했다. 평해 군수를 지냈다.

윤영현(尹英賢) 1557~?. 본관은 파평(坡平), 자는 언성(彦聖)이다. 1588년 생원시에 1등으로 입격한 뒤 1591년 왕자사부, 1596년 홍산 현감이 되었다. 이몽학의 난이 홍산에서 일어났을 때 홍산 현감이어서 이몽학 일당에게 사로잡혔다. 이로 인하여 역적에게 굴종했다는 죄로 의금부에 투옥되고 파직되었다.

윤중삼(尹重三) 1563~1619. 본관은 파평(坡平), 자는 지임(志任)이다. 1588년 사마 양시에 입격했고, 1606년 증광 문과에 급제했다. 강원도 관찰사를 지냈다.

윤환(尹晥) 1556~?. 본관은 해평(海平), 자는 군회(君悔)이다. 1582년 진사시에 입격했다. 이천 현감을 지냈다.

의엄(義儼) ?~?. 승려이다. 속명은 곽수언(郭秀彦)으로, 휴정(休靜)의 제자이다. 임진왜란이 일어났을 때 스승인 휴정을 도와 황해도에서 5백 명의 승병을 모집하여 왜군과 싸웠다. 1596년 첨지에 제수되었고 여주에 파사성을 쌓았다.

이경준(李景濬) ?~?. 본관은 한산(韓山)이다. 임진왜란이 일어나 선조가 의주로 피난할 당시 곽산 군수로 재직하다가 호종했고, 이어 황해도 병마절도사에 제수되었다. 그 뒤 관서 지역의 형세가 위급해지자 평안도 병마절도사가 되었는데, 남원과 무주 지역의 전투에서 왜군을 크게 무찌르는 공을 세웠다.

이귀(李貴) 1557~1633. 본관은 연안(延安), 자는 옥여(玉汝), 호는 묵재(默齋)이다. 오희문의 처사촌이다. 1592년 강릉 참봉으로 있던 중 왜적이 침입하자 의병을 모집하였다. 이후 삼도소모관에 임명되어 이천으로 가서 세자를 도와 흩어진 민심을 수습했다. 이듬해 다시 삼도선유관에 임명되어 군사 모집과 명나라 군중으로의 군량 수송을 담당했다. 체찰사 류성룡을 도와 군졸을 모집하고 양곡을 운반하여 한양 수복을 도왔다. 그 뒤 장성 현감, 군기시 판관, 김제 군수를 역임하면서 전란 후 수습에 힘썼다. 인조반정의 주역으로 정사공신(靖社功臣) 1등에 책록되었다.

이배달(李培達) 1550~?. 본관은 전주(全州), 자는 달부(達夫)이다. 1582년 생원시에 입격했다. 의금부 도사, 면천 군수 등을 지냈다.

이분(李蕡) 1557~1624. 본관은 연안(延安), 자는 여실(汝實)이다. 오희문의 처사촌 이다. 아버지는 오희문의 장인인 이정수의 셋째 동생 이정현이고, 어머니는 은진 송씨(恩津宋氏)이다. 1592년 임진왜란이 일어나자 형 이번(李蕃)과 함께 의병을 일으켜 곽재우(郭再祐)의 휘하에 들어가 많은 공을 세우고 화왕산성 수호에 최선을 다했다.

이빈(李賓) 1547~1613. 본관은 연안(延安), 자는 여인(汝寅)이다. 오희문의 처사촌 이다. 1579년 사마시에 입격했다. 1591년 청암 찰방에 제수되었으나 임진왜 란 후로 벼슬하지 않고 은둔했다. 젊은 시절에 성균관 옆에 살았고, 만년에는 회덕으로 물러나 살았다. 《사계유고(沙溪遺稿)》 권6 〈찰방이공묘갈명(察訪李 公墓碣銘)〉.

이빈(李贇) 1537~1592. 본관은 연안(延安), 자는 자미(子美)이다. 오희문의 처남이 다. 아버지는 이정수(李廷秀)이다. 임진왜란 당시 장수 현감을 지내고 있었다. 오희문은 1556년에 연안 이씨와 결혼한 뒤 한양의 처가에서 30여 년 동안 처 가살이를 하면서 이빈과 함께 생활했다.

이순수(李順壽) 1530~?. 본관은 전주(全州), 자는 정로(正老)이다. 1560년 별시 문 과에 급제했다. 종부시정 등을 지냈다.

이시발(李時發) 1569~1626. 본관은 경주(慶州), 자는 양구(養久), 호는 벽오(碧梧) 이다. 1589년 증광시 문과에 급제했다. 임진왜란이 일어나자 청주에서 의 병을 일으킨 의병장 박춘무(朴春茂)의 휘하에 들어가 종사관으로 활약했다. 1594년 병조좌랑을 지내다가 강화 교섭의 임무를 맡은 명나라 유격장 진운

홍(陳雲鴻)을 따라 적장 고니시 유키나가의 군영을 방문해 정탐 임무를 수행했다. 1596년 겨울에 찬획사로 임명되어 충주에 덕주산성을 쌓고 조령에 방책(防柵)을 설치했다.

이시윤(李時尹) 1561~?. 본관은 연안(延安), 자는 중임(仲任)이다. 오희문의 처조카이다. 오희문의 처남인 이빈의 아들이다. 1606년에 사마시에 입격했고, 동몽교관을 지냈다.

이시증(李時曾) 1572~1666. 본관은 연안(延安), 자는 중로(仲魯)이다. 오희문의 처조카이다. 오희문의 처남인 이빈의 둘째 아들이다.

이시직(李時稷) 1572~1637. 본관은 연안(延安), 자는 성유(聖兪), 호는 죽창(竹窓), 삼송(三松)이다. 오희문의 처조카이다. 오희문의 처남인 이빈의 아들이다. 1606년 사마시에 입격하고 1623년 사축서 별제가 되었다. 종묘서직장, 성균관 전적을 지냈다.

이옹(李雍) 1534~?. 본관은 예안(禮安), 자는 응요(應堯)이다. 1564년 진사시에 입격했고, 1569년 문과에 급제했다.

이의(李钀) ?~?. 본관은 전의(全義)이다. 1552년 무과에 급제했다. 청홍도 수군절도사, 첨지중추부사 등을 지냈다.

이자(李資) ?~?. 본관은 연안(延安), 자는 여훈(汝訓)이다. 오희문의 처사촌이다. 오희문의 장인 이정수의 동생 이정화(李廷華)의 셋째 아들이고 이귀의 형이다. 자를 숙훈(叔訓)과 번갈아 쓰고 있다.

이정귀(李廷龜) 1564~1635. 본관은 연안(延安). 자는 성징(聖徵), 호는 월사(月沙)이다. 오희문의 처칠촌이다. 이조판서, 좌의정 등을 지냈다.

이정호(李廷虎) 1529~1597. 본관은 연안(延安), 자는 인경(仁卿)이다. 오희문의 장
　　인인 이정수의 동생이다. 1564년 식년 문과에 급제했다. 장례원 판결사 등을
　　지냈다.

이지(李贄) ?~1594. 본관은 연안(延安), 자는 경여(敬輿)이다. 오희문의 처남이며,
　　이빈의 동생이다.

이천(李蒇) 1570~1653. 본관은 연안(延安)이다. 오희문의 처사촌이다. 이정현의
　　막내아들이다.

이철(李鐵) 1540~1604. 본관은 전주(全州), 자는 강중(剛中)이다. 1582년 식년 문
　　과에 급제하여 승문원 부정자가 되었다. 무장 현감, 평안·충청·경상 3도의 도
　　사와 용천 군수, 파주 목사를 지냈다. 임진왜란 때 선조를 의주까지 호종했다.

이태수(李台壽) 1546~?. 본관은 전주(全州), 자는 천로(天老)이다. 1582년 생원시에
　　입격했다.

이현(李俔) ?~?. 본관은 전주(全州)이다. 광평대군(廣平大君) 이여(李璵)의 6대손
　　이다.

이호의(李好義) 1560~?. 본관은 전주(全州), 자는 사의(士宜)이다. 1597년 모화관
　　정시 문과에 장원으로 급제했다. 형조참판 등을 지냈다.

이홍로(李弘老) 1560~1612. 본관은 연안(延安), 자는 유보(裕甫), 호는 판교(板橋)
　　이다. 1583년 정시 문과에 장원으로 급제했다. 임진왜란이 일어나자 병조좌랑
　　으로서 왕을 호종하다가 여러 이유로 탄핵을 받았다. 후에 경기도 관찰사가 되
　　었으나 1608년 류영경(柳永慶) 등 소북의 일파로 몰려 제주에 유배되었다.

임극신(林克愼) 1550~?. 본관은 선산(善山), 자는 경흠(景欽)이다. 오희문의 매부이

다. 1579년 진사시에 입격했다. 임극신 부부는 임진왜란 당시 영암군의 구림촌에 거주하고 있었다.

임정(林頲) 1554~?. 본관은 부안(扶安), 자는 직경(直卿), 호는 용곡(龍谷)이다. 1582년 진사시에 입격했고, 1591년 식년 문과에 급제했다. 한성부 우윤, 부안 현감 등을 지냈다.

임현(林晛) 1569~1601. 본관은 선산(善山), 자는 자승(子昇)이다. 오희문의 매부인 임극신의 조카이다. 1591년 사마시에 입격했고, 1597년 알성시에 급제했다. 권지 승문원 부정자가 되어 이후 승정원, 세자시강원, 예문관 등에서 벼슬했다. 예조좌랑 등을 지냈다. 《국역 성소부부고(惺所覆瓿藁)》제17권〈문부14·예조좌랑임군묘지명(禮曹佐郎林君墓誌銘)〉.

장언침(張彦忱) 1549~?. 본관은 진천(鎭川), 자는 사부(士孚), 호는 모은(暮隱)이다. 1588년 식년 문과에 입격했다. 장악원 첨정, 해주 판관, 회양 부사 등을 지냈다.

장운익(張雲翼) 1561~1599. 본관은 덕수(德水), 자는 만리(萬里), 호는 서촌(西村)이다. 1582년 식년 문과에 장원으로 급제했다. 임진왜란이 일어나자 왕을 호종했고, 정유재란 때에는 이조판서로서 접반사가 되었다.

정기원(鄭期遠) 1559~1597. 본관은 동래(東萊), 자는 사중(士重), 호는 현산(見山)이다. 1585년 식년 문과에 급제했다. 임진왜란 때 사은사(謝恩使)의 서장관으로 명나라에 갔다. 1596년 고급주문사(告急奏聞使)로 다시 명나라에 가서 심유경이 강화 회담을 그르치고 왜군이 다시 침입해 올 움직임이 있음을 알렸다. 이듬해 정유재란 때 예조참판으로 명나라 부총병 양원의 접반사가 되어 남원에 갔다. 남원성 전투 때 왜군과 싸우다가 여러 장수들과 함께 전사했다.

정몽열(鄭夢說) 1545~?. 본관은 하동(河東), 자는 천석(天錫)이다. 1579년 진사시에 입격했다.

정숙하(鄭淑夏) 1541~1599. 본관은 동래(東萊), 자는 경선(景善), 호는 월호(月湖)
이다. 1572년 별시 문과에 급제했다. 임진왜란이 일어나자 의병장으로 전공
을 세웠다. 좌승지, 병조참지, 병조참의, 강원도 관찰사 등을 지냈다.

정창연(鄭昌衍) 1552~1636. 본관은 동래(東萊). 자는 경진(景眞), 호는 수죽(水竹)이
다. 동부승지, 좌의정, 우의정 등을 지냈다.

정홍익(鄭弘翼) 1571~1626. 본관은 동래(東萊), 자는 익지(翼之), 호는 휴옹(休翁),
휴헌(休軒), 휴암(休菴)이다. 1597년 별시 문과에 급제했다. 사헌부 지평 등을
지냈다.

조겸(趙珠) 1569~1652. 본관은 임천(林川), 자는 영연(瑩然), 호는 봉강(鳳岡)이다.
목천 현감을 지냈다. 저서로《봉강집(鳳岡集)》이 있다.

조수인(趙守寅) 1568~1600. 본관은 풍양(豊壤), 자는 직재(直哉)이다. 1597년 별시
문과에 장원으로 급제했다. 성균관 전적 등을 지냈다.

지달해(池達海) 1541~?. 본관은 충주(忠州), 자는 득원(得源)이다. 1573년 식년 사
마시에 입격했다.

차운로(車雲輅) 1559~?. 본관은 연안(延安), 자는 만리(萬理), 호는 창주(滄洲)이다.
차천로(車天輅)의 동생이다. 전의 현감 등을 지냈다.

최집(崔潗) 1556~?. 본관은 해주(海州), 자는 심원(深遠)이다. 1579년 생원시에 입
격했다.

최형록(崔亨祿) ?~?. 본관은 수원(水原), 자는 경유(景綏)이다. 오윤해의 장인이다.
세마(洗馬)를 지냈으며, 승지에 증직되었다.

최황(崔滉) 1529~1603. 본관은 해주(海州), 자는 언명(彦明), 호는 월담(月潭)이다. 1566년 별시 문과에 급제했다. 임진왜란 때 평양까지 선조를 호종했으며, 왕비와 세자빈을 배종(陪從)하여 희천에 피난했고, 이듬해 검찰사가 되어 왕과 함께 환도하여 좌찬성, 세자이사로 지경연사를 겸했다. 해성군(海城君)에 봉해졌다.

파귀(頗貴) ?~?. 명나라의 장수이다. 자는 세걸(世傑) 호는 진천(晉川)으로 선부(宣府) 우위(右衛) 사람이다. 흠차 통령 선대 조병 원임 유격장군(欽差統領宣大調兵原任游擊將軍) 도지휘동지(都指揮同知)로 마병 2,800명을 이끌고 정유년(1597) 8월에 나왔다가 기해년(1599) 3월에 돌아갔다. 용감하고 싸움을 잘해 해생(解生)·양등산(楊登山)·파새(擺賽)와 이름을 나란히 하면서 사장(四將)으로 불렸다.

파새(擺賽) ?~1598. 명나라의 장수이다. 호는 서하(西河)로 대동(大同) 우위(右衛) 사람이다. 파귀(頗貴)·해생(解生)·양등산(楊登山)과 마찬가지로 달장(韃將)이었는데, 그중에서도 파새가 가장 용맹스러웠다. 정유년(1597) 8월에 흠차 통령 선대 초모 이병 유격장군(欽差統領宣大招募夷兵游擊將軍) 도지휘첨사(都指揮僉事)로 마병 3,000명을 이끌고 나왔다. 도산(울산 왜성) 전투에서 가장 큰 공을 세웠으나, 이 전투에서 조총에 피격된 뒤 그 후유증으로 무술년(1598) 3월에 사망했다.

한효중(韓孝仲) 1559~1628. 본관은 청주(淸州), 자는 경장(景張), 호는 석탄(石灘)이다. 1590년 증광시에 생원으로 입격했고, 1605년 증광시 문과에 급제했다.

허영(許鐸) 1549~?. 본관은 양천(陽川), 자는 자명(子鳴)이다. 1579년 진사시에 입격했다. 인제 현감, 신창 현감 등을 지냈다.

허탄(許坦) ?~1593. 본관은 양천(陽川)이다. 1593년 7월에 벌어진 2차 진주성 전투에서 아버지 허일(許鎰)과 함께 남강에 투신하여 순절했다.

형개(邢玠) 1540~1612. 호는 곤전(昆田)이고 산동(山東) 청주부(靑州府) 익도현(益都縣) 사람이며 융경(隆慶, 명 목종의 연호) 신미년(1571)에 진사가 되었다. 정유년(1597)에 흠차 총독 계요 보정 등처 군무(欽差總督薊遼保定等處軍務) 경략어왜 겸 리양향(經略禦倭兼理糧餉) 병부상서 겸 도찰원 우부도어사(兵部尙書兼都察院右副都御史)로 손광(孫鑛)을 대신하여 10월에 압록강을 건너왔다. 무술년(1598) 3월에 돌아갔으며 7월에 다시 와 경성에 머물렀다. 성품이 관대하고 온화하였으며 군무(軍務)에 대해서는 일체 경리(經理) 양호(楊鎬)의 말을 들었다. 이해 겨울에 4로(路)의 제독(提督)이 동시에 진격하였는데, 동로(東路)의 왜적은 먼저 철수해 돌아갔고 중로(中路)는 패하였으며 서로(西路)는 싸워보지도 못한 채 떠났고 해로(海路)는 승전보를 올렸다. 이에 형개가 주본을 올려 만세덕(萬世德)·두잠(杜潛)·이승훈(李承勛) 등을 남겨두어 뒤처리를 잘하게 하고 기해년(1599) 5월에 돌아갔다.

홍명원(洪命元) 1573~1623. 본관은 남양(南陽), 자는 낙부(樂夫), 호는 해봉(海峯)이다. 1597년 증광시 문과에 급제했다. 의주 부윤 등을 지냈다. 아버지인 홍영필(洪永弼)은 오희문과 한동네에 살았고, 임천에서 임시로 거처할 때에도 교유가 있었다.

홍인헌(洪仁憲) ?~?. 본관은 남양(南陽), 자는 응명(應明)이다. 1572년 별시 문과에 급제했다. 사헌부 장령, 강원도 관찰사 등을 지냈다.

황수(黃琇) ?~1617. 본관은 창원(昌原)이다. 영춘 현감을 지냈다.

황신(黃愼) 1560~1617. 본관은 창원(昌原), 자는 사숙(思叔), 호는 추포(秋浦)이다. 1588년 알성 문과에 장원으로 급제했다. 임진왜란 때 명나라의 요구에 의해 무군사(撫軍司)가 설치되고 명나라 사신의 재촉을 받아 세자가 불편한 몸을 이끌고 남하했는데, 이때 황신도 동행했다. 1596년 통신사로 명나라 사신 양방형(楊邦亨)과 심유경(沈惟敬)을 따라 일본에 다녀왔다. 한성부 우윤, 대사간, 대사헌 등을 지냈다. 저서로《추포집(秋浦集)》등이 있다.

황응성(黃應聖) 1556~?. 본관은 황주(黃州), 자는 경우(慶遇)이다. 1585년 식년 문과에 급제했다. 충청도에서 이몽학의 난이 발생하자 보령 현감으로 있으면서 난을 진압하는 데 공을 세웠다.

찾아보기

쇄미록 5 정유일록·무슬일록

2018년 12월 19일 초판 1쇄 발행
2019년 4월 30일 초판 2쇄 발행

지은이	오희문
옮긴이	유영봉·전형윤·장성덕·강지혜
기획	최영창(국립진주박물관장)
윤문	김현영(낙산고문헌연구소), 이성임(서울대학교), 전경목(한국학중앙연구원),
	김건우(전주대학교), 김우철(국사편찬위원회)
교열 및 교정	김미경·서윤희(국립진주박물관), 박정민
북디자인	김진운
발행	국립진주박물관
	경상남도 진주시 남강로 626-35
	055-742-5952
출판	(주)사회평론아카데미
	서울특별시 마포구 월드컵북로 12길 17
	02-2191-1133
ISBN	979-11-88108-95-4 04810 / 979-11-88108-90-9(세트)